윈터 문

Winter MOON

윈터 문
은지운 장편소설
D&C BOOKS ROMANCE STORY
2
Winter
MOON
D&C BOOKS

第 38 幕

펜트하우스의 낯익은 전경은 여전했다.

마침내 다가온 작별의 순간. 믿을 수 없으리만큼 일상적이었고 평화롭기 그지없었다. 매일 똑같은 단조로운 날들처럼 그 적요하기까지 한 평화에 절로 헛웃음이 나왔다.

어쩜 이렇게 그에게서 풀려나는 순간은 너무나도 간단하고 허무하기까지 한 건지. 그간 너무나도 치열했는데. 거짓말처럼 다가온 믿기지 않는 순간에 헛웃음이 멈추지 않는다. 그렇게나 갈망했고 벗어나길 꿈꾸었는데, 본능적으로 그에게서 풀려나기를 얼마나 바랐던가. 그를 다시 만나기 이전의 지루하리만큼 평온하고 단조로웠던 일상으로 돌아갈 수만 있다면 정말 뭐든지 할 수 있을 것만 같았다. 이 순간 세연은 소리 없이 떠올렸다.

'그런데 드디어 이 결코 끝나지 않을 것만 같은, 이곳의 시간에서 해방될 테지.'

아직은 완전한 해방이라고 볼 수 없나?

그녀의 두 번째 싱글이 히트했지만, 아직 유지수와 함께할 드라마 캐스팅 제안은 받지 못했으니까. 그럼에도 기적처럼 거둔 성공에, 기우가 그녀를 놓아줄 거라는 걸 본능적으로 알 수 있었다. 그가 말하지 않았던가.

— 넌 유지수를 목표로 앨범을 낸다. 그리고 성공하면 그걸 기회로 보다 유리한 입장에서 드라마 오디션을 보고 배역을 따낸다. 그리고 목적한 걸 이루면 날 떠날 수 있지.

그녀의 팽팽하게 긴장된 온 신경이, 직감이, 기우가 그녀에게 말한 계약이 끝난 순간이라는 것을 알려 주고 있었다. 실상 그동안은 어떻게 해서든 그에게서 벗어나고자 하는 그녀의 욕망과의 충돌이자, 대립이자, 멈추지 않는 싸움이었다.

그렇게 얼마나 있었을까? 문이 열리고 성큼 그가 다가섰다. 다가온 그의 입술의 감촉은 믿을 수 없으리만큼 차가웠다. 그 기묘한 느낌은 그녀를 이루 말할 수 없는 복잡한 심경 속으로 밀어 넣었다. 결코 깨지 않는 꿈을 꾸는 기분이었다. 물론 그와의 시간이 언제나 즐겁지만은 않았다. 정확히는 어깨에 짊어진 무거운 짐처럼 늘 그녀를 짓누르는 기분이었다.

항상 그에게서 벗어나길 꿈꾸었지만, 그런데 이 순간 그녀의 눈앞에 펼쳐지는 현실에 세연의 눈이 커졌다. 그녀의 눈에 펼쳐진 믿기지 않는 그의 모습에 고개를 저었다.

결코 벗어날 수 없을 것만 같던 펜트하우스. 그리고 예외 없이 그들을 감싸는 고요한 적막.

"안녕."

이윽고 기우가 웃음 지었다. 그녀가 예상했던 대로 그는 작별을 고하지 않았다. 거짓말처럼 아무렇지 않게 안녕이라고 그녀에게 보란 듯이 고개를 돌려 차갑게 선언했다.

"그동안 고마웠다고 해야겠지. 그러니 이제 가지 마."

마지막까지 전혀 예상치 못한 그의 행동에 세연의 눈이 커졌다.

그것도 모자라, 기우는 서늘하게 웃음 띤 어조로 이렇게 말하기까지 했다.

"물론 너도 이제 네 갈 길 가야지. 이제 드라마를 찍으면 되니까. 정확히는 유지수와의 일전이 남아 있긴 하지만."

그럼에도 분명하게 말했다. 가지 마, 가지 말라고.

그리고 세연은 약속과는 다른 그의 말에 얼굴을 찡그렸다.

"놀리지 말아요."

그러고 나서 세연은 쉰 목소리로 말했다.

그러자 기우가 고개를 돌려 진지하게 그녀를 응시했다.

"놀리는 거 아니야."

그가 조용한 어조로 말했다.

"네가 앞으로도 잘할 거란 건 알고 있어. 앞으로도 흔들림 없이 네 길을 갈 테지. 물론 힘든 일이 아직 남아 있고 드라마를 찍게 되면 엄청난 내면의 갈등에 휩싸이게 되겠지만."

그가 안쓰럽다는 시선을 그녀에게 던진 것도 잠시, 흔들림 없는 어조로 덧붙였다.

"그럼에도, 우여곡절이 있어도 결국엔 넌 네가 가야 할 길을 찾을 거야."

침묵이 흐르고 그가 고개를 돌렸다.

"그러니 가지 마. 내 곁에 있어."

비록 무심한 듯 덧붙였지만 가차 없는 어조였다.

차갑게 이별을 고하고 그녀를 내칠 것 같더니 끝까지 작별을 이야기하지 않는다. 그녀의 예상과는 달랐다. 그를 보자 세연은 참을 수 없는 분노가 일었다. 침묵이 흐르고, 펜트하우스에 흐르는 정적이 감당할 수 없으리만큼 무겁게 느껴질 즈음 세연은 입을 열었다. 고개를 돌려 눈앞의 그의 눈을 똑바로 주시했다.

"마지막까지 당신은 한결같네요. 일방적으로 당신이 하고 싶은 대로만 하니까. 어느 날 갑자기 나타나서 제멋대로 일방적인 제안을 하더니, 그것도 모자라서 내 생활을 송두리째 뒤흔들어 놓고 이제 와서 아무렇지 않게 약속을 깨버리네요. 당신이 아니었으면 결코 느낄 일이 없었을 감정들……."

분노였고 멋지 않는 감정의 불길이었다. 불쏘시개에 찔린 것처럼 화끈거리는 마음의 동요를 느낀 채로 문득 고개를 돌리던 세연은, 순간 멈칫했다.

기우가 소리 없이 눈물을 흘리고 있었다.

왜일까.

그의 뺨을 타고 소리 없이 반짝이며 흘러내리는 물기가 꼭 핏물 같다고 느껴진 것은.

세연은 말없이 시선을 고정했다. 숨도 쉴 수 없었고 가까이 다가서면 그대로 그가 손을 뻗쳐 그녀를 다시 끌어당길까 봐, 그렇게 다시 그와 시작하게 될까 봐 꺼려져서 옆으로 갈 수도 없었다.

얼어붙은 듯 그 자리에서 꼼짝할 수 없었다. 경악한 시선은 그에게로 고정된 채 결코 떠날 줄을 몰랐다.

아마도 그녀가 화를 내고 문을 열고 뛰쳐나갔더라면, 돌아보지 않았다면 결코 보지 못했을 광경이었다.

그는 언제부터 그녀의 뒤를 바라보고 있었을까……?

대체 얼마나 그렇게 말없이 그녀의 등을 바라보며 지켜본 것일까?

얼마나 오랫동안.

이 순간 뇌리를 떠나지 않는 그녀의 고민이었다.

쿵쿵, 다시금 심장이 요동치듯 쿵쾅대기 시작한다.

애써 억누르듯 신경 쓰지 않으려 했지만, 언제부턴가 손에 힘이 안 들어가고 잔뜩 긴장한 것처럼 등줄기에 식은땀이 차올랐다.

쿵쿵, 심장이 계속해서 가파르게 위험을 감지한 예고처럼 울려 댄다. 이 순간에 어떻게 해야 할지 알 수 없었다. 세연은 정말 난감해졌다.

순간적이지만 그의 이런 모습은 그녀의 각본에 없었다. 언제나처럼 냉정한 모습 그대로 간결하고도 깔끔하게 그가 이별할 거라 생각했다. 정나미 떨어질 정도로 딱 떨어지는 모습으로 언제 그랬냐는 것처럼 돌아보지 않고 작별을 고하는 게 그답다고 생각했기 때문이다.

하지만 그다운 게 대체 뭐지?

세연은 이 순간 스스로에게 반문했다. 어쩌면 자기가 잘못 생각한 게 아닐까. 눈앞 남자의 이해할 수 없는 자신을 향한 욕망만큼이나.

세연은 자신도 모르게 손을 뻗었다.

“그만둬!”

하지만 기우가 냉정하게 뿌리쳤다.

“어차피 나와 영원히 함께할 수 없다면 책임지지 못할 일은 하지 마. 그만 가 봐.”

일순간 섬뜩한 은빛 칼날 같은 그의 반응에 움찔했지만, 세연은 물러서지 않았다.

“잘 있어요, 권기우 씨.”

그 말과 동시에 그녀는 얼음처럼 차디찬 입술에 고개 숙여 입을 맞췄다.

“이런 말 웃기고 가증스럽다 여기겠지만, 당신이 행복하길 바라요. 지금껏 당신 삶이 고통스러웠다는 걸 아니까……. 나도 거기에 더욱 고통을 가중했겠지만, 이제 내 존재를 내려놓고 편안하게 살아가요. 좀 더 편안히 많이 웃었으면 좋겠어요. 진심이에요.”

여전히 서늘하게 내리누르는 것 같은 적막 속에 세연은 조용히 말했다.

"마지막이니까 이런 말은 할 수 있잖아요. 이런 상황에서 이렇게 말한다는 게 우습기는 하지만. 마지막으로 끝나는 순간이니까 당신이 행복해지길 바라요. 모르겠어요. 이런 말 하지 않고 그냥 문을 닫고 나가 버리면 되는 걸 아는데…… 그냥 마지막으로 이렇게라도 말하고 싶었어요."

"그럼 내 곁에 있어. 날 떠나지 말고. 죽어서까지 널 떠나지 않는 것. 그게 내가 원하는 거야."

세상이 멈춰 버려도 오로지 그녀만 눈에 담을 것처럼 올곧이 눈빛을 그녀에게 붙박은 채 절절하게 말하자, 숨이 막힌다. 영원히 눈앞의 남자에게서 벗어나지 못할 것 같다.

"넌 내가 부담스럽고 버겁겠지. 감당할 수 없어 자꾸 내 곁을 떠나려 하겠지. 그럼에도 난 너 없이는 숨 쉴 수가 없어. 왜냐하면 네가 날 숨 쉬게 하니까. 세상에서 유일하게 내 심장을 떨리게 하는 존재인 너. 네 숨결까지 빨아들여야지 안심하는 날 어쩔 텐가."

그래도 벗어나야 한다.

채 스무 살이 되기 전에 그를 만나, 본능적으로 이끌리고 그저 행복했었다. 세상은 하얗게 조용히 내리는 눈처럼 고요하고 아름다웠으며 희망에 가득 차 있었다. 그리고 평소의 그녀답지 않게 정신도 못 차리던 그때, 뒤에서 날아오는 돌에 세차게 얻어맞았고 정신을 잃었다.

눈을 떴을 때 세상은 달라져 있었고 그녀의 삶 역시 붉게 물든 것처럼 얼룩져 버렸다.

이대로 이 남자에게서 벗어나지 못하면 영원히 독립하지 못한다. 그녀 스스로 일어서지 못하고 만다. 그에게 영혼까지 종속되어 몸부림치며 살아가야 하는 것이다.

이 순간에도 그녀의 몸을 관통하는 것처럼 활활 타오르는 심장의 불길이 멎지를 않는다. 마치 가슴이 타오르는 듯했다. 머릿속에서는 다시금 그에게 갇혀 살아야 할지도 모른다는 공포가 고개를 들었다. 이 순간 가쁘게 숨을 들이마시면서, 세연은 피가 확 몰리듯 붉어진 얼굴로 떠올렸다.

'그는 강하다. 그 누구도 시선을 고정하게 만드는 아름다운 외모도 모자라, 정신은 더욱 강인하다. 저 강철 같은 신경과 의지로 지금껏 내게 크나큰 영향력을 행사한 것도 모자라서 이제는 영원히 날 붙잡아 두려 한다……. 그러니 어떻게든 벗어나야 해. 그러지 않으면 내 삶은, 이제야 겨우 일어선 내 인생은 그에게 종속되어 얼룩질 테니까.'

아무리 생각해도 그녀가 내린 결론은 변하지 않았다.

하아, 절로 세연의 숨은 가빠졌다.

단 한 순간이라도 그에게서 벗어나야 한다는 열망이 너무도 강렬해서, 꼭 멎지 않는 불길처럼 그녀를 활활 태우는 느낌이 들었다.

지금 역시 멈추지 않는 불길 같은 충동에 휩싸여 세연은 내뱉었다.

"내가 처음 당신을 만났을 때 한 말 기억해요?"

왜 지금 와서?

그러자 그가 고개를 돌렸다. 새삼스럽게 지금 왜 이런 말을 하느냐는 듯 기우가 눈썹을 추켜세웠다.

열망이 가시지 않는다. 가슴을 꼭 태우는 것 같은, 세차게 활활 타는 불길에 휩싸여 세연은 힘주어 내뱉었다.

"어떤 사람을 만나느냐에 따라서 행동과 말이 상황에 따라 달라진다."

"기억해. 그런데 그게 지금 와서 무슨 상관이지?"

기우가 나직하게 반문했다.

"그게 무슨 의미가 있어? 그것보다 너와 나에게만 집중하는 게 낫지 않을까. 그것도 네가 내게서 벗어나려고 하는 이 순간에 말이지."

예외 없이 그는 차갑게 비웃었다.

정적이 감돌았다. 세연에게는 영원히 내리누르는 것 같은, 이제는 지긋지긋하기까지 한 침묵이었다. 이번에야말로 그와 끝을 내야 한다. 그러지 않으면 영원히 그에게서, 이 숨 막히는 펜트하우스에 갇히게 될 것이다. 이 순간 세연은 단단히 최후의 결심을 다졌다.

침묵이 흐르고, 그녀에게 상처받은 눈동자로 기우가 날 선 어조로 차갑게 되물었다.

“그게 무슨 의미가 있지? 좀 더 신랄하게 말할까. 내가 아니면 절대로 드라마에 캐스팅될 일도 일어나지 않을 텐데. 응, 아닌가? ‘윈터 문’의 세연.”

동시에 그가 내리그은 상처에 세연은 심장이 타는 듯 화끈거리는 통증을 느꼈다. 그의 날카로운 공격은 유효했다. 거침없으리만큼 상대에게 치명타를 가한다. 그는 원한다면 누구든 파멸시킬 수 있다. 단지 귀찮고 성가셔서 상대하지 않을 뿐. 이 순간 눈앞에 말없이 버티고 서 있는 한 치의 흔들림 없는 어두운 눈동자를 마주하자 세연은 그 사실을 깨달았다.

그러자 다시금 등줄기에 식은땀이 흐르면서 깨달았다. 이제는 더 이상 피할 수 없는 결전의 시간이 다가왔다는 것을. 아니면 이대로 속박된 채로, 영원히 그에게서 벗어날 수 없다.

결심을 굳힌 세연은 드디어 느리게 발걸음을 옮겼다. 의미심장한 그녀의 발걸음에, 헤어지자는 그녀의 결별 선언에 여전히 상처받은 것처럼 무기질의 눈을 들어 기우가 말없이 시선을 고정했다. 그녀는 오디오 앞에 버티고 서서 리모컨을 집어 들었다. 펜트하우스에 들어온 후 처음이자 마지막으로 그가 아닌 세연이 음악을 선곡했다.

다음 순간, 은빛으로 반짝이는 오디오에서 아름다운 선율이 흘렀다. 골드문트, 정교하게 수작업으로 제작된 최상의 오브제가 천상의 선율을 오디오 음질로 구현해 냈다. 너무 정교하게 잡아낸 음질에 일순간 소름이 돋는다.
오페라 '토스카'.
바로 오페라의 여주인공인 토스카가 부르는 유명한 아리아 곡이었다.
'예술에 살고, 사랑에 살고'.
낯익은 전주가 흐르고 마리아 칼라스의 애잔한 음성이 펜트하우스에 황홀하게 울리듯 깔리기 시작했다.

Vissi d'arte, vissi d'amore

노래에 살고 사랑에 살며, 마리아 칼라스가 노래했다.

non feci mai male ad anima viva
Con man furtiva quante miserie conobbi, aiutai

오페라에서 토스카는 성당에 소속된 여가수로 나오는데 권력자인 스카르피아의 악랄한 음모로 결국 사랑하는 연인이 고문당하고 살해당하는 처절한 비극에 처한다.

ah, perchè me ne rimuneri così?

마리아 칼라스의 슬픔을 머금은 애잔한 목소리가 이 순간 펜트하우스에 천상의 선율처럼 울려 퍼졌다.
매일 신의 제단에 아름다운 꽃을 바치고 성심성의껏 기도했는데 어찌 이런 보답을 할 수 있냐며 신에게 원망하는 마음을 내비치는 유명한 오페라 곡이었다.
역시 유명한 영화의 한 장면으로 '쇼생크 탈출'에서 주인공이 오페라를 듣는 장면이 이 순간 그녀의 뇌리를 스치고 지나갔다. 모차르트의 오페라 곡인 '피가로의 결혼'으로, 주인공은 감옥에 갇힌 채 감옥소장의 위협에도 죄수들과 함께 천상의 아리아와도 같은 선율을 들으며 잠시나마 자유를 맛본다.

오페라의 선율이 울려 퍼지는 가운데, 드디어 세연은 완전히 그에게서 벗어나서 자유를 찾으려는 최후의 시도를 했다.

"오페라 '토스카'. 여기 나오는 가사처럼 나는 비록 눈을 다쳤지만, 누가 봐도 상처받았고 비참한 나락에 떨어졌지만, 그래도 어떻게든 일어나려 몸부림쳤어요. 남들은 보잘것없다 여길지 모르지만, 일부러라도 매일매일 나가서 일을 하면서 조금씩, 조금씩 그 고통스럽고 힘겨운 5년간의 터널을 빠져나왔어요."

"그래서?"

기우가 나직하게 되물었다.

거듭해서 오페라의 선율이 펜트하우스에 메아리치듯 울려 퍼졌다.

non feci mai male ad anima viva

세연은 난공불락의 요새나 다름없는 기우의 서늘한 기세에도 굴하지 않고 말했다.

"당신은 이해 못 해요. 정말 거북이처럼 느리게, 힘겹게 고통과 절망의 터널을 겨우 빠져나왔어요. 그런 내 보잘것없는 몸부림을, 살아보려는 시도를 당신이 다시 짓밟았어요."

세연은 고개를 들어 분연하게 말했다.

"난 외롭고 어렵게 겨우 일어났는데 겨우 불을 붙인 내 의지를, 어려운 각오를 당신이 꿈틀꿈틀 나를 보란 듯이 짓밟아 버렸어요. 보다시피 이렇게 됐어요. 한없이 너덜너덜하게! 하도 봐서 너덜너덜해진 대본처럼 날 끝없이 유혹하고 계속 평소의 내가 아니게 했잖아! 당신이 그렇게 만들었잖아!"

Con man furtiva quante miserie conobbi, aiutai

Ah, perchè me ne rimuneri così?

철저히 자신의 삶을 농락한 것 다름 아닌 전능한 신을 향해 묻는 물음. 처절한 마리아 칼라스의 음성이 터져 나옴과 동시에 그녀의 목소리도 불을 뿜었다.

"난 살아 보려고 했는데. 꼭 평소의 내가 아니게 끝없이 날 자극해. 붉게 충혈되어 화끈거리는 눈이 너무 아파서…… 너무 화끈거려서 서서히 미쳐 가는 것처럼 날 멈출 수 없어서, 꼭 나를 스스로 내던지듯 상처 내고 자극하고. 그래, 당신 앞에서 그 모든 짓도 하게 했잖아! 그 어떤 짓도 하게 만들어서, 결국 상처받은 건 나였어! 내가 아팠다고. 그리고…… 그리고 당신도 아프게 만들었잖아."

이윽고 세연은 속삭이듯 작게 말했다.

"결국 내가 당신을 상처 줬다고."

오페라 '토스카'의 여주인공처럼, 전능하고 무자비한 그에게 상처받아 영혼까지 아프다는 절규와 다름없었다. 마음 깊은 곳에서 끌어낸, 처절한 울림을 담은 외침.

"제발 여기서 멈춰! 부탁이야."

너덜너덜해질 때까지 안고 결코 놓아주려 하지 않는 그를 향해, 이제 자신을 자유롭게 해 달라는 최후의 항변이었다. 이 순간 세연은 눈을 질끈 감고선 외쳤다.

"지금 우리 모습을 봐! 서로 상처 입히는 악귀 같아. 여기가 지옥 같지 않아?"

헉헉, 세연은 가빠진 숨을 몰아쉬었다.

"당신이 이렇게 만든 거야. 그래서 만족해?"

세연이 소리쳤다.

"그러니 이만 멈춰!"

그간 끝없이 자극해 오던 참혹하리만큼 잔인한 현실에 항변하듯, 그녀의 심장까지 긁어서 토해 내는 듯한 처절한 외침.

그러나 더 이상 참을 수 없다는, 영혼이 아프게 흐느끼고 있다는 고백과도 같은 그녀의 항변을 기우는 보란 듯이 묵살했다.

다음 순간 들려오는 명백한 그의 조소에 세연은 숨이 절로 막혀 왔다.

"헛소리."

기우가 보란 듯이 그녀를 비웃었다.

"헛소리 집어치워."

그러고는 비스듬히 고개를 기울인 채로 이렇게 말하기까지 했다. 그 누구라도 뿌리칠 수 없는 매혹의 눈빛이 그녀를 보며 말을 건네 온다.

"넌 강해. 확실히 나약한 짓은 네게 안 어울려, 정세연. 그건 너도 알고 나도 아는 사실이지."

기우가 무기질의 눈으로 조용히 내뱉듯 말했다.

"듣고 있나? 넌 강해."

그 말과 동시에 기우는 그녀의 심장 부근을 힘주어 눌렀다. 동시에 세연은 불에 덴 것처럼 화들짝 놀랐다. 개의치 않고 기우가 여전히 서늘한, 이성을 잃어버린 듯한 눈빛으로 뚫어져라 그녀를 내려다보며 말했다.

"넌 충분히 강해. 그 절망적인 상황에서도, 불타오르는 지옥 밑바닥에서 기어 올라온 것처럼 굴하지 않고 결국 여기까지 왔어. 그러니까 충분히 이겨 낼 수 있어. 내 옆에서 죽을 때까지 있어. 숨이 멎을 때까지 견뎌. 심장이 터질 것처럼 고통스러워도 다시 널 차지하기 위해 살아남은 나처럼 견뎌."

기우가 웃었다.

"비록 칼로 내장을 쑤시는 것 같아도 내 앞에서는 웃어. 그리고 지금껏 그랬던 것처럼 끝까지 살아남아. 기꺼이 얼마든지 내 심장을 내줄 테니까."

너무나도 강렬하다.

끝없이 목마른 듯 갈구하는, 그녀에게만 못 박힌 저 검은 눈동자. 이 순간 그녀에게 내리꽂히는 시선이 너무나도 강렬하다. 다음 순간 세연에게서 눈을 떼지 않은 채로 기우가 선언하듯 말했다.

"듣고 있나? 얼마든지 날 갉아먹어. 성공하기 위해 날 이용해. 널 위해서라면 그룹 총수까지 갈 테니까. 가시고기처럼 날 뜯어먹어. 얼마든지 날 뜯어먹고 이용해서 네가 원하는 걸 다 가지고 위로 올라가. 난 숨이 멎는 순간까지도 네게 심장을 내줄 테니까. 아니, 내 몸을, 내 영혼을, 살아 있는 내 전부를 다 너에게 줄게. 기꺼이 원한다면 내 눈도 줄게."

믿지 못할 기우의 말에, 가슴이 빠르게 뛰었다.

쿵쿵, 그녀의 심장이 튀어나올 것 같았다.

그가 허언하지 않는다는 걸 안다. 실제로 자신의 몸을 불사르듯 해서 여기까지 올라왔으니. 눈앞에 버티고 서 있는 늘씬한 근육질의 몸 그 자체가 증명이다. 그는 자신의 가치를 몸소 증명해 냈다.

원한다면 한없이 무자비해질 수 있는 남자. 그가 원하기만 한다면 지금 역시 그녀를 가두고 영원히 밖에 내보내지 않을 수도 있다. 여전히 숨 막히리만큼 폭발적인 위력을 가지고 말없이 그녀에게만 고정된 시선. 꼭 먼 곳을 보고 있는 것 같다. 아무리 놓으려고 해도 결코 놓을 수 없던 그녀와 함께할 먼 미래를 보는 것일까. 세연은 부르르 몸을 떨었다.

더욱 두려운 것은, 그가 굳이 이 펜트하우스의 문을 잠그고 그녀를 가두지 않아도 그만큼의 가공할 만한 위력을 발휘할 수 있다는 점이다. 원한다면 매끄러우리만큼 서늘한 언변으로 순식간에 설득하듯 그녀의 마음을 바꾸리라. 그녀 스스로 절대 이 펜트하우스에서 나가지 않게 만들 수도 있다.

손 하나 까딱하지 않고 그녀를 좌지우지하고 영향력을 행사한다는 점에서 더욱 공포스럽다. 어쩔 수 없이 눈앞의 남자가 두렵다.

무엇보다 한낮에 내리꽂히는 태양과도 같은 그의 부담스럽기까지 한 애정을, 폭주하듯 쏟아붓는 사랑을 도저히 그녀가 감당할 수 없었다.

견딜 수 없어진 세연은 두 손으로 머리를 감쌌다.

그동안 그녀 혼자서만 꽁꽁 마음에 쌓은 원망과 미움의 탑을 일시에 무너뜨리듯 그에게 터뜨렸다. 그래서는 안 되었다. 아무리 사람이 극에 도달해도 평정심을 가지고 참아야 할 일이 있는데, 그가 너무 밀어붙이니 이성을 잃었다. 뒤늦게 후회했지만 이미 늦어 있었다.

이상하리만큼 무표정하게 그녀를 바라보던 기우가 비틀거리면서 바로 향했다. 그러고는 반짝이는 하얀 크리스털 컵을 꺼내서 독한 위스키를 따랐다. 말릴 새도 없이 그가 출렁이는 짙은 액을 단숨에 들이켰다.

"……!"

그 모든 건 순식간이었다.

이윽고 무표정하게 독한 술을 들이부은 기우가 그대로 다 마신 컵을 벽을 향해 내던졌다.

쨍그랑!

날카롭게 일순간 폭발하는 듯한 소리를 내며 요란하게 깨진 기다란 유리잔의 파편이 그의 몸에 박혔다. 동시에 세연은 움찔하며 멈춰 섰다.

그 폭발하는 듯한 소리에 그제야 정신이 들었다. 헉헉, 꼭 발작을 일으킬 것처럼 가팔랐던 심장의 동요가 멎고, 서서히 주변의 모든 것이 하나둘씩 눈에 들어오기 시작했다. 여전히 100미터 달리기를 전력 질주한 것처럼 가쁜 호흡, 숨을 쉬기도 고통스럽다. 그와의 파국, 결국 피를 보고야 말았다.

믿을 수 없어 눈을 크게 뜨고 바라보자, 하필 그의 손에 박혔는지 선명한 핏방울이 흘러내렸다.

"다쳤어요?"

세연이 쉬어 버린 목소리로 물었지만, 기우는 묵묵하게 바라볼 뿐이었다.

"많이 다친 거예요? 피가 나잖아요."

침묵이 흘렀다. 기우는 고개를 저었다.

"아니, 괜찮아."

급한 대로 세연이 손수건으로 지혈이라도 할까 했지만, 기우가 손을 들어 저지했다.

"아니, 하지 마."

놀라울 정도로 부드러운 목소리였다.

그가 이 믿지 못할 순간 움찔하리만큼 굳어진 세연을 마주 보았다. 그리고 천천히 굳어진 그녀의 떨리는 얼굴을 다친 손으로 쓰다듬었다. 세연이 거부하자 한순간이지만 슬픈 표정이 되어 천천히 고개를 숙였다. 그러자 일순간 이성이 마비되리만큼 향긋한 기우의 체향이 세연의 코를 스치고 지나갔다. 기우가 고개 숙여 그녀에게 깊숙하게 입 맞췄다.

마지막 키스였다

"그만……!"

여전히 흠칫 굳어져 발작하듯 세연이 그를 딱딱해진 얼굴로 바라보자, 그녀의 숨결, 마지막 향기까지 깊숙이 빨아들이듯 잠시 미동 없던 기우가 천천히 우아한 손을 들었다.

"……!"

다음 순간 기우가 보란 듯이 뚝뚝 바닥으로 떨어져 내리는 붉은 핏줄기를 자신의 눈가에 길게 아롱지듯 그렸다.

동시에 세연의 심장은 덜컹 내려앉았다.

그는 꼭 피눈물을 흘리는 것처럼 보였다. 꼭 절규하는 것처럼, 텅 빈 눈동자로 고개를 돌려 말없이 그녀를 바라보았다.

그러고는 읊조리듯 천천히 말했다.

"……나는 벌을 받았어."

"무슨 뜻이에요? 정말 왜 이래요? 이제 와서. 나와 약속했잖아요. 가수 활동이 성공적으로 마무리되면 헤어져 주기로. 유지수와 만날 수 있게 드라마 오디션을 보기에 유리한 입장이 되면 나와 헤어져 주기로. 잊었어요?"

침묵이 흘렀다.

쉰 듯한 바싹 가라앉은 음성이 흘러나왔다.

"약속을 했지. 마지막까지 내 곁에 있는 건 너라고. 난…… 난 널 원하고 있었던 거야."

절실한 어조였다. 필사적인 그녀의 말에도 아랑곳하지 않고 기우가 말을 이었다.

"어렸을 때 내 눈앞에서 심장 발작을 일으킨 어머니가 세상을 떠났지. 내 어머니는 원래 지병이 있었어. 정략결혼 한 아버지는 약병이 바로 눈앞에 있었는데, 어머니가 죽어 가는데도 약병을 주지 않고 지켜봤어. 왜냐면, 아버지에게는 내연녀가 있었거든."

기우가 텅 빈 눈빛으로 보일 듯 말 듯 희미하게 미소 지었다. 곧 꺼져 버릴 것 같은 촛불처럼.

"그 뒤로 세상이 아무런 맛이 느껴지지 않는 음식처럼 느껴졌어. 무미건조, 무취, 그렇게 평생 살다 갈 줄 알았어. 신처럼 오만하고 남들을 아래로 내려다봤지. 아무도 사랑하지 않을 것 같았는데, 네가 나타났어."

벼락이라도 맞은 것 같은 충격이 느껴졌다. 세연은 그 자리에서 못 박힌 듯 움직일 수 없었다.

그들 사이에 감도는 무거운 침묵. 기우는 여전히 느리게 미소 지었다. 그러고는 남의 일을 떠올리듯 담담히 결코 잊지 못할 그날의 기억을 반추했다.

第 39 幕

"응수!"

아마도 처음이었을 것이다.

짹짹, 아침 새가 짖어 대고 예외 없이 가지런히 식탁에 은빛의 식기들과 그릇이 놓이고, 한 치의 오차 없이 완벽하게 허울뿐인 아내의 역할을 수행할 시간.

그의 어머니 혜원은 병약했고 평소 심장이 약했다. 항상 심장약을 지니고 다닐 만큼.

하지만 그날 단 한 가닥의 머리칼도 흘러내리지 않게 정갈하게 머리를 올리고 새하얀 레이스 블라우스와 검은 치마를 입은 그의 어머니에게서 죽음의 증후를 느끼기란 어려웠다. 그만큼 발작은 순식간에 일어났고, 그의 모든 것을 앗아 갔다.

아무리 불러도 대답 없는 남편의 이름을 부르며 결국 발작을 일으킨 어머니는 죽어 갔다. 워낙에 순식간에 벌어진 일이었다. 꼭 벌거벗고 거대한 하얀 눈밭에 노출된 것처럼 온몸이 얼어붙는 듯한 극심한 충격이었다.

아직 어렸던 그가 본능적으로 그대로 얼어붙었던 이유는 따로 있었다. 발작을 일으킨 어머니가 뻣뻣하게 굳어져 죽어 가는데도 정작 그의 아버지는 꼼짝하지 않았기 때문이었다.

바로 아버지의 발밑에 하얀 약병이 구르고 있는데도.

어쩌면 오래된 내연녀와 이번에야말로 같이 살 수 있는 기회라고 생각했는지도 모른다. 무엇보다 뒤늦게 밝혀졌지만 아버지에겐 그 말고도 혼외정사로 생긴 어린 딸이 있었기에.

그치지 않는 그날의 기억.

이윽고 고개 돌린 기우가 공허하게 미소 지었다. 어린 그에게 인간에 대한 불신과 혐오를 심어 준 사건이이었음에도 정작 그는 담담했다.

그가 짐짓 아무렇지 않게 세연에게 조용히 말했다.

"그리고 난 벌을 받았지. 내가 그동안 오만하게 신처럼 사람들 위에 군림했던 것만큼이나. 난 완벽하게 감정을 통제하고 기꺼이 인생을 조율할 줄 알았어."

세연은 그에게서 눈을 뗄 수 없었다. 여전히 그 자리에서 굳어진 시선을 눈앞의 기우에게 던질 뿐이었다.

두 눈에서 피눈물을 흘리듯 눈가에 피를 스스로 묻힌 채로 기우가 미소 지었다.

"그런데 네가 나타나고 그 모든 잘못을 되돌려 받았지. 그리고 보다시피 그 대가를 치렀지. 뼈가 녹을 정도로 고통스러운 대가를."

그가 갑자기 모든 걸 체념한 듯 읊조렸다.

"생각해 봤는데 끝까지 널 놓을 수 없어. 내가 죽는 게 낫다는 생각이 들었으니까. 처음으로 너무 사랑해서…… 널 놓아주는 게 낫다는 마음도 들었지만. 널 놓을 수 없다는 내 결론은 같아. 아아, 그래. 오지 않아도 될 종점까지 왔어. 더는 가서는 안 될 막다른 골목이야."

기우가 웃음 띤 채로 아무렇지 않게 생각났다는 것처럼 덧붙였다.

"이제 더는 길이 없어."

정적이 감돌았다.

끝까지 그녀를 놓을 수 없다는 말보다 먼저 들어온 건 그녀의 귀로 듣고도 믿을 수 없는, 그녀가 생각지도 못한 전혀 뜻밖의 고백. 기우의 믿지 못할 고백이 불러온 여파에 세연은 잠시 움직일 수 없었다. 아무것도 떠오르지 않았다. 그동안 그가 자신의 과거 이야기를 했을 때 막연히 좋지 않은 일일 거라 짐작만 했었지, 이런 줄은 정말 상상도 못 했으니까.

경악할 만한 충격에 압도되어 잠시 움직일 수 없었다.

어떻게 결혼한 아내가 발작을 일으키는데, 바로 앞에 약병이 있는데도 주지 않고 그저 방관했을까. 말없이 지켜만 보았을까. 그것도 어린 아들이 지켜보는 앞에서.

이제야 그간의 모든 의문이 한꺼번에 풀리는 느낌이 들었다. 지금껏 모든 것에서 한 발자국 물러나 관조하듯 바라보던 그의 시선. 가끔은 지독하리만큼 무덤덤하게 거리를 유지하던 그의 태도. 그리고 가끔 엿보이는 텅 빈 눈빛. 묘하게 관조적인 삶에 대한 사고방식까지.

기우가 그 어느 곳에도 마음을 붙이지 못하고 전 세계 곳곳을 떠돌아다니고 외국에서 오래 산 것이 무리가 아니었다.

또한 한때 아무에게도 마음을 붙이지 못하고 텅 빈 눈으로 권태와 허무에 젖어 방관하듯 바라보던 것도, 이제야 이해가 갔다. 무엇보다 그녀가 들은 것을 믿을 수가 없었다. 이런 그에게 어떠한 위로를 할 수 있을까?

아니, 그녀는 아무런 말도 할 수 없었다. 섣불리 동정과 연민을 보내고 뒤늦게 위로의 말을 하는 것은 오히려 그를 모욕하는 것처럼 느껴졌기에. 이루 말할 수 없이 복잡한 마음이었다.

세연이 벼락과도 같은 충격에 하얗게 굳어져 잠시 말없이 그를 바라보자, 침묵이 흐르고 기우가 몸을 돌렸다.

무서우리만큼 착 가라앉은 어조였다.

"뭘 생각하고 있는 거야?"

그래도 그녀가 믿지 않자, 무표정하게 그녀를 응시하면서 정말 감정이 없는 것처럼 손을 들어 아무렇게나 머리를 흐트러뜨렸다.

"서원그룹의 권기우 전략마케팅팀 실장. 널 차지하기 위해 올라온 이 자리를 걸고 맹세해. 지금 두 다리로 버티고 서 있는 내 현재의 모습으로 맹세하지. 영원히 널 놓을 수 없다고……."

이어지는 기우의 말에 세연은 경악했다. 자신의 눈으로 보는 것을 믿을 수 없었다.

정말 화가 나서 언성을 높이거나, 결국 참다못해 폭발해서 주변이 떠나가라 귀가 멍멍해질 정도로 소리를 지르는 것도 아니다.

분노의 노성이나 고함소리는 전혀 흘러나오지 않는다.

펜트하우스는 여전히 고요했다. 기이할 정도로 정적만이 감돌았다. 거짓말처럼 조용한 가운데, 기우가 여전히 가라앉은 검은 눈으로 그녀를 보았다.

동시에 세연은 깨달았다. 그는 절대로 그녀를 놓아주지 않을 거라고. 영원히 그에게 속박되어 옥죄이는 미래가 눈앞에 있었다. 마침내 그녀가 그리도 고대하던 순간에 다다랐지만. 그렇게나 염원하고 바라고 꿈꾸었던. 그들에게는 치열한 전쟁이나 다름 아니었던, 이별은 그런 그녀를 비웃기라도 하듯 비껴갔다. 손만 뻗치면 바로 앞에 있는데도.

혹시나 경거망동해서 그토록 바라던 순간이 어그러질까 봐 세연은 숨을 죽였다. 그런데도 떠나가라 고함을 지르거나 언성을 높이지 않고 그녀가 긴장한 이유는 따로 있었다.

마치 깊이를 알 수 없는 우물처럼 한없이 깊고도 적요한 그.

꼭 그녀가 그를 처음 만났을 때를 연상시켰다. 건조하다 못해 감정이 메마른 기우의 눈을 보자 그녀는 절로 숨을 죽였다.

그는 더 이상 그녀에게 떠나지 말라고 애원하지도, 위협적인 협박을 하지도 않았다. 그렇다고 좀 전처럼 소리 없이 피눈물을 흘리듯 절로 가슴 아프게 만드는 비감 어린 빛 역시 사라지고 없었다.

그저 감정이 메마른 눈으로 담담히 그녀를 바라만 볼 뿐이다. 그런데 왜일까. 건조한 시선을 던진 채 서 있는 그가, 그 잔상이 가시처럼 마음에 박혀 쉽사리 사라지지 않을 것만 같았다. 꼭 돌처럼 굳어진 석상처럼 서 있는 기우의 모습이, 결국 자신이 끝내 이렇게 얼어붙게 만들어 버린 그의 마지막 모습이 뇌리에서 사라질 것 같지 않아 세연은 고개를 저었다.

'이대로는 안 돼. 역시 이 사람하고는 악연이야. 서로를 파괴하고 결국에는 둘 다 무너지고 말 거야.'

어떻게든 엮이지 않는 게 나았다.

그렇게 생각하려고 해도 기우의 모습은 그녀의 마음을 찢어 놓았다. 잠시 세연은 번민했다. 그래서 그녀답지 않게 주춤거리며 망설였다. 그런 기색에 기우가 잠시 뚫어져라 그녀에게 시선을 주었다.

"못 들었어? 영원히 널 놓아주지 않아."

여전히 그는 텅 빈 미소를 지은 채다.

"여기까지 다다라서 그가 내가 내린 결론이야."

"하지만…… 나와 계약했잖아. 날 놓아주기로! 이제 와서 이렇게 나오면 난 어떡하란 말이에요."

세연은 언성을 높였다. 이어지는 그녀의 서슬 퍼런 기세에도 기우는 눈 하나 깜짝하지 않았다. 팔짱을 낀 채로 같은 말을 반복할 뿐.

"여기까지 다다르면서 내가 내린 결론은 하나야. 이대로 널 보낼 수 없다는 것. 아아, 유감이지만 이대로는 안 되겠어."

"그러기로 했잖아! 유지수와 맞닥뜨릴 순간이 되면 두말없이 헤어져 주기로. 당신은 날 놓아주기로 계약을 했어요. 이제 와서 이러는 이유가 뭐예요."

이어지는 그의 말에 경악하면서그에게 시선을 주었다. 그녀가 결코 받아들일 수 없는, 팔짝 뛰게 하는 말을 이어서 하는데도 왠지 모르게 위태로운 분위기가 그에게서 흘러나오고 있었다. 그런 기우에게서 눈을 떼지 못하던 그녀는 입을 열었다.

"게다가 당신이 이렇게 있으면, 이런 모습이면 내가 마음 편하게 갈 수 있을 것 같아?"

그렇게 말을 내뱉고 난 후, 세연은 흠칫 놀랐다. 거친 숨결. 그대로 그녀를 보내 주는가 싶던 기우가 그대로 고개를 숙여 격정적으로 그녀의 붉은 입술을 탐했기 때문이다.

"잊지 마. 날 다시 붙잡은 건 너야."

기우가 으르렁거렸다. 말 그대로 숨 막히게 그녀의 입술을 빨아들였다. 그 어느 때보다 격렬하고 절박하게, 그리고 난폭하리만큼 거칠게 세연의 입 안을 빨아들였다. 영원히 그의 소유로 하려는 것처럼 그렇게 미친 듯이 혀를 넣어 그녀의 안을 낱낱이 탐색하고 굴리고 핥는 짐승의 키스였다.

"아, 헉……."

절로 세연의 숨 역시 가빠졌다.

밀어내려고 했지만 너무 급작스런 입맞춤이었고 꼭 열병을 앓는 것처럼 뜨겁고 아픈 그의 숨결과 텅 빈 공허한 눈이 마음에 걸렸다. 그래서 밀어내지 못하고 말았다. 이대로 다시 그에게 속해 영원히 벗어나지 못하는 게 아닐까. 불어온 강한 바람에 촛불이 흔들리듯, 순간적으로 번민하듯 그녀가 흔들렸을 때 흐트러진 머리칼, 거칠게 가쁜 숨결을 내뱉던 기우가 갑자기 그녀를 놓았다.

"……!"

동시에 세연은 할 말을 잃어버렸다.

기우가 얼마나 절실하게 키스했는지 그녀의 찢어진 입술에선 붉은 피 한 줄기가 흐르고 있었다.

"영원히 내 곁에 있어."

그가 텅 빈 눈으로 미소 지었다.

"악연이라고 해도 끝까지 내 곁에 있어. 날 떠나지 마. 너와 나의 악연뿐인 시간은 이제 여기까지 라고 해도."

세연은 천천히 고개를 들었다. 흐트러진 머리칼, 붉게 충혈된 눈, 여전히 거짓말처럼 피를 묻힌 채로 말하는 그를 보았다. 눈앞의 그는 꼭 죽음의 대천사를 연상시켰다. 아름답고 매혹적이어서 눈을 떼지 못하는 대신, 전율하고 두려움까지 느껴지는. 그랬다. 영원히 그녀를 소유하고 놓지 않아, 정말 그녀의 죽음까지 손아귀에 쥐고선 영혼까지 차지해 버릴 것 같은 그 독점욕에 순간적이지만 압도되었다.

한순간 흔들렸다.

"……!"

그때였다.

그녀가 잠깐이었지만 주춤한 기색을 보이자, 기우의 표정이 변했다. 모든 건 순식간이었다. 그가 이번에도 역시 무서운 결단력을 발휘해 그녀의 손을 끌어당겼다.

"그렇게 마음에 걸린다면, 날 죽여. 그리고 해방돼. 그렇게나 그걸 원한다면, 넌 내게서 자유로워질 수 있어."

그가 속삭였다.

그러고는 아무렇지 않게 자신의 목을 그녀가 조르게 했다. 그녀가 원한다면 자신을 죽이고 떠날 수 있도록. 그런 기우의 입가엔 뒤틀린 미소가 떠올라 있었다. 마지막까지 그녀를 놓지 못하겠다는 광기 어린 욕망이나 다름없었다.

세연은 미칠 것만 같았다.

"헉……!"

그녀는 몸부림쳤다. 또다. 이번에야말로 벗어날 줄 알았는데, 마지막까지 기우는 호락호락하지 않았다. 도망치지 못할 거라는 본능적인 두려움까지 치솟는다. 그녀야말로 미칠 것 같은 지경이었다.

그녀를 보는 눈빛은 얼음처럼 차고 싸늘하기까지 한데, 끝내 그녀를 놓지 못하겠다는 활활 타오르는 욕망은 뜨겁기만 하다. 그 간극에 미칠 것만 같다. 남자의 존재감이 두렵기까지 하다.

도대체 그는 왜……?

"당신, 정말 왜 이래요? 죽고 싶어?"

세연은 부르르 몸을 떨었다.

"정말 둘이서 같이 죽기라도 하자는 거야? 그렇게 끝까지 날 놓지 못하겠다는 거야?"

이어지는 항변에도 그는 전혀 아랑곳하지 않았다.

그 순간에도 기우는 떨리는 그녀의 손을 재차 끌어당겨 더 강하게 자신의 목을 조르게 했다.

"……!"

무서우리만큼 강한 악력.

형형히 빛나는 눈빛.

눈으로 봐도 믿기지 않는, 활활 타오르는 듯한 정염이다. 결코 그녀를 향한 정리할 수 없는 감정. 결코 갈무리되지 않는 감정. 그녀에겐 정말 진절머리나고 소름 끼치는 열망이 아닐 수 없었다.

기우가 그녀의 눈을 똑바로 마주 보면서 띄엄띄엄 내뱉었다.

"……악몽, 널 떠나보내고 매일 밤 악몽을 꿔. 그래, 널 잃은 내 삶

자체가 끔찍한 꿈이야. 그러니 네 손으로 끝내고 싶어. 바로 지금."

어느새 다친 손이 피투성이가 되어 엉망이었다. 기우가 그녀를 보며 미소 지었다.

"널 잃고 살아가느니 그게 나아."

"이거 놔……!"

"그러니 끝내. 내가 편히 잠들 수 있게. 5년 동안 난 하루도 편하게 눈을 붙인 적이 없었어."

"당신은 미쳤어! 정말 끝까지 이래야 되는 거예요? 끝까지 날 못 놓겠다는 거예요?"

진득한 붉은 피를 뒤집어쓴 채로 그녀에게 보란 듯이 눈앞의 잔혹한 죽음의 천사가 미소 짓는다. 여전히 그녀에게 끝내 달라며 스스로 목을 조른 채로, 눈 하나 깜짝하지 않고 힘을 준다.

세연의 머릿속은 차갑게 얼어붙고 등줄기에선 식은땀이 멎지 않고 흘러내렸다. 하지만 기우는 아랑곳하지 않고 그녀에게는 익숙한, 일정한 운율까지 느껴지는 어조로 말했다.

"넌 해치울 수 있어. 그래, 이렇게 힘주면 끝이 나. 이렇게 조금만 더 힘이 들어가면."

"그만해! 제발 그만!"

절로 세연의 몸은 뻣뻣해졌다.

"멈춰! 내 말 안 들려?"

하지만 기우는 아랑곳하지 않고 그만하라며 몸부림치는 그녀의 손을 꾹 누르며 무자비하게 자신의 목을 졸랐다. 세연은 저도 모르게 비명을 질렀다.

"그만해! 정말 죽을 셈이야? 당신이란 사람은, 당신은 정말 마지막까지 왜 이리도 지독해! 왜 날 끝까지 놓지 못해? 마지막까지 어떻게 이럴 수가 있어!"

캑캑, 숨을 짜내는 소리가 울리고, 기우의 얼굴은 무서우리만큼 창백해졌다. 세연은 그런 그를 질린 눈으로 쳐다보며 소리쳤다.

"그만하라고! 제발 그만!"

얼마나 몸부림치고 비명을 질렀는지, 어느새 그녀의 눈엔 물기가 맺혀 있었다. 세연은 마지막까지 자신을 이렇게 만든 그를 결코 용서할 수 없다 생각했다.

"자아, 이제 네 손으로 끝내야지. 그래야 내게서 벗어나 자유로워질 수 있어. 어서 빨리 네 손으로 해방되고 싶지 않나?"

아랑곳하지 않고 그가 낮게 명령했다.

철저하게 자신의 삶을 제어하고 본능적으로 끝내야 할 때를 알듯이, 이 순간에도 그는 믿기지 않을 정도로 침착하게 그녀를 충동질했다.

"이것이 너와 나의 해방이다. 자유를 원한다면 네 손으로 끝내. 알겠어?"

그 어조가 어찌나 침착하고 냉엄한지 세연은 자신도 모르게 넘어갈 뻔했다. 그에게서 벗어나 자유로워질 수 있다니. 뿌리칠 수 없는 달콤한 유혹이자, 감미로운 초대였다. 그녀는 거부할 수 없었다.

"……!"

다음 순간 세연이 있는 힘껏 그의 목을 졸랐다. 그러자 기우의 입가에 희미한 미소가 번졌다.

철저히 자기 뜻대로 흘러간다고 여긴 것일까. 그녀로서는 이해할 수 없는 감정이었다. 냉정하기 그지없는 그가 이리도 자신에 대한 감정을 포기하지 못한다니 의외였다. 그는 자기의 감정 따위는 눈 하나 깜짝하지 않고 철저하게 통제할 것 같은데.

마지막까지 그의 뜻대로 끝낸다?

결코 그녀를 포기할 수 없어 스스로 죽음까지 택하려는 그. 이제 뜻대로 이루어져서 만족할까? 이 순간 기우의 입가에 떠오른 희미한 미소에서 세연은 눈을 떼지 못했다. 그녀는 고개를 저었다. 절대로 그의 뜻대로 되게 하지는 않으리라. 마지막까지 반드시.

침묵이 흘렀다.

여전히 그의 목을 조른 손에 힘을 준 채, 이제 세연은 싸늘하게 식어 가듯 창백하게 질린 기우를 직시했다. 그러고는 절대로 그의 뜻대로 되지 않는다는 것을 알려 주듯 냉엄하게 내뱉었다.

"난 절대 당신 뜻대로 되지 않아. 당신 뜻대로 목을 졸라서 죽이는 일은 절대로 없을 테니까. 그러니 한 번도 아니고 두 번째로 이런 미친 짓은 그만둬."

다음 순간 세연은 손에서 힘을 풀었다. 그리고 그에게 들으란 듯 힘주어 말했다.

"그러니 이 손 놓고 당장 내 앞에서 사라져! 권기우."

마지막까지 그녀를 놓지 못하는 그의 이해할 수 없는 감정에 통렬하게 일침을 가했다.

"못 들었어? 난 결코 당신 뜻대로 안 될 테니까. 이 손 놓고 당장 내 눈앞에서 꺼지라고!"

그녀의 외침에, 기우의 표정이 변했다. 침묵이 흘렀다. 1초, 2초……. 그녀에겐 숨 막히는 순간이 느리게 흘러갔다.

"너는 마지막까지 결국……."

이윽고 기우가 이해할 수 없다는 듯 고개를 갸웃했다.

그것도 잠시, 창백하게 질린 그가 세연의 손을 드디어 놓았다. 그러고는 소리 죽여 나지막한 웃음을 터뜨렸다. 기우가 웃었다. 세연은 눈을 크게 뜨고 무섭게 노려보았다.

무서우리만큼 핏기 없는 얼굴로 고개를 젖혀 웃음을 터뜨리더니 그가 결국 인정했다.

"역시 넌 대단해. 내 목을 졸라서라도 이 펜트하우스를 탈출할 줄 알았더니. 내 예상이 빗나간 건가. 저번엔 못 하더니, 오늘에야말로 너와 나의 관계에 종지부를 찍을 거라 예상했는데. 역시 내 착각이었나."

"그럼 내가 말해 주죠."

기우의 말에 세연은 가빠진 숨을 몰아쉬었다. 흐트러진 머리칼, 충혈된 붉은 눈. 한바탕 그와 치른 일전으로 그녀는 정말 이성을 잃어버린 것 같았다. 세연은 이를 악물며 힘주어 말했다.

"그건 당신 망상이야, 권기우. 어디까지나 당신의 헛된 망상이라고. 당신은 항상 완벽하게 상황을 통제하고 그 어떠한 상황에서도 날 좌지우지할 수 있다고 생각하지? 단단히 착각하나 본데, 그건 나한테 안 통해. 당신이 승승장구한 서원그룹에선 통할지 모르지만."

세연은 이를 갈았다.

"그건 당신을 얼음 괴물로 만든 서원그룹 정적들과 해. 난 아니라고. 난 아니야!"

이윽고 세연은 핏빛같이 붉게 충혈된 눈으로 똑바로 그를 보면서 말했다.

"이제 날 내보내 줘요. 아니, 이건 분명히 말해 두죠. 당신이 무슨 짓을 하든지 난 문을 열고 나갈 거니까."

세연의 결연한 말에 잠시 침묵이 흘렀다.

세연은 몸을 돌려 다시는 돌아오지 않을 것처럼 걸음을 옮겼다. 그때였다. 기우가 말없이 그녀를 막아섰다.

다시 침묵. 이번에는 그녀가 견딜 수 없을 정도로 긴 적막이었다. 서서히 기우의 표정이 변했다. 다음 순간 세찬 기침 소리에 세연의 눈이 커졌다. 기우가 몸을 들썩이며 괴롭게 기침을 하고 있었다.

기우가 캑캑거리며 심한 기침을 하더니 피투성이가 된 손을 내저으며 천천히 미소 지었다. 세연은 느꼈다. 완벽하게 조율하듯 스스로의 삶을 재단해 오던 그가 마지막 순간에 흔들렸다. 피가 묻은 진득한 붕

대 사이 조금의 틈을 내보였다. 기우에게 미친 듯이 집중하고 있던 그녀가 몇 초의 짧은 순간 그의 동요를 느끼지 못할 리 없었다.

그가 정말 애석하다는 표정으로 말했다.

"그럼 이제 갈 시간이야. 중도하차는 싫지만 어쩔 수 없지. 약속은 약속이니까. 5년 전에 널 만났을 때, 계약 자체를 안 했겠지만 세월이 흐른 건 인정해야겠지. 그리고 네가 변한 것도, 널 만난 현실이 그대로가 아니라 달라진 것도, 그건 감안할게. 그러지 않으면 널 놓지 않았을 거야."

세연의 다시금 커다래진 눈은 그에게 머물러 움직일 줄을 몰랐다. 기우가 텅 빈 눈으로 웃으면서 아무렇지 않게 말했다.

"아니, 분명히 해 두지. 잘 들어. 널 사랑해서 놔주는 거야. 안 그랬으면 널 시체로라도 내 곁에 뒀어."

다음 순간 들려오는 그의 말에 세연은 일순간 얼어붙었다. 그녀를 감싼 섬뜩하리만큼 차가운 기운이 그녀를 놓아주지 않았다.

내심 이대로 내보내 줄 거라 생각했는데, 방심했던 걸까? 역시 그는 마지막까지 호락호락하지 않았다.

그 이해할 수 없는 끔찍한 욕망에 절로 소름이 돋았다. 세연은 그대로 창백하게 질렸다. 그녀가 흔들리는 순간을 포착 못 할 기우가 아니었다.

천천히 기우가 고개를 숙였다. 그러고는 그녀의 귀에 대고 낮게 속삭였다.

"자아, 이제 정말 작별할 시간이야."

마지막에 침묵이 흘렀다. 다음 순간 기우가 낮고 나지막한 어조로 말했다.

"이제 가 버리는 거야. 다시는 내 눈에 보이지 마. 그러니까…… 안녕."

안녕이라는 인사는 너무나도 짧았다.

꼭 그의 가슴 속에서 긁어내듯 쉬어 버린 목소리가 매끄럽지 않고 끊어지듯 들렸다. 그 순간 느껴지는 예리한 가슴의 통증. 세연은 얼굴을 찡그렸다. 이상하게도 그녀의 마음 역시 찌를 듯 아파 왔다.

속삭이듯 그녀의 가슴에 결코 잊지 못할 잔영을 길게 남겨 놓고선, 다음 순간 기우가 그녀를 문밖으로 밀어냈다.

쾅!

그러고는 보란 듯이 펜트하우스의 문을 세차게 닫았다.

그것도 모자라서 문의 잠금쇠까지 단단히 잠갔다. 다시는 그의 마음속에 그녀가 들어오지 못하게 밀어내는 것처럼.

문이 닫히자, 세연은 혼자 남겨졌다.

이어지는 적막. 그녀에게는 기우에게서 완전히 해방되어 자유로워졌다는 선언이자, 그에게는 영원한 무덤을 알리는 침묵이나 다름없었다.

그리고 이상하리만큼 기묘한 침묵 속에서, 세연은 한동안 꼼짝 않고 서 있었다. 정확히는 그녀를 옥죄었던 감옥이나 다름없던 눈앞의 펜트하우스를 눈을 크게 뜨고 노려보았다. 그런 그녀의 얼굴은 파랗게 질려 있었다.

……아무리 해도 얼어붙을 듯한 한기가 가시지를 않았다.

비록 헤어졌지만 그와의 이별이 너무나도 처절했던 탓일까.

그녀가 원하던 대로 깨끗하고 개운한 작별이 아니라 마음에 걸렸다.

꼭 새하얀 눈 속에 뚝뚝 붉은 핏방울을 떨어뜨리며 기우가 끝없이 걸어가는 듯한 환영이 보여, 세연은 몇 번이고 몸을 돌려야 했다.

第 40 幕

그와 헤어지면 다시 원래대로 돌아가게 될 거야.

익숙하고 지루하기까지 했던 평범한 일상으로. 그간 긴장했던 순간이 너무 길어서일까.

그냥 아침에 눈을 뜨면 가수 세연으로 하루 스케줄을 소화하고 집에 돌아와 잠깐의 실감 나지 않는 단잠을 맛보고 싶었다. 마음 깊은 곳에서 차곡차곡 보이지 않는 칼을 갈듯 드라마 캐스팅 기회가 좀 더 가까워질지도 모른다는 희망에 젖어서, 잠시마나 홀가분한 가운데 잠을 청하고 싶었다.

그렇게 그에게서 벗어나 한결 후련하고 홀가분한 마음으로 다시 행복을 찾게 될 거라고 여겼다. 세연은 돌아온 집 안의 정적 속에서 혼자 비좁은 원룸 안을 왔다 갔다 하면서 나직하게 숨을 들이마셨다.

"하아……."

그랬다. 바로 어제까지 그렇게 생각했었다.

그녀가 가장 두렵고 꺼려지는 것은 바로 5년 전과 똑같은 상황에 처했고, 아무것도 달라지지 않았다는 점이었다. 끔찍한 폭력에 노출된 후 다친 눈을 혼자 부여잡고 간신히 고통의 터널을 빠져나왔다. 아니, 빠져나왔다고 여겼다. 다시 거짓말처럼 기우와 유지수를 맞닥뜨리기 전까지는.

결코 깨지 않는 끔찍한 악몽 속을 헤매는 기분이었다. 이대로는 아무것도 달라지지 않았다. 말 그대로 몸이 부서지도록 노력해서 간신히 유지수와 드라마에서 맞닥뜨릴 기회를 잡았지만, 여전히 그녀는 무기력한 기분을 느끼고 있었다.

– 과연 네가 될까? 밑바닥에 떨어져 벌레처럼 꿈틀대며 기어 다니던 네가?

여전히 유지수는 그녀를 비웃었으며, 5년 만에 다시 재회한 기우는 거짓말처럼 그녀를 사랑한다고 말했다. 감당 못 할 그의 욕망과 소유욕은 눈으로 보고도 믿기 힘들 정도였다. 그녀가 감당할 수도 없을뿐더러, 사실 세연은 누군가를 보듬을 수 있는 상황이 아니었다. 결코 벗어날 수 없을 것 같은 삶의 편린에 갇혀 제자리를 빙빙 도는 느낌이 들었다. 그녀는 고개를 저었다.

'정말 하나도 변하지 않았잖아! 그렇게 처절하게 바꾸려고 노력했는데. 이대로는 정말 5년 전과 똑같아. 만약 신이 있다면, 신은 내가 노력한 게 그렇게나 우스웠던 걸까. 어떻게 이런 똑같은 상황 속에 날 보냈을까?'

그것이 그녀가 느끼는 공포의 실체였다.

모든 것이 똑같았다. 하다못해 그녀 주변의 인물도 그때와 변하지 않았다.

'날 괴롭히는 건 지수의 존재로 충분해. 다른 건 바라지도 않으니까 그냥 그를 만나기 전으로 되돌아갔으면.'

이기적일지 몰라도 그런 바람이 마음 깊은 곳에 있었던 게 사실이다.

'계속해서 그와 헤어질 순간만을 그려 왔어. 그가 마음의 짐처럼 부담스러웠던 게 사실이야. 그 없이 나 혼자서 마음 편하게 훌훌 지수와의 성사된 일전에만 집중하고 싶었어.'

그런데 이상한 일이었다.

정작 그렇게나 바라고 염원하던 순간이 오자 이 이상하리만큼의 고요한 적요는 무엇인지. 꼭 주변의 모든 것이 정지되고 시간 역시 멈춰진 기분까지 맛보았다.

'도대체 왜 이럴까?'

이상하게 허전했다. 애써 침대로 다시 돌아와 잠을 청하려 했지만, 집으로 돌아온 이후 내내 가시지 않는 이상한 감각이 그녀를 덮쳐 왔다. 이상한 괴리감이었다.

무엇보다 가슴에 구멍이 뚫린 것처럼 휑하고 채워지지 않는 허전함과 이루 말할 수 없는 공허함이 느껴졌다. 세연은 조용히 고개를 내젓다가 몸을 일으켰다.

그대로 가운을 걸치고 차라리 연기 연습이나 하자는 생각에 주방으로 가서 불을 켰다.

탁.

그녀의 원룸은 매우 좁고 세간 역시 단출했다.

꽤 소음이 큰 냉장고 돌아가는 소리를 배경 삼아, 세연은 물이 끓은 커피포트를 들었다. 그리고 금이 간 싱크대의 문을 열고 하얀 잔을 꺼냈다. 그 잔에 시커먼 어둠 같은 블랙커피를 부어 마시면서 세연은 비릿한 웃음을 흘렸다.

'보란 듯이 해낼 거야. 이제야 권기우에게서 벗어나서 자유로워졌으니까. 꼭 유지수와 드라마를 찍고야 말겠어. 어떻게든 찍을 거라고.'

오기로 덤벼들듯 단단히 결심한 것도 잠시, 새벽의 정적 속에서 세연은 설핏 입가를 일그러뜨렸다. 평소 좋아하던 새벽의 적막이 갑자기 감당할 수 없어진 탓이다. 부담스럽게 느껴지면서 폐부에 차오르듯 답답해진 탓이다.

그토록 원하고 고대하던, 기우에게서 벗어나 자유로워진 순간인데 왜 이리도 허전할까. 갑자기 주변이 조용해져서 공허해진 걸 수도 있었다. 갑자기 참을 수 없을 만큼 허전함이 엄습해 왔다.

도무지 스스로도 이해할 수 없으면서도, 세연은 꼭 최후를 예감한 것처럼 보일 듯 말 듯 희미한 미소를 지었다.

마침내 다가온 자유의 순간은 안온함과는 달랐다. 그것이 파국이든, 기우로부터의 해방이든, 아무튼 달랐다. 세연은 드디어 소원대로 혼자 남겨진 새벽의 정적 속에서 그 사실을 깨달았다.

폐부를 숨 막힐 듯 조여 오는 견딜 수 없는 공허감. 너무 외롭고 고독해서 견딜 수 없을 지경이었다.

어느새 싸늘하게 식은 블랙커피를 손에 든 채로 세연은 어이없어 헛웃음을 머금었다.

지금껏 난 뭘 했나. 헛헛하기까지 한 심정이었다. 입 안에 남은 커피의 쓴맛처럼 그와의 지난 시간을 떠올린다. 지난 시간, 기우는 꼭 뛰어넘어야 할 거대한 장벽이나 마찬가지였다.

이제야 원하던 대로 기우에게서 벗어났는데, 왜 이런 공허함과 헛헛함을 느끼는지 모를 일이었다. 세연은 잘근잘근 입술을 깨물었다. 그러고는 손을 들어 아무렇게나 머리칼을 흐트러뜨렸다. 나중에는 이 말도 안 되는 허전함을 채우려 새벽에 어울리지 않게 푸시 업 동작과 숄더 프레스 운동까지 했다.

“헉헉…….”

가빠진 숨결, 이 모두가 잠든 조용한 새벽에 운동이 말이 되는가. 꼭 애꿎은 곳에 화풀이를 하듯 흠뻑 땀에 젖은 자신이 마음에 들지 않아, 세연은 얼굴을 찌푸렸다.

그러곤 말없이 커피가 든 컵을 노려보다가 단번에 꿀꺽꿀꺽, 나머지를 삼켰다. 설탕을 넣지 않은 쓴 블랙커피의 맛이 폐부로 퍼져 가는 걸 느끼면서, 천천히 차가운 바닥에 가서 누웠다.

땀에 젖은 몸을 갑자기 서늘한 마룻바닥에 뉘자, 온몸으로 차가운 기운이 느껴졌다. 그렇게 아무 일도 없었던 것처럼 잠을 청했다.

그러다 문득 세연은 그렇게나 원했던 '혼자'가 됐다는 걸 알아차렸다.

"이걸 위해 그렇게……."

이윽고 정적 속에 결국 세연은 소리 내서 웃었다.

– 내가 보는 앞에서 어머니는 결국 세상을 떠났지. 아버지가 보란 듯이 약병을 밀어냈어.

사라지지 않는 담담한 음성. 무엇보다 그와 헤어지는 마지막 순간에 알게 된 그의 과거가 낙인처럼 그녀의 머릿속에서 사라지지 않았다.

"하아……."

가슴이 답답해서 세연은 나직한 숨을 토해 냈다. 고개를 저었다.

그를 향한 죄책감과 책임감이 사라지지 않는다. 그녀가 애써 외면하고 바라보지 않으려 했지만, 이 순간에도 돌처럼 무겁게 그녀의 마음을 내리누르는 진실들. 결코 이 감정에서 그녀는 자유로워질 수 없었다. 마지막으로 본 기우의 텅 빈 눈동자와 공허한 표정이 결코 뇌리에서 사라지지 않았다. 이것이 그녀가 맞닥뜨린, 결코 피할 수 없는 현실이었다.

또한 이것이 그녀가 원하는 자유였다.

그녀가 그토록 원했던 그에게서 해방된 자유는, 그녀가 맞닥뜨린 결과는 황폐한 마음의 황무지였다. 너무도 황폐하고 메말라서 숨을 쉴 수 있을 것 같지 않았다.

"……!"

그 순간, 갑자기 세상에 혼자인 것처럼 숨 막히게 외로워졌다.

헉헉, 세연은 가쁜 숨을 몰아쉬었다.

외롭다. 숨 막히게 외롭다.

왜 이럴까?

알 수 없는 일이었다.

쨍그랑.

결국 견디다 못한 세연이 격렬하게 몸을 뒤틀자, 옆에 놔둔 애꿎은 컵만 깨져 나갔다.

순식간에 컵이 깨지자 번쩍 정신이 들었다. 그녀의 상상이 아니었다. 어디까지나 잔인하기까지 한 생생한 현실이었다. 잠시 찬물을 뒤집어쓴 기분에 산산조각 난 파편들을 보며 세연은 멍하니 있었다.

'제발, 다시 원래대로만 돌아갈 수 있다면.'

그렇게만 된다면 정말 어떤 대가라도 치를 수 있을 것만 같았다. 돈이 얼마가 들어도 예전처럼 복구할 수만 있다면, 그를 몰랐던 시간으로 돌아갈 수 있다면 그렇게 했을 것이다.

아니, 이제 그녀는 그렇게 할 수 없었다.

서서히 느껴지는 고통에 세연의 눈은 흐려졌다.

기우를 다시 만나 느낀 생생한 희로애락과 아픔, 그리고 애증. 분노와 용서되지 않는 복합적인 감정들 속, 살아 있다는 생생한 감각. 그런 것들이, 속살을 찢고 고통스러운 성장을 하듯 결국 그녀를 성장시켰다. 그리고 그녀에게 결코 사라지지 않는 '그'라는 낙인을 남겼다. 때문에 이제 세연은 그를 잊을 수 없었다.

기우를 모르는 예전으로 다시 돌아갈 수 없었다.

차가운 금속의 느낌.

힘을 주어 세차게 내리누르는 베이스 줄의 섬뜩하리만큼 차가운 감촉이 그를 지배했다.

한때 반복되는 베이스의 리듬과 베이시스트의 연주 효과를 덧입히는 쵸퍼, 그리고 이펙트사운드는 그의 전부를 차지했다.

그랬다. 베이스가 그의 삶의 전부였던 때가 있었다.

끼익. 잊히지 않는 귓가에 선명하게 내리긋는 차가 부딪치는 소리. 끔찍한 교통사고 이후 그 그리웠던 시절은 비록 막을 내렸지만, 한때 그의 인생의 전부를 점령했던 때가 있었으니 그건 인정해야겠다.

무엇보다 그는 악기에 미쳐 있었다.

한때 누구보다 투명한 사운드에 빠져 있었으며, 음향에 미쳐 있었다. 이를테면 보다 전문적인 사운드, 누가 들어도 매끄러운 앰프의 선율에 집착했다.

누가 들어도 기가 막힌 악기의 이상적인 선율에 집착했으며 모니터와 콘셉트, 그리고 조화로운 사운드를 추구했다.

최고의 음질을 들려주는 골드문트 오디오에 심취했던 것도 당연한 결과였다.

문득 기우는 음악을 들으며, 자신이 변한 게 없다 느꼈다. 어린 시절 외롭던 그를 달래 준 건 음악이었다. 음악에서 위안을 얻고 영화로 시선을 돌리는 것은 변하지 않았다.

지금 역시 어두운 방 안에서 기우는 무심히 영화 속 화면으로 고개를 돌렸다. '마리아 브라운의 결혼'. 낯익은 가터벨트 차림의 여자가 무표정하게 버티고 서서 가스레인지로 담배에 불을 붙이고 있다. 저 위태로운 모습을 볼 때마다 무심히 넘겼는데 기우는 문득 깨달았다. 언제 시한폭탄처럼 터질지 모르는 자신의 모습과 닮았다는 것을.

뿐인가. 기우는 낮게 자조적으로 중얼거렸다.

"오, 변하지 않은 게 하나 더 있지."

지금 방 안에 흐르는 익숙한 사운드를 들으며 마치 오페라의 선율처럼 나직하게 뇌까렸다.

세월은 흘렀지만 하나도 변하지 않았다.

한때 미쳐 있던 음악과 마찬가지로 그는 세연에게 미쳐 있었다. 이 순간 은은한 달빛처럼 그의 방을 관통하는 듯한 심해의 선율. 어두운 그의 방 안에 버티고 선, 관처럼 독특한 사각의 오디오의 형상. 반짝이는 은빛의 골드문트 오디오에선 최고 음질의 선율이 흘러나왔다.

오페라 '노르마', 마리아 칼라스가 흐느끼듯 울부짖고 있었다.

오, 신이여

어떻게 제게 이런 일을 하게 하십니까

난 내 온 영혼을 바쳐 당신을 믿었는데

그 비통한 울부짖음은 꼭 그를 향한 세연의 놓아 달라는 절규와 겹쳐졌다.

그러고 보니 아직도 남아 있는 흔적. 다시 악기를 연주하지 못하게 된 망가진 오른쪽 손을 기우는 무심히 내려다보았다.

한때 최고의 음질을 추구하려 했던 것처럼, 그는 항상 최고의 명반을 찾는 습관이 있었다. 마리아 칼라스의 명반 역시 그가 아끼는 컬렉션 중 하나였다. 마리아 칼라스는 영혼으로 노래했다. 연인에게 버림받아 비통하게 노래하는 나비부인도, 그리고 결국 불 속으로 뛰어드는 장렬한 여사제인 노르마로 분할 때에도 그녀는 온 영혼을 다해 노래해, 정말 그 상황을 현실로 느껴지게 만든다. 듣는 이가 동화될 정도로 자기 전부를 다해서 노래 부르는 것이다.

그 역시 엉망으로 부서진, 다시 돌이킬 수 없는 손을 들어 세연을 부르고 있었다. 그의 온 마음을 다해 변함없이. 그런 자신이 마음에 들지 않아 기우는 쓰게 웃었다.

그는 여전히 세연에 미쳐 있었다.

여전히 헤어날 수 없는 불치병과도 같은 열병에. 그건 결국 그를 태우는 불꽃이다. 그럼에도 부나비처럼 그 시뻘건 불꽃에 기꺼이 뛰어들 것임을 기우는 잘 알고 있었다.

第 41 幕

아침의 고요가 기우가 출근한 20층 사무실에 깔리고 있었다.

여느 때처럼 시간에 맞춰 출근한 기우는 하루를 시작하는 직장인들로 가득한 건물 아래 풍경에 무심히 시선을 던졌다. 지극히 평온한 얼굴 표정. 그러나 그의 가슴은 격랑이 치고 있었다.

어제 그는 세연과 헤어졌다.

5년 전에 이어 두 번째 이별이었다. 이번에는 완전히 헤어졌다는 확실한 실감이 왔다. 쿵쿵, 거듭해서 그의 심장이 날카롭게 조여들고 있었으므로. 실상 그의 심장까지 파고드는 대상은 세연이 유일했다. 찌를 듯 날카롭게 공격해 오고 그에게 치명적인 타격을 줄 수 있는 건.

우연의 일치인지 거듭해서 몸에 열이 올랐다.

어제 거의 잠을 이루지 못해서일까. 콜록, 기침을 하며 기우는 텅 빈 눈으로 조용한 사무실을 둘러보았다. 새삼 사무실의 정적이 거슬려 오디오에 음악을 틀었다.

'정갈한 여신.'

예외 없이 흘러나오는 오페라 '노르마'의 선율을 들으며 기우는 쓰게 웃었다. 어제, 마리아 칼라스가 부르는 절절한 오페라 아리아의 선율에 맞춰 그를 공격한 세연의 말이 떠올라서였다. 기우는 생각했다.

'하필 오페라 '토스카'의 노래 가사로 날 공격하다니. 확실히 너다웠어. 마리아 칼라스가 노래 불렀지, 난 내내 신에게 기도드리고 제단에 꽃을 바쳤는데 돌아온 건 처절한 파멸과 연인의 죽음이라니.'

지극히 세연다운 공격이라 생각하며 기우는 웃었다.

'그러니까 날 만나지 않았다면, 너는 결코 다칠 일이 없었을 거란 뜻이겠지?'

결국 그의 마지막 눈물을 보고서야 세연은 발걸음을 돌렸다. 그제야 납득한 것처럼 몸을 돌려서 완전히 그의 인생에서 빠져나갔다. 다시 혼자 남겨진 기우는 아무렇지 않게 담담하게 웃었다.

'결국 넌 날 이겼어. 축하해 줘야겠지? 그렇게나 소원하던 걸 이룬 기분이 어때? 나와 헤어진 기념으로, 작별의 꽃다발이라도 보내 줘야 하나.'

이별을 예감 못 한 것은 아니었다. 어디까지나 예상했던 과정이었고, 정해져 있던 종착점이기도 했다. 시작부터 정해져 있던 결론이었기에 세연을 만나기 위한 필수적인 과정이었을 뿐이다.

그랬다. 그녀를 만나기 위한 과정.

각오하고 있었기에 담담할 줄 알았는데, 그래도 막상 다가온 마지막 순간은 왠지 모르게 숨이 막혔다.

"……."

기우는 무표정하게 창가를 응시하면서 넥타이를 느슨하게 풀었다.

새카만 회화나무처럼 죄어드는 자신에게 감상적인 기억이, 어머니와 함께 눈 내린 코펜하겐의 가구 공장을 찾아갔을 때처럼 사라지지 않는 유년 시절의 기억이, 그가 살아온 삶의 순간순간이, 꼭 색이 바랜 흑백 사진첩의 사진처럼 하나하나 남겨져 있었다.

결코 잊을 수 없는 그녀와 보낸 시간. '그린우드 호텔 1308호'로 일컬어지는, 펜트하우스에서 세연과 함께했던 그 모든 잊지 못할 날들.

남은 건 이제 무덤과도 같은 공허뿐인가. 앞으로 결코 채워지지 않겠지. 네가 떠났으니까.

남은 건 죽음과도 같은 사무실의 적막과 결코 그를 구원해 주지 못하는, 수북하게 쌓인 결재 서류들이었다.

이윽고 기우는 아무렇지 않게 입꼬리를 올려 서늘하게 웃음 지었다. 스스로도 이해할 수 없던 세연을 향한 집착과, 결코 멈출 수 없던 소유욕. 세연을 놓지 못하는 스스로를 향한 조소가 흘러나왔다.

결국 난 널 영원히 손에 넣을 수 없었으니까.

아니다. 그는 고개를 저었다.

결국 이렇게 되고 나서야 마지막 순간에 인정한다.

그는 외로웠고, 자신과 닮았다 생각한 동족에게 본능적으로 이끌린 것임을.

– 동정하는 거야?

– 아뇨. 그냥 이렇게 하고 싶어서. 손을 잡아 주고 싶다는 생각이 들었으니까.

그리고 처음으로 느낀 따스한 손길과 온기, 놓치고 싶지 않았었다. 그저 기대고 위로받고 싶었다. 익숙한 혼자가 아니라. 눈을 뜨면 보이는 새하얀 벽. 이제는 눈에 익은 황량한 그의 공간에서 홀로 깨어나는 게 아닌, 그 애를 안고 잠들고 싶었었다. 본능적으로 기대고 인간적인 유대와 공감을 얻고 싶었다. 이 황량한 바람 소리와도 같은 뻥 뚫린 내면의 공허함을, 언제부턴가 채워지지 않는 텅 빈 마음을, 그 애를 통해 채우고 싶다고 생각했으니까.

헛되고 텅 비고 허무하기까지 한. 스스로 그 딜레마를 알면서도, 누구보다 정확하게 파국을 예감했음에도 그는 기꺼이 광기 어린 정염, 그 넘실거리는 화염 속으로 걸어 들어갔다. 파국을 예감하면서도 한바탕 미친 춤을 추었지. 기우의 입가에 허무한 미소가 어렸다 사라졌다.

어쩌면 마음을 얻을 수 없어 그 애의 몸을 그리도 갈망하고 탐한 게 아닐까 싶어 헛웃음이 났다. 그것도 잠시, 사무실에 말없이 버티고 선 그의 눈은 스스로를 단죄하듯 형형한 빛을 띠었다. 손을 들어 아무렇게나 단정한 머리칼을 흐트러뜨리며 기우는 싸늘하게 얼어붙은 눈빛으로 말없이 주변을 둘러보았다.

'아니, 변명은 그만두자. 그럴듯한 수식어를 끌어다 붙이고 구구절절 이유를 대도 넌 그저 외로웠던 거야.'

그는 생각했다. 말로는 익숙하다 되뇌면서도 마음으로 공감하고 유대를 나눈 세연을 놓치고 싶지 않았던 거다. 그래서 세연을 잃어버리고 그렇게 몸부림치고 서서히 메말라 갔었다.

자각하기도 전에 망가졌던 그때와 마찬가지로, 이제 남은 것은 파멸인가. 기우는 쓰게 웃었다. 눈앞에 보인다. 스스로 뚜벅뚜벅 멈추지 않고 걸어갈 파국을 예감하는 건 그리 즐거운 일은 아니었다.

이 순간에도 멎지 않는 기침. 순식간에 열이 올라 붉어진 얼굴로 기우는 기침을 하며, 아무렇게나 쌓인 서류들을 검은 흑단의 테이블에서 밀어냈다.

겉으로 아무렇지 않은 척할 뿐이지, 사실 기우는 인생에서 가장 힘겹고 휘청이는 한때를 보내고 있었다.

"요즘 얼굴이 안되어 보이는구나."

적막한 평창동 자택에서 우아한 손놀림으로 모락모락 김이 피어오르는 다기를 능숙하게 매만지던 명순이 물었다.

"무슨 일 있니?"

여느 때처럼 면밀하게 그를 예의 주시하는 외조모의 안경 속 차가운 눈이 기우에게 머물러 있었다. 그의 근황을 파악하고, 수틀리면 매섭게 질타하고 질책하는 모습 그대로였다. 외조모는 항상 그를 엄하게 대했고, 존경할 수밖에 없는 여장부이지만, 가족의 실수나 잘못을 보아 넘기지 못했고 추상같이 꾸짖었다.

언제였던가.

– 그래! 네 어미는 부모 말 안 듣고 기어이 지 죽을 자리 찾아간 거다. 쓸데없이 고집만 셌던 게지. 지금 생각해 보면 차라리 태어나지 않은 게 좋았을 것 같구나. 알겠니? 내가 그렇게나 신경 써서 짝지어 줬더니 결국 그렇게 가는 게 네 어미 고집이었다.

그렇게 아무렇지 않게 그를 보며 내뱉었었다.

– 그 피가 어디 간다고, 미친 짓거리를 이제 네가 하고 있구나. 영화? 영화를 찍는다고? 그것도 모자라서 연예인까지 하겠다는 거냐?

화가 난 명순이 역정을 내며 고함쳤다.

– 그래! 기어이 하겠다고? 집안 망신을 시키겠다고? 아주 잡놈의 피가 흐르는구나! 네 어미도 그냥 내가 짝지어 준 대로 잘 살았으면 얼마나 좋았을까. 쯧쯧, 기어이 응수와 못 살겠다고 일찍 간 게지. 심장마비를 일으켰다는 말 난 안 믿는다.

다음 순간 서슬 퍼런 외조모의 말은 그의 가슴에 비수로 박혔다.

– 어디서 이런 것이 나왔을까, 진짜. 하늘에 묻고 싶구나. 네 어미 하나로 모자란 건지. 이게 다 내 업보다. 두고두고 죗값을 치르라는 하늘의 뜻인가 보구나.

그 역시 가끔 묻고 싶을 때가 있었다. 꼭 예리한 칼날처럼 그의 가슴 속에 박힌 비수와도 같은 말은 여전히 유효한데, 왜 그런 일은 일어나지도 않은 것처럼 그의 외할머니는 온화한 표정을 짓고 있는지.

– 이제 서원그룹은 다시 시작점에 섰습니다. 모두 아시다시피 요즘

물가도 상승되고 안팎으로 무척이나 어려운 때입니다. 다시 초심으로 돌아가야 할 때가 아닌가 싶습니다. 항상 고객의 마음으로 생각하라는 창업주의 뜻을 받들어 달려온 지 30년, 다시금 그룹 재정비에 들어가며 튼튼한 기본 틀을 갖춰야 아무리 거센 비바람과 폭우가 몰려와도 흔들림 없이 버틸 수 있다는 초심을 새겨야 할 때입니다.

그에게도 익숙한 카랑카랑한 목소리였다. TV를 틀면 뉴스 채널에서도 자주 나오는 외할머니의 목소리.

한없이 자애로운 말투로, 그가 실적을 올릴 때나 그룹의 명예를 드높일 때는 한껏 공치사를 늘어놓다가 심기에 거슬리면 또다시 날카로운 칼날과도 같은 말을 늘어놓는 명순에게 문득 묻고 싶어졌다.

'어머니를 잃은 것도 모자라서 이제 나까지 잃고 싶은 겁니까.'

물론 기우는 겉으로 내색하지 않았다.

절대로 밖에 드러내는 일은 없다. 강박적이리만큼 틈을 내보이지 않는 것이다. 빳빳하게 날을 세운 넥타이, 반짝이는 넥타이핀. 누가 봐도 한 치의 흐트러짐이 없었다. 기우는 늘 서늘하리만큼 팽팽한 긴장감이 묻어나는 태도로 외조모를 대했다.

"얼굴이 많이 상했구나. 무슨 일이 있는 건 아니지?"

명순이 거듭 물어도 물론 대답할 리 없었다.

그렇다고 노성을 터뜨리는 건 명순의 스타일이 아니었다.

평소에도 그녀는 남들에게 흐트러진 모습을 보이거나 약점으로 책잡힐 감정을 드러내는 일은 절대 하지 않았다.

때문에 그에게도 익숙한 모습이었다.

잔잔하게 입가에 미소를 머금은 얼굴, 성성한 새하얀 파마 머리칼. 한복을 즐겨 입는 그의 외조모가 그린 것처럼 우아한 도자기 잔을 집었다. 푸른빛의 도자기에 상감으로 조형된 학 모양의 잔을 입가로 가져갔다. 그러고는 은은한 향이 피어오르는 차의 맛을 말없이 음미했다.

빈틈없고 흐트러짐 없는 명순을 마주 보며 기우는 무표정하게 떠올렸다. 눈앞의 외조모가 차향을 음미하는 모습이 꼭 동양화 화폭을 보는 것만 같다.

그 모든 동작이 의도된 것처럼 우아하고 고상하게 느껴졌다. 그랬다. 차를 마시던 명순이 비서와 실무진이 모두 나간 것을 확인하고 급작스레 맨 얼굴의 본심을 드러내기 전까지는.

"이번 분기 영업실적이 영 성에 차지 않는구나. 아니, 효중이 녀석이 하는 짓이 맘에 차지 않는다고 해야겠지."

그와 단둘이 남겨진 것을 확인하자, 명순이 한없이 온화한 표정은 집어치운 채 차갑게 입을 열었다. 사포처럼 꺼끌꺼끌하고 공격적이기까지 한 음성. 이것이 명순의 유감없는 민낯이었다.

"어쩌면 그 녀석은 벌이는 일마다 사고를 치는 건지. 이제야 말하지만, 이것도 참 재주라면 재주야. 내 복이라고 해야겠지. 그렇지 않니?"

예컨대 그의 외조모는 사나운 피라냐와도 같은 본심을 가지고 있었다.

대외적으로는 단아하고 순박하기까지 한 촌부의 모습을 철저하게 유지하고 있지만, 사업 기질은 공격적이었다. 발언 역시 직설적이었고. 이러한 면모는 이사진들에게도 잘 드러나지 않았고 철저히 직계 가족에게만 통용되었다. 사실 냉정하게 말해, 그 역시 외조모의 그러한 입장을 비판할 수 있는 입장은 못 되었다.

실상 그 역시 이런 외조모의 면면을 닮아 사람들에게 지독하게 차게 굴지 않던가. 조용하다가도 결정적인 순간, 칼날처럼 상대의 마음을 도려내는 것은 확실히 비슷했다.

"네 어머니와 외삼촌이 비명에 간 것도 모자라서 저런 사고뭉치를 친손자로 둔 건 정말 내 복이 아니냐. 그렇게 생각하지 않니? 쯧쯧, 효중이 녀석, 어쩜 그리 사업이랍시고 벌이는 분야마다 내 비위를 거스르는지. 이것도 확실히 재주라면 재주야."

명순이 혀를 쯧쯧 차며 거침없이 말했다.

"차 맛이 떨어지는구나. 지독하게 써."

그의 동의를 구하는 것이지만 기우는 침묵했다.

실상 입을 열어서 좋을 것이 없었다.

그가 맞장구를 치면 사촌인 효중에 대한 험담이 되는 것이고, 아니라고 반대하면 외조모의 의견에 반하는 것이 되기 때문이었다.

실제로 명순은 끈질기게 사촌 효중의 처분에 대해 그가 어떻게 생각하는지 물어 왔다.

"효중이를 어떻게 하면 좋겠니?"

떠보듯이 머무르는 시선.

한국에 다시 돌아와 경영에 참여하겠다고 했을 때부터 부단히 판단을 내리듯 그에게 머물렀던 시선이다.

기우는 외조모가 그를 끔찍이 아끼고 사랑하는 것을 알고 있었다. 단지 명순은 그룹이 여기 오기까지 수많은 난관을 거쳤기에, 그 냉정한 잣대를 식솔들에게도 적용하는 것뿐이었다.

– 네 어미가 나한테 어떤 짓을 했는지. 넌 절대로 그 애의 전철을 밟지 마라.

– 그 애는 날 배신했어. 내가 얼마나 끔찍하게 아끼고 키웠는데. 결정적인 순간에 날 배신했지. 그것도 내가 그렇게나 심혈을 기울여서 짝지어 준 남자랑 마음잡고 살지 못하고 그렇게 비명에 가다니. 아직도 난 네 어미를 생각하면 뻣뻣하게 뒷목이 당긴다.

끝없이 그를 의심하는 눈. 아마도 그의 외조모가 가장 사랑했던 딸이 세상에 유일하게 남기고 간 혈육인 외손자를 사랑하고 믿되, 결정적일 때 또 자신을 배신하지 않을까 전전긍긍하는 시선이리라.

– 네가 과연 할 수 있겠니? 게다가 넌 일본에서 영화도 찍었지 않니. 베이스? 그 말도 안 되는 악기를 다루며 그룹 멤버까지 하려 했

던, 한때 미쳤던 네가 그걸 할 수 있다고?

아마 평생 그러리라. 방향 선회를 한 이후 그는 항상 최선을 다해 왔지만 명순은 손자에게 끝없이 의구심을 드러냈다. 한때의 방황은 명순에게 의심의 불씨를 남겼고, 외조모의 그치지 않는 불안과 의구심이 확신으로 바뀔 때까지 기우는 묵묵하고 충실하게 노력해 왔다.

"효중이는? 내가 어떻게 하는 게 제일 나은 거 같니?"

하지만 외조모가 그를 향해 이렇게 물을 때마다 기우는 연상하곤 했다. 그의 결정 여하에 따라 사납게 튀어나와 물어뜯을 검투장의 맹수를. 그 역시 외조모의 마음 여하에 따라 처분이 내려지리라.

– 과연 네가 할 수 있겠니? 정말로?

지금 역시 집요하게 파고드는 외조모의 은테 안경 속, 눈을 향해서 기우는 부드럽게 미소 지었다.

"왜 꼭 제 의견을 구하시는 겁니까?"

기우는 말했다.

"그룹의 자문단은 저 말고도 많지 않습니까. 그리고 효중 형님이 만약에 외국으로 좌천된다고 해도 모를 일이죠."

"그렇게 생각하니?"

"몇 년 후에 저 역시 따라가게 될지. 그래서 섣불리 말씀 못 드리겠다는 겁니다. 양해해 주셨으면 합니다."

깍듯하게 잘라 말한 것도 모자라서 기우는 매끄러운 음성으로 덧붙이기까지 했다.

"알고 계시겠지만, 항상 상황은 유동적이고 판단 역시 유보적이니까요. 섣불리 말씀드릴 수 없는 이유입니다."

"고얀 놈! 항시 접착제로 붙인 것처럼 입을 다물고 아무 말도 안 하더니, 오늘은 왜 이러는 게야."

그러자 명순이 역정을 냈다.

"요즘 들어 확실히 네가 이상하구나. 뭔가가 달라. 낯빛도 좋지 않고 며칠 잠을 설친 것처럼 눈 밑도 거무죽죽하지를 않나. 쯧쯧. 내가 민 박사한테 말해 놓을 테니까 한번 들러라. 약도 지어야겠다. 젊은 놈이 벌써부터 그렇게 비실거려선 어디다 쓰겠누."

항시 날카롭게 상대를 파악하는 눈은 예리하게 벼려진 칼날처럼 날을 세울뿐더러 상대의 동향 역시 놓칠세라 기민하게 파악하고 있다. 얼마 전부터 외손자가 이상하다는 걸 느끼지 못할 명순이 아니었다. 말없이 찻잔을 손에 든 채로 기우는 쓰게 웃었다. 그런 그의 눈은 지독하리만큼 텅 비어 있었다.

비록 단정하고 완벽에 가까운 겉모습을 지니고 있더라도, 혹여 책이라도 잡힐세라 평정을 유지하곤 있지만, 그 안에서 서서히 곪아 가는 외손자의 비틀린 마음을 간파 못 할 외조모가 아닌 것이다. 지금 역시 역정을 내며 그를 질책하는 것도 그런 이유에서였다.

"도대체 뭐가 불만이냐? 효중이 녀석이야말로 너한테 주식을 증여했다고 얼마나 날 쥐 잡듯이 잡던지. 내가 너희들을 잘못 키웠다! 어쩜 네 어미나 영렬이까지, 하나같이 이렇게 엇나가기만 하니! 겉만 멀쩡하고 썩어 들어가는 화초들처럼. 내가 잘못 살았어. 그룹을 경영하는 데 온 신경이 집중돼서, 너희들을 근본부터 잘못 키웠다."

명순이 여전히 어두운 낯빛의 외손자를 보면서 혀를 찼다.

"집안에서부터 사람을 다스려야 하는 것인데. 내 부덕과 오만의 소치다. 그룹을 경영하느라 집안에도 소홀했고, 결국 이 모양 이 꼴이 아니더냐."

고용인을 불러 다기를 치우게 한 명순이 피곤하다는 듯 눈을 감았다. 그러고는 평소의 외조모답지 않게 한 수 무르듯 제안을 했다.

"지금이라도 바로 잡아야겠다. 남들이 볼 때 하나라도 제대로 키운 손자가 있어야 할 것 아니냐. 비명에 간 네 어미도 그렇고, 갑자기 허망하게 떠난 네 삼촌도 그렇고, 하다못해 효명이도 그렇게 어이없게 세상을 떠나고. 이제 남은 건 너 하나다. 내가 웬만해서는 이런 소리 안 하는 거 알지 않니?"

명순이 드물게 타이르듯 말을 이어 갔다.

"그래서 네가 비틀거리지 않고 똑바로 서길 바라는데, 이 할미가 그렇게 많은 걸 바라는 거냐? 난 곧 세상을 떠날 텐데 왜 이리도 휘청거리는 거냐? 너답지 않게."

그 말인즉슨 왜 자신을 실망시키냐는 소리였다. 그 말에 뒤이어 살짝 흘리듯 이렇게 덧붙인다.

"네가 제대로만 한다면 주식을 증여해 주마. 다 네가 하기 마련이다."

그것도 모자라 여전히 별 반응을 보이지 않는 그에게 애원하기까지 했다.

"대체 어떤 여자를 만나는 거니? 이제 와서 못 할 말이 무엇이야. 대명그룹 여식 혼사도 내친 네가 아니냐. 또 어떤 여자를 만나서 이 할미 속을 시커멓게 썩일 거냐?"

이미 비서실에서 그의 근황을 파악했을 텐데도, 직접 그의 말을 들으려 들었다. 반쯤 승낙해 주는 것처럼 확실한 그의 대답을 요구하기까지 한다.

"일단 한번 데려와 봐라. 어떤 애인지 품성이나 인품을 보고 이야기를 해 봐야 내가 생각을 바꾸든지 할 게 아니냐. 왜 꾹 입을 다물고 아무 말도 안 하는 게야?"

명순이 이리도 그를 채근하는 것은 확실히 드문 일이었다. 그럼에도 기우는 굳게 입을 다물었다.

"한동안 한국에 돌아와서 잘하나 싶더니, 기어이 내가 미치는 걸 보고 싶은 게야? 내가 그렇게나 널 품으려고 노력했는데. 시들어 가는 화초에 물과 양분을 줘서 이렇게나 남들 보기 그럴듯하게 키워 냈더니 왜 또 이러는 게냐!"

도대체 무슨 불만이 있냐고 명순이 재차 캐물었다.

하지만 어쩔 것인가?

이미 병든 화초처럼 그의 내면은 서서히 뒤틀려 곪아 가고 있었고 닫힌 마음은 웬만해서는 열리지 않았다. 이를테면 그는 불행과 미움, 그리고 단단한 침묵의 시간이 만든 그늘의 산물이었다. 비록 겉모습은 그럴듯할지 몰라도 속은 곪아 뒤틀린.

실상 세상에서 유일하게 세연만이 불행으로 빚어서 구워 만든 단단하게 닫힌 그의 마음을 열 수 있었다. 기우는 쓰게 웃었다. 비록 세연은 그 사실이 못 견디게 싫겠지만.

결국 세연은 그를 거절했다.

아무리 금은보화와 산해진미라도 받는 사람이 마음을 열지 않으면 그저 무의미할 뿐. 거듭된 세연의 거절은 기우의 마음을 타들어 가게 하고 그를 병들게 했다.

"어떤 애인지 한번 만나 봐야 할 게 아니냐. 그래야 네가 왜 이러는지 알 수 있지 않겠니."

명순의 거듭되는 간청에도 결코 닫힌 그의 입은 열릴 줄을 몰랐다. 기우는 굳게 마음의 문을 닫았다.

명순의 말은 틀리지 않았다.

실제로 효중은 대내외적으로 후계자로서 입지가 흔들리자 뭔가 꾸미고 있는 게 분명해 보였으니까. 적어도 보란 듯이 그를 불러냈다. 그건 앞으로 직접적으로 그와 부딪치겠다는 선언처럼 들렸다.

어느 하얀 눈이 퍼붓던 날.

기우는 비밀스런 효중의 사교 클럽에 와 있었다.

회원제로 운영되는 클럽의 문은 쉬이 열리지 않았다. 오로지 효중이 목적이 있어 접대를 하는 비즈니스 관련 인사들이나, 아니면 향락을 함께 즐기는 지인들의 모임이 있을 때만 개방되었다.

그곳에 자리한 비밀스러운 공간.

단연 눈길을 끄는 것은 전통 기법으로 만들어 낸 오래된 가구였다. 절로 눈길을 잡아끄는 고전적인 가구를 쇼룸 형식으로 선보이는 곳이 아닐까 생각이 들 정도였다.

역시 차분해 보이는 우드 프레임, 가구 역시 심혈을 기울여서 제작한 원목의 포출리. 눈에 띄는 오디오는 뱅앤올룹슨의 베오렙18을 전시했다. 그것도 모자라서 큼지막한 조리대까지 갖춘 이곳은 말 그대로 효중의 놀이터였다. 그렇다고 철저히 효중의 취향만이 아닌, 모두에게 과시하기 위해 전문가에게 의뢰한 고급스러운 쇼룸이나 다름없었다.

이곳에서는 다양한 부위의 고기를 역시 다양한 요리법으로 요리해 맛볼 수 있었다. 드라이에이징한 반질거리는 스테이크가 지글거리며 기름이 부어진 프라이팬 위에 올려진 가운데, 비밀스러운 환담 역시 이어졌다.

스테인드글라스가 그려진 커다란 창문 사이로 눈송이가 흩날리고 벽난로가 활활 타오르는 가운데, 효중은 아무렇지 않게 장작을 집어 넣었다. 그러자 짙은 오크 목재의 벽난로에서 장작들이 맹렬하게 붉은 불씨를 내뿜으며 활활 타올랐다.

"드디어 성가신 손님이 오셨으니, 이제 손님 대접을 해야지."

꼭 지옥까지 타오를 기세인 장작을 무심히 턱을 괸 채로 보던 효중이 지시하자, 기다렸다는 듯이 셰프가 오랫동안 드라이에이징을 거쳐 잘 숙성된 고기를 썰기 시작했다. 애피타이저로 능숙하게 프렌치 스타일로 요리한, 절로 혀에 착 감기는 육회로 시작해서, 역시 잘 구워진 스테이크와 토시살, 갈빗살까지 최고급 고기의 모든 부위를 차례대로 맛볼 수 있었다. 가히 혀끝에 펼쳐지는 최고의 호사라 할 만했다.

그 와중에도 효중은 난폭하리만큼 맹렬한 칼질로 서걱서걱 스테이크를 자르고 있었다. 완벽하게 혀끝을 자극하는 숙성된 고기도 비위에 거슬리면 가차 없다는 듯 거침없이 입 안에 넣었다. 기우는 천천히 시선을 고정했다.

자신의 심기를 거스르면 그대로 썰어 버리겠다는 듯 우걱우걱 최고로 고기를 씹는 효중의 입가엔 뒤틀린 야비한 미소가 떠올라 있었다.

한 입, 한 입 고기를 음미하듯 씹으며 효중이 인심 쓰듯 말했다.

"그러니까…… 말귀 못 알아들어? 내가 백화점과 면세점을 맡을 테니까, 너는 그냥 마트 사업만 해. 무슨 말인지 알겠지? 네가 잘하는 것만 해. 나머지는 내가 알아서 할 테니까. 문제만 안 일으키고 성가시게만 안 하면, 호텔도 하나 내줄 테니까."

그러더니 효중이 처음으로 살뜰한 사촌 형 노릇을 하겠다는 듯이 짐짓 다정하게 덧붙였다.

"많이 먹어라, 인마. 너 요새 너무 말랐어. 밥을 먹기는 하는 거냐?"

그가 들으란 듯 효중이 킬킬거렸다.

"몸보신해야지. 아무리 잘난 여자한테 차이고 다녀도 인마, 산 사람은 살아가야지."

곧이어 기우에게 치명타를 입힐 드문 기회를 놓칠세라 효중이 이죽거렸다.

"뭐, 겉보기에는 그리 대단해 보이지 않던데. 아, 너도 어쩔 수 없이 미모에 약하구나. 그래 봐야 쇼걸 아닌가. 의외야."

그러자, 침묵이 흘렀다.

의미심장한 정적이 깔리는 가운데, 기우는 눈앞에 놓인 반짝이는 크리스털 컵에 담긴 차가운 물을 천천히 마셨다.

아무리 작심하고 친절하게 대하려고 해도 본성을 숨길 수가 없다.

이 순간 효중을 보는 기우의 눈에 떠오른 것은 차가운 비웃음이었다.

그동안 그는 충분히 참았다. 사촌 형은 야비한 성정 그대로 그를 도발하고 원색적으로 공격했을 뿐만 아니라, 어떻게든 끌어내리지 못해 안달했으나 그는 침묵을 지켰다.

벗어나려 했으나 벗어나지 못하는 숙명.

결국 한국에 돌아와 외조모의 집요한 시험과 종종 터지는 폭언에도 일체 대응하지 않았던 것처럼, 침묵은 그에게 유일한 대응이었고 스스로 버티는 인내와 단련하는 법을 깨닫게 해 주었다. 그리고 그것은 그 스스로 선택한 무기였으며, 항거의 방법이었다. 왜냐하면 그의 굳건한 침묵에 안심한 상대가 스스로 나가떨어지게 하는 좋은 수단이 되었으므로.

하지만 날것과도 같은 본성을 숨기지 못하는 효중의 공격은 독이 되어 돌아왔다. 지금 역시 심상치 않은 정적이 드리워진 가운데, 드디어 기우는 그간의 침묵을 깼다.

기우가 서늘하게 입을 열었다.

"나도 그러고 싶지만 형, 그러기엔 형이 말아먹은 게 좀 많았어야지."

그러자 효중이 눈이 튀어나올 것처럼 부릅떠졌다.

하지만 기우는 아랑곳하지 않고 차가운 물을 마시면서 천천히 덧붙였다.

"손해 본 액수가 너무 커서 무마하고 아무 일 없던 것처럼 하기엔 이번엔 좀 힘들 것 같던데. 지금껏 그랬던 것처럼 그냥 넘어가지는 않을 거야. 외조모가 발견 못 하실 분도 아니시고."

기우의 침묵의 무게가 컸던지, 효중은 정말 눈이 튀어나올 정도로 휘둥그레진 채 그를 쳐다보고 있었다.

그러자 눈치 빠르게 최고급의 성찬을 서빙하던 이가 재빨리 식기들을 치웠다.

"식사를 다 하신 것 같으니 디저트를 가져다드리겠습니다."

기우는 때마침 후식으로 나온 셔벗과 코코넛 머랭이 들어간 디저트를 집어 들어 천천히 씹었다. 그러고는 우아한 동작으로 차를 마시며, 짐짓 아무렇지 않게 가시 돋친 말을 이어 갔다.

"이번에는 형과 같은 라인인 박 전무도 도와준다고 섣불리 나서지는 못할걸. 지금껏 해 온 대로 쉽사리 무마되지도 않을뿐더러, 박 전무를 위시한 회사에 형이 심어 놓은 사람들이 해결할 수 있는 선을 넘어선 거라서."

"닥쳐, 이 미친 새끼야."

효중이 험악하게 내뱉었다.

기우는 너털웃음을 지으며 어이없다는 표정을 지었다. 그런 그의 눈은 한없이 차디찼다. 빈틈없이 빗어 넘긴 머리칼까지 냉기를 뿜어냈다. 그동안 어떻게 참았는지 모를 경멸 어린 눈빛을 효중에게 보내며, 냅킨으로 꼼꼼히 입가를 닦아 냈다.

"형이 퍼뜨린 오물이 웬만해야지. 그거 치우려면 골치가 다 아파 올 정도야. 나도 골머리 좀 썩힐 것 같은데."

그러고 나서 그는 차분하게 시선을 던지며 되물었다.

"왜 그랬어?"

평소에 무서우리만큼 침묵하던 그가 짐짓 아무렇지 않게 말하자, 침묵이 흘렀다. 기우는 천천히 고개를 돌렸다.

"대체 어떻게 하면 회사 재정을 그렇게 엉망으로 만들 수가 있는 거야? 이사회에서도 형의 본부장직 수행에 문제가 없는지 궁금해할 것 같은데."

이어지는 매끄러운 음성.

지금껏 어떻게 참았는지 궁금하다는 듯 기우는 매서운 공격의 포문을 열었다.

"아, 물론 형은 주주총회에서 앞으로 잘하겠다고 싹싹 빌겠지만. 얼마나 오래갈 수 있으려나. 갑자기 궁금해지는데."

진실로 그는 의구심을 표했다.

그러자 왼쪽 손에 반짝이는 나이프를 쥔 채로 효중이 꼭 찌를 것처럼 그를 무섭게 노려보았다.

"닥쳐, 이 미친놈아."

효중이 작게 으르렁거렸다.

"죽고 싶냐? 지금 내 앞에서 개기면서 죽고 싶다고 발악을 하는데, 소원대로 죽여 주랴?"

"형이 그렇게 선물을 주고 싶다면야."

효중의 협박에도 아랑곳하지 않고 남은 디저트를 입 안에서 음미하듯 씹으며 기우는 느긋하게 답했다.

"거절하지는 않을게. 지금껏 같이 지내 온 세월이 있으니까."

"너, 이러는 이유가 뭐야?"

여전히 찌를 듯 위협적으로 반짝이는 은빛 나이프를 손에서 놓지 않은 채로 효중이 이리저리 눈을 굴렸다. 그러고는 두꺼운 갈색 뿔테 안경을 천천히 벗었다. 그러자 움푹 파인, 잠자리를 연상시키는 눈이 천천히 그를 훑었다.

"죽은 듯이 잠자코 숨만 쉬던 새끼가 이렇게 갑자기 돌아 버린 이유가 뭐냐고? 이유가 있을 거 아냐?"

"이유는 무슨."

눈앞의 삐뚤어진 짐승의 탐색에도 굴하지 않고 기우는 빙그레 웃었다. 그러고는 입맛을 버렸다는 듯이 천천히 찬물로 입 안을 헹구어 냈다.

"비위는 예전부터 상했지. 이제야 말이지만, 내가 참아 준 건 그래도 핏줄이라서야. 형이나 외조모님이나 그냥 세상에 존재하는 게 고마울 때가 있거든. 평생을 방랑하듯 돌아다닌 나 같은 사람에겐 특히."

여전히 씩씩거리며 죽일 듯이 노려보는 효중을 향해 기우 역시 검은 테 안경을 벗은 채로 빙그레 웃음 지었다.

"뭐, 무슨 뜻인지 평생 모르겠지만."

"거창하게 이유 댈 필요 없어. 넌 그 여자 때문에 미쳐 버린 거야. 눈이 뒤집혀서 이제야 숨은 발톱을 드러내는 거냐. 고고한 척, 잘난 척 더럽게 하더니 결국 숨겨 놓은 여자 때문에 회까닥 돌아? 응? 그것도 무대에서 춤추고 노래하는 가수 여자애 하나 때문에? 내가 모를 줄 알아? 조모님이 참 좋아하시겠다."

효중이 노기를 숨기지 못하고 씩씩거렸다.

정적이 감돌았다.

두꺼운 뿔테 안경을 벗고 드러난 잠자리와도 같은 눈을 효중이 가늘게 찔룩였다. 그러고는 킁킁 냄새를 맡듯 콧구멍을 벌름거리더니, 다음 순간 퍽 소리가 났다.

효중이 기우에게 보란 듯이 핏물이 뚝뚝 떨어지는 고기를 잘게 썰기 시작했다. 해체된 고기의 창자와 내장까지 꼭꼭 씹으며 효중은 작심한 듯 마지막 만찬을 즐겼다.

"음, 맛있네? 살이 아주 연하고 부드러운데. 그러고 보니 갑자기 궁금한 게 있어."

효중이 비열하게 웃으면서 되물었다.

"넌 웃으면서 죽어 갈까? 아니면 살려 달라 눈물을 흘리면서 죽어 갈까?"

"그건 직접 형의 눈으로 확인해. 효명이도 그랬듯이."

그러자 효중이 완전히 무너지듯 반짝이는 은빛 나이프를 손에 쥔 채 사납게 고함쳤다.

"뭐? 이 개새끼가!"

숨 막힐 듯한 정적이 흐르는 가운데, 이윽고 기우는 팔짱을 낀 채로 선언하듯 내뱉었다.

"확실한 건 난 효명이가 아니란 거야."

음악도 멈췄다.

효중을 혐오스레 바라보며 기우는 빙그레 웃었다.

"효명이처럼 호락호락 당하지 않아. 왜 죽임을 당하는지 이유도 모른 채, 비명에 가는 가련한 짐승은 하나로 족해야지. 그래야 공평하지 않겠어? 형."

마치 일정한 운율을 담아 상대가 들으란 듯 담담히 읊조리는 음성이었다.

그러자 처음으로 효중의 얼굴이 파랗게 질렸다. 완전히 흥미를 잃은 것처럼 기우가 소매를 걷어 올렸다. 그러고는 아랑곳하지 않고 매끄러우리만큼 우아한 어조로 덧붙였다.

"미리 말해 두는데 더 이상은 참지 않을 거야. 그러니 선을 넘지 마."

심상치 않은 최후의 만찬.

사촌 형제의 처음이자 마지막 대면이자, 본격적인 대립. 그들의 관계는 위태롭게 쌓아 올린 둑처럼 임시방편에 지나지 않았다.

그 아슬아슬한 관계가 이제 종착역을 향해 치달아 가기 시작했다. 밀물처럼 몰려왔다 이제는 썰물처럼 빠져나가는 지난 치열했던 세월을 떠올리며 기우는 미소 지었다.

"그간 날 끌어내리려고 안간힘을 썼던 건 알겠는데 말이야, 형, 이제 그만해. 좀 더 알아듣기 쉽게 말해 줄까? 그래, 심판의 시간이 왔어."

이윽고 그늘진 조명 아래 드러난 조각 같은 남자의 옆얼굴을 효중이 놓칠세라 무시무시한 시선으로 노려보는 가운데, 일갈하듯 서늘한 목소리가 울려 퍼졌다.

기우가 고개를 돌려 처음이자 마지막으로 경고했다.

"선을 넘으면 나도 내가 어디까지 갈지 몰라."

"개새끼! 이 미친 죽일 새끼."

기우가 보란 듯이 몸을 돌려 우아하게 빠져나간 뒤, 조용한 쇼룸에 남겨진 효중이 이를 갈았다. 그의 노기 어린 목소리가 떠나가라 울려 퍼졌다.

"갈아 마셔도 시원치 않을 놈! 아악, 개새끼! 내가 가만두나 봐라."

효중은 미친 듯이 분해하며 씩씩거렸다.

"두고 봐라. 내가 저 새끼 뼈를 하나하나 부러뜨려서 꼭 내 앞에 무릎 꿇리고 만다! 유 비서, 뭐 해! 당장 가서 카오스 클럽 조 상무 데려와! 조 상무가 데리고 있는 애들 몇 명 쓸 수 있나 알아보고. 그래, 지금 당장!"

앞으로 피바람이 불 것 같은 예감에 효중의 수행비서는 고개를 저었다.

와장창.

험악한 욕설과 함께 효중이 내던진 고가의 도자기가 엉망진창으로 깨져 산산조각이 났다.

엉망이 된 쇼룸에 효중이 서 있었다. 평소 그가 애착을 가지는 놀이터 역시 좀 전의 화려한 위용을 찾아볼 수 없으리만큼 부서져 있었다.

눈 뜨고는 봐 줄 수가 없는 폐허 속에서, 효중이 씩씩거리며 무심코 깨진 유리를 밟으며 걸음을 옮길 때였다. 그런 그를 교태 어린 목소리가 불러 세웠다.

"혹시 약 먹었어요?"

유지수였다.

보란 듯이 고가의 화려한 친칠라 모피를 걸친 그녀가 또각또각, 소리를 내며 걸어왔다. 효중이 천천히 고개를 돌렸다. 유지수는 아찔하리만큼 높은 스틸레토 힐을 신고 있었다. 화려한 비즈 크리스털 장식이 달린 하이힐이었다. 마치 그가 깨뜨린 유리를 콱 내리찍는 것 같은, 드높은 힐. 힐을 장식한 현란한 붉은 실크와 반짝이는 핑크, 노랑, 초록의 비즈 장식이 휘황찬란하게 빛났다.

"구두 예쁘네."

침묵이 흐르고, 이윽고 안경 속 기분 나쁜 눈빛을 번뜩이며 효중이 쉰 목소리로 말하자 유지수가 이윽고 깔깔 웃으며 말했다.

"그쪽이 사 줬잖아요, 크리스찬 루부탱. 잊어버렸어요?"

"몰라. 난 여자한테 사 준 거 기억 못 해. 하도 많이 사 줘서."

효중이 흥미를 잃어버린 것처럼 말하고는 다시금 기분 나쁘게 눈을 빛내며 엉망진창으로 깨진 쇼룸으로 시선을 돌렸다. 그는 물건을 깨부수는 것에 관심이 있었다. 정확히는 사람을 죽이는 것에 보다 흥미가 있었다. 효중은 킬킬 웃었다.

'어떻게 된 게 난 또래가 로봇을 사고 게임을 할 때, 벌레 죽이는 데 더 관심이 있었으니까.'

효중은 다시금 서서히 자신만의 세계로 빠져들어 갔다. 이를테면 토악질 나는 하수구의 시체와도 같은 기분 나쁘고 음습한 자신만의 세계로. 그럴 때의 그는 아무도 방해할 수 없었고, 그만의 세계에서 효중은 왕이었다. 실제로 그는 지금껏 거리낄 게 없이 살아왔다. 효중은 사람들의 머리 위에 군림하는 것을 즐겼다. 그 약을 한 것 같은 의기양양한 기분을 방해하는 것은 살면서 딱 두 번, 있었다.

그랬다.

딱 두 번.

효중은 이를 갈았다.

너무 분하고 억울했기에 잊히지도 않았다.

녹아들듯 폭신한 침대에 누워 스르르 아무도 방해하지 않는 꿀맛 같은 단잠에 취해 드는데, 억지로 깬 기분이었다. 단잠이 깬 것도 억울해 죽겠는데, 순간적으로 발가벗겨져 차가운 바람이 이는 길거리로 내쫓긴 기분. 씩씩대던 효중은 분해서 어쩔 줄을 몰랐다.

'이걸 어떻게 돌려준다.'

옆에 지수가 있든지 말든지 신경도 쓰지 않은 채로 효중은 생각에 골몰했다. 그럴 때의 그의 눈은 마치 독뱀과도 같은 음습한 빛을 띠었다.

분한 것은 아무리 해도 틈이 보이지 않는다는 것이었다. 돌아온 탕아도 아니고, 전 세계를 떠돌아다니다 정착해 급작스레 경영에 뛰어든 개새끼인 그의 사촌은 너무 완벽해서 도무지 틈이라고는 보이지 않았다. 분하지만 경영 능력만큼은 그보다 한 수 위인 것을 인정해야 했다.

이사회를 움직여 어떻게든 끌어내릴 수는 있겠지만, 그 역시 상당한 출혈을 봐야 할 터였다. 효중은 이를 갈았다.

'결국은 내가 다쳐서 피를 흘려도 끌어내려야 한다는 거지? 그래도 최소한 독뱀을 풀어서 철철 피를 흘리게 할 수는 있을 테니 그걸로 위안 삼아야지, 젠장.'

다른 건 몰라도 기우가 그의 머리끝에 올라서 군림하는 꼴만은 봐줄 수가 없었다. 그의 눈에 흙이 들어가도 그건 안 되었다. 보란 듯이 서원그룹의 주인이 된 사촌 동생을 생각하자 피가 거꾸로 솟았다. 그러니 차라리 너 죽고 나 죽자, 각오로 끌어내려 어떻게든 상처를 주는 것이 직성이 풀렸다.

그랬다. 어떻게든 끌어내려 다치게 하는 것, 치명적인 상처를 주는 것. 효중이 즐겨 하고 선호하는 것이기도 했다.

짧은 순간 생각을 끝마친 효중은 씩 웃었다.

내가 가지지 못하느니 차라리 부수는 것도 나쁘지 않지. 지금껏 손에 피를 묻히며 여기까지 온 이상, 그가 쌓아 올린 시체 제단에 마지막으로 그의 사촌 동생이 올라가는 것도 나쁘지 않았다. 상상만 해도 즐거워져서 효중이 씩 웃었을 때, 천천히 지수가 다가왔다. 지수가 물었다.

"뭐 해요? 자기."

지수는 친칠라 모피 아래 아무것도 입고 있지 않았다. 자연스레 번들거리는 쇼룸의 불빛 속, 효중의 시선은 눈앞에 버티고 선 지수에게로 향했다.

운동으로 다져진 탄탄한 몸매가 고스란히 드러났다.

효중과 마찬가지로 병적으로 비뚤어져 있는 지수가 은밀하게 운을 뗐다. 목소리가 작아지고 둘만의 비밀을 공유하는 것처럼 즐거운 목소리가 낮게 울려 퍼졌다.

"그래서 말인데요, 그년을 손봐 주고 싶어서…… 저번에도 말했잖아요."

지수는 진심으로 즐거워하며 웃고 있었다.

"하필 그쪽 사촌 동생인 권기우랑 죽고 못 사는 사이라니. 아, 하긴 일본에 있을 때 그룹 에어 얘기는 질리게 들어서."

"알고 있어. 원래 연예인 하려던 놈이야."

효중은 시큰둥하게 말했다.

"그냥 하던 거 하지, 이렇게 도발할 줄이야. 그나저나 둘이 그렇게 죽고 못 산다니 원하는 대로 해 줘야지 뭐."

효중의 입가엔 섬뜩한 미소가 어려 있었다. 유심히 보던 지수 역시 흐뭇한 표정이 되어 말했다.

"그럼 서로 합의 본 거네요. 둘이 꼭 같이 있어야 돼요. 손봐 줄 때 볼만하겠네. 나도 꼭 불러 줘요."

지수가 일견 사악해 보이는 미소를 짓자 효중 역시 고개를 끄덕였다.

“그게 뭐 어려운 일이라고. 구경꾼은 많을수록 좋지, 쿡쿡.”

효중의 번들거리는 시선이 놓칠세라 다시금 지수에게로 향했다. 거듭된 헬스 트레이닝으로 탄탄한 근육이 붙은 어깨와 목선, 그리고 복근이 뚜렷하게 두드러지는 배와 무엇보다 볼록 솟은 동그란 가슴. 수술한 것으로 추측되는 보형물이 두드러지는 지수의 봉긋한 가슴을 보자, 효중은 서서히 아래가 단단해지는 걸 느꼈다.

무엇보다 탄탄하고 육감적인 다리가 하이힐을 신고 서 있었다. 마릴린 먼로가 샤넬 넘버 파이브 하나만 뿌리고 잔다고 말했던 것이 유명하듯이, 지수는 하이힐 하나만 입고 있었다. 그런 지수가 효중을 향해 하체를 은근히 내보이며 유혹적인 음성으로 천천히, 그러나 묘하게 도발하듯 말했다.

“왜 나 안 가져요? 가지고 싶지 않아요?”

또각, 소리와 함께 이윽고 화려한 하이힐을 움직여 지수가 그에게로 다가왔다. 그러고는 천천히 기우를 죽일 생각에 행복감에 젖어 있는 효중의 손을 들어 올렸다. 그러곤 장난스럽게 까르르 웃으면서 자신의 두드러지는 가슴을 누르게 했다.

“왜 나한테 손도 안 대요? 웨스트의 남혁 사장이 소개해 주는 자리에서부터 날 눈독 들였으면서.”

“아, 그랬지.”

여전히 꿈꾸듯이 기분 나쁜 시선을 번득이며 효중이 묘하게 삐뚤어진 웃음을 느릿하게 입가에 걸치면서 말했다.

그는 차라리 기우를 해치우는 상상을 하는 게 더 기분 좋았다. 언제나 그랬듯이. 이번에 늘 해 왔던 대로 그와 같이 일하는 클럽의 상무이사가 늘 쓰는 아이들을 시켜서 깨끗이 처리할 것이다. 기우가 피를 흘리며 서서히 고통스럽게 죽어 가는 생각을 하자 기분이 좋아졌다.

'아주 좋아. 그놈이 드물게 좋아하는 여자애까지 제물로 삼아서 화려한 데커레이션을 장식해 주지.'

기우 녀석이 좋아하는 여자, 효중은 여전히 뒤틀린 웃음을 지은 채 호사스런 집무실의 TV를 틀어 가요프로에서 본 세연의 얼굴을 머릿속에 떠올렸다. 기우의 여자. 드물게 새하얀 순백의 피부에 어여쁜 얼굴, 무엇보다 우수에 젖은 눈동자가 인상적이었다. 햇볕을 받아 살짝 갈색빛을 띤다. 효중은 비릿하게 웃었다.

'흠, 그런 여자를 좋아한단 말이지? 잘난 놈이.'

객관적으로 볼 때 놈의 여자도 외모가 뛰어나지만, 성적인 매력은 눈앞의 도발적인 지수에 비할 바가 못 되었다. 자신과 마찬가지로 목표로 하는 것은 착실히 제물로 삼아 여기까지 기어 올라온 독거미. 효중은 병적인 지수의 눈을 보며 자신과 닮은 부류라는 것을 확신했다. 확실히 지수의 근육질의 육체는 그의 취향이었다. 그럼에도 눈앞의 황홀한 피사체를 뚫어져라 쳐다볼 뿐, 효중은 손 하나 대지 않았다.

"응? 나 갖고 싶지 않냐고."

교태 어린 암고양이 같은 지수의 도발에 효중은 키득키득 기분 나쁜 웃음을 흘리면서 답했다.

"아니, 눈으로만 볼 거야. 어차피 난 성불구라서 막상 자면 느낌이 별로야."

"아, 그래요?"

"너무 놀아서 몸이 망가졌어. 술, 여자, 도박. 마지막엔 약물이 아니면 쾌락을 느끼지 못하는 거지."

그러고 나서 효중이 의미심장하게 덧붙였다.

"뇌가 파괴되는데도 끝까지 가는 느낌, 너는 몰라."

"왜 모르죠? 호호. 나도 극에 몰리면 그렇게 될지 모르잖아요? 어차피 질 거라면 너 죽고 나 죽자 심리. 응? 내가 왜 몰라?"

도발하듯 말하는 음성.

다음 순간 전혀 생각지 않은 순간에 지수가 번들거리는 검은 눈으로 뚫어져라 그를 보며 말하자, 효중은 킬킬 악마와도 같은 소리를 내며 짐짓 만족스레 웃음 지었다. 자신이 생각하는 걸 종종 지수가 똑같이 말할 때가 있어서 마음에 들었으니까.

그러고 나서 효중은 여전히 묘하게 웃으면서 말했다.

"이제 약은 끊었지만. 그리고 넌 이남혁이 여자잖아. 동업자 여자를 건드려선 안 되지. 난 웨스트 엔터테인먼트 주식에 투자하고 있다고. 내가 데리고 있는 클럽 이사가 이남혁이 밤의 친구들도 잘 안다는데."

"흐음, 아쉽네요. 그래도 의리는 지켜야겠죠?"

그 말과 동시에 미련 없이 지수가 친칠라 모피로 꽁꽁 몸을 싸맨 채 걸어가자, 효중은 짐짓 껄껄 웃었다. 이리저리 음모를 꾸미는 것처럼 돌아가는 눈, 침까지 흘리면서 만족스레 웃는 그를 흘낏 보던 지수는 아무렇지 않게 당부했다. 쐐기를 박았다.

"그래도 나 도와줄 거죠? 네? 여기까지 올라오는데 나 정말 힘들었다구요."

"그래, 도와주지."

효중이 여전히 뒤틀린 묘한 웃음을 입가에 걸친 채로 말했다.

"어차피 네 라이벌인 기우의 여자가 정상까지 치고 올라오는 것 같으니까. 정점의 순간, 절벽에서 떨어뜨리는 게 최고의 오락이거든."

그가 자신과 마찬가지로 번들거리는 독거미의 눈과도 같은 지수의 검은 눈동자와 시선을 마주치며 의미심장하게 말했다.

"너도 그렇게 생각하지? 맞지?"

"어머, 당연하죠. 고마워요. 나도 기다리고 있거든요. 그게 내가 있는 자리까지 기어올라 왔을 때, 보란 듯이 하이힐로 밟아서 절벽으로 떨어뜨리는 거. 그 모습을 보는 건 최고의 오락이니까. 호호."

이윽고 지수가 고개를 젖히며 그와 마찬가지로 악마와도 같은 웃음소리를 터뜨렸다.

그러곤 지수가 보란 듯이 그에게 매달려 교태를 떨었다. 그러거나 말거나 기우를 없앨 생각에 즐거워하며, 효중의 입가엔 음습한 웃음이 번져 갔다.

第 42 幕

지긋지긋한 사촌 형과의 다툼.

후계자 후보이자 협력 관계인 사촌 형제지간이지만, 조만간 언론에 '서원그룹 경영권 다툼'이라는 헤드라인을 장식할 날이 멀지 않았다. 그럼에도 기우는 무감각했다. 사실 지금 상황이 그에겐 중요하지 않았다.

세연이 떠나고, 그 애가 그렇게나 원하는 자유를 쟁취한 지금, 이제 그는 그 어떤 것에도 무감했다.

눈이 내리고 있었다.

언제부턴가 그에게 세상은 무색무취처럼 느껴졌다.

마치 오감을 잃은 사람처럼 삶의 즐거움을 느낄 수 없었다. 삶의 생생한 희로애락을 느끼지 못하고 감정을 잘 느끼지 못하게 되자, 세상은 서서히 빛을 잃어 갔다.

남들에겐 형형색색의 다채로운 빛깔로 빛나는 세상이 그에게는 단조로운 회색빛이나 다름없었다.

세상 사는 즐거움을 느끼지 못할뿐더러 그저 무미건조하고 담담한 날들. 그저 사는 무감각하게 지탱하는 날들뿐이었다. 어렵게 마음을 열었던 세상에서 유일하게 마음이 통했던 세계를 잃어버리자, 그는 이전의 익숙한 고향으로 돌아올 수밖에 없었다.

그를 낳아 준 부모가 정략결혼을 했고, 몸이 약하고 불행했던 어머니를 아버지가 한순간 자유롭고 싶다는 욕심으로 죽게 방치했던 끔찍한 비극이 일어난 곳. 그리고 외동딸을 그 끔찍한 비극 속으로 몰아넣고도, 제대로 살지 못했다고 미워하고 증오하고 체면이 상했다는 사실에만 집착하던 그의 외할머니이자 그룹 회장이 사는 곳.

그가 마음잡지 못하고 세상 곳곳을 떠돌아다니게 만든 비극이 시작된 곳으로 돌아와, 다시 싸움을 벌일 수밖에 없었다. 결국 그는 이곳에서 태어났고, 끝내는 이곳에서 생존해야 할 테니까.

결국 그도 살아가긴 할 것이다.

지금껏 지탱해 왔듯 억지로 버틴다면 버틸 수야 있겠지. 애써 손에서 놓지 않고 지금껏 쌓아 올린 일에만 몰두한다면 어떻게든 살아지겠지.

기우는 쓰게 웃었다.

그런 그의 눈은 무서우리만큼 공허했다.

이어지는 시장 조사와 시찰, 그리고 마케팅 부서와의 전담 회의와 이어지는 회의, 회의, 회의. 이제는 매일 걸치는 옷옷처럼 몸에 밴, 관성적이기까지 한 나날들.

습관적으로 몸에 들이붓듯 마셔 대는 카페인의 기운에 의지하여 살인적인 업무 강도를 해치워 나갔다.

아무런 문제가 없었다. 적어도 겉으로 보기엔 그는 빽빽한 스케줄을 완벽하리만큼 소화해 냈고 자신의 맡은 바를 빈틈없이 해냈다. 지금껏 부담스러울 정도로 어깨에 짊어진 짐과 명순의 기대를 충족시키던 그였다. 그가 다시 한국에 돌아와 본격적으로 경영 수업에 뛰어든 이후, 그는 단 한 번도 명순을 실망시킨 적이 없었다. 지금껏 그랬던 것은 확실했다.

그날도 비서는 지시대로 밀린 결재 서류와 결산 보고서까지 올렸다. 그리고 기우는 말없이 서류를 검토하며 평소와 다름없이 일을 끝마쳤다.

완벽했다.

기우가 다음 스케줄 장소로 이동하기 위해 수행비서와 함께 사무실을 벗어나기 전까지는.

"그럼 퇴근해요."

나직하게 말하고는 무심하게 스쳐 가는 상사를 흘낏 쳐다보며, 기우의 비서는 남자 친구와의 저녁 약속을 상기해 내고 핸드폰으로 시선을 돌렸다. 그때였다. 갑자기 쾅 소리와 함께 당황한 수행비서의 목소리가 들려왔다.

"실장님! 권기우 실장님, 괜찮으십니까?"

수행비서와 경호원을 대동하고 걸어가던 기우는 그대로 푹 쓰러졌다. 남들이 보기엔 멀쩡하게 잘 걸어가고 있었는데, 엘리베이터로 향하다가 거짓말처럼 의식을 잃었다.

웅성웅성.

순식간에 복도는 아수라장이 되고 혼란에 휩싸였다.

수행비서와 경호원을 비롯해 당황한 이들이 몇 번이고 그를 일으켜 세우려 했지만, 그는 요지부동으로 눈을 감은 채 일어나지 못했다.

기우가 쓰러졌다.

정작 그 기사를 세연은 오후가 지나서야 보게 되었다.

거듭된 스케줄로 오후가 되어서야 핸드폰을 들여다볼 수 있는 시간이 생긴 탓이다.

오후에 화보 촬영이 끝나고서야 여유가 생겨 무심코 핸드폰 액정화면을 들여다본 세연은 먼저 걸려 온 전화와 문자 메시지를 확인했다.

혹시나 걸려 온 전화를 못 받는 경우가 있을까 봐, 습관처럼 그걸 제일 먼저 확인했다.

전화가 걸려 와도 사실 소속사에서 일적인 용건으로 건 통화가 거의 대부분이었지만, 혹시나 또…….

세연은 애써 머릿속에 떠오르는 누군가의 얼굴을 밀어내듯 입술을 깨물었다. 왜 그가 이제 와서 전화를 걸 거라고 생각하는 거지? 우스웠다. 세연은 꼭 남의 일을 판단하는 것처럼 냉정하게 되짚었다.

세연은 이내 기우 생각을 떨치고 핸드폰으로 포털사이트로 들어갔다. 가끔 유명 포털사이트의 메인 화면에 그녀에 관한 기사가 올라오기 때문이었다.

'잠깐 시간이 생겼는데 모니터나 할까.'

무심코 포털사이트의 메인 화면을 들여다보던 세연은 다음 순간 깜짝 놀라고 말았다.

순간적으로 반짝이듯 한 기사가 스쳐 간 탓이다. 잘못 봤나 싶어 다시 눌러 봤지만 그녀가 본 기사가 맞았다.

[그룹 후계자의 와병설

갑자기 쓰러져 병원에 실려 간 권기우 실장은 한때 상태가 위독해 기관 삽관 치료까지 받은 거로 알려졌다. 그뿐만이 아니라 일시적인 심정지로 심폐소생술(CPR)까지 받은 것이 뒤늦게 알려져, 서원그룹의 유력 후계자로 꼽히는 권기우 실장의 건강에 대한 우려가 커지고 있다.

한편, 권기우 실장은 한국대병원 중환자실에 입원해 있는 것으로 알려졌다.]

그가 쓰러졌다!

처음엔 눈을 크게 뜨고 몇 번이나 확인하듯 핸드폰 액정화면을 들여다보았다. 하지만 다시 확인해도 자신이 본 기사가 맞았다. 이윽고 그녀는 핸드폰을 내려놓았다.

쿵쿵, 그녀는 눈으로 확인한 기사의 내용을 머릿속에 떠올리다가 천천히 심호흡했다. 그런 세연의 눈은 무서우리만큼 차분했다. 그녀는 생각했다.

'나와는 상관없어.'

고개를 저었다.

왜 그가 쓰러져? 기우가 원래 건강에 문제가 있었던가. 왜 갑자기 멀쩡하던 사람이 그렇게 된 거지? 마지막으로 보았을 때 무서우리만큼 여위고 수척해 보이긴 했지만, 여전히 냉정하고 명확한 태도에 그가 이상하고 잘못될 거란 생각은 한 번도 해 보지 않았다. 이렇게 쓰러져 병원에 실려 갈 거라고는 상상도 하지 못했다. 그것도 모자라 뭐? 기관 삽관을 받아? 중환자실에 있고 중태라고? 그렇게 자신도 모르게 거듭해서 생각을 거듭하다가 쿵쿵, 다시금 심장이 빠르게 뛰기 시작했다. 그러다 세연의 눈이 납처럼 어둡게 가라앉았다. 무엇보다 제일 마음에 걸리는 것은.

'혹시…… 나랑 헤어져서 이상한 짓이라도 벌인 건.'

마지막으로 헤어졌을 때 묘하게 위태롭던 그의 눈빛이 마음에 걸리긴 했지만, 강한 사람이니까 잘 극복하리라 생각했다. 비록 그가 자신에게서 헤어나지 못한다고 해도, 그래, 믿을 수 없는 일이지만 그녀에게 미쳐 있다고 해도 결국엔 잊을 거라 여겼다. 그는 자신보다 훨씬 강한 사람이고 많은 걸 가졌으니, 남들이 볼 때 일견 완벽해 보이는 사람이 보잘것없는 자신에게 미쳐서 완전히 삶의 방향을 잃어버릴 거라 쉽사리 생각하기 힘들었다. 이렇게 완전히 삶의 속도를 잃고 폭주하리라고는 상상조차 할 수 없는 일이었다.

워낙에 처절하게 헤어졌기에, 그만큼 쉽지 않았기에 뭔가가 마음에 걸리듯 찝찝한 마음이 있었는데, 이렇게 최악의 시나리오가 기다릴 줄이야. 그러다 화가 치밀었다. 드디어 그에게서 해방되었는데 이런 원치 않는 뜻밖의 시나리오로 순식간에 그녀 삶의 궤적을 뒤흔드는 건 그다웠다. 돌이켜 생각해 보면 참으로 권기우다운 짓 아닌가?

쾅!

다음 순간 세연은 애꿎은 하얀 벽을 탁 소리 내서 내리쳤다. 주먹이 얼얼한 것보다 알 수 없는 분노가 치밀어 올랐다. 이제 좀 괜찮아질 줄 알았는데. 그러다 스트레스가 폭주하자 잘근잘근, 다시금 입 안의 예민한 속살을 깨물기 시작했다. 애꿎은 입 안을 깨물며 세연은 힘주어 낮게 중얼거렸다.

"대체 무슨 짓을 한 거야? 당신."

현재 세연은 그 어느 때보다 여유로운 나날을 보내고 있었다. 공식적인 '윈터 문' 활동이 끝나 한적하기도 했다. 실상 그녀의 소속사인 팬텀에 앞으로 연기 쪽을 지망한다는 의사를 밝힌 터라, 어쩌면 접촉해 올지 모를 방송국의 드라마 캐스팅 제안을 기다리고 있었다.

이제야 좀 마음이 진정되고 그에게서 벗어나 원하는 대로 삶을 재단해 가나 싶었는데. 세연은 잘근잘근 입술을 깨물었다. 숨 막히게 답답했지만 좁은 원룸에서 갈 곳은 없었다. 그나마 세탁실 쪽 창문에서 한 줄기 바람이 스며 들어와 숨이 트였다.

"……."

위잉.

낡은 냉장고가 요란하게 돌아가는 소리를 들으며 세연은 천천히 눈을 감았다.

이제 좀 살 만하나 싶었더니.

사실 세연은 많은 걸 원하지 않았다. 조금이라도 정산금이 들어오면 지금보다는 햇볕이 잘 들어오고 숨 막히게 비좁은 곳이 아닌, 음악도 들을 수 있고 영화도 볼 수 있는 집으로 이사 가고 싶었다. 그러한 소박한 바람을 담고 이제야 음침하리만큼 햇볕이 잘 들지 않는 인생의 어둠과 그늘에서 벗어나 처음으로 희망이라는 것을 가져 보려고 했더니.

세탁실 쪽 창문 옆에 기대 서 있던 세연은 질끈 눈을 감았다 떴다. 그녀의 눈엔 여전히 막을 수 없는 분노가 일렁이고 있었다.

또한 그녀의 눈에선 흘린 지 너무 오래되어 자신조차도 낯선, 뜨거운 물기가 왈칵 뺨을 타고 흘러내리고 있었다. 기가 막혔다. 순식간에 목이 메고 뜨거운 뭔가가 가슴 속에서 치솟는 것 같아 세연은 고개를 저었다. 긴 터널을 벗어나 조금씩 새어 들어오는 햇볕에 몸을 맡기려 했는데 이렇게 보란 듯이 한 방 먹이다니, 최악이었다. 마지막까지 참 그 인간다웠다. 방심한 순간에 치명타를 날려 이렇게 깊숙이 심장까지 내리긋다니, 참으로 권기우다운 짓 아닌가. 세연은 화끈거리듯 뺨을 타고 흐르는 뜨거운 물기를 성가셔하며 아무렇게나 손으로 문질렀다.

아이러니한 일이었다.

인생에서 제일 자유로운 순간, 정작 그녀의 마음은 자유를 느끼지 못했다. 미쳤다고 하겠지만 여전히 기우에게 벗어나지 못하고 갇힌 느낌이었다. 그라는 마음의 감옥에 갇혀 홀가분한 감정의 부채를 털어 내지도 못하고, 혹시나 그가 잘못되기 전에 마지막으로 기우를 보고 싶다는 생각을 본능적으로 했다.

'어떻게 이럴 수 있어! 마지막까지 당신 뜻대로 할 거야?'

아마도 중환자실에 축 늘어져 있을 환자복 차림의 그를 힘주어 일으켜 세우고 들으라는 듯이 외칠지도 모르겠다. 물론 그는 대답해 주지 않겠지만, 어떻게 마지막까지 이렇게 그녀의 마음을 괴롭힐 수 있는 건지, 방심한 그녀를 한 방 먹이는 그다운 최후를 어떻게 이리도 철저하게 준비한 건지 정말 소리 내서 물어보고 싶은 심정이었다.

왜 이제 와서.

왜.

비명이라도 지르고 싶은 심정이었다.

그렇게 꼬박 반나절을 잠을 못 이루고 하얗게 지새우다시피 했다. 끝내 잠을 이루지 못해서일까. 꿈속에서 그녀는 의식이 없이 축 늘어진 기우를 끌어안고 당장 대답을 하라며 버럭 소리를 지르고 있었다. 그녀 자신도 왜 이러는지 알 수 없는 가혹한 운명의 장난을 실감할 수 없어서, 아니 어이가 없어서 왜 이런 짓을 하냐며 그에게 부지불식간에 따져 묻고 싶은 충동이 들었다.

정작 꿈속에서 그는 아무 말이 없었다. 그나마도 세연은 계속 무의식적으로 '그가 쓰러졌다, 그가 쓰러졌어.'를 되뇌듯 떠올렸고, 결국은 오지 않는 잠과 싸우듯 엎치락뒤치락하다가 불쾌하고도 찝찝한 선잠이 뒤섞인 온갖 악몽을 꾸었다. 잠깐이라도 눈을 붙인 건 아주 짧은 시간에 지나지 않았다. 그리고 그녀가 아주 잠깐 무의식 속으로 흘러들어 간 얕은 잠 속에서 환청처럼 그 목소리가 들려왔다. 어쩌면 그녀의 자기 암시일지도 모를 의미심장한 음성이.

– 네가 없으면 난 죽어.

그리고 흐르는 침묵 속에 그녀는 따져 물었던 것 같다.

– 왜! 왜 내가 없으면 죽냐고. 왜 내가 없으면 안 되냐고.

– 글쎄, 내가 원해서 그런 게 아니야. 어느 순간 그렇게 되었어. 널 사랑하게 되어 버린 것처럼.

– 그게 무슨 소리야? 대답해, 당신. 내 말 안 들려?

– 그러니 묻지 마. 피곤해……. 이제 쉬고 싶다.

환영과도 같은 그 말을 끝으로 더 이상 아무 소리도 들리지 않았다.

분명 꿈속에서 떠나가라 악을 쓰고 싸운 것 같은데. 의식이라고는 없는, 거짓말처럼 축 늘어진 그의 몸을 붙잡고선 보란 듯이 소리를 높이고 있었다. 그럼에도 기분 나쁜 적막이 서서히 그녀를 에워쌌다. 그리고 세연은 잠에서 깨어났다.

"……."

깨어나서도 세연의 눈가는 물기로 촉촉이 젖어 있었다.

평소의 그녀답지 않은, 평소의 그녀라면 절대로 흘리지 않을 눈물을 아무렇게나 손을 들어 닦으면서 세연은 고개를 저었다.

짜증이 치밀어서 애꿎은 화면만 노려보며 그럼에도 손으론 계속해서 기사 검색을 멈추지 않았다. 본능적으로 찾고 있었다. '서원그룹'.

그렇게 대낮에도 한밤중처럼 커튼을 치고 전화를 받지 않는 그녀가 걱정되었는지 소속사에서도 전화가 걸려 왔다.

– 괜찮아요? 세연 씨, 무슨 일 있는 거 아니죠?

낯익은 김소현 팀장의 목소리에 세연은 몸살 기운이 좀 있어서 며칠 집에 있겠다는 의사를 전했다. 그러고는 평소의 그녀답지 않게 밤낮이 바뀐 것처럼 대낮에도 햇볕 하나 새어 들어올세라 커튼을 내리고 거듭해서 기사를 찾길 되풀이했다. 그렇게 얼마나 흘렀을까?

……잠도 이루지 못했다.

언제 눈을 붙였는지 가물가물 기억도 나지 않았다. 밤과 낮이 바뀐 가운데, 진득하게 녹아드는 의식과 무의식을 오가면서 끈덕지게 뒤엉키는 불쾌하고도 찝찝한 악몽과 싸우길 되풀이했다. 그렇게 새하얗게 밤을 밝히며 서서히 미쳐 가는 기분이 들었다. 원망스러운 마음이 앞섰다.

'이제야 드디어 원하던 자유를 찾아서 아무것에도 구애받지 않고 아

무것에도 묶이지 않고, 보다 편해져서 유지수와 싸우고 싶은데. 이제야 유지수와 맞붙을 수 있는데.'

그런데 왜 방해하는 거야?

그녀의 솔직한 심정이었다.

솔직한 말로 더 이상 그녀와는 관련이 없으니, 마음 쓸 일은 없어야 했다. 아예 신경 쓰지 않는 건 불가능하겠지만 지금의 반응은 그녀 스스로 생각해도 확실히 지나쳤다.

"우욱!"

그렇게 생각하면서도 세연은 보란 듯이 토했다. 얼마 먹지도 않은 음식물을 모조리 게워 냈다.

그녀의 눈은 붉게 충혈되어 있었고 눈 밑도 거뭇거뭇했다. 세연은 최악의 몸 상태에 치를 떨면서도 스스로를 통제할 수 없어 절망했다.

불현듯 세연은 주위를 둘러보았다.

그녀는 칠흑처럼 어두운 길을 걸어가고 있었다.

그녀는 생각했다.

'여긴 어디지?'

꽥꽥, 거짓말처럼 오리가 울어 대는 소리가 들려왔다. 믿기지 않아 세연은 어두워서 잘 보이지도 않는 주변을 두리번거렸다. 그러자 끝나지 않는 끈끈한 밤의 악몽처럼 끈덕지게 늘어서 있는 가로등과, 역시 괴기스러울 정도로 길게 보이는 공원 놀이기구들이 눈에 들어왔다.

'공원? 여기 혹시 집 근처 하천인가? 전에 지나가다 차로 본 것 같은데.'

실제로 그녀가 사는 원룸 근처엔 공원이 하나 있었고, 공원 옆엔 소나무들이 버티고 서 있었다. 바람이 불어오면 쏴아, 굳건하게 버티고 선 소나무들이 조금씩 흔들렸고 묘하게 바다 느낌을 머금은 끈끈한 바람이 불어온다 생각했었다. 그 옆에는 역시 굳건한 요새처럼 주상 복합 아파트 건물이 버티고 서 있고, 저 멀리 하천이 구불구불 흘러가고 있었다.

느리지만 끊이지 않고 흘러가는 작은 하천 근처엔 운동기구 몇 개를 가져다가 작은 공원으로 꾸며 놓았다.

그렇게 주위를 둘러보고 있는데, 거짓말처럼 그녀를 부르는 소리가 들려왔다.

"세연…… 세연아."

주변을 두리번거렸다. 혹시 나, 부른 거야?

세연은 허겁지겁 하천 아래로 내려가려고 했다. 그러나 앞을 가늠할 수 없는 시커먼 어둠 속에서 그녀가 고작 의지할 수 있는 건 희미한 가로등뿐. 가로등 불빛 아래로 시커먼 어둠 속 뭔가가 수북하게 쌓여 있었다. 세연은 생각했다.

'하천으로 내려가려면, 저걸 넘어서 내려가야 돼. 대체 저건 뭐지?'

바짝 고개를 숙여 세연은 보았다.

……그건 갈대들이었다. 수북하게 베인 강가의 갈대들이 빛이 바래진 색감을 머금고 잔뜩 독이 오른 것처럼 엎드려 있었다. 사람들에게 버려지고 관심을 받지 않아 더욱 노랗게 시든 갈대들이 꼭 작은 하천에 다가갈 수 없게, 그 누구도 어두운 강의 물결에 감히 접근도 할 수 없도록 가득 길을 막고 있었다. 세연은 난감해졌다. 아무리 주변을 둘러봐도 역시 환영처럼 노랗게 헤드라이트를 켜고 달려가는 차들만 보일 뿐.

시커먼 공기, 역시 괴기스럽게 길게 늘어진 것 같은 가로등과 악몽 같은 운동기구들. 거짓말처럼 길게 뻗은 길 역시 도무지 현실감이 없었다. 그 기분은 도무지 설명할 수 없었다. 날이 선 바람, 가시 돋친 것 같은 파르스름한 공기를 담고 그 밤의 시커멓고 불온한 공기 속에서 시간은 느리게 흘러갔다. 끝나지 않는 악몽 속에 갇힌 기분이었다. 세연은 다시금 고개 숙여 내려다보았다.

그녀는 어떻게든 저 하천 가까이 가고 싶었다.

어둠 속 형체도 식별되지 않은 강가에.

왜냐하면 분명 멈추지 않고 느리게 흘러가는 시커먼 물결 속에 왠지 기우가 있을 것 같아서였다. 그건 이루 형용할 수 없는 묘한 기분이자 본능적인 예감이었다.

그는 지금도 그녀를 기다리고 있을까? 그런 생각이 들자 견딜 수 없어졌다.

세연은 부르르 몸을 떨면서 본능적으로 생각했다.

'그를 봐야 돼. 그가 죽기 전에 마지막으로 한 번만 더 얼굴을 볼 수 있다면. 그래, 그냥 얼굴 한 번만 보는 거야.'

기우가 죽기 전에, 그의 숨이 멎기 전에 마지막으로 얼굴이 보고 싶어졌다. 그것뿐이었다. 그 충동 하나만으로 세연은 여전히 벗어날 수 없는 캄캄한 어둠 속 시커먼 하천을 바라봤다.

하지만 아무리 해도 내려갈 수 있을 것 같지 않았다.

세연은 발을 동동 굴렀다.

그러다 도저히 안 되겠다 싶어 세연은 조심스레 발을 내디뎠다. 예상했던 대로 갈대들은 너무도 많았고 억세고 빽빽했으며, 축축한 습지는 깊은 물살처럼 푹푹 발 빠져서 공포스럽기까지 했다. 무엇보다 잔뜩 날이 선 갈대들이 꼭 흉기처럼 그녀의 몸을 파고들어 와 세연은 앗, 비명 소릴 냈다. 역시 잔뜩 날이 선 가시가 그녀의 손에 가득 박혔다. 그러다 이대로 굴러떨어져 끝장날 것 같은 섬뜩한 예감에 세연은 주춤 뒤로 물러섰다. 다리가 아프고 당겼다. 발 역시 자꾸 미끄러졌다. 이러지도 저러지도 못하는 진퇴양난. 더는 길을 낼 수 없었다.

난감한 기분에 주변을 둘러보았다. 여전히 새까맸다. 도무지 앞을 가늠할 수 없는 캄캄한 그녀의 인생처럼, 암흑은 걷힐 것 같지 않았다. 이대로 기우를 못 보고 그가 죽어 버릴 것 같았다. 영영 못 볼 것만 같았다. 이 순간에도 수북한 가시에 찔린 그녀의 손 곳곳에선 시뻘건 핏줄기가 흘렀다.

그렇게 한참을 결코 벗어날 수 없을 것 같은 암흑 속에 갇혀 있다 세연은 용기를 냈다. 천천히 심호흡했다. 그러고는 다시금 몸을 돌려 공포스럽게 길고 아찔하게 쭉 뻗은 길가 아래로 내려갔다.

다행히 환영처럼 계단이 보였고 사람들이 길을 들여 놓은 것 같은, 힘을 잃고 꼭 다리미로 다려진 것처럼 누워 있는 갈대들이 보였다. 세연은 생각했다.

'저긴 내려가기 좀 더 수월할 거야.'

대충 눈으로 가늠한 그녀의 판단은 적중했다. 다음 순간 용기를 내서 성큼성큼 길들여진 갈대들 속으로 발걸음을 옮겼다. 이번에는 성공했다. 이번엔 끝이 보였다.

갈대들 틈으로 몸을 구부리자 드디어 시커먼 하천이 보였다. 꽥꽥, 습기 어린 끈적한 바람 속, 거짓말처럼 오리가 울어 댔다. 물가에 가까이 왔다는 신호였다. 세연은 하천을 천천히 내려다보았다. 순간, 세연은 자신도 모르게 질끈 눈을 감았다.

……없었다.

아무리 봐도 창백하게 누워 그녀가 들여다볼 기우가 보이지 않았다. 칠흑 같은 어둠 속, 그는 없었다.

예상과 다르게 그는 보이지 않았다.

아무리 찾아도 없었다.

아.

허망한 비명과도 같은 신음 소리 속, 다시금 핏빛처럼 붉은 물기가 그녀의 뺨을 타고 흘렀다. 세연은 작게 중얼거렸다.

"그는 없어, 죽었어. 다시 오지 않아."

그때, 이러지도 저러지도 못하고 어둠 속에 갇혀 혼란스러워하는 그녀를 엄중히 꾸짖는 소리가 들려왔다. 세연은 두리번거렸다.

– 그가 죽든 말든 무슨 상관이야? 그렇게 힘들게 헤어져 놓고……. 그 사람 가슴을 찢어 놨다시피 헤어졌으면 쓰러지든 말든 아예 상관하지 말아야지. 죽어도 그 사람의 팔자다. 냉정하게 말해 죽든 말든 너랑은 상관없는 일이야.

바람에 실려 들려오듯 냉엄한 목소리가 그녀를 꾸짖었다.

– 설령 그 사람이 죽어도 신경도 쓰지 마라. 다시는 오지 마. 네가 그렇게나 원하던 일이야. 그렇게나 소원해서 처절하게 목적한 것을 이뤘으면 돌아보지 말아야지. 웃기고 있네. 뭐, 세상 떠나기 전에 얼굴 한번 마지막으로 봐?

"……그럴 수도 있는 거잖아. 내가 한 짓이 있는데, 내가 한 행동이 있는데. 다신 못 보는데, 영원히 볼 수 없는데 그러면 안 돼?"

어느 순간 세연은 입을 열었다. 바짝 쉬어 버린 목소리로 항변하듯 작게 중얼거렸다. 꼭 귀신처럼 그녀를 비웃는 소름 끼치는 목소리는 예외 없이 엄중한 잣대를 드러냈다.

– 안 돼, 절대 안 돼. 너도 알고 나도 아는 일이잖아? 마지막으로 한번 보고 그런 건 없어. 가증스럽게도 네가 원하는 권기우 얼굴을 한번 보면, 영원히 그 사람을 책임져야 해. 네가 심장을 찢어 놓다시피 하고 겨우 헤어진 그 사람에게 인간이라 어쩔 수 없이 미안하단 말이, 책임감을 느껴 죽기 전에 마지막으로 얼굴 한번 본다는 말이 얼마나 웃긴지 알지? 그러니까 책임져. 한번 보면 영원히 함께해야 되는 거야.

"……웃기지 마."

작게 중얼거렸다. 어느 순간 잠식하듯 파고드는 텁텁하고 무더운 공기에 숨을 쉬기가 힘들었다. 겨우 항변하듯 날카롭게 내뱉은 그녀의 말을 끝으로 더 이상 환청과도 같은 소리는 들려오지 않았다.

그리고 그녀는 풀벌레 소리 하나 들려오지 않는 죽은 듯한 갈대숲에 갇혔다.

남은 건 영원할 것 같은, 앞도 가늠할 수 없는 시커먼 암흑과 정적뿐이었다. 거대한 어둠이 그녀의 앞에 펼쳐져 있었다. 그녀가 선택한 외로운 인생이었다. 고독하지만 스스로 원했던 그녀의 희생으로 이뤄낼 거대한 인생이라는 레이스만이 펼쳐져 있었다.

어느 순간 압도되는 것처럼 서서히 그녀의 눈가를 뜨뜻미지근한 감각이 덮었다. 세연은 혼란스러웠다. 이제는 헷갈렸다. 이렇게 평소답지 않게 끈적한 물기를 머금은 것이 자신인지, 아니면 마지막으로 헤어졌을 때 천천히 기다란 손가락으로 손에서 흐르는 피를 자신의 얼굴에 묻혔던 그인지.

기우가 흘렸던 피눈물과도 같은 작별의 인사인지, 아니면 애석하고 허망해서, 그에 대한 마지막 죄의식으로 자신이 흘리는 눈물인지, 세연은 알 수 없었다. 그저 허탈하기만 했다. 그 채워지지 않는 공허한 마음은 여전히 길게 늘어진 가로등 사이, 문득 그녀가 허전함을 느끼면서 극대화되었다. 세연은 두리번거렸다. 문득 여기 오기 전, 그녀가 양손 가득 짐을 들고 있었다는 것에 생각이 미쳤다.

세연은 고개를 저었다.

“안 돼, 안 돼! 어렵게 들고 온 짐이야. 내가 다 흘리면서, 힘들게 양손에 이고 지고 여기까지 왔는데, 여기서 잃어버리면 안 돼.”

미칠 것만 같았다. 어떻게 까맣게 잊고 있었지? 여기까지 힘들게 들고 왔는데. 세연은 허겁지겁 어둠 속에 잠긴 갈대들을 지나 언덕 위를 올라갔다. 그러고는 여전히 캄캄한 그늘 속 길을 따라 헉헉 달려갔다. 그렇게 한참을 달리고 또 달려, 짐 세 개를 올려놓았던 벤치를 찾아냈다. 하지만 아무리 봐도 세연의 짐은 없었다.

잃어버렸다. 결국 잃어버린 거다. 그동안 그녀가 피땀 흘려 노력했던 모든 게 허사가 되었다. 왜 그런 생각을 했는지 모르겠지만, 그동안 그녀가 연습한 팬텀의 안무, 노래 그리고 가수 트레이닝과 더불어 연기의 습성까지 모든 걸 잃어버린 것 같았다. 세연은 막막해졌다.

"아……."

캄캄한 어둠 속에 갇힌 그녀는 오도 가도 못하고 우두커니 서 있었다. 이번에야말로 정말 난감해져 두 손으로 얼굴을 가렸다. 그리고 꼼짝하지 않았다.

다시는 되찾을 수 없겠지. 그녀가 손에 넣었던 신념과 가치, 팬텀에서 쌓았던 트레이닝, 고통스럽게 운동기구로 신체를 단련하듯 차곡차곡 쌓았던 안무와 연기자가 되기 위해 받았던 수업, 그녀가 차곡차곡 쌓아 올린 발성 연습들. 그렇게 몸에 익히고 배웠던 그 모든 것들을 잃었다. 눈부시게 빛나던 삶의 가치들을 잃었다.

그리고 그를 잃었다.

"아……."

세연의 눈에 고통스런 핏방울과도 같은 물기가 반짝이고 있었다. 자신도 모르게 안타깝고 목이 메어 와 세연은 두 손으로 눈을 가린 채 고집스레 꼼짝하지 않았다. 아무리 힘들어도, 죽을 것 같아도 울음 소리를 내지 않던 그녀였다.

그런데 그가…… 죽었다.

세연은 그 사실을 부정하듯 마구 고개를 저었다.

그러다 세연은 정신을 차렸다. 여전히 시들고, 뭉쳐 있으면 꼭 흉기처럼 섬뜩하게 몸에 파고드는 갈대들을 보다가 세연은 떠올렸다.

"아, 어떡하지? 엄마한테 전화해야지. 심부름한 짐 세 개를 다 잃어버렸다고. 힘겹게 이고 지고 여기까지 왔는데, 다 잃어버렸어……."

물론 엄마는 속상해하실 것이다. 그녀의 어머니, 라은은 예외 없이 중요한 짐 세 개를 잃어버린 그녀를 미친 듯이 혼내고 꾸중할 것이다. '네가 왜 사는지 모르겠다'고, 해옥 고모와 같은 말을 하겠지. 너무도 막막했고, 순간적으로 섬뜩할 만큼 아득하게 높은 낭떠러지에서 굴러 떨어진 기분이었다.

그렇게 정지된 것처럼 사막처럼 메마른 그곳을 배회하던 세연은 한참을 걸어가서 문제의 운동기구들이 쫙 늘어선 곳이 아닌, 좀 떨어진 벤치에 거짓말처럼 놓여 있는 짐 세 개를 발견했다.

"……!"

어머니 라은의 심부름으로 어렵게 가지고 온 짐들이었다. 여기까지 힘겹게 이고 온 인생의 가치들. 귀찮기도 하고 성가시기도 해서 아무렇게나 내려놓고 편하게 걸어올 수도 있었지만, 그녀는 여기까지 왔다. 그리고 다시금 그녀가 감당해 온 짐을 찾은 순간, 세연의 가슴은 아득하게 무너져 내렸다.

'그가, 기우가 짐이라고 생각했는데.'

이제껏 그녀는 내색하지 않았지만 마음속에 그의 존재가 부담되었고 다시 만난 그가 성가셔서 견딜 수가 없었다. 기우를 만날수록 다시금 그에게 이끌리고 결국…… 다시 사랑하게 되었는데도 끝까지 그 감정을 숨겼다. 절대로 내색할 수 없었다. 그랬다. 붉게 충혈된 눈, 완전히 사라졌다 싶으면 다시 재발하는 쿡쿡 찌르는 수정체의 예민한 감각. 이 모든 악몽이 뚜렷한데, 다시 그에게 이끌린다는 사실을 인정할 수 없었다. 다시 그를 원한다는 것을 절대로 용납할 수도, 인정해서도 안 되었다.

이제 그에게서 벗어나 완전히 자유를 찾았다 여겼다.

이제야말로 내심 마음의 부채처럼 부담스럽기만 한 그의 애정에서 벗어나서, 기우를 떨쳐 내고 전력 질주해 유지수와 맞붙을 수 있다고 생각했는데.

이 순간, 영원히 갇힌 것만 같은 막막한 어둠 속에서 세연은 문득 깨달았다.

'넌 착각했어. 세상에 완전한 자유가 어디 있다고. 인생 자체가 그렇게 완전하게 네 뜻대로 칼에 잘린 두부처럼 딱 떨어지지 않아. 하다못해 추운 겨울 내게 심부름을 시켰던, 살기가 힘들어 늘 인상을 찌푸린 엄마, 부모님과 해옥 고모도 떨쳐 내지 못하고 이렇게 살아가고 있지 않은가. 그래, 매순간 삶과 투쟁하며.'

그 무엇보다 삶은 그녀의 뜻대로 딱 정리되지 않았다. 그녀가 원하는 대로만 살아갈 수 없었다.

세연은 뒤늦게 깨달았다. 자신의 뜻대로 완벽하게 정리되지도, 조율되지도 않는 것. 딱 잘라 떨어지지도 않고 그래서 더욱 마음 쓰이고 안타깝지만, 어쩌면 탈선하는 기차처럼 통제 불가능이지만, 그럼에도 그 벌어진 틈을 메우기 위해 노력하는 것. 그게 인생일지도 모른다는 것.

무엇보다 그녀는 아직도 그를 사랑하고 있었다.

그게 중요했다. 실상 그것보다 더 중요하게 삶의 우위에 놓을 수 있는 게 있을까. 서서히 파도처럼 그녀의 마음을 잠식해 오는 벗어날 수 없는 운명의 굴레를 느끼며 세연은 천천히 고개를 저었다.

'기우를 사랑해. 난 그가 죽길 원치 않아.'

그랬다. 그녀가 겪었던 그 수많은 일들, 치열하게 날을 세웠던 그와의 극명한 대립. 서로를 상처 입히기에 급급하던 그 치열했던 핏빛 나날들에도 불구하고, 세연은 기우를 사랑하고 있었다.

그리고 마음속에 강렬하게 명암을 드리우듯 이 순간 극명하게 머릿속에 떠오른 진심.

'그를 영원히 잃어버려서 평생 후회하고 싶지 않아. 후회는 지난 고통의 터널 속에 갇힌 5년 동안 충분히 했으니까.'

세연은 흔들림 없이 머릿속에 떠올렸다. 피로 이어진 가족처럼 그녀가 원해도 결코 끊어 낼 수 없는 간극이 존재하는 것처럼, 아무리 어찌할 수 없는 운명의 굴레를 느꼈다 해도 그녀가 원하면 얼마든지 벗어날 수 있었다.

"……!"

지금껏 죽음보다 깊은 심연에서 벗어나 자신이 생각하고 떠올린 계획을 실행하고, 자신이 목표로 한 길을 흔들림 없이 걸어왔다. 세연은 떠올렸다.

'어렵지 않아. 지금껏 해 온 대로 그냥 몸을 돌려 벗어나면 돼. 큰일 아니야.'

이제 세연은 알고 있었다.

아무리 헤어날 길 없이 강한 절망도, 그 어떤 어렵고 힘든 상황에도 중심을 잃지 않고 벗어날 의지만 있다면 극복할 수 있다는 것을. 물론 힘은 들겠지만 그 누구도 그녀를 시궁창과 같은 절망과 불안 속에 애써 빠지게 할 수는 없다. 해옥 고모가 그랬듯, 같이 죽어 보자는 심리로 물귀신처럼 그녀를 끌어내려 늪과도 같은 진창으로 끌어내리는 건 이제 사절이다. 이제는 단호히 거부한다. 지난 5년의 세월을 견디고 몸소 박차고 나온 자신은 그럴 권리가 있다고, 세연은 누가 봐도 강한 의지가 느껴지는 눈으로 생각했다.

'누구도 날 침잠시킬 수는 없어. 벗어날 수 없는 절망과 체념에 억지로 끌어당겨 썩어 가게 둘 수 없다고.'

상황이 이렇게 되었다고 억지로 선택하거나 어쩔 수 없이 포기하거나 체념한 것이 아니었다. 그녀 자신이 선택했다. 아직 기우를 사랑하니까, 우여곡절이 있었지만 실상 너무 많은 길을 돌아왔다. 극렬하게 대립하고 끝까지 그녀의 감정을 들여다보려 들지 않았지만, 세연은 용기를 내서 그를 사랑하는 마음을 결국 받아들였다.

'기우를 사랑하는 마음이 없었다면, 난 가차 없이 몸을 돌려 벗어났을 거야. 지금껏 그랬듯이.'

이 순간, 시든 갈대숲에 갇혀 세연은 깨달았다.

그녀가 벗어나고 싶었다면 가차 없이 몸을 돌려 벗어났을 거란 사실을. 어렵지 않았다. 그럼에도 그 모든 걸 잃어버렸을 때의 숨 막히는 선연한 공포가 아직도 남아 있었다. 생생하게 떠올랐다. 그 힘들게 이고 지고 온 짐들을 모조리 잃어버렸을 때 머리가 새하얘졌던 공포를.

'이대로 그를 잃고 난 살아갈 자신이 있을까?'

세연은 처음으로 자신이 없어졌다.

이제 선택해야만 한다.

코드 블루, 병원으로 실려 가 치료받는 도중에 기우의 심장이 일시적으로 멎어서 심폐소생술까지 받았다고 했다. 그는 여전히 중태였다. 이 순간 세연은 아프게 현실을 인식했다.

어쩌면 그가 세상을 떠날 수도 있다. 죽기 전에 마지막으로 그의 얼굴을 보고 싶지만, 그렇게 되면 평생 그를 책임져야 한다. 그렇게 된다면, 서원그룹과 관련될 일들에도 초연할 수 있을까? 부담스럽거나 버거운 게 아니라, 어쩌면 도망치고 싶어질지도 모르는데.

"……!"

그럼에도 결심을 굳힌 세연은 흔들리지 않았다. 그녀는 주먹을 꽉 쥐었다.

❄ ❄ ❄

깊은 물속에서 갑자기 떠오르듯, 그렇게 눈을 떴다.

드디어 영원히 갇힐 것 같던 악몽에서 스스로 빠져나왔다. 아직도 기우를 잃어버렸을 때의 섬뜩한 감각이 생생했다.

죽음과도 같은 잠에서 벗어나 맞닥뜨린 세상을 그녀는 잠시 동안 차분하게 응시했다.

꿈속에서 겪은 걸 생각하면, 아직도 가슴이 두근댄다. 푹푹 숨 막히게 깊이 들어갔던 하천의 시들은 노란 갈대들처럼, 그녀가 생각지도 못한 복병과 인생의 힘든 장벽들이 이어지겠지.

지금껏 그랬듯이 쉽지는 않겠지만, 그래도 피하지 않을 거라 생각하며 세연은 천천히 심호흡했다.

세연은 느릿하게 주위를 둘러보았다. 그러자 페인트칠이 벗겨진 벽, 예외 없이 시끄러운 소리를 내며 작동하는 오래된 냉장고, 조악한 싱크대에 올려진 살짝 깨진 유리컵까지, 낯익은 원룸의 풍경이 하나 둘씩 그녀의 시야에 들어오기 시작했다. 악몽처럼 깊은 잠에서 깨어난 세연은 일어나 창문을 열었다.

예외 없이 달라지지 않은 현실 속에서, 그럼에도 그녀는 정면으로 맞닥뜨리듯 차분히 세상 밖으로 시선을 던졌다.

그럼에도 희망은 있다.

아직 그녀는 살아 있다. 용기를 내서 그녀의 손으로 천천히 뒤바꿔 갈 현실은 세연의 가슴을 벅차게 했다. 살아 있다는 감각을 놓칠세라 세연은 손을 쥐어 보았다. 그와의 핏빛 악연, 그럼에도 그녀는 아직 기우를 원했다. 마음 깊은 곳에서부터 본능적으로 그에게 이끌렸다. 사랑하는 감정은 아무리 해도 잘리지 않는 실타래처럼 끊어 내기가 힘들었다. 아무리 가위에 힘을 줘도 잘리지 않는 실처럼 그녀의 몸과 마음에 뭉뚝한 상처를 남겼다. 이윽고 다시금 사람들이 눈을 뜨고 하루를 시작하는 불안한 새벽 공기를 마시며 세연은 천천히 심호흡했다.

인간인 이상 불안한 게 사실이지만, 이제 정면으로 부딪치는 것을 피하지 않겠다. 어리석을지 몰라도 정공법으로 그에게 다가가고, 이제는 손을 빠져나가는 모래처럼 다시는 그를 잃어버리지 않을 것이다. 고통스레 허비한 지난 세월처럼 더는 놓치지 않을 것이다. 세연은 스스로 맹세했다.

무엇보다 그녀는 아직 그가 보고 싶었다.

단호하게 창문을 닫고 세수를 마치고 바로 외출 준비를 했다. 무엇보다 그를 사랑한다는 그녀의 마음은 아직 유효했다.

그래서 세연은 마지막 용기를 냈다.

❄❄❄

"환자가 살겠다는 의지를 보이지 않습니다."

VIP 병실을 에워싸듯 치료를 이어 가던 의료진들이 난색을 표하면서 서원그룹 측엔 비상이 걸렸다.

의료진의 최종 소견을 듣자마자 명순은 털썩 그 자리에 주저앉았고, 혹여 줄초상이 날까 싶어 노파심에 친지들과 수행원들이 명순을 다시 집으로 데리고 갔다.

그렇게 몽유병에 시달리는 것처럼 정신을 차려 보니, 어느새 세연은 병원에 와 있었다. 결심하고 중환자실로 찾아온 세연이었지만 살벌하게 인원이 통제되고 기우를 면회할 수도 없다는 상황에 할 말을 잃었다. 쉽지 않을 거라 생각했지만, 그녀의 예상보다도 더 심했다.

혹시라도 그를 볼 수 있을까 뒤늦게 병원에 들렀던 그녀는 이내 냉정한 현실을 깨닫고 몸을 돌렸다. 가차 없이 병원 엘리베이터를 타고 1층으로 내려가 택시를 탔다. 그리고 팬텀의 김석준 대표를 찾았다.

"어서 와요, 세연 씨."

예상했던 것일까.

정작 그녀가 용건을 꺼내자 김석준 대표는 놀라지 않았다. 단지 짐작했다는 듯이 고개를 끄덕였을 뿐이다.

“사실 내가 말을 안 해서 그렇지, 두 사람 사이는 짐작하고 있었어요. 이제 하는 말이지만, 못 알아채면 더 이상한 거 아닌가? 내가 아는 권기우 실장은 누구보다 공과 사가 철저한데. 이렇게 각별하게 팬텀에 오디션 보러 올 사람이 있다고 말을 할 사람이 아니라서.”

“네, 그렇게 되었습니다.”

긴장한 그녀가 두 손을 모으고 딱딱하게 대꾸하자 김석준 대표가 코에 걸친 안경을 추켜올리며 웃었다. 그러고는 여전히 여유롭게 농담을 던졌다.

“뭐 그렇게 심각하게 얘기할 필요 있어요? 남녀가 서로 좋아할 수도 있지. 내가 보기엔 권기우 실장이 세연 씨를 아주 많이 좋아하는 거로 보이던데. 평소에 안 하던 부탁을 내게 했던 것도 그렇고.”

그녀가 평소와 다르게 쉽사리 말을 하지 못하자, 김석준 대표가 작심한 듯 말을 꺼냈다.

“그런데 세연 씨가 마음을 안 받아 줬나 봐. 저번에 봤을 때 권 실장 얼굴색이 까맣고 사람이 반쯤 죽어 가던데. 그러지 말고 한번 받아 주지 그랬어요? 세연 씨가 조금이라도 여지를 줬으면 이렇게까지 상황이 악화되지 않았을 것 같은데.”

잠깐의 침묵이 흐르고, 세연은 안경 너머 그녀를 말없이 관찰하는 듯한 김 대표의 눈을 보았다. 여전히 서글서글하고 부드럽지만, 뭔가 책망하는 눈빛과 마주하자 그녀 역시 보통 때와 같이 김 대표를 대할 수 없단 걸 깨달았다. 여기까지 온 이상, 해야만 되는 말이 있다. 세연은 용기를 내 입을 열었다.

“여기 오기까지 얼마나 망설였고 시간이 걸렸는지 몰라요. 사실 미룬다면 미룰 수도 있지만, 그러면 계속 마음에 걸릴 것 같아서.”

그녀에게 머무르는 김석준 대표의 시선을 느끼며 세연은 천천히 말했다.

“사실 저도 후회했어요. 어리석게도 이렇게 상황이 닥쳐서야 뒤늦게 깨달아서. 그래도 마지막으로 용기를 내보려고 해요. 포기하려다 마지막에 팬텀 오디션을 본 것처럼.”

그녀가 결연하게 말하자, 평소와 다른 그녀의 말에 김 대표가 잠시 생각에 잠겨 있었다. 그러더니 세연을 보며 고개를 끄덕였다.

“잘 왔어요. 세연 씨도 말했지만 여기 오기까지 쉽지 않았을 텐데. 쉽지 않은 결정 내려 줘서 고마워요.”

역시나 팬텀의 수장인 만큼 김 대표의 머리 회전은 빨랐다. 그녀가 왜 여기 찾아왔는지 이해했다는 듯 의미심장한 눈길을 보내더니 핸드폰을 만지작거렸다.

“말했지만 권 실장 얼굴색이 까맣게 죽어 가고 이러다 사람 하나 잡겠더라고. 나야 뭐 제삼자지만 그래도 아는 사람이라 마음이 안 좋아서. 사람들은 다 금수저다, 외국 오래 살다가 한국 오자마자 경영 수업 받고 팔자 좋다, 이런 말 하지만 그 친구 고생해서 지금까지 여기까지 온 거예요. 내가 옆에서 봐서 잘 알지.”

핸드폰을 만지작거리던 김 대표가 그녀의 어깨를 두드리며 독려하더니, 창백해진 세연의 얼굴에 시선을 보냈다.

“남녀 사이에 제삼자는 안 끼는 게 좋다고 하는데. 그래도 세연 씨가 여기까지 찾아왔으니까, 나도 평소 입장을 철회하는 게 좋겠는데.”

김 대표가 특유의 화법으로 침묵하는 그녀에게 동의를 구하더니 여유로운 어조로 말했다.

“역시 내가 연락하는 게 좋겠죠? 가만있자, 어디 보자. 명함을 내가 어디에 놔뒀는데.”

그 말과 동시에 팬텀의 김석준 대표가 테이블의 서랍을 열었다. 그곳에 빼곡하게 쌓인 명함들 속에서 필요로 하는 명함을 꺼냈다.

“아, 찾았다. 잠깐만요, 세연 씨.”

김석준 대표는 능숙하게 핸드폰 번호를 눌러 통화를 했다.

"전화를 안 받네. 잠깐만 기다려요."

김 대표가 진지해진 표정으로 지나가듯 의미심장하게 덧붙였다.

"서원그룹 직통으로 연결되는 라인이에요. 내가 연락을 취해서 권 실장 보러 갈 수 있게 해 줄게요. 세연 씨가 원하는 게 그거 아니에요? 뒤늦게라도 권기우 실장 얼굴 보는 거."

김 대표의 의미심장한 말에도 세연은 바짝 쉬어 버린 목소리로 이렇게 말할 수밖에 없었다.

"……감사합니다. 그럼 부탁드릴게요."

그러자 김 대표가 껄껄 웃더니 덧붙였다.

"무슨 소리예요. 내가 다 고맙지. 그럼 죽어 가는 사람 하나 구제하는 셈치고 앞으로 권기우 실장 잘 부탁해요. 내가 뭐 친척이나 가족은 아니지만 그래도 알아 온 세월이 있으니까. 그리고 세연 씨도 우리 팬텀 식구고, 좋은 결과 맞이하면 좋지."

김 대표가 여전히 하얗게 질린 그녀를 보면서 말했다.

"이 나이에도 꿈과 낭만을 버리지 못하니 우습죠? 확실히 난 소년 기질이 남아 있어요. 세연 씨, 혹시 음악회 가 본 적 있어요? 오케스트라의 여러 악기들이 떠나가라 연주하고, 중창단 합창단이 목이 터져라 노래하고, 갈등이 느껴지죠? 확실히 드라마처럼 기승전결이 있어요. 중간에 아무리 앨범 쫄딱 망하고 영화나 드라마가 실패해도 난 결국엔 웅장한 대합창처럼 마무리되는 이상적인 결말이 좋아요."

그가 거듭 힘주어 말을 이어 갔다.

"꼭 성공 안 해도 다들 행복해지는 거. 그럼 얼마나 좋아요? 비록 그런 결과가 별로 없어서 그렇지. 난 언제든 열렬하게 응원하니까."

그렇게 김석준 대표의 열렬한 응원을 받으며, 세연은 얼마 안 있어 그녀의 핸드폰으로 걸려 온 모르는 전화를 받게 되었다.

-안녕하세요? 혹시 팬텀의 김 대표님께서 말씀하신 분 맞으신가요?

친절한 목소리로 전화를 걸어 온 남자는 얼마 안 있어 직접 차를 운전해 그녀를 데리러 왔다.

"그럼 지금 권기우 실장님이 입원하신 병원으로 가겠습니다."

자신을 기우의 비서실장이라고 소개한 남자는 시종일관 친절했고 지체 없이 병원으로 차를 운전했다.

속도를 내서 달리는 차 안에서 세연의 머릿속은 새하얗게 변했다. 쿵쿵, 그가 쓰러졌다는 소식을 인터넷 기사로 접한 다음부터 심장이 멈추지 않고 가파르게 뛰어 댔다. 주체할 수 없이 요동치는 느낌. 차가 신호에 걸려 멈춰 설 때마다 울렁거리고 속이 안 좋아 금세라도 토할 것 같아 억지로 참았다. 그만큼이나 긴장된 마음이 풀리지 않는다.

그러고 보면 비슷한 기시감을 받은 적이 있다. 가요 프로그램 녹화가 있던 당일, 너무 긴장되고 부담감에 머릿속이 하얗게 된 것처럼 일순간 아무것도 생각나지 않았는데, 지금 역시 그러했다. 조용한 차 안에서 세연은 고개를 저었다. 아무리 각오를 하고 와도 긴장이 가시질 않았다.

그때 비서실장이 조심스레 입을 열었다.

"사실 예후가 그리 좋지 않습니다."

비서실장은 기우가 아직 중환자실에 있어 면회 시간이 제한돼 있으며 실상 상태가 그리 좋지 않다고 덧붙였다. 그리고 이유 모를 기우의 의식 불명 상태가 지속되어 의료진들도 난감해하고 있으며 그룹에 비상이 걸렸다는 말도.

"제가 권 실장님 곁에서 일정을 소화하실 수 있게 도왔습니다. 며칠 전에 갑자기 복도를 걸어가다가 쓰러지셔서……."

"갑자기 쓰러졌다구요?"

그녀가 쉬어 버린 목소리로 되묻자 운전을 하던 비서실장이 난감한 표정을 지어 보였다.

"그렇습니다. 평소와 다를 바 없이 출근해 업무를 보시다가, 그날 오후에 현장 시찰이 있어 이동하시던 중에 갑자기 쓰러지셔서……. 갑작스레 벌어진 일이라 다들 경황이 없어 우왕좌왕하던 중에 바로 병원으로 이송되셨고, 회장님 주치의인 민도윤 박사가 전담해서 직접 의료진을 통솔하고 있습니다."

병원으로 진입해 주차장에 차를 세우며 비서실장이 말끝을 흐렸다.

"신속하게 응급조치가 이루어졌고 사실상 할 수 있는 모든 의학적인 치료는 다 했다고 보면 됩니다. 제가 알기론 지속적인 과로와 스트레스로 폐렴이 발병해서 한때 상태가 심각했다고 들었습니다. 한때 심정지 상태가 와 심폐소생술도 했고요……. 기관내삽관도 이루어졌고, 안타깝게도 지금도 산소 호흡기에 의지하고 있습니다. 의식은 찾지 못했고요."

사실상 의료진들이 매달려 기우의 치료에 최선을 다했지만 여전히 의식불명 상태라 의아해한다고 덧붙이며, 무엇보다 환자가 깨어나고 싶어 하지 않는 게 아니냐는 소견도 있다고 알려 주었다.

그 참혹한 말에 세연은 질끈 눈을 감았다. 각오는 했지만 그녀의 예상보다 더 좋지 않은 기우의 상태에 우려가 드는 것은 어쩔 수 없었다. 쿵쿵, 다시금 멎지 않는 심장 박동 소리가 가파르게 요동쳤다. 가슴이 답답하고 죄어드는 느낌에 세연은 목 아래를 지그시 누르며 진정하려 애썼다.

하지만 이어진 비서실장의 말에, 세연의 가슴은 미어졌다.

"지금 중환자실에 있긴 하지만 의료진들이 하루에 세 번 정도 석션을 하는데, 그때마다 호흡이 너무 약해서 애를 먹는다고 들었습니다."

"……."

"그럼 부탁드리겠습니다."

비서실장은 다시금 환자의 상태가 좋지 않으니 면회 시간이 너무 길어져서는 안 된다는 것과, 환자에게 불편을 주지 않도록 주의해 달라며 신신당부를 했다.

그 뒤로 주차된 차에서 내려 비서실장의 안내에 따라 병원 안으로 들어온 건 생각나는데, 그 뒤의 기억은 끊겨 있었다. 꼭 많은 사람들 앞에서 보란 듯이 무대에 올라야 했던 음악방송 녹화 때처럼, 순간적으로 윙윙거리듯 귓가에 소리만 울릴 뿐 지금이 며칠인지, 무슨 계절인지 꼭 시간이 사라진 것처럼 아무런 생각도 나지 않았다. 웅성웅성, 사람들로 가득한 병원 안으로 들어서자 특유의 소독약 냄새와 새하얀 벽이 보였다.

"이리로 오시죠."

세연은 망연자실한 채 비서실장의 뒤를 따라 걸어갔다.

그렇게 드디어 열린 중환자실.

기우가 말없이 온갖 의료기기들 속에 둘러싸인 채로 누워 있었다. 눈앞의 그의 모습을 세연은 한동안 말없이 내려다보기만 했다. 눈앞에 보이는 그의 모습이 그녀가 알던 그가 아닌 것 같아 도무지 믿을 수가 없었던 탓이다.

그가 맞는지 믿을 수가 없어, 세연은 눈을 깜빡였다. 이상하리만큼 아무런 감정이 느껴지지 않았다. 무(無), 아무것도 남아 있지 않았다.

"……."

그저 눈앞의 그를 가만히 내려다보았더랬다.

마침내 도달한 그들의 관계의 끝. 엄청나게 격렬한 폭풍우가 찾아들고 찾아든 무서우리만큼 고요한 정적. 그건 모든 것을 잃어버렸다는 상실감이었다. 이루 말할 수 없는 허무였다.

살벌하게 부풀어 올랐고 과장스럽게 대립과 반목을 이어 가며 싸우기를 반복했던, 처음엔 서로 상처 주기 급급했고 난폭하기까지 한 몸의 언어를 이어 갔던 그들의 관계는, 멎지 않는 애증 관계는 결국 이렇듯 허무하게 막을 내렸다.

남은 건 거대한 황무지와도 같은 황폐한 고독이었다. 채워지지 않는 상실감이자 공허였다. 그 채워지지 않는 감정들 속, 그녀 혼자 붕 떠올라 갈 곳을 잃어버린 미아처럼 헤매었다. 세연은 애꿎은 입술만 깨물었다.

유지수에게 습격당하고, 황량한 광야에서 헤매는 것 같은 지난 5년 동안 일부러 눈물 한 방울 흘리지 않았었다. 울어 버린다면, 이 비참한 현실에서 영원히 벗어날 수 있을 것 같지 않아서, 그리고 유지수를 비롯해 그녀를 이렇게 다치게 만든 이들이 즐거워할 것 같아서였다.

– 호호호.

그녀의 의식 저 밑바닥 언저리까지 비웃고 조롱하는 소리. 그녀를 열등한 존재로 비웃고, 다시는 일어나지 못하게 무참히 폭력을 휘두르고 짓밟고 만족스러워하는 것 같은.

– 호호.

그 끊임없이 무시하고 비웃는 소리. 그녀를 짓밟으면서 자신들의 우월함을 확인하고 과시하는 듯한. 정작 그녀 자신은 짓밟히지 않았는데. 한없이 고통받으면서도 알고 있었다. 그들이 자신의 정신까지는 파괴하지 못했다는 것을. 그래서 꽁꽁 숨겨 두듯 감정을 내색하지 않고 차곡차곡 쌓아 놓았다. 마음으로 세상과 단절하는 그녀만의 장벽을 쌓아 올렸다. 하지만 정작 그 단단한 장벽에 상처받은 건 기우였다.

이 순간 한없이 조용한 중환자실의 적막 속에서 그녀는 마침내 그동안 미뤄 두기만 했던 진실에 맞닥뜨렸다. 오기로 단단한 벽을 덧씌우고 있었지만, 자신은 상처받았고 외로웠으며 그리고 다시 만난 기우에게 이끌리고 있었다. 어느 순간 그를 다시 사랑하고 있었다.

결국 세연은 무너지듯 스스로의 감정을 인정했고 받아들였다. 어느 순간 건조하게 메마르듯 차갑게 얼어붙은 감정이 마음에서 떠나지 않았었다. 세상을 원망하고 증오했는데, 누군가를 사랑할 수 있다는 사실이 믿기지 않고 신기하기만 했다. 그녀에게 막연하게 느껴졌던 드라마나 영화 속에서나 나오는 먼 얘기가 아니었다.

스스로도 이해할 수 없는, 어쩌면 그가 아니었으면 평생 느끼지 못했을 이 낯설고도 부담스러운 감정에 세연은 잠시 어쩔 줄을 몰랐다. 하지만 피하면 완전히 그 무게에 잠식당할 것만 같아, 몸을 돌려 나가지 않았다. 그저 고요하게 응시했을 뿐이다. 눈앞의 참혹하기까지 한 현실을. 그녀 자신이 벌인 일의 결과를 고개 돌려 외면하지 않고 냉정히 들여다보았다.

'난 정면으로 맞섰다고 생각했는데, 아니었던 모양이야. 내 감정에는 솔직하지 못했어. 결국 끝까지 그를 향한 감정을 숨겼고 그는 이렇게 되고 말았다.'

더없이 고통스러웠지만, 세연은 절대 외면하지 않았다. 쉭쉭거리는 규칙적인 기기 소리, 가득한 의료 장비 속 기우가 잠들어 있었다. 꼭 납처럼 창백하고 핏기 없는 얼굴은, 그녀가 아는 그가 아닌 다른 사람을 보는 것만 같았다.

하지만 잘못 본 게 아니었다.

그녀는 정면으로 맞선다고 생각했지만, 결국 유지수와의 대결에만 초점을 맞춰 그저 묻어 두고 미뤄 뒀던 것들이 어느 순간 흘러넘쳐 진흙탕처럼 엉망이 되어 버렸다. 그렇게 그녀가 맞닥뜨린 그의 모습은 참혹했다.

"여기까지 오고 싶지 않았는데…… 그래서 이렇게 돌아왔는데."

결국 견디지 못한 그녀가 작게 혼잣말했다.

중환자실의 차분한 조명 속 세연은 눈을 깜빡였다.

한때 위독해서 기도삽관을 하고 심폐소생술까지 했다는 언론의 보도가 과장이 아닌 모양이다. 눈앞의 기우는 입에 호스를 차고 간신히 숨을 몰아쉬고 있었다. 피로해서 잠든 것처럼 보이지만, 그 희미한 숨결은 그의 생명이 언제든 꺼질 수 있다는 반증이나 마찬가지였다.

마침내 참을 수 없어진 세연이 작게 입을 열었다.

"일어나요."

스스로도 우습고 가증스럽다 여겼지만, 이 견딜 수 없는 중환자실의 적막이 마치 무거운 돌처럼 그녀를 억누르면서 스스로도 믿을 수 없는 말이 흘러나왔다. 여기까지 온 것도 믿기지 않지만, 멈출 수 없는 충동에 휩싸여 신열처럼 내뱉듯이 결국 그 어마어마한 힘을 가진 말을 내뱉고 말았다.

"일어나. 제발 눈을 떠요."

그리고 일렁이는 촛불이 서서히 꺼져 가듯 위태로운 적막 속에 감싸인 중환자실에서, 결국 참지 못하고 그녀는 마음 가장 깊은 곳에 숨겨져 있던 말을 꺼냈다.

"다시 눈을 떠 줘. 당신이 이렇게 가 버리면……. 정말 우스운 게, 나 정말 잘 살 수 있을 것 같았거든. 당신을 언제 만났냐는 듯이, 다시 원래대로 돌아가 예전처럼 돌아보지 않고 정말 잘 살 자신이 있었거든. 그런데 아니에요."

삑삑. 기계음이 마치 시시각각 꺼져 가는 생명의 소리처럼 들렸다. 그 속에서, 세연은 무거운 바윗덩어리처럼 그녀의 마음을 내리누르던 말을 내뱉었다. 결국 참다못해 견딜 수 없는 무시무시한 말을 내뱉고야 말았다. 그래야 그녀가 살 수 있었으니까.

흘낏, 세연은 고갤 돌려 그때까지도 미동 없는 기우를 바라보았다. 눈을 감고 가늘게 숨만 내쉴 뿐 전혀 움직이지 않는 그를 보자, 이제야 말할 수 있는 용기가 생겼다는 것을 깨달았다. 어쩌면 그가 들을 수 없으니까 이렇게 말할 수 있다는 것도.

"이게 뭐라고."

세연은 꼼짝 않는 침상의 그를 내려다보며 작게 말했다.

시시각각 조여드는, 피하지 못할 운명의 사슬에 사로잡힌 것처럼 절로 부지불식간에 막을 수 없는 말이 튀어나온다.

"이게 뭐라고 지금껏 그렇게 말하기 힘들었을까. 나, 당신에게 왜 이리도 고통을 주었을까. 당신은 그저 날 사랑했고 잊지 못한 기억밖에 없는데. 난 그걸 조롱하고 비웃고 만날 때마다 당신을 상처 주지 못해 사람처럼 굴었죠. 당신은 날 사랑한 잘못밖에 없는데. 많이 사랑하는 사람이 약자라고, 어쩌면 난 유지수와 무리들에게 습격당하고 힘들었던 지난 세월을 당신에게 풀었는지도 몰라. 그래서 미안해요."

이 순간 조용한 병실의 정적 속에서 세연은 처음으로 마음 깊은 곳의 감정을 의식을 잃은 그에게 내보였다. 담담히 자신의 과오와 시행착오를 그에게 사과했다.

"비록 처음에 계속 날 강제로 잡아 두면 바닥까지 내 감정을 보일지도 모른다고 경고했지만, 그건 내 잘못이었어. 끝까지 안 오고 싶었지만, 사실 피할 수 있다면 그러고 싶었지만, 당신이 떠나면 무덤까지 후회할 것 같아서 용기 내서 왔어요."

한번 입을 열기 어려웠지, 그다음부터는 일사천리였다. 누가 시킨 것처럼 줄줄이 말이 나왔다. 물결처럼 잔잔하게 들리는 음성으로 조용하게, 그러나 멈출 수 없는 마음을 담아 세연은 다음 순간 뚜렷하게 말했다.

"이제야 말하는데, 미안해요. 그리고 끝까지 도망치고 싶었지만 인정할게. 비겁하다 말해도 어쩔 수 없어. 변명 같지만 그간 너무 힘들어서…… 당신 마음 받아들이기가 쉽지 않았어. 더는 고통스럽기 싫었어. 그래서 거절했어요."

다음 순간 세연은 조용하게 말을 이어 갔다.

"하지만 당신 사랑해. 언제부터 다시 돌아온 권기우에게 이끌리고 사랑하고 있었는지는 나도 모르지만. 아니, 언제였을까. 내가 팬텀의 연습실에서 파김치처럼 녹초가 돼서 나왔을 때, 날 그 금관 음악이 나오는 동굴 같은 바로 데려가서 위로해 주었을 때일까. 아니면 앨범이 실패한 날 위해 음을 찾아 주었을 때일까. 그도 아니면 푸에르토리코 가정식을 이야기했을 때일까."

낮게 독백하듯 읊조리던 세연은 자신도 모르게 마음속에 복합적인 뜨거운 감정들이 솟구쳐 왈칵했다.

"아니, 그냥…… 매순간 당신에게 다시 이끌릴 수밖에 없었어. 아무리 부정하고 거부해도 그 펜트하우스에서 텅 빈 당신의 공허한 눈을 보면 난 동요할 수밖에 없었으니까. 우습지? 아니, 어쩌면 당신도 알고 있었을지 모른다는 생각이 들어. 당신이라면 분명 알고 있었을 거야. 여기까지 오기가 왜 이렇게 힘들었는지, 왜 이렇게 말하는 게 어려웠는지…… 적어도 난 어마어마한 용기를 발휘한 거라서."

조용한 공간에서 담담히 읊조리듯 말하던 세연은 조용한 병실 안을 둘러보았다. 영원히 벗어날 수 없을 것만 같던 펜트하우스에서의 적막과는 또 달랐다. 그때는 그에게서 벗어날 수 없을 것 같아 불안했다면, 이곳은 말 그대로 무, 텅 비어 있는 느낌을 준다. 여차하면 이대로 그가 사라져 버릴 것 같아 마음이 편치 않았다. 애써 담담해지려 해도 불현듯 치솟는 불안함과, 머리가 섬뜩해지는 공포가 가시지 않아 세연은 잠시 숨을 골랐다.

어쩌면 이래서 그에게 내내 숨겨 왔던 진심을 이제라도 고백할 수 있었다는 생각이 들었다.

비록 그는 듣지 못하겠지만. 말없이 기우를 보는 세연의 눈은 희미한 물기를 머금으며 처음으로 슬픔을 드러냈다.

'이대로 그를 잃으면 어떻게 하지? 기우가 눈을 뜨지 않으면.'

그가 사라진다.

자신도 모르게 오싹한 공포가 그녀를 휘감았다.

그럼에도 그녀는 그를 피하지 않고 정면으로 바라보는 것으로 미안한 마음을 대신했다. 축 늘어진 그의 손을 잡지도, 조심스레 팔을 뻗쳐 지독하리만큼 수척하게 여윈 그의 몸에 손을 올리지도 않았다. 그저 피하지 않고 바라봤다. 혹여 놓칠세라 뚫어져라 시선을 주었다. 그저 바라보는 것만이 지금 그녀가 할 수 있는 일이었다. 위태로울 정도로 어긋나고 팽팽한 접전을 벌였던 잘못된 지난 시간들을 되돌릴 수는 없지만, 그래도 도망치지 않고 이제라도 바로잡고 싶어졌다.

그저 묵묵히 그의 곁에 있는 것이 자신이 할 수 있는 일이라 생각했다. 세연은 말없이 그를 바라보는 것으로 미안함을 대신했다.

그러다 다시금 중환자실의 적막이 견딜 수 없을 즈음, 세연은 입을 열었다.

"분명 난 당신을 어떻게든 떨쳐 내려 했어요. 솔직히 평행선처럼 영원히 엇갈린 사람들이라고 생각했으니까. 어떻게든 밀어내야겠다는 생각만 있었어. 물론 지난 5년이 끔찍하기는 했지만, 과거의 악몽처럼 느껴졌으니까. 유지수가 내가 꼭 청산해야 할 과거라면, 한 번쯤 맞닥뜨려야 할 필수 불가결의 과정이라면, 당신은 어떻게든 엮이고 싶지 않았으니까. 내겐 지난 5년의 끔찍한 반복이었을 뿐이니까."

여전히 기우는 대답이 없었다. 규칙적인 쉭쉭, 기계음만이 그가 아직 떠나지 않고 그녀 곁에 있다는 것을 느끼게 할 뿐. 희미한 기계음 소리가 이다지도 위로가 될 줄은.

세연은 하아, 숨을 들이마시면서 용기 내서 말했다.

"솔직히 당신한테서 벗어나 원래대로 돌아가면 이루 말할 수 없이 편할 줄 알았어. 유지수와 싸울 때 거추장스러운 거 하나 없이 정말 나 혼자 혈혈단신으로 마음 편하게 맞설 수 있을 거라 여겼으니까. 하지만 정작 나 혼자 남겨졌을 때……."

잠시 망설이던 세연은 다음 순간 힘주어 말했다.

"정작 그렇게 원했던 순간이 왔을 때, 난 생각처럼 행복하지 않은 걸 알았어요. 아니, 막상 그렇게나 원하던 순간이 왔을 때 날 찾은 건 우습게도 죽음보다 더한 고독이었으니까. 어떻게 말해야 할까. 이런 공포스런 감각은 살면서 처음 느낀 거라서. 꼭 깊은 물에 빠져 허우적대는 것처럼 숨이 막혔어."

다시는 떠올리기 싫은 것처럼 낮게 말을 이어 가던 세연은 부르르 몸을 떨었다. 아직도 꿈속에서 기우를 영원히 잃어버렸던 손의 섬뜩한 감촉이 남아 있었다. 세연은 천천히 자신의 손을 내려다보았다.

"정말 나 혼자서 냉기 어린 바닥에서 바싹 몸을 붙이고 혼자 싸늘히 숨을 내쉬는 것 같은 느낌이 들어서. 왜 그런 생각을 했을까? 영원히 이렇게 살다 숨이 멎을 것만 같은 근원적인 고독."

머릿속에 떠오른 말들을 가감 없이 숨기지 않고 천천히 말했다. 여전히 그는 눈을 감고 입에 호스를 넣은 채 미동도 하지 않았지만, 차라리 그 모습에 위안을 받았다. 그가 들을 수 없다는 것에 안도하듯 꼭 영화 시나리오를 쓰듯이. 아니, 태어나 처음으로 누군가를 사랑한다는 이 믿지 못할 순간에 세연은 대본 같은 것이 아니라 진심을 담아 유감없이 고백했다.

침묵이 흐르고, 세연은 천천히 심호흡하면서 내뱉었다.

"그래서 여기까지 왔는지도 몰라요."

결국 돌고 돌아 이렇게 될 거라면, 조금만 빨리 그의 마음을 받아줬으면 어땠을까. 그녀 자신도 이해할 수 없는 일이지만 어느 순간부터 다시 그에게 이끌리고 있었다고. 목 끝까지 올라온 말을 삼키는 대신 용기를 내서 그가 내민 손을 잡을 것을. 눈 질끈 감고 잡으면 그렇게 어렵지 않은 것을.

여전히 벗어날 수 없는 중환자실의 적막 속에서 세연은 작게 말했다.

"여러 이유를 대도 결국 난 그 숨 막힐 듯한 고독에, 질식할 것 같은 외로움에 당신을 받아들인 거야. 도망가고 싶었어요. 여기 온 덕분에, 지금껏 유지수를 이유로 끝까지 미루고 똑바로 바라보려고 하지 않은 지난 내 시간들을 제대로 마주할 수 있었어요. 당신 덕분에 5년 만에. 이제야 마주 보게 된 것 같아."

여전히 기우가 눈을 뜨지 않는 가운데 세연은 하아, 희미한 숨을 내쉬었다.

"5년 넘게 걸렸네. 어쨌든 여기 왔으니까. 그러니까 너무 늦지 않았으면 좋겠다. 당신이 눈을 떴으면 좋겠는데."

마지막엔 어쩔 수 없는 감정이 뒤섞여 목소리가 떨려 나왔다. 세연은 차오르는 물기로 붉게 충혈된 눈을 천천히 들었다.

그녀의 진심이었다.

무엇보다 지난 세월 굳게 닫혀 있던 그녀의 마음을 그가 열었고, 이제 그에게서 받은 사랑을 돌려주고 싶었다. 기적, 오랜 시간 고통받으면서 표독스러울 정도로 메마른 그녀에겐 기적이나 다름없었다. 벗어날 수 없는 병원 중환자실의 적막 속에서 세연은 이윽고 쉬어 버린 목소리로 띄엄띄엄 괴롭게 말을 내뱉었다. 그건 꼭 흐느낌 같았다.

"제발 눈을 떠 줘……. 이제야 내가 마음을 열었는데, 당신 사랑을 깨달았는데. 내 말 듣고 있다면 제발 돌려줄 수 있는 기회를 줘. 마지막이더라도."

세연은 그에게 간절히 속삭였다. 그러고는 미리 가지고 온 반짝이는 은빛 펜으로 의식을 잃은 그의 손바닥에 느리게 적었다.

[……사랑해, 이제 내 안으로 들어와요.]

여전히 유혹하듯 구불거리는 뱀의 형상이 박힌 차가운 은빛 펜의 감촉. 그렇게 그녀를 고뇌하게 하고 힘들게 만들었던 그 펜으로 이제는 그녀에게 들어오라고 보란 듯이 적었다. 그러고는 그와 함께 들었던 쇼스타코비치의 선율을 떠올렸다. 분명 둘이었던 그들이 하나가 될 수 있길 이 순간 마음으로 바랐다.

다시 한번 간절히 기우가 눈을 뜨길 바랐다. 하지만 너무 늦었다는 것을 스스로 인지하고 있었다. 직접 와서 본 기우의 상태는 참혹했고, 갑자기 악화돼 그가 세상을 떠나도 솔직히 놀랄 일은 아니었다.

하지만 혹시나 그렇게 되더라도 그건 운명이었다. 그녀는 받아들일 수밖에 없는 것이다. 분노해 날뛰거나, 마음 깊은 곳에 원한을 품고 두고두고 복수하겠다 벼르는 게 아닌, 이제는 잠잠해진 눈길. 꼭 잔잔히 흘러가는 강처럼 그를 바라보기만 할 뿐. 사물을 있는 그대로 받아들였다. 이 순간 조용한 중환자실의 적막 속에서 세연은 깨달았다.

5년이 지나서야 이제야 기우를 진정으로 마주 보게 된 것이다. 아이러니하게도 드디어 진정으로 유지수와 싸울 준비가 되었다.

第 43 幕

어느덧 밤의 어둠이 내려앉은 병실.

그곳에서 세연은 꼼짝하지 않았다. 평소의 그녀답지 않게 완전히 넋을 놓다시피 한 채 멍하니 보호자 의자에 앉아 계속 기우만 바라보았다. 마치 위태롭게 깜빡이는 불꽃처럼 금세라도 꺼질 것 같은 그를.

세연은 눈을 깜빡였다. 기다란 선들 사이로 거짓말처럼 잠들어 있는 기우의 모습이 보였다. 정말 깊이 잠든 것처럼 꼼짝하지 않았다. 얼핏 보면 피곤해서 쉬고 있는 것처럼 보이기도 했다. 수행비서의 말이 귓가를 스쳐 갔다. 환자에게 살 의지가 없는 것 같다는 말. 어찌면 기우는 스스로 생명줄을 놓으려는 게 아닐까.

그렇게 소리 없이 비명을 지르며 무너져 가고 있었던 것이다. 그런 기우를 바라보는 세연의 눈은 붉게 충혈되어 있었다. 얼마나 고통스러웠을까. 얼마나 힘들고 아팠을까. 그런데도 절대로 그녀에게 내색하지 않았고, 단 한 마디도 자신이 힘들다고 말하지 않았다. 그저 혼자서 삭이며 조용히 꺼져 가고 있었다.

금세라도 꺼질 듯 위태롭게 바람에 흔들리던 불꽃은 결국 사그라들다시피 했다. 그의 삶 역시 끝난 걸까? 아니, 살려는 의지가 없어 보이는 게 문제였다. 똑, 똑, 세연은 이 순간에도 그의 팔목으로 들어가는 링거액에 시선을 주었다. 기우는 여전히 눈을 감은 채로 꼼짝하지 않았다.

규칙적인 기계음이 흘러나오는 가운데, 온갖 의료기기에 둘러싸여 죽은 듯이 누워 있는 기우의 모습을 보자 온갖 감정이 치솟았다. 안타까움과 서러움, 슬픔, 그리고 고집스레 상황을 이렇게까지 만든 자신에 대한 분노가 사라지지 않았다. 가슴을 관통하듯 아릿한 느낌이 남아 있었다.

정말 오만하기까지 한 치졸한 심정일 수도 있지만, 그가 아니면 이렇게 영화 속 비련의 여주인공처럼 이렇게 헐레벌떡 병원으로 뛰어올 일은 없을 거란 생각이 들어서였다. 지금도 흘낏흘낏 쳐다보는 의사들과 간호사들의 시선 속에 무방비하게 노출되어 정말 신의 자비를 바라는 것처럼 꼼짝 않고 그 앞에 앉아 있으니, 불현듯 여러 복잡한 생각이 드는 건 어쩔 수 없었다.

게다가 예상치 못하게 기우의 외할머니까지 맞닥뜨리게 되니, 더욱 민망해져 낯까지 화끈 달아올랐다.

"네가 그 아이냐?"

너무 낮은 목소리라, 처음엔 무슨 말을 하는지 못 알아들었다.

중환자실 앞에서 흘낏 그녀를 보는 껑충 큰 키에 양복 차림의 남자 둘과 마주치긴 했지만, 처음엔 그 사람들이 누군지도 알지 못했다.

워낙에 경황이 없었던 탓이다.

현실은 영화가 아니었다.

금테 안경 속 차가운 눈이 그녀를 말없이 쳐다보고 있었다. 마침내 기우의 외할머니이자 서원그룹 회장인 이명순과 맞닥뜨린 세연은 잠시 어떻게 할까 고민했다.

"……죄송합니다."

세연은 가타부타 다른 말 없이, 허리를 깊숙이 숙여 깍듯하게 예를 표했다. 그러고는 잠시 애꿎은 입술만 달싹거리다가 자신도 모르게 죄송하다는 말을 내뱉고 말았다.

그러자 지독하게 무표정하던 명순이 입을 열었다.

"뭐가 죄송한데?"

세연의 말에 기가 막힌다는 얼굴이었다.

황당하다는 기색을 감추지 못하는 명순을 잠시 눈을 깜빡이며 보던 세연은 다음 순간 조용하게 대답했다.

"초면에 이런 말씀드리기 그렇지만, 이전에 제가 오만하고 도를 넘은 행동들이 있어서. 알고 계실지 모르겠지만, 사실 저와…… 이 사람은 일전에 만난 적이 있습니다."

침묵이 흐르고, 명순이 카랑카랑한 목소리로 되물었다.

"일본에서 말이냐?"

내심 각오했던 일이라 세연은 놀라지 않았다.

실상 후계자로 생각하고 있는 외손자의 근황과 행동반경을 회장인 명순이 파악하고 있다고 해도 놀라운 일은 아니었다.

이야기가 길어질 것 같자 그녀에게 눈짓한 명순이 자리를 옮겼고, 졸지에 세연은 병원 주차장으로 내려갔다. 그러고는 사람들의 눈을 피해 차에 올라타 명순이 타고 온 세단에서 잠시 대화를 나누게 되었다.

"언제부터 배우를 하게 된 거냐? 일본에서는 학교에 다니던 학생 아니었어?"

그녀를 향한 본격적인 탐색이 시작되었다.

"그럼 기우를 만나기 전부터 다시 배우를 시작한 거냐? 그 녀석을 만난 다음부터 본격적으로 나선 거냐?"

그러고는 처음 만난 세연에게 기꺼운 시선을 보냈다.

"내가 무척이나 궁금한 게 하나 있는데, 왜 기우가 너한테 목을 매는 건지, 오늘 만난 김에 나도 그 이유를 알았으면 좋겠구나."

명순은 어느새 고개를 돌려 똑바로 그녀를 쳐다보았다. 그러고는 민망할 정도로 뚫어져라 살폈다.

"피부가 엄청 하얀 건 알겠다. 배우 아니랄까 봐 인물은 출중하지만 성품이 중요하지. 그 사람의 근간을 이루는 뿌리, 됨됨이와 인성을 봐야 되는데 어떠려나."

거듭해서 그녀를 살피듯 보던 명순이 꼼꼼하게 질문을 이어 갔다. 꼭 긴장되는 기업 면접을 보는 것만 같았다. 그러면서도 그녀를 곤란하게 구석으로 모는 것이 아닌, 뭔가 허심탄회하게 대화하고 외손자에 대해 의논하는 느낌도 주어 헷갈렸다. 명순이 생각났다는 것처럼 다시 물었다.

"그럼 둘이 만난 지 얼마나 되었다고?"

"다시 만난 지 얼마 되지 않았습니다."

명순은 기우와 언제부터 다시 만남을 지속했는지, 무슨 일이 있었는지 시시콜콜 캐물었다. 기우의 근황과, 그녀가 왜 기우와 다시 만났는지 의도를 파악하는 게 중요하다고 판단내린 것 같았다.

"그러니까 한국에 돌아와서 바로 만남을 이어 온 게 아니라, 5년 동안 연락을 안하고 지냈다고?"

세연은 최대한 공손히 대답했지만 그렇다고 비굴하거나 눈치를 보고 싶지는 않아 꼿꼿하게 허리를 세웠다. 차 안의 시트의 차가운 감촉이 폐부로 스며들었다.

무엇보다 기우를 다시 만난 과정을 설명하면서 자연스럽게 문제의 펜트하우스까지 나오기 마련이었다.

그녀는 천천히 심호흡한 뒤 문제의 말을 꺼냈다.

"죄송하지만 사실 저는 헤어질 생각으로 그 사람을 만났습니다. 그 사람이 받아들여 주지 않아 오로지 헤어지기 위해 만남을 지속해 왔습니다."

계속 쭈뼛거리면서 눈치를 보거나 쩔쩔매지 않았다. 아니, 그러고 싶지 않았다. 물론 그녀가 오만했다. 끝까지 기우에게 다시 이끌린다는 감정을 거부하고 진심을 숨기고 이런 파국을 맞을 때까지 오판과 자가당착을 저질렀다. 잘못한 건 잘못한 대로 대가를 치를 생각이다. 하지만 그녀가 잘못하지 않은 부분까지 비굴하게 쩔쩔 매고 싶지는 않았다. 그래서 세연은 흔들림 없이 차분한 어조로 말을 이어 갔다.

"그 사람은 계속 절 만나고 싶어 했고 저 역시 원하는 게 있었는데, 그건 제 눈을 다치게 한 상대 배우와 드라마에서 만나는 것이었어요. 무명의 제가 미니시리즈에 캐스팅되기 위해선 먼저 오디션이라도 볼 수 있어야 하는데, 그게 연예기획사인 팬텀에 꼭 들어가야만 하는 이유였습니다."

명순은 굳어진 얼굴로 이어지는 세연의 설명을 경청했지만 생각보다 화를 내거나 언성을 높이지는 않았다.

오히려 지수와 드라마로 맞붙겠다는 부분에서 관심을 보였다.

"그럼 같이 드라마에 출연하는 탤런트란 말이냐?"

세연이 고개를 끄덕이자 납처럼 무거운 정적이 차 안에 깔렸다. 잠시 생각에 골몰하던 명순이 이윽고 헛기침을 하면서 말했다.

"선친께서는 항상 실패에서 뭔가 배우는 게 있다고 말씀하셨는데."

카랑카랑한 목소리로 꼭 먼 곳을 보듯이 기우의 외조모가 말을 꺼내자, 세연은 귀를 의심했다. 잠시 자신이 듣는 것을 믿을 수가 없었다.

"지나와 보니 깨달아 하는 말이지만, 난 형제가 많았다. 백화점 유통 그룹을 맡아서 최종적으로 이 자리까지 왔다만, 항상 선친의 애정을 바랐지. 자주 골프를 치면서 가르침을 주셨는데 난 항상 실패하면 끝장이라고 생각했었지. 세상을 떠난 기우 어미 일도 그렇고, 나는 실패하면 강박적으로 견딜 수가 없었다. 왜냐면 세상 사람들이 내가 내려앉은 모습을 꼴좋다 비웃는 것 같았거든."

잠시 지나온 삶의 잔상을 떠올리듯 숨을 들이마시던 명순은 천천히 말을 이어 갔다.

"사실 잊고 있었단다. 그런데 저 소독약 냄새만 맡아도 영안실에 누워 있던 그 애 어미가 생각나서 절로 헛구역질이 나더라. 내 딸이 갑자기 그렇게 세상을 떠나서 그렇게나 원통했는데…… 또 실패하고 어긋날까 봐, 내 친손자도 모자라서 외손자에게도 강박적으로 마음을 졸이고 있었어. 이제 와 하는 말이지만, 친손자는 마음 쓸 게 많은 아이지. 그 애랑 비교할 게 아닌데. 그래, 난 지금까지 쓸데없는 짓을 한 게야."

차 안에 침묵이 흐르고, 이윽고 금테 안경을 추켜올린 명순이 어쩔 수 없이 회한이 묻어나는 어조로 말했다.

"기우까지 잃어버릴 뻔했지 뭐냐. 사실 네가 썩 마음에 들지는 않는다만 어쩌겠니. 저렇게 반쯤 죽어 가는 상태인데 받아들여야지. 다른 대안이 있으면 나도 좀 알았으면 좋겠다. 네가 알면 좀 알려 주지 않겠니?"

착잡한 표정으로 찬찬히 세연을 살펴본 것도 잠시, 명순이 묘한 웃음을 지었다.

"그래야지, 이제 세상 떠날 날도 가까워지는데 순리대로 따르고 받아들여야지. 얘, 넌 그럼 계속 배우를 할 생각이니? 언제까지 할 생각이야?"

명순이 재차 묻자 세연은 잠시 답을 망설였다. 주저한 것도 잠시, 그녀는 침착하게 말했다. 잠시 어떻게 말할까 떠올렸으나 고민은 잠깐이었다. 더는 망설임 없이 그녀 마음속의 소리를 따라서 마음속에 조용히 답했다.

"네, 여러 생각을 해 봤지만 저는 배우 생활을 계속할 생각입니다. 어렵게 여기까지 온 거라서, 재차 생각해도 이 기회를 놓치고 싶지 않고 또 놓치면 후회할 것 같아서요."

"계속 배우를 한다고?"

그러자 명순이 고개를 저었다.

금테 안경 속, 뜻을 알 수 없는 명순의 묘한 눈길이 머물렀으나 세연은 굴하지 않고 허리를 꼿꼿하게 세운 뒤 조용히 답했다.

"네. 여기 오기까지 난관도 많았지만 어찌하다 보니 계속 역경을 극복하게 되었습니다. 어느 순간 애착이 생겨서. 다른 걸 다 떠나서 저는 연기를 하고 싶습니다."

여전히 의중을 알 수 없는 명순의 시선이 머무르는 가운데, 세연은 천천히 덧붙였다.

"남들은 어떻게 생각할지 모르겠지만, 지금은 제가 하고 싶은 연기를 마음이 흡족해질 때까지 하고 싶어요. 현재로서는 연기를 하고 싶다는 생각이 가장 절실합니다."

여전히 숨소리만 들릴 뿐, 꼭 그녀를 잡아먹을 것처럼 쳐다보는 노회장의 기세는 성성했다. 반짝이는 안경 렌즈 속 무슨 생각을 하는지 도무지 알 수 없어서 더욱 신경이 쓰이고 긴장을 풀 수 없었다. 절로 손이 제멋대로 움직이듯 떨리기 시작했다. 이래서 한 그룹을 이끄는 총수가 아닐까 하는 생각이 들고, 이런 외조모를 매일 상대했을 기우의 존재가 머릿속을 스쳐 갔다.

"이제껏 남들의 시선에서 자유로울 수 없었다면, 이제는 제가 하고 싶고 중요하다고 여기는 것을 좇고 싶어졌습니다. 안타깝게도 지금껏 전 그러지 못해서, 아쉬움이 남는 건 어쩔 수 없는 것 같습니다."

그럼에도 꼿꼿하게 세운 허리, 흔들림 없이 자신의 의견을 명확한 음성으로 피력하는 세연을 잠시 명순은 복잡한 눈길로 찬찬히 응시했다.

"그래, 연기를 하고 싶다고?"

세연이 고개를 끄덕이자 명순이 갑자기 피로하다는 얼굴로 나직이 말했다.

"알았다. 그럼 하고 싶은 걸 해 보거라. 내리거라."

역시나일까?

세연이 차에서 내리려 했지만, 명순이 갑자기 그녀를 잠시 불러 세우더니 아무렇지 않게 천천히 말했다.

"그래도 결혼하면 한번 생각을 천천히 바꿔 보거라. 아무리 시대가 변했어도 난 TV 켰을 때 외손주 며느리가 나오면 기분이 좀 이상할 것 같구나."

들려오는 말에 세연은 잠시 다른 곳에 가 있는 기분이었다. 그만큼 멍해졌다. 다른 사람도 아닌, 기우의 외조모가 자신에게 한 말이라고 믿기지 않아서였다.

시간이 흐르고, 왠지 자기 목소리 같지 않은 꺼끌꺼끌한 음성이 흘러나왔다.

"……정말 그렇게 생각하세요?"

그녀가 확인하듯 천천히 되물었을 때, 명순이 별말을 다 한다는 듯이 안경테를 추켜올렸다. 여전히 차갑게 느껴지는 금테 안경 속 눈을 마주하며 세연은 헛기침을 했다. 그러고는 조심스레 천천히 되물었다.

"정말 그렇게 생각하시냐고 물었습니다."

그녀가 여전히 긴장을 풀 수 없어 쉬어 버린 목소리로 되물었을 때, 말없이 보고 있던 명순이 고개를 돌렸다.

"네가 마음에 드는 건 아니다. 어쩔 수 없으니까 받아들이는 게야. 확실히 내가 늙어서 마음이 약해진 게야. 초면에 어린애를 데리고 별말을 다 하지 않나. 그러니까, 이를테면 사업도 썩 맘에 차지 않지만 긴박하게 내몰려서 어쩔 수 없이 진행할 때가 있지 않니."

명순이 혀를 끌끌 찼다.

"외손주가 저렇게 누워 있으니 손실을 감수하고서라도 협상해야지 어쩌겠니. 그래도 널 요구하고 나서서 어렵게 여기까지 왔으니 기우 녀석 마음도 받아 주고 잘 살길 바란다. 앞으로 네가 기본적인 것만 지켜 준다면 문제될 것도 없을 것 같은데. 어떻게 생각하니?"

그녀에게 묻고 있지만 꼭 대답을 요구하는 것 같지는 않았다.

그런 기우 외조모의 마음을 그녀가 얼마만큼 헤아릴 수 있을까. 확실한 건 기우의 급작스러운 병환이 명순의 마음에 변화를 일으켰다는 것이다. 그 정도는 알 수 있었다. 느껴졌다. 금테 안경 속 딱딱한 고목과도 같은 눈이 완강하게 닫힌 것이 아니라, 그래도 외손자가 마음에 둔 여자이니 어떻게든 말을 섞고 허락하려는 여지를 주려는 게 느껴졌다.

그래서 세연은 천천히 심호흡하고선 말했다.

"네. 저는 이제 그를 만나고 그를 받아들일 준비가 되었습니다."

그녀의 의미심장한 말에 명순이 눈썹을 추켜세웠다.

"이제 준비가 되었다고? 그럼 그전까지는 안 되었다는 말이니?"

"네. 이런 말씀 드리기 조심스러운데, 그동안 제가 많이 힘들어서…… 마음에 여유가 없어서 그 사람을 받아들이기가 쉽지가 않았어요."

살짝 휜 눈썹이라든지, 딱딱하게 굳어진 입가가 풀어졌다든지. 여전히 마음의 문이 살짝 열린 듯한 느낌을 주는. 그런 명순을 보면서 이 순간 세연은 실감했다.

그녀가 겪은 일련의 사건들. 시간이 흘러 기우를 다시 만나고 겪었던 수많은 일들. 당시엔 그저 고통스럽고 힘겹다고 여겼는데, 결국 그녀는 더욱 굳건해졌고 포기하지 않고 여기까지 올 수 있었다. 그리고 이렇게 명순을 마주 보고 있었다. 더불어 느낄 수 있는 것은, 아무리 마음을 닫으려 해도 시간이 흐르면 다시 달이 차오르는 자연의 이치처럼 서로에게 끌리는 마음을 막을 수 없다는 것이었다.

"그럼 이제 와서 그 애를 받아들인 이유가 뭐고?"

그녀와 기우도 힘들었지만, 시간이 흐르면 그 아무리 얼어붙은 빙벽에도 달이 차올라 은은한 달빛을 세상에 흩뿌리듯, 꽁꽁 얼어붙은 마음은 상대의 따스한 진심에 열리기 마련이었다. 한결 누그러진 눈으로 그녀를 보는 명순이 확인하듯 묻는 가운데, 세연은 입가에 미소를 띠고선 답했다.

"그 사람이니까요."

"뭐?"

"그 사람만 절 이렇게 만들 수 있지, 사실 다른 사람이었다면 거절했을 겁니다."

조용하지만 분명한 세연의 어조에 명순이 한참 동안 말없이 들여다보았다.

그럼에도 세연은 예의를 갖췄으되 쩔쩔매거나 당황해하지 않고 침묵을 유지했다. 여전히 공손하되 곧은 자세로 허리를 곧추세우고 그녀가 느끼고 생각한 그대로 진심을 담아 말했다.

"그 사람이 절 이렇게 만들었습니다. 그렇지 않으면 이렇게 되기까지 좀 더 시간이 걸렸을 거예요. 확실한 건 결코 지금 같지는 않았을 겁니다."

잠깐의 정적이 흐르고, 진의를 파악하듯 세연의 눈을 들여다보던 명순이 천천히 말했다.

"난 억지로 받아들였다고 했지, 네가 마음에 든다고는 하지 않았다."

사포로 문지르듯 여전히 까칠한 어조였다. 그럼에도 그 안에 담긴 의미는 부드럽게 다가왔다.

"앞으로 네가 어떻게 하는지에 따라서 내 생각도 바뀔 테지. 그러니 기우가 더는 아픈 일이 없었으면 좋겠구나. 내가 이 정도까지 물러섰는데 그 정도는 네가 각별히 신경 쓰고 챙겨야지. 그럴 수 있겠니?"

"네, 그러겠습니다."

세연은 조용히 답했다.

그리고 그녀의 진심이 전해졌는지 명순은 처음 맞닥뜨렸을 때처럼 얼굴을 찡그리고 있지 않았다.

그렇게 생각지도 않게 명순과 독대가 이루어져, 전혀 예상치 않았던 기우에 관한 합의를 도출해 내는 과정이 이어졌다.

절치부심 끝에 발표한 그녀의 두 번째 싱글 '윈터 문'이 히트한 것처럼, 전혀 예기치 않게 운명의 흐름이 바뀐 것이다. 그녀가 의도한 게 아닌, 어느 순간 맞물리듯 떨어진 예기치 않은 만남과 순식간에 달라져 버린 결과가 실감 나지 않았다.

물론 명순을 만나고 나서도 기우의 상태는 좋아지지 않았다. 그녀가 마음으로 간절히 염원했어도 기우가 바로 눈을 뜨는 기적은 일어나지 않았다.

이대로 그가 깨어나지 못하면 어떻게 하지?

문득 조용한 중환자실의 희미한 조명 속, 눈을 감고 사경을 헤매는 그의 모습이 정말로 환영처럼 생각되었다. 악몽 속을 헤매듯 맨발로 열사의 사막을 헤매는 기분이었다. 그 어떤 일이 있어도 그녀가 처한 상황의 무게에서 결코 자유로워질 수 없을뿐더러, 두 어깨에 올려진 짐의 무거움에서 벗어날 수 없는 것이다. 그녀에겐 도망도, 이 상황을 벗어나 멀리 도피할 선택지도 주어지지 않았다. 아니, 마음만 먹으면 얼마든지 벗어날 수는 있겠지.

'이대로 나가면 된다……!'

얼마든지 가능하다. 오로지 그녀의 선택에 달려 있다.

점점 더 짓누르는 듯한 무게에 백기를 들듯, 가차 없이 항복하듯 쾅, 중환자실의 문을 박차고 뛰쳐나가 다시는 돌아보지 않으면 된다. 이 견딜 수 없이 거슬리는, 꼭 싸늘하게 식어 가는 조용한 관 속의 식물을 보는 듯한 참을 수 없는 기분에서 벗어날 수 있는 것이다. 그저 이 문만 열면 다시 돌아오지 않아도 되고 그녀가 그동안 그렇게 원했던 대로 다시는 그를 보지 않을 수 있겠지.

세연은 질끈 눈을 감았다.

그럼에도 그녀는 쉽사리 나갈 수 없었다.

다음 순간 눈을 뜨고 고개를 돌려 바라보자, 여전히 벗어날 수 없는 쉭쉭거리는 기계음 속, 눈을 감고 꼼짝 않는 기우의 모습이 보였다. 그 모습에 절로 가슴이 아려 왔다.

욱신.

세연은 순식간에 붉어진 눈을 들었다. 그러고는 신경질적으로 손가락을 깨물며 흐릿해진 시야 속에서도 결코 놓을 수 없는 그를 바라보았다.

안 된다. 다시금 시도했지만 결과는 같았다.

아무리 해도 불가능했다.

아무리 남을 보듯 해 봐도, 이 순간 꼭 불에 덴 것처럼 화끈거리고 아린 그녀의 심장은 결코 남을 보듯이 기우를 볼 수 없었다. 결코 그를 떠나서 아무렇지 않게 살 수 없다는 반증이었다.

이윽고 세연은 붉어진 눈을 신경질적으로 옷소매로 아무렇게나 문질렀다.

그러곤 기척 없는 기우를 향해 나직이 말했다.

"내가 이대로 사라져 버리면……!"

쉭쉭.

규칙적으로 가습기의 희뿌연 연기가 뿜어져 나오는 가운데, 세연은 낮게 내뱉듯이 말을 이었다.

"내가 이대로 문을 닫고 나가도 당신은 여기 누워 있겠지. 이대로 눈을 감을지도 몰라. 다시는 세상 햇빛을 못 볼 수도 있겠지."

어쩌면 정말 발 없는 새처럼 하염없이 무정한 바람이 불어오는 세상을 날아다니다가, 숨이 끊어지기 직전에 그녀의 꿈속에 간절하게 나타날지도 모르겠다.

아니면 죽기 전에 잠시 신이 관용을 베풀어 기적처럼 의식을 찾으면 낮게 중얼거릴지도 모르겠다. 쓰러져 새벽에 의식을 잃어 가며 그녀에게 전화를 걸었듯.

아직도 분명히 기억하고 있다. 꼭 휘잉, 수화기 너머로 환청처럼 끝없이 바람이 불어오는 듯했다. 아마도 환풍기의 규칙적인 소리였겠지. 그 멋지 않고 규칙적으로 돌아가는 환풍기 소리 속, 앓듯이 그가 작게 불렀었다.

'……세연.'

이 순간 환청처럼 그의 목소리가 들려왔다. 기우가 묻고 있었다.

'왜…… 너는 계속 걸어가고 있는 거야? 그 자리에 멎지 않고, 얼어붙은 하얀 달을 보면서 왜 계속 걸어가고 있는 거지?'

'넌 왜 내 곁을 떠나지 않아?'

서서히 세연의 눈은 다시금 화끈거리며 붉게 충혈되었다. 그리고 그녀는 본능적으로 자신이 여기서 벗어나면 영원히 그 끊이지 않는 마음의 소리를 듣게 될 거란 걸 알았다.

그 사실을 깨달았을 때, 더 이상 견딜 수 없었던 그녀는 어느 순간 자신도 모르게 기우에게 다가갔다. 그러고는 어둠 속 한 점 인영으로 꼼짝 않는 그의 옆자리에 앉았다. 자신도 모르게 보호자용 의자에 앉아서는 사로잡힌 듯 기우의 축 늘어진 손을 잡았다. 그러고는 처음으로 무섭게 노려보거나 원망하는 게 아닌, 그의 싸늘한 손에 입 맞췄다. 싸늘한 손, 자세히 확인하지 않으면 정말 망자의 손처럼 온기가 느껴지지 않아 세연은 부르르 몸을 떨었다. 마치 연주하는 악기의 선율을 확인하듯 끈질기게 그의 손에 남아 있는 온기를 확인하던 그녀는 다음 순간 기우의 손에 또다시 입 맞췄다. 더 이상 그를 밀어내거나 뿌리치지 않고, 드디어 자신의 손안에 들어온 그의 손에 거듭 입 맞췄다. 그러고는 자신 때문에 사고가 나 다친 손가락에도 하나하나 온기를 불어넣듯 입술을 댔다.

기적이 일어나 그가 깨어나길 바라면서.

자신도 모르게 본능적으로 왈칵, 몸 안의 뜨거운 피가 흘러넘치듯 벌인 일이었다. 자신도 멈출 수 없는 본능의 외침.

이미 숨결이 사라진 것처럼 무서우리만큼 창백한, 온기가 느껴지지 않는 기우의 싸늘한 얼굴에도 어느 순간 자신도 모르게 넋을 잃고 입을 맞췄다.

이미 그녀의 삶에서 메말라 버렸다 느꼈던 눈물이 깊이 잠든 그의 뺨을 타고 소리 없이 흘러내렸다.

第 44 幕

이후로도 기우의 상태는 좋아지지 않았다.

세연과 명순이 다녀갔지만, 극적으로 명순이 마음을 열게 되었지만, 날씨가 맑아지듯 갑자기 그가 눈을 뜨는 기적은 일어나지 않았다.

여전히 왜 눈을 뜨지 않는지 의료진들이 의구심을 표하며 계속 그를 둘러싼 채 치료에 분주할 때에도. 세연은 떠나지 않고 그의 곁을 지켰다.

기우는 꿈을 꾸었다.

그는 거대한 얼음 속에 갇혀 있었다.

고개를 돌리자 '휘잉' 바람이 불어왔다. 그리고 눈부신 자수정처럼 반짝이는 고드름들이 보였다. 길게 그림자를 드리우며 뛰어가는 헐벗은 짐승들은 보이지 않았다. 이곳은 이를테면 완전히 혼자라는 고독을 느끼게 했다.

그렇게 한동안 길게 암운을 드리운 핏빛 같은 석양을 바라보고 있었던 것 같다. 그 새하얀 설원 속에서 그는 완전히 혼자였다. 그렇게 얼마나 혼자 몸을 허우적대며, 차라리 눈을 감으면 편할 것 같은 헤아릴 수 없는 심연에 갇혀 있었던가. 익숙한 깨지 않는 고독 속에 익숙한 목소리가 들려온 건 그때였다.

"기우야."

고개를 돌려 보자, 손에 하얀 약병을 든 그의 어머니 혜원이 빙그레 미소 짓고 있었다.

정말로 오랜만이었다. 기우는 고개를 갸웃했다. 금세라도 파삭거리며 깨어질 듯 위태로운 얼음 속에 보란 듯이 자리를 잡고 서 있는 건, 기억 속 덴마크 교외의 가구 공장을 시찰하던 모습 그대로의 혜원이었다. 얌전히 눌러쓴 털모자에 털 코트, 그리고 얌전히 손을 맞잡은 혜원이 놀랍게도 소리 내어 웃으면서 말했다.

"정말 엄마 곁으로 오길 바라니? 내 아들."

칼날같이 세찬 바람이 불어오는 가운데, 어린 모습 그대로 돌아가 그리운 눈으로 보고 있던 그는 번쩍 정신이 들었다.

기억 속의 어머니는, 항상 눈물짓거나 아니면 차마 억울해서 눈을 감지 못하고 고통의 지옥 속을 헤매지 않을까 생각한 적이 있었다.

하지만 눈앞의 혜원은 밝고 건강해 보였다. 그리고 보란 듯이 그에겐 악몽이나 다름없는 새하얀 약병을 꺼내서 알약을 입 안에 털어 넣었다. 여전히 그의 눈을 의심하게 만드는 명랑한 웃음을 입가에 지으면서 말이다.

"아닐 텐데? 아직 오고 싶지 않을 텐데. 네가 가고 싶어 하는 옆자리는 따로 있는 걸로 아는데."

그러고 나서 혜원이 잔잔하게 미소 지었다.

“여기 와서 평생 가슴에 구멍이 뚫린 채로 살고 싶어? 사람의 마음 속에 채워지지 않는 구멍 말이야.”

그 말과 동시에 혜원이 갑자기 두 눈으로 무섭게 그를 노려보았다. 그것도 온몸에 철철 붉은 피를 흘리며.

“아들, 정말 여기 오고 싶니? 엄마 곁에 오고 싶어? 아니잖아.”

혜원이 거듭 깨지 않는 하얀 설원 속을 헤매는 그에게 말했다.

“그러니 돌아가. 네가 있고 싶어 하는 그곳으로. 네가 있어야 할 옆자리로. 난 행복하니까.”

혜원이 어린 소년의 모습으로 말없이 바라보는 그에게 거듭해서 말했다.

“엄마는 행복해. 그러니 돌아가. 알았지?”

그러고 나서 활활 타오르는 불이 그를 감쌌다.

이상하게 뜨겁다는 생각이 들지 않아서, 불꽃이 꺼진 뒤에도 그는 한참을 적막하고 서러울 정도로 새하얀 빛을 띤 설원 속에 서 있었다.

왠지 모를 그리움을 느끼며 그렇게 말없이 서서 붉게 번지는 석양을 바라보았다. 그리고 텅 비어 있는 거대한 세상의 끝에, 결코 벗어날 수 없는 그의 마음의 심연을 느끼며 깨어났다. 그 자신이 다시 세상을 보는 것을 선택했다.

“……!”

삐빅. 다음 순간 그를 친친 둘러싸고 의학적인 처치를 하는 의료기들. 규칙적인 의료기기의 기계음 속에서 기우는 천천히 눈을 떴다.

그러자 거짓말처럼 두 눈에 온통 물기를 담고 자신을 내려다보는 세연의 모습이 보였다.

동시에 그는 안도했다.

이 순간 그의 머릿속에 든 생각은 하나였다.

'잘 돌아왔다.'

하아, 다음 순간 기우는 그녀를 놓칠세라 천천히, 느리게 숨을 내쉬었다.

그렇게 며칠이 흘렀을까?

몇 날 며칠 그녀의 속마음을 시커멓게 태우듯이 고통스러운 순간순간이 이어졌다. 매 순간순간 사라지지 않는 무더운 열사의 사막을 헤매는 기분이었다. 결코 끝나지 않는 하얀 밤을 끝없이 걸어가는 것 같았다.

정작 기우는 모두가 체념하고 포기했을 때 깨어났다.

아무도 기대하지 않을 때 눈을 뜨고 일어나는 기적을 보여 주었다.

중환자실.

눈을 뜬 그를, 세연은 말없이 한참 동안 바라보았다. 왜 그랬는지 모르겠다. 기적처럼 의식을 되찾은 기우가 그녀에게 손을 내밀었을 때, 평정을 유지하던 그녀 역시 무너져 내렸다. 항상 꼿꼿하게 허리를 세우고 혹시나 동요한 기색을 조금이라도 들킬세라 차갑게 얼어붙어 있던 눈동자가 처음으로 흔들렸다.

그녀가 이미 떠난 사람이라고 생각했기 때문일까. 의식을 찾은 기우의 눈이 순간 크게 흔들렸다. 그는 혹여 세연이 자신에게서 벗어나, 시야에서 완전히 사라져 버릴까 봐 두 눈을 크게 뜨고 동요를 드러냈다.

다음 순간 기우가 가쁘게 숨을 내쉬면서 쉬어 버린 목소리로 꺽꺽거리며 그녀를 불렀다. 세연은 숨이 멎는 듯했다.

"……가지 마."

완전히 쉬어 버린 목소리.

그가 의식을 잃은 동안, 기관 삽관을 한 부작용으로 차마 그녀를 소리 내서 크게 부르지도 못하고 기우가 몸을 들썩였다.

그녀를 보는 두 눈에, 위태롭게 흔들리는 그 동공에 세연을 잃어버릴까 날것 같은 감정을 그대로 드러내며 가쁘게 숨을 내쉬었다. 놓칠세라 절실하게 그녀에게 손을 뻗쳤다.

꼭 세상을 잃어버린 것 같은.

세계의 빛을 잃어버린 것 같은 그 공허하고도 텅 빈 눈동자. 그의 모든 것을 걸고 갈구하는 존재인 그녀.

세연은 그 상대가 자신이라는 것을 믿을 수가 없었다.

자신을 잃으면 꼭 숨이 멎을 것만 같은 눈앞의 남자가 기우라는 걸 믿을 수가 없었다. 자신이 그를 이렇게 만들었다는 것이, 그 황폐한 흔적에 견딜 수 없는 기분이었다.

그 순간에도 기우는 가쁘게 숨을 몰아쉬었다. 흐트러진 머리칼, 핏기 없는 창백한 얼굴. 무서우리만큼 수척하게 여윈 남자가 오로지 자신에게만 시선을 고정한다. 깨어난 순간부터 그녀를 찾는다. 의식을 찾은 순간부터 절실하게 기우의 시선은 오로지 그녀를 찾아 헤매고 있었다. 꼭 그녀가 숨 쉬는 공기까지 남김없이 호흡하듯.

"가지 마……. 제발 가지 마."

숨이 넘어가는 듯 꺽꺽거리는 참혹한 소리가 그가 내는 소리라는 걸 믿을 수 없었다.

"가지 마. 부탁이야. 날 혼자 두고 가지 마……."

그의 애원에, 세연의 눈은 어느새 붉게 충혈되었고, 이윽고 붉어진 두 눈에선 물기가 흘렀다.

그는 숨이 멎을 때까지 오로지 그녀만을 부를 것만 같았다.

신념을 가지고 세상을 살아가는 남자가 유일하게 그의 모든 것을 걸고 부딪쳐서 얻으려 했던 존재가, 그 고귀하기까지 한 신념이 자신이라는 것을 믿을 수가 없었다. 그녀의 눈으로 보고도 참으로 실감할 수 없는 감정이었다.

그 텅 빈 것 같은 눈동자에 세연은 정지한 것처럼 완전히 무너졌다. 그녀가 졌다. 결국 그녀는 그에게 체념하고 그에게 마음을 열었다.

다음 순간 세연은 파르르 흔들리는 턱을 들어 말없이 그녀에게 손을 내민 기우에게 다가갔다.

그러고는 두 팔을 벌려 떨리는 기우의 뜨거운 몸의 감촉을 확인하듯 껴안았다. 그러고는 놓칠세라 꼭 껴안은 기우의 품에서 말없이 한참 동안 떨었다. 그간 그녀의 동요와 아픔을 담듯 후드득 뜨거운 눈물이 방울방울 떨어졌다.

"울지 마."

그가 낮게 속삭였다.

"하지만 나 때문에…… 이렇게 된 거 같아서. 결국 이렇게 된 거, 너무 돌아서 온 것 같아서. 나 때문에 너무 당신 마음고생을 시킨 게 아닌가요?"

마침내 세연은 처음으로 그의 품 안에서 무너졌다.

"하아……."

그런 그녀를 안타깝게 보면서 기우가 뭔가 말하려 했지만 그것도 여의치 않았다. 기관 삽관의 흔적으로 기우의 목소리는 잘 나오지 않았다.

그런 기우를 응시하던 세연은 그의 목에 남아 있는 기관 삽관을 한 흔적에 입술을 깨물었다. 아무리 참으려고 해도 그녀 안의 어딘가가 망가진 것처럼 차오르는 물기를 억누를 수가 없었다. 그에게로 향하는 자신의 감정을 주체할 수가 없었다.

그래서 어떻게 할지 몰라서 주륵, 미끄러지듯 그의 꺼끌거리는 턱을 쓰다듬었다. 방향을 잃은 것처럼 이리저리 흔들리는 그녀의 작은 손가락이 갈 곳을 잃고 헤매길 반복했다. 그렇게 평소의 그녀답지 않게 할 말을 딱 부러지게 못 하고 입도 열지 못하는 세연을, 기우는 안타깝게 응시했다.

"이리 와."

이윽고 그가 쉬어 버린 목소리로 천천히 입을 열었다.

"계속 널 안고 싶다는 생각뿐이었다. 어쩌면 그 생각 하나만으로 이 세상을 떠나지 않았는지도 몰라."

기우가 힘겹게 숨을 내쉬면서 말했다.

"어쩌면 네 존재가 날 잡았는지도."

그 뒤론 더 이상의 말은 필요하지 않았다. 그녀도 같은 걸 생각하고 있었기 때문에 세연은 그를 다시 힘차게 껴안았다.

"……!"

아직 회복되지 않아 환자복 차림으로 가쁘게 숨을 내쉬며, 혹여 놓칠세라 그녀를 올려다보던 기우의 눈이 동요했다. 세연은 온 힘을 다해 그를 꼭 껴안은 채, 처음으로 흐느끼듯 가라앉은 목소리로 천천히 말했다.

"더는 말 안 해도 돼요."

세연은 강조하듯 힘주어 말했다.

"당신이 깨어나지 못하는 동안, 내내 마음 졸이면서 생각한 게 있으니까. 들어 줄래요?"

다음 순간 세연은 완전히 쉬어 버린 목소리로 그에게 속삭였다.

"다시 날 만나서…… 아니, 우리가 처음 만난 순간부터 5년 동안 당신은 늘 내게 사랑을 말하고 있었어요. 그걸 너무 뒤늦게 깨달아서 미안해요. 그러니 그냥 내 곁에 있어. 너무 늦었지만 더는 당신을 놓지 않을 테니까."

5년 동안 그가 그랬던 것처럼, 그가 매 순간순간 그녀에게 사랑을 표현했듯 그녀 역시 그에게 사랑을 속삭였다.

처음으로 고개를 들어 그를 마주 보았다.

항상 일방적인 그의 구애에, 결코 응할 수 없던 그의 감정에 그녀가 온 힘을 다해 밀어내면 슬픈 표정을 짓던 그. 웬만해서는 드러내지 않았지만 텅 빈 것 같은 그 눈은 분명 그녀에게 받은 상처를 드러내고 있었다.

그럼에도 절대로 아픔을 내색하지 않고 건조하리만큼 딱딱하게 그녀를 몰아붙이고 최종 목표까지 갈 수 있게 독려했던 그였다. 자신을 사랑해 달라 애원할 법도 한데, 제발 한 번만 감정을 받아 달라고 마지막에 비록 눈물을 흘릴지라도 끝내는 자유로워지라며 그녀를 보란 듯이 밀어냈었다. 이 순간 세연은 무서우리만큼 수척해진 기우에게서 시선을 떼지 못했다.

'결국 내가 받아 주지 않았다면, 마음을 열지 않았다면 그는 아무렇지 않게 천천히…… 죽어 갔겠지. 햇볕이라고는 들지 않는 이곳 중환자실에서.'

그는 그러고도 남을 것이다. 신음 한번 내지 않고 천천히, 느리게 죽어 갔겠지. 아무렇지 않게 기꺼이 그가 택한 최후를 향해 걸어가면서. 이를테면 그는 그런 인간형인 것이다. 자신이 내리는 신념과 결론에 충실한.

동시에 결코 그가 눈을 뜨지 않을 것 같아, 절로 머리가 새하얗게 얼어붙을 것만 같던 그간의 공포가 떠올라 세연은 고개를 저었다.

다시 못 맡을 것만 같았던 부드러운 그의 향기를 느끼면서 본능적으로 안도했다. 그가 세상에서 사라지지 않았다는 것을 확인했다.

'살아 있으니까 됐어.'

이 순간 세연은 본능적으로 떠올렸다.

'그래, 살아 있으니까 괜찮아. 이 뜨거운 숨결도, 체온도, 느껴지는

온기도 이 사람이 세상에 존재한다는 증거니까. 이걸로 됐어.'

이걸로 됐다. 이제 다시 시작하면 된다. 아직 너무 늦지 않아서 다행이었다.

마침내 그녀의 품 안에 들어온 기우를 놓칠세라 수척하게 여윈 그를 안은 팔에 힘을 주며 세연은 천천히 말했다.

"미안해요……. 생각해 보면, 뒤돌아보면 항상 권기우 씨가 서 있었는데. 내가 너무 오래 기다리게 한 게 아닐까? 당신을 잃지 않아서 다행이지만, 너무 늦게 같은 방향을 보게 돼서 미안해."

그녀의 진심 어린 고백에 기우가 천천히 고개를 끄덕였다. 그러고는 손을 뻗쳐 두려움에 떨고 있는 그녀의 머리를 정말 아이를 대하듯 쓰다듬어 주었다.

세연은 안도했다. 비록 그가 말은 안 했지만 기우가 자신과 같은 생각을 할 거라 생각했다. 그래서 여전히 놓칠세라 여윈 그의 손을 꼭 잡은 가운데, 고개 숙여 본능적으로 그의 손에 입 맞췄다. 그리고 처음으로 진심을 담아 용서를 빌었다.

"……미안해요. 다시 한번 사과할게요. 나 때문에 사고가 나서 손을 다쳐서 결국 이렇게 인생 바뀐 것."

기우가 고개를 저었으나, 세연은 아랑곳하지 않았다. 흔들림 없이 단호한 내면의 의지가 묻어나는 어조로 그에게 말했다.

"말했지만 더 늦지 않고 이제라도 당신과 같은 곳을 바라보게 돼서 다행이에요. 같은 방향으로 걷게 되어서. 너무 늦었지만…… 그간 당신을 너무 괴롭혔지만. 이제 와서 이런 말 한다는 게 우습지만, 당신을 영원히 잃어버릴 거라 생각하니 견딜 수가 없어져서, 더 늦기 전에 바로 세우고 싶어졌어요."

그간의 힘들고 괴로웠던 시간이 떠올라 어쩔 수 없이 희미한 물기가 묻어났지만, 굴하지 않듯 세연은 그를 보며 웃었다. 그런 그녀의 눈엔 마침내 고통스러운 터널에서 벗어나 마음의 평화를 찾은 것처럼 잔잔한 행복이 어려 있었다. 세연은 천천히 말했다.

"이제 같이 걷고 싶어. 나란히 걸어가고 싶어요. 물론 하루아침에 확 바뀔 리야 없겠지만, 나 노력할 거예요. 부족한 걸 알지만 멈추지 않고 걸어온 것처럼 노력할 테니까."

세연은 확신에 찬 음성으로 천천히 말하면서도 여전히 그녀만을 바라보는 아름다운 그의 눈에 시선을 고정했다. 그러고는 힘주어 말했다.

"고민했어요. 말해야 되나 싶었지만, 그래도 어쩔 수 없는 게 있어서. 아니, 당신은 오히려 끝까지 가라고 격려하고 응원할 것 같아서, 포기하지 말라고 말해 줄 것 같아서 그래서 결심했어요."

그러자 그녀가 무슨 말을 할지 안다는 것처럼 창백한 얼굴의 기우가 천천히 고개를 끄덕였다. 그리고 그 모습은 그간 그녀의 마음의 짐을 덜어 주었고 보다 홀가분해지는 결과를 가져다주었다.

그간의 슬픔과 분노, 아픔과 공허함 같은 복잡한 감정, 그리고 종국에는 그를 영영 잃어버릴지도 모른다는 두려움까지. 며칠 사이 정말 천국과 지옥을 오간 것 같았다. 세연은 왠지 모르게 벅찬 기분에 그와 시선을 마주치며 오롯이 그를 시야에 담았다.

기우가 세상에서 사라진다. 더 이상은 그를 볼 수 없다. 그녀는 그걸 원치 않았다. 더 이상의 고민은 필요 없었고, 오랜 고뇌 역시 끝났다. 세연은 다시금 결심을 다졌다.

그녀는 평소와 다르게 이렇게 감정을 표현할 수 있게 해 주는 감정의 원천인 기우를 똑바로 보면서, 마침내 스스로가 내린 결론을 흔들림 없이 명확한 어조로 말했다.

"그래서 그간 잃어버렸던 우리의 시간을…… 마음 같아서는 계속 당신과 함께 있고 싶고, 많은 시간을 보내고 싶고, 잃어버린 지난 5년을 되돌리고 싶지만, 난 해야 할 일이 있어요. 아직 남은 목표가 있어서 끝까지 가야 돼요. 당신도 같은 생각일 거라 믿어요."

거기까지 말했을 때 기우가 '가.' 외마디 소리를 내며 동의하듯 천천히 고개를 끄덕였다. 서서히 세연의 눈엔 물기가 희미하게 맺혔다.

그 앞에서 눈물 흘리는 걸 보이고 싶진 않았다. 세연이 고집스레 입술을 깨물며 아무 말 하지 않자, 서서히 기우의 얼굴에 희미한 미소가 맺혔다. 이윽고 그는 천천히 손을 들어 그녀의 떨리는 손에 느리게 뭐라고 썼다.

[사랑해.]

더 이상은 아무 말도 필요하지 않았다.

그들은 조용히 서로를 마주 본 채 처음으로 같은 곳을 바라보기 시작했다. 말없이 놓칠세라 서로를 눈에 담은 채, 그간 지독하게 엇갈리고 상처 주었던 지난 시간을 보상하듯 계속 서로의 곁에 있었다.

기적처럼 그가 병원에서 퇴원할 때까지.

第 45 幕

그러고 보면 지금 이 상황은 지독히도 현실감이 없었다.

세연은 천천히 붉게 충혈된 눈을 지그시 한번 눌러 준 후 느리게 고개를 돌렸다.

다시금 이곳으로 돌아오지 못할 줄 알았는데.

이 순간 흔들리는 세연의 시선은 다시금 돌아온 펜트하우스의 정경에 머물러 있었다.

마지막으로 이곳을 떠날 때, 세연은 기우와 한바탕 전쟁을 치르듯 서로에게 상처 주지 못해서 안달했었다. 서로의 마음을 할퀴고, 목을 조르고, 그러다 진이 빠져 기진맥진했던 지난 기억.

그때 그녀에게 믿기지 않는 현실을 자각시켜 주듯, 들려오는 나직한 속삭임. 깨어난 후 퇴원해 그녀와 펜트하우스로 돌아온 그였다.

하얗게 소리 없이 세상에 내리는 눈처럼, 놀랍게도 이 순간 기적처럼 깨어난 기우가 그녀에게 낮게 고백해 왔다.

"진작에 널…… 이렇게 안았어야 했어. 내가 잘못했다. 그렇게 쓰러지고 병원에서 내내…… 후회했다. 나 역시 뒤늦게 깨달았지만.”

곧이어 기우가 고개를 숙여, 떨리고 긴장한 얼굴을 커다란 두 손으로 감싸며 뜨거우면서도 느리게 그녀의 입술을 빼앗았다. 그러자 절로 세연의 숨결이 가빠졌다. 잘못 들은 게 아닌 모양이다.

“하지만 당신은 이제 겨우 퇴원했는데. 아직 낫지 않았어요.”

이 순간 창백한 그의 얼굴을 보며 세연이 우려했지만, 기우는 아랑곳하지 않았다.

그가 선언하듯 낮게 말했다.

“더는 못 참아.”

그 말과 동시에 그는 더 이상 멈추지 않았다.

이 순간 나른하면서도 관능적인 선율이 넘칠 듯 조용한 실내에 흐르는 가운데, 더는 거리낄 게 없다는 듯이 유혹적으로 그녀의 입술을 빼앗는다. 거침없이 매끄러운 그녀의 하얀 목가에, 멈출 수 없는 관능의 입술을 뜨겁게 내리꽂는다. 그러고는 정말 악기처럼 놓칠세라 그녀의 몸을 연주하기 시작했다.

“처음 만났을 때부터 이랬어야 했어.”

그가 고개 숙여 다시금 그녀의 목가를 깊숙이 빨아들이자, 세연은 점차 숨이 가빠졌다.

“역시 너무 늦은 건가?”

너무도 낮게, 그래서 더욱 관능적으로 들리는 나른한 저음의 목소리로 그가 속삭이며 감미롭게 애무하자, 세연은 숨이 막혀 견딜 수가 없을 지경이었다.

“아, 이건…….”

무엇보다 절로 몸의 힘이 빠진다.

그 낯설기까지 한 애무에 갑자기 몸이 붕 뜨는 느낌이 나고 온몸이 질척질척 젖는 느낌이 들었다. 그녀조차도 억누를 수 없는 뜨거운 것이 온몸을 적시고 퍼져 나가는 기분……. 견딜 수가 없었다. 너무나도 낯선, 멈출 수가 없는 이 감각. 스멀스멀 연기처럼 계속해서 온몸으로 퍼져 나가는 이 낯설기까지 한 감각. 갑자기 힘이 빠지고 촉촉하게 젖는 느낌에 견딜 수가 없어졌다. 세연은 소리 없이 꽉 입술을 깨물었다.

그런 그녀를 사랑스레 바라보며 기우가 낮은 목소리로 달랬다.

"나만 봐. 그리고 애써 참지 마. 힘들면 말해."

동시에 그가 저 깊이 숨겨 두었던 독점욕을 드러냈다.

자신에게 더 이상 떨어지지 말라는 듯 뜨거운 두 팔로 그녀를 끌어안아 자신만 보게 하자, 세연은 움찔 몸을 떨었다.

평소에 차갑기만 한, 습윤한 기우의 눈이 그녀에게로 향해 있었다.

그 감정을 잘 드러내지 않는 눈에 이 순간 타오르는 욕망이 번져 있었다. 무엇보다 다가온 그 입술, 마치 감미롭게 녹는 듯한 느낌의 너무도 관능적인 기우의 입술 감촉에 세연은 전율하는 기분이었다. 그랬다. 꼭 뇌수가 녹는 기분이었다. 그 향기로운 체향과 감미롭기까지 한 솔잎향이 뒤섞인 관능적인 입술이 거침없이 그녀를 깊게 탐한다. 차라리 거친 게 나았다. 이건 다른 의미에서 그녀가 감당할 수 없는, 부담스럽기까지 한 쾌락이었다. 너무나도 강렬한 쾌락. 꼭 뇌가 마비되는 것 같은 유혹적이고 관능적이기까지 한 그의 깊은 키스.

그러면서도 한없이 다정했다. 녹아드는 것만 같다.

세연은 더 이상은 머릿속에 아무것도 떠올릴 수가 없었다. 사고가 정지했다. 기우가 그런 그녀를 내려다보면서 경고하듯 말했다.

"또 쓸데없이 많은 생각을 하고 있군. 더 이상은 생각하려 들지 마. 우린 먼 길을 돌아와서 어렵게 맺어졌으니까."

그 말과 동시에 본격적인 그의 탐색이 시작되자 세연은 흠칫 몸을 떨었다. 더 이상은 아무런 생각을 할 수가 없었다. 그의 경고대로 기우가 거침없이, 깊게 그녀의 안으로 파고들었다. 놓칠세라 사정없이 그녀를 탐했다.

그의 타오르는 입술이 본격적으로 그녀의 입술을 덮어 버리자, 세연은 헉 몸을 떨었다. 아랑곳하지 않고 기우가 그녀의 부풀어 오른 붉은 입술을 빨아들였다. 동시에 세연은 나지막한 신음 소리를 토해 냈다.

"아흑."

미칠 것만 같았다.

어떻게 해야 할까. 또 그녀를 덮치는, 숨도 쉴 수 없는 관능의 파도. 꼭 강둑이 무너지는 것처럼 그렇게 삽시간에…… 이끌려 들어가 버린다.

그 치명적인 입맞춤에 숨 막히게 매혹된다. 정신을 차렸을 때, 사로잡힌 것처럼 기우가 그녀의 귓불을 빨고 있었다. 몸부림치는 세연의 하얀 목가를 거친 키스를 퍼부으며 내려갔다. 물론 예의 녹아들듯 뜨거운 애무를 퍼부으며.

"아, 제발…… 제발 그만."

세연은 믿지 못할 뜨거운 감촉이 목에 와 닿자 깜짝 놀랐다. 숨겨진 꽃망울을 젖히듯 뜨뜻미지근한 믿지 못할 감각이 그녀의 예민한 작은 귓불을 타고 내려갈 때부터 화들짝 놀라긴 했지만, 목에 훅 뜨거운 숨결과 타오르는 듯한 입술 감촉이 와 닿자 정말 이성을 잃었다. 머릿속이 새하얘지는 것만 같았다.

"아, 이상해요. 그만……."

그렇게 누구에게 말하는지도 모를, 작은 속삭임과도 같은 중얼거림을 쉴 새 없이 내뱉었다. 꼭 유체 이탈하는 것처럼 한없이 붕 부풀어 올라 정신없이 사고를 마비시켰다. 눈앞의 남자가 그녀를 이렇게 만들었다. 세연은 믿을 수 없어 눈을 크게 떴다.

이루 말할 수 없는 기분이었다. 어떻게 설명해야 할까. 이 순간 가쁜 숨을 내쉬며 세연은 떠올렸다.

'지금껏 그와의 만남은 전쟁과도 같았지.'

그와 재회한 뒤 펜트하우스에서 이어진 네 번의 만남은 정말 전쟁 같았다. 서로 날카롭게 대립하며 극렬하기까지 한 감정을 유감없이 터뜨리고, 서로에게 날을 세워 으르렁거리기 급급했던 나날들. 이전까지는 대본에 쓰인 감정대로 연기하고 TV 속 드라마와 영화를 촬영했다면, 이건 말 그대로 실재였다. 정신을 혼미하게 만드는, 아무것도 떠올릴 수 없는 그 무엇. 이루 말할 수 없이 짜릿한 느낌.

어느새 윤기 흐르는 검은 머리칼이 그녀의 얼굴에 와 닿았다. 그녀의 몸 위에 올라타 내려다보던 기우가 본격적으로 그녀의 목을 깊숙이 빨아들였다. 그러고는 사로잡힌 것처럼 세연의 블라우스를 벗겨 냈다.

"……!"

블라우스 사이 드러난 하얀 가슴. 사로잡힌 듯 말없이 내려다보던 기우가 목 깊숙한 곳에서 끌어낸 것 같은 허스키한 소릴 냈다.

"이젠 못 기다려. 너무 오래 기다렸으니까…… 완전히 네 안으로 들어가겠어."

그녀의 귀로 듣고도 믿기지 않는 그 낮은 속삭임. 그것은 더는 못 참겠다는 소리로 들렸다.

그 말과 동시에 그가 깊이 고개를 숙였다. 그러고는 기다렸다는 것처럼 요동치듯 몸부림치는 세연의 비밀스런 골짜기를 거침없이 빨아들이기 시작했다. 세연은 헉 숨을 들이마셨다.

도무지 믿을 수가 없었다.

가공할 만한 현실이었다.

오히려 너무 생생해서 현실 같지가 않았다. 하지만 너무도 뚜렷한 감각. 이건 분명히 실재였다. 사락, 스칠 때마다 너무도 부드러워 마치 검은 실크 같은 기우의 머리칼이 기울어졌다. 그녀의 다리 사이로, 정확히는 떨리는 하얀 허벅지를 스쳤다. 그 모든 건 순식간이었다. 이루 형용할 수 없는 기분이었다. 아무리 태연하려 해도 익숙해지지 않는다. 그녀의 가장 비밀스런 부위, 자신조차도 사실 태어나 자세히 본 적이 없는데, 그런 깊숙한 골짜기에 그가 거침없이 고개를 숙이고서 빨아들이자 미칠 것만 같았다. 절로 숨이 막혀 왔다. 꼭 물에 빠진 것처럼 허우적거리듯 숨이 막혀 오고 이성까지 마비되었다. 더욱 큰 문제는 세심하고 정성스레 그녀의 가슴과 허리로 이어지는 부분을 애무했을 때와 같이 이상한 감각이 온몸으로 퍼져 간다는 게 거였다. 아니, 더욱 심했다.

그때도 붕 떠올라 멈출 수 없이 요동치는 느낌이 들었다면, 이제는 멈출 수 없는 흥분까지 느껴졌다. 그가 이대로 멈추면, 이 묘하게 붕 떠오른 느낌이 결코 사라질 것 같지가 않았다.

세연은 믿을 수가 없어 눈을 깜빡였다. 절로 숨이 거칠어졌다. 그런 세연을 무표정하게 응시하면서 기우가 목구멍 깊숙이에서 끓는 듯한 소리를 냈다.

“아직도 모르겠어? 날 이렇게 만드는 건 세상에서 너 하나야. 가끔은 네가 머리꼭지까지 돌게 해.”

기우가 그녀에게 고개를 묻은 채로 으르렁거리듯 낮게 읊조렸다.

“도무지 멈출 수가 없어. 폭주하게 해. 때로는 이렇게 펑 터진 것처럼 정신을 차릴 수가 없으니까…….”

이 순간에도 듣는 그녀의 귀를 의심하게 만드는 그르렁거리는 어조. 동시에 확 피가 머리에 쏠리는 것처럼 붉고 화끈거리는, 가시지 않는 흥분.

“그만둬요. 이런 짓. 당신하고 어울리지 않아.”

보다 못한 세연이 붉어진 얼굴로 쉰 목소리로 말하자 기우가 이해할 수 없다는 듯 빤히 응시했다.

“아직도 모르겠어? 네가 날 이렇게 만들었어.”

바로 네가. 명료한 그의 말이 세연을 꼼짝 못 하게 했다. 동시에 그가 그녀의 안으로 들어왔다. 도저히 그에게서 벗어날 수 없게.

"아……!"

예상은 했지만 일순간 숨도 쉴 수 없이 느껴지는 감각에 세연은 훅, 잠깐 숨을 멈췄다. 압박하듯 날카롭게 느껴지는 감각은 꼭 아픈 것에 찔린 것만 같았다. 서서히 번져 가는 예리한 아픔. 이건 통증인가? 순간 머릿속이 하얗게 흐려지는 기분.

그때였다. 세연이 멈칫하자 그런 그녀를 의식하듯 기우가 곧 멈추려 했다. 하지만 세연은 고개를 저었다. 믿기지 않게도 기우가 걱정스런 눈빛을 던지면서 물었다.

"많이 아파? 그럼 그만두면 되니까 걱정하지 마."

그의 배려는 아직도 익숙하지 않다. 그녀가 고개를 가로젓자, 염려하지 말라는 눈빛을 던지며 기우가 몸을 돌렸다.

"왜? 그만두면 돼. 어려운 일 아니야."

하지만 여기서 그만두면 모든 게 끝난다. 결국 그의 배려에 다시 예전처럼 돌아가게 되겠지. 때문에 세연은 다음 순간 대담하게 손을 뻗쳐 간절히 기우를 두 팔로 감쌌다. 그가 퍼뜩 놀란 표정으로 그녀를 보았다. 놀란 표정은 일순간에 스쳐가듯 사라져 버렸지만. 그가 동요한 눈빛으로 보면서 다정하게 물었다.

"정말 괜찮아?"

기우가 걱정스레 물었으나 세연은 아무 말도 하지 않았다. 펜트하우스 안에 정적이 감돌았다. 여전히 그들을 감싸고 있는, 꺼지지 않은 밤의 열기. 스멀스멀 피어오르듯 불온한 공기가 서로를 감싼 것 같은 착각이 들었다. 숨 막힐 듯한 밤의 침묵 속에 잠시 말없이 뚫어져라 그녀를 내려다보던 기우가 이윽고 놀랍게도 천천히 입꼬리를 올려 미소 지었다.

"알았어. 네가 원한다면, 물론 난 거절할 이유가 없지."

그 특유의 공들여서 신중하게 내뱉은 말도 잠시, 곧이어 유혹적인 허스키한 음성이 세연의 귓가에 울렸다.

"네가 원하는 건, 내가 원하는 거야. 기꺼이."

그 믿지 못할 달콤한 말에 정신이 혼미해지는 기분이 들었다. 그 순간을 놓칠세라 기우가 다시금 그녀의 안에 들어왔다. 그녀가 들은 것이 환영이 아님을 확인시켜 주듯 부드럽게 입 맞추면서. 그러면서도 그녀를 놓지 않겠다는 듯이 세차고 격렬하게 그녀의 안으로 삽입해 왔다.

"……!"

뜨거운 불기둥이 그녀의 안에 들어온다. 순식간에 휘젓는다. 세연은 몸부림쳤다. 꼭 주사를 맞는 것처럼, 각오는 했으되 너무도 아프고 불타오르는 듯한 특유의 화끈거리는 감각. 어떻게 표현할 수 있을까? 기시감처럼 다시금 몸을 휘감는 화끈거리는 감각에 잠시 동요했으나 그것도 잠시, 그녀는 이를 악물며 참아 냈다. 다시 그를 잃을 수 없었다. 이미 너무 엇갈리지 않았던가. 다시는…….

짙어진 눈으로 그런 그녀를 안쓰럽게 내려다보면서 기우가 말했다.

"몸에 너무 힘이 들어가 있어. 힘을 빼. 이러면 네가 더 힘들어져."

"……아프다고요."

세연은 비적 입술을 끌어 올려 겨우 소리를 냈다.

"하지만 참을 수 있어요."

고집스런 그녀의 음성에 걱정스레 보던 기우가 다시금 입꼬리를 올려 웃었다.

"그럼 이럴 수밖에."

유혹적인 그의 음성이 귓가를 휘감는다.

"적당한 선에서 절충을 하자고. 이제껏 우린 다투기만 했지 중간에서 절충하는 게 없었어."

그가 속삭였다.

"그래, 이제 화해하는 거야."

곧이어 어두워진 눈으로 그녀를 내려다보면서 능숙하게 움직이는 기우를 보면서, 세연은 멍하니 머릿속으로 떠올리고 있었다. 전율, 말 그대로 전율이 이는 기분이었다. 그는 놀라우리만큼 능숙하게 움직였다.

그리고 훅 끼치는, 떨쳐 낼 수 없는 유혹의 잔향. 그 차가운 섹시함. 유혹의 향수가 그녀의 벌거벗은 몸을 감싸듯이, 그리고 조심스레 두드리듯 그녀의 안으로 조금씩, 조금씩 들어왔다. 그녀가 상처받지 않게 배려하듯. 마침내 거짓말처럼 깊숙이 들어온 그가 능수능란하게 움직이기 시작하자, 느리게 물결이 퍼져 가듯 믿지 못할 감각이 느껴졌다. 고통 섞인 쾌감이었다.

세연은 믿을 수 없어 낮은 신음 소리를 흘렸다. 그것은 설명할 수 없는 이상야릇한 기분이었다. 아프다. 아직도 불이 붙은 듯 화끈거리는 통증은 사라지지 않았고 유효했다. 현재진행형이었다. 분명히 아픈데, 계속해서 아찔아찔하게 끊어지듯 이어지는 이 미묘한 흥분은 도대체 뭘까. 그 흥분이 서서히 파도처럼 온몸으로 퍼져 나갔다. 붕 떠올라, 정신이 흐릿해지는 것 같은 이 느낌. 이 주체할 수 없는 고통 어린 쾌감이란.

그런 그녀를 예의 차가운 욕망이 느껴지는 눈동자로 말없이 응시하면서 기우가 다시금 격렬하게 삽입했다. 그러자 세연은 참을 수 없는 흥분의 쾌감에 이르렀다. 결국 축 늘어진 그녀를 두 팔로 꼭 끌어안으면서 기우가 낮게 읊조렸다.

"……세연."

이 모든 게 꿈이 아닐까.

온 사방이 녹아들듯 흐릿하게 보였다. 아득하게 녹아드는 느낌에 취해 세연은 헉, 가쁜 숨을 내쉬며 눈을 떴다. 아, 내가 의식을 잃고 있었나. 눈을 뜨자 몸에 느껴지는 따스한 감각. 그 믿지 못할 따뜻한 느낌에 주변을 두리번거리다가 뒤늦게 알아차렸다. 기우가 정성스레 그녀의 몸을 닦아 주었다는 것을.

"하아, 하아……."

세연은 가쁘게 숨을 몰아쉬면서 한동안 움직이지 않았다. 움직이려야 움직일 수도 없었다. 손에 힘이 들어가지도 않을뿐더러, 묵직한 둔통에 움직일 엄두도 안 났다. 무엇보다 그녀가 의식을 잃은 사이 걱정해서 계속 따뜻한 수건으로 몸을 닦아 준 기우를 바라보자, 서서히 가슴이 벅차 왔다.

왜일까?

갑자기 눈시울이 시큰해지면서 목이 메는 것 같고, 그녀답지 않게 사소한 것에 눈물이 나올 것 같아 세연은 이를 악물고 참았다. 실상 5년 만에 재회한 그들의 펜트하우스에서 이어진 관계도 서로를 파괴하고 상처 입히는 관계에 가까웠다.

그러고 보니 이런 사소한 친절을 받아 본 것이 언제였던가? 기억도 나지 않았다. 특히 한국에 돌아온 뒤로는 거의 방치 상태에 가깝게 혼자인 것에 익숙했다. 부모님도 한국으로 돌아와서 자리를 잡는 것에 분주했고, 실상 그녀가 다가가려고 해도 어느새 틈을 파고들어 호시탐탐 그녀의 자리를 노리던 지수가 빼앗아 버렸기 때문에 딸 역할을 할 수조차 없었다. 겉으로는 초연했지만, 마음 깊은 곳에서는 체념할 부분은 체념하면서 딱딱하게 굳어져 갔다.

'난 괜찮아.' 내지는 '이렇게만 해야 해.'

스스로 최면을 걸듯, 상처 난 손가락에 일부러 소금을 부어 딱딱하게 만들 듯, 보이지 않는 돌처럼 굳어진 마음을 간직한 채로 살아왔다. 아직 살아갈 날이 너무 많다는 걸 알지만, 그녀 또래의 이들처럼 미래에 대한 희망도, 장밋빛 기대도 할 수 없었다. 그러기엔 지나온 세월이, 그녀의 지나온 길이 너무도 잔인했으니까.

‘그래서 익숙해졌다고 생각했는데…….’

이 순간 세연의 흔들리는 시선은 이제 그녀에게 돌아온 기우에게로 가 있었다.

그런 그녀의 틈을 비집고 들어온 믿지 못할 사소한 친절은, 서서히 딱딱해지고 얼어붙은 마음을 녹였다. 세연은 일부러 고개를 돌리며 딴 데를 보는 척 노려보았다. 그래야 이 어울리지 않게 시큰거리는 눈가의 물기가 사라질 테니까.

이 순간에도 믿지 못할 그의 목소리가 들려왔다. 계속 그녀가 아파하고 괴로워한다고 생각했는지, 조심스레 배려하듯 건네는 착 가라앉은 그의 목소리.

“내 잘못이야. 아직 몸이 회복이 안 되었고 자제했어야 되는데…… 네 앞에서는 멈출 수가 없어서. 세상에서 유일하게.”

다시금 마음속에 물기가 차오르는 것 같아 세연은 입술을 깨물었다. 이 낯선 감정이 익숙지 않아서였다.

“많이 화났어? 역시 내가 무리한 건가.”

아니라고 바로 대답하고 싶었지만 못했다. 바보같이. 사소한 친절 때문에 녹아드는 마음이 아직은 익숙하지 않아서 당황스러웠다. 세연은 입술을 깨물면서 말했다.

“저…… 아무래도 오늘은 그만 가는 게 좋겠어요.”

이 순간에도 어울리지 않는 낯선 감정이 쿡쿡 폐부를 찔러 대서 혼란스러웠다. 그러니까 오늘은 그만하고 다음에 그를 보는 게 좋을 터.

거기까지 생각했을 때 갑자기 한기가 느껴졌다.

이상하게 추운 느낌이 들어서 무심결에 고개를 돌렸을 때, 차갑게 가라앉은 기우의 눈이 그녀를 보고 있었다.

“이대로 갈 건가?”

“잠깐 세수 좀 하고 올게요. 오늘은 여기까지 하는 게 좋을…….”

다음 순간 말없이 그녀를 보던 기우가 그대로 침대로 세연을 쓰러뜨렸다.
“앗!”
깜짝 놀란 세연이 외마디 소리를 내뱉었지만, 그녀의 비명에도 기우는 눈 하나 깜짝하지 않았다. 그리고 눈 깜짝할 새에 다가온 타오르는 듯한 입술. 그는 차갑게 응징하듯 고개 숙여 세연에게 입 맞추고는 다시금 그녀를 침대로 끌어들였다. 그리고 능숙하게 그녀를 안았다. 마치 일이 끝나자마자 그에게서 벗어나려고 하는 세연을 벌을 주듯이. 다시금 눈 깜짝할 새에 그녀의 몸을 자신에게로 끌어당기고는 숨막히게 리드해 갔다. 표정 하나 뒤바뀌지 않음은 물론이었다.
“난 아직 안 끝났어. 그리고…….”
당황한 세연이 항변하려 하자 기우가 다시금 차가운 입술로 그녀의 발언을 막았다.
“난 아직 부족해. 내가 충분하다고 느낄 때까지, 아니 내가 가라고 할 때까지 나한테서 벗어나지 마. 알겠어?”
기우가 그녀를 내려다보며 무표정하게 가라앉은 눈으로 선언했다.
“난 아직 널 완전히 가지지 못했어.”
내가 아직 그를 잘 몰랐던 게 아닐까? 이렇게 날 머리부터 발끝까지 자신의 손에 넣어야 만족하는 남자였나? 자신의 손에 넣고 쥐락펴락해야 만족하는 걸까? 분명히 예전에는 안 그랬던 것 같은데 왜 이러는 걸까?
여전히 혼란스럽기만 한 세연이었다.

결국 기우의 익숙한 리드로, 익숙하지 않은 흥분과 고통 섞인 쾌감을 다시 한번 맛보고 나서야 풀려날 수 있었다. 이후로 그와 함께 보낸 시간도 꿈같이 흘러갔다.

계속 그와 극렬하게 대립해 왔기 때문일까. 지금의 상황은 믿을 수 없는 평온함이자 안락함이었다. 꼭 유유히 흘러가는 물처럼, 평화로운 시간이 이어졌다.

"……네 입술."

위스키를 마시던 기우가 천천히 고개를 숙였다. 그러고는 그녀의 입술을 깊숙이 빨아들였다. 그의 곁에 있는 세연의 존재를 확인이라도 하듯이 깊게.

"꿀처럼 달콤한 맛이 나."

"거짓말."

그런다고 아직 그에게 원망스런 마음이 완전히 가시지는 않았나 보다. 이렇게 갑자기 눈이 녹아 해빙이 온 것처럼 노곤하고도 평화로운 감각 속에서도, 그간 그와의 관계가 너무도 치열해서일까. 그녀를 감정의 극한까지 몰아갔던 그에 대한 원망이 가끔씩 뾰쪽한 가시처럼 마음에 여파를 드리웠다. 여전히 그에게서 눈을 떼지 않은 채로, 시선을 마주친 채로 심술을 담아 세연은 들으란 듯 차갑게 비웃었다.

"꿀을 바른 것도 아니고 입술에서 그런 맛이 날 리 없잖아?"

그런 그녀의 냉정하기까지 한 반문에 기우가 마음에 들지 않는다는 것처럼 천천히 팔짱을 꼈다. 잿빛의 나이트가운이 흘러내려 가슴이 다 들여다보여, 퇴폐적인 느낌까지 풍겼다. 그가 천천히 말했다.

"글쎄, 난 네 몸을 다 맛봤는데? 네 몸의 감촉, 그리고 살갗이 마주치고 뼈가 부딪치는 느낌까지 생생히 기억해, 네 전부가 내 머릿속에 있어. 그리고 내가 맛본 여기는 정말 달콤한 맛이 나는데."

"누가 맛봐 달라고 했어?"

여전히 도발하듯 완전히 쉬어 버린 어조로 되물으면서 세연은 다음 순간 말과 어울리지 않게 기우에게 안겼다. 깊숙이 그를 응시하면서 기꺼이 팔을 뻗친 기우에게 안기자, 그가 고개를 젖히더니 나직한 웃음을 터뜨렸다. 아주 낮은 웃음소리는 오래 가지 않았다. 그가 곧 결심했다는 듯 번쩍 그녀를 들어 올려 무등을 태운 것이다. 순식간에 붕 위로 떠오른 세연은 꺄악, 소리를 질렀다. 정말 아이처럼 자신을 어깨 위에 걸터앉게 한 모습에 어이가 없어 웃음이 나왔다.

"미쳤어. 정말 당신 제정신이 아니야."

동굴처럼 서로만의 공간에 갇혀 끝없이 사랑을 나누었다.

눈이 마주치면 이제는 서로의 감정을 숨기지 않았다. 오랫동안 억눌렀던 감정에 충실하며, 시선이 맞닿으면 기꺼이 키스하고 서로의 몸을 쓰다듬었다. 그의 말대로 달콤한 와인을 맛보듯이, 도저히 감미로운 과실주를 마시지 않고는 견딜 수 없다는 듯 눈이 마주치면 서로를 탐했다. 그리고 밤이 깊도록 대화를 나누고 서로를 보며 잠이 드는 생활의 연속.

서로 눈이 마주치면 통하기라도 한 것처럼 대화가 끊이지 않았다. 그간 밀린 얘기를 나누는 것처럼 밤새 대화를 하고 잠이 들곤 했다.

"전에 내가 말했던 책 기억해?"

눈이 마주친 그녀가 가라앉은 어조로 묻자 기우가 고개를 끄덕였다.

"응."

그 말과 동시에 어둡게도 보이는 눈빛을 그녀에게 고정하면서 기우가 말없이 그녀의 작은 손을 손으로 감쌌다. 그러고는 정말 아이처럼 그녀의 손가락 하나하나에 입을 맞췄다.

"〈눈 덮인 여우의 숲〉이랑 〈돌아보지 마〉, 〈레오나 주사위는 던졌다〉, 다 읽었다고 그랬나."

"그래, 물론 다 읽었지. 네가 추천한 책이잖아. 북유럽 추리 소설 읽는다고 전에 그랬었지?"

"그럼 레이먼드 챈들러, 대실 해밋 그리고 제임스 케인은?"

"물론 읽었어. 네가 말했는데 당연히."

그녀의 말이 이어져도 기우는 건성으로 대답한 채 고개를 숙였다. 계속해서 그녀의 작은 손에 달콤한 키스를 이어 갔다.

세연은 피식 웃으면서 막 샤워를 하고 나와 향기가 나는 기우의 머리칼을 손으로 흐트러뜨렸다.

"당신한테선 좋은 냄새가 나."

"……샤워했으니까."

"얼굴도 작아. 특히 옆모습이 꼭 조각같이 예술이야. 내가 전에 얘기했던가?"

손에 들어온 기우의 얼굴을 부드럽게 쓰다듬으며 더 이상 그가 말 못 하게 하려는 듯 그의 입을 막아 장난기를 담아 낮게 속삭이자, 기우가 피식 웃었다. 어이없다는 듯이 소리 내어 웃기 시작했다.

그러고는 여전히 그녀에게 어두운 시선을 고정한 채로 말했다.

"아니, 그럴 리가. 한 번도 칭찬한 적 없는데."

"그럴 수밖에. 하도 다른 여자들이 따라다녀서 그런 말을 할 수가 있어야지. 목 끝까지 올라왔는데 절대로 못 하지. 절대로 못 했어요."

"그럼 이제 얼마든지 계속해. 다른 여자는 내 인생에 절대로 없을 테니까. 뭐, 지금껏 내가 한 행동을 보면 잘 알겠지만, 앞으로도 지겨울 거야. 너만 바라볼 테니까."

서서히 어두워진 눈빛이 가시고 기우가 장난스럽게 미소 짓는다. 세연은 그 모습에 시선을 떼지 않고 연상했다. 언젠가 본 영화의 한 장면 같다. 숨 막힐 듯 캄캄한 새벽이 음험하게 드리운 그림자를 천천히 거두고, 거짓말처럼 찬란한 태양이 떠오른다. 그리고 다시 영화는 시작된다.

아랑곳하지 않고 기우가 이제는 손을 뻗쳐 보란 듯이 그녀의 머리를 헝클어뜨리면서 장난스럽게 속삭였다.

"너무 달라붙어 있어서 네가 지겨울 테니까."

"지겨워도 상관없어요. 그동안 너무 싸웠으니까."

그리고 그런 그에게서 시선을 떼지 않으며 세연은 낮게 중얼거렸다.

진작에 이럴 것을, 어떻게 그동안 억누르고 참았는지 의아할 지경이었다. 그들이, 특히 자신이 참 독했다고밖에는. 그래서 가끔은 그에게 미안한 생각까지 들었다.

"부드러워."

손에 들어온 그의 머리칼을 쓰다듬으면서 그녀 역시 사로잡힌 듯 그에게 입을 맞췄다.

"음."

멈춰야 한다고 생각했지만 도무지 멈출 수가 없었다.

어느새 관성처럼 젖어버린 기우에게로 향하는 본능적인 마음과 손길을, 그녀의 진심을 멈출 수가 없는 것이다. 어느덧 그의 부드러운 실크와도 같은 머리칼을 쓰다듬으면서, 신열과도 같은 신음 소릴 흘리면서 사로잡힌 듯 그에게 입 맞추고 있었다. 어느덧 엎치락뒤치락 하다가 서로를 쓰러뜨리고는 어이없는 웃음소릴 냈다. 두 사람도 지금껏 치열하게 반목했던 시간을 떠올리면, 스스로도 실감 나지 않으면서 도무지 서로에게 향하는 본능적인 마음을 억누를 수가 없었다.

자석처럼 서로에게 이끌려 갔다.

운명처럼 처음 만나 서로 이끌렸던 때처럼, 서로에게 향하는 마음과 손길을 도무지 멈출 수가 없었다.

오로지 서로를 바라보는 것 외에는 아무 것도 필요없었다.

둘만의 섬인 것처럼 그렇게 비밀스럽고 멈출 수 없는 사랑. 그러다 어느 날, 기우가 생각난 것처럼 그녀에게 말했다.

"대본 연습 해야 되지 않아?"

"아…… 그러네요. 팬텀이 이제 스튜디오 팬텀이 되면서 대본들도 많이 들어오고, 연기 레슨 선생님한테도 전화해야 되는데.”
생각났다는 것처럼 세연이 헛기침하며 완전히 쉬어 버린 목소리로 말하자 기우가 까만 눈을 그녀에게 고정했다. 그러고는 결심한 것처럼 말했다.
“우리, 당분간 만나지 말자.”
“네?”
갑작스런 그의 선언에 의아한 표정을 짓던 세연은 1초, 2초, 눈을 깜빡였다. 그러고는 자신도 모르게 부아가 치밀어 차가운 목소리로 쏘아붙였다.
“그게 무슨 말도 안 되는 소리야?”
그녀의 어이없다는 반문에도 기우는 희미하게 미소 짓고 있었다. 그런 그의 태연한 태도에 이제는 불씨가 꺼진, 그와 치열하게 대립했던 긴장이 되살아나는 것 같아 세연은 미세하게 얼굴을 찡그렸다. 좋지 않은 징후였다. 보일 듯 말 듯 포물선을 그리는 그의 옅은 미소가 마음에 들지 않아 세연은 뚫어져라 그를 노려보았다.
그러고는 손을 뻗쳐, 이제는 벌거벗은 단단한 몸이 더욱 친숙한 기우의 나신을 기꺼이 쓰다듬으며 쉬어 버린 목소리로 말했다.
“잊었어요? 몇 날 며칠을 같이 보냈잖아. 이렇게 대놓고 나한테 말하게 할래요? 정말 지칠 때까지 뒹굴었으면서. 내가 그만하자고 말려도 말을 듣지 않았으면서.”
낮게 중얼거리듯 말하는 세연의 얼굴은 화끈, 붉어져 있었다. 그러자 기우가 소리 내어 웃었다. 그러고는 정말 귀엽다는 듯이 그녀를 쳐다봤다. 그가 머리카락 속에 숨겨진 작은 귓불에 보란 듯이 입을 맞추더니 장난스럽게 훅 바람을 불어넣었다. 예전이라면 결코 하지 않았을 그 장난기 넘치는 몸짓 하나하나가 그만큼 친숙해진 그들 사이를 실감 나게 했다.

"잊고 있나 본데, 너의 싸움은 끝나지 않았어."
"또 무슨 소리? 이제야 겨우 맺어졌는데. 그것도 이렇게 힘들게."
너무 힘들게 맺어진 탓일까. 그동안 굳건하게 쌓아 올렸던 그녀의 긴장과 경계도 일시에 허물어지듯 무장 해제되었다.
겨우 여기까지 왔는데, 당분간 만나지 말자니.
세연이 볼멘 어조로 투덜대듯 낮게 말하자 기우가 무표정하게 응시했다.
동시에 그녀는 덜컹, 가슴이 내려앉았다. 본능적으로 그가 다시 익히 그녀가 알던, 목적을 위해서라면 가차 없이 몰아붙이던 냉혹한 기우의 모습으로 돌아간 게 아닐까 하는 생각이 들었던 것이다.
침묵이 흘렀다. 물기를 머금은 것 같은 그녀의 커다란 눈동자. 동공이 확장되면서 순간적으로 초조함을 드러낸다. 기우는 그녀의 불안을 놓치지 않았다.
"내가 전에도 말했지만."
이윽고 사로잡힌 것처럼 세연에게서 눈을 떼지 못하면서, 그녀의 머리칼을 쓰다듬던 기우가 천천히 말했다.
"넌 가끔 일어나지 않는 일을 두려워하고, 너무 생각이 많은 경향이 있어."
부드러운 음성으로 그가 확신을 주듯 힘주어 말했다.
"네가 불안해하는 일은 절대로 일어나지 않아. 난 네 곁에 있을 테니까."
"하지만 당분간 만나지 말자면서."
세연이 의구심을 담아 낮게 웅얼거리듯 말하자, 기우가 다시금 능숙하게 그녀의 머리칼을 젖혔다. 그러고는 깊숙이 얼굴을 묻었다.
"다시는 널 떠나지 않아."
그가 확신을 주듯 말했다.

그 말과 동시에 기우가 뚫어져라 그녀를 내려다보았다. 마치 자신의 눈에 새기려는 듯, 그의 시야에서 사라질세라 뚫어져라 바라보더니 깊게 키스했다. 그것도 잠시, 어느새 세연의 고개가 뒤로 젖혀지고 감미로운 입맞춤에 취하듯 신음 소리가 새어 나오자 그녀의 어깨에 천천히 손을 올렸다. 그러고는 전혀 예상치 못하게 그간 긴장으로 뭉친 그녀의 어깨를 힘주어 풀어 주는 게 아닌가.

기우의 커다란 손바닥이 굳게 뭉친 목과 어깨를 부드럽게 풀듯이 내려오자, 전혀 생각지 못한 상황에 당황한 세연은 눈을 깜빡였다.

말없이 보자 기우가 웃으면서 말했다.

"피곤하지 않아? 그동안 달려오면서 제대로 쉬지도 못한 것 같은데."

"맞아요."

갑작스런 그의 말에 세연은 잠시 의아해하다가 대답했다.

"그간 쉴 새가 없었어. 목표한 걸 동력으로 그저 몰아쳐 왔으니까. 숨 돌릴 틈이 없었던 게 사실이죠."

"그러니 네가 하던 대로 가. 확신을 갖고 흔들리지 말고."

기우가 조용히 덧붙였다.

"그 길에 내가 방해가 되고 싶지 않아. 여기까지 오기 힘들었던 만큼, 난 네가 최대한 집중하는 모습을 보고 싶은 거야. 염려하지 마. 난 항상 네 곁에 있을 테니까. 그저 네가 집중하길 바라는 거야."

그 말과 동시에 그녀를 향한 멈추지 않는 갈망과 그녀를 원한다는 염원을 담아, 기우가 다시금 세연의 작은 손을 잡았다. 그러고는 그녀의 손가락 하나하나에 숨결을 불어넣듯 입맞춤했다. 그가 의식을 잃고 누워 있던 중환자실에서 간절한 바람을 담아 세연이 그랬듯이. 그런 그의 진심이 느껴져 세연은 잠시 아무 말도 할 수 없었다. 그저 그를 바라보기만 했다.

다음 순간 멈춘 듯한 침묵이 흐르고, 기우가 의미심장하게 말했다.

"가장 큰 피로는 마치지 않은 일에서 온다고."

그의 낮은 중얼거림에 무심코 듣던 세연은 고개를 갸웃했다.

"그거 유명한 사람이 한 말 아니에요? 누구더라. 에릭 호퍼가 말했었나."

그러자 기우가 도저히 눈을 뗄 수 없는 매혹적인 미소를 지으면서 그녀를 다시금 품으로 끌어당겼다.

"맞아. 난 네가 그래서 멈추질 않길 바라. 혹여 나란 존재가 방해가 되거나 걸리적거리는 게 싫은 거야. 올곧이 네 목표에만 집중하길 바라. 너라는 동력으로 여기까지 멈추지 않고 달려올 수 있었던 나처럼."

"방해되거나 걸리적거린다니, 참 거침없이 말하는 건 여전하네요. 아니, 이런 건 변함없다고 해야 되나."

서서히 몰려오는 잠에 취하듯 한없이 감미로운 그의 체향을 빨아들이며 기우의 품속에서 세연의 눈이 가늘어졌다. 기우가 낮게 속삭였다.

"너에 대한 네 마음도 변치 않지. 드라마가 촬영되는 동안, 잠시 보지 않아도 그건 변하지 않아. 그러니 염려하지 마."

"좋아요. 한번 생각해 볼게요. 나도 어렵게 잡은 기회 놓치고 싶지 않으니까. 솔직히 전에 드라마에만 집중하고 싶다고 생각한 적 있으니까."

"그래, 네가 하고 싶은 대로 해. 멈추지 말고 가."

여전히 물끄러미 그녀에게만 고정된 시선. 그 어떤 일이 있어도 그녀를 놓지 않을 것처럼, 기우가 천천히 고개를 기울였다.

다음 순간 영원히 취하고 싶은 감미로운 꿈과도 같은 음성으로 기우가 말했다.

"아직 너의 드라마는 끝나지 않았으니까. 네가 만들어 갈 드라마는."

第 46 幕

항상 일상은 정지해 있는 것 같으면서도, 어느 순간 멈추지 않는 강물처럼 조용히 흘러간다. 정지된 것 같은 일상도 지나 보면, 어느샌가 달라져 있다.

무엇보다 생각지도 않았던 '윈터 문'의 히트. 데뷔 미니 앨범의 실패의 여파가 너무 컸던 탓일까. 성공할 거라 여기지도 않았고, 그저 묻히지 않고 조금이라도 세간의 관심을 끌면 다행이라 여겼다. 지수와 맞닥뜨릴 수 있게 드라마 캐스팅 단계에 '세연'이란 이름이라도 올릴 수 있게, 그 정도로만 주목을 끌길 바랐다. 잠시라도 사람들의 시선을 붙잡을 수만 있다면, 더는 바랄 게 없을 거라고 말이다.

그런데 생각지도 않게 성공을 거뒀다.

전혀 예상치 못하게 주목을 받고 화제성을 불러왔기에 마음 깊이 감사했다. 세연은 얼떨떨하고 멍하기만 했다. 실상 그동안 실패에 익숙했기에 꼭 남의 이야기를 듣는 것처럼 현실감이 없었다.

기우와의 이별이라는 해프닝이 있었고, 그 일로 인해 모든 것이 소실된 것처럼 번 아웃이 오기도 했었다.

어쨌든 기우와는 화해를 하며 사랑을 확인했지만, 세연의 다음 목표를 위해 한동안 만나지 않기로 했다. 그러던 와중에 생각지도 않은 소식이 날아들었다.

전혀 예상치 못한 급작스러운 제안.

그녀에게 TV 드라마 출연 섭외가 온 것이다. 음악방송 '뮤직트레인'으로 유명한 TCS방송국에서 제안한 거였다.

급작스럽게 폭탄이 떨어진 것 같은 소식이었다. 기우의 일과 맞물려서 가뜩이나 머릿속이 복잡한데. 비록 그는 그녀에게 일에 몰두할 수 있게 당분간 만나지 말자 했다지만, 아무런 전조 없이 불시에 일이 벌어지니 더욱 당황스럽고 여러 생각이 들었다. 물론 마음 한편으로 잘될 거라고 생각하지 않았다면 거짓말이겠지만, 이렇게 모든 게 갑작스레 착착 진행되리라는 결코 예상치 못했다.

그 모든 건 전화 한 통으로 시작되었다.

– 세연 씨, 잠깐 전화 통화 좀 할 수 있어요?

정작 팬텀 2팀의 김소현 팀장에게서 걸려 왔을 때, 세연은 침착했다.

오히려 그녀와 매일 스케줄 장소로 이동하며 밴에서 많은 시간을 보내는 팬텀의 실장인 혁수가 전화를 걸어 왔다면 '정말이에요?' 하고 설렘과 흥분을 드러냈을지도 모르겠다. 그녀 나이대의 이들처럼 그저 즐거워하며 해맑은 웃음을 터뜨렸겠지.

하지만 냉정하고 차분한 타입인 김 팀장은 세연의 들뜬 반응을 가라앉히고 자제시키는 역할을 했다.

무엇보다 직선처럼 딱 떨어지는 김 팀장의 음성은 한껏 들뜨던 그녀의 흥분과 기쁨을 눌러 주었다.

– 세연 씨, 지금 내가 하는 말 잘 들어요. 오늘 방송국에서 드라마 섭외가 왔어요. 방송사는 TCS예요. 그것도 조연도 아니고 타이틀 롤

이에요. 올해 상반기 방영 예정인 미니시리즈의 타이틀 롤로 세연 씨가 거론되고 있어요.

때문에 놀라운 섭외 제안이 왔다는 것을 그녀가 알려 주었을 때, 오히려 침착하고 담담할 수 있었다.

게다가, 사람은 너무 놀라운 일이 일어나면 오히려 담담해진다고 했던가. 아니면 한 번도 소리 내어 이야기한 적은 없지만, 언젠가 이런 날이 올 거라는 확신이 그녀 마음 깊은 곳에 있었던 걸까. 스스로도 알 수 없는 일이었지만, 어느 순간 마음 깊은 곳에서 고요하게 물이 차오르는 것처럼 담담해졌다.

“네, 그래요? 감사합니다.”

세연이 조용한 음성으로 인사하자, 잠시 수화기 너머로 침묵이 흘렀다.

곧이어 김소현 팀장이 헛기침을 하면서 생각났다는 것처럼 덧붙였다.

– 좋은 자세예요. 그럼 방송국 미팅 때도 긍정적인 결과가 나올 수 있겠네요.

생각에 잠기듯 뜸을 들이던 것도 잠시, 김소현 팀장이 특유의 냉철한 어투로 말하자 세연은 일순간 귀를 의심했다. 그녀는 자신도 모르게 쉬어 버린 목소리로 되물었다.

“네? 뭐라구요?”

– 방송국 미팅이 끝나고 드라마 〈리벤지〉 주요 출연진이 캐스팅되면 곧바로 대본 리딩을 갖고 촬영을 시작할 거예요. 아, 물론 일본과 제작 시스템은 다르지만 그래도 한국에 돌아와 오디션을 보고 연기자로 드라마 촬영을 준비했다니까 알고 있을 거라 생각해요. 세연 씨 일본에서 탤런트 지망했다면서요? 아닌가요?

수화기 너머로 잠깐 적막이 감돌았다.

세연은 침묵해야 할 때임을 알았다. 그녀가 어설프게 대답하면 대답하는 대로 김 팀장은 놓칠세라 그 틈을 비집고 들어와 매섭게 그녀를 질책할지도 몰랐다. 꼭 그녀의 보컬 트레이닝 강사처럼 말이다.

팬텀 엔터테인먼트는 좋은 사람들만 있는 천국이 아니었다. 그곳은 세상의 축소판이었다. 그녀가 지금껏 살아온 세상은 녹록지가 않았는데 팬텀의 사람들 역시 마찬가지였다.

이를테면 팬텀의 이들은 오로지 회의 끝에 정해진 계획과 스케줄, 업계의 동향에 맞춰 판단을 내리려 노력하고 그것을 나침반 삼아 앞으로 나아가는 사람들이었다. 혹시나 방향을 잃고 헤맨다 싶으면 팀장급 이상이 모여 거듭된 회의를 거쳐 다시금 방향을 설정하고 움직인다.

물론 김소현 팀장은 웃으면서 그녀를 대했지만 뭐랄까, 조금이라도 틈을 보이거나 실수를 하면 가차 없이 지적하고 냉정하게 점수를 매길 것 같은 느낌을 풍겼다. 그만큼 녹록지가 않았고 묘한 뒷맛을 남겼다.

그럼에도 세연은 담담했다. 아마도 처음부터 한국에서 데뷔했다면, 순탄하게 여기까지 왔다면 달랐을까. 지금껏 여기 오기까지 그녀의 몸에 밴 감각이 본능적으로 침묵할 때를 알게 했다.

'지금 무슨 소리인가요? 그러니까, 지상파 드라마 출연 요청을 수락하면 곧바로 촬영에 들어간다는 거죠?'

생각을 확인차 물어보고 싶었지만, 입 밖으로 내뱉는 대신 꿀꺽 삼키는 것으로 대답을 대신했다.

"네, 알겠어요. 그럼…… 준비하고 있을게요."

그녀가 착 가라앉은 음성으로 답하자, 김 팀장이 만족스럽다는 어조로 덧붙였다.

– 물론 촬영이 시작되면 눈코 뜰 새 없이 바빠지겠지만 벌써부터 너무 기합을 넣을 필요는 없어요. 세연 씨, 음, 그러니까 이건 시험이 아니에요. 너무 성적을 잘 내려고 애쓰지 말아요. 알겠죠? 그럴 필요

없어요.

곧이어 소현이 의미심장하게 덧붙였다.

– 물론 성적도 중요하죠. 어설프게 하느니 안 하는 게 나아요. 그런 내 생각엔 변함이 없어요. 하지만 우리, 이 시점에서 뭐가 중요한지 한번 생각해 보죠. 중요한 건 역시 세연 씨가 이 드라마를 통해서 배우로 데뷔하는 거예요. 그러니까 어떻게든 살아남아요. 좀 더 냉정하게 말하자면, 이번에 운 좋게 '윈터 문'이 성공했지만, 앞으로 실패하면 결과는 보장 못 해요. 지금 얻은 기회는 엄밀히 말하자면 '윈터 문'이 성공했기에 방송국에서도 세연 씨를 드라마에 출연시킬 생각을 하는 거예요. 알겠죠? 그래요, 이렇게 말하죠. 세연 씨가 해 온 대로 해요. 지금껏 그래 왔듯이.

그러고는 잠시 뜸을 들이더니 덧붙였다.

– 그리고 세연 씨, 하나 더 알아야 할 게 있는데 사실 〈리벤지〉는 긴급 편성되었고 시일이 촉박하게 제작되는 거예요. 원래 들어가기로 한 드라마가 하반기로 제작이 미뤄져서 제작진들 마음이 급한 것 같아요. 당장 급한 불이 발등에 떨어진 상황이라 드라마 미팅에서부터 촬영까지 속도를 내서 진행될 거예요. 물론 오디션을 보고 캐스팅이 된다는 걸 전제로 한다는 거 잊지 말구요.

김 팀장은 항상 안 좋은 소식은 조심스럽게 뒤에 덧붙이는 성향이 있었다. 김 팀장과의 통화가 끝난 뒤, 세연은 잠시 생각에 잠겼다.

'사실 안 좋은 소식도 아니야.'

원래 방영하기로 한 드라마가 작가나 프로덕션 등등 여러 사정으로 제작 날짜가 뒤로 밀린다든지 드라마 촬영에 차질이 생기면, 방송국에서는 이른바 땜빵으로 불리는 후속 드라마를 촉박하게 편성하곤 했다.

사실 세연의 입장에서는 오히려 고맙기까지 했다.

엄밀히 말해서 급하게 편성이 된 드라마라서 그녀에게까지 기회가

온 것이다. 방송국 기대작이면 아예 연기 경험이 전무한 그녀에게까지 기회가 오지 않았을 테니까.

그리고 급하게 편성된 드라마라고 해도 제작상 퀄리티가 확연히 떨어지거나 제작진 역시 급조된 이들은 아닐 것이다. 오히려 이전부터 방영될 기회를 기다리고 있던 드라마 대본이나 신인 작가들의 등용문이 되기도 하니까.

'나한테까지 기회가 왔으니 정말 잘 살려야겠어.'

김소현 팀장이 단언한 대로 모든 것은 눈 깜짝할 사이에, 일사천리로 진행되었다. 아무것도 없던 그녀에게 막상 '윈터 문'이 히트하자 곧바로 광고 섭외가 연이어 들어온 것처럼, 그렇게 스스로도 믿지 못할 정도로 빠르게 그녀의 한국에서의 데뷔는 성공적으로 이루어졌다.

지금껏 고생해 온 것을 비웃기라도 하듯, 드라마 오디션을 보러 가기까지 그리 어렵지 않았다.

벼랑 끝에서 여기까지 힘들게 기어 올라오다시피 했는데, 갑자기 에스컬레이터를 탄 기분.

그것도 자그마치 지상파 드라마 출연 요청이다.

[하반기 방영 예정인 TCS 미니시리즈 〈리벤지〉의 여주인공으로 요즘 한창 주가를 올리고 있는 탤런트 유지수가 거론돼…….]

게다가 드라마 주연으로 거론되고 있는 건 바로 유지수. 세연은 믿기지 않아 지그시 눈을 감았다 떴다. 두근두근, 그녀의 가슴은 꼭 터질 것처럼 맹렬하게 뛰고 있었다. 세연은 말없이 손을 들어 관자놀이를 꾹꾹 눌렀다. 갑작스레 다가온 이 믿지 못할 현실을 실감하듯.

이제껏 여기까지 멈추지 않고 온 이유. 드디어 지수를 만난다. 피하지 못할 자리에서 일대일로 맞닥뜨릴 수 있다. 드디어.

실상 지금껏 여기까지 오기 위해 치열하게 싸워 왔다. 지수와 맞닥뜨리기 위해 얼마나 많은 번민과 고통의 나날을 보냈던가.

한국에 돌아와 아무런 변화도, 희망도 보이지 않았던 나날. 그 시간들이 캄캄한 암흑 같아서 그게 제일 힘들었었다. 그런데 이제 드디어 변화할 때가 왔다. 갑자기 날아온 소식처럼 일시에 모든 게 뒤바뀌듯 재빠르게 흘러가고, 어느덧 다가온 제작진 미팅에도 세연은 초연할 수 있었다.

이미 일찌감치 드라마의 여주인공으로 거론된 지수.

세연은 드라마의 또 다른 타이틀 롤을 차지하기 위해 오디션을 보게 된 상황이었다. 그 주가 지나기 전에 세연은 드디어 오디션을 보았다.

마침내 치러진 오디션에서, 오히려 마음을 비웠기에 그녀는 담담하게 임할 수 있었다.

"정세연 씨?"

침묵이 흘렀다. 이름이 불리고, 그녀를 호명한 이들을 향해서 세연은 여유로운 미소를 지었다. 비록 마음은 그러지 않았지만. 보란 듯이 입가에 환한 미소를 띤 그녀였지만 세연의 심장은 무척이나 세차게 뛰고 있었다. 이제야 드디어 오랫동안 웅크리고 있던 어둠에서 벗어나 목표를 향해 한 발짝 다가갔다는 실감이 났다.

무엇보다 이름이 불렸을 때의 느낌이 남달랐다.

그녀는 가수 활동을 할 때는 예명을 '세연'으로, 연기자 활동을 이어나갈 때는 '정세연', 본명을 쓰기로 소속사와 이미 합의를 했다.

"안녕하세요. 이번에 드라마 〈리벤지〉 카메라 테스트를 보게 된 정세연입니다."

그러고는 그녀의 정중앙과 측면을 잡는 카메라를 보며 또박또박 자신을 소개하고 이번 드라마를 하고 싶다는 의사를 밝혔다.

스튜디오 '오페라'.

요즘 드라마 제작에서 신흥 강자로 떠오른 팬텀과 더불어서 유명한 드라마 외주 제작사로, 지상파와 종합편성 채널, 케이블 채널에 드라마를 제작하여 공급하고 있다. 또한 TCS방송국 드라마 스튜디오에서 드라마를 공동 제작하고 있었다.

먼저 드라마 〈리벤지〉를 연출하는 고준우 감독이 입을 열었다.

"안녕하세요, 세연 씨?"

"네, 안녕하세요."

"가수였죠? 노래 부르는 모습 음악방송에서 한번 봤었어요. 아주 멋있던데요."

귓가를 잡아끄는 굵직한 바리톤의 음성.

세연은 고개를 들었다. 그러자 굵은 뿔테 안경을 끼고 지적인 느낌이 묻어나는 미소 띤 얼굴이 보였다. 고준우 감독은 사십 대 초반으로 보였다. 다행히 딱딱하거나 고압적인 분위기는 아니었고 말투도 상냥했다. 그럼에도 완전히 긴장을 풀 수 없던 세연은 한번 심호흡하고 나서 천천히 대답했다.

"감사합니다. 솔직히 아직 가수로선 부족한 게 많아요."

그러자 그때까지도 침묵하면서 감독과 맞춘 것처럼 뿔테 안경 사이로 뚫어져라 그녀를 쳐다보던 드라마 작가 최진경이 입을 열었다.

나이는 삼십 대 중후반으로 보였다. 진지하게 보는 시선 사이로, 갑자기 터져 나오듯 웃음소리가 묻어나왔다. 세연은 본능적으로 쭈뼛 귀를 세우고 귀를 기울였다. 나직한 목소리만큼이나 묘하게 온기가 느껴지는 듣기 좋은 웃음소리였다.

"호호, 그래요? 그럼 연기는요? 연기는 어떨까요?"

드라마 캐스팅 오디션의 분위기는 비록 화기애애했지만, 어쩔 수 없이 그녀를 판가름하듯 냉정한 눈길이 느껴졌다. 그럼에도 세연은 당황하지 않았다. 이미 팬텀 오디션에서 많이 받아 본 시선이라 익숙했다.

“사실 일본에서 잠시 연예계 활동을 한 적이 있어요. 아주 잠깐이었고 드라마를 촬영한 적은 없지만, 노래보다는 연기가 제겐 친숙해요. 실제로 한국에 돌아와서 시나리오 학원을 잠시 다니기도 했구요.”

그러자 최진경 작가가 흥미롭다는 듯 시선을 고정했다.

“아, 시나리오 학원도 다녔다구요? 대본도 쓸 줄 알겠네요.”

그녀가 짐짓 궁금하다는 표정으로 세연을 바라보며 물었다.

“그럼 한국에 와서 연기 활동은 하나도 안 한 건가요? 그동안 촬영할 기회가 있었을 텐데요?”

“영화를 촬영하긴 했었어요. 잠깐이었지만. 시나리오 학원 수강생 출신인 윤명후 감독님 영화에 모습을 비춘 적 있어요.”

“아, 윤명후 감독님 영화요? 칸영화제에도 출품했고 강렬한 작가주의 영화 만드시는 분이죠?”

“네. 제가 시나리오 학원을 다닐 때, 윤명후 감독님이 강사분들과 친분이 있어서 일주일에 두세 번은 강사분들과 술잔을 기울일 정도로 친하셨어요. 학원 수강생이라서 얼떨결에 출연하게 되었죠.”

“그럼 세연 씨는 카메오로 나온 건가요?”

“그런 셈이죠. 분량이 많지는 않았지만.”

계속되는 드라마 제작진과의 미팅에서, 세연은 두 손을 모으고 단정한 태도로 대답했다. 어떻게 보면 열심히 수업을 경청하는 학생처럼 착실한 태도로 말을 이어 갔다.

“잊지 못할 좋은 경험이었어요. 사실 촬영 시간은 짧았고 제대로 된 연기 경험은 처음이라 떨렸지만, 잠시였지만 안정적인 느낌을 받았고 조금 자신감이 붙었을 때 촬영이 끝났어요.”

“좋은 경험이었다니 다행이네요. 하지만 알다시피 드라마 촬영은 영화와는 비교가 되지 않을 정도로 정신없이 바쁘게 진행될 텐데요."

그녀가 오디션을 보러 온 드라마 〈리벤지〉의 최진경 작가는 냉정하게 들리는 어조로 덧붙였다.

"비교적 여유로운 영화 촬영 현장과 다르게 눈코 뜰 새도 없을 거예요. 부득이할 때는 밤샘 촬영을 할 때도 있구요. 세연 씨, 어떻게 들릴지 모르겠는데 말 그대로 생방으로 쉴 새 없이 돌아가는 시스템이라고 보면 돼요. 무슨 말인지 알겠죠?"

세연은 숨을 들이마셨다.

웃음 띤 제작진들의 얼굴이 그녀에게 향해 있었다. 이 순간에도 똑바로 그녀를 보는 눈이 소리 없이 묻는 듯했다.

'우리가 원하는 사람은 빽빽한 일정을 소화할 수 있는, 당장 투입될 수 있는 연기자를 원해요. 과연 세연 씨가 적격일까요? 정말 소화할 수 있을까요?'

이 순간에도 그녀에게 내리꽂히는 시선. 빽빽한 촬영 스케줄을 소화할 수 있는 안정된 경력자도 아니고, 검증 안 된 신인인 네가 할 수 있느냐고 묻는 것 같아서, 보이지 않는 중압감이 느껴진다.

"세연 씨, 한국에 와서 처음 드라마에 도전하는 거라 혹시 모를지도 모르겠는데, 한국의 일일드라마 촬영 현장이라는 것은 말했다시피 생방송으로 촬영하는 것과 마찬가지라서 순발력 있는 대본 소화 능력을 필요로 해요."

그리고 그녀가 예상했던 말을 했다.

"사실 내정되어 있던 연기자가 개인 사정으로 하차해서, 우린 지금 당장 촬영장에 투입할 연기자가 시급한 상황이에요."

뜸을 들이듯 조심스럽게 신중한 어조로 고준우 감독이 말을 이어가자, 갑자기 치고 들어오듯 최진경 작가가 끼어들었다. 그녀가 뿔테 안경을 추켜올리며 공격적인 어조로 말했다.

"좀 더 솔직하게 말하자면 갑작스레 편성되어서, 톱스타 라인업을 더 이상 들일 시간도 여력도 안 되거든요. 곧바로 촬영에 들어갈 연기자가 필요해요."

고준우 감독이 흘낏 시선을 던지는가 싶더니, 천천히 고개를 끄덕였다. 그러고는 덧붙였다.

"당장 내일이라도 투입 가능한 사람을 원합니다. 알다시피 요샌 드라마가 30분씩 끊어서 중간에 광고가 들어가요. 최종적으로 드라마 48부작 분량을 소화해야 되는데, 어떻게 할 수 있겠어요?"

세연은 잠시 침묵했다.

묻고 싶어졌다. 지금도 의미심장한 눈길로 그녀를 보는 눈들을 향해서.

'그런데 왜 절 캐스팅하세요? 그냥 연기파 배우로 캐스팅하는 게 나을 수도 있는데.'

물론 소리 내서 묻지는 않았다.

이미 그녀는 답을 알고 있기 때문이었다.

물론 제작진들은 그녀에게 이야기해 주지 않겠지만, 그녀는 왜 자신이 캐스팅 물망에 올랐는지 곧바로 유추해 낼 수 있었다. 세연은 생각했다.

'그냥 평소 해 왔던 대로 무난한 캐스팅을 할 수도 있겠지. 어느 정도 눈길을 끄는 스타 배우와 역시 극중에서 대립하며 맞서는 악역을 소화할 수 있는 연기파 배우의 캐스팅. 하지만 이번 드라마의 제작진들은 유지수를 택했고 지수는 시쳇말로 요즈음 가장 잘나가는, 각광받는 신인 탤런트. 결국 최종적으로 모험을 택한 거다. 바로 정세연, 날 택해서.'

어쩌면 새롭게 느껴질 수도 있을 도전일 터.

보통은 요즘 가장 주목을 받는 신인 탤런트와 안정적으로 받아 줄 수 있는 경력이 있는 탤런트를 캐스팅할 텐데, 과감하게도 아예 모험을 택했다.

바로 히트곡 하나 있는 여가수를 캐스팅 선상에 올린 것이다. 그것도 미니시리즈다. 요즈음엔 케이블 드라마 시청률이 더욱 높고 거기다 주말드라마, 아침드라마까지 드라마의 홍수였다. 시청자들 역시 다양한 콘텐츠가 있는 만큼 예전만큼 드라마를 많이 시청하지 않았다. 지상파와 비지상파 채널 어디에서 방영되는지를 떠나, 시청자들에게 얼마나 화제가 되고 주목받는지가 중요해 보였다.

아무리 지상파 드라마의 시청률이 많이 떨어졌다지만 검증 안 된 신인을, 그것도 가수 출신인 연기자를 캐스팅 선상에 놓다니. 아예 화제성을 노린 것인지도 모르겠다.

세연은 곧바로 자신에게 주어진 막중한 책임을 알아차렸다.

그녀가 연기를 못하면 온갖 비난과 호된 질책을 모조리 뒤집어쓰게 될 것이다. 물론 지수도 엄밀히 따지면 데뷔 3년차 신인 탤런트였지만, 세연은 태어나 처음으로 찍게 되는 드라마다.

운 좋게 그녀가 캐스팅되었다고 가정했을 때, 만약 드라마 시청률이 나오지 않는다면 온갖 자극적인 기사가 쏟아지고 드라마 게시판 역시 그녀를 향한 비난으로 도배될 것이 뻔했다.

'정세연 발연기로 드라마에 집중하기가 힘드네요.'

'배역도 제대로 소화 못 할 거면서 왜 욕심을 부려서 드라마를 망치나요?'

'그냥 가수나 하지 왜 제작진에게 피해를 주나요? 민폐네요.'

굳이 상상의 나래를 펼치지 않아도, 바로 연상되듯 떠오르는 반응들이 있다.

지금껏 그녀 말고도 많은 신인 배우들이 호되게 홍역을 치르지 않았던가. 특히나 가수 출신 연기자들은 연기에 대해 말도 많이 나오기 마련이었다.

분명 자신감 하나만으로 섣불리 뛰어들 상황이 아니었다. 그럼에도 꼭 넘어서야 한다면, 그것밖에 방법이 없다면 억지로라도 길을 내야 하리라. 멈출 수 없다면 끝까지 가는 수밖에. 어찌 됐든 어렵게 여기까지 왔으니까.

결심을 굳힌 세연은 질끈 눈을 감았다 떴다.

"그럼 제가 제안 하나 해도 될까요?"

갑작스런 그녀의 말에 드라마 제작진이 흥미롭다는 반응을 보였다.

"어떤 제안이요?"

"괜찮으시다면 제가 상상해 본 드라마의 한 장면을 연기하고 싶은데요."

의아해하는 이들을 향해서 세연은 솔직하게 말했다.

"대본을 받기는 했지만 솔직히 외우지는 못했어요. 시간도 촉박했고 갑작스레 캐스팅 오디션을 보게 되어서 자세히 분석하지는 못했습니다. 그래서 제가 나오는 신이 아니라, 시놉시스와 받은 느낌만으로 즉흥으로 연기를 해 보려고 하는데, 어떠세요?"

굳이 거절할 이유가 없었다.

"그냥 제가 생각해 본 드라마 속 등장인물인 '다영'의 심리 상태예요. 그럼 시작하겠습니다."

세연은 작게 헛기침을 했다. 여전히 드라마 제작진은 별다른 동요를 보이지 않았다. 어떤 연기를 펼칠지 잔뜩 기대하는 기색이었다. 흥미롭게 보는 시선 속에서, 그녀가 드라마 캐릭터를 어떻게 이해하고 구현할지 궁금해하는 기색이 읽혔다.

"저, 잠시만요."

완전히 가라앉은 목소리로 양해를 구한 세연은 다시금 손을 들어 남은 물을 마셨다.

"또 물 마셔?"

"목마르나?"

제작진들이 그녀의 다음 행동에 의아해하며 말했을 때였다. 세연이 갑자기 탁 소리 내서 잔을 내려놓으며 말했다.

"그래도 내가 참아야겠지? 나만 참으면 되니까……. 그래, 나만 입 다물고 조용히 쥐죽은 듯 살면 아무 일 없을 테니까. 그럼 모두가 행복해질 테니까."

너무나도 담담한 표정.

의아해진 제작진들이 쳐다보았을 때, 이미 그녀는 연기를 시작한 뒤였다.

그런 그녀의 태도에선 과장된 느낌은 찾아볼 수 없었다.

담담히 자신의 심정을 혼잣말하듯 읊조린 세연은 갑자기 확인하듯 불쑥 큰 소리로 되물었다.

"그렇지?"

여전히 왜 저러나는 듯이 의아한 시선을 던지는 제작진들을 향해서 세연은 다시금 보란 듯이 반문했다.

"그렇지? 역시 내가 참아야겠지."

하아, 숨을 내쉬었다. 애써 자신을 누르는 것처럼 그렇게 가쁘게 숨을 몰아쉬길 반복하다가 체념하듯 천천히 눈을 감았다. 그러고는 그녀가 즉흥적으로 만든 대사를 쳤다.

"뭐 분하거나 슬플 거 없어. 난 늘 그랬으니까. 지금 억누른다고 해도 달라질 건 없어. 난 늘 그랬으니까. 나만 참으면 돼."

나지막한 어조로 말한 세연은 고개를 들었다.

"사랑하는 엄마, 그리고 나은이. 세상에서 하나뿐인 내 동생. 내가 참고 지켜야 돼. 엄마가 날 키워 줬으니까. 엄마만 아니면 나는 세상에서 버림받았을 테니까. 그래, 세상에 버려져서 완전히 나 혼자 살아

왔겠지."

분노와 억울함, 억눌러 온 오랜 회한, 그리고 체념.

몇 초의 순간, 스쳐 가듯 여러 복합적인 감정을 그대로 담은 그녀의 눈빛 연기를 제작진들이 흥미롭게 보았다.

계속해서 세연의 즉흥 연기가 이어졌다.

몇 번이고 자신에게 타이르듯 괜찮다, 중얼거렸지만 오랫동안 쌓인 울화와 원한이 가슴속에서 터졌는지, 결국 참지 못한 그녀는 폭발했다.

"왜 나만 참아야 돼? 왜 나만! 왜 항상 나만 참아야 되는 건데. 나는 화내면 안 돼? 더는 못 참아! 난 참을 만큼 참았고 이제 정말 더는 못 견디겠어. 그러니까 당장 나한테 보상해!"

그녀가 갑자기 회의실이 떠나가라 언성을 높이자, 제작진들이 당황해하며 쳐다보는 게 느껴졌다.

좀 전까지도 낮게 혼잣말을 하던 게 믿기지 않게, 다음 순간 모두가 보는 앞에서 세연은 강렬한 어조로 말했다.

"나한테 줘! 일방적으로 내가 다 주는 게 아니라 이제는 나에게도 줘! 나도 달라고!"

그녀는 답답해서 더는 견딜 수 없다는 표정을 지었다. 그러고는 손을 들어 턱턱 가슴을 쳐 가며 자신이 즉흥적으로 만든 대사를 말했다.

"이제 그럴 때도 됐잖아. 엄마, 내 동생 나은아! 꼭 돈은 아니더라도 당장 무릎을 꿇고 내게 진심으로 사과해. 사과하라고! 못 들었어? 이제 더 이상 나만 억누르고 일방적으로 참지 않을 거야."

참고 참다 정말 폭발한 것처럼, 오랫동안 곰삭은 빗나간 모정에 대한 원망과 원한을 담아 내질렀다.

다음 순간 지금까지 억눌렀던 그 모든 감정을 실어 세연은 고함쳤다.

"이제 안 참아. 받은 만큼 다 돌려줄 거야. 그러지 않고는 내 속이 시커멓게 타서 더는 견딜 수 없을 것 같으니까."

낮게 속삭이듯 독백하던 게 언제인가 싶게, 다음 순간 세연은 붉게 충혈된 눈으로 무섭게 카메라 쪽을 노려보았다. 평소 조용하던 그녀를 활화산 같은 분노와 증오로 불태우게 만든 대상이 카메라 너머에서 있기라도 한 것처럼 이를 갈았다. 결코 억누를 수 없는 감정으로 무섭게 선언했다.

"이젠 정말 빈말이 아니고 실행할 거야. 기다려. 머지않아 내 속마음처럼 시커멓게 탄 지옥을 보여 줄게. 나한테 한 짓들, 잊은 것 같으니까 다 기억나게 해 줄 거야. 그러니까 어디 한번 내가 돌려줄 그 생생한 지옥을 경험해 봐."

흘낏흘낏, 제작진이 휘둥그레 놀라 쳐다보면서도 계속 눈을 떼지 못하는 가운데, 고함을 치던 세연은 부르르 몸을 떨었다. 그러고는 팔짱을 낀 채로 낮게 중얼거렸다.

"그리고 난 그 타 버린 잿더미 속에서 평생 고통받겠지. 그래도 상관없어……."

그것도 잠시, 찾아온 정적 속에 세연은 두 팔로 몸을 감싼 채 회한에 젖어 소리 죽여 말했다.

"그냥 내가 참을 걸 그랬지. 엄마와 나은이를 위해서라도 그냥 내가 참는 건데…… 나 때문에 모든 게 엉망이 됐어. 결국 나 때문에 난장판이 됐어. 하지만 너무 시원해. 너무 싸해서 속이 쓰리다. 하하."

헛웃음을 짓던 세연은 멍한 눈길을 던지면서 분명한 어조로 힘주어 말했다.

"아, 너무 시원해서 가슴이 싸하네. 그러니까…… 가슴이 아파."

그 말과 동시에 세연은 입을 다물었다.

더 이상 아무 말도 하지 않은 채, 그녀가 즉흥적으로 연기한 캐릭터의 여운이 남은 것처럼 이리저리 흔들리는 공허한 눈빛. 꼭 제정신이 아닌 것처럼 멍하고도 허허로운 눈빛으로 가만히 서 있었다.

제작진은 그런 그녀에게 못 박힌 듯 시선을 떼지 못했다. 이윽고 침묵하던 세연은 천천히 입을 열었다.

"저, 여기까지예요. 감사합니다."

그녀가 즉석 연기를 마쳤음에도 한동안 제작진들은 이렇다 할 반응을 보이지 않았다. 오히려 말없이 의미심장한 눈길을 교환하더니 어느 순간 고개를 끄덕였다.

그러고는 뜸을 들이다가 그녀에게 다시금 제안해 왔다.

"세연 씨 연기는 잘 봤어요. 물론 우리끼리 내부 회의를 거쳐야 하니까, 지금 당장 캐스팅 결과는 장담 못 드려요. 그 대신에……."

잠시 머뭇거리더니, 이어 이렇게 말했다.

"앞서 말한 것처럼, 우리는 지금 당장 투입할 수 있는 배우를 필요로 해요. 지금 당장 일주일을 꼬박 매달려 촬영을 해야 되는데, 우린 다양한 감정을 카메라에 자유자재로 드러낼 수 있고 매회 빽빽한 촬영 대본을 다 소화할 수 있는 배우가 필요하거든요."

이윽고 제작진들이 그녀에게 진지하게 요구해 왔다.

"세연 씨 연기는 잘 봤어요. 너무 과장된 표현은 아니고 자연스럽게 감정을 살리는 것 같아요. 대사도 아주 또렷하게 들리고요. 음, 그러니까 발성도 좋고 딕션도 좋은데, 뭔가 비유하자면 문학소녀 같기도 하고 추상적인 느낌이 들어서……."

어느새 뿔테 안경을 벗은 고준우 감독이 진지한 표정으로 그녀에게 요구하고 있었다.

"매 회마다 인상 쓰고 울고 감정을 격양한 상태로 촬영할 수만은 없거든요. 그때그때 상황에 맞게 밝고 기복 없는 감정 상태도 카메라에 담았으면 해서."

즉 소리 지르고 화를 내고 분노한 연기를 매회 60분마다 펼칠 수 없으니, 좀 더 다양한 연기를 보여 달라는 것이었다. 이를테면 그녀의 나이대에 맞는 자연스럽고 순수한 감정이 묻어나는 연기를 보여 달라는 걸까.

세연은 드라마 제작진의 요구에 고개를 끄덕이며 기꺼이 응했다.

"네, 그렇게 할게요."

물론 단번에 자신의 연기가 오케이를 받을 거라는 생각은 하지 않았다. 실상 캐스팅 절차가 있는데 제작진 앞에서 즉석으로 구현한 연기 한 번으로 될 리가 없었다.

적어도 지금껏 여기 오기까지 그녀가 겪은 세상은 그러했다. 현실은 드라마가 아니다.

세연은 다시금 제작진의 양해를 구하고 찬물을 한 잔 마셨다. 말없이 천천히 숨을 고르는 그녀를 제작진이 흥미롭다는 듯 주시했다.

물을 마신 세연은 다음 순간 차분히 입을 열었다. 꼭 친구에게 말을 건네듯 친근하고도 웃음 띤 음성으로 첫 대사를 했다.

"와, 정말 오랜만이다. 먼저 와 있었네?"

손에 물컵을 쥔 세연의 시선은 정확히 맞은편에 머물러 있었다. 꼭 카페에 뒤늦게 와서, 먼저 와 기다리는 친구를 바라보는 것처럼. 미소 지은 채로 세연은 재잘대듯 말을 이어 갔다.

"너무 반갑다. 응, 나야 늘 그렇게 지내지. 어떻게 보면 답답하게 지낼 수도 있는데…… 여하튼 꼭 웅크리고 있던 방에서 나와 바람도 쐬고 오랜만에 너도 만나고 너무 좋다. 뭐 마실래?"

꼭 시원한 바람이 부는 야외 테라스에 앉아 친구와 차를 마시는 것처럼 재잘거렸다. 오랜만에 외출을 하고 친구를 만나 너무 반가워하는 것처럼 친근하게 수다를 떨었다.

"아니, 오랜만에 밖에 나오니까 너무 기분이 좋아서……. 좀 우스운가? 정말 좋다. 우리 앞으로 자주 만나자. 그래, 너 좋아하는 뮤지컬 공연도 보러 가고 그러자. 가면 기분 전환이 될 것 같은데. 아니, 나 그렇게 매일 방구석에만 박혀서 칙칙하게 보내지 않는다니까. 너무 걱정하지 마."

정말 오랜만에 친구를 만나 반갑고 기분 좋은 것처럼 행복한 표정을 지었다. 웃음 띤 얼굴로 말을 이어 가던 세연은 잠시 생각에 잠겼다. 그러고는 다음 순간 서서히 차오르듯 물기가 일렁이는 눈동자로 턱을 괸 채로 이야기했다.

"정말 좋다……. 오랜만에 나와서 그런가. 우리, 어렸을 때 좋았어. 그치? 나도 그냥 아무 생각 없이 뛰어놀던 어린 시절이 있었는데. 행복한 때가 분명히 있었는데……."

그 말과 동시에 세연은 입을 다물었다.

그녀의 눈은 정말 아무 생각 없이 뛰어놀고 즐거웠던 유년 시절을 반추하듯 아련한 감정이 담겼다.

"그때로 돌아가고 싶어. 돌아갈 수 있다면 참 좋겠다."

이제는 끝나 버린, 어느 순간 무참히 구겨진 종이처럼 잔인하게 짓밟힌, 그녀의 돌아갈 수 없는 어린 시절을 향한 추모였다.

암전. 그 말을 끝으로 급작스레 정적이 드리워지듯 회의실 안이 조용해졌다. 고개를 돌리자 작은 목소리로 고준우 감독을 비롯한 드라마 제작진들이 뭐라뭐라 의견을 교환하는 소리가 낮게 들려왔다. 세연은 잠시 어안이 벙벙한 얼굴로 둘러보았다. 정신이 멍했다.

'뭐지?'

잠시였지만 이곳이 캐스팅 오디션 장소인 걸 깜빡했다.

정말 어여쁜 카페의 야외 테라스에서 바람을 쐬며 기분 전환을 한 기분이 들어서였다. 그래서 순간적으로 어딘가에 있다 풀려난 듯한 낯선 이질감까지 들어 기분이 묘했다. 세연의 얼굴은 복잡한 표정을 띠었다.

감독의 컷 소리만 없었을 뿐이지, 갑자기 카메라 불이 꺼지고 급작스레 현실로 끌려온 것처럼 순간적으로 적응이 되지 않았다.

그런 그녀를 유심히 관찰하던 고준우 감독과 최진경 작가는 다정한 웃음을 교환했다. 이윽고 최진경 작가가 낭랑한 웃음을 터뜨리면서 말했다.

"잘 봤어요. 너무 잘 봐서 어우, 어쩌지. 고준우 감독은 어떻게 봤나 모르겠지만, 일단 나는…… 그러니까 내 의견은요."

진중하고 심각한 말투는 어디 갔나 싶게, 꼭 아이처럼 천진난만한 음성이었다. 세연이 잘못 들었나 싶어 귀를 의심할 정도였다. 고개를 돌려서 보자, 처음으로 그녀를 친구처럼 대하는 것처럼 친근한 미소를 보였다.

다음 순간 드라마 〈리벤지〉의 작가가 말했다.

"난 합격했으면 좋겠다, 세연 씨."

第 47 幕

며칠 후, 미니시리즈로 편성된 〈리벤지〉의 제작진은 드라마의 타이틀 롤로 유지수와 정세연을 캐스팅했다.

일제히 매스컴에서 그녀의 캐스팅 소식을 알렸다. 그리고 얼마 지나지 않아 친근한 목소리로 누군가가 전화를 걸어 왔다. 평소 성격 그대로 거침없기까지 한 음성.

– 세연아, 축하해. 첫 드라마에 여주인공이 됐네.

바로 스타일리스트 윤미희였다. 이제는 윤미희가 이끄는 스타일리스트 팀원인 채희가 그녀를 전담하고 있지만, 그녀와는 아침 일찍 숍에 가서 헤어와 메이크업을 할 때 자주 마주치곤 했다.

– 첫 작품부터 주연을 꿰찼다고 괴물 신인이 나타났다고 벌써부터 난리네. 못 본 새에 도대체 어떻게 된 거야? 얘. 데뷔 미니앨범 쫄딱 망해서 마음 짠했던 게 엊그제 같은데, 세연이가 컵라면만 먹고 버텨야 하나 싶었는데. 앞으로 쭉쭉 뻗어 나가겠네.

그녀의 귀로 듣고도 실감할 수 없는 소식. 윤미희의 축하를 받자 생생하게 현실로 다가왔다. 윤미희가 그녀를 격려해 주면서 걱정이 된다는 것처럼 마지막으로 우려를 덧붙이며 통화를 끝냈다.

– 근데 앞으로 연기 잘해야겠다. 가수 출신 연기자라고 얼마나 잘하는지 봐야겠다고 난리도 아니더라. 못하면 아주 네티즌들이 물어뜯겠어. 그럼 열심히 해, 세연아. 나랑 채희랑 응원할게. 우리 팀 애들한테도 열심히 〈리벤지〉 본방 사수하라고 할게, 호호. 그럼 잘 지내고, 또 통화하자.

그리고 내내 귓가를 떠나지 않던 〈리벤지〉의 작가 최진경의 친근한 음성.

– 난 세연 씨가 꼭 합격했으면 좋겠는데.

막상 최종적으로 캐스팅이 되자 믿기지 않는 소식에 실감이 나지 않았다. 그만큼 현실감이 없다고나 할까. 두근거리는 기분 좋은 느낌이 내내 사라지지 않았다.

하지만 들뜬 기분 속에서도 문득 소름이 끼쳤다. 이 순간에도 그녀의 몸을 타고 흘러내리는 그 차가운 느낌은 본능적으로 경고하고 있었다. 그녀가 본격적으로 판에 뛰어들었다는 것을. 윤미희의 목소리가 귓가를 스쳐 갔다.

– 가수 출신 연기자가 얼마나 연기를 잘해서, 첫 작품에 미니시리즈 타이틀 롤로 캐스팅되었는지 모두들 궁금해하네.

아직 시작도 하기 전에 느껴지는 책임감과 부담감의 무게가 만만치 않았다. 그렇다고 이제 도망갈 수는 없을 테지만. 남은 건 정면 승부다. 이제 최종 캐스팅도 됐겠다, 세연은 대본을 받자마자 대사와 전체적인 흐름을 맹렬하게 탐구해 머릿속에 새길 생각을 하며 전의를 다졌다. 한편, 기우에 대한 생각은 철저히 밀어 두었음은 물론이다.

– 너와 나의 그린우드 1308호.

아이러니하게도 그녀의 귓가를 맴도는 것은, 예전엔 악몽처럼 느껴지기도 했던 문제의 장소를 말하는 그의 목소리였다. 꼭 집어서 말하는 나른한 그의 어조가 이 순간에도 귓가를 떠나지 않았다. 꼭 그녀를 놀리듯이 부드럽게 속삭이는 목소리. 햇볕을 받아 나른하게 늘어진 고양이가 그렁대듯 농담 삼아 반쯤 그녀를 놀리는 듯한 음성이다. 이상하게 친근한 그 목소리가 귓가를 떠나지 않았지만, 윤미희의 우려 섞인 경고를 떠올렸다.

– 세연이 앞으로 연기 잘해야겠다. 안 그러면 시끄러워질 것 같은데.

그래서 애써 기우에 대해 떠올리려 하지 않았다. 일부러라도 그에 대해 생각하려 들지 않고 철저하게 밀어 두었다. 그랬다. 펜트하우스에서만큼은 서로 몸과 몸을 맞대고 처절하리만큼 각자의 목적을 위해 지지 않기 위해 전투를 벌였다.

펜트하우스의 안으로 들어가면, 이상하게 평소의 그를 제어하던 차가운 이성은 온데간데없이 사라지는 기분이다. 그렇게 이성과 합리적인 판단 그 모든 것을 내려놓고 격렬하게 뒤엉킨다. 멎지 않는 혼돈 그 자체로 존재하듯.

서로 몸과 몸을 섞고 극렬하게 감정을 유감없이 분출한다. 격렬하게 회오리치듯 폭발하는 그 순간은 어디까지나 그 안에서일 뿐이지, 펜트하우스 밖을 벗어나면 전쟁터였으니까.

그녀는 홀로 싸우고 있었다. 하다못해 그 모든 소용돌이와도 같은 극렬했던 감정 대립과 모든 사건을 뒤로하고 연기에 전념하기 위해 당분간 만나지 말자는 그 아닌가.

물론 기우가 보이지 않는 곳에서 그녀가 수세에 몰리지 않게 손을 쓴다지만, 어디까지나 싸우는 것은 그녀의 몫이었다. 유지수와 연기 대결을 벌여 단 한 순간이라도 반격을 가하는 것은 오롯이 그녀의 몫이었다. 그는 도와줄 수 없다.

거듭해서 대본을 들여다본 탓일까. 서서히 의식이 흐려지듯 이곳이 현실인지 아닌지, 경계가 불분명해질 때가 있다. 분명히 현실임을 자각하면서도 대본을 뚫어져라 들여다보고 있으면 어느 순간 대본 속의 하얀 종이와 검은 글자가 머릿속에 박혀 어지럽게 춤을 추었다. 어느 순간 그 속의 인물이 된 것처럼 구분 지어진 경계가 흐릿해진다. 그러다 정말로 대본 속 인물이 된 것처럼 과장스러운 어조로 소리 내어 되뇐다.

'그러니 이해해 주시겠죠, 권기우 씨.'

기우도 이해해 줄 것이다. 실제로 그녀가 드라마에 전념할 수 있게 당분간 만나지 말자고 폭탄선언을 한 것도 그였으니. 억누를 수 없는 그에 대한 갈망과 그리움, 아쉬운 감정을 갈무리한 세연은 다가올 대본 리딩에 온 신경을 곤두세웠다.

마침내 다가온 운명의 대본 리딩 날.

범접할 수 없는 포스를 뿜어내는 드라마 출연진들과 제작진, 관계자들이 모두 모인 방송국 별관. 대본 리딩이 열리는 곳에선 드라마 촬영을 시작하기 전 특유의 들뜨고도 소란스러운 분위기가 감돌았다.

석 달 전에 급작스레 편성된 미니시리즈 〈리벤지〉가 처음부터 시청률이 높을 거라 기대한 사람은 그리 많지 않았다.

내용도 막장이라 할 만큼 자극적이라, 서로를 상처 주는 모녀 관계와 자매와 한 남자가 얽힌 삼각관계를 다루고 있고.

비록 인간 자체의 본질적인 고독과 소외감, 그리고 변치 않는 사랑이라는 묵직한 주제를 다루고 있지만, 자극적인 설정과 사건이 계속 터지는 미니시리즈 내용을 보자면, 드라마 〈리벤지〉는 사람들이 기대하는 화제작은 아니었다. 더불어 제작 기간도 촉박해, 제작 비용이나 출연 배우들이 많은 소위 대작도 아니다.

연신 드라마 메이킹팀이 대본 리딩 현장을 카메라에 담아내는 가운데, 드라마의 주조연들은 미리 준비된 테이블에 앉았다.

그 안에서 가장 낯설어하는 건 세연이었다.

"어머, 오랜만이네. 잘 지냈지? 반갑다."

"그러게, 진짜 오랜만에 본다. 우리가 또 이렇게 만나네. 드라마 찍게 되니까 이렇게 보게 된다, 얘. 이러니까 평소에 잘해야 돼. 사는 게 어떻게 될지 모르고 어디서 볼지 모르잖니?"

"그러니까 말이야. 어디서 어떻게 보게 될지 모르니까 우리, 여기서도 사이좋게 잘 지내야겠다. 호호. 그렇지?"

대본 리딩 현장에 있다는 사실이 아직도 실감 나지 않는 가운데, 다른 사람들의 대화 소리가 그 낯선 이질감을 더욱 배가시켰다.

우아한 어조로 조곤조곤 이야기하지만, 뭔가 상대를 향해 날을 세우는, 가시가 있는 말처럼 들려오기도 했다. 그녀가 처음 접하는 방송가 여배우들의 화법이 그러했다. 꼭 가시 세운 장미처럼, 처음 들었을 때는 그냥 그러려니 넘기지만 개운하지 않는 뒷맛이 내내 남는 대화법이다.

벌써부터 서로 안면이 익은 중견 탤런트들이 인사를 나누고 화기애애한 분위기로 계속 담소를 나누는 가운데, 연신 그들을 잡고 있는 몇 대의 카메라가 눈에 들어왔다.

더불어 대본 리딩 현장을 사진에 담으려는 기자들의 카메라 플래시가 서서히 용광로처럼 주위를 달아오르게 만들었다.

대본 리딩이 진행되는 회의실 안은 겉으로는 화기애애 웃고 있었지만 긴장된 분위기가 감돌았다. 그 보이지 않는 팽팽한 긴장감은, 타이틀 롤을 맡은 아직 어린 두 여배우에게 향하는 흥미진진한 탐색의 시선과 다름없었다.

특히나 감초처럼 드라마를 돋보이게 하는 중견 탤런트들은 대놓고 내색하지는 않았지만 두 눈을 가늘게 뜨고 자못 흥미롭다는 듯이 두

후배를 지켜보았다.

"재가 누구더라?"

"나도 기억이 잘 안 나서. 어디 드라마에 나왔더라?"

"신인이라던데. 지수는 나랑 같이 주말드라마에 나와서 내가 잘 알지."

"아, 그래? 신인이구나. 그럼 소속사가 어디야?"

그 흥미롭다는 시선을 세연 역시 느끼지 못할 리가 없었다. 한 명은 요즘 들어 TV만 틀면 광고가 나오는 한창 주목받는 신인 탤런트였고, 다른 한 명은 탤런트도 아니고 이번에 데뷔한, 그것도 가수였다. 비록 '윈터 문'이라는 히트곡이 있지만 그건 어디까지나 가요계에서였고, 드라마 판에서는 통용되지 않았다. 적어도 여기서 그녀는 철저히 신인의 입장이었기에.

여전히 긴장된 분위기 속, 그녀의 귀에는 낯설기까지 한 하이톤의 목소리가 들려왔다.

"어머, 얘가 지수구나."

"어쩜 실물이 피부도 백옥처럼 하얗고 귀티가 좔좔 흐르네. 얘, 너는 실물이 훨씬 낫다."

예상은 했지만 드라마의 타이틀 롤을 맡은 지수와 그녀는 꼭 이 공간에 둘만 있는 것처럼 철저하게 비교되었다.

이 순간에도 모두의 시선이 지수에게 쏠려 있었다.

세연에겐 익숙하기까지 한 기시감이 느껴졌다. 눈에 띄는 도회적인 느낌에 화려하게 꾸미고 다니는 걸 좋아하는 지수이었기에 어디 가나 사람들의 시선을 끌었다. 그녀와는 정반대 성향이니까.

비록 지수는 그런 그녀에게 불만을 토로했고, 나중에는 거침없이 민낯을 드러내듯 가증스럽다고 면전에서 욕하고, 그것도 모자라 저주하기까지 했지만.

– 왜 넌 가만히 있어도 사람들이 쳐다보고 어딜 가도 주목하는 걸

즐기는 거지? 그 아무것도 모른다는 것처럼 하얗고 말간 가증스런 표정으로. 아니야?

또 뭐라고 했더라.

너같이 눈에 거슬리는 애는 세상에서 없어졌으면 좋겠다고 했었나?

가끔은 지수의 그런 섬뜩할 만큼의 증오심과 적의가 대체 어디서 연유된 건지 궁금할 때가 있었다. 그리고 이런 생각도 했다. 어쩌면 지수는 한때나마 자기 마음대로 풀리지 않았던 인생에 대한 원망스러운 감정과 그 모든 미움을 자신에게 화풀이한 게 아닐까 하고. 그 원망은 실제로 그녀가 지수를 제치고 일본에서 가장 유명한 연예 소속사에 들어가면서 노골적인 복수심으로 나타나지 않았던가. 물론 너무도 멀리 온 지금, 완전히 지수의 심리를 이해하려는 노력은 이미 체념한 지 오래지만.

이제는 궁금하지 않았다. 그저 정면으로 맞닥뜨리면 되니까.

"……."

지금 역시 세연에게 보란 듯이 꼭 도발하는 것처럼, 얄게 기분 나쁜 미소를 지으며 눈앞에 버티고 있는 지수에게로 사람들의 시선이 쏟아졌다.

연기 베테랑 선배인 중견 탤런트들은 대놓고 드라마의 여주인공인 지수에게 호기심 어린 시선과 호의를 감추지 않았다. 확실히 각종 CF와 영화, 드라마 화제작에 연이어 출연하는 유지수는 촬영장에서도 핫한 스타였다.

– 유지수 뒤에 거물급 스폰서가 있나 봐? 이렇게 잘나갈 수가 있나.'

– 엄청 밀어 주나 봐. 요새 진짜 잘나가. TV만 틀면 유지수 광고가 나오잖아. 누굴까?

물론 세연도 그 이름 정도는 알고 있었다. 세연은 소리 없이 머릿속에 떠올렸다. 바로 웨스트 엔터테인먼트의 이남혁. 지수가 속해 있는 엔터테인먼트의 사장으로, 부쩍 사업 확장을 하고 있었다. 연이어 대형 스타들도 포섭해 올뿐더러 인수 합병으로 덩치를 불려 나갔다. 확실히 요즘 들어 공격적으로 사세 확장을 하고 있는, 떠오르는 매니지먼트였다.

그녀의 착각만은 아닌 게, 업계에서도 주목하는 이들이 많은지 실제로 이남혁에 대해서 인터넷상에서 여러 말들이 난무했다.

[웨스트 대표, 밤의 세계 출신이라면서요?]

[말 그대로 스트리트 파이터라던데. 밑바닥에서부터 올라와서 요즈음 웨스트가 공격적으로 확장을 하고 있다죠.]

그 글을 발견한 건 우연이었다.

대형 포털사이트에 지수가 속한 웨스트 엔터테인먼트의 대표 이름을 치면 나열되는 프로필 속에 세연의 눈길을 잡아끄는 자극적인 질문들과 답글이 있었다.

[격투기 마니아 카페 '파이팅' 정회원 이상 글 작성 가능합니다.]

다른 곳도 아니고 격투기 카페에서 거론되는 지수 소속사 이야기라니. 뭔가 모르게 여러 가지 생각이 들었고, 의미심장했다.

[그러고 보니 웨스트 출신 연예인들이 누가 있나? 이번에 톱스타들 몇 명 영입한 것 같은데.]

[여러 명 있는데 요새 라이징 스타가 유지수! 웨스트 대표 이남혁이 아주 귀여워한다는. 유지수가 근성도 있고 지기 싫어하는 악바리라면서요? 원래 대표 취향이 고양이같이 섹시한 여자라나 뭐라나.]

확실히 지수는 암고양이 같은 느낌이 있기는 했다. 쫙 찢어져 올라간 특유의 눈매에 골골거리며 유혹하는 듯한 웃음. 일본에서의 일은 차치하고서라도, 한국에 와 이 자리까지 올라오기까지 유지수는 특유의 도발적인 매력을 마음껏 활용했으리라. 이 순간 믿지 못하게도 눈앞에 있는 지수를 소리 없이 시선에 담으며, 세연은 마음속으로 떠올렸다.

그래, 드디어 여기까지 왔다.

유지수.

'네가 어떻게 살아왔든지 상관하지 않아. 그건 네 삶의 방식이니까. 그건 내가 섣불리 판단할 수도, 정의 내릴 수도 없는 범주의 것이고 네 삶의 방식은 존중되어야 하는 게 맞아.'

그럼에도 단 한 번이라도 일방적으로 지수에게 짓밟히는 게 아닌 반격을 가하고 싶다. 지렁이도 밟으면 꿈틀한다고 말이다. 한 번쯤은 일방적으로 당하는 게 아니라, 돌려주고 싶다. 한없이 바닥으로만 내려가다 절망 속 싹튼 그 복수심이 실상 멈추지 않고 그녀를 이곳까지 오게 한 원동력이었다.

눈앞에 분명한 실체가 있는 적이었다. 사라지지 않는다. 눈을 감았다 떠도 분명하게 보이니까. 지금 그녀의 눈앞에 선배 연기자들과 화기애애한 분위기로 담소를 나누는 지수의 모습이 분명하게 보였다.

세연은 정면으로 맞닥뜨리듯 대본을 더욱 뚫어져라 들여다보았다.

그녀의 착각이 아니라는 것을 증명하기 위해서 더욱 이번 드라마를 성공시킬 필요가 있었다. 적어도 유지수가 보는 앞에서 장렬하게 침몰하는 건 사절이다.

"……."

말없이 대본을 들여다보면서도 세연은 눈앞의 유지수를 숨 막히게 의식하고 있었다. 유지수 역시 그러할까? 물론 그럴 것이다. 둘이 드라마의 타이틀 롤을 맡았으니 서로를 의식할 수밖에 없는 상황. 그럼에도 지수의 태도는 침착했다. 여유로움이 넘쳐흘렀고 겉으로 보기에는 지극히 평정을 유지했다.

어린 시절부터 몸에 밴 타고난 감각 탓일까. 적어도 겉으로 보기에는 그 어떤 생각을 하고 음모를 꾸미는지 당최 감을 잡을 수 없으니. 이것 역시 타고났다면 타고난 걸까.

또 한편으로는 남을 따돌리고 보란 듯이 세연을 혼자 고립시키는 감각만큼은 가히 천재적이라는 생각도 들었다. 지수에겐 연기만큼이나 타고난 소질이라고 해야 할 것이다.

"지수야, 나 모르겠니? 전에 촬영할 때 봤잖니. 오랜만에 본다. 넌 여전히 예쁘구나."

"아니에요, 선배님. 제가 어떻게 선배님을 몰라보겠어요. 작품도 같이 하는 영광도 누렸는데요. 호호, 선배님 동안 피부는 여전하신데요? 어쩜 이렇게 젊어 보이세요."

꼭 시상식장에서 수상 소감을 말하듯 묘하게 과장스러우면서도 한 마디, 한 마디 생각한 바를 정리하며 덧붙이자, 눈앞의 중견 탤런트들이 너무나도 좋아했다. 마음에 든다는 흐뭇한 표정을 짓는 게 아닌가.

적어도 지수와 중견 탤런트들이 사이좋게 대화를 나누는 건 사실이었으니까. 더불어 시간이 흐를수록 꼭 그녀 혼자만 소외되는 것 같은, 익숙하기까지 한 기시감까지 선물하니 이건 고맙다고 해야 할까. 혼자 고요한 섬처럼 고립되듯 떨어져 대본 리딩을 하던 세연은 어느 순간 서늘한 미소를 입가에 머금었다.

예외는 없었다. 오늘이 대본 리딩 첫날인데도, 제작진들과 출연진들이 처음 만난 자리에서도 능숙하게 자기편으로 끌어들여 그녀를 소외시켰으니까.

이번 드라마에서 친할머니와 고모 역할을 맡은 베테랑 중견 탤런트와 하하, 호호 너무도 친근하게 대화를 나누는가 싶더니, 지수가 곧 의미심장한 미소를 입가에 머금었다.

"갑자기 날씨가 추워졌어요. 선배님, 따뜻한 차 드실래요? 저도 따스한 게 먹고 싶어요."

웅성웅성.

그 말과 동시에 갑자기 주변이 시끄러워지면서 제작진 중 한 명이 외쳤다.

"원두커피와 빵, 음료수 보내 주셨네요! 유지수 씨 소속사에서요!"

기다렸다는 것처럼 줄줄이 순식간에 고급스런 과자와 빵, 따스한 커피가 대본 리딩을 하는 회의실 안에 전달되었다.

'드라마 촬영이 시작되면 커피차나 간식차가 올 거라 생각했는데. 대본 리딩 때부터?'

주변이 소란스러운 와중에도 세연은 놀라지 않았다.

유지수답다란 생각이 들뿐.

"어머, 세상에."

"어우! 출출하던 참이었는데 너무 잘 먹을게. 지수야, 고마워."

모두 반색을 하며 지수의 소속사가 가져온 군것질거리와 향이 좋은 원두커피를 후루룩 마시느라 절로 대본 리딩 현장 분위기가 화기애애해졌다.

그 와중에도 예외 없이 들려오는 가시 돋친 말이 있었다.

"애는 참 어딜 가나 귀여움받겠다. 뭐든 자기가 하기 나름이라니까. 그렇지?"

그 말과 동시에 대본 리딩이 진행되는 회의실 안에서 유일하게 과자와 빵을 먹고 있지 않은 세연에게로 시선이 쏠렸다.

아까부터 지수와 눈에 띄게 화기애애한 대화를 나누던 중견 탤런트인 윤민자와 지성화.

윤민자는 희끗희끗 머리가 하얗게 센 노년에 접어든 여성으로, 극중 유나은 역을 맡은 지수의 친할머니 역할을 맡고 있었다. 지성화는 윤민자와 절친한 탤런트로, 역시 극중 유나은 역을 맡은 지수의 고모로 캐스팅되었다. 그 둘이 특히나 못마땅한 표정으로 말없이 대본만 들여다보는 세연을 흘깃흘깃 쳐다보았다.

"뭐든 인정을 받으려면 자기가 잘해야지."

"그렇죠! 그렇죠."

특유의 하이톤으로 말을 받은 지성화가 뚫어져라 말이 없는 세연을 보더니 뭐라뭐라 속닥거렸다. 말소리를 낮춰 말했지만 드문드문 뭐라고 하는지 대본을 보는 그녀의 귀에도 들려왔다.

"이번에 데뷔해서…… 가수라는데……."

"가수라면서? 연기자도 아니고 가수인데 더 잘해야지, 안 그래? 나 참."

들으란 듯 카랑카랑한 목소리로 말하면서 윤민자가 흘깃흘깃 시선을 던졌다.

분명 대본 리딩 전에 깍듯하게 인사를 한 거로 기억하는데, 그걸로는 성에 차지 않은 것일까.

흘깃흘깃 보며 점수를 매기는 듯한 시선에 세연은 딱히 어떻게 할 수가 없었다. 그렇다고 기라성 같은 선배님들 있는 자리에서 아직 어린 그녀가 벌떡 일어나 큰 소리로 말할 수는 없지 않은가.

"그럼 시작하기 전에 먼저 간단하게 소개하려고 합니다. 앞으로 드라마 〈리벤지〉를 함께할 출연진들입니다. 시계 방향으로 일어나서 소개할까요?"

답답한 심정은 대본 리딩 전에 출연자들이 일어나 스스로를 소개할 때, 모두에게 인사하는 것으로 대신하기로 했다. 지금도 그녀에게 소리 없이 쏟아지는 시선이 향하는 가운데, 세연은 자리에서 일어났다.

"정세연입니다. 앞으로 잘 부탁합니다."

이 순간에도 터지는 카메라 플래시. 그녀에게 머무르는 드라마 제작진과 출연진들의 시선을 느끼며 세연은 잠시 뜸을 들이다가 차분한 음성으로 말했다.

"부족하지만 열심히 하겠습니다. 감사합니다."

그녀의 말을 끝으로 침묵이 흘렀다.

웅성웅성.

여전히 살뜰하고 잘 챙겨 주는 지수에게 포섭된 듯, 너무도 쉽사리 넘어간 것처럼 그녀를 흘낏흘낏 보며 중견 탤런트들이 심상치 않은 시선을 던지는 가운데, 다시금 자리에 앉은 세연은 더 이상 신경 쓰지 않았다.

지금 당장 그녀가 할 수 있는 일은 없다. 그저 맡은 일만 잘하면 된다. 오로지 그녀가 맡은 역할에만 충실하고 잡음 없이 잘 살려 내 드라마를 촬영하면 되는 것이다.

'촬영장의 모두와 잘 지내고 싶다. 일본에서의 일로 충분해. 더 이상 유지수가 의도한 대로 휘둘리고 싶지 않아.'

예전 같았다면 이렇게 생각했을 것이다.

실상 어릴 때부터 남의 눈에 띄는 외모 때문에라도 항상 주변 아이들과 잘 어울려야 한다는 강박관념이 있던 게 사실이었다.

적어도 그녀 때문에 분위기를 망치지 않도록 신경을 많이 썼을 것이다. 어떻게든 잘 지내려고 모든 노력을 기울이고 안간힘을 썼을 것이다. 하다못해 제작진들은 물론이고 특히 함께 촬영을 하는 출연진과 눈이 마주칠 때마다 웃음 지으려 노력했겠지.

지금은 생각이 달라졌다. 적어도 예전처럼 일일이 신경을 곤두세우고, 낯선 나라에서 이방인으로 살며 마음속에 보이지 않는 그녀만의 기민한 촉수를 세우는 일은 사절이다. 세연은 고개를 저었다.

이제는 일일이 주변의 모든 것들에 신경을 기울이고 노심초사하며 에너지를 쏟고 싶지 않았다. 그걸 모조리 연기에만 쏟고 싶었다. 물론 드라마 촬영하는 동안 출연진과 잘 지내면 좋겠지만, 꼭 화기애애한 분위기가 아니더라도 상관없다.

"호호."

이미 겪지 않았던가. 실상 지수와 드라마를 같이 촬영하는 이상, 모두와 화기애애한 분위기로 지내는 것은 불가능했다. 지수가 계속해서 그녀를 깎아내리고 모두와 사이를 갈라놓을 것은 자명했다. 지금 역시 그 전초전이었다. 계속 생글생글 웃음을 던지면서 드라마의 모든 출연진에게 친근하게 대하며, 시간이 흐를수록 자연스레 꿔다 놓은 보릿자루처럼 그저 가만히 있는 그녀를 이상하게 만드는 분위기로 몰아간다.

그녀는 단지 말을 안 할 뿐인데, 그녀를 이상한 사람으로 만들고 그녀 혼자만 다른 생각을 하는 거슬리는 출연진으로 만든다.

하지만 이런 상황이 익숙했기에 세연은 살짝 입꼬리에 보일 듯 말 듯 희미한 미소만 지을 뿐이었다. 그녀는 놓칠세라 이제는 다 외운 대본을 손에 꼭 쥐었다.

'집중하자. 더 이상 벼랑 끝에서 떨어질 수 없어. 간신히 여기까지 왔잖아.'

째깍째깍, 그렇게 내색할 수 없었지만 껄끄럽고 그녀에게 불편한 시간이 지나갔다.

"그럼 대본 리딩을 시작하겠습니다."

조연출의 말을 시작으로 드디어 잠시 웅성거리던 회의실 안은 정적이 감돌았다.

연기 경력이 수십 년 된 베테랑 탤런트들은 물론, 드라마의 타이틀롤을 맡은 주조연 배우들 모두 긴장되는 순간이었다.

대본 리딩을 위해 모인 이들이 드라마 1회 대본을 넘기며 묘한 긴장감이 흐르는 가운데, 감독의 눈짓 속에 드디어 낭랑한 목소리가 회의실에 울려 퍼졌다.

"그럼 내가 먼저 시작할게요. 얘! 나은아, 나은아 뭐 하니? 빨리 나와서 밥 먹어야지."

바로 유지수와 그녀의 고모 역할을 맡은 중견 탤런트인 지성화였다. 연기 경력이 오래된 지성화가 특유의 카랑카랑한 음성으로 좌중을 압도했다. 모두의 시선이 쏠린 가운데, 이윽고 지성화가 목소리 끝을 올리며 과장스럽게 덧붙였다.

"빨리 와서 밥 먹어, 우리 집 귀염둥이야. 귀염둥이 예쁜 공주님~ 우리 집 천사."

커다란 눈동자에 카랑카랑한 목소리, 지성화가 애드립을 넣어 장난스럽게 오버해서 말하자 다음 순간 대본 리딩 현장에 푸하, 크게 웃음소리가 터져 나왔다.

"하하."

회의실 안의 이들이 소리 내 웃는 가운데, 제작진이 만족스레 고개를 끄덕여 보이자 지성화가 '그럼 그렇지'란 표정으로 자신만만하게 웃었다.

오랜 관록의 베테랑다운 연기가 돋보인 순간이었다.

"자, 그럼 우리, 지수 차례."

지성화가 웃으며 재촉하듯 바라보자, 그 순간에도 부지런히 중견 탤런트들과 눈을 맞추며 화기애애한 분위기를 유지하던 지수가 보란 듯이 쭉 허리를 폈다.

"그럼 다음 신 부탁할까요?"

그러고는 고준우 감독의 디렉팅이 있자 모두 주목하는 가운데, 마침내 대본을 읽기 시작했다.

"네, 고모. 일어났어요. 제가 아침 식사 준비 도와드렸어야 했는데 죄송해요. 어제 회사 프레젠테이션 준비를 하느라 밤늦게 잠이 들어서요."

긴 생머리를 늘어뜨린 지수가 억양을 살린 청순한 목소리로 말하자 대본 리딩 현장에 있던 이들의 눈이 일제히 그녀에게로 쏠렸다. 지수가 두 눈을 깜빡이며 의도한 것처럼 손을 들어 긴 머리를 매끄럽게 쓸어 넘겼다. 그리고는 청초하기 그지없는 모습으로 부드럽게 덧붙였다.

"아침, 정말 잘 먹을게요. 아, 그리고 지금 생각난 건데 제가 고모의 조카인 게 기뻐요."

그 가녀린 음성에 잠시 대본 리딩 현장엔 침묵이 감돌았다.

"좋은데."

"괜찮지?"

대본 리딩을 위해 모인 이들이 시선을 교환하는 가운데, 지성화가 만족스레 음성을 높였다.

"좋습니다. 계속해서 나은이네 식구들 등장 부분 맞춰 보죠. 잠시 쉬었다가 바로 신 넘버 들어갈 겁니다. 그럼 대기해 주세요."

곧이어 계속해서 열띤 분위기의 대본 리딩이 이어졌다. 지성화를 비롯해 드라마 여주인공인 나은의 집안 식구들로 출연하는 중견 탤런트들이 능글맞게 연기를 이어 가자, 간간이 웃음도 터졌고 계속 화기애애한 분위기가 이어졌다.

그리고 이어진 잠깐의 휴식.

휴식이 끝나자 곧바로 예고한 대로 드라마의 갈등이 고조되는 감정신이 이어졌다.

바로 유지수와 세연의 감정 대립이 이어지는 장면이었다. 원래는 최진경 작가가 일일 드라마로 집필했는데 최종적으로 미니시리즈 시간대에 편성됐다고 들었다. 게다가 작가들이 생방으로 찍다시피 하는 바쁜 스케줄에 쫓겨 본의 아니게 쪽대본으로 대신할 때도 있는데, 이미 중반부까지 대본이 나왔다고 했다.

마침내 극의 중반부 하이라이트 부분을 맞춰 보는 순서가 되었다. 드라마 타이틀 롤을 맡은 젊은 주연 여배우들의 대본 리딩이 시작되자 모두의 눈이 일제히 쏠렸다.

마침내 세연은 모두가 주목하는 가운데, 천천히 대본을 읽기 시작했다.

“그렇게 대답을 듣고 싶어? 내 대답을 듣고 싶냐고.”

아직은 긴장한 표정이 가시지 않았지만, 놀랄 정도로 침착한 음성.

그럼에도 특유의 느릿느릿한 음성에 꼭 책을 읽는 것 같은 느낌을 받았는지 유심히 지켜보던 중견 탤런트들이 ‘쿡’ 웃음소리를 냈다. 그러고는 자기들끼리 의미심장한 눈빛을 교환했다.

중견 탤런트들의 비웃는 표정과 묘한 웃음이 스쳐 지나간 것도 잠시, 주목하는 눈들 속에 살짝 헛기침을 한 세연은 지수가 고개를 들어 조롱하는 것처럼 빤히 바라보자, 다시금 침착하게 대본을 읽어 내려갔다.

아니, 정확히는 강약과 고조가 분명한 음성으로 소리를 높였다. 또박또박 읽긴 했지만 불안하게 들리던 처음의 대본 리딩이 언제 그랬냐는 것처럼. 그다음 순간이었다. 세연을 보던 이들이 시선을 교환하며 놀란 눈빛을 보낼 정도로 빠르게 대본 그 자체의 상황에 몰입했다.

“말해 봐! 여기까지 몰아붙였으니 네가 말할 차례야. 정말 내게 그렇게 대답을 듣길 원해?”

바로 불꽃이 튀는 것 같은 감정 연기.

1분 전까지만 해도 그저 대본을 읽는 것처럼 천천히 대사를 하던 세연이 갑자기 확 태도를 바꾸듯 언성을 높여 상황에 몰입해서일까. 그때까지 여유롭게 웃고 있던 지수의 얼굴이 순간 굳어졌다.

그것도 잠시, 지수가 곧 입가를 끌어 올려 묘한 미소를 지었다. 세연은 분명히 보았다. 이제야 한번 제대로 붙어 보겠다는 생각이 든 걸까?

아니면 결코 그녀에게 반격의 서막을 줄 수 없다는 생각 때문일까.

다음 순간 눈썹을 추켜세운 지수가 혼신의 힘을 끌어모으듯 드높은 음성으로 보란 듯이 곧바로 세연의 대사를 받아쳤다.

“그래! 너야말로 대답해. 왜 불쌍한 엄마를 그렇게 괴롭히는 건데? 넌 이제껏 우리 키우느라 고생만 한 엄마가 불쌍하지도 않아? 나는 그렇다고 쳐.”

좀 전까지도 여유롭던 기색이 완전히 사라지고, 지수의 대사가 쉴 틈 없이 이어졌다.

“그러니까 넌 이걸 원하는 거잖아. 아니야? 내가 이렇게 말하는 거. 내가 잘못 본 거야? 지금처럼 이성을 잃고 소리 지르는 거! 말해 봐. 넌 이런 걸 원하잖아.”

당황한 것도 잠시, 곧이어 놀랄 정도로 격양된 대사들을 하나라도 놓칠세라 감정을 실어 지수가 줄줄이 읊자, 흥미진진하게 지켜보던 이들이 낮게 감탄하는 소리를 냈다.

“안 그렇게 봤는데 유지수가 연기를 잘하네?”

사람들이 수군거렸다. 작게 ‘잘해’라고 말하는 소리도 들려왔다.

“그렇지? 둘 다 지지 않으려고 해. 기세가 아주 팽팽해.”

그녀도 들었다. 기세가 팽팽하다고. 그녀와 지수를 보고 소리 죽인 속삭임이었으나 유감스럽게도 밀폐된 이 안에서는 너무 잘 들렸다. 극 중에서 나은의 아버지 역할을 맡은 중견 탤런트가 작게 옆자리에 앉은 조연 탤런트에게 말하는 소리가 들려왔다.

“지수 연기가 아주 야무져. 안 밀리네.”

소리 내어 말하지 않았지만 그녀도 같은 생각이었다. 역시 유지수다웠다. 쉽사리 호락호락 물러나면 재미없을 테니까. 웅성거리는 사람들 속에서 세연은 잠시 침묵했다.

익히 예상은 했지만, 머릿속에서 수없이 상상하던 순간과 드디어 맞닥뜨렸다. 바짝 정신을 차리지 않으면 아무것도 하지 못하고 끝나버릴 것이다. 세연은 이를 악물었다.

꼭 지수와의 핑퐁 게임이 계속되는 것 같았다.

"그래! 이렇게 된 이상, 유감스럽지만 어쩌겠어. 여기까지 왔는데. 보란 듯이 널 끌어내리고 미안하지만 네 남자를 빼앗을 거야. 그러면 날 키워 준 네 엄마도 불행해지겠지. 네가 분해해도 어쩌겠어. 난 진심이니까. 내가 이제 빈말 안 한다고 했지? 앞으로 난 눈 하나 깜짝하지 않고 해치울 테니까."

이 순간 대사를 치는 세연의 눈은 마치 불을 뿜는 듯했다.

"알았어? 난 진심이야."

다음 순간 흥미진진하게 지켜보는 눈들이 휘둥그레 커졌다. 그러자 꼭 뱀이 쉭쉭거리듯 음산하고도 낮게 대사를 친 세연이 재빨리 말하는 게 아닌가.

"내가 이제 하나하나 다 빼앗아 줄게. 그러니 기다리고 있어. 이제야 다 말할 수 있어서 속 시원하네. 드디어 민낯을 드러낸 거지?"

놀랍게도 대본을 손에 꼭 쥔 채로 세연은 분해서 견딜 수가 없다는 것처럼 씩씩거렸다. 주변의 놀란 시선 속에서, 세연은 완전히 이 순간만큼은 드라마 속 인물인 다영이 되었다.

"대놓고 나랑 끝까지 가 보자는 거네. 숨겨 온 네 맨얼굴을 드러내 줘서 고마워서 어쩌니."

내심 가수 출신인 그녀가 연기를 못할 거라 생각한 걸까. 예상을 뛰어넘어, 소리를 지르고 시시각각 달라지는 표정 변화가 이어져서 놀란 걸 수도 있다.

다음 순간 그녀는 보란 듯이 대본을 읽던 말끝을 올려 눈앞의 상대

역인 지수에게 들으란 듯 천천히 목소리를 한 톤 높였다. 그러고는 우아하게 인사하듯 분명한 음성으로 덧붙였다.

"너무 고마워. 제대로 빼앗게 해 줘서."

순간 기묘한 정적이 이어졌다. 알 수 없는 정적은 잠시 동안 지속되었다.

세연의 대사 처리에 일순간 빨려 들어가듯 대본 리딩에 몰입한 그녀를 쳐다보았다. 잠시였지만 눈을 뗄 수 없다는 듯이 회의실 안 모든 이들의 시선은 분명 세연에게로 쏠려 있었다.

그런 그녀를 지수가 고갤 돌려 흘낏 못마땅하게 쳐다보았다. 왠지 심상치 않은 분위기를 풍기던 지수의 눈꼬리가 일순간 보기 흉하게 치켜 올라갔다.

짝, 소리가 난 건 그때였다.

처음부터 밀릴 수 없다고 생각한 것일까. 분해하는 표정.

놀랍게도 부르르 떨면서 입술을 깨물며 쳐다보던 지수가 다음 순간 보란 듯이 손을 들어 세연의 뺨을 때린 것이다.

"……!"

순간 대본 리딩이 이루어지던 회의실 안은 쥐죽은 듯한 정적이 감돌았다.

눈앞에 벌어진 믿지 못할 돌발 상황에, 대본 리딩을 하던 이들이 놀라 눈을 크게 뜨고 쳐다봤다. 현장을 담고 있던 메이킹 카메라도 놓칠세라 분주히 그들을 잡았다.

지수가 세연과 눈을 마주치며 한 마디, 한 마디 힘주어 말했다.

"네 뜻대로 될 것 같아? 나도 이제 당하고만 있지는 않을 거야! 단지 너를 키워 줬다는 이유로 지금껏 속수무책으로 당한 불쌍한 우리 엄마, 내가 지킬 거야. 이제 내가 무슨 수를 써서라도 너한테서 지킬 거라고! 알아들어?"

무서우리만큼 박력 있는 음성.

그 광경을 지켜보던 이들이 숨소리도 내지 않는 가운데, 지수가 세연에게 들으란 듯 대본 리딩을 하는 회의실 안이 떠나가라 언성을 높였다.

"잘 들어. 끈질기게 엄마랑 나를 위협하는 너, 다른 사람은 몰라도 이제 너한테 더 이상은 안 뺏겨! 빼앗기지 않을 거야."

눈으로 보고도 믿기지 않은 상황의 연속.

이게 말이 되는가?

방송국 관계자들은 물론이고 주조연 드라마 출연진들이 모여 대본 리딩을 하는 현장에서 배우가 먼저 상대 배우의 뺨을 때리다니.

어디에도 이런 돌발 해프닝은 보지 못했다. 정말 미치지 않고서는. 그것도 카메라가 돌아가는 공개적인 현장에서 말이다.

게다가 뒤편 의자엔 배우들이 속한 소속사 관계자들도 앉아 있었다. 드라마 촬영 전에 간단하게 합을 맞춰 보는 대본 리딩 현장에서 이런 돌발 상황이 벌어진 자체가 변수였다.

그럼에도 정작 이 모든 상황을 터트린 지수의 태도는 태연하리만치 여유작작이었다. 입가에 묘한 미소까지 띄운 채 세연의 반응을 기다리고 있다.

'봤지? 뭘 해도 넌 결국 날 못 이겨.'

눈에는 이런 웃음까지 담고선.

1초, 2초. 그리고 세연은 재빠르게 상황을 알아챘다.

지수는 이러한 반응을 노리고 일부러 터트린 것이다. 보란 듯이 선제공격을 한 것과 마찬가지였다. 시끄럽게 이슈가 돼도 '연기에 너무 몰입해서 감정을 추스르기가 힘들었어요. 죄송합니다.' 하고 얼버무리면 그만이다. 적어도 지수의 선에서 무마할 수 있는 것이다. 수습할 자신이 있으니 터트린 것이리라.

"……."

잠시 시끄럽더라도 길게 보면 초반에 화제성을 끌어모으는, 오히려 드라마 노이즈 마케팅의 일환으로 몰고 갈 소지도 없지 않았다. 세연은 잠시 눈앞의 득의양양한 표정의 지수를 곁눈질하다가 떠올렸다.

'이러다 내가 시작도 하기 전에 그만두면 더 좋고. 내가 중간에 하차하면, 제대로 붙기도 전에 떨궈 낸 거니 승리감을 만끽하겠지.'

하다못해 지수는 더 이상 톱스타가 되는 데에도 관심이 없는 듯했고, 오로지 눈앞의 그녀를 짓밟는 데 혈안이 되어 있었다. 왜일까. 세연이 지수에겐 짓밟으며 카타르시스를 맛보는 대상이라면, 먹잇감이자 확실한 생존 방법을 찾은 걸까. 믿을 수 있는 대상. 역시 웨스트 엔터테인먼트 대표 이남혁일까. 세연은 머릿속으로 빠르게 떠올렸다.

'이대로 대사를 안 치면 끝난다. 타이틀 롤인 지수에게 뺨을 얻어맞았으니, 이대로 아무 일 없는 것처럼 내가 대본 리딩을 해도 우스워진다.'

뭔가 자연스럽게 대응을 하기에도 애매한 상황이었다.

웅성웅성.

그 순간에도 폭발하듯 터지는 카메라 플래시와, 역시 계속해서 돌아가는 메이킹 카메라가 가열된 혼란을 부채질했다. 지수는 눈앞에 자신에게 도전해 오는 적이 있으면 눈이 뒤집혀서 아무것도 보이지 않는 유형이었다. 일단 그 적을 베어 내고 정리하는 게 우선이고, 수습은 그 뒤다. 하물며 주변이 엉망이 되어도 눈 하나 깜짝하지 않는다.

찰칵찰칵.

꼭 영화 시상식장에 온 것만 같다.

세연은 카메라 플래시 세례 속에서, 놀랍게도 아무런 대응도 하지 않았다. 침묵이 흘렀다.

모두의 놀란 시선들에 아랑곳하지 않고 오로지 무료하다는 시선으로 잠깐 눈앞의 지수를 응시하다가 말했다.

"제발 날 용서해 줘, 나은아. 너와 엄마는 세상에서 유일한 가족이야. 난 가족이 없으면 안 돼. 유일한 희망을 내치지 말아줘. 언니한테 한 번만 기회를 줘."

전혀 예기치 못한 상황.

대본 리딩이 진행되는 회의실 안은 혼란 그 자체였다. 사람들은 처음에 세연이 무슨 말을 하나 의아한 시선을 던지다가, 뒤늦게 알아챘다.

세연은 지수가 그녀의 뺨을 때려도 반격하지 않았다. 주변이 떠나갈 듯 시끄러워도 담담히 보면서 아무 일도 없다는 듯이 대사를 쳤다.

"제발 나은아, 내게 기회를 줘. 알잖아? 내겐 세상에서 엄마와 너뿐이라는 거."

주변이 술렁이는 가운데, 갑작스러운 세연의 대사에 당황해서 보던 이들은 이내 극의 한 장면인 것을 깨닫고 흥미진진한 시선을 세연에게로 보냈다.

흘낏, 흘낏. 지수의 옆에 앉은 윤민자와 지성화가 세연에게 따가운 시선을 보내는 가운데, 그녀는 전혀 개의치 않았다. 그녀가 극중 인물인 다영의 대사를 계속 이어 가자 주변은 쥐죽은 듯 조용해졌다.

"그러니까 응? 나은아, 한 번만 기회를 줘. 내가 잘할게."

눈앞에 벌어지는 놀라운 상황의 연속에 대본 리딩 현장에 있던 이들의 눈이 커지고, 대체 이 믿지 못할 사태가 어디까지 갈 것인지 숨막히는 정적까지 감돌았다. 그럼에도 아랑곳하지 않고 세연은 대사를 이어 갔다.

"그러니까 날 내치지 말고 기회를 줘. 응? 언니가 뭐든지 할게. 그러니까 제발……."

그녀의 간절히 응시하는 눈빛과 뚜렷한 발성에서 장난기란 찾아볼 수 없었다.

세상에서 하나뿐인 존재를 향한 애틋함이자 절박함마저 느껴졌다.

막을 수 없는 가족에 대한 본능적인 이끌림. 억누를 수 없는 소중한 감정을 담아 세연은 매달리고 또 매달렸다.

"얘가 왜 이래? 미쳤나?"

그러자 잠시 꼼짝 않고 지켜보던 지수가 낮게 중얼거렸다. 그러고는 붉으락푸르락 분해하는 얼굴로 그녀를 노려보았다. 그것도 잠시, 계속 극중 대사를 이어 가자 피식 웃었다. 내심 만만한 호구로 본 것일까. 그녀가 더 이상 무슨 짓을 못 할 거라 생각하는 기색이 역력했다.

주변이 쥐죽은 듯 조용한 가운데, 지수가 질세라 마무리하는 대사를 했다.

"언니! 너무 늦었어. 그동안 엄마랑 나는 언니 때문에 그렇게나 고통받았는데. 언니도 기억하잖아? 언니 때문에 우리 가족들한테 일어났던 그 많은 일들. 엄마가 얼마나 힘들고 고통스러워했는데, 이제야 우리한테 돌아온다고 그걸 어떻게 받아 줄 수 있겠어?"

다음 순간 호소하듯 가녀린 지수의 목소리가 대본 리딩 현장에 울려 퍼졌다. 순식간에 눈물까지 글썽이며 더 이상 엄마랑 자신을 뒤흔들지 말아 달아 부탁하는 가냘픈 목소리. 꼭 세연이 지수를 괴롭히는 악당이 된 기분을 느끼게 했다. 예상했던 일이었기에 세연은 놀라지 않았다.

사람들이 웅성거렸다.

왜 저러는지 이해할 수 없다는 시선. 저것도 연기의 한 부분인지 의아해하는 눈빛들이 연달아 날아와 꽂혔다. 그치지 않는 술렁거림. 그럼에도 사람들은 카메라맨을 비롯해, 너무나도 진지해 보이는 연기에 이의를 제기하지 못하고 숨을 죽이며 지켜볼 뿐이었다.

다음 순간 세연은 여전히 꿰뚫을 듯 머무르는 현장의 시선들 사이로 천천히 입을 열었다. 그녀는 보란 듯이 재미있다는 웃음을 숨기지 않으며, 내려다보는 지수를 향해서 마지막 대사를 했다.

"정말 고마워, 나은아. 언니한테 마지막 기회를 주어서. 사실 크게 기대하지 않았는데. 네가 엄마랑 다시는 날 안 보겠다고 말할 것도 예상했어."

세연은 조용히 고개를 숙였다. 한없이 우아하리만큼 정중한 동작으로.

그러고는 눈앞의 지수에게 들으란 듯 분명하게 말했다. 힘을 뺀 과장하지 않은 연기로 그녀는 마지막 대사를 마무리했다.

"고마워. 널 없애게 해 주어서. 이제야말로 마음 편하게 널 파멸할 수 있겠어."

第 48 幕

대본 리딩은 전초전일 뿐이었다.

이제 유지수와 싸울 수 있는 판은 깔렸다. 드디어 그녀와 유지수 둘의 전쟁이 시작되었다.

곧바로 드라마 촬영이 시작되자, 본격적인 다툼의 서막이 올랐다.

사실 예상하고 있었다. 마음 깊은 곳에선 이미 일찌감치 예감하고 있었는지도 모를 일이다.

어쩌면 이번이 세연의 마지막 드라마가 될지도 모른다. 이번 캐스팅은 기적적으로 잡은 기회였다. 지수와 맞붙을 수 있는 처음이자 마지막 드라마였다. 다음번엔 찍을 수 없게 될지도 몰랐다. 지금껏 여기까지 오면서 자연스레 터득한, 어쩌면 생존에 가까운 직감이었다.

게다가 주변 반응도 심상찮았다.

그녀의 예상을 훨씬 뛰어넘어 벌집을 들쑤신 것처럼 시끄러웠다.

[TCS 새 미니시리즈 〈리벤지〉 화제의 대본 리딩 현장]

[연기에 너무 몰입해 상대 연기자의 뺨을 때려……]

[벌써부터 화제 집중! 도저히 눈을 뗄 수 없는 불꽃 연기 대결]

그것뿐만이 아니었다. 드라마가 방영되기도 전에 한바탕 난리가 나서 연일 매스컴에서 드라마 제작진과 캐스팅을 집중 조명했을 뿐만 아니라, 방송사 연예프로의 리포터가 찾아오기도 했다.

– 지금 제가 나와 있는 곳은 화제의 대본 리딩이 있었던 현장인데요. 네, 맞습니다. 드라마 방영도 되기 전에 뜨거운 대본 리딩 현장에서의 열연으로 시청자들의 관심을 한 몸에 받고 있는 〈리벤지〉입니다. 그 화제의 현장에서 대체 무슨 일이 있었던 걸까요?

– 바로 여기가 한창 화제의 중심인 〈리벤지〉의 대본 리딩이 있었던 곳인데요, 이쯤해서 새로 시작하는 미니시리즈 〈리벤지〉가 무슨 내용인지 궁금해하는 시청자들이 많으실 것 같습니다. 먼저, 〈리벤지〉의 타이틀 롤은 요즘 가장 주가를 올리고 있는 탤런트 유지수와 신인 탤런트인 정세연, 이 두 사람이 맡아 자매로 출연하고 있습니다. 눈에 띄는 미모의 두 자매죠? 게다가 우아한 중견 탤런트 윤애리가 자매의 어머니로 출연합니다. 그런데 어떻게 된 게 드라마 속에선 단란한 가족 같아 보이지 않는데요. 대체 어떻게 된 사연일까요? 시청자분들도 드라마의 내용이 궁금하지 않으세요? 그래서 저희 생방송 연예프리즘 제작팀이 준비했습니다. 드라마 방영 전부터 연일 화제를 몰고 다니는 미니시리즈 〈리벤지〉를 자세히 짚어 봅니다…….

말 그대로 뜨거운 화제의 중심에 서 있었다.

매스컴의 집중 조명을 받은 것도 모자라, 연예프로의 리포터들까지 취재하러 찾아오자 실감이 났다.

지수와 제대로 붙었다는 사실이.

동시에 그녀의 예상보다도 훨씬 커져 가는 사태에 난감해지는 게 사실이었다. 그녀의 손을 떠나 통제할 수 없는 상황에 어쩔 수 없이 당황한 느낌이 드는 것이다.

– 드라마 〈리벤지〉, 방영도 하기 전에 잡음으로 시끄럽습니다. 이번에 새로 편성된 TCS드라마 〈리벤지〉가 시작도 하기 전에 배우들의 불화설에 휩싸였는데요. 바로 드라마의 타이틀 롤을 맡은, 요즘 대세라고 해도 과언이 아닌 탤런트 유지수와 노래 '윈터 문'의 히트로 이름을 알린 정세연이 불화설의 주인공입니다. 대체 그날 대본 리딩 현장에서 무슨 일이 있었는지 정작 제작사 측에서는 함구하고 있습니다. 또한 드라마가 시작하기도 전에 상황이 확대되는 것을 경계해 대본 리딩 현장 메이킹 필름을 외부에 유출하지 않겠다는 입장을 밝혔습니다. 제작사 측의 해명은 두 배우가 의욕적으로 드라마에 임했고, 너무 연기에 몰입하다 보니 벌어진 해프닝이라고 하는데요. 혹시나 모를 오해와 선입견을 방지하고자…….

드라마 시작도 전에 제대로 벌집을 건드린 것처럼 연일 매스컴에 오르내리는 상황이었다.

이미 각오는 했으나 결코 달갑지는 않았다.

다행히 방송국에서는 그녀와 지수가 드라마에 대한 의욕이 대단해서 대본 리딩 현장이 열기로 떠나갈 듯했고, 연기 투혼을 불태웠다는 식으로 수습하긴 했지만.

그럼에도 한번 가열된 분위기는 좀체 가라앉지 않았다. 때문에 드라마 〈리벤지〉가 처음으로 촬영되는 세트장 안은 묘하게 들뜨고 긴장된 분위기가 감돌았다.

"그럼 지수 씨, 지성화 선생님이 문을 열고 들어오면 반갑게 맞이하면서 바로 다음 장면으로 넘어갈게요."

카메라 앞에 서서 정교하게 메이크업을 마친 지수가 화사하게 미소 지으며 고개를 끄덕이자, 고준우 감독이 촬영 시작을 기다리는 세연에게로 고개를 돌렸다.

"그럼 세연 씨 먼저 갈게요. 한 번에 끝내야 하니까 잘 부탁해요. 물론 여러 번 촬영할 수도 있지만 이렇게 모든 게 준비되기 힘드니까 역시 한 번에 가는 게 좋겠죠? 아, 너무 무리하지는 말고요."

고 감독이 특유의 조곤조곤한 말투로 자세하게 상황을 설명했다. 감독의 세심한 디렉팅에 열심히 경청하던 세연은 '네' 조용히 대답하며 고개를 끄덕였다.

영화와 달리 매주 방영하다 보니 매회 촬영 분량에 쫓겨 서둘러야 하는 드라마의 특성상 어쩔 수 없긴 하지만, 그래도 매 신마다 그녀에게 양해를 구하고 최대한 조율해 주려는 배려가 느껴져 인상적이었다. 촬영 분량에 쫓기면서도 최대한 신경 써 주려는 세심함이 느껴졌기에.

물론 눈앞의 상대는 좋아지려야 좋아질 수가 없지만.

"그럼 지수 씨도 좋은 그림 한번 만들어 보죠."

"네, 감독님."

세연은 이 순간에도 습관처럼 익숙하게 손을 들어 머리를 매만지며 감독을 향해 미소를 보내는 지수에게 말없이 시선을 주었다. 그러자 그녀의 시선을 느꼈는지 생글거리던 지수의 눈빛이 곧 서늘해졌다.

실상 세연을 여기까지 오게 한 원동력이자 맞붙어야 할 눈앞의 상대는 계속해서 잊을 만하면 그녀의 신경을 긁으며 자극하는 게 눈에 보였다. 느껴졌다. 그녀의 신경을 곤두세우게 한 뒤, 곧바로 들어갈 자신과의 투샷촬영을 망치게 하고 싶은 것이리라.

이미 일본에서도 물밑에서 아이들을 조종해 결국 그녀를 습격하게 만들지 않았던가. 세부 사항은 자잘하게 바뀌었을지는 몰라도, 큰 틀은 바뀌지 않은 셈이었다.

지금도 얼마든지 붙어 주겠다는 것처럼, 지수는 소름 끼치게 보이는 미소를 연신 입가에 흘리고 있었다. 눈은 붉게 충혈되었고 입가엔 재미있어 견딜 수 없다는 광기까지 느껴질 정도였다.

지금 지수가 보란 듯이 그녀의 앞에 버티고 서 있다. 침묵이 흐르고 세연은 그런 지수에게로 차가운 시선을 던졌다.

'도대체 믿고 있는 게 뭘까. 이대로 은퇴해도 아무 여한이 없다는 것처럼 유감없는 표정. 눈앞의 날 베어 내야 직성이 풀릴 것 같다는, 누가 봐도 상관없다는 듯이 날뛰는 저 위태롭기까지 한 느낌은 정말.'

유지수는 정말 최악이었다.

차라리 민낯으로 유감없이 개싸움을 하듯 그녀와 치고받고 싸운다면 오히려 인간적이리라. 내가 언제 5년 전에 네 눈을 다치게 했냐는 것처럼 보란 듯이 눈앞에서 그녀를 조롱해야 직성이 풀린다는 것일까. 정말 저 애는 하나도 변하지 않았다.

지금 역시 마찬가지였다.

"세연 씨, 그럼 부탁할게요. 맞춰 본 대로 한 번에 가죠."

대사와 동선을 맞추고 도자기가 깨지는 위치와 그녀의 자세까지 감독의 세심한 디렉팅에 뒤이어 카메라 리허설까지 있었다.

고준우 감독이 그녀에게 눈짓하자 세연은 기민하게 움직였다.

다음 순간 쨍그랑, 날카로운 소리와 함께 드라마 세트장에 미리 준비되어 있던 잔이 깨졌다. 놓칠세라 대기하고 있던 스태프가 재빨리 깨진 잔을 치웠다.

그러자 세연은 기다렸다는 것처럼 그 옆에 놓인 커다란 그릇을 번쩍 집어 들었다. 그러고는 그대로 내동댕이쳤다. 무표정한 얼굴로 너무도 재빠른 동작으로.

와장창.

다음 순간 세트장의 식탁에 놓여 있던 커다란 그릇이 단번에 깨지자, 그 요란한 소리에 출연자들의 눈이 동그랗게 커졌다.

"컷! 여기까지."

곧바로 오케이 사인이 났다.

일사천리로 촬영을 지휘하던 고준우 감독이 그녀를 보며 천천히 말했다.

"세연 씨, 이대로 가면 되겠어요. 이어서 찍을 다음 신도 리허설한 대로 호흡 끊지 않고 단번에 가면 좋은데. 말했지만 난 되도록 날것 같은 느낌을 살리게, 편집 없이 길게 롱 테이크로 잡고 싶거든요."

고준우 감독의 말에 세연은 천천히 고개를 끄덕였다.

정작 감독은 만족스러워하는 기색이었지만, 이상하게도 촬영장의 분위기가 심상치가 않았다. 정확히는 세트장에 있던 연기자들이 못마땅해하는 기색이 역력했다.

와장창, 요란하게 그릇이 깨지는 소리가 나자 지성화가 얼굴을 찡그렸고 다들 들으란 듯이 대놓고 말했다.

"어우! 시끄러. 고막이 나가겠네."

"그러게, 어쩜 저렇게 소리가 클까. 그리고 아무리 촬영 소품이라지만 물건을 저렇게 팍팍 깨뜨리면 품위가 떨어지는데."

윤민자 역시 못마땅하다는 표정으로 흘낏흘낏 보면서 지성화와 말을 주고받았다. 세트장에 있던 다른 중견 탤런트들 역시 동조하듯 쳐다볼 뿐이었다. 그때였다.

"왜들 이래?"

아주 낮은 목소리가 들려왔다.

극중에서 어머니 역할을 맡은 탤런트 윤애리만이 유일하게 세연에게 묘하게 적대적인 분위기에 합류하지 않았다. 못마땅하다는 것처럼 웅성대는 주조연 출연진들에게 팔짱을 낀 채로 타이를 뿐이다.

그 모습을 세연은 묵묵히 지켜보았다.

마치 어두운 먹구름이 스멀스멀 퍼져 나가듯 기분 나쁜 전조. 순간

적이었지만 마음속에 뭔가가 꺼림칙하게 걸린 것 같기도 했다.

심상치 않은 촬영장 분위기에도 세연은 개의치 않았다. 왜냐하면 가장 중요한 것이 눈앞에 있기 때문이었다. 그녀에게 중요한 것, 바로 그녀를 이렇게 만든 장본인과의 승부가 눈앞에 펼쳐져 있었기에.

실상 그게 가장 중요했다.

더는 흔들리지 않는다. 세연은 스스로 다짐하듯 심상치 않은 촬영장의 분위기는 신경 쓰지 않고 홱 몸을 돌렸다. 그러고는 곧바로 성큼성큼, 다가온 지수와의 정면 승부를 향해서 걸어갔다.

"신 27, 레디 액션!"

마침내 드라마 〈리벤지〉의 본격적인 첫 촬영을 알리는 사인이 떨어졌다.

카메라가 그녀를 클로즈업하는 가운데, 세연은 곧바로 운명의 첫 대사를 쳤다. 무표정한 얼굴, 일순간 딱딱하리만큼 무감한 눈빛은 감독의 큐 사인이 떨어지자 무서울 만큼 확 변했다. 마치 다른 사람처럼 딴 얼굴이 되었다.

세연은 고개를 돌렸다. 1초, 2초. 다음 순간 그녀는 드라마 속 인물인 다영이 되었다.

"그러니까 저만 빼고 아침부터 거하게 드시고 계셨네요? 그것도 모녀끼리 사이좋게."

몸에 밴 상냥한 미소도, 화사한 웃음도, 게다가 모두를 끌어당기는 지수가 그렇게나 되고 싶어 하고 이상적으로 추구하는, 여배우의 청순하고 아름다운 외모는 없었다.

곧이어 카메라가 그녀를 클로즈업하자, 세연은 금세라도 덤벼들 것 같은, 살쾡이 같은 표정을 지었다. 혹시라도 눈이 마주치면 다시는 보고 싶지 않을 만큼 혹독한 표정을 지었다. 예쁘고 화사한 건 지수가 하면 되니까, 세연 자신은 그저 세상에서 제일 보기 싫고 추악한 캐릭터가 되면 되는 거였다.

'물론 과장스러운 상황인 건 알아. 다른 때 같으면 이렇게 흥분할 일도 없을 테니까……. 하지만 이건 드라마 촬영이야. 이 드라마가 극적으로 재미를 추구하는 게 목적이라면, 나 역시 극대화해 캐릭터를 뽑아내야겠지. 그게 내가 할 수 있는 일이라면.'

마침내 찾아온 순간. 카메라가 돌아가는 가운데, 세연은 곧바로 대사를 했다.

"왜 날 따돌리고 사이좋게 둘이서 외식을 해야 하지? 난 많은 걸 바란 게 아닌데. 모르겠어? 항상 사소한 거로 내 신경을 긁고 결국엔 목소리를 높이는 건 나야! 물어보고 싶어. 왜 날 화나게 만드는 건데? 대답해!"

눈으로 보고도 믿기지 않는 몰입이었다. 오랜 시간 그녀의 안에서 질기고 독하게 응축되었다가 마침내 세상의 빛을 본, 폭발력을 가진 음성.

세연은 한 번 숨만 고르고 머릿속에서 계속 떠올리던 대사를 마침내 세상 밖으로 꺼내 놓았다.

억누르려고 해도 어쩔 수 없는 억울함, 분노, 증오 그리고 처음 한국에 돌아와 떡하니 대형 전광판에 걸린 지수의 화장품 광고를 보았을 때의 이상하리만큼의 막막함. 체념하고 살아가려고 해도 문득문득 가슴속의 시뻘건 울화가 용광로처럼 들끓어 올라, 결국 억누르지 못하고 여기까지 온 건지도 모른다.

이 순간에도 머릿속에선 꼭 메아리치듯 수많은 단어들이 떠올랐다 사라졌다. 멈출 수 없는 회로처럼 머릿속에 떠오르는 수많은 말들.

한 글자, 한 글자 토해 내듯, 머릿속에서 수없이 반복했던 대사를 보란 듯이 소리 내어 또박또박 말했다. 드디어 그녀 혼자서 삭이는 게 아닌, 세상 밖으로 꺼내 놓았다.

"결국 엄마랑 나은이만 사이좋게 웃고 떠들고, 나만 나쁜 애 만들지. 그래, 나만 세상에서 제일 나쁜 애로 만들고 둘은 불쌍하고 나로 인해 피해를 입은 것처럼. 나만 없어지면 둘이서 행복해지는 것처럼. 매일 그러잖아? 아니야? 나는 새카맣게 타들어 가는데 그것도 모르고. 어차피 상관없지? 다른 사람은 다 죽어도 둘만 잘 살면 되잖아? 안 그래? 둘만 잘 살면 누가 눈앞에서 어떻게 돼도 상관없잖아?"

독을 품은 어조.

조용하던 그녀가 카메라 앞에서 돌변하자, 세트장 안의 이들이 휘둥그레 눈을 크게 떴다.

개의치 않고 세연은 호흡을 조절하며 흔들림 없이 언성을 높였다.

"아니야? 엄마랑 나은이 너, 둘만 세상에서 잘 먹고 잘살면 세상 사람들이 다 죽어도 상관없잖아?"

감독이 중간에 끊지 않아, 그냥 한 번에 쭉 갔다.

꼭 휘몰아치듯 멈추지 않고 세연이 대사를 하자, 감독을 비롯한 스태프진들이 놀란 눈으로 보는 게 느껴졌다.

이윽고 감독이 오케이 사인을 외쳤다.

"컷! 세연 씨, 그대로 갈게요."

감독이 만족스럽다는 기색을 내비치며 곧장 기세를 몰아 촬영 분량을 끝마치겠다는 의사를 보였다.

웅성웅성.

한 번에 컷 사인이 떨어졌는데도, 여전히 촬영장에 있는 드라마 출연자들의 눈엔 약간의 놀라움과 의아함, 그리고 사라지지 않는 불신이 읽혔다.

"제법이네."

"아직 촬영 초반이니까, 계속 앞으로 두고 봐야지."

앞으로 지켜보자는 것일까?

여전히 은밀하게 움직이는 뱀처럼 쉭쉭거리듯 들려오는 수군거림. 그녀가 지나갈 때마다 못마땅하게 훑는 눈길.

세연은 쓰게 웃었다.

항상 카메라를 의식해 대놓고 무시하지는 않았지만, 그녀를 보는 눈빛과 소리를 죽인 말소리에서 느낄 수 있었다. 이를테면 '난 네가 싫어' 말할 때 느껴지는 그녀를 보는 눈빛과 굳이 싫어한다는 것을 숨기지 않는 태도를 볼 때 그러했다.

드라마 제작진은 그녀가 긴 대사를 한 번에 끝내자 감탄하는 시선으로 흘낏 봤지만, 정작 다른 출연자들의 반응은 떨떠름하기만 했다.

아직 검증된 게 아니니까, 가수 출신인 그녀가 과연 잘해 낼 수 있을지 못 미더울 것이다. 예상보다 곧잘 한다고 해도 뜨뜻미지근한 반응을 보이는 이유는 그게 아닐까.

사실 대사 한 번에 반응이 바뀌는 것도 우스웠다. 그들 말대로 아직은 지켜봐야 하지 않겠는가?

그렇게 스스로를 달래며 고개를 돌렸다. 동시에 예외 없이 그녀를 쭉 지켜보던 눈과 마주쳤다. 무심결에 지수와 눈이 마주치자 소름이 돋았다.

"……!"

운명의 첫 드라마 촬영.

계속해서 대사를 외우고, 혹시나 잊을세라 머릿속에서 꼭 순서를 매기듯 대사를 차례대로 떠올리다가 촬영에 임했다. 온종일을 그렇게 하다 보니 꼭 누가 자신을 툭 치기만 해도 기계적으로 대사를 내뱉을 것만 같았다. 누가 대사를 순서대로 말해 보라고 하면, 곧바로 알파벳의 ABC처럼 차례대로 드라마의 대사가 나오는 경지에 이르렀다.

그럼에도 세트장에서 단번에 오케이 사인을 받아 낸 그녀를 지켜보던 지수의 반응은 차가운 비웃음이었다.

말 그대로 그녀를 무시하는 것 같은 경멸과 멸시였다. 지금 역시 눈이 마주치자, 지수는 짧은 순간 그녀를 위아래로 훑어보며 피식 비웃음을 지었다가, 누가 볼세라 얼른 대본으로 얼굴을 가렸다. 참으로 재빠르고도 기민한 동작이었다.

'역시 비웃는구나, 넌.'

화가 나거나 분노하지는 않았다.

직접 눈으로 확인하자 차라리 느껴지는 것은 안도감이었다. 시간이 많이 흐르면 사람은 변하기 마련이었다. 그럼에도 그녀가 직접 눈으로 확인한 상대는 변함이 없었다. 앙칼질뿐더러 지나치리만큼 독이 올라 있다. 어떤 느낌이 들었냐면, 음습한 독을 품은 식물처럼 주변에 악의를 퍼뜨리지 못해 안달이 난 듯했다.

익숙한 그 모습을 보자 차라리 안도했다. 이렇게 계속 일관되게만 나가 준다면 오히려 상대하기 쉬울지도 모르겠다. 물론 수월하지는 않겠지. 어느 순간 적이 예기치 않게 위력적인 기습을 가해 오는 것처럼. 지수가 과거에도 전혀 예기치 않은 순간, 그녀의 눈을 상처 입힌 것처럼. 결코 방심할 수 없었다.

무엇보다 이제 시작이었다.

이제 물러서는 것은 허용되지 않는다. 드라마를 그녀 스스로 그만두기 전까지는.

캐스팅되기까지의 난관, 힘들었던 과정.

그 모든 것을 지나 마침내 시작된 드라마 촬영.

'여기까지 와도 네가 뭘 할 수 있겠어? 드라마 촬영하는 짧은 시간 동안 네가 뭘 바꿀 수 있다고.'

그 와중에도 그치지 않는 싸늘한 눈빛.

지수는 말 그대로 재미있어 견딜 수 없다는 듯이 그녀를 보았다. 굳이 말을 하지 않아도 그녀를 보는 시선에서 느껴지는 감정이, 지수가 하고 싶은 말이 이 순간 느껴졌다. 뼛속까지 무시하는 듯한 멸시의 눈빛이었다.
거듭된 드라마 촬영.
"후."
처음 눈에 띄게 그녀를 비웃으며 견제하던 것도 잠시, 지수 역시 촬영 분량을 소화하느라 정신이 없었다.
특히 극중에서 고모 역할로 등장하는 탤런트 지성화와 친할머니 역할인 윤민자와 초반 촬영 분량이 많아서인지, 셋이서 촬영장에서 보내는 시간이 많았다.
"어머, 시장 보고 오셨어요? 늦으셨네요."
실내 세트장의 카메라가 돌아가고 촬영 스태프들이 지켜보는 가운데, 윤민자와 지성화가 극중 소품으로 장바구니를 들고 들어오자 지수가 얼른 받아 들었다.
"날이 추운데 제가 마중 나갈 것을 그랬죠? 전화 주시지 않고선."
생글생글 입가에 띤 미소, 들을수록 너무나 어여쁘다는 생각이 드는 결이 고운 지수의 목소리가 들려온다. 그럼에도 눈에는 여전히 뱀처럼 서늘한 독기가 아예 없어지지 않았다.
어쩔 수 없이 느껴지는 찬 눈빛과 목소리의 간극. 그 모습에서 눈을 떼지 않던 세연은 무심코 떠올렸다. 어쩌면 한 시간 내내 만들어 낸 것 같은 어여쁜 목소리가 나가면, 가식적이란 느낌을 받는 시청자가 있을 수도 있겠지.
감독의 오케이 사인이 떨어지면 곧바로 촬영장의 모니터를 보며 혹여 놓치는 게 있는지 꼼꼼하게 확인하는 모습이 눈에 들어왔다. 사람들을 능숙하게 응대하는 그런 지수의 모습에선 자신감이 넘쳐흘렀다. 고개를 기울인 채로 모니터 화면에 특유의 열정적인 눈빛을 쏘아 보내며 유심히 자신의 촬영 분량을 확인했다. 하나라도 놓칠세라 주의를 기울였다.

얼핏 보기엔 대단한 연기 열정처럼 보이지만, 실상 자신의 외모가 카메라에 어떻게 나오는지 잔뜩 신경을 기울였다.

"저, 이 장면이 조금……."

모니터를 보던 지수가 말끝을 흐렸다.

물론 이 장면이 마음에 들지 않는다고 대놓고 말은 하지 않았다.

그저 어디서 많이 본 것 같은, 배배 꼬듯 머리칼을 쓸어 올리면서 난처하게 짓는 웃음에 세연의 시선이 고정되었다. 자신이 원하는 걸 얻을 때까지 꼭 상대에게 교태를 던지듯 미묘한 웃음을 던지는 건 지수 나름의 생존 방식일까?

"저기, 그러니까 반사판을 좀 더……."

유. 지. 수.

일단 드라마 타이틀 롤에 지수의 이름 석 자가 자신보다 먼저 나가니 소기의 목적은 달성했지만, 촬영장에서 본 지수는 연기보다는 여전히 외모에 많은 신경을 쓰는 듯 보였다. 카메라에 자기 얼굴이 아름답게 나오기를 소망하는 것일까.

물론 연기도 계속 주의를 기울이기는 했다.

"감독님은 어떻게 보셨어요? 감독님 생각이 궁금한데."

지수가 특유의 만든 것 같은 미소를 한껏 입가에 흘리면서 다시금 손을 들어 머리를 매만졌다. 그러고는 살살 눈웃음을 치면서 감독을 바라보았다. 뭐라고 해야 할까. 아리따운 이미지가 두드러지도록 한껏 연출한 모양새였다.

세연은 새삼 감탄했다. 특히 몸에 배어 있는, 자기가 이상적으로 보이는 각도까지 조절하는 모습에 내심 경탄을 금치 않을 수 없었다. 모니터를 보며 감독과 고개를 기울여 친근하게 이야기하는 모습을 잠시 보던 세연은 자신도 모르게 떠올렸다.

'완벽하게 네 삶을 연출해 내는 모습, 엄밀히 말해서 나와는 상관없어. 그건 네 삶의 방식이니까.'

저런 모습을 볼 때마다 물어보고 싶어졌다.

'왜 자꾸 나와 내 부모님을 찾아오는 거야? 나보다 더 우리 부모님께 살뜰한 딸인 것처럼. 아무리 참으려고 해도 너 때문에 눈을 다친 나와, 내 부모님을 보고 활짝 웃는 네 표정은 참을 수가 없거든. 그러지 않으면 여기까지 올 일도 없었을 텐데.'

그것도 잠시, 세연은 냉정하게 고개를 돌려 걸어갔다. 이런다고 달라질 것도 없다. 이젠 지수와 본격적으로 맞붙는 신을 잘 소화해야 할 때였다. 다른 일은 불필요했다.

지수 역시 그렇게 생각했던 걸까? 벌집을 들쑤신 듯 시끄러운 대본 리딩 현장의 떠들썩한 해프닝, 신경 쓰이는 걸림돌을 빨리 해결하자고 생각한 걸 수도 있었다.

본격적인 드라마 시작을 앞두고, 지수가 일대일로 만나 이야기하자며 접촉을 시도해 온 건 그때였다.

"나랑 잠깐 얘기 좀 할래?"

유지수였다.

드라마 리허설 한 시간 전. 지수가 입꼬리를 끌어 올려 예의 비웃는 듯한 웃음을 입가에 흘리고는, 재빨리 세연을 익숙한 장소로 이끌었다.

여자 화장실.

이번에도 기다렸다는 것처럼 지수와 늘 같이 다니는 스타일리스트가 몸에 익은 능숙한 동작으로 커다란 가방에서 하얀 종이를 꺼냈다. 그러고는 큼지막한 매직 사인펜으로 '고장 수리 중'을 적어 여자 화장실 문 앞에 붙였다.

이제는 익숙하기까지 한 데자뷔. 순식간에 의도한 것처럼 묘하게 숨 막히는 화장실로 끌려오다시피 한 세연은 이제 웃을 기분도 나지 않았다.

지금 역시 지수 특유의 치켜 올라간 매서운 눈매가 노골적인 웃음을 담고 그녀를 훑어 내리고 있었다. 그리고 그녀가 살아 있는 한 영원히 벗어날 수 없을 것만 같은, 키득거리며 기분 나쁘게 비웃는 소리가 들려왔다.

"호호호."

대본 리딩에서 떠들썩한 해프닝 이후 처음 맞닥뜨린 지수가 비릿한 미소를 입가에 담은 채로 되물었다.

"어때? 일본에서도 모자라 이렇게 엉망으로 진흙탕에 내팽개쳐진 소감이?"

침묵이 흐르고, 세연은 팔짱을 낀 채로 차갑게 되물었다.

"어떤 대답을 듣길 원해?"

"어머, 얘. 말귀를 빨리 알아들으면 좋지. 지금 대화를 길게 할 때가 아니지? 장소도 그렇고."

지수가 비릿한 웃음을 지으면서 드디어 본론을 꺼냈다.

"물론 네가 항복하고 물러나는 거지. 솔직히 말해서 지금이라도 나한테 잘못했다 말하고 싹싹 빌면 봐줄 생각도 있어."

세연은 잠시 침묵했다.

이 순간 그녀가 느낀 것은 상대를 잘못 만났다는 것이었다. 정말 솔직한 느낌으론 잘못 걸렸다는 생각이 들었다.

– 네가 일본에서 겪은 일을 잊어버렸니? 어디서 변명을 하고 있어. 네가 무슨 말을 해도 다 변명이고 네 잘못과 허울을 덮으려고 떠벌이는 거야.

왜일까. 이 순간 코앞에 다가온 승리감에 취하듯 번들거리는 지수의 얼굴을 보자, 그녀가 무슨 말만 하면 몰아붙이던 해옥 고모가 떠올랐다. 집요하리만큼 그녀를 몰아붙이던, 꼭 날카로운 가시가 돋친 회초리로 사정없이 그녀를 내리치던 매서운 말들.

아마 그녀가 독립하지 않았다면 평생 이어졌으리라. 유지수 역시 마찬가지였다. 어쩌다 타국에서 같은 외국인 학교를 다녔고, 짧은 시간이었지만 입 안의 혀처럼 달라붙는 지수의 살뜰함이, 비위를 맞춰주는 다정함이 좋았더랬다. 그것이 이리도 치명적인 독으로 다가올 줄이야. 그것도 평생…….

평생 벗어날 방법이 없다.

영원히 도망치거나 아예 모습을 감춰 버리지 않는 한, 벗어날 방법이 없는 것이다. 그녀를 감싼 추문으로부터, 아니 호시탐탐 그녀의 자리를 탐내고 그녀의 부모님 주변을 맴도는 지수에게서 벗어날 수가 없다. 지수는 결국 그녀를 제치고 그녀 부모님의 딸이 되고 싶은 것일까.

때문에 그녀 기준에서 변화를 꾀하기는 정말 어려운 상황이었고, 여기까지 정말 어렵게 왔다.

결국 최후의 방법으로 정면 승부를 택했지만, 상대를 잘못 골랐다는 생각이 들지 않았다면 거짓말이다. 여기까지 힘들게 왔지만, 냉정히 말해 그녀가 패배할 확률이 높았다. 떠들썩했던 대본 리딩 현장과 마찬가지로 지수는 그녀에게 망신 주기 위해서라면 못 할 일이 없을 테니.

역시 반전은 없는 걸까?

짧은 순간 수많은 생각들이 교차했다. 환영처럼 쿵쿵, 재촉하듯 지수가 잠근 화장실의 문을 두들기는 소리가 들려왔다.

여전히 승리감으로 번들거리는 눈빛으로 그녀를 굴복시킬 쾌감에 젖어 있는, 아무리 봐도 제정신이 아닌 것 같은 지수를 보면서 떠올렸다.

아니, 여기까지 온 자체가 반전이라고.

세연은 멈추지 않았다.

여기까지 온 이상, 자신은 이제껏 그래 왔듯 진 게 아니었다.

결심을 굳힌 세연은 이 순간에도 자신의 굴복을 기다리며 만면에 득의양양한 미소를 머금은 지수를 향해서 말했다.

"마음대로 해. 네 뜻대로 이간질을 하든, 물밑에서 음모를 꾸미든. 넌 지금껏 그래 왔잖아?"

그녀가 제발 그만두라고, 여기서 멈추겠다고 사정할 거라 예상했던 걸까.

세연의 침착한 대답에 지수의 얼굴이 보기 흉하게 일그러졌다. 아랑곳하지 않고 세연은 그동안 가슴 깊숙이 묻어 두었던 말을 바깥으로 끌어내 소리 내어 말했다.

"확실한 건 너한테 내가 잘못했다고, 한 번만 봐 달라고 사정하는 일은 절대 없을 거란 거야."

세연이 일갈하듯 싸늘하게 잘라 말하자, 쿵쿵 화장실 문을 두들기는 소리가 끊겼다. 조용해진 가운데, 지수가 갑자기 무섭게 그녀를 노려보았다. 커다래진 눈, 그사이 살기를 담아 노려보는 커다란 동공이 그녀의 시야에 들어왔다. 일순간 공포 영화의 한 장면 같은 분위기가 감돌았다. 지수가 그녀를 무섭게 노려보면서 말했다.

"끝까지 고집부리겠다 이거지? 하긴 일본에 있을 때도 넌 더럽게 말을 안 들었지. 그래, 고집대로 더는 떨어질 데 없는 비참한 데로 떨어져 봐. 소원대로 원 없이 짓밟아 줄게. 그래도 불쌍해서 드라마 시작하기 전에 한번 봐줄까 했더니."

지수가 웃으면서 말했다.

"세상에서 제일 비참하게 만들어 줄게. 네 소원대로 곧 그렇게 될 테니까. 말했지만 그때 가서 피눈물 흘려도 늦어. 다 네 고집대로 된 거니까."

그건 이루 말할 수 없이 효과적인 협박이었다.

역시나 지수였다. 꼭 그녀에게 달라붙어 기생하는 것처럼 너무도 그녀를 잘 알았다.

지금 역시 마찬가지였다.

지수가 샐쭉 그녀를 보면서 어쩌면 그녀의 잠재의식 속 본능적으로 두려워하는 미래를 이끌어 냈다.

'이제 드라마가 방영되고 반응이 안 좋으면…… 난 드라마의 악역으로 욕만 잔뜩 먹고 엉망이 된 이미지 속에서 더 이상은 사람들 속에 숨어서 살 수도 없고, 모든 건 지수가 원하는 대로 되겠지.'

세연은 담담하게 떠올렸다.

'부모님도 다시 볼 수 없고 더는 내 자리를 찾을 수도 없고 이대로 살아가게 되겠지. 더 비참하고 힘들어지겠지.'

앞으로의 날들은 애쓰지 않아도 훤히 떠올릴 수 있었다.

'세연아 어떡하니.'

아마도 울부짖을 엄마, 그리고 말로는 '괜찮다'라며 호탕하게 웃지만 아마도 다시는 그녀를 찾지 않을 아버지. 그녀를 버린 채 노골적으로 대놓고 지수를 아끼기 시작하리라. 해옥 고모는 그녀를 혼내느라 바쁘리라.

그 시커먼, 지금보다 두 배로 절망스럽고 암담하기까지 한 상황.

절로 눈앞에 보이는 미래에도 세연은 흔들리지 않았다. 아니, 어떻게든 굴하지 않으려 애썼다. 적어도 다른 사람이 아닌 지수가 보는 앞에서 사정없이 무너져 내리고 싶진 않았으니까.

세연은 욱신거리듯 눈가를 후려치는 듯한 매서운 감각 속에, 다음 순간 섬뜩하게 지수를 향해 내뱉었다.

"이건 말할 수 있어. 적어도 네 뜻대로 되지는 않을 거야. 호락호락 항복을 말하고 네가 원하는 대로, 잘못했다 애원하면서 널 만족시키는 일은 없을 테니까 그렇게 알아 둬."

세연은 시큰거리는 가슴속 통증을 가라앉히며 조용히 말했다.

"드라마가 끝날 때까지 난 널 괴롭힐 거야. 적어도 널 신경 쓰이게 할 수는 있겠지."

그녀가 선언하듯 조용히 말했을 때, 갑자기 뇌리에 무서우리만큼 뚜렷하게 새겨질 정도로 분해하는 지수의 얼굴이 시야에 들어왔다.

잘못 본 게 아니었다. 그 노골적인 악의와 살기를 담은 얼굴이 꼭 귀신처럼 보여 일순간이지만 흠칫했다.

그녀를 향한 저 끝없는 적의. 지수는 절대로 멈추지 않을 것이다. 피를 볼 때까지.

"네 뜻대로 되지는 않을 거야."

그럼에도 굴하지 않고 조용히 말하면서 그녀는 화장실 밖으로 걸어 나갔다. 그때 지수가 호호호 이를 갈면서 기분 나쁘게 비웃는 소리가 들려왔다.

"등신, 지랄하고 있네. 웃긴 년, 나중에 제발 한 번만 봐 달라고 애원하지 마. 내가 진심으로 말하는데, 뒤늦게 후회하지나 마라."

분명 들었다.

노골적인 악의, 그것도 오래된 해묵은 원한을 담아 정말 악귀처럼 말하는 지수의 말을.

순간적으로 빠르게 지나가는, 그러나 강하게 박히는 말들. 서서히 시간이 지나자 충격이 밀려들었다.

그럼에도 세연은 흔들리지 않았다. 이유는 간단했다. 여기서 물러나면 더는 갈 곳이 없기 때문이다.

전진밖에 할 수 없는 괴물이 된 기분이었다. 눈앞의 악귀와도 같은 유지수를 상대한다는 건.

이 순간 확실하게 깨달았다. 지수 같은 부류들은 그녀 역시 같은 부류가 되지 않으면, 아니 두세 배 더 독해지지 않으면 상대할 수 없다.

말 그대로 날뛰어서 두세 배로 짓밟아 주지 않는 이상엔 상대하는 자체가 불가능한 것이다.

"……."

잠시 세연은 화장실 문 앞에 자세를 튼 채 말없이 서 있었다. 조금은 어정쩡해 보이는 자세로. 꼭 본격적인 싸움에 뛰어들지 말지 잠시 고민하는 것처럼 보였다.

그러자 지수가 그 모습을 보며 매니저와 스타일리스트와 함께 킥킥대며 웃었다.

악마와도 같은 웃음소리가 들려오자, 세연은 고개를 돌려 짙은 아이라인 속 끈질기게 그녀를 괴롭히는 악귀와도 같은 그 눈을 향해 입을 열었다.

"그래, 세월이 많이 흘렀지."

그리고 나서 세연은 천천히 덧붙였다.

"끝까지 내 눈으로 똑똑히 봐 줄게."

이미 모든 마음을 굳힌 세연은 보란 듯이 미소 지으며 입가를 비틀어 올렸다.

"네가 말하는 등신에게 보란 듯이 패배하는 네 최후를."

第 49 幕

본격적으로 지수와의 승부의 서막이 올랐다.

비록 지수는 그녀와 연기 대결을 벌이는 것보다 카메라에 자기 모습이 어떻게 나오는지 촉각을 곤두세우는 것처럼 보였지만.

일단 드라마가 방영되고, 드라마 주연으로 자신의 미모가 사람들의 입에 오르내리고 회자되면 승리를 거둘 수 있다고 생각하는 걸까. 드라마의 연기는 그다음이었다.

어떻게 보면 참으로 그 애다운 사고방식이었다.

더 이상 톱스타의 자리에 올라가는 건 상관없다는 것처럼, 오로지 그녀를 이기기 위해 충혈된 눈으로 촬영장에서 광기까지 내보이던 지수. 지수는 늘 그녀에게 이기는 게 우선이었다. 연기로 깔아뭉개기 이전에, 그것이 뭐가 되었든 승기를 잡는 게 중요한 것이다.

이런 건 변함이 없어서 좋다고 생각해야 하는 걸까.

한편으로는 마음이 놓이면서도, 묵직한 부담감이 사라지지 않는 것도 사실이다. 목에 뭔가 걸린 것처럼 내내 거북했고 가끔은 피가 섞여

나올 때도 있었다. 그만큼 신경이 곤두서 있고 긴장을 풀 수 없었다.

물론 그녀 곁에는 기우가 있었지만, 달라질 건 없다. 어차피 승부의 주체는 그녀이니까. 여기까지 온 이상, 결국은 그녀 혼자 묵묵히 드높은 산을 올라가서 끝내야 할 혼자만의 여정이었다.

물론 알고 있다. 지수와 맞닥뜨리기까지 얼마나 힘들었던가. 여기 오기까지 너무나도 힘들었고 처음이자 마지막 기회인걸 안다. 한데 막상 촬영장의 분위기는 뜨거운 히터가 틀어진 것처럼 그녀가 통제할 수 없었다.

아니, 애초에 통제하는 게 가능하기는 한가?

불가능했다. 절대 그녀에게 유리한 판이 아니었다. 언제 어떤 변수가 생길지 모를뿐더러, 촬영장엔 그녀 말고도 수십 명의 스태프가 있다. 그 속에서 카메라가 그녀를 잡고 한 신, 한 신을 찍을 때마다 긴장을 놓지 못하고 신경을 곤두세워야 한다. 그뿐인가. 투숏으로 촬영을 할 때는 지수에게 밀리지 않기 위해 팽팽한 대결을 벌여야만 한다.

그녀가 등장하는 매 신마다 진심을 담아 연기해야, 그게 쌓이고 쌓여 드라마의 전체적인 평가를 이루게 될 것이기에.

"신 37에 2, 레디 고, 레디 액션!"

그 모든 걸 알면서도 정작 그녀가 촬영하는 차례가 오면, 마음처럼 눈앞의 상대에게 묵직한 펀치를 날리기가 쉽지가 않았다.

다신 오지 않을 기회라는 걸 알기에 최선을 다해 연기를 하지만, 매 순간 후회 없이 흡족하게 신을 찍고 마무리하는 게 아니었다. 자신은 펀치를 날렸다고 생각하지만, 그저 그런 자잘한 잽만 이어지는 것 같은 느낌이 들어서 만족스럽지가 않은 것이리라.

오늘 또한 긴장된 촬영 현장이 이어졌다.

"어머, 엄마. 외할머니랑 언제 나갔다 오신 거예요? 제가 같이 따라가서 장바구니 들고 오려고 했는데. 무거울 텐데, 힘들지 않으셨어요?"

고개를 돌리면 대낮같이 환한 조명 속에서 지수가 예의 청순한 눈웃음을 짓고 있다.

"호호."

자기 촬영 차례를 기다리며 세연은 흘낏 시선을 주었다. 왜 어제도 본 장면 같지?

극 중 어머니와 외할머니 역할을 맡고 있는 중견 탤런트 윤민자를 웃으면서 맞이하는 장면이 계속해서 끝나지 않는 데자뷔처럼 느껴졌다. 세연은 잠시 흘낏 시선을 던지다가 말없이 팔짱을 꼈다.

'벌써부터 지치면 곤란하니까.'

무엇보다 지수와 투샷촬영을 아직 찍지도 못했다.

게다가 묘하게 신경을 긁는 것이 있었다.

딱 꼬집어 말할 순 없었지만 미세하게 신경을 긁는, 마음에 걸리는 것들. 정확히 말한다면, 눈앞의 이들이 신경 쓰인다고 해야 할 것이다.

시작은 역시 지수와 절친한 중견 탤런트들이었다.

위잉, 분장실에서 자주 쓰곤 하던 미니 선풍기를 손에 쥔 채로 윤민자가 먼저 포문을 열었다.

"우리가 경력이 몇 년이야. 어우, 쟤는 선배를 볼 때마다 깍듯하게 인사도 할 줄 모르고 살갑지도 않은 것이 보기가 거슬려."

"인사는 잘하지. 우리 만날 때마다 인사는 잘해. 아까도 복도에서 마주치니까 '선배님 안녕하세요.' 하고 구십 도로 인사는 하잖아. 그런데 사람이 정이 안 가서 문제야. 정감이 가야지."

톡톡, 대기실에서 새빨간 매니큐어를 손톱에 칠하던 지성화가 아무렇지 않게 내뱉었다.

"그렇잖아? 만나는 사람들이 좀 많아? 만나는 사람마다 다 죽이 잘 맞으면 좋겠지만, 그렇지가 않잖아. 만날 때마다 살갑게 잘하는 지수랑 다르게 마음이 안 가서 문제지."

"어우, 몰라. 난 처음 봤을 때부터 재만 보면 거슬려."

옆에서 윤민자가 항상 목에 좋다고 드라마 출연진들에게 자랑하던 꿀을 넣은 도라지 차를 보온병에서 꺼냈다. 그러고는 카랑카랑한 목소리로 말했다.

"표정부터 왠지 모르게 맘에 안 들더라고. 지수랑 다르게 말수도 많지 않고. 지수는 우리 만날 때마다 재잘재잘 얼마나 살갑게 수다를 떠는지, 절로 잘해 주고 싶다니까. 그리고 가수 출신들이 연기한다고 들어오는 것도 솔직히 탐탁잖아. 그렇잖아?"

그러더니 둘은 뭐라뭐라 소곤대듯 작게 말을 주고받았다. 이윽고 지성화가 고개를 끄덕이더니 덧붙이는 소리가 작게 덧붙였다.

"지수가 전화를 걸어 왔더라고. 그래서…… 내가 전에…… 얘기했잖아. 그렇게 됐어. 아이 아빠도 그렇고 사정이 안 좋아서."

"그래?"

대수롭지 않게 말을 받으며 도라지 차를 마시던 윤민자가 생각났다는 듯 덧붙였다. 카랑카랑한 목소리로 자랑하듯 말했다.

"내가 이거 아무나 안 주잖아. 촬영장에 가지고 와도 스태프랑 조연출이랑 아무도 안 주는데, 아끼는 도라지 차를 지수는 내가 마시라고 줬다니까, 호호."

윤민자가 고개를 끄덕이며 꼭 자신의 감정에 도취된 듯한 소리가 뚜렷하게 들려왔다.

"지수가 어리광 부리듯이 말하는 것도 귀엽고 너무 정감이 가. 얼마나 날 잘 챙겨 주는지 절로 잘해 주고 싶다니까. 내가 주말엔 회원제인 골프 클럽 가서 라운딩을 한다니까 골프채까지 주더라니까. 일본에서 사 온 거래."

"그래? 걔가 정말 선배한테 잘해 주고 싶은가 보다. 엄마도 없다면서. 전에 대기실에서 살짝 말하던데. 눈에 글썽글썽 눈물까지 보이면서 '선배님, 제가 얼마나 외로운지 모르시죠.'이랬잖아."

"얼마나 짠해. 내가 더 잘해 줘야지."

그 뒤로도 숨죽인 대화가 이어졌다.

뭐가 그리 즐거운지 깔깔대면서 때로는 심각하게, 때로는 웃긴다는 듯이 끝없이 선배들이 대화를 나눈다. 세연은 꼼짝하지 않았다.

이상하게 움직일 수가 없었다.

꼭 온몸이 얼어붙은 것 같았다. 매서운 나뭇가지가 사정없이 몸을 후려치는 것처럼 일순간 느껴지는 악의에, 그녀를 미워하는 마음에 절로 전율했다.

감상에 빠져들지 않으려고 했지만, 평소에도 혼자 나약한 감정에 빠져 허우적거리는 것을 경계해 왔지만, 짧은 순간 어쩔 수 없이 서글픈 기분이 드는 것은 어쩔 수 없었다.

쿵쿵, 다시금 가파르게 심장이 뛰었다.

하지만 세연은 어쩔 수 없는 일이라고 생각하기로 했다.

어쩌겠는가. 자신이 어떻게 반응하든 달라지거나 바뀌는 것은 없을 텐데.

얼어붙었던 것도 잠시, 세연은 다 마신 커피를 가차 없이 쓰레기통에 버렸다.

'윤민자와 지성화가 대선배 연기자이지만 존경할 만한 인격을 가진 사람들인가?'

대답은 바로 나왔다.

세연은 처음 보았을 때부터 그녀를 마음에 들어 하지 않고 험담해 대는 이들 때문에 어렵게 올라온 이 순간을 허비하고 싶지 않았다. 게다가 계속 유심히 지켜봤지만, 윤민자와 지성화는 진심으로 그녀가 마음을 열고 다가가도 경계하거나 귀찮다고 짜증을 낼 뿐, 입 안의 혀처럼 살뜰하게 구는 지수를 더 좋아하는 것 같으니까.

일본에서였다면, 그때는 어렸으니까 어쩌면 밤에 눈물로 베개를 적셨을지도 모르겠다. 하지만 지금은 신경 쓸 게 너무 많아서 굳이 일일이 모든 주위 상황에 대해 반응하고 싶지 않았다.

비록 대선배 연기자인 윤민자와 지성화가 자신을 싫어하는 것이 마음 쓰라리고 아프긴 했지만, 그녀에겐 보다 중요한 일이 남아 있었다.

그래서 세연은 돌아보지 않고 촬영장을 향해 꿋꿋하게 몸을 돌렸다.

"세연 씨, 이미 리허설을 하긴 했지만 오늘 촬영할 장면은 음, 좀 격한 장면인데 정말 괜찮겠어요? 과격해서 안 좋은 반응이 나올 수도 있어요. 조금 시끄러울 수도 있을 것 같은데, 정말 괜찮겠어요?"

신중하리만큼 차분한 어조. 조심스레 묻는 감독의 안경 속 눈이 그녀에게 향해 있었다.

촬영 중간중간, 과격한 장면이 나올 때마다 혹시나 악플이 많이 달릴지도 모르는데 정말 괜찮을까, 걱정스러워하는 기색이 읽힌다.

이 순간 그녀에게로 와서 쏠리는 시선을 느끼면서, 카메라 앞에 선 세연은 조심스레 고개를 끄덕끄덕했다. 그러고는 고개를 들고 차분히 힘주어 말했다.

"저는, 괜찮아요. 그러니 염려하지 마시고 계속 쭉 스케줄대로 하시면 돼요."

어찌 됐든 여기까지 왔다. 그녀가 할 수 있는 최선을 다해야 한다. 날것 그대로 기우와 맞부딪쳐 결국 결론을 본 것처럼, 그녀의 모든 걸 다해 끝을 봐야만 한다. 그것이 비록 그녀에겐 창대한 성공이나 피할 수 없는 파멸을 가져다줄지라도. 어떻게든 감독의 우려를 씻어 주기 위해, 잠긴 목소리로 낮게 말하면서 세연은 보란 듯이 허리를 폈다.

이미 리허설도 마친 후였다.

잘할 수 있을 것이다. 아니, 실패 없이 잘 해내야만 했다.

그러고는 곧바로 다음 타이밍에 집중했다. 잠깐의 틈도 놓치지 않고 눈 깜짝할 새에 치고 들어가듯 전진했다.

바로 좀 전까지 차분하게 말한 것이 믿기지 않을 만큼, 다음 순간 세연은 사납게 날뛰듯이 앞으로 나아갔다.

쨍그랑.

조명을 받아 화려하게 반짝이는 촬영장의 세트 가구들. 그 사이로 찬란한 빛을 뿜어내던 도자기가 실로 눈 깜짝할 새에 깨뜨려졌다.

쨍그랑, 생각보다 소리가 크게 나며 도자기가 깨졌지만, 세연은 머뭇거림 없이 협탁 옆에 놓인 장식용 도자기를 또다시 번쩍 집어 들었다. 그러고는 인정사정없이 장식용 도자기를 사납게 집어 던졌다.

와장창.

벽으로 집어 던진 커다란 도자기는 순식간에 산산조각이 났다. 무서우리만큼 부서져 파편이 튀는 가운데, 감독이 만족스러워하며 오케이 컷 사인을 내렸다.

"하아……."

세연은 가쁜 숨을 내쉬며 천천히 숨을 골랐다. 그제야 주변의 모든 것들이 하나둘씩 눈에 들어오기 시작했다.

웅성거리는 스태프들, 그녀를 잡고 있는 카메라와 변함없는 모니터 화면, 흘낏흘낏 그녀에게 멎는 카메라맨들의 시선과 반사판과 조명, 그리고 보조 출연자들의 시선.

촬영장에 있던 이들이 말 그대로 입을 떡 벌리고 그녀를 쳐다보고 있었다.

꼭 그녀 혼자만 낯선 세계에 동떨어져, 이상한 나라의 앨리스가 된 기분. 순간적으로 정신을 혼미하게 만드는 무더운 히터의 김이 일제히 꺼져 버리고, 침묵과 당황에 물든 이들의 낯선 시선 속에서 그녀만 이방인이 된 기분. 그 예외 없는 익숙한 기시감에 세연은 고개를 저었다.

'그래, 나 혼자 떨어져도 내가 맡은 책임만 완수하면 돼.'
세연은 스스로를 북돋우듯 맹세를 다졌다.
다른 생각은 이제 안 한다. 나는 앞으로 대본 속 인물인 다영이 된다. 다영이 된다. 세연은 천천히 허리를 쭉 폈다. 촬영장에 흐르는 적막 속에서, 보란 듯이 혼자 버티고 선 그녀의 고요한 눈길은 차갑게 불을 뿜는 듯했다.
일순간의 정적.
"아직 안 끝났는데."
정적 속에 이윽고 그녀는 낮게 혼잣말했다.
이제부터 시작이니까.
그때, 그런 그녀의 결심에 제동을 걸듯 날카로운 목소리가 들려왔다.
"어우, 진짜 시끄러워!"
"시끄러워 못 견디겠어. 아무리 촬영이라도 그렇지, 뭘 저렇게 물건을 계속 깨뜨려."
고개를 돌려 보자, 윤민자와 지성화였다. 두 사람이 계속 세연의 신경을 긁어 댔다. 주변을 의식하듯 한 옥타브 낮게 말했지만, 과장스런 음성이라 아주 잘 들렸다.
"쟤 계속 보니 안 되겠어! 아주 상습이네, 상습."
"시끄러워 죽겠네."
귓가에 파고드는, 가시처럼 날을 세운 그 말이 어쩔 수 없이 아프다.
애써 모든 것을 떨치고 집중했는데. 오롯이 대본 속 인물이 되어 아주 잠깐이라도 그녀의 모든 것을 불태워 시원하게 발산하듯 카타르시스가 찾아왔는데. 하지만 제동을 걸듯 번번이 들려오는 그들의 소리에 찬물을 맞는 기분이었다. 기분이 좋아질 만하면 찬물을 끼얹듯 그녀의 연기에 제동을 걸고 주저앉히는 느낌이 들었다.
그녀가 앞으로 나아가려 할 때마다 소극적으로 조심스럽게, 살얼음

판을 걷듯 눈치를 보게 만드는 말들.
"안녕하세요, 선배님!"
그럼에도 세연은 주저앉아 우는 대신 보란 듯이 소리 내어 인사했다. 그러자 표독스런 윤민자와 지성화의 시선이 느껴졌다.
"제 연기 봐 주셔서 감사합니다."
그러고는 굴하지 않고 깍듯하게 구십 도로 허리 굽혀 인사를 한 뒤, 그들만큼이나 냉하고 쌀쌀한 얼굴로 지성화와 윤민자를 홱 스쳐 지나갔다.

공교롭게도 다음 신 역시 떠나가라 소리를 질러 대는 장면이었다.
연달아 깨부수고 악을 쓰는 장면이 이어지니, 단단히 각오는 하고 나왔지만 결코 편하지만은 않았다.
게다가 살인적으로 촬영 스케줄이 이어지니, 침잠하듯 서서히 기분이 가라앉는 것은 어쩔 수 없었다.
거듭된 밤샘에 눈가엔 다크서클이 짙게 내려앉았다. 시간이 흐를수록 서서히 폐인이 되어 가는 기분이 들었다.
이럴수록 바짝 정신을 차려야겠다는 생각에 세연은 마음을 가라앉혔다. 촬영만 아니면 진짜 정신이 번쩍 들 정도로 찬물로 세수를 하고 싶은 기분이었다. 그러면 차라리 더욱 집중이 될지도 모르는데.
"……."
세연은 흘낏 고개를 돌렸다.
그러자 메이크업 담당과 스타일리스트에게 둘러싸여 있던 지수가 예의 매서운 눈빛으로 그녀를 쏘아보았다. 변함없는 그 모습에 피식 웃음이 나왔다.
눈이 마주치자 꼭 짐승의 본능을 숨기지 못하듯 매섭게 치켜 올라가는 지수의 눈매에, 역시나라는 생각이 들어 자신도 모르게 피식 웃음이 나왔다. 그러자 지수가 더 험악한 표정으로 세연에게 들으라는 듯 중얼거렸다.

「죽여 버릴까? 저년, 짜증 나. 흠씬 두들겨 패 주고 싶다.」

일본어로 빠르게 중얼거려서 다른 스태프들은 무슨 소리인가 눈을 깜빡였지만, 세연은 분명하게 알아들었다.

그때도 학급 내의 불량스러운 패거리들을 이간질해 결국 그녀를 다치게 하더니. 일본에서의 그 버릇을 아직 버리지 못한 것 같아 세연은 자신도 모르게 고개를 저으며 낮게 혀를 찼다.

무엇보다 그녀의 착각이 아니었다. 지금 그녀는 지수와 싸우고 있었다.

눈빛이 마주치자, 그 사실이 기민하게 감지된다.

놓칠세라 샅샅이 그녀를 말없이 탐색하는 지수의 시선이 느껴진다. 이 순간에도 숨 막히게 그녀를 의식하고 있다.

지금은 누가 봐도 우아한 미니시리즈의 여주인공임에도, 타고난 자기 본성을 숨기지 못하는 걸까. 꼭 일정한 시간에 종이 울리면 참을 수 없는 배고픔에 침을 흘리는 파블로프의 개처럼, 평소엔 억누르고 있다가 어떤 계기가 생기면 반사적으로 튀어나오는 걸까. 그 계기가 그녀인 것은 자명했다. 지금 그녀를 보는 지수의 싸늘한 눈빛이 그 사실을 증명했다. 평소에 청순하고 우아한 모습만을 보이려는 지수가 그녀를 향한 적의 어린 눈빛을 숨기지 못했다.

"……."

다시금 그녀와 눈이 마주치자 의식적으로라도 생글생글 웃는 얼굴 대신, 얼핏얼핏 날것과도 같은 눈빛이 비쳐 보였다.

동시에 세연은 소리 없이 떠올렸다.

'나만 보는 건가? 아무리 짧은 순간 스쳐 가듯 저 애가 표정을 바꾼다지만, 나만 왜 저 애의 눈빛에서 날것 그대로의 욕망을 느끼는 걸

까? 다른 사람들은 느끼지 못하는 걸까?'

그 날것 그대로의 눈빛과 마주하자 쭈뼛, 머리끝이 곤두섰다. 본능적인 반응이었다. 자연스레 등줄기에 소름이 돋았다.

촬영장에서 아무리 억누르려고 해도 인간인 이상, 노골적인 저 눈을 보자 초연할 수가 없었다.

세영 VS 지수.

무엇보다 일본 웹상에서도 엄연히 존재하는 흔적. 지난 5년, 그녀의 존재를 갈기갈기 찢다시피 해 놓고 지금 방송국에 우아하게 앉아 있는 그 모습을 보자, 어쩔 수 없이 그녀의 참고 억눌렀던 분노가 자극됐다.

그래, 촬영이 아직 끝나지 않았으니, 어떻게든 보여 주어야겠지. 적어도 단 한 순간이라도 너와 정면 승부를 벌여서 한 번이라도 반격을 가한다면, 내가 살아 있다는 생생한 실감을 받을 수 있겠지.

이 순간만큼은 그녀의 머릿속에 영혼처럼 아로새겨진 기우가 사라지고 세계가 사라진다.

그리고 고독하게 그녀만 남아 유지수를 상대하는 느낌.

실상 이 순간을 위해서 지금껏 오지 않았는가.

그것만큼은 자명했다.

오로지 그 한 순간을 위해서 간다고 생각하며 세연은 몸을 일으켰다.

무엇보다 촬영은 아직 끝나지 않았다.

사람들의 시선을 피하지 않듯, 우아하게 허리를 곧추세우고 대본을 들고선 다시금 촬영장으로 향했다.

계속 이렇게 촬영이 지속되다가 어느 순간 허무하게 끝나 버리는 게 아닐까 생각할 즈음, 변화가 찾아왔다.

바로 지수와 맞붙는 투샷촬영이 이어진 것이다.

내심 기다려 왔던 순간이었다. 너무도 고대하던 순간이라 오히려 느리게 찾아온 느낌이었고 환희를 만끽할 새도 없었다.

적어도 촬영하며 지수와 맞붙는 그 순간만큼은 세연은 승부에 충실했다.

카메라의 빨간 불이 들어왔다. 세트장 안에 있던 드라마 스태프들과 주조연을 비롯한 출연진들이 숨을 죽인 가운데, 이윽고 서서히 카메라가 그녀와 지수를 잡았다. 긴장된 분위기 속에 김 감독이 큐 사인을 주자, 지수가 먼저 대사를 했다.

"난 언니한테 항상 잘하려고 노력했어. 물론 언니가 나랑 엄마를 많이 힘들게 한 건 사실이지만, 그래도 내 언니라는 사실은 변함없으니까."

또랑또랑한 음성.

작정하고 대사를 치자, 연기자로서의 지수의 발성은 나쁘지 않았다. 진지하게 연기로 파고들면, 세연도 꽤 고전할 정도로. 확실히 만만한 상대가 아니었다.

무엇보다 자신은 제대로 연기 해 본 적이 없는 초짜였고 한국에 돌아온 지수는 쭉 연기를 해 온 경력이 있었다. 확실히 경험에선 그녀가 밀렸다.

지금 역시 지수가 작정하고 연기에 몰입하자, 드라마 출연진들이 눈을 크게 뜨고 의외라는 반응을 보였다. 카메라가 돌아가는 가운데, 의기양양해진 지수가 기세를 몰아 다음 대사를 했다.

"하지만 언니, 무슨 일이 있어도 이건 알아줘. 엄마랑 내가 항상 언니를 생각한다는 거."

애처로울 정도로 흐느끼는 음성이었다.

눈에는 언제 맺혔나 싶게 물기가 고여 있었다. 세연이 여전히 눈을 크게 뜨고 보는 가운데, 지수는 어느새 충혈된 붉은 눈으로 눈물을 글썽였고 속삭이듯이 말하며 대사를 덧붙였다.

"잊지 마, 언니. 나도 사랑해."

곱고 단아하고, 그것도 모자라 진심으로 호소하는 듯한 어조였다. 세연은 말없이 서서, 절로 피를 들끓게 하는 천연덕스런 지수의 연기에 자신도 모르게 서늘한 시선을 던졌다. 각오는 했지만 막상 눈앞에 있는 지수를 보면 자연스럽게 지난 일들이 떠오르면서 마음이 화염처럼 뜨겁게 들끓었다.

심상치 않은 분위기를 내뿜는 그녀를 다른 사람들 역시 느끼지 않을 리가 없었다. 세트 안에 있던 조연출을 비롯해, 미술, 조명, 카메라 등 제작진들이 흘낏 쳐다보았다.

그럼에도 눈앞의 지수는 연기에 한껏 몰입해 있었다.

마지막에 외모 강박증을 완전히 버리지 못하고 생각났다는 것처럼 손을 들어 머리를 매만지지 않았더라면 완벽한 마무리였다.

"어쩜."

그 광경을 지켜보던 세트장 안의 이들에게서 낮은 탄성이 흘러나왔다. 촬영장 안에서 그 모습을 동요 없이 지켜보는 건 세연이 유일했다.

정적이 흘렀다. 이제 세연이 들어갈 차례였다.

감독이 눈짓을 하자, 기다렸다는 듯이 거짓말처럼 각도까지 맞춰 눈물을 흘리는 지수를 차갑게 바라보던 세연은 마침내 대사를 내뱉었다.

"참 가식적이네."

순간 촬영장 안은 찬물을 끼얹은 것처럼 조용해졌다.

자극적인 대사와 다르게 세연의 착 가라앉은 음성은 촬영장에 일제히 동요를 몰고 왔다.

그녀를 보는 스태프들의 시선.

분명 촬영 중인 것을 알면서도 그녀의 진심을 담은 말에, 이게 정말 세연이 대사를 말하는 건지 아니면 정말 지수의 연기가 마음에 들지 않아서 공격하는 건지 모르겠다는 표정으로 모두가 흘깃 쳐다봤다.

그런 이들을 향해서 들으란 듯 세연은 다음 포문을 열었다.
"넌 항상 착하게 보이고 싶지? 그 어떤 때에도, 그 어떤 장소에서도 사람들 앞에서 대접받는 것만 중요하지? 안 그래? 내 마음 너덜너덜해지는 건 상관없이 너랑 엄마는 사람들 앞에서 듣기 좋은 말만 골라서 하잖아. 정작 날 너덜너덜 상처 주는 그 말을!"
'참 가식적이다'라는 말에 지수는 긴장한 기색이 역력했다. 매섭게 눈이 치켜 올라가고 그녀를 노려보다가, 막상 세연이 대본의 대사만 이어 가자 표정이 변했다. 세연이 반격을 하지 않고 대사만 계속하자, 비웃음이 입가에 어렸다. 역시 별거 없다고, 방심해도 되겠다는 표정이 순간적으로 스쳐 갔다.
그럼에도 지수는 만만한 상대가 아니었다. 카메라가 향하자, 다시금 기다렸다는 것처럼 반짝이는 눈물을 한 방울 떨어뜨리더니 절로 보호 본능을 일으키는 가냘픈 목소리로 대사를 쳤다.
"왜 그래? 언니, 나와 엄마는 항상 언니만 생각하는 거 알잖아. 비록 언니는 서운해할지 몰라도 엄마랑 나는 언니를 뒤로 제쳐 놓은 적 없어."
그 억울해하고 슬퍼하는, 애절한 음성이 귓가를 잡아끌었다.
지수 역시 사람들의 반응을 모니터하는 게 분명했다.
분명 방글방글 웃는 얼굴은 곱고 연기 역시 나무랄 데 없지만, 작위적이고 가식적이라는 사람들의 평을 의식해서일까. 지수가 너무 예쁘기만 한 대사는 피하듯 다시금 덧붙였다.
"언니가 안 믿을지 몰라도 이건 진심이야. 이것만큼은 확실하게 말할 수 있어."
오히려 세연은 힘을 뺀 어조로 조용히 되물었다.
"정말 그럴까? 궁금해지네."
느릿느릿한 어조가 촬영장에 울려 퍼지자, 사람들은 왜 그녀가 불꽃 튀는 연기 대결을 펼치지 않는지 궁금해하는 표정이 되었다.

동시에 소리 없이 눈물 연기를 펼치던 지수가 고개를 돌려, 떨리는 음성으로 호소했다.

“제발, 언니. 나와 엄마를 믿어 줘. 우린 한 번도 언니를 제쳐 놓은 적 없어.”

누구라도 깜빡 속아 넘어갈 정도로 간곡히 호소하는 목소리. 안쓰럽기 그지없는, 울먹이며 부들부들 떨고 있는.

카메라가 놓칠세라 그런 지수의 가냘픈 모습을 잡고 있었다. 세연은 그런 지수에게 말없이 시선을 주었다.

그다음 순간이었다. 촬영장에 싸한 정적이 흐르는 가운데, 세연이 조용히 입을 열었다.

“나 때문에 그렇게 힘들었니? 언니가 미안해, 나은아. 그러니 마지막 기회를 줘. 지금까지 내가 잘못한 걸 알아. 하지만 엄마랑 네가 없으면 안 되니까 언니한테 제발 마지막 기회를 주지 않겠니. 내가 잘할게.”

느릿느릿한 그녀의 목소리가 울려 퍼지자 감독은 당황한 기색이 역력했다. 지수와 맞붙는 투샷촬영에서 불꽃 튀는 연기 대결을 벌여야 하는데, 정작 독백하는 장면이나 투샷촬영이 아닐 때는 과감하고도 거침없는 연기를 보여 주던 세연이 막상 지수와 카메라에 잡힐 때 힘을 뺀 연기를 이어 가자 고개를 가로저었다.

그럼에도 세연은 물러서지 않았다. 그녀는 여전히 과장스럽거나 힘이 들어간 대사가 아닌 담담한 어조로 대사를 했다.

“내겐 가족이 전부야. 그러니 내게 기회를 줘. 언니가 진짜 잘할게, 나은아.”

순간 웅성거림과 함께 촬영장에 눈에 띄게 동요가 일었다.

“지수가 연기 더 잘하는데.”

“저쪽은 너무 내추럴한데. 그냥 생활 연기야.”

지수와의 연기 대결에서 빠질 수 없는 투샷촬영. 어떻게든 지수를 누르고 이기려고 안간힘을 쓰는 대신, 세연이 택한 것은 몸에 힘을 빼는 것이었다. 그러자 맞은편에 서 있던 지수가 시시하다는 표정을 지었다.

분명히 보았다.

그럼에도 세연은 모두의 시선 속에 개의치 않고 힘을 쫙 뺀 채 극중 대사를 이어 갔다.

“뭐 하고 있어? 나은아. 내 말이 맞는지 틀린지 물어보고 있잖아. 대답 안 해 줄 거야?”

살얼음판 같은 촬영장 분위기 속에서도 굴하지 않듯 대답을 재촉하는 세연은 여전히 입가에 여유로운 미소를 짓고 있었다. 꼭 그간 당한 것을 되갚아 주는 것인 양, 그렇게 여유로웠다. 아니, 그 누구보다 행복한 웃음을 지었다. 이 팽팽한 긴장의 순간, 세연은 소리 없이 머릿속에 떠올렸다.

이 상황에서 이러한 느낌을 받는다는 게 우습지만, 행복한 게 사실이었다. 여기까지 와서 지수의 살기 어린 눈빛과 마주하자, 생각이 달라졌다. 이제껏 잔뜩 긴장하고 마음 졸였던 게 무의미하단 생각이 들었다. 그녀는 보이지 않는 치열한 전쟁을 거쳐 이 자리까지 왔고, 마침내 지수와 맞붙었다. 비록 파멸한다고 해도 이 순간만큼은 달콤하리라.

“……!”

그 믿기지 않는 여유로운 미소에 서서히 지수의 표정이 변했다. 계속 힘을 쫙 뺀 세연의 연기에 촬영진들이 어이없다는 듯 고개를 젓거나 또는 멍한 표정으로 보고 있을 때, 지수의 입이 열렸다.

“어떻게 생각하냐고?”

이어지는 투숏. 그런 그들을 놓칠세라 촬영장에 있는 ENG 카메라가 계속해서 그들을 잡는 가운데, 마침내 지수의 표정이 변했다.

ENG 카메라는 놓칠세라 그런 지수를 집요하게 미디엄 샷으로 잡았다. 클로즈업된 화면 속, 항상 방글방글 웃던 지수의 얼굴에서 웃음이 사라지고 일순간 싸늘한 빛이 감돌았다. 눈은 마치 다른 사람처럼 날카로운 빛을 띠었다. 마침내 지수가 입을 열었다. 지수의 목소리는 누가 들어도 카랑카랑, 날카로웠다.

"언니, 엄마랑 나는 항상 언니만 생각했어. 그걸 잊지 마."

마침내 지수가 무섭게 그녀를 노려보면서 또박또박 답했다.

"언니는 자기밖에 모르지? 자기밖에 생각 못 하지? 엄마랑 내가 항상 웃고 있으니까 속이 편한 줄 알지? 엄마랑 맛있는 걸 먹으면서도 항상 언니가 마음에 걸려서 신경이 쓰였고 우리끼리 웃으면서도 마음이 불편한 기분이었어. 내내 그 불편한 감각이 사라지지 않았다고. 나한테 꼭 이런 말까지 끌어내야지 속이 시원해?"

"컷! 컷!"

순간적인 세연의 도발에 날카로운 발톱을 드러내듯 지수가 날을 세워 대사를 하자, 그 광경을 유심히 뚫어져라 보던 고준우 감독이 컷을 외쳤다.

급작스레 암전되듯 촬영 종료가 찾아왔다.

매번 섬세한 디렉팅, 배우들의 호흡이 끊기는 걸 바라지 않는다는 듯, 쉽사리 컷을 외치지 않던 감독이, 두 사람이 본격적으로 날을 세우자 황급히 컷을 외쳤다.

웅성웅성.

여전히 촬영장 안의 이들이 당황한 얼굴로 두 사람에게 시선을 던지는 가운데, 카메라의 불이 꺼져도 지수와 세연은 서로를 보고 있었다.

한창 기세가 올라가고 있었는데, 좀 더 속도를 낼 수 있다는 생각이 들었는데, 갑자기 필름이 딱 잘리듯 끊겨 버렸다. 그리고 찾아온 암전.

갑작스레 뚝 끊기듯 촬영이 끝난 다음에도, 세연의 머릿속에서는 한 가지 생각밖에 없었다.

'어떻게든 지금 이 감각을 잊어버리지 않으려면 지금 당장 촬영을 해야 하는데.'

혹시나 대사를 잊어버릴까 봐 신경이 곤두섰다. 이제야 습득한, 손에 잡힌 지금의 감각이 혹여나 사라질세라 절로 마음이 급해진다.

말 그대로 여기까지 어떻게 왔는데 초연해질 수 있을까. 그녀는 아직 그런 경지에까지는 이르지 못했다. 무엇보다 아직도 쿡쿡 눈이 쑤시는 것 같은 예민한 감각이 느껴질 때가 있다. 그럴 때는 겉으로는 내색하지 않았지만 미쳐 버릴 것 같은 느낌이 들었다. 순간적으로 새하얗게 머리가 탈색되는 것 같은 공포에, 크게 소리를 지르지 않는 게 신기할 정도였다. 금세라도 눈이 보이지 않을 것 같은 공포심이 완전히 사라지지 않았던 것이다.

아직도 완전히 회복되지 않았는데, 지수를 아무 일 없었던 것처럼 보는 건 불가능했다. 세연은 고개를 저었다.

'설령 지수를 이긴다고 해도 이 공포심은 완전히 회복되지 않아. 그래도 살아가야 돼……. 멈출 수 없다면 어떻게든 걸어가야 돼. 안 그러면 항상 날 탐욕스레 노리는, 지겹기까지 한 실패란 운명에 송두리째 먹힐 테니까.'

어떻게든 걸어가야만 했다. 결론은 변하지 않는다.

머뭇거리면서 멈춰 서는 순간, 끝난다.

– 세연아! 빨리 다녀오지 못해?

언제였던가. 오타루에 있을 때도 그랬었다. 엄마 심부름으로 운하길을 걸어갔을 때, 주변은 온통 하얀 눈발에 잠겨 있었다. 뽀드득. 설상가상으로 미끄러운 신발을 신어 이러지도 저러지도 못하고 울상인 얼굴로 돌아보았을 때, 시야에 들어온 건 냉담한 엄마의 얼굴이었다.

그때 엄마는 왜 내게 화를 냈을까? 시간이 오래 흘러 기억나지 않는다. 그때 어린 세연은 눈물을 글썽였다.

– 엄마, 그냥 돌아가면 안 돼요? 신발이 젖었고 길이 너무 미끄러운데. 아무래도 못 갈 것 같아요.

어린 그녀는 처음으로 엄마에게 못 가겠다 호소했다. 침묵이 흐르고 어린 딸의 울먹거림에 라은이 화가 나 붉어진 얼굴로 외쳐 댔다.

– 빨리 심부름 다녀오지 않으면 엄마 가만 안 있을 거야! 가만 안 둘 거야! 알겠지? 쭉 그 길로 걸어가! 어서.

인정사정없이 재촉하는 엄마의 성난 얼굴을 보았을 때 깨달았다. 더 이상은 돌아갈 수 없다는 걸. 돌아갈 수도, 뒤로 되돌릴 수도 없을 때, 자신에게 주어진 건 오로지 앞만 보고 걸어가는 것만 남았다는 것을 아이는 본능적으로 깨우쳤다. 그 무정하리만큼 새하얗게 흩날리는 눈발 속에서 깨달았던 것 같다. 왜 그때의 기억이 지금 와서 떠오를까? 얼어붙었던 오타루의 길이, 무자비하리만큼 재촉하던 엄마의 모습이 머릿속을 떠나지 않을까? 세월이 흘러도 그녀가 처한 환경이, 그녀가 걸어가는 인생이 크게 달라진 게 없다는 반증일 것이다.

'그때나 지금이나 변한 건 없어. 쭉 멈추지 않고 걸어가야 돼. 맞붙어야 돼.'

그렇게 숨을 쉬는 것처럼 본능적으로, 다시금 지수와의 투샷촬영 장면을 고대하고 내내 기다렸다.

"이거 다 찍고 야외 촬영해야 되니까 세팅 서둘러."

"미술팀, 빨리 불러."

바쁜 드라마 촬영 현장의 북적거림 속에서 그녀가 할 수 있는 건 기다리는 일뿐이었다. 촬영 때 익힌 감각이 혹여 사라져 버릴까 불안해하면서도, 지수와 촬영에서 다시 맞붙을 순간을 본능적으로 염원했다. 그리고 마침내 촬영이 재개되었다.

"레디 액션!"

"그러니까 네가 원하는 게 뭔데?"

감독의 큐 사인이 떨어지자 곧바로 지수가 민낯을 드러내듯 사나운 눈빛을 번뜩였다. 지금 역시 감독이 신호를 보내는 가운데, 세연은 느리게 시선을 고정했다. 시청자들은 의외로 예리해서 카메라에 잡히는 미세한 부분까지도 놓치지 않고 알아차리기 마련이다. 게다가 지수와 자신이 어떤 사이던가. 그녀가 원하지 않던 악연으로 얽혀, 본의 아니게 머리부터 발끝까지 지수에 대해 잘 알고 있는 세연이었다. 지수 역시 다르지 않을 것이다. 그러기에 지수 역시 표독스러운 면모를 유감없이 내비칠 수 있는 것이리라. 실상 서로 너무나 잘 알기에 더 이상의 탐색 역시 불필요했다. 지금 역시 지수가 잡아먹을 듯 그녀를 노려보며 대사를 쳤다.

"솔직히 이제 좀 지쳐! 엄마도 그렇고 나도 항상 언니를 배려하고 잘해 주려고 노력했어. 그런데 말끝마다 공격해 오고 언니가 우리를 이렇게 슬프게 하면…… 이렇게 말끝마다 가시를 세우는 언니를 우리가 언제까지 챙겨 줘야 해?"

독을 품은 어조였다. 지수야말로 그녀를 향한 가시를 유감없이 드러냈다. 이번에야말로 그녀를 향한 유감과 못마땅한 기색을 굳이 숨기려 하지 않았다.

자신에게 감히 도전해 온 상대를 어떻게든 기회만 되면 묵사발로 만들어, 다시는 일어날 생각을 하지 못하게 하려는 야생의 본능적이기까지 한 표독스러움이 엿보였다.

"결국 언니가 원하는 건 내가 화를 내는 거잖아! 그래서 집안의 평화를 깨뜨리고, 언니 때문에 엄마가 소리 죽여 울고, 난 그 모습을 지켜봐야만 하지. 언니는 그렇게 생각 안 해?"

지수가 날카롭게 쏘아붙이듯이 말했다.

"그게 네가 원하는 거잖아?"

극한의 감정 대립.

그녀처럼 벼르고 온 게 분명했다. 지수 역시 생각이 있으니 촬영장을 나선 뒤에 쭉 어떻게 할까 골몰했으리라.

이 순간에도 카메라 앞에서 지수가 그녀의 대답을 재촉했다. 여전히 날카롭게 날을 세운 음성으로.

"아니야? 언니는 항상 엄마랑 내가 기분 좋게 대화하고 있으면 못마땅해하고 문을 쾅 소리 내서 닫고 들어가잖아. 화내고, 기분 나빠하고. 언제나 집안 분위기를 망친 건 언니였어. 늘 집안 분위기를 살얼음판으로 만든 건 언니였다고. 지금도 내가 말만 하면 너 같은 건 꼴도 보기 싫다고, 거슬린다고 소리 지르고 화를 내야 기분 좋잖아. 이렇게 다 엉망으로 만들어 놓으니까 만족해?"

카랑카랑하지만 또렷한 음성.

드라마 촬영장 안의 이들이 숨을 죽일 만큼 열연이었다. 지수는 지금까지 계속 예쁜 미소와 표정만 지으며 대사하는 게 아닌, 잠시나마 날것 같은 연기를 보여 주었다.

물론 보란 듯이 그녀를 제압하고 이기기 위해 악에 받쳐 연기한 거였다.

그렇다면 나 역시 보답해야겠지.

결심을 굳힌 세연은 느리게 지수의 대사를 받아쳤다.

"이제 애써 노력할 필요 없어, 나은아. 그냥 내 앞에서 엄마랑 너랑 있는 그대로의 모습 드러내면 돼. 가증스러우니까."

순간 그녀가 최대한 자연스럽게 연기했음에도 촬영장 안은 기묘한 정적이 감돌았다.

"뭐야 이거?"

"그냥 애드리브 한 거 맞아? 가증스럽다니. 대사에 있는 것 맞나구.

이대로는 꼭 둘이 싸우는 것 같잖아."
그리고 소리 죽인 속삭임,
"둘이 진짜 싸우는 건가?"
물론 세연도 할 말이 있기는 했다.
그녀가 받은 대본엔 분명 그렇게 적혀 있었으니까.
그녀는 대본 그대로 말했을 뿐인데 어떡하겠는가. 지수와 투샷으로 맞붙는 중요한 순간, 그녀가 다시금 느릿느릿하게 대사를 이어 가자 지수가 순간적으로 기가 막힌다는 표정을 지었다. 그것도 잠시, 가증스럽다는 그녀의 대사가 울려 퍼지자 무섭게 옆 테이블에 올려진 잔을 노려보았다.
다음 순간 기묘한 정적이 흘렀다.
갑자기 '팟!' 소리가 나더니 거짓말처럼 세연에게 거실의 협탁에 있던 유리잔이 순식간에 빠르게 날아왔다.
"위험해!"
그 광경을 지켜보던 스태프가 '앗!' 외마디 소리를 냈고, 세연은 재빨리 몸을 피했다. 그러자 유리잔은 거실 벽에 부딪쳐 산산조각이 났다.
쨍그랑, 와장창 깨지는 소리 속에 스태프들과 세트장에 있던 연기자들이 모두 놀라 쳐다봤다. 정적이 흐르고, 이윽고 입가에 의기양양한 웃음을 지은 지수가 다음 대사를 했다.
"어때? 이러니까 마음에 들어? 언니."
순식간에 엉망으로 깨진 잔.
고준우 감독의 섬세한 디렉팅과 함께 꼼꼼하게 진행된 리허설엔 분명 이러한 장면이 없었다. 말 그대로 지수의 돌발 행동으로 벌어진 돌발 상황이었다.
특히 드라마 액션팀이 따로 있어서 위험한 액션은 사전에 고지하고 대역을 쓰기도 하는데, 이렇게 눈앞에서 돌발 상황이 벌어지자 드라마 스태프들 역시 놀란 기색이 역력했다.

카메라가 돌아가는 가운데, 모두가 경악해 쳐다보자 보란 듯이 세연을 응시하는 지수의 입가엔 환한 웃음이 걸려 있었다. 그녀가 어떻게 받아칠지 사뭇 흥미진진하다는 듯이.

그러고 보니 모든 걸 엉망으로 만든 대본 리딩 때의 해프닝과도 닮아 있었다. 지수는 자기 경력이 엉망으로 망가질 수도 있음에도 아랑곳하지 않고 모두가 보는 앞에서 세연을 끌어내리고자 하는 것이다. 오로지 그녀에게서 기선을 제압하고 승리를 이끌어 내고자.

정적이 감돌았다. 생각지도 못한 갑작스런 사태에도, 세연은 물러서지 않고 팽팽한 기 싸움을 벌이듯 지수에게 시선을 고정했다. 지수의 미소는 그녀를 여기까지 오게 한 악마의 미소나 다름없었다.

"언니는 이런 거 좋아하잖아. 아니야?"

지금 역시 태연하게 그녀에게 보란 듯이 웃으면서 지수가 대사를 쳤다.

"그래서 이렇게 했어. 이래야 언니가 좋아할 것 같아서. 이제 만족해? 다영이 언니?"

"컷! 컷!"

예외 없이 당황한 목소리로 감독이 서둘러 컷을 외치는 가운데 촬영이 끝났다.

지옥처럼 느껴지는 촬영장을 간신히 빠져나온 그녀를 기다리는 것은 바로 감독과의 개인 면담이었다.

"세연 씨, 그러니까 내가 하고 싶은 말은……."

촬영이 끝나고 잠시 당부할 게 있다며 그녀를 따로 불러낸 감독이 당부하듯 특유의 조곤조곤한 어조로 말했다.

"물론 세연 씨가 잘하는 건 알고 있어요. 촬영을 지켜보던 사람들이 '기세가 장난 아니게 팽팽하다'고 했고, 또 뭐라고 했더라. '이대로면 정말 대박 나겠는데' 이렇게 말하는 것도 내가 들었구요."

조용한 회의실에 감독의 말소리가 울려 퍼지는 가운데, 미동 없이 자리에 앉아 있던 세연은 지그시 눈을 감았다 떴다.

그러니까 지수는 아무런 잘못이 없고 그녀만 책망한다?

물론 자신이 지수를 자극한 게 사실이긴 했다. 하지만 리허설에도 없던 유리컵을 그녀에게 던졌던 건 지수였다.

촬영장 안에 있던 이들도 다 봤고 부인할 수 없는 사실이었다. 그런데 결국 지수의 편을 들고 그녀만 책망한다는 걸까? 역시 지수가 드라마의 여주인공이라 그런 걸까. 예상은 했지만 썩 기분이 좋지는 않았다. 하지만 자신도 마지막엔 반격 아닌 반격을 해서 할 말은 없었다. 세연은 침묵했다. 그런 그녀를 침착하게 응시하면서 고 감독이 말했다.

"세연 씨, 오케스트라 연주 들어 본 적 있죠? 각각 맡은 포지션에서 최선을 다해 악기를 연주해야 청중이 듣기에도 아름다운 소리가 흘러나오죠. 물론 개중엔 악기를 연주하는 실력이 월등하게 뛰어난 사람도 있을 것이고, 그래서 마음 같아서는 화려한 연주 실력을 뽐내고 싶을 테지만."

고 감독이 여전히 미동 없는 그녀를 뚫어져라 보면서 말했다.

"하지만 그렇게 되면 오케스트라의 연주 소리는 어떻게 될까요? 세연 씨."

그러고 나서 고 감독이 조용히 덧붙였다.

"나는 그래서 세연 씨가 한번 차분하게 생각해 봤으면 좋겠어요. 오늘 촬영하느라 고생 많았어요."

세연은 여전히 아무 말 하지 않았다.

한번 생각해 보라는 감독의 말은 그녀 혼자 하는 독주가 아닌 이상, 혼자서 너무 튀는 연주가 결국 균형을 깨고 오케스트라의 연주를 엉망진창으로 만들 거란 소리였다. 어디까지나 함께 맞춰 가는 합주란 뜻이었다.

마지막으로 고 감독이 침착한 어조로 말했다.

"그럼 집에 돌아가서 세연 씨가 한번 생각해 보는 시간을 가져 보고, 다음 촬영 기대해 볼게요."

절대로 직접적으로 혼자서 튀는 애드리브 연기를 하지 말라는 소리는 하지 않는다. 그녀에게 재차 강조를 할 뿐이었다. 혹시 나중에 문제가 될 수 있어서 그러는 걸까?

하지만 유감스럽게도 그녀는 감독의 말대로 할 수 없었다. 지수가 다시 그녀를 공격했으니까.

第 50 幕

이제는 세연에게도 낯설지 않은 장소가 되어 버린 곳.

그랬다. 기우가 사는 한남동에 위치한 그의 집. 그가 기거하는 공간은 따로 있었다. 그리고 그녀는 이끌리듯 이곳으로 왔다. 무언가에 사로잡힌 것처럼. 정신을 차려 보니 이렇게 되어 있었다. 저녁이 되자 노란 가로등에 감싸인 한강은 은은한 조명을 뿜어냈고, 한강의 경치가 다 들여다보이는 통유리창의 그의 집 역시 차분하고도 조용한 분위기를 내뿜었다. 은은한 아이보리 빛 조명이 집 안 전체를 감쌌다. 차분한 하얀 바탕에 검은 수묵이 그려진 동양화가 거실 한가운데 걸려 있었고, 사무실에서 본 낯익은 검은 흑단의 테이블도 있었다.

펜트하우스가 아닌 기우가 사는 집에 들렀음에도, 세연은 차분하면서도 간결한 집 안의 인테리어를 천천히 둘러보고 감상할 여유가 없었다.

왜일까. 그녀는 이미 각오하고 드라마 〈리벤지〉의 촬영에 뛰어들었다.

리벤지, 복수.

그녀에게 운명의 무대를 예고하는 것처럼 드라마의 제목도 심상치 가 않았다. 마침내 이어질 지수와의 치열한 대립을 예고하는 것처럼. 무엇보다 그녀를 향한 지수의 공격은 현실이었다.

각오했기에 아무렇지 않게 이어지는 지수의 강도 높은 공격에 초연히 대응하려 했지만 그녀의 정신만은 아니었던 모양이다.

인간인 이상 거듭되는 현실의 압박에 초연한 것도 한계가 있었다. 어느 순간 고삐가 풀린 그녀는 본능적으로 그를 찾았다. 더는 참을 수 없다 여겨졌을 때, 세연은 당분간 만나지 말고 드라마에 전념하자는 그와의 약속을 깼다. 왜인지는 알 수 없었다.

그저 난폭하게 신경이 내달린다는 것밖에 인지하지 못했다.

숨 쉬는 것처럼 그녀의 영혼은 그를 갈구하고 있었다.

그랬다. 다시 만난 기우, 거짓말처럼 5년 만에 다시 만난 그였다. 그녀 자신도 깨닫지 못한 사이, 급작스레 파도처럼 밀려온 운명의 흐름에 휩쓸려 정신없이 그와 대립했던 것처럼, 세연은 뒤늦게 깨달았다. 어쩌면 그녀는 한순간이라도 뭔가를 잊고 싶은 게 필요했던 모양이다.

문이 열리자마자 그녀는 기우에게로 달려들다시피 다가갔다.

그러자 낯익은 침대에 앉아 책을 읽고 있던 기우가 움찔하며 고개를 돌렸다. 탁, 소리와 함께 그가 읽던 책이 바닥에 떨어졌다. 아랑곳하지 않고 세연은 그간 떨어져 있던 그의 뺨과 얼굴, 향긋한 체향을 마음껏 빨아들였다. 그러고는 도저히 예전의 그녀라고는 믿기지 않게 향기로운 기우의 입술을 마음껏 탐했다.

도무지 견딜 수가 없었다. 아무리 그가 연기에 몰두하라며 양보했어도 그녀와 닮은 눈을 한 동족을 오랫동안 내버려 둘 수 없었다. 그랬다. 그렇게나 오랫동안 이렇게 말없이 그녀를 슬픈 눈으로 보는 그가 차가운 침상에서 홀로 회복해 간다는 생각에 견딜 수가 없어졌다.

마치 시간이 멈춘 듯한 이곳, 주인을 닮아 온통 하얗고 목가적인 느낌까지 풍기는 이곳에서 기우는 조용히 그녀를 바라보고 있었다. 흐트러진 짙은 색의 머리칼, 그녀를 서서히 묘한 전율에 감싸이게 하는 잿빛의 나이트가운을 걸친 매력적인 모습은 여전했다.

'의료진들이 2주에 걸쳐서 상태가 어떤지 지켜보고 후유증이 없게 치료한 뒤 퇴원시켰다고 했는데. 그래도 완전히 회복되려면 시간이 오래 걸리겠지.'

세연이 입술을 떼고, 기우의 상태가 어떨지 걱정하며 바라보는 사이 기우가 나른하게 입을 열었다.

"지금쯤 촬영장에 있을 거라 생각했는데."

평소와 다를 게 없는 목소리였지만 왠지 모르게 힘이 빠진 것처럼 들렸고 음성 역시 탁하게 가라앉아 있었다. 쉰 목소리가 뒤섞인 허스키한 어조가 자신 때문에 쓰러졌던 그에게 생긴 후유증이 아닐까 싶어, 세연은 가슴이 저려 왔다.

아무리 그가 태연한 척 대수롭지 않게 별일이 아니라며 초연한 모습을 보여도 그녀는 그럴 수 없었다.

"손님이 왔으니 차라도 내와야겠네."

기우가 느릿하게 움직여 차를 내왔다.

그것도 모자라서 그녀와 밀린 대화를 나누고 같이 책도 읽으며 평화롭게 보내려는 시도를 했다.

그로서는 최대한으로 쥐어짠 마지막 시도이리라.

비록 기우가 평정을 유지하려 애썼지만, 못 박힌 듯 눈앞의 그에게 시선을 고정한 세연은 시시각각 흔들리고 동요하는 그의 균열의 틈을 읽으려 애썼다. 때문에 아무리 그가 애써 평정을 가장해도 평소와 다르게 힘들어한다는 걸 놓치지 않았다. 아직 몸이 완전히 회복되지 않았다는 것도.

"그래, 차 맛이 어때?"

그럼에도 여전히 창백한 기색이 가시지 않는 얼굴로 그녀를 보고 웃는다. 매끄러운 선을 그리는 가느다란 입술로 필사적으로 떠올리는 미소도 그녀의 가슴을 아프게 한다. 아무리 담담하려 해도 그러한 기우의 모습은 그녀의 마음을 동요시키는, 그래서 자신도 모르게 왈칵 치솟는 본능적인 감정을 이끌어 냈다. 너무 오래되어 자신조차도 메마르고 사라졌다 여긴 감정.

그런 그에게 달라붙듯 시선을 고정한 채, 세연은 쉬어 버린 목소리로 입을 열었다.

"이리 와요."

자신도 모르게 그에게 손짓해 불렀다.

그러자 갑작스레 나타난 그녀에게 시선을 떼지 못하면서도, 기우가 고개를 저었다. 그러고는 그녀에게도 익히 익숙한 서늘한 어조로 잘라 말했다.

"안 돼. 이만 돌아가 봐야 하지 않나. 넌 지금 촬영 중이잖아?"

그러고 나서 짐짓 장난스러운 어조로 그녀에게 명령했다.

"날 이렇게 만든 그렇게나 중요한 촬영인데, 이제 그만 돌아가 봐."

말은 그렇게 해도, 혹시나 그녀가 촬영을 펑크 내고 곤란해질까 봐 염려하는 기색이 읽혔다. 하지만 여전히 세연은 마치 자석처럼 기우에게만 못 박힌 시선을 던졌다.

하나도 달라지지 않았다.

– 연기에 전념해. 잠시나마 날 잊고 없는 사람처럼 생각해. 만약 그게 된다면 일부러 시간 내서 날 보러 올 필요 없어.

여전히 칼로 자르듯 냉담한 음성. 얼핏 듣기엔 여전히 서먹한 듯한, 마치 이별을 앞둔 연인의 분위기 같기도 했다. 평소에도 그녀가 금단 증상처럼 순간순간 비집고 들어오는 순간적인 충동을 억누르지 못하고 당분간 서로 만나지 말자는 기우와의 약속을 깨고 전화를 걸면, 그는 항상 마지막에 이렇게 말하며 전화를 끊곤 했다.

– 보고 싶어요. 이렇게 말하면 우습겠지만, 보고 싶어.

참지 못하고 전화를 걸어 온 그녀에게, 비록 그는 개의치 않듯 평소처럼 차갑게 말하곤 했다.

– 어렵게 잡은 기회야. 그걸 나 때문에 망치는 걸 원치는 않으니까. 가정이지만 만약 그렇게 되면 나 스스로 참지 못할 거야.

– 내가 그렇게 할 것처럼 보여요? 깜빡한 모양인데, 권기우 씨. 세상에서 내가 이렇게 매달리듯 말하는 건 당신 한 사람뿐이에요.

짐짓 순식간에 그녀의 싸늘해진 음성에도 보란 듯이 기우는 웃었었지.

– 과연. 아파서 내가 잠깐 잊고 있었던 걸 깨우치게 해 줘서 고마워.

장난스럽게 말하던 기우였지만, 그는 결국 세연을 외면하지 않고 받아들였다. 말없이 그녀를 끌어당기는 손길, 놓칠세라 조심스레 기우가 안고선 차갑게 입을 맞추자 세연은 더 이상 견딜 수 없는 기분이었다. 침묵이 흐르고, 세연은 다음 순간 낮게 명령하듯 말했다.

"내게 키스해요, 지금 당장."

"명령하는 건가?"

그녀의 습윤한 눈과 마주친 기우가 재미있다는 듯 웃으면서 되물었지만, 결국은 순순히 입술을 겹쳐 왔다. 또다. 그 무덥고도 관능적인 입술이 그녀를 완전히 덮어 버리자 시간이 멈추는 듯한 기분.

그의 옆에 누워 도란도란 일상적인 대화를 나누는 것도 좋았다. 하지만 그녀는 완전히 그와 맺어지길 원했다. 그 역시 감정의 극한까지 이끌어 내지 않으면 도무지 성에 찰 것 같지가 않았다.

이렇게 어렵게 발걸음해서 그를 보러 왔는데. 이대로 담담히 서로를 눈에 새기고 오랫동안 여운을 간직한 채 돌아가도 좋지만, 한 번이라도 완전히 그를 소유하고 싶었다. 온전히 그를 마음에 품고 스트레스를 극렬하게 발산하고 촬영장으로 돌아가면 더욱 집중이 잘될 것만 같은, 거짓말과도 같은 감정이 그녀의 마음속에 서서히 강물처럼 차오르기 시작했다.

순식간에 불이 점화되듯 참을 수 없이 달아올랐다. 어서 그와 맺어지고 싶었다. 어서.

"내 사랑."

환청처럼 낮게 속삭이듯 말한 기우가 그녀의 이마에 조심스레 입을 맞추고 끌어당겼다. 더는 자제력을 유지할 수 없었던 그녀는 치마를 걷어 올리고 그대로 기우의 다리 위로 올라탔다. 그러고는 믿을 수 없으리만큼 건조하게 그를 응시하면서 그대로 그의 딱딱해진 아랫부분을 쓰다듬었다. 확인하듯 작고 하얀 손으로 쥐고는 순식간에 미끄러지듯 부드러운 그의 잿빛 나이트가운을 벗겨 냈다. 세연은 뜨거운 남성을 잡아당겨 천천히 꿈틀거리듯 뜨거운 그녀의 안에 넣었다.

"……!"

그녀를 미치게 만드는 향기로운 잔향 속, 부드러운 기우의 입술을 탐했다. 물컹거리는 뜨거운 감각 속에, 녹을 듯 부드럽고 감미로운 그의 입술을 마음껏 굴렸다.

도무지 견딜 수가 없었다.

완전히 그를 갖기 전에는, 그와 완전히 맺어지기 전에는 결코 만족할 수 있을 것 같지가 않았다.

서서히 멎지 않는 열망처럼 세연의 호흡은 거칠어졌다. 기이할 정도로 무겁고 통제가 안 되는 촬영장의 가열된 분위기가 서서히 그녀를 제정신이 아닌 상태로 만드는 것처럼, 스스로도 이해할 수 없는 일이지만 반광란 상태로 그를 안았다. 그에게 매달리듯 입술을 탐했다.

"내가 말했었지. 너는 날 미치게 해. 지금 역시 도무지 예측이 안 돼……. 응? 듣고 있나, 내 사랑."

낮게 속삭이듯 그녀의 귀를 간질이는 관능적인 입술의 감촉이 서서히 그녀를 제정신이 아닌 상태로 몰아갔다. 마지막에 '내 사랑'이라고 덧붙이는 그 희미한 음성에, 세연은 반쯤 정신을 잃었다.

온전히 그를 소유하려 했다. 얼마나 그를 바랐던가? 촬영하면서 얼마나 무의식적으로 그를 원했던가? 철퍽, 소리와 함께 그의 뜨거워진 남성이 달아오른 그녀의 안을 치고 들어왔다. 어느 순간부터 세연은 필사적으로 움직이고 있었다. 그 필사적이다시피 한 몸놀림에, 물끄러미 매끄러운 검은 눈으로 못 박힌 듯 바라보던 기우가 혀를 찼다.

"이런, 잘 안 돼? 역시 내가 움직이는 게 낫겠지?"

그 말과 동시에 제왕처럼 느릿느릿, 매끄러운 잿빛의 나이트가운을 입은 그가 움직였다. 기우가 낮게 속삭였다.

"항상 예측할 수 없는 너는, 네 노력은, 날 감동시켜. 그리고 이렇게 날 움직이게 해. 응? 거부할 수 없는 폭발적인 화학 작용을 불러일으키지."

묘하게 웃음을 담은 어조였다.

결코 거부할 수 없는 움직임으로, 느리지만 서서히 그녀의 안에서 숨 막힐 듯 가득 차올랐다. 이윽고 흠뻑 땀방울에 젖어 그에게 이끌리듯 낮은 신음 소리를 흘리는 세연을 기우가 꼭 끌어안았다. 탁탁, 흔들리는 그녀를 놓칠세라 두 팔로 잡고는 무서우리만큼 반동을 실어 다시금 그녀의 안으로 들어왔다. 세연의 열정과 쾌락에 휩싸인 눈을 뚫어져라 바라보더니, 기우가 놓칠세라 그녀의 향기로운 머리칼에 손을 넣었다. 그러고는 소중하게 입을 맞췄다. 그녀의 작은 귀에도 입을 맞추며, 난폭하리만큼 뜨거운 남성을 세연의 하얀 다리를 지나 거침없이 삽입했다.

"아……."

그는 변하지 않았다.

그 순간 기우의 치명적인 공격에 작열하는 듯한 세연의 비명 소리가 희미하게 흘러나왔다.

동시에 땀에 흠뻑 젖은 그에게 세연의 몸이 갸우뚱 기울어지면서 신음 소리는 더욱 드높아졌다. 순식간에 주변이 번쩍 밝아진 것 같았다. 눈부신 태양에 새하얗게 점멸하듯 주변이 탈색되었다.

세연은 어느 순간 그에게 중독된 것처럼, 서서히 숨 막히게 차오르는 일순간의 강렬한 쾌감에 넋을 잃었다. 그녀는 자신도 모르게 기우의 등에 손톱을 세웠고, 곧이어 탈진하듯 눈을 감았다.

"어쩌지? 돌아갈 생각이 없는 것 같은데."

그렇게 얼마나 있었을까.

다시금 이어지는, 느릿느릿 그녀의 하얀 등에 섬세하게 입 맞추는 부드러운 촉감에 눈을 떴다. 세연은 일부러 눈을 뜨지 않았다. 이 믿을 수 없을 만큼 달콤한 현실이 거짓말처럼 사라져 버릴까 두려워서였다. 그래서 일부러 꼭 눈을 감았다. 그러자 그가 어이없다는 듯 낮게 웃으면서도 여전히 그녀의 하얀 등에 입을 맞췄다. 그러고는 낮게 속삭였다.

"꼭 어린아이 같아. 정말 촬영장에 돌아갈 생각이 없는 거야?"

"그냥 내버려 둬요. 빚을 독촉당하는 기분 받기 싫어."

한 줄기 아침 햇볕을 받으며 바짝 달라붙은 입술을 달싹인 것도 잠시, 세연은 냉엄한 눈빛으로 잘라 말했다.

"내가 돌아가고 싶을 때 돌아갈 거예요. 내가 촬영장 펑크 낼 거로 보여요?"

진지하게 반문했으나 여전히 녹아들듯 한없이 감미로운 입맞춤이 이어질 뿐이다. 결국 항복하듯 세연은 눈을 감고 중얼거렸다.

"나 여기서 그냥 살까."

"나쁘지 않지."

기우가 맞장구를 쳤다.

게다가 아무렇지 않게 속삭였다. 비록 농담을 섞어 말하긴 했지만, 정말 그녀가 말하기만 하면 실행할 기세라 간담이 서늘했다. 아무렇지 않게 거침없이 그녀가 돌아갈 현실을 주지시킨다. 그러고 보면 참으로 그다웠다.

"팬텀에서의 위약금, 방송국 펑크를 낸 거액의 출연료 그리고 질릴 만하면 이어질 법정 소송까지 내가 다 해결할 테니까, 너는 그냥 여기서 쉬어. 난 그래도 나쁘지 않은데."

"아, 생각만 해도 짜릿하네.…… 나쁘지 않아."

세연은 낮게 중얼거렸다.

현실을 일깨우는 그의 말은 냉정하면서도 자신을 늘 지지하겠다는 그의 사랑을 느끼게 했다. 그래서인지 짜릿하게 도취되듯 서서히 퍼져 가는 믿을 수 없는 기분에 눈을 감았다. 다음 순간 보란 듯이 세연이 그를 두 팔로 끌어안고 격렬하게 입술을 빼앗자, 기우가 어이없다는 듯 낮게 웃었다. 그것도 잠시, 무서우리만큼 그녀에게 호응해 왔다. 그녀를 순식간에 폭신한 하얀 침대에 눕히고는 숨 막힐 정도로 깊게 그녀의 입술을 빼앗았다. 이제는 눈을 감고도 능숙하게 그녀의 안을 헤집듯 숨 막히게 빨아들였다. 세연은 애써 내색 안 했지만 미칠 것만 같았다. 무엇보다 기우의 새하얀 치아가 살짝 닿을 듯 말 듯 하자 관능적인 느낌이 더욱 배가되었다. 이어지는 그들만의 낙원. 녹아들 것 같았다. 세연은 사로잡힌 듯 그런 그에게로 고개를 돌렸다. 온전히 자기 소유처럼 한없이 달콤한 꽃잎 속 꿀을 빨아들이듯 기우가 고개 숙여 숨 막히게 키스하자 미칠 것만 같았다.

이 달콤한 순간이 그녀의 삶에서 영원히 계속된다는 걸 믿을 수 없었다. 항상 혼자인 것에 익숙했고, 이제는 외로운 것에도 아무렇지 않다 생각했는데. 서서히 세연은 동요했다. 다시금 재회한 기우의 집에선 오로지 평화와 따사로운 안락함이 존재했다. 그리고 이 녹아드는 황홀한 빛과도 같은 순간이 제발 사라지지 않고 오래 이어지길 마음으로 바라게 되었다.

왜냐면 기우가 샅샅이 그녀의 모든 것을 맛보았기 때문이었다. 어느 순간 자제하려고 해도, 어느새 그녀에게 이끌리듯 천천히 고개를 숙였다. 그가 놓칠세라 깊게 그녀의 입술을 탐했다. 그녀에게 깊숙이 키스한 것도 모자라 서서히 다시 손에 넣은 향기로운 그녀를 음미하듯 깊게 빨아들였다. 곧이어 도저히 그가 내는 소리라기엔 믿기지 않게 기우가 유혹적인 신음 소리를 흘리면서 그녀의 매끄러운 목가를 깊숙이 빨아들였다. 뱀파이어처럼 그만의 각인을 하듯 키스 마크를 새겼다.

"아아아……."

세연도 억누른 듯한 신음 소리 내뱉었다.

그동안 너무나도 그에게로 돌아오고 싶었지만, 자제하고 억눌렀던 깊은 한숨과도 같은 신음. 희열을 담은 애원하는 소리로 바뀌기까지 그리 오랜 시간이 걸리지 않았다.

그렇게 서로를 정신없이 탐했다.

떨어져 있던 그간의 그리움을 담아 진한 회포를 풀었다. 그 짙은 그리움과 갈망을 담은 행위는 한없이 이어졌다.

하지만 역시나 날것 같은 그의 본성은 사라지지 않아서 그녀가 방심한 순간, 기우는 세연을 자신의 집에서 쫓아냈다.

"경고했었지? 내가 분명히 드라마 끝날 때까지 만나지 말자고 했을 텐데."

"하지만 전화는 된다고 했잖아요?"

자신도 모르게 화가 치민 세연이 으르렁거리듯 말하자 기우가 고개를 숙였다. 그러고는 한없이 달콤하게 그녀의 입술을 빼앗은 채로 찰칵, 소리와 함께 그녀가 보는 앞에서 현관 앞에 걸쇠를 채웠다.

"전화는 얼마든지 해. 나 역시 네가 그리우니까. 숨 막히게 자기가 그리워."

걸쇠를 채운 현관 문틈 사이로 기우를 보며, 세연은 어이없어했다.

그리고 약이 올라 미칠 것만 같았다.

세연은 더는 생각할 필요 없이 성큼성큼 문 앞으로 다가갔다. 그러고는 까치발을 한 채 차갑게 입 맞췄다. 여전히 재미있다는 것처럼 말없이 눈을 빛내며 아무렇지 않게 그녀의 키스를 받아들이는 향기로운 그 얼굴을 두 손으로 꽉 움켜쥐었다. 그의 향긋한 잔향과 뜨겁고도 감미롭기까지 한 입술을 생생히 훔쳤다. 어렵게 손에 들어온 그가 다시 사라지길 원하지 않는 절실한 입맞춤이었다.

평소의 그녀답지 않은 절박한 키스에 서서히 그의 눈에 이채가 서렸다. 어느새 찰칵, 소리와 함께 다시금 현관문의 걸쇠가 열렸던 것도 같다. 정신이 들었을 때, 돌아온 그를 꼭 껴안고는 자신도 모르게 어느 순간 혀를 넣은 것 같다. 그저 눈앞의 그가 이대로 그녀 앞에서 사라져 버릴 것만 같아서 절박하게 키스를 퍼부었다. 그랬다. 다시 돌아온 그의 뜨거운 체온을 느끼며. 물컹거리는 뜨거운 감촉, 그녀의 생생하고도 날것 같은 키스에 서서히 기우의 눈이 가늘어졌다. 이윽고 그가 만족스레 입술을 떼고는 세연을 보며 낮게 중얼거렸다.

"그러니까 완벽하게 드라마를 끝마치고 와. 그 뒤로 영원히 함께 있을 수 있어."

그의 쐐기를 박는 말에 절로 애가 탔다. 그 의기양양한 어조에 화가 난 세연이 씩씩대자 쾅, 소리와 함께 완전히 현관문이 닫혔다.

"두고 봐라. 내가 이 드라마 꼭 마치고 보란 듯이 저 인간 찾고야 만다."

눈앞에서 현관문을 닫았던 기우를 떠올리던 세연은 이를 갈았다.

그것도 잠시, 엘리베이터에 올라타는 세연의 입가엔 전염된 것처럼 환한 웃음이 떠올라 있었다. 기우의 입가에도 떠올랐던 달콤한 미소 같은 웃음.

그들은 완전히 서로에 속해 있었다.

'〈리벤지〉만 끝내면 완전히 그에게 돌아올 수 있어. 그러니 힘내야지.'

세연은 그와의 다음 만남을 기약하며 다시금 촬영장으로 향했다.

그렇게 다시 돌아온 촬영장.

레디 액션.

데자뷔처럼 다시금 카메라 사인이 들어오고, 세연은 이번에는 기민하게 움직였다. 바로 어제 찍다가 만 다음 장면을 빨리 찍으려는 것이다. 그녀 나름대로는 어제 멈춘 촬영을 재빨리 재개하려는 배려였다.

"넌 항상 그랬지. 말로는 날 위한다고 하면서 엄마랑 날 따돌리듯 언제나 따로 행동했어."

그녀는 느릿느릿 대사를 했다.

또?

촬영장 안의 이들이 다시금 힘을 쫙 뺀 그녀의 연기에 술렁이기 시작했다.

"또 시작이네."

"너무 내추럴하다니까. 그래도 둘이 맞붙는 장면인데."

"가만있어 봐. 그래도 연기는 곧잘 하는 것 같으니까 지켜보자고."

카메라가 그녀를 클로즈업하는 가운데, 세연은 감독과 눈을 마주쳐 가면서 순조롭게 촬영을 이어 갔다. 그녀는 느리게 대사를 이어 가다가, 어느 순간 스쳐 가듯 오래된 허망함과 사라지지 않는 우울과 분노를 담아 얼굴을 일그러뜨리며 드라마의 다음 신을 이어 갔다.

"그래, 엄마랑 너는 한마디로 날 갖고 놀았어. 기분 좋았겠지. 말로는 나를 위한다고 하면서 결국 날 이용해 먹고 버릴 심산이었잖아? 아니야?"

그녀가 천천히 대사를 이어 가자 촬영장 안에 있던 이들이 숨을 죽이고 그녀의 연기에 집중했다.

하지만 이 와중에도, 정작 촬영장에서 꼼짝 않고 반응을 보이지 않는 이가 한 명 있었다. 눈앞에서 세연이 연기하는 가운데, 기이하리만큼 반응을 보이지 않던 지수는 세연이 극 중 자매인 나은을 원망하는 대사를 하자 한동안 말없이 쳐다보았다.

세연은 말없이 머릿속으로 떠올렸다.

'얘가 웃기네, 이러려고 대결한다고 호언장담했나, 이렇게 생각하고 있겠지?'

아랑곳하지 않고 세연은 무심한 시선을 지수에게 던졌다. 그러고는 책망하듯 말을 던졌다. 지수와의 불꽃 튀는 연기 대결 대신 과장스럽지 않은, 여전히 힘이 하나도 들어가지 않은 여유로운 말투. 지수가 모욕당했다는 표정을 지은 것도 그다음 순간의 일이었다.

"왜 아무 말 하지 않아? 엄마랑 넌 늘 그랬어. 엄마랑 넌 늘!"

그때였다.

이상하리만큼 반응 없이 그녀와 투 샷 촬영에 임하던 지수가 갑자기 버럭 소리를 높였다.

"왜 말끝마다 엄마를 찾는 건데? 하, 웃긴다. 언니가 무슨 권리로? 정말 모르겠어? 잘 들어. 언니만 없으면 나랑 엄마는 행복하다고. 언니만 없으면."

촬영하던 이들이 깜짝 놀라 쳐다보는 가운데, 지수가 짜증스레 눈앞의 그녀를 노려보면서 고함쳤다. 순식간에 촬영장에 거짓말처럼 쩌렁쩌렁 지수의 귀기 어린 목소리가 울려 퍼졌다.

"말귀 못 알아들어? 그래! 언니만 이 집에서 사라지면! 언니만 없으면…… 엄마랑 나는 행복해질 수 있어."

그 말과 동시에 지수가 갑자기 고갤 돌려서 세연을 노려보았다. 순간 카메라 앞에서 연기하던 세연도 가슴이 철렁, 내려앉았다. 흐트러진 머리칼, 새빨갛게 눈이 충혈된 지수가 정말 귀신처럼 그녀를 노려보고 있었다.

"이게 언니가 원하는 거지? 내가 화내고 소리 지르는 거! 그러니까 제발 엄마랑 내 앞에서 사라져 줘. 내가 부탁할게. 이 집에서 나가 달라고! 우리 그만 좀 괴롭히고 사라져."

지수가 촬영장이 떠나갈 기세로 고함을 지름과 동시에, 갑자기 쨍그랑 깨지는 소리가 났다.

이번에 또?

저번도 모자라서 다시 돌발 상황이라고?

동시에 촬영하던 스태프들이 진짜 깜짝 놀라 웅성거리며 외치는 소리가 들렸다.

"위험해!"

세연은 본능적으로 피했다.

거짓말처럼 쉭, 소리와 함께 위협적으로 물건이 날아왔다. 이번엔 컵이 아니라 유리 접시였다. 드라마를 촬영하던 지수가 연기를 하다가 자기 성질을 못 이기고 세트장에 소품으로 있던 유리 접시를 결국 세연에게 던진 것이다.

와장창.

세연이 몸을 틀어 재빨리 피하자 간발의 차이로 유리 접시는 바닥에 떨어져 산산이 조각이 났다.

날카롭게 깨지는 소리와 함께 촬영장의 분위기는 그대로 얼어붙었다. 어제의 촬영에 이어서 두 번이나 리허설에 없던 돌발 상황이 벌어진 것이다.

특히나 그 광경을 저만치 떨어져 지켜보던 드라마 액션팀 역시 사전에 고지되지 않은 돌발 상황에 당황하는 기색이 역력했다.

모두 믿을 수 없다는 듯 고개를 돌려 그녀와 지수를 쳐다보는 가운데, 지수가 씩씩거리면서 말했다.

"나가! 당장 나가."

이 순간 촬영장의 카메라가 여전히 돌아가는 가운데, 지수가 고함쳤다.

"그러니 꺼져! 내가 보는 앞에서, 나랑 엄마를 괴롭히지 말고 당장 나가라고."

귀기 어린 목소리였다.

말 그대로 해묵은 원한까지 담아 세연을 갈아 마셔도 시원치 않다는 듯, 이를 가는 음성.

그런 지수의 붉게 충혈된 눈에선 순간적이지만 살의까지 엿보였다. 눈으로 보고도 믿기지 않는 광경이었다. 모두 숨을 죽이고 그 믿기지 않는 기세에 감독도 쉽사리 컷을 못 외치는 가운데, 이 순간 세연은 깨달았다.

아이러니하게도 새빨갛게 충혈된 눈, 무시무시한 기세의 지수에게서 자연스레 뿜어져 나오는 살기가 그 사실을 깨닫게 했다. 이를테면 지수는 꼭 보이지 않는 도끼를 든 형상이었다. 말 그대로 세연을 무지막지하게 내리치려는 것이다. 그녀뿐만이 아니라 자신의 앞을 가로막는 이들이 있으면 수단 방법을 가리지 않고 무지막지하게 베는 격이었다.

'확실히 넌 가지고 싶은 걸 다 가져야 하지.'

믿지 못할 그 모습을 보며 세연은 쓰게 웃었다.

몇 초의 짧은 순간, 아이러니하게도 카메라 앞에서 오금이 저릴 정도로 날것과도 가까운 본심을 드러낸 지수와 마주했을 때 실감했다.

'아무렇지 않게 남을 공격한다. 자신에게 이의를 제기하면 가차 없이 찌른다. 다시는 일어나지 못하게 무자비하게 짓밟아야 직성이 풀려. 저 애는 그저 남들 앞에서 지는 게 싫은 거야. 자신의 앞길을 가로막는 인간은 적이고, 도끼로 사정없이 베듯이 묵사발로 만들어야 직성이 풀리지.'

세연은 생각했다.

'지금 역시 그래. 설령, 드라마가 망해도 상관없는 거야. 나만 짓밟는 게 중요한 거지. 오로지 내게 이기는 게 중요해.'

무엇보다 상대에게 독을 내뿜듯 노골적인 악의.

눈앞의 잔인한 짐승이 바로 지수였다.

구역질이 날 정도로, 날것과도 같은 육식동물의 본성을 눈앞에서 마주하자 절로 소름이 돋는다.

하다못해 그 어떤 상황에서도 자기 성질에 못 이겨, 상대를 물어뜯고 피투성이로 만들어야 직성이 풀리는 것이다. 예외는 없었다. 지금 역시 그것의 연장선상이었다.

지수는 세연이 비록 드라마 속 대사일지언정, 자신의 성질을 건드리자 못 참고 폭발한 것이다. 아무리 드라마 촬영이고 세트장의 수많은 사람들이 촬영 현장을 지켜보고 있다 해도 상관없었다. 지수는 스태프들이 지켜보는 가운데서도 보란 듯이 그녀에게 응징을 가한 것이다.

'절대로 나 혼자 안 망한다, 이건가? 내가 망하느니 차라리 끌어내려서 둘 다 망하자, 이거겠지.'

잠시 헛웃음을 흘리던 세연은 질끈 눈을 감았다 떴다.

그렇다면 내 나름대로의 화답을 해야겠지.

그게 네가 원하는 것이라면, 기꺼이.

스스로 성질을 못 이긴 지수가 씩씩거리며 노려보는 가운데, 서서히 세연의 표정이 결연해졌다.

"……!"

웅성웅성.

초유의 사태에 촬영장이 어수선한 가운데, 결심을 굳힌 세연은 보란 듯이 다음 대사를 했다.

"나보고 나가라고? 못 나가."

다행히 감독은 컷을 외치지 않았다.

모두가 깜짝 놀라 보는 가운데, 분명한 어조로 말한 세연은 손을 들어 보란 듯이 지수를 가리켰다.

"내가 여기까지 어떻게 왔는데……. 엄마가 아무리 날 쫓아내려고 해도 그리 쉽게는 못 할걸? 어디 한번 네 마음대로 해 봐! 난 절대로 물러나지 않을 테니까. 물론 넌 눈 하나 깜짝하지 않겠지만."

카메라가 그녀를 클로즈업하는 가운데, 다음 순간 세연은 똑바로 지수를 보면서 뚜렷하게 말했다.

"왜냐고? 내가 그러지 않을 테니까."

언제 느릿느릿 여유롭게 대사를 이어 갔나 싶게, 보란 듯이 한 마디, 한 마디 힘주어 대사를 친 세연은 피식 입가를 비틀어 올려 비웃음을 흘렸다. 다음 순간 그 비웃는 미소가 주는 메시지가 너무도 강렬해, 보던 이들은 꼭 빨려 들어가듯 그런 그녀에게서 시선을 떼지 못했다.

"어디 한번 네 마음대로 해 봐, 나은아. 언니인 내가 잘 알지. 넌 원래 그런 애니까. 하지만 앞으로 네 뜻대로 호락호락 쉽게 되지는 않을걸?"

저벅.

그 말과 동시에 무표정하게 걸어간 세연은 세트장 바닥에 나뒹굴고 있는 유리 조각을 집어 들었다. 반짝. 유리 조각이 날카로운 빛을 발했고, 세연은 협탁 위에 올려진 화병 속 꽃에 무감하게 시선을 주었다.
촬영장에 숨 막히는 정적이 흐르는 가운데, 다음 순간 세연은 머뭇거림 없이 화병 속의 꽃을 집어 들었다.
뚝뚝 아직도 화병 속의 물이 떨어져 내리는 가운데, 집어 든 꽃을 유리 조각으로 잘랐다.
꼭 눈앞의 씩씩대는 지수의 목을 자르는 것처럼 순간적으로 숨 막힐 듯한 광기까지 감돌았다. 탁, 한 번에 예리하게 잘린 꽃이 그대로 힘없이 바닥으로 떨어졌다.
서로 팽팽하게 대립한 채, 한 치의 물러남이 없는 팽팽한 공기. 절로 숨이 조여들었다. 그럼에도 세연은 절대로 물러서지 않았다.
웅성웅성. 사람들이 깜짝 놀라서 보는 가운데, 감독이 외쳤다.
"컷! 오늘 촬영 여기까지."

第 51 幕

Show must go on.

그 어떤 일이 있어도, 쇼는 계속된다고 했던가.

본격적인 〈리벤지〉 촬영이 이어지면서 세연은 그 말을 실감했다.

[방영도 하기 전에 폭풍의 핵 등장을 예고하는 미니시리즈 〈리벤지〉. 가수 출신 연기자로 첫 주연을 맡은 정세연과 인기 정점에 오른, 이번이 세 번째 드라마인 유지수. 신인급 연기자들의 의욕이 넘쳐서 불러온 돌발 사태일까. 연이은 돌발 상황에 네티즌들이 설왕설래하고 있다. (중략) 연기를 하다 보면 캐릭터에 몰입해 그럴 수도 있다는 의견과, 아무리 그래도 상대 배우를 배려하지 않은 행동이다, 애드리브가 지나치다는 의견이 엇갈리는 가운데, 방영도 하기 전에 미니시리즈 〈리벤지〉가 연일 언론의 조명을 받고 있는 것.

〈리벤지〉 대본 리딩 때 있었던 해프닝으로 화제가 된 가운데, 연이은 사태에 제작진들은 매 장면마다 열연을 하고 있다 밝혔지만, 논란이 쉽사리 사그라들 것 같지 않다.]

"컷! 다시 한번 갈게요."

놀랍게도 〈리벤지〉가 드라마로 첫 번째 작품이라는 고준우 감독. 입봉작인 드라마 단편극장을 제외하면 실상 60분 이상의 드라마 연출은 처음인 셈이다. 미니시리즈로 편성된 〈리벤지〉를 연출하는 고준우 감독은 드라마 연출에서는 신인이지만, 놀랍게도 영화제 수상 경력이 있었다. 그것도 외국의 유수한 해외 영화제에서의 입상이었다. 세연도 뒤늦게 그 사실을 알았다.

새로운 도전인 만큼 드라마 연출에도 의욕이 많았고, 이번에야말로 영화처럼 감각적으로 연출할 거라 단단히 마음먹은 모양이었다. 그리고 왕성한 의욕을 담아 말 그대로 촬영에 충실하게, 출연진과 스태프진을 이끌며 사력을 다해 열심히 드라마 촬영 현장을 지휘하고 있었다.

"오늘 3회, 4회 녹화 스케줄대로 다 갑니다. 편성이 갑자기 잡혀서 스케줄이 좀 빡빡하네요. 양해 바랍니다."

예상은 했지만, 소나기처럼 정신없이 몰아치는 드라마 촬영 스케줄이 이어졌다.

방송국 스튜디오에서 스튜디오로 이어지는 촬영, 촬영. 보통 실내 장면을 연달아 찍고, 야외 신은 날을 잡아 야외 촬영장에서 한꺼번에 몰아서 찍는 순이었다.

"준비됐죠? 그럼 갑니다. 레디 액션!"

오늘 촬영분도 모든 준비가 끝마쳐지자, 마지막으로 드라마 감독이 세트장을 둘러본 뒤 최종적으로 큐 사인을 외쳤다.

세연은 분노와 해묵은 원한, 같은 사라지지 않는 앙금, 지수를 향한 사그라들지 않는 증오심, 그 모든 복합적인 감정을 내려놓고 말 그대로 충실하게 대본대로 연기에 임하려 노력했다.

'이제 길어야 몇 달, 집중해서 촬영하면 끝나긴 하겠지.'

그냥 찍어서도 안 되었다. 매 테이크, 매 신마다 지수와 맞붙는 것과 마찬가지였다. 매 순간순간 허투루 흘려보내면 안 될뿐더러, 고난이도의 집중이 필요했다. 어쩌면 기우의 말이 맞을지도 모른다. 집중하는 데에는 한계가 있어서, 기우와 행복감에 취해 있으면 얼어붙는 것 같은 촬영장의 분위기를 견디기 힘들었으니까.

그래서 일부러 자신을 극으로 밀었다.

마치 세상에 혼자인 것처럼 굴었다. 그렇게 세연은 단단히 결심을 다졌다.

'하지만 내가 해야 돼. 아무도 대신해 줄 수 없어.'

그녀 혼자서 처음부터 끝까지 치러 내야만 하는 것이다.

그래서 일부러 처절하리만큼 외롭게 스스로를 고통 속에 밀어 넣고, 기꺼이 끝나지 않는 싸움 속으로 걸어 들어갔다.

그것이 자신이 여기까지 온 이유라 믿으며.

고통스레 다친 눈을 이끌고 광야를 헤매듯 보낸 시간들. 그리고 마침내 다가온 기적. 만약 신이 있다면 이제 답을 줄 것이다. 세연은 그렇게 믿었다.

'내가 가야 돼. 다른 사람이 아닌 내가 해야 돼. 내 손으로 끝낸다! 그러지 않으면 결코 끝나지 않아.'

기우도 그녀를 배려해서 만나지 않겠다 했으니, 어떻게든 그녀의 힘으로 끝내야 된다 생각했다.

물론 그녀 역시 여러 생각으로 복잡했다.

하지만 그럼에도 불구하고 그녀는 연기를 할 수밖에 없으니, 그렇다면 완전히 대본 속 인물이 되어야만 했다. 모두에게 증명해야 했다. 그녀가 캐스팅될 만한 가치가 있다는 것을. 그러지 않으면 지난 그녀의 세월이 헛수고였고 잘못되었다는 소리였기에.

여기까지 온 이상, 그녀의 가치는 스스로 증명해 내야 한다.

예외 없이 거듭되는 촬영.

그리고 세연은 〈리벤지〉의 다영이 되었다.

"나은아, 일어나야지. 오늘 회사 늦겠다."

"……엄마."

서서히 카메라에 잡히는 세트장 안의 하얀 레이스 커튼, 핑크빛의 옷장, 곰 인형과 아기자기한 소품들. 촬영에 여념이 없는 스태프들 앞에 설치된 모니터 화면에 〈리벤지〉에 출연하는 탤런트들의 모습이 그대로 잡혔다.

햇살이 내리쬐는 가운데, 중견 탤런트 윤애리가 다정한 음성으로 부르자 이윽고 침대에 잠들어 있던 잠옷 차림의 지수가 부스스 몸을 일으켰다.

"엄마, 나 일어났어."

"그래그래, 우리 예쁜 딸. 배고프지? 엄마가 우리 딸 먹게 아침 식사 식탁에 차려 놨어."

눈에 띄게 다정한 모녀의 대화.

사랑스레 눈에 넣어도 아프지 않다는 듯이 딸을 쓰다듬어 주는 극중 나은의 어머니 윤애리와, 한껏 청순한 자태를 뽐내며 중견 탤런트에게 매달려 어리광을 부리는 지수. 카메라 앵글에 따라 몸에 무르익은 자연스러운 연기를 보여 주고 있었다.

짹짹, 짹짹.

아침 새가 지저귀었다.

햇빛에 찬란하게 빛나는 대리석 바닥과 으리으리한 서랍장과 가구, 협탁. 화려한 집안 인테리어의 세트장이 한눈에 부유한 집안 환경을 느끼게 해 주었다.

"차린다고 차렸는데 아무래도 반찬이 부실하네."

"엄마, 그러지 마. 이렇게 반찬이 많은데. 밥 굶는 애들도 아직 많아."

긴 생머리를 늘어뜨리며 하얀 잠옷 차림의 지수는 한없이 청순한 목소리로 말했다.

"진짜 맛있게 잘 먹을게. 고마워, 엄마. 헤헷, 고맙습니다."

"어우, 별말을 다 한다. 나랑 우리 딸 사이에."

윤애리가 살짝 눈을 흘기며 다정하게 지수의 등을 토닥였다. 그러고는 생각났다는 것처럼 다정히 지수의 머리를 쓰다듬으면서 말했다.

"우리, 고기 구워 먹을까? 엄마가 냉장고에서 고기 꺼낼 테니까 잠깐만 기다려. 아침부터 맛나게 구워 먹자. 그래야 힘내서 우리 딸, 출근하지."

"아, 엄마, 괜찮아요. 아침부터 고기 먹으면 부담스러운데."

모녀가 사이좋게 이야기를 나누고 토닥이며 한없이 다정한 분위기를 연출할 때였다. 카메라는 그런 모녀의 모습을 훑듯이 자연스레 잡아내고, 역시 그림 같은 집안의 미장센 역시 다시 한번 클로즈업되었다.

햇볕에 반짝이는 샹들리에와 값비싼 가구들, 화려하기 그지없는 여유로운 집안 풍경과 역시 그림같이 다정하고 사이좋은 모녀. 이상적이기 그지없는 풍경이었다.

그랬다. 평화로운 집 안에 이질적인 존재가 나타나기 전까지는.

쾅, 소리와 함께 갑자기 문이 열리면서 세연이 드라마에 본격적으로 등장했다.

모든 것이 완벽한, 그 인공적이기까지 한 공간에 갑자기 나타난 그녀.

시작부터 불길한 복선. 쾅, 소리와 함께 요란하게 열리는 문소리가 모든 평화와 정적을 깨듯 위협적이기만 했다.

그리고 그녀의 등장에 얼어붙은 것처럼 윤애리와 지수가 우뚝 멈춰서서 심상치 않은 표정으로 쳐다보는 가운데, 마침내 등장한 세연이 입을 열었다.

"……엄마."

너무나도 애절한 음성.

꼭 부술 것처럼 소리 내어 문을 쾅, 열고 위협적으로 걸어 나온 게 믿기지 않을 만큼 간절하게 엄마를 찾는 목소리.

"엄마!"

그러자 식탁에 있던 모녀가 일제히 고개를 돌렸다.

"다영아."

그러나 모녀의 눈앞에 갑자기 나타난 세연을 쳐다보는 윤애리의 얼굴에 떠오른 표정은 확연한 공포와 두려움이었다.

말없이 식탁 앞에 버티고 선 세연은 고개를 돌려 보았다. 서서히 그녀의 표정이 변했다. 일순간 그녀의 얼굴에 떠오른 외로움은, 눈앞의 가족들에게 기대고 의지하고 싶어 하는 갈망 어린 눈빛은, 그 가냘픈 탐색의 빛은, 갑자기 먹구름이 낀 것처럼 어두운 표정으로 뒤바뀌었다.

심상치 않은 분위기가 흐르는 가운데, 이윽고 세연은 딸을 보는 것 같지 않은 공포에 질린 어머니의 태도에도 전혀 개의치 않으며 뚜벅뚜벅 걸어왔다. 허리를 반듯하게 펴고, 공포에 질린 어머니에게 보란 듯이 입가에 비웃음을 담고는.

"엄마."

세연은 보일 듯 말 듯 서늘한 비웃음을 입가에 흘렸다.

"여기 계셨네요? 모녀가 저만 쏙 빼놓고."

순간 고조되는 배경음.

귀를 긁는 듯한 금속성의 외마디 소리. 심상치 않은 세연의 표정이 교차 편집되면서 꼭 공포 영화와도 같은 무시무시한 분위기를 자아냈다.

그러자 지수 곁을 떠나지 않고 꼭 붙어 있던 윤애리가 겁에 질린 것이 역력한 표정으로 식탁에 나타난 세연을 쳐다보았다. 극중에서 그녀의 첫째 딸인 다영으로 분한 세연을.

"다, 다영아, 일어났니?"

윤애리가 흠칫 놀라 물었지만, 아랑곳하지 않고 세연은 보란 듯이 팔짱을 낀 채로 이미 모녀가 식사를 시작한 식탁을 말없이 훑어 내렸다.

"역시나네요. 하긴 나은이 잘 먹이려면 잘 차려야겠어요."

경멸스런 어조로 말한 세연은 그대로 건들거리듯이 걸어가 식탁 앞에 말없이 섰다.

묘하게 위협적인 그 모습에 모녀가 겁에 질린 시선을 교환하자, 말없이 우뚝 버티고 선 세연이 손을 뻗쳤다.

달칵.

다음 순간 모녀가 눈이 휘둥그레진 채 쳐다보는 가운데, 세연은 의외로 말없이 젓가락을 집어 들었다. 그러고는 일부러 느리게 젓가락으로 식탁 위의 반찬을 집어 들어 입으로 가져갔다.

우걱우걱.

세연은 보란 듯이 어머니가 나은이를 위해 정성껏 만들어 놓은 갈비 반찬을 씹었다.

"역시 맛있네요. 엄마 요리 솜씨 발휘하셔서요."

다시금 경직된 분위기.

얼어붙은 것처럼 확연한 공포와 두려움의 눈길이 가시지 않은 모녀를 말없이 바라보며, 세연은 다시금 젓가락질을 했다. 도무지 아침 식사라고는 믿기지 않게 잘 차려진 대리석 식탁을 무심히 헤쳐 나가듯, 무표정한 얼굴로 우걱우걱 씹어 식사를 했다.

그런 세연을 모녀는 여전히 겁에 질려 바라보았다.

"얘, 다영아! 그러지 말고 의자에 앉아서 먹어. 체하겠다."

"……."

"엄마가 다영이 먹게 다시 음식을 해 올게. 그래, 우리 다영이가 좋아하는 매콤한 찌개 끓여 올까? 여기 앉아 있어. 잠깐만 기다려."

좀 전까지 둘째 딸과의 훈풍처럼 다정한 분위기는 온데간데없이 사라졌다. 급작스레 아침상에 나타난 첫째 딸의 등장에 윤애리는 꼭 약점이라도 잡힌 것처럼 어쩔 줄 몰라 하며 쩔쩔맸다.

"그래, 다영아. 엄마가 빨리 가서 매콤한 찌개 끓여 오면……."

"……매운 찌개는 못 먹어."

그때였다. 여전히 말없이 식탁 앞에 서서 위압적인 분위기를 온몸으로 뿜어내던 세연이 낮게 입을 열었다.

"매운 찌개는 못 먹어. 짜고 맵고 자극적인 음식은 모두. 누구 때문에. 몰라?"

그 의미심장한 말에 모녀가 흠칫, 놀랐다. 새삼 애써 망각했던 지우고 싶은 불편한 기억이 떠오른 것처럼. 그런 둘을 세연은 말없이 석고상처럼 버티고 서서 뚫어져라 바라보고 있을 뿐이었다.

"그런데 벌써 다 잊어버렸나 봐요?"

나직하게 소리 내어 지적한 세연은 다시금 숟가락을 들어 보란 듯이 찌개를 떠서 입으로 가져갔다. 처음 먹으면 맛있을지 몰라도, 한 번 먹으면 온몸이 녹아내리듯 화끈거리고 아픈 찌개를 먹으며 세연은 웃었다.

"잘 먹겠습니다."

"다, 다영아! 그러지 말고, 내가 얼른 가서 찌개랑 만들어 올게. 네가 먹고 싶은 거 다 말해 봐. 엄마가 만들어 줄게. 응?"

"아뇨. 그러지 말고 여기 앉으세요. 셋이서 같이 식사를 하자구요. 내가 원하는 건 그뿐이에요."

차분한 그녀의 음성에 지수와 윤애리가 겁에 질린 눈길만 교환했다. 어떻게든 첫째 딸의 눈치를 보며 쭈뼛쭈뼛, 식탁 의자에 앉으려고 하지만 온몸이 바들바들 떨렸다. 본능적으로 고양이 앞의 쥐처럼 하얗게 질린 얼굴의 지수는 숟가락을 떨어뜨리고 만다. 심상치 않은 탁, 소리와 함께 숟가락이 떨어지자 결국 지수는 흐흑, 울음을 터뜨렸다.

그런 딸을 바라보던 윤애리 역시 눈물을 훔쳤고, 순식간에 모녀는 서로를 끌어안고 소리 내어 오열하기 시작했다.

"으흑, 으흑흑."

"나은아, 울지 마. 네 언니야. 두려워하면 안 돼."

그 아수라장 속에서도 세연은 아랑곳하지 않고 묵묵히 밥을 먹었다. 그녀에게는 한없이 자극적이고 유독 짜고 맵게 느껴지는 찌개를 꼭 시위를 하듯이 다 먹어 치웠다. 이윽고 한 그릇 다 비운 그녀는 그때까지도 서로에게 기대듯 껴안은 채, 자신을 괴물 보듯 두려운 시선을 던지는 모녀에게 웃으면서 말했다.

"잘 먹었습니다!"

쨍.

한없이 가라앉은 인사와 동시에 세연은 손에 든 국그릇을 그대로 던져 깨뜨렸다. 그리고 보란 듯이 다 먹어 치운 밥그릇도 인정사정없이 무자비하게 내던졌다.

와장창.

순식간에 엉망으로 부서지고 깨진 아침상. 그대로 얼어붙은 모녀를 보며 세연은 보란 듯이 천천히 미소 지었다.

"엄마의 사랑 잘 받았어요. 꼭 돌려 드릴게요."

드라마 촬영이 진행되는 세트장 안. 모두 긴장한 가운데 펼쳐지는 세연의 날것과도 같은 생생한 연기에, 모든 스태프들과 출연진들이 숨을 죽였다.

모니터 화면 속, 세연은 환하게 웃었다.

클로즈업 컷.

第 52 幕

[화제의 수목 미니시리즈 〈리벤지〉. 원래는 일일드라마로 기획되었다가 우여곡절 끝에 수목 미니시리즈로 최종 편성, 사실상의 땜빵 드라마로 급하게 편성되면서 방송국의 기대도 낮았다. 그럼에도 시청자들의 시선을 잡아끌고 있는데, 장안의 화제인 히트곡 '윈터 문'을 부른 가수 출신의 정세연과 요즘 최고 주가를 올리는 유지수의 불꽃 튀는 연기 대결이 관전 포인트.]

[껄끄러운 '앙숙 관계(?)'인 둘의 몰입도 높은 연기는 극의 초반인데도 눈을 뗄 수 없게 한다. 무엇보다 천사표 동생으로 나오는 유지수와 극의 초반부터 시선을 잡아끄는 강렬한 정세연의 악역 연기가 더욱 몰입하게 만든다.]

[드라마 〈리벤지〉는 명품 막장? 통속적이되 이상하게 눈을 뗄 수 없는, 무엇보다 지나칠 만큼의 명품 연기. 도무지 첫 데뷔작이라고는 믿기지 않는 정세연의 투혼이 눈을 뗄 수 없게 해……. 시청자들의 이목을 집중시키고 있다.]

첫 회 시청률 두 자리, 10퍼센트 돌파. 나쁘지 않은 출발이었다.

미니시리즈의 특성상 매주 드라마가 2화씩 쉴 새 없이 방송되자 반응이 폭발적으로 나왔다. 세연은 밤에 잘 때 오른쪽 귀가 사정없이 가려워 면봉으로 살짝 긁어 낼 정도였다. 그 정도로 그녀는 욕이란 욕은 시원하게 먹고 있었다. 예상은 했지만 그녀의 예상보다 더 열띤 반응을 이끌어 낸 듯했다.

1화가 방영되자마자, 제작진들은 그녀가 지나갈 때마다 웃으면서 자기들끼리 뭐라 뭐라 웅성거렸다.

'새로운 국민 악녀.'

촬영을 앞두고 분장실 의자에 앉은 세연은 말없이 피식 웃으며 캔커피를 마셨다. 차가운 커피를 마시자 둔통처럼 욱신거리던 머리의 미약한 통증이 진정되는 느낌이었다. 한결 나아진 기분.

다시금 치열한 링에 올라 싸울 준비가 되었다. 아니, 이미 오래전에 준비를 마쳤다. 아직도 순간순간 뒤바뀐 상황이 실감 나지 않았다. 익숙해질 때도 되었지만 오랜 습관 탓일까.

실상 그동안 너무 오래 쉬지 않았나. 잠시 눈을 감고 꼼짝하지 않던 세연은 '하아' 낮은 한숨을 내뱉었다.

쭈뼛, 서서히 서늘해진 등줄기 쪽에서부터 저릿하게 긴장이 타고 올라와, 손이 뻣뻣해진다.

꼭 몸에 전류가 흐르는 것처럼 긴장과 두근거림으로 몸의 떨림이 멎지 않는다. 이것은 드라마를 찍고 있다는, 다시금 기적처럼 촬영을 하고 있다는 기분 좋은 감각. 차가운 캔 커피를 손에 쥔 채로 이윽고 세연은 히죽 웃었다.

'국민 악녀.'

'천하의 나쁜X 정세연.'

보지 않아도 사람들의 반응이, 드라마 홈페이지의 시청 소감이 어떻게 도배될지 뻔했다. 드라마 시청 소감은 그녀에 대한 욕과 험담, 비방으로 도배되다시피 하고 드라마와 관련된 그녀의 기사 댓글은 보지 않아도 온통 눈 뜨고 볼 수 없을 정도로 악플과 욕설이 난무하리라.

“뭐, 평생 먹을 욕을 다 먹었으니 오래 살기는 하겠어.”

캔 커피를 손에 든 채로 세연은 피식거렸다. 이상하게 자꾸 웃음이 났다. 자조하듯 웃음이 멈추질 않았다. 드라마 스태프들 앞에서는 담담하리만큼 초연한 태도를 유지하는 그녀였지만, 혼자 있을 땐 피식피식 싱거운 웃음을 참지 못했다. 그런 걸 보면, 확실히 제대로 판에 뛰어들었다는 실감이 났다.

기우가 이런 자신의 모습을 보면 뭐라고 할까. 특유의 무덤덤한 어조로 넌 아직 갈 길이 멀어, 어쩌면 이렇게 말할지도 모르겠다. 세연은 웃었다. 드라마가 끝날 때까지 다시는 날 찾지 마, 이랬을지도 모르지.

사실 굳이 그녀가 댓글들을 찾아서 읽지 않아도, 드라마 반응은 주변에서 심심치 않게 툭툭 던지는 말들로 자연스레 감지됐다.

“세연 씨, 아주 드라마 반응이 뜨거워요. 이게 다 세연 씨 열연 덕분이야. 그렇죠?”

“그러게. 벌써부터 반응이 심상치 않은 게 대박 나려나 보다. 이게 다 세연 씨가 연기를 잘해서 그래. 사람들이 어딜 가나 세연 씨가 나오는 드라마 얘기를 해. 알죠?”

“정말 요새 핫하다니까.”

“너 아직 드라마 반응 댓글 안 봤니? 모르니?”

이런 의미심장한 반응들.

생각나는 대로 한번 툭 찔러 보고 뒤집어 보고 그러는 걸까. 손으로 냉기가 전해져 왔다. 긴장된 상태가 이어진다. 아마도 드라마가 끝날 때까지 계속되리라, 그녀의 모든 기운을 소진할 때까지. 분장실 안에서 다 마신 캔 커피를 손에 쥔 채로 세연은 쓰디쓰게 웃었다.

어차피 크게 상관없었다. 주변의 반응은 예상했으니. 어디 국민 악녀뿐인가. 무엇보다 그동안 충분히 겪지 않았던가.

세연은 지그시 눈을 감았다 떴다.

그녀는 다시 드라마를 찍고 있으니까. 그것만 중요했다.

촬영장의 분위기는 변함이 없었다.

거듭된 촬영으로 인한 열기와 제작진들이 뿜어내는 특유의 흥분되면서도 긴장된 분위기, 낯익은 조명과 기다란 붐 카메라, 이제는 익숙해진 세트장의 풍경.

하루, 이틀, 사흘.

어느덧 훌쩍 일주일이 가까워지는 가운데 거듭된 촬영. 일주일에 두세 번 집에 갈까 말까 하고, 나머지는 드라마 스케줄을 몰아서 찍는 것 같은 빽빽한 일정이 이어졌다.

그럴수록 점점 기운이 없어지고 체력 또한 떨어져 갔다. 무엇보다 너무 신경을 써서 그런지 무거운 머리의 피곤이 온몸으로 퍼져 간다는 게 문제였다. 스태프들이 세트장의 카메라를 점검하며 바쁘게 움직이는 가운데, 세연은 말없이 버티고 서 있었다.

그러다 말없이 고개를 돌려 바라보았다. 그녀의 모든 기운을 흡수하는 세트장에서 시선을 뗄 수 없었다. 이제는 알고 있다. 마지막 땀 한 방울까지 그녀의 전부를 카메라 앞에서 쏟아붓지 않으면, 이제 더 이상의 기회는 없음을 직감적으로 아는 세연이었다. 무엇보다 그녀가 최선을 다하지 않으면, 시청자들은 곧바로 알아차릴 것이다.

게다가 그녀를 여기까지 오게 만든 유지수를 생각하면 긴장을 풀어서는 안 되었다.

순간순간 빠르게 움직이는 장면의 전환 속, 꼭 촬영 대본 속으로 빨려 들어가는 기분.

때문에 이제 눈을 감으면 그녀의 머릿속엔 대본 속의 장면들 역시 뒤엉켜 현란하게 머릿속에서 춤을 추었다.

세연이 대본으로 다시 시선을 내리깔았다.

[S38 시내 레스토랑(낮)

차에서 검은 선글라스를 낀 다영이 내린다.

건물을 올려다보며 거만한 표정.

한편, 손님이 하나도 없는 레스토랑 안, 먼저 와서 초조하게 기다리는 나은.

(Ins) 화려하게 반짝이는 샹들리에, 은식기들, 장식된 꽃들과 촛불들.

다영이 레스토랑 안으로 들어온다.

나은: (벌떡 일어나며) 어서 와! 언니.

다영: 왜 여기까지 불러낸 건데? 그냥 집에서 얘기해도 좋았잖아. 귀찮게.

나은: 그래도 여기서 얘기하고 싶었어. (눈물이 그렁그렁하며) 보고 싶었어, 언니. 우리가 왜 이렇게 계속 싸워야 돼? 나 지쳤어. 정말 그만하고 싶다…….

다영: (냉정한 말투로) 항상 너는 네 입장에서만, 네 편리한 대로만 이야기하네? 가증스러워, 그 가식. 정말 매번 봐주기도 지친다. (자리에 앉아 거만하게 다리를 꼬며) 언제까지 네 언니라는 이유로, 같이 자랐다는 이유로 네 짜증 나는 어리광과 응석을 그냥 봐줘야 해? 언제까지 들어 줘야 하는지 네가 대답 좀 해 줄래?

나은: 언니! 이제 그만해. 난 오늘 화해하려고 어렵게 자리를 마련한 거야. 예전처럼 다정한 자매 사이로 다시는 돌아갈 수 없는 거야? 말했지만 내가 원하는 건 그거 하나뿐이야.

다영: (정색을 하며) 그냥 솔직히 말하면 안 돼? 솔직히 언니가 떠나 달라고, 더는 괴롭히지 말고 우리 모녀 앞에서 사라져 달라고, 꺼져 달라고 말하고 싶은 거 아니야? (웃으면서 묻는다) 아니, 넌 내가 죽었으면 좋겠지?]

내용을 한번 숙지한 그녀는 곧 촬영에 돌입했다.

❄ ❄ ❄

“신 54, 레디 고, 레디 액션!”

촬영이 시작된 세트장 안은 특유의 긴장감이 흐르고 있었다.

반짝이는 샹들리에와 금빛의 식기들, 식탁을 장식한 장미꽃과 아리따운 생화들만이 비현실적이리만큼 인공의 아름다운 분위기를 뿜어냈다.

그 안에서 식탁 위, 세연과 지수는 말없이 싸늘한 표정으로 대치하듯 서로를 마주 보고 있었다.

침묵을 깬 건 유지수였다. 극 중 나은으로 분한 지수는 긴 웨이브 머리칼에 유난히도 하얗게 분장한 얼굴, 창백한 얼굴을 더욱 두드러지게 하는 새하얀 레이스 블라우스 차림으로 입을 열었다.

“……앞으로 어떻게 할 건데? 언니가 원하는 게 뭐야?”

“어떻게 하긴 뭘 어떻게 해. 그냥 원래 하던 대로 하는 거지. 우리 세 모녀가 그랬던 것처럼.”

카랑카랑한 음성.

세연은 한 치의 흔들림도 없이 악역인 다영으로 분해 뚜렷한 발성으로 대사를 이어 갔다.

“이제 와서 다른 선택지는 없어. 방향을 돌리기에는 너무 많은 길을 와 버렸으니까. 이제 와 어떻게 갑자기 방향을 바꾸겠어? 그렇게 생각하지 않니?”

“그래…… 그렇겠지.”

명확한 세연의 말에 기운 빠진 것 같은 음성으로 지수가 대답했다.

“그렇겠지, 하아. 언니 힘든 거 이해해.”

“뭐?”

지수의 체념한 듯한 음성에 번쩍, 특유의 냉소적인 표정을 짓고 있던 세연의 눈에 일순간 무서운 빛이 번뜩였다.

그러자 점점 더 배역에 녹아들듯 연기하는 지수의 표정이 변했다.

지지 않아야 된다고 여긴 걸까. 지수가 가볍게 헛기침을 하더니, 세연의 열연에도 아랑곳하지 않고 만들어 낸 것 같은 청아한 음성으로 조심스레 말을 이었다.

"언니……."

"그러니까 넌 내가 무슨 짓을 해도 다 이해하는 천사표라 이거지? 그런 뜻이야?"

"언니, 왜 그래? 제발……."

지수가 가냘픈 음성으로 '제발'이라고 말하자 세연이 말없이 입술을 깨물었다. 일순간 깔린 심상치 않은 정적. 어두워진 조명. 긴장감 속에 세연이 잠긴 눈으로 천천히 입을 열었다.

"……불쌍해?"

"뭐? 언니, 왜 그래?"

"너, 내가 불쌍해 보이지?"

긴박해지는 음악 소리. 긴장을 더 고조시켰다.

다음 순간 팟, 소리와 함께 샹들리에가 터지는 것처럼 요란한 소음이 화면 가득 울려 퍼졌다.

세연이 화를 내며 그대로 식탁 위의 식기들을 모조리 던져서 깨 버린 것이다.

와장창.

완벽하리만큼의 몰입감, 동시에 인정사정없이 휘두르는 손에 느껴지는 일치감에 아찔해진다.

이제는 완전히 드라마가 아닌, 현실의 그녀가 사정없이 물건을 깨뜨리고 부수는 듯한 느낌까지 들었다. 물론 드라마지, 현실이 아니었다.

"컷!"

감독이 오케이 사인을 보내는 가운데, 그런 세연을 놓칠세라 ENG 카메라가 풀 샷으로 잡고 있었다.

지수 역시 점점 더 배역에 몰입하는 그녀를 짜증 난다는 표정으로 바라보았다.

"하아, 하아……."

촬영을 끝마친 세연은 비틀거리는 걸음으로 빠져나와 눈에 익은 복도를 걸어갔다.

촬영이 끝나도 어차피 그녀가 갈 곳은 많지 않았다. 세트장과 대기실, 아니면 이동하는 밴. 극히 행동반경이 짧아 이동하는 장소도 정해져 있는 것과 마찬가지였다.

끼익, 소리와 함께 세연은 화장실로 들어갔다. 화장실 안은 조용했다. 잠시 누가 있나 반사적으로 두리번거리던 세연은 세면대의 물을 틀었다.

쏴아, 차가운 물이 손에 닿자 머릿속이 맑아지는 기분이었다. 세연은 그동안 오로지 연기만을 할 수 있게 감정을 불어넣은, 어떻게 보면 가면을 쓴 것 같은 얼굴을 처음으로 일그러뜨렸다. 마음껏 얼굴을 찡그리고는 딱딱해진 온몸의 긴장을 풀었다. 그러고는 나직이 한숨을 내쉬었다.

"하아……."

털썩, 다음 순간 세연은 차가운 화장실의 바닥에 아무렇게나 주저앉았다. 너무 지치고 피곤했다. 서늘한 바닥의 한기가 닿았으나 그녀는 아랑곳하지 않고 몸을 웅크린 채 손을 들어 아무렇게나 머리를 흐트러뜨렸다. 날카롭게 날을 세운 팽팽한 긴장, 결코 방심할 수 없는 상황이 이 순간에도 그녀의 폐부를 찔러 댔다.

무엇보다 눈앞에서 지수를 마주하며 단 한 순간도 긴장한 신경을 누그러뜨릴 수가 없었다.

그 날카롭게 날이 선 팽팽한 신경을 이제야 누그러뜨린다.

이렇게 잠깐이라도 긴장을 풀어 주지 않으면 그녀 존재 자체도 먼지처럼 흩어질 것 같은 무념무상의 느낌이 든달까.

이윽고 유일하게 긴장을 누그러뜨릴 수 있는 화장실 안에서, 세연은 '하아' 낮게 숨을 내뱉으며 혼잣말했다.

"정말 미쳐 버릴 것 같아."

실상 그녀와 유지수 둘 중 하나가 쓰러져야 끝난다. 여기까지 온 그녀의 도전에 응한 유지수도 전력으로 자신을 상대하면 그만큼 전력을 노출하게 된다.

물론 세연도 잃을 게 많을 것이다. 그전부터 어려울 거라 예상하기는 했지만, 어째 드라마 촬영이 시작되자 더욱 성공할 확률이 희박해져 간다는 게 문제였다. 무엇보다 국민 악녀로 벌써부터 엄청나게 미움과 욕을 먹고 있지 않은가.

아직 제대로 불붙지도 않은 시작 단계였다. 제대로 시작도 해 보지 않았는데, 그녀 자신도 패배가 예상되는 위험한 승부를 벌이다 보니 사실상 기분이 좋지는 않았다. 물론 여기까지 오는 게 기적인 걸 알기에 그녀의 전부를 불살라 최선을 다하지만, 늪처럼 자꾸 가라앉는 기분을 추스르고 싸우기란 쉽지 않았다.

게다가 상대는 언제 어디서 그녀를 치명적으로 공격할지 모르는 최악의 적이다. 그것도 페어플레이는 아예 할 줄도, 생각하지도 않는 비열한 상대라 더욱 위험했다.

뿐인가. 이 드라마가 끝날 때까지 살아 있으면 다행이었다. 과장이 아니었다.

조용한 화장실, 세연은 반짝이는 거울 속 자신을 가만히 바라보았다. 지금 역시 서늘한 한기가 등줄기를 타고 흐르며 그녀에게 위험을 경고했다. 자신만의 단련된 직감이 앞으로의 상황이 심상치 않을 거라 신호를 보내고 있었다.

第 53 幕

드라마 촬영이 힘들지 않다면 거짓말이겠지만 좋은 점도 있었다.

이상하게도 드라마 자체에만 신경 쓰고 집중하기로 마음을 먹자 눈앞의 지수의 얼굴이 희미하게 보이는 기분이었다. 대본에만 집중하자 서서히 마음속의 분노와 울화가 사라져 갔다. 그리고 거짓말처럼 평정이 찾아왔다. 그런다고 자신에게 살의까지 품은 지수에게서 초연할 수는 없었지만.

여전히 지수와 이어지는 대결에 단 한 번이라도 일방적으로 당하는 게 아닌, 펀치를 날리고 싶은 그녀의 마음은 간절했다.

무엇보다 상황이 종결된 게 아니었다.

아직 촬영은 끝나지 않았다.

때문에 세연은 완전히 포기하지 않았다.

하지만 그녀의 예감은 이번에도 엇나가지 않았다.

지수가 그녀를 공격해 온 것이다.

세트에서의 촬영이 끝나고 화장실에서 잠시 숨을 돌리면서 오싹,

등줄기를 타고 내려가던 불길한 예감은 그녀만의 단련된 직감이 주는 경고였을까. 심상치 않은 예감은 현실로 다가왔다.

"세연 씨, 다음 신은 그럼 한 번에 갈게요. 괜찮겠어요?"

그녀가 모니터를 보며 감독과 꼼꼼하게 확인을 하고 다음 촬영을 준비할 때였다.

"호호."

그런 그녀의 모습을 흘낏흘낏 쳐다보면서 가시처럼 파고드는 따끔한 시선이 있었다. 거슬린다는 듯이 흘낏 보면서 지수가 호호 소리를 내며 묘하게 웃었다. 유난히 귀를 자극하고 신경을 긁는 소리였다.

다른 사람들에게는 어떻게 들릴지 모르겠지만 그녀에겐 확실히 거슬렸다.

꼭 음침한 뱀이 피부 위로 기어오르듯 지수는 기분 나쁘게 웃었다. 왜 이리도 신경을 자극하는지 생각해 보면 그 속에 담긴 불온함 때문에 기분이 나쁜 거였다. 꼭 까악까악, 불길한 까마귀의 기분 나쁜 울음소리처럼 무척이나 불쾌하고 예측할 수 없어 더욱 불안한 징조로 다가왔다.

그러한 그녀의 예감은 이번에도 틀리지 않았다.

"호호."

기분 나쁘게 지수가 웃더니 항상 곁에 있는 매니저와 스타일리스트와 시선을 교환했다. 그러더니 세연이 다음 신에 들어가기 직전에 노린 것처럼 홱 뭔가가 날아왔다.

"……!"

처음에는 그녀 쪽으로 날아오는 물체가 뭔지도 파악되지도 않았다. 하지만 분명히 그녀를 겨냥했다. 대본을 읽는 척하다 그걸 세연에게 날린 것이다.

분명히 슬쩍 그냥 내던진 것치고는 속도가 붙어 있었다. 순식간에 벌어진 일이라 '앗' 소리를 내기도 전에 모니터 앞에 있던 세연의 머리를 탁 치고 떨어졌다. 아니, 정확히 그녀의 이마를 가격하고는 아래로 떨어져 내렸다.

동시에 세연은 하얗게 얼어붙었다.

분명 그녀의 눈을 노렸다.

지수는 그녀의 아킬레스건을 너무도 잘 알고 있었다. 왜 모르겠는가? 일본에서 그녀를 다치게 한 것도 모자라 그녀의 눈이 약점이라는 걸 너무도 잘 아는 이가 바로 지수였다. 촬영장에서 보란 듯이 그녀에게 대본을 던진 대담함에 절로 치가 떨렸다.

어쩐지 지수와의 투 샷 촬영에도 힘을 쫙 뺀 연기를 이어 가던 세연이 점점 더 배역에 몰입하자, 못마땅하다는 표정이 역력하더라니.

연기가 히스테릭해진다는 건 알았지만, 이런 짓까지 할 줄이야.

"호호."

그 순간에도 지수는 소리 내서 웃고 있었다.

쏠리는 시선 속에, 아무렇지 않게 매니저와 웃고 떠들다 보니 이렇게 되었다는 듯 자연스런 제스처로 변명을 해 댔다.

"죄송해요. 가끔 매니저가 그래요. 리허설 전에 이렇게 시끄럽게 소리가 나게 해서 죄송합니다."

매니저가 지수의 대본을 빼앗아 들고 장난 친 것에 사과하면서, 지수는 몸 둘 바를 몰라 했다. 촬영장 안의 이들이 일제히 의아한 시선을 던졌으나, 그뿐이었다. 지수가 정말 미안해하며 어쩔 줄 몰라 하며 계속 사과하자 긴가민가한 기색이었다.

"정말 장난치다가 그런가 보지?"

"설마 일부러 그랬겠어? 매니저가 대본 뺏으려고 장난치니까 우연히 그쪽으로 날아간 거겠지."

물론 촬영팀이 드라마 촬영에 여념이 없어서 신경 쓸 여력이 없다는 걸 노렸을 터였다.

이런 의도적인 상황에 천재적일 정도로 자연스럽게 몸에 밴 지수의 처세술이 빛을 발했다.

사실 드라마 촬영을 하다 보면 세트장에 워낙 사람들이 붐비고 정신이 없다 보니 혼잡한 상황이었다. 물론 세연의 매니저도 눈앞에서 벌어진 일을 다 보았지만, 이런 실수 아닌 실수로 항의하고 목소리 높이기엔 애매한 상황이라는 걸 세연 또한 모르지 않았다. 세월이 흘러도 바뀐 게 없는 상황. 절로 신물이 치솟았지만, 역시나 예상한 상황이라 세연은 그저 무표정하게 대본에 시선을 집중했다. 그런 그녀의 손은 가늘게 떨리고 있었다.

괜찮냐고?

상황이 상황이니만큼 괜찮지 않았다. 게다가 지수는 그녀의 가장 민감한 부분을 건드렸다. 가장 치명적인 곳을.

당장이라도 소리를 지르면서 촬영장을 뛰쳐나가고 싶은 충동을 억누르며, 세연은 애써 차갑게 얼굴을 굳히며 대본에서 눈을 떼지 않았다.

괜찮지 않았다.

'왜, 내 눈이야? 내 눈을 노리고 대본을 던진 게 맞지? 전에 한 번 다치게 한 것도 모자라서 왜 또 노리는 거야?'

마음 같아서는 벌떡 일어나 소리를 지르면서 지수의 뺨을 내리쳐야 속이 시원할 것 같았다. 그뿐인가. 당장 떠나가라 사람들이 보는 앞에서 항의하고 지수를 촬영장에서 끌어내리고 싶은 마음도 있었다.

그러지 않은 것은 지금도 눈앞의 적이 번득이는 독사 같은 시선으로 그녀를 지켜보고 있는 것을 알기 때문이었다. 그녀의 약점을 노리고 조금이라도 틈을 보이면 가차 없이 달려들어 숨통을 끊어 놓겠다는 독사의 눈빛이 그녀를 멈추게 했다. 마지막 한 줄기 이성을 지키고, 보란 듯이 그녀가 촬영할 부분을 완벽하게 마무리해 한 방 먹이고 싶었다.

아니, 꼭 성공하지 못하더라도 지수가 기다리는 반응을 보여 주기 싫었다. 여기까지 어렵게 왔는데 울고불고 소리 지르며 무너지는 모습을 보일 필요는 없지 않는가.

때문에 세연은 꾹 참았다.

그리고 드디어 그녀 차례가, 오자 보란 듯이 리허설을 하기 위해 걸어갔다. 물론 지수가 보란 듯이 꼿꼿하게 고개를 들고 허리를 쭉 펴고선 흔들림 없이 걸어갔다. 비록 신물이 목구멍까지 차올라도 그녀는 보란 듯이 웃었다. 그녀의 용서할 수 없는 적이 보는 앞에서 마지막 힘을 다해 싸우듯, 또박또박 대사를 쳤다.

일방적으로 당하란 법은 없는 모양이었다.

전혀 기대하지 않았는데 의외의 복병이 있었다. 바로 스타일리스트 채희였다. 팬텀의 스타일팀을 이끄는 실장 윤미희의 팀원으로 〈리벤지〉 드라마를 시작하면서 세연을 전담하게 되었다. 평소엔 별다른 말없이 그저 묵묵하게 그녀에게 어울리는 의상을 골라 주던 스타일리스트의 역할을 수행할 뿐이었다. 그런데 전혀 예상치 못한 순간 채희가 그녀 편을 들어준 것이다.

"나 봤어요. 분명히 유지수가 일부러 대본을 던진 것 같은데."

평소에도 채희는 곧잘 주변 사람들과 어울렸다. 원래 세연을 전담하던 윤미희 실장이 잠시 해외 스케줄로 바빠지면서 결국 채희가 완전히 그녀를 전담하게 되었는데, 항상 자신이 감당할 수 있는 한도 내에서 최선을 기울였다.

"세연 씨, 촬영하는 데 불편한 점 없죠?"

그러면서 꼼꼼하게 매번 그녀가 입을 의상과 헤어를 점검했는데, 전혀 예기치 않은 순간 채희가 입을 연 것이다.

"저기 요새 한창 잘나가는 유지수 씨가 대본을 일부러 우리 배우님 쪽으로 던지셨어요."

전혀 예상치 못한 순간 채희가 정색을 하면서 말했다.

드물게 굳어진 얼굴로 스타일리스트가 이야기했으나, 여전히 로드 매니저 혁수는 눈 하나 깜짝하지 않았다. 오히려 스냅 백을 눌러쓴 채 이어폰에서 흘러나오는 음악이 끊길세라 까닥까닥 고개를 흔들기까지 했다. 그는 지수가 대본을 던진 걸 봤다는 채희의 말을 듣는 둥 마는 둥 하는 기색이었다.

"저기요."

채희가 드물게 정색을 하면서 말했으나, 혁수는 여전히 요지부동 들은 척하지 않았다.

"무슨 대책을 세워야 되는 거 아니에요? 배우 얼굴이 얼마나 중요한데. 저건 누가 봐도 유지수 씨가 잘못한 거예요."

여전히 반응을 보이지 않자 답답하다는 얼굴로 채희가 언성을 살짝 높였으나, 혁수는 딱히 반응을 보이지 않은 채 고개를 까닥할 뿐.

"알았어."

"저기요!"

"알았다고."

여전히 귀에 익은 시끄러운 펑크풍의 음악이 흘러나오는 가운데, 혁수가 딱 잘라 말했다.

"알았어, 접수했어."

그리고 더 이상 성가시게 하지 말라는 듯 부리부리한 눈길을 쏘아 보내자 채희가 더는 말하지 않고 입을 다물었다. 그런 채희를 세연은 가만히 보고 있었다.

'날 도와줬어. 그냥 못 본 척 지나갈 수도 있었는데……. 그냥 무시할 수도 있었는데.'

사실 지금껏 많은 이들이 방관하듯 그녀를 바라볼 뿐 아무도 손길을 내밀어 주지 않았는데, 눈물 나게 고맙기까지 했다.

실상 채희의 입장에선 그냥 못 본 척 넘어가는 게 더 수월했을 것이다. 자기 목소리를 내기가 쉽지 않은 상황이었는데. 고마움을 느낀 세연은 채희에게 커피 전문점에서 직접 테이크아웃해 온 커피와 빵을 전해 주는 걸로 감사하다는 마음을 대신했다.

"우와, 이거 저 주시는 거예요? 잘 먹을게요."

채희는 딱히 이유를 묻지 않고 눈치 빠르게 고맙다고 말하며 생글거렸는데, 덕분에 세연은 촬영을 시작하면서 처음으로 마음이 편해졌다.

그래서 지수가 그녀에게 보란 듯이 대본을 얼굴에 던진 충격에도 굴하지 않고 꿋꿋하게 다음 촬영분을 진행할 수 있었다.

분명 이번이 끝은 아닐 것이다.

활활 타오르는 횃불처럼 멈추지 않는 그녀의 예감이었다. 오늘도 그간 살아오면서 기민하게 단련된 그녀의 직감은 멈출 줄을 몰랐다. 본능적으로 어둠 속의 불빛을 찾아 눈을 번뜩이듯, 멈추지 않고 적의 동태를 살피고 있었다.

비록 이번에 실패했을지라도 지수는 멈추지 않을 것이다. 다른 사람은 몰라도 지수를 겪은 그녀는 잘 알고 있었다. 한 번에 멈출 지수가 아니다. 분명 그녀를 공격할 다른 기회를 기다리고 있을 것이기에, 경계를 게을리할 수 없었다. 하지만 아무리 경계하고 신경을 곤두세워도 인간인 이상 완벽하게 막을 수는 없었다. 잠깐이라도 방심한 사이 순식간에 일은 벌어지곤 했으니까.

애써 평정을 유지했지만 쿵쿵, 움직일 때마다 그녀의 심장은 가파르게 뛰고 있었다. 마치 불로 된 칼에 심장을 난도질당한 것 같았고, 난폭하게 뛰는 마음의 동요는 멈출 줄을 몰랐다. 무엇보다 사라지지 않는 공포, 그녀의 본능적인 트라우마를 제대로 짚었다. 눈! 눈! 사라지지 않는 마음 깊은 곳의 두려움이 시뻘건 용암처럼 들끓으며 비명을 질러 댔다.

'또 다치면 어떡하지? 눈이 멀면 어떡하지? 안 보이게 되면…… 유지수에게 다쳐서 결국.'

결국 그녀는 실패했다.

저 독뱀과도 같은 유지수가 제대로 그녀의 아물지 않은 치명적인 트라우마를 제대로 건드린 셈이었다.

아물지 않은 마음의 상처가 탐욕스레 아가리를 벌리고, 툭 소리를 내며 물집이 고통스레 터진다. 순식간에 그녀의 다친 마음은 시뻘겋게 피범벅으로 물들고 소리 없는 비명을 지른다.

때문에 세연은 침착할 수가 없었다.

아무 일도 없었던 것처럼 평정을 유지하기엔 초인적인 인내를 필요로 했다. 그러기엔 그녀가 너무 녹초가 되어 더는 주변을 생각할 여력이 없었다.

"……."

그래서 그녀가 입을 다물자 밴 안엔 정적이 흘렀다. 순식간에 이루 말할 수 없이 분위기가 다운되었다. 밴 안에 있던 팬텀의 이들이 흘낏흘낏 그녀의 눈치를 살폈다. 괜찮냐고 묻고 싶어도 쉽사리 위로를 못 하는 눈치다. 어쩔 줄 몰라 하는 난처한 표정. 침묵이 거북했는지 로드매니저 혁수가 주섬주섬 이어폰을 꺼내 다시금 음악을 듣기 시작했다. 그럼에도 세연은 굳이 이야기하고 싶은 기분이 들지 않았다. 지금 그녀에게 세상은 시커먼 무저갱 같은 암흑이었기에.

그렇게 조용한 밴 안에서 세연은 두 손을 가지런히 모은 채로 생각에 잠겼다. 무엇보다 결코 이번 한 번이 끝이 아니라는 사실이 중요했다. 최악이었다. 역시 유지수다운 건가. 보통 드라마 촬영이 시작되자

마자 공격할 거라 쉽사리 생각하지들 않는데, 지수는 대담하게도 처음 촬영에서 그녀를 노리고, 그것도 모자라 이번엔 치명적인 약점을 노려 리허설에 공격해 왔다. 혹여 문제가 되면 그래도 본 촬영보다는 사람들의 긴장이 덜한 리허설에서 장난을 치다 보니 사고가 난 거라 둘러대겠지.

사실이었다.

실상 지수는 매니저를 내세워 장난치다 사고가 났다고 둘러댔으니까. 무조건적으로 그녀를 감싸고 보호해 주는 소속사의 이름 뒤로 숨은 것이다. 하지만 그녀는.

조용한 밴 안에서 세연은 말없이 생각에 잠겨 턱을 쓰다듬었다.

그녀는 소속사의 전폭적인 지원을 기대할 수 없는 처지였다. 동시에 절대적이기까지 한 기우의 존재가 떠올라 세연은 고개를 저었다.

새삼스러울 것도 없었다. 도와주고 기댈 곳이 없어서 서러운 것도 아니고, 실상 그러기도 부담스러웠고, 솔직히 마음속에 기대도 없었다. 무엇보다 그녀는 무사히, 되도록 조용하게 촬영을 마무리하는 게 중요했기에 사람들의 이목을 끌고 싶지 않았다. 무엇보다 그녀의 소속사까지 개입되어 일이 커지는 것은 사양이었다. 그러다 세연은 밴 안에서 갑자기 한기를 느껴 몸을 움츠렸다.

휘잉.

하지만 어쩔 수 없이 불어오는 바깥바람이 차고 매섭다고 느껴졌을 때, 문득 그녀는 매니저인 혁수와 눈이 마주쳤다.

그러자 혁수가 말없이 이어폰을 귀에서 빼냈다.

그러고는 찰칵 소리와 함께 차 문을 열었다.

"안 내려요?"

밴 안에 있던 세연은 다짜고짜 혁수가 내리라고 해서 의외였다. 그런 그녀를 오해했는지 혁수가 잠시 얼굴을 굳히고는 말했다.

"정세연 씨, 잠깐 내가 들를 데가 있는데 같이 갈 수 있죠?"

혁수가 그녀에게 동의를 구하듯 잠시 눈을 마주치고는 성큼 앞장서 걸어가기 시작했다.

대체 어딜 가는 거지?

세연은 역시 의아하게 보는 밴 안의 소속사 이들의 시선을 받으며 내렸다. 그러고는 혁수를 따라서 걷기 시작했다.

놀랍게도 혁수가 세연을 데려온 곳은 그녀가 가장 오고 싶지 않은 장소였다. 세연은 갑자기 퍼붓는 눈보라만큼이나 참담하고 차갑게 굳어진 얼굴로 말없이 눈앞의 문제의 번들거리는 검은 차량을 곁눈질했다.

바로 지수가 타고 있는 밴이었다.

똑똑.

다짜고짜 그녀를 여기로 데려온 혁수는 거침없이 시커먼 선팅이 되어 있는 밴의 차창을 두드렸다. 그러자 차창이 내려가고, 운전석의 낯익은 남자가 얼굴을 내밀었다.

전혀 생각지도 않은 방문일까. 남자의 얼굴이 순간 딱딱하게 굳어졌다. 경계하듯 낯익은 혁수와 옆에 있는 그녀를 훑은 것도 잠시, 혁수가 툭 장난스럽게 농담을 던지자 얼굴이 풀어졌다.

"누구긴! 요즘 가장 잘나가는 스타들만 전담한다는 유성우 매니저님 보러 왔지. 잠깐 시간 좀 내주시겠습니까."

건들건들 몸을 흔들며 혁수가 이야기하자, 잠시 탐색하듯이 보던 지수의 매니저는 놀랍게도 웃었다. 그러더니 예상과 다르게 혁수와 농담을 주고받는 게 아닌가. 그것도 너무나도 친숙한 태도로. 뒤늦게 세연은 둘이 꽤 오래전부터 알았던 사이라는 것을 알아차렸다. 언제부터인지 모르겠지만 두 사람이 전에 같은 연예인을 전담한 적도 있는 모양이었다. 물론 혁수가 팬텀으로 옮기기 전이 되겠지만.

"어우, 바쁘신 분이 여기까지 오셔도 되겠습니까?"

"아, 형. 내가 바빠 봐야 한창 잘나가는 조해준, 박권휘, 하효영 전담하는 누구 따라가겠습니까. 밥이나 한번 사시지."

"그러든가. 뭐 먹을래? 아, 그러고 보니까 정민형 도쿄에서 콘서트 하는데 진석이 형이 정민형 매니저잖아. 같이 한번 보자고 하더라."

"셋이 한번 뭉치지 뭐. 참, 난 요새 뱃살이 두둑한 참치가 당기더라고. 아니면 마블링 잘된 소고기도 좋지. 여기 근처에 된장찌개 잘하는 집 있는데……."

혁수가 낄낄 웃더니 변죽 좋게 계속해서 킬킬거리는 특유의 쉰 목소리로 농담을 늘어놓았다. 그러더니 담배를 꺼내 권하기까지 했다. 지수의 매니저 역시 즐거운 기색이었다.

"야, 너 웃긴다."

킬킬 웃으며 면박을 주었으나 계속해서 혁수의 친근한 농담에 웃음이 끊이질 않았다. 세연은 흘낏 그 모습을 보며 고개를 돌렸다.

도대체 그녀를 왜 여기까지 데려왔는지 의아해지는 순간이었다. 어차피 상관없었다. 처음부터 팬텀에 크게 기대한 건 없었으니까. 소위 말해 윈윈, 그저 그녀는 크게 기대하지 않는 팬텀에 피해를 끼치지 않는 선에서 어느 정도 명성을 드높이고 팬텀도 그녀를 전담하는 것이 서로에게 시너지 효과로 작용할 거라고 여겼다.

〈리벤지〉에 캐스팅되어 이렇게 기적적으로 드라마 촬영을 하는 것에 만족했고, 그저 무사히 촬영을 마치는 것에 의의를 두었다.

그렇게 담배까지 피우며 그녀를 옆에 세워 둔 채로 킬킬거리며 여느 때처럼 농담 섞인 유쾌한 말들을 늘어놓던 혁수는 어느 순간 정색했다. 그러고는 언제 그랬냐는 것처럼 표정을 딱 굳히면서 말했다.

"형, 지금 시간 괜찮지? 괜찮다면 내가 형 전담하는 배우님한테 할 말이 좀 있는데."

"뭐?"

잠시 의아한 듯 보던 지수의 매니저가 이상한 표정을 짓더니 혁수를 위아래로 훑어보며 말했다.

"무슨 이상한 말 할 거 아니지?"

지수의 매니저가 의심 어린 눈초리를 던지면서 말했지만, 혁수는 물러서지 않았다. 여전히 유들거리며 여유로운 기색을 잃지 않은 채 정색하며 말을 이어 갔다.

"에이, 형. 내가 그럴 거 같으면 여기 오지도 않았지. 이렇게 형이 보는 앞에서 형 배우님이랑 잠깐 얘기 좀 하겠다는 거잖아. 형이 보는 앞에서 얘기해야지 나중에 문제가 생기지 않을 거고."

혁수가 어르듯이 말하며 눈짓을 하자, 잠시 생각해 보는 것 같던 지수의 매니저는 유들거리며 웃는 혁수의 기세에 알았다는 듯 고개를 끄덕였다.

"빨리 끝내라. 다음 스케줄 가야 되니까."

지수의 매니저가 정색하며 말하자 혁수는 고개를 끄덕였다. 그리고 잠시만 허락된다며 다시금 경고를 하고는, 마침내 지수의 매니저가 들어오라며 밴의 문을 열어 주었다.

"……!"

굳건히 닫힌 성문이 열린 것처럼 밴의 문이 열렸을 때, 제일 먼저 눈에 들어온 건 여전히 치장에 몰두하고 있는 지수였다.

향수 냄새가 코를 찔렀다.

자극적인 향기가 코를 찌르는 가운데, 그 속에서 지수는 머리를 풀어 봤다가 다시 묶어 봤다가, 커다란 손거울을 보며 외모 치장에 온 신경을 기울였다. 드르륵, 소리와 함께 철통과도 같던 검은 밴의 문이 열리고 갑자기 혁수와 세연이 들이닥쳐도 놀라지 않았다.

"지수야."

매니저가 뭐라뭐라 귀띔해도 하나도 놀란 기색을 보이지 않았다. 이런 걸 보면 확실히 타고난 건가. 밴 안에 들어선 세연은 지수의 스타일리스트가 흘낏 시선을 주는 가운데, 어정쩡하게 밴에 자리를 잡았다. 그러고는 팔짱을 낀 채 말없이 시선을 주었다.

그러거나 말거나, 지수는 여전히 코를 찌를 듯 진동하는 짙은 향수 냄새 속에서 손거울에 찬찬히 자신의 얼굴을 비춰 보았다. 그건 어떻게 하면 카메라에 최고로 이상적인 모습으로 비칠까, 사활을 걸고 몰두하는 것처럼 보였다.

정적이 흘렀다. 기이할 정도의 침묵이었다. 세연이 차고 냉담한 시선을 던져도 지수는 여전히 입꼬리를 치켜 올려 비웃는 것 같은 묘한 웃음을 지을 뿐. 그것은 눈앞에 있는 그녀를 사람으로 취급하지도 않고 오로지 자신을 치장하는 것과 화면에 가장 완벽하게 나올 모습에만 여념이 없는 모습으로 비쳤다.

잠시 밴 안에 흐르는 심상치 않은 침묵 속에, 정적을 깬 건 예의 유들유들한 혁수였다.

"유지수 씨, 드라마 잘 보고 있어요. 이렇게 직접 뵈니 영광이네. 성우 형한테 얘기 많이 들었어요."

혁수가 친근한 웃음을 띤 채로 머리를 긁적이며 말을 이었다.

"아, 얘기 들었나 모르겠네. 성우 형하고는 팬텀에 오기 전에 정민혁 가수를 전담한 적 있어요. 타임에서 같이 매니저 전담을 했거든요."

"그래서요?"

혁수를 보는 지수의 시선은 여전히 냉담하기만 했다.

왜 이런 얘기를 자기에게 하냐는 듯이 코웃음 치며 면전에서 비웃는 표정이었다. 인사는커녕, 찬바람이 쌩쌩 불 정도로 냉담한 태도였다.

그럼에도 혁수는 눈 하나 깜짝하지 않고 웃으면서 계속 지수에 대한 칭찬을 늘어놓았다.

처음부터 눈에 띄었다느니, 앞으로 대성할 배우의 재목이라느니, 이어지는 혁수의 낯 뜨겁기까지 한 과한 찬사에도 여전히 지수는 입가에 비웃는 미소를 띠고 있을 뿐이었다.

꼭 무슨 개소리냐는 듯이.

세연은 자신을 여기까지 굳이 데려온 혁수의 의도를 가늠할 수 없었지만, 그럼에도 여전히 표정을 굳히고는 아무런 감정을 드러내지 않고 차고 냉담한 시선으로 지수를 응시했다. 물론 지수는 눈 하나 깜짝하지 않았지만.

상황은 곧 종결되었다.

정확히는 실없이 웃으며 농담만 늘어놓는 듯하던 혁수가 갑자기 화제를 돌린 것이다.

"유지수 씨."

"혁수야."

지수의 매니저가 저지했으나 혁수는 물러서지 않았다. 혁수가 다시 또 힘주어 불렀다.

"유지수 씨."

그러자 지수가 또 무슨 말도 안 되는 수작을 부리냐는 듯이 눈을 부라렸다. 혁수가 천천히 말했다.

"나, 유지수 씨 팬 하려고 했는데 왜 그랬어요?"

"네?"

"우리 배우, 다치게 한 거 맞죠? 안 다치게 했으면 계속 팬 했을 건데, 왜 그랬어요?"

혁수가 갑자기 정색을 하며 따지듯이 묻자, 지수의 매니저가 기겁을 했다.

"야! 너 이러지 않기로 했잖아. 혁수, 너 이 자식, 갑자기 왜 그래?"

지수의 매니저가 당황해 금세라도 밴에서 끌어낼 기색이었지만, 혁수는 아랑곳하지 않았다.

"내가 다 봤거든. 설마설마했는데 아까 촬영 세트장에서 리허설 할 때 와, 사람들이 다 보는 앞에서 태연하게 물건을 막 내던지던데. 그러다 큰 사고가 나면 어쩌려고. 어쩜 그렇게 눈 하나 깜짝하지 않고 일을 벌이는지 정말 보고도 의심했어."

좀 전까지 유들유들하게 대화를 나누던 사람이라고 믿기지 않게 혁수가 언성을 높였다.

"아니, 어떻게 사람이 그래요? 어떻게 다 보는 앞에서 그렇게 떡하니 물건을 집어 던지면서, 시치미를 떼요? 그러면서 언제 그랬냐는 것처럼 딱 잡아떼듯 시치미를 떼니까 정말 황당하데. 그러다 잘못되면 어쩔 뻔했어, 엉? 우리 배우 다쳐서 배우 생활 쫑나면 그쪽이 책임질 거예요?"

혁수가 들으란 듯 고함을 쳤으나 지수는 눈 하나 깜짝하지 않았다. 오히려 왜 이러는지 서서히 짜증 난다는 얼굴로 코웃음만 칠 뿐. 한없이 성가시다는 표정으로.

"어떻게 그럴 수 있어요? 그래도 이 바닥 기본선이라는 게 있는데, 유지수 씨는 촬영이랍시고 물건이 갑자기 날아와서 피 철철 흘리고 다쳐도 아무렇지 않아? 뭐, 연기 투혼으로 리허설에서 있던 사고? 방송사고? 웃기고 있네. 그쪽 문제 많아요. 문제 있다고! 내가 대본 리딩 때부터 봤는데 그냥 좋게 좋게 가자고 말 안 하고 있었는데, 이게 다 장난처럼 보여요? 웃겨요?"

혁수가 정말 화가 난 가무잡잡한 얼굴을 갑자기 밴 좌석에 앉은 지수에게로 들이밀었다.

"우와, 진짜 기막혀서. 감독이 연기를 하라니까 눈 하나 깜짝 안 하고 깜찍하게 연기 쇼를 하고 있네. 정말 왜 그랬어요? 나, 다 봤다고. 여차하면 우리 배우 다치면 어떻게 하려고 그랬냐고."

"야! 혁수야, 너 미쳤어?"

지수의 매니저가 사색이 되어 펄펄 날뛰는 가운데, 혁수는 여전히 한 대 칠 기세로 무섭게 대답을 재촉했다.

이윽고 무섭게 노려보던 지수가 코웃음 치더니 팔짱을 낀 채로 천천히 입을 열었다. 그런 지수의 얼굴에는 정말 상대하기도 싫다는, 노골적으로 귀찮은 표정이 역력했다.

"내가 미쳤어요? 혁수 씨라고 했죠? 네? 정세연 씨 매니저."

"이거 한마디만 하고 갑니다. 처음엔 좋은 게 좋은 거라고 넘어갔는데, 자꾸 촬영장에서 말도 안 되는 수작 부리면 정말 전면전 나섭니다. 오기 전에 팬텀 홍보팀이랑도 통화했어요. 다른 건 몰라도 우리 소속사 식구 건드리는 거에 내가 예민하거든요."

혁수가 사납게 숨겨진 이빨을 드러내듯 으르렁거리는 음성으로 말했다.

"다시 말하죠. 한 번 더 우리 식구 건드리면 그땐 정말 팬텀 홍보팀이 언론사에 보도자료 뿌리고 전면전 나섭니다. 시끄럽든 말든 제대로 한번 붙어 보죠. 잊었나 본데, 대본 리딩 현장에서 먼저 우리 배우 뺨 때린 건 유지수 씨입니다. 그거 말고 대본 리딩 현장을 담은 메이킹 필름서부터 우리가 수집한 증거가 몇 개인데 어디서 개수작이야! 엉? 그렇게 소원이시라면 CCTV 돌릴까?"

"그러세요."

그러자 지수가 만면에 묘한 웃음을 띠며 천천히 강조하듯 힘주어 말했다.

"어디 돌려 보라구요. 난 결백하니까. 어디 한번 내 눈으로 똑똑히 보고 싶네."

"아, 정말 미치겠네."

혁수가 '뭐 이런 게 있어.' 하는 기막히다는 표정으로 눈앞의 지수를 무섭게 쏘아볼 때였다. 기세를 놓칠세라 지수의 매니저 재빨리 끼어들었다.

"혁수야, 그러지 말고 좋게 좋게 풀자. 응? 지금 한창 드라마 찍는 중인데 서로 감정 상하는 말은 자제하고 이야기하자고. 서로 오해가 있으면 풀고. 우리 지수도 대본 외우고 생방으로 멈추지 않고 찍다시피 하는데, 서로 드라마 찍는 데 집중해서 신경 날카로운 거 알잖아. 촬영 스케줄이 빡빡한데 서로 좋게 지내면 뭐가 나쁘냐? 나쁠 거 없잖아?"

"형! 그러지 말자. 꼭 내가 없는 일 지어내서 말하는 것처럼 들려. 내가 봤다니까! 이건 아니잖아. 꼭 매니저 대 매니저 아니더라도 이거 너무 치졸하잖아? 차라리 대놓고 한 대 쳐요! 은근슬쩍 대본 우리 배우 얼굴 쪽으로 겨냥하고 던지지 말고."

혁수가 분통이 터지는지 가슴을 팍팍 두드리며 노골적으로 힐난해도, 지수는 그러든지 말든지 비웃고 있었다.

여전히 보란 듯이 톡톡, 분첩을 두들기며 스타일리스트와 함께 기분 나쁜 비웃음을 짓고 있었다. 입가에 만면한 미소는 스멀스멀 꺼림칙한 불쾌한 뒷맛을 남길뿐더러, 세연을 아래로 깔보는 것 같은 음습함도 담고 있어서 더욱 기분이 나빴다.

잠깐의 정적이 흘렀다.

물론 그녀 혼자였다면 보란 듯이 지수에게 언성을 높여 항의했을지도 모르지만, 여긴 지수가 은밀하게 독대하듯 그녀를 따로 불러내는 화장실이 아니었다.

그녀 혼자만 있다면 상관없겠지만, 소속사의 입장이 걸려 있다 보니 평소와 다르게 조심스러웠다. 드라마 촬영 중이라는 사실도 한몫했다.

– 세연 씨, 모두가 어우러진 오케스트라의 연주를 생각해 봐요.

고준우 감독의 신신당부도 자연스레 그녀의 몸에서 힘을 빼는 결과를 낳았다. 그럼에도 철저히 유지수가 원하는 대로 상황이 흘러가지 않는다는 경고를 하고 싶어, 세연은 조용히 입을 열었다.

"예상대로네?"

그녀가 입을 열자 흘낏, 무슨 말을 하나 싶어 고개를 돌리는 지수와 스타일리스트를 향해 세연은 흐트러짐 없이 말했다.

"생각한 대로야. 대본을 일부러 내 쪽으로 던지고. 그것도 일부러 내 눈을 겨냥해서. 얼마나 예상한 대로 딱딱 흘러가는지 시시할 정도야. 코흘리개 어린애가 하는 짓 같아 딱할 정도니까."

"뭐?"

바로 반응이 나왔다. 사납게 눈을 치켜뜨며 이게 왜 또 기어오르냐는 듯 노려보는 지수를 향해서 세연은 흔들림 없는 어조로 덧붙였다.

"이 말 한마디는 하고 싶어서. 그 무슨 짓을 해도 네 뜻대로만은 되지 않을 거란 걸. 그 언젠가처럼."

그러고 나서 적막이 흘렀다.

사납게 노려보던 것도 잠시, 갑자기 지수와 스타일리스트가 낄낄대며 웃음을 터뜨렸다.

꼭 까마귀가 음산한 울음소리를 내듯 기분 나쁘게 비웃는 웃음. 배까지 잡아 가며 갑자기 웃어 대는 지수를 혁수 역시 불쾌한 시선으로 보았다. 지수가 딱 잘라 말했다.

"증거 있어요?"

하지만 CCTV 화면이 있는 것도 아니고 그 순간의 공격을 입증할 수 있는 방법이 딱히 없었다. 기분이 찝찝하고 불쾌하지만, 딱히 할 말이 없어 돌아가려고 했다. 그때 갑자기 똑똑, 차 문을 두드리는 소리가 났다.

"네?"

지수가 여전히 끽끽대면서 웃음을 참지 못하고 있을 때, 다음 순간 드르륵 소리와 함께 밴 승합차의 문이 열리고 전혀 생각지도 못했던 인물이 모습을 드러냈다.

"안녕하세요, 유지수 씨?"

짙은 검은 단발머리, 여전히 딱 떨어지는 검은 바지 정장, 그리고 빈틈없는 목소리.

팬텀의 김소현 팀장이 지수에게 보란 듯이 천천히 미소 지었다.

정말 김소현 팀장은 딱 그 한마디만 했다.

더도 말고 덜도 말고, 의미심장한 뉘앙스가 드리워진 한마디만 덧붙이고선 묘하게 웃음만 지을 뿐이었다.

"얘기 많이 들었어요. 이번에 〈리벤지〉에서도 우리 배우랑 같이 타이틀 롤 맡게 되었잖아요. 우리 배우, 잘 부탁드려요."

만나서 반갑다는 의례적인 인사도 하지 않았다.

그저 얘기 많이 들었다고, 네가 유지수냐고 확인하는 느낌의 의미심장한 말과 말없이 훑어보는 눈빛, 그것이면 충분했다.

굳이 많은 말이 필요하지 않았다. 이미 김소현은 자신이 팬텀 2팀의 팀장이며, 세연을 케어하고 있다고 밝혔다.

"내가 너무 늦게 왔죠? 진작에 왔어야 하는 건데, 회사 재정비 차원에서 좀 산만하다 보니까 미처 신경을 못 썼어요. 미안해요."

김소현은 입가에 서늘한 웃음을 머금은 채 여유로운 어조로 이렇게 덧붙이기까지 했다.

"온 김에 드라마의 담당 CP랑, 드라마 국장님까지 만나 뵙고 오는 길이에요. 우리 배우가 아무래도 드라마 첫 촬영이다 보니 아직 부족한 게 있겠지만, 회사 차원에서 해야 할 일은 해야죠. 그리고……."

그 말과 동시에 김소현 팀장은 말없이 빤히 유지수에게 시선을 던지며 천천히 말을 이었다.

"나는 우리 배우를 믿고 있거든요. 우리 배우, 아직 연기 경력이 전무해서 분명히 우려도 있지만 그만큼 잘해 주고 있거든요. 믿고 기대하는 만큼 우리도 할 일을 해야죠. 그게 우리가 맡은 일이기도 하고, 각자 맡은 소임을 다하는 게 가장 이상적이라고 보거든요. 이를테면……."

눈앞에서 대놓고 비웃듯 말없이 입꼬리를 치켜올릴 뿐 아무 말 하지 않는 지수를 보는 까만 눈이 깊고도 깊다. 일순간 그 섬뜩하리만큼 차고도 깊게 느껴지는 시선에, 세연은 문득 누군가가 떠올랐다.

왜 자신이 기우와 같은 느낌을 문득문득 팬텀의 이들에게서 받았는지 뒤늦게 그 이유를 깨달았다.

그건 이를테면 자신이 하는 일에 목숨을 걸고 일하는 이들의 공통점이었다.

상대에게 섣불리 경솔한 짓 하지 말라는 경고 같기도 했다.

그럼에도 지수는 여전히 키득거리며 웃을 뿐, 불손하기까지 한 공격적인 태도를 거두지 않았다. 눈앞의 불길한 얼굴에서 눈을 떼지 못하던 세연이 시종일관 한결 같은 저 태도는 인정해 줘야 할 것 같다고 생각할 무렵이었다.

이윽고 잠시 의미심장하게 말끝을 흐리던 김소현 팀장이 나지막한 어조로 덧붙였다.

"드라마 작가와 감독은 멋진 작품을 만들고 배우는 드라마를 잘 찍으면 돼요. 드라마에만 집중하면 되죠. 나라면 쓸데없는 일은 하지 않겠어요. 그래야 좋은 작품이 나올 테니까. 새벽부터 나와서 드라마를 찍는 수많은 스태프를 생각하면, 트러블도 일어나지 않는 게 모두에게 이상적인 결과죠. 그게 어려워서 그렇지."

여전히 흔들림 없는 음성.

지루하게 늘어놓는 일장 연설처럼 들리지 않는 것은 진심으로 안타까워하는 마음이 묻어 있기 때문일 것이다.

그럼에도 여전히 눈앞의 지수는 시종일관 기분 나쁘게 키득거렸다. 그런 지수를 보는 서늘한 검은 눈엔 말없는 경고가 읽혔다.

– 우리 배우 건드리면 이대로 가만있지 않을 겁니다.

혁수의 외침처럼, 시종일관 같은 메시지를 내포한 게 아닌가 하는 생각이 문득 들었던 것이다. 그것도 잠시, 김소현 팀장이 트레이드마크와도 같은 만면에 여유로운 미소를 머금고는 몸을 돌렸다.

"그럼 수고해요. 세연 씨, 잠깐 나랑 얘기 좀 할까."

그 말과 동시에 상황은 일시에 종결되었다. 혁수가 언제 그랬냐는 듯이 지수의 매니저와 다시 인사를 나누고 자연스럽게 세연을 데리고 밴 승합차에서 나가는 동안, 지수는 여전히 얼굴을 일그러뜨린 채 그녀를 비웃고 있었다.

어디서 사람들을 연달아 데려와서 자신을 겁주고 위협 주냐고 묻고 싶었겠지.

하지만 적어도 효과가 있었던 것은 자명했다.

그 이후로 지수가 그녀를 공격하는 횟수가 눈에 띄게 줄어들었으니까.

적어도 사람들이 있는 앞에서, 이전처럼 카메라가 돌아가는 가운데에서도 대담하게 그녀를 공격했던 예전처럼은 하지 못했다.

면전에서 대놓고 비웃었지만, 방송국 CP와 국장을 만나고 왔다는 김소현 팀장의 서슬 퍼런 기세가 허언이 아니라는 걸 직감적으로 간파했던 것일까.

적어도 허울 좋은 팬텀의 소속 배우로 아무런 전담 없이, 방치된 것 같이 광야에서 홀로 싸우는 것 같던 그녀를 무시하고 만만하게 짓밟으려던 시도는 이후로 사그라들었다.

어쨌든 그날 그녀가 다시 대기하는 밴 승합차로 돌아왔을 때, 혁수는 채희에게 부탁해서 김밥을 왕창 사 오게 했다. 그냥 간소하게 김밥한 줄 먹는 게 아니었다. 식욕이 좋은 혁수는 편의점에서 어묵국에 순대까지 사 왔고 그것도 모자라 채희에게 떡볶이까지 같이 사 오라고 부탁해, 꼭 밴 안에서 파티를 벌일 기세였다.

혁수는 언제 지수가 탄 밴 승합차에서 언성을 높였나 싶게, 세연에게도 함께 먹을 것을 권하기도 했다.

"괜찮으면 같이 먹어요. 다 먹고살자고 하는 짓인데."

아무렇지 않게 흘낏 그녀를 보면서 자연스럽게 덧붙인 혁수가 눈짓을 했다. 그러자 기다렸다는 것처럼 채희가 그녀에게 젓가락을 내미는 게 아닌가.

"먹어요. 떡볶이 유명한 맛집에서 사 온 거예요. 여기 근처에 있거든요."

항상 뭔가 맘에 들지 않는다는 표정으로 뾰로통하게 있던, 그러나 통통하게 살이 오른 뺨이 귀여운 느낌을 주는 채희가 기다렸다는 것처럼 친근하게 음식을 권하자 세연은 잠시 말없이 보았다.

그러자 벌써 '쩝쩝' 소리와 함께 맛나게 음식을 먹고 있는 채희와 혁수의 모습이 눈에 들어왔다.

"조심해. 떡볶이 국물 흘리지 말고. 이거 가죽 시트라서 한 번 묻으면 지워지지도 않아. 세제로 지워야 돼."

"저기요, 걱정은 넣어 두시라고 제가 한 말씀 올릴게요. 오빠나 흘리지 말고 잘 드세요."

혁수가 잔소리하자, 채희가 오빠나 잘하라며 면박을 주었다. 그것도 잠시, 둘은 콜라까지 따서 사이좋게 나눠 먹었다. 너무도 다정하게 잘 먹는 모습에 잠시 시선을 주던 세연은 나지막한 어조로 말했다.

"둘이 참 사이가 좋네요."

"네?"

그러자 순대를 소금에 찍어 먹던 채희가 무슨 말이냐는 듯 되물었다. 세연은 허스키하게 잠긴 목소리로 천천히 덧붙였다.

"아뇨, 둘이 참 사이가 좋고 친근해 보인다구요. 꼭 오랫동안 일해 온 것처럼."

침묵이 흘렀다. 채희와 혁수가 잠시 흘낏 시선을 교환했다.

콜라를 종이컵에 따라 마시던 혁수가 끄윽, 트림을 한번 하더니 천천히 말했다.

"맞아요. 재 내 사촌 여동생이거든요. 뭐, 팀장님은 알고 있지만요."

혁수가 팔짱을 끼더니 재미있다는 표정으로 말했다.

"일 못 하면 데리고 있지도 않아요. 자기가 열심히 하겠다고 그러고 일도 곧잘 하니까 데리고 있는 거지. 내가 말했지? 짐이 되면 알아서 빠져 주는 거라고."

"네, 네, 알았어요. 제가 알아서 잘한다니까요, 사촌 오빠 겸 실장님."

채희가 짐짓 삐진 표정을 지어 보이면서도 입가에는 여유로운 미소를 담고는 세연에게 다시 먹을 것을 권했다.

"여기 떡볶이 정말 맛있어요. 한번 먹어 봐요."

"네, 고맙습니다. 잘 먹을게요."

주저하던 것도 잠시, 세연이 젓가락을 들어 열심히 음식을 먹자 채희가 웃으면서 물었다.

"어때요? 맛있죠?"

입 안 가득 김밥을 넣고 우물거리면서 채희가 묻자, 세연은 고개를 끄덕였다.

"네, 맛있네요."

"김밥도 먹어 봐요. 그냥 단무지랑 시금치, 당근만 넣었는데 얼마나 감칠맛 나게 맛있는지. 계속 먹게 된다니까."

참기름을 바른 김밥을 보란 듯이 입 안에 넣은 채로 채희가 웃으면서 말했다. 그러고는 세연에게 너무 말랐다면서 계속해서 먹을 것을 권했다.

"우리 일은 체력이 따라 주지 않으면 버티기 힘들어요. 아무래도 체력이 떨어지면 감당하기 힘드니까 든든히 먹어야죠. 게다가 저런 마녀랑 붙으려면……."

채희가 살짝 눈치를 봐 가면서 말끝을 흐렸다. 그러자 이제는 식사를 마친 혁수가 웃으면서 캔 커피를 꺼내 세연에게도 권했다.

"마실래요?"

"아뇨, 아직 다 안 먹어서."

왠지 모르게 어색해진 기분에 세연이 웃으면서 대답하자 혁수가 벌컥벌컥 캔 커피를 마셨다.

"그래요, 많이 먹어요. 아까 보니 정말 보통내기가 아니더라. 이왕 시작한 거 어떻게든 끝을 봐야죠."

그 말과 동시에 혁수가 남은 순대와 떡볶이, 어묵 국물까지 마시라며 밀어 주자 세연은 배부르다고 작게 말하면서 웃었다. 그러자 채희와 혁수도 미소 띤 얼굴로 쳐다보았다. 왠지 분위기가 화기애애해졌다.

확실히 이상한 기분이었다.

얼마 전까지도 냉담하리만큼 각자의 목적과 필요에 의해 모인 이들이 철저하게 비즈니스적으로 각자 플레이를 한다 여겼다. 엄밀히 말하자면 로드매니저이자 실장이 된 혁수는 배우인 그녀를 전담하기 위해, 그리고 스타일리스트인 채희 역시 그녀를 케어하기 위해 붙여졌다. 문제될 건 없었다. 각자 맡은 바 역할에 최선을 다하며 원활하게 드라마 촬영을 할 수 있게 도와주므로.

각자 할 일만 딱딱 나눠서 한다고 생각했는데, 이렇게 생각지도 않게 꼭 밤샘을 하고 나서 맛있는 음식을 나눠 먹는 것처럼, 꼭 맹렬하게 달려가다가 잠시 쉬며 숨을 고르고 음식을 나눠 먹으며 전의를 다지는 기분이었다.

항상 세연이 촬영을 마치고 오면 채희는 '왔어요?' 그 말 한마디만 하고 협찬 받아 온 의상을 확인하거나 핸드폰 화면을 뚫어져라 들여다볼 뿐이었다.

혁수 역시 마찬가지. 힘들게 촬영하고 온 그녀에게 수고했다는 공치사를 하고는 걸려 온 전화를 받거나 다음 스케줄을 확인하느라 바빴다. 실상 〈리벤지〉 드라마 촬영한 이후로 셋이서 처음으로 대화다운 대화를 해 봤다고 해도 과언이 아니었다.

왠지 모르게 훈훈해진 분위기. 무엇보다 그들에겐 공동의 목표가 있었다. 무사히 드라마 촬영을 마무리해야 한다는 것. 전쟁터에 같이 나간 전우처럼 순간적으로 각별해진 느낌이 든다면 착각일까. 혁수 말대로 먹고살기 위해 하는 일이니까 그 하나의 공통점과 드라마라는 목표를 향해 서서히 유대를 쌓아 간다고 해도 무리는 아니지만.

어느새 수북이 쌓인 빈 그릇을 보며 세연은 희미하게 웃었다. 그런 그녀를 흘낏 보면서 역시 미소 지은 채희가 늘 가지고 다니는 보온병에서 커피를 따라 내밀었다.

"이거 마셔요. 그리고 힘내요."

"고마워요."

세연이 감사함을 표하며 커피를 천천히 마시자, 그 옆에서 통화를 마친 혁수가 생각났다는 것처럼 덧붙였다.

"세연 씨, 아까도 말했지만 내가 보통 내기가 아닐 거라고 했잖아요?"

"네."

다시금 지수를 생각하며 그녀가 미간을 좁히자, 혁수가 목이 마른지 벌컥벌컥 생수를 들이켜며 말을 이어 갔다.

"채희 말처럼 잘 먹어야 돼요."

다음 순간 슬쩍 지나가듯이 혁수가 특유의 화법으로 의미심장하게 덧붙이자, 세연은 귀를 의심했다.

"아직 촬영이 많이 남아 있으니까 체력도 비축해 두려면 잘 먹어야 돼. 그래야 끝까지 싸울 수 있으니까."

혁수가 말했다.

"내가 원래 전담하는 팬텀의 배우님들 대본 책을 잘 안 읽거든요. 연기파들도 많고 원래 잘하니까 내가 주제넘게 나설 일이 아니다 싶었지. 그런데 대본 리딩 때부터 왠지 모르게 싸한 느낌이 들더라고."

"네, 오빠. 그런데요?"

그 옆에서 경청하던 채희가 흥미진진하게 눈을 빛내면서 말하자 혁수가 어깨를 으쓱했다.

"채희 넌 끼어들지 말랬지."

"어머, 끼어들지 않으려고 했는데 오빠도 보셨잖아요? 우리 배우님한테 대본 날아오는 거. 워낙에 일촉즉발의 상황이라 신경 쓰지 않을 수가 없었다구요. 아시잖아요? 저 원래 끼어드는 거 안 좋아하는 거."

"아, 그거야 그렇긴 한데."

난처하던 표정으로 짐짓 말끝을 흐리던 것도 잠시, 혁수가 언성을 높였다.

"앗, 너 때문에 얘기하려던 거 까먹었잖아."

"우리 사촌 오빠가 이렇다니까요. 그럼 수고하세요, 오혁수 실장님. 전 다른 배우님 스케줄 있어서 이만 가 보겠습니다. 세연 씨, 덕분에 맛있게 잘 먹었어요."

들으란 듯 드높은 어조로 인사한 채희가 싱글벙글 웃더니 작별을 고했다.

"아, 다 먹은 음식 그릇은 저 주세요. 쓰레기봉투에 넣어서 버리고 제가 분리수거하게요."

그러고는 능숙하게 세연의 옷을 코디해 주듯 순식간에 쓰레기봉투에 다 먹은 음식 그릇들을 넣어서는 훌쩍 몸을 일으켰다.

"그럼 세연 씨 수고해요."

채희가 명랑하게 세연에게 손을 흔들며 밴 승합차의 문을 닫고는 바로 다음 스케줄 이동 장소로 가 버렸다.

"절대 지지 말아요! 알았죠."

차 문을 닫기 직전, 그녀만 들으라는 듯 얼른 덧붙이는 소리에 세연은 잠시 아무 말 하지 않았다.

이상했다. 꼭 꽁꽁 얼어붙은 추운 곳에서 야외 촬영을 끝마치고 뜨거운 어묵 국물을 들이켰을 때처럼 서서히 마음이 따스해졌다.

이어지는 혁수와의 대화도 그 느낌을 가열하듯 부채질했다.

채희가 밴 승합차의 문을 닫고 가 버리자 다시금 찾아온 정적 속에서, 혁수가 거듭 다음 스케줄을 확인하듯 손목시계를 들여다보더니 생각났다는 것처럼 덧붙였다.

"아, 생각났다. 여하튼 대본 리딩 때부터 왠지 기분이 싸하더라니. 그래서 대본 책을 봤는데."

혁수가 아무렇지 않게 정확히 요점을 짚어 냈다.

"아무래도 후반부에 다영과 나은 자매의 대결이 잘 드러나야 드라마가 살 것 같더라구요. 지금에야 이런저런 일로 시끄럽지만, 후반부를 중점적으로 살리는 게 좋을 것 같아요."

"아, 네……. 고마워요. 저도 잠시 잊고 있었어요. 워낙에 신경 쓸 일이 많아서."

혁수의 말에 고마움을 표한 세연은 정작 자신이 가장 중요한 걸 잊고 있었다는 것을 실감했다. 잊을 만하면 끝없이 터지는 지수와의 사건들. 언제 위태롭게 터질지 몰라 조마조마해, 신경을 곤두세우는 순간들의 연속이 아닐 수 없었다.

그런 그녀를 빤히 보면서 혁수가 말을 이었다.

"내가 전에도 말했지만, 원래 드라마 스태프로 시작했다구요."

"네, 전에 들었어요. 드라마 시작하기 전에 방송국 세트장에 관해서 자세히 설명 들었잖아요."

채희가 주고 간 아직은 따스한 커피를 손에 쥔 채로 세연은 희미하게 미소 지은 채로 말했다.

"덕분에 드라마 촬영에 대해 감이 잡혔는걸요. 아니면 정말 무지한 채로 뛰어들 뻔했는데. 물론 시나리오 학원을 다니고 연기 수업을 받기는 했지만, 이렇게 몸에 익은 것처럼 촬영할 수 있는 건 그때 받은 조언이 커요."

세연의 말에 고개를 끄덕이던 혁수가 다시금 밴 승합차의 운전대를 잡더니 생각났다는 것처럼 덧붙였다.

"예전에 빗속을 뚫고 야외 촬영을 하러 간 적이 있거든요. 갑자기 잡힌 스케줄이었어요. 촬영이 다 끝난 줄 알았어도 추가 촬영이 잡히면 어쩔 수 없어요. 그런 케이스가 왕왕 생겨서."

혁수가 진지하게 말하며 어깨를 으쓱했다.

"아무리 잘하려고 해도 사람이 하는 일이다 보니 계획대로 안 될 때가 있거든요. 그럴 때는 그냥 빗속을 뚫고 나가야 돼요. 어차피 촬영해야 한다면, 찍어야 할 분량이라면 일기예보에서는 갑자기 쏟아진 폭우에 고속도로에 사고 위험이 있어서 위험하다고 하지만, 그래도 어떡해요. 우리 같은 사람들은 그냥 가야지. 드라마도 일단 찍고 보는 거예요. 일단 하겠다고 고사를 올리고 제작발표회 들어가면 그냥 끝까지 가는 거예요."

혁수가 어두운 피부에 박힌 검은 눈을 깜빡이며 강조하듯 뚫어져라 세연을 쳐다보았다.

"안 그래요? 세연 씨, 중간에 고속도로 사고가 날 수도 있고 사람이 다칠 수도 있어서 못 간다고 할 수는 없잖아요?"

"네…… 그래요."

"이 업계의 생리가 그래요. 우리 같은 사람들은 그냥 고속도로에서 사고가 나지 않게 조심해서, 최선을 다해서 가는 수밖에 없는 거예요. 무섭게 쏟아지는 빗속을 뚫고선 그냥 달려가는 수밖에."

혁수의 말은 그녀에게 많은 생각할 거리를 주었다.

지수와의 대결에만 온 신경을 곤두세워서 정작 자신이 가장 중요한 걸 잊고 있던 게 아닐까.

그저 기적처럼 힘들게 여기까지 온 것에만 의의를 두었다. 계속 통제 불가능한 상태로 터지는 사고처럼, 공격해 오는 지수의 습격에만 온 신경이 쏠려 있었다. 그래서 어쩌면 등 뒤에 감당할 수 없으리만큼 무거운 짐을 짊어지고 아찔하리만큼 드높은 산맥을 걸어 올라간다고 생각했는데. 여기까지 온 것의 고마움과 그 기적적인 순간의 성취를 잊고 있었다. 물론 금세 마음을 다잡고 매 순간 지수와의 대결에 충실하려고 했지만, 마음 깊은 곳에선 그저 힘들고 고통스럽다고 여긴 것만은 아닐는지.

비가 미친 듯이 오는 날, 그래도 촬영을 못 하게 되는 상황을 막기 위해 무자비하게 쏟아지는 폭우를 뚫고 결국 늦지 않게 교외에 지어진 세트장에 도착했다는 그녀의 매니저. 혁수의 말은 그녀에게 복잡한 심경이 들게 했다.

결국 이건 내가 택한 거다.

무슨 일이 있어도 끝까지 가야 했다. 아무리 다시 생각해도 결론은 같았다. 중간에 〈리벤지〉를 접을 수 없다는 것.

어렵게 천신만고 끝에 잡은 기회이니만큼, 거듭되는 지수의 공격으로 긴장을 놓을 수는 없지만 여러 스트레스로 가득한 요소들 속에서도 초심을 잊지 말자는 것.

'이 기회에 감사하자. 멈추지 않고 달려가야 돼. 그래, 고통 그 자체도 즐기자. 그것도 일방적인 폭력을 휘두르다시피 한 유지수에게 단

한 번이라도 반격을 가할 수만 있다면, 결국엔 실패하더라도 그 시도한 순간만큼은 달콤하리라.'

지친 듯 웅크리고 있던 세연의 몸이 다리미로 편 것처럼 다시금 빳빳하게 세워지고 입가 역시 뒤틀린 듯 쓰디쓴 웃음을 머금었다. 일방적으로 얻어맞는 게 아닌, 자신이 단 한 번이라도 반격을 가할 수 있다는 생각에 이윽고 세연은 삐뚜름하게 웃었다.

그것도 잠시, 다음 순간 세연은 활짝 웃고 있었다.

마치 날카로운 가시를 간직한 것처럼, 만개한 장미와도 같은 아름다운 웃음이었다.

여자 친구와 열심히 통화를 하던 혁수가 한순간 흘낏 돌아볼 정도로, 시청자를 사로잡는 〈리벤지〉의 등장인물 다영의 달콤한 미소, 그 자체였다.

그래, 내가 언제 이런 드라마를 또 찍겠어.

물론 그 미소는 오래 가지 않았고 지수의 공세 역시 거듭되었지만, 세연은 잠시 잊고 있던 초심으로 돌아가 이제는 드라마 촬영의 고통 그 자체를 즐기게 되었다.

그 마음이 잠시 크게 흔들리기도 했다.

정확히는 시청자 게시판을 점령한, 성난 시청자들의 시청 소감 때문이었다.

[정세연 하차했으면 좋겠네요. 말이 명품 막장 드라마지, 극중에서 정세연이 거듭 부리는 패악에 보기만 해도 연일 짜증 지수가 치솟습니다. 매회 소리를 지르고 물건을 부수고 있는데요. 이번이 첫 드라마 출연이라고 하던데, 그냥 가수나 하지 왜 드라마를 찍어서 이렇게 보는 사람 눈에 거슬리게 하는지 모르겠네요.]

드라마 속 거듭된 그녀의 악행에 시청자들은 피로감을 호소했고,

시청자 게시판엔 줄줄이 악플이 도배되다시피 했다.

[정세연 연기 좀 안 봤으면.]

[하차에 동의합니다.]

그 글을 시작으로 줄줄이 부정적인 여론이 형성되었고 늦은 밤, 촬영을 마치고 집으로 돌아와 잠시 컴퓨터 화면을 무표정하게 보던 세연은 마지막으로 띄운 화면의 게시글에 시선을 주었다.

[저도 드라마 매회 극중에서 정세연 패악 부리는 거 보는 게 피곤하고 짜증 나는 사람인데요, 갑자기 이런 생각이 들었어요. 이렇게 화가 나고 몰입시키는 걸 보면, 정세연이 연기 잘한다는 거 아닌가요?]

물론 아무런 답글도 달리지 않았다. 아무도 그렇게 생각하는 사람이 없다는 증거였다.

[연기는 그렇게 못하지는 않는 것 같은데, 왠지 모르게 비호감이에요. 배역이 악역이라 그런 건지, 아무래도 못되게 나오니까 호감이 가지는 않더라구요. 게다가 주연으로 나오는 탤런트 유지수와 전에 안 좋은 일 있지 않았나요?]

[둘이 일본에서 같은 학교 다녔다고 본 것 같아요.]

역시나 예외는 없었다.

그녀의 마음과 다르게 거듭되는 답답한 상황의 연속.

성냥팔이 소녀가 마지막 남은 성냥을 바라보며 견딜 수 있었던 건 희망이 남아 있었기 때문이다.

그럼에도 현재로선 그녀가 원하는 일은 요원해 보였다. 실상 마지막 희망의 불씨는 꺼져 가는 듯 보였다.

세연은 온통 시선을 사로잡는 인터넷 창 화면에서 고개를 돌렸다.

사라지지 않는 악몽. 일본에서 한국에 오기까지의 그 모든 일들, 일순간 섬뜩한 기억이 되살아났다. 머릿속의 기억들이 결코 그녀를 놔주려 하지 않았다. 스멀스멀, 기분 나쁘게 뱀이 기어가는 것 같은 특유의 소름 끼치는 감각에 절로 몸서리가 쳐졌다.

"하아……."

이윽고 세연은 나직한 한숨을 내뱉었다.

비록 마음의 준비는 했지만 그녀도 사람인지라 온통 자신에 대한 비호감의 감정과 욕설로 도배가 되다시피 한 시청자 게시판을 보자 평정을 유지할 수만은 없었다.

실패할 수 있을 거라 생각했다. 실상 엄두도 나지 않던 가수 데뷔도 처음엔 실패했고, 대중들은 절대로 그녀의 생각보다 호락호락하지 않았으니까. 이번 드라마 역시 객관적으로 볼 때 실패할 확률이 높다고 여겼다. 그녀의 살아온 지난 족적들이 그 사실을 증명했다. 철저히 냉정하게 승률로 따졌을 때 그녀는 실패에 가까운 쪽이었다.

예외란 없었다. 사람들은 그녀의 재능을 칭송하기보다 쉽사리 비판하는 것을 즐겼고, 언제나 대중들에게 인정받기란 어려운 일이었다. 말 그대로 겸허한 자세로, 뼈를 깎는 것처럼 그녀의 전부를 불살라 영혼까지 쏟아부어야 아주 조금이라도 인정을 받을 수 있었다.

'그래, 마음 깊은 곳에선 이럴 거라 생각했는지도 몰라.'

각오하고 시작했지만, 한 치의 예상도 엇나가지 않은 상황에 자꾸 쓴웃음이 났다. 왜일까. 지쳐서일까. 괜찮다고, 힘든 기색을 내색하지 않으려 했지만 기진맥진 자꾸 힘이 빠진다.

그것도 잠시, 반짝이는 컴퓨터 커서를 노려보던 세연은 표정을 굳히고선 냉엄하게 몸을 돌렸다.

뭐, 예상했던 일이잖아.

그럼 한 번에 성공할 거라 생각한 거야?

물론 여기까지 오면서 쉬울 거라 생각했던 건 아니었다. 지금껏 그녀의 삶이 실상 기쁨보다 아픔이 많았다면, 앞으로 벌어질 대결은 그 어떤 때보다 힘들고 고통스러운 싸움이 될 거라 예감했었다. 그 본능적인 직감이 마음속에서 사라지지 않았었다.

역시나였다.

기적처럼 드라마 〈리벤지〉의 촬영에 합류해 걸어온 지난 길이, 길게 이어지는 발자국이 꼭 붉게 피로 물들어 있는 것과 같았다. 남아 있는 나날들 역시 견딜 수 없는 쓰라린 고통과 연이은 고초를 버티고 감당해야 할 것이다.

사라지지 않는 불길한 예감에 휩싸여, 세연은 자신의 눈앞에 펼쳐진 시커먼 진눈깨비와도 같은 다가올 날들을 무표정하게 응시했다.

"컷! 신 37에 2 레디 액션!"

오늘 세연이 촬영할 장면도 예외는 없었다. 그녀와 다툰 동생 나은이 식당에서 뛰쳐나가 버리고, 남겨진 그녀의 어머니 역시 참담하게 일그러진 표정으로 '난 널 키워서 후회한다.', '널 데려온 걸 후회해.' 하며 독설을 내뱉고는 결국 다툼 끝에 참지 못하고 퇴장하는 장면이었다.

반짝이는 샹들리에, 새하얀 테이블보, 그리고 역시 질세라 반짝이는 은빛의 쟁반과 식기들이 늘어서 있는, 예외 없이 향기로운 꽃들로 가득한 비현실적이리만큼 아름답고 인공적인 장소에서 세연이 혼자 남겨지는 장면이었다.

이제는 눈에 익은 기다란 붐 카메라, 크레인 장비와 꼭 그녀가 숨 쉴 때마다 미친 듯이 흔들리며 체크하듯 늘어선 음향 기기들. 이제는 눈을 감고도 떠올릴 수 있는 세세한 디테일들까지 빼곡하게 적힌 콘티 북처럼, 예외 없이 모니터 화면에는 그녀의 모습이 비춰지고 있었다. 꼭 그녀의 영혼까지 찍듯이.

이 순간 흐르는 적요함 속에 세연은 담담하게 떠올렸다.

'그래, 알고 있었어. 어디에도 도망갈 수 없다는 걸. 동서남북 어디로 숨어도 저 카메라를 피할 길은 없어. 내 일거수일투족이 카메라에 그대로 잡힐 거야. 시청자들의 눈에 거울처럼 내가 훤히 비쳐 보일 거라고.'

세연은 생각했다.

카메라는 마치 거울처럼 그녀를 비쳐 보이기에, 그 잡힌 모습에 행여나 나쁜 마음을 품으면 고스란히 시청자들에게 그 악의나 살의가 느껴질지도 몰랐다.

하다못해 이 순간 도망갈 수 없게 막다른 벼랑 끝에 내몰린 듯 카메라에 잡힌 그녀의 쓸쓸한 뒷모습에서, 시청자들은 고독과 슬픔 그리고 끝내 숨기려고 했던 절망까지 느낄 것이다.

아무리 담담하게 억누르려고 해도, 절로 차오르는 감정들을 스스로도 어찌할 수 없었다. 세연은 떠올렸다.

'그리고……… 오버하지 마. 그 무슨 일이 있어도 과장해서는 안 돼.'

애써 스스로를 추스르며 헛웃음을 흘려도 스멀스멀 독처럼 퍼져 가는 마음의 심연과 허무감을 쉽사리 떨쳐 내기란 어려웠다. 아마도 드라마 속 인물인 다영에게 감정 이입이 되어서일 것이다.

어리석을지 몰라도 우직한 그녀의 원칙은 최소한의 거리감을 두고 극중 인물인 다영을 표현하는 것이었다.

철저하게 대본 속 인물로서만 구현해서 표현하려고 했다.

지금껏 소신에 가까운 자신만의 원칙. 그런데 그게 깨졌다.

'널 기른 걸 후회한다. 너 같은 건 세상에 태어나지 말았어야 했어.

얘, 듣고 있니? 차라리 죽어 버려라.'

너만 없어지면.

이상하게 그 대사가 귓가를 떠나지 않았다.

'너만 없어지면 돼.'

동시에 '쩌억' 소리를 내며 단단하게 굳어진 얼음이 미세한 균열을 일으키듯, 〈리벤지〉의 촬영과 동시에 지켜 온 그녀 나름대로의 규칙이 깨졌다. 그녀 나름대로 간직하려 한 신념이, 나름대로 정한 규칙이 엉망진창이 됐다.

세연의 숨이 가빠졌다. 짧은 순간, 분명 그녀는 동요하고 있었다.

왜일까.

아무리 극중 인물에 동화되지 않으려 해도 그녀의 마음을 후벼 파듯 들려오는 외침은, 예외 없는 독설은 이 순간 인정사정없이 그녀의 단단히 굳어진 마음에 상처를 입혔다.

'차라리 죽어 버려라. 그럼 장례는 울면서 치러 줄게. 우리가 한 잘못도 있으니까. 하지만 다영아, 왜 이렇게 우리를 악랄하게 괴롭히는 거니? 너만 아니면 나와 네 여동생, 나은이는 행복한데.'

이 순간 세연은 고개를 돌려 눈앞의 어머니를 바라보았다.

정확히는 매섭게 치켜 올라간 모양의 뿔테 안경을 끼고 한없이 우아한 자태로 독설을 내뿜는, 극 중 자매의 어머니로 분장한 중견 탤런트 윤애리였다.

– 안녕, 세연아. 내가 연장자고 세연이가 내 딸뻘이니까 우리, 말 놓을까?

– 네, 선배님. 잘 부탁드려요.

윤애리는 우아하고 온화한 성품이었다. 처음부터 그녀에게 선입견을 가지고 못마땅한 듯 가자미눈으로 흘겨보는 지성화와 윤민자는 아랑곳하지 않고, 촬영장에서 유일하게 살뜰하게 말을 건네 온 이였다.

이상한 일이었다.

그런데 카메라가 돌아가자 완전히 딴 인물이 된 것처럼, 윤애리는 세연에게 못마땅하다는 듯 살짝 눈을 흘기면서 지독한 독설을 내뿜었다. 그러자 거짓말처럼 그녀의 어머니 라은의 얼굴과 오버랩되었다. 꼭 영화 화면처럼 그녀의 아버지 일영의 모습과도 겹쳐졌다. 왜였을까. 처음으로 미세한 균열이 일어나듯 그녀만의 규칙이 깨어지기 시작했다. 일부러라도 일정하게 거리를 두고 객관적으로 구현해 내려고 한 극 중 인물 다영이 훅, 마음을 치고 들어온 탓이다.

– 나가, 꼴도 보기 싫으니까 우리 눈에 띄지 마라.

이 순간에도 귓가를 떠나지 않던 일영과 라은의 외침. 물론 일본에서 지수의 습격으로 일시에 주저앉아 방황하고 절망하는 딸을 보기가 힘들었을 터다. 이해는 한다. 그녀에게 거는 기대가 컸던 만큼 실망도 컸으리라. 그럼에도 하지 말아야 할 말이 있다. 치명적인 독성을 내뿜고 서서히 사람의 마음을 죽이는, 해서는 안 될 말이 있다.

"너 같은 건 괜히 데려왔어! 아무리 생각해 봐도 역시 나랑 나은이, 우리 모녀 사이에 넌 필요악이야. 역시 데려오는 게 아니었어. 너 같은 건 그냥 길바닥에서 쓰러져 죽게 내버려 둘걸. 어쩜 이렇게 키워 준 나와 네 동생 나은이를 괴롭힐 수가 있니?"

지금 역시 정나미가 떨어지는 독설을 인정사정없이 내뿜는다. 카메라가 돌아가자마자, 꼭 다른 인격이 된 것처럼 뒤바뀌는 연기 선배의 모습은 그녀에게도 좋은 귀감이 되었다. 평소의 온화한 모습은 찾아보려야 찾아볼 수 없는 윤애리가 보란 듯이 뿔테 안경을 추켜올렸다.

그러고는 화가 치밀어 견딜 수 없다는 듯 일방적으로 막말을 내뱉고는 그대로 레스토랑으로 꾸며진 세트장을 나가 버렸다. 남겨진 세연은 흐르는 음악 속에 천천히 시선을 돌렸다. 이상하게 오버랩된 것처럼 마음의 흔들림이 쉬이 잦아들 기세를 보이지 않았다. 아무리 해도 볼썽사납게 헤집어 놓은 것처럼 동요한 마음이 쉽사리 가라앉지 않았다.

그리고 환영처럼 눈앞에 하얀 방이 보였다. 살풍경하리만큼 아무런 장식도 없는 방.

– 저 애 좀 내 눈에 띄지 않게 해!

세연의 아버지 일영이 고함쳤다. 그녀에게는 익숙한, 부모에게 내쳐져 쫓겨 가듯 어쩔 수 없이 살게 된 해옥 고모의 집. 짜증과 히스테리, 예외 없이 그녀에게 모진 독설을 퍼부었다.

– 너 같은 건 태어나지 않는 게 나았어. 왜 태어나서 우리를 괴롭히니.

그녀도 인간인지라 어쩔 수 없이 상처받아 처음엔 흥건하게 눈물로 베개를 적셨었다. 나중에는 울어도 달라질 게 없기에, 오히려 기분이 침울하고 영원히 그 굴레에서 벗어날 수 없을 것 같아 일부러라도 마른 걸레처럼 건조하게 마를 때까지 마음속의 물기를 짜냈었다. 오기로라도 눈물 한 방울 흘리면 그녀의 부모님과 해옥 고모에게 지는 것 같아 일부러라도 이를 악물고 눈물을 보이지 않았었다.

하지만 애써 마음을 억눌러도 어느 순간 희뿌연 물기가 차오르듯, 그녀의 모질게 굳어진 마음 역시 허물어졌다. 그간 단단해졌다고 여겼는데 아니었나 보다. 가시지 않는 생채기가 도지듯 처음으로 그녀의 눈에 희뿌옇게 물기가 차오른 것이다.

세연은 믿을 수 없어 잠시 그대로 있었다. 지금껏 오기로라도 남들 앞에서 한 번도 눈물을 보인 적이 없었는데. 모니터 화면으로 보고도 실감할 수 없는, 그녀가 처음으로 흘리는 눈물이었다. 카메라는 놓칠세라 집요하게 그런 그녀를 잡았다.

"컷! 여기까지."

정신을 차렸을 때 고준우 감독이 오케이 사인을 보냈고, 촬영이 만족스러웠는지 보기 드물게 함박웃음을 머금고 있었다. 세연은 잠시 어안이 벙벙했다. 감독이 만족스레 오케이 컷 사인을 외치고 촬영이 종결되었는데도, 그녀답지 않게 잠시 어딘가에 영혼을 빼앗긴 것처럼 넋을 잃은 표정을 지었다. 그러다 뒤늦게 깨달았다.

스스로도 이해할 수 없는 눈물. 음악이 흐르는 가운데 적막한 레스토랑에 그녀 홀로 남겨졌을 때, 꼭 세상에 홀로 내버려진 것처럼 혼자가 되었을 때, 그 쓸쓸한 뒷모습에 스스로도 주체할 수 없는 그녀의 솔직한 감정이 담겼다는 것을.

그것은 숨 막히도록 짙은 외로움이었다.

자연스럽게 받아들이듯, 어느 순간 그녀는 완전히 몰입해 극중 인물인 다영이 되었다.

세연은 행복하게 웃었다.

단 한 순간이라도 그녀는 드디어 다영이 될 수 있었기에 사람들이 욕하고 손가락질해도 상관없었다. 이루 말할 수 없는 격한 환희와도 같은 충족감이 가득 차올랐다.

"콜록콜록."

그러고 나서 세연은 기침을 했다.

왜일까. 갑작스레 왈칵, 터져 나온 기침이 멎질 않았다. 꼭 폐부를 압박해서 붉은 피를 왈칵 토해 낼 것만 같았다. 이렇게 서서히 죽어가도 좋았다. 몇 달만 산다고 해도, 스스로 멈출 수 없는 연기에의 의지로 스스로를 부서뜨린다 해도 순간의 몰입감에 자신을 던질 수 있었다.

그 완벽하게 드라마 속 극 중 인물이 된 희열이 삶의 강력한 원동력이 되어 그녀를 살게 했다. 보란 듯이 잡초처럼 그녀를 버티게 했다. 비록 다들 그녀를 욕하고 돌을 던져도, 이 순간 촬영을 마친 세연은 일그러진 얼굴로 웃었다. 눈에 가득 눈물을 담고 보란 듯이 일그러진 미소를 지었다.

기뻤다. 감사했다. 완벽한 예술혼까지는 아니더라도, 만약 그녀가 토해 낸 피로 캔버스에 완벽한 그림을 그릴 수만 있다면 감사하다고 외치고 싶은 심정이었다.

격렬하게 일그러지듯 퍼져 가는 감정의 카타르시스, 완벽한 몰입 후에 찾아오는 아드레날린을 억누를 수가 없었다. 그래서 웃었다. 일그러진 얼굴로 씁쓸히 웃음 지었다.

그리고 완전히 포기한 순간, 그녀의 연기는 모든 사람들을 사로잡기 시작했다.

그 순간의 진심이 통한 것일까. 어느 순간 스스로 보고도 믿기지 않는 기적처럼, 그녀를 욕하던 이들이 열광하기 시작한 것이다.

第 54 幕

반전은 예고도 없이 찾아왔다.

문제의 장면.

그 아무런 미동 없이, 아무런 표정 없이 담담하게 앉아 있던 마지막 장면. 정작 투 샷으로 그녀와 촬영을 했던 지수는 컷 사인이 떨어지자마자, 곧장 몸을 돌려 돌아보지도 않고 세트장에서 퇴장했다. 어서 빨리 미련 없이 촬영장에서 벗어나고 싶은 것처럼, 오로지 카메라가 클로즈업하자 급조한 것 같은 눈물을 쥐어짜 냈을 뿐이다.

그럼에도 세연은 지수를 따라서 퇴장하지 않고 한동안 그 자리에 앉아 있었다. 본능적으로 카메라가 꺼지지 않고 돌아가고 있는 걸 알아차렸지만, 일부러 의도한 것은 아니었다.

카메라 앞에서 세연과 치열하게 대립한 지수는 비록 그 자리를 떠났지만, 남겨진 세연의 감정은 복잡하기만 했고 아직 연기에 몰입한 감정의 여운이 끝나지 않았다. 정확히는 그녀의 연기는 아직 끝나지 않았다.

비록 드라마 대사는 틀리지 않고 다 했을지 몰라도, 그녀의 마음은 오늘 촬영한 신을 끝낸 게 아니었다. 오늘 그녀가 찍어야 할 촬영분을 끝내고 무사히 찍었지만, 뭔가 미진한 감정이 남아 있었다. 그건 사라지지 않는 앙금처럼 마음에 남았다. 정확히는 카메라 앞에서 그녀의 전부를 불살라야 되는데 그러지 못한 아쉬움이 채 가시지 않았다. 꼭 불씨가 활활 타오를 듯 말 듯 하면서 피시식 꺼져 버린 것 같은 미진한 기분이 그녀를 괴롭혔다. 이건 아니었다. 정말 괜찮은가? 그녀의 마음 깊은 곳에 샅샅이 비추어 최선을 다했다고 말할 수 있을까?

그리고 어느 순간 세연은 혼자 고개를 끄덕였다.

'그래, 난 최선을 다했어. 내가 할 수 있는 전부를 했어. 비록 아쉽더라도.'

그 사라지지 않는 복잡한 감정, 그녀를 감싼 여운이 가시기 전에 서둘러 몸을 움직일 수가 없었다. 그래서 몸을 돌려 나가지 않고 잠시 그 자리에 앉아 있던 것뿐이었다. 카메라의 존재를 의식하지 않고 그녀가 연기한 동선을 눈으로 확인하며, 한동안 세트장을 떠날 수 없을 뿐이었다. 그녀는 숨을 쉬듯 머릿속으로 조용히 떠올렸다.

'이게 마지막이야. 그래, 난 이제 끝났어.'

이 순간 세연은 담담하게 현실을 인정했다.

결국 그녀는 실패했다.

'하지만 난 결국 목표를 이루지 못했어. 우여곡절 끝에 '윈터 문' 앨범을 내고 처음이자 마지막일 〈리벤지〉의 여주인공이 되는 기회를 잡았지만, 예상대로 실패의 수순을 밟았어. 그래, 예외는 없었어.'

그랬다, 예상대로.

하지만 후회는 없었다.

참 이상하기도 하지.

이럴 줄 알았다는 생각이 들면서도, 한편으로는 슬프거나 당황하거나 하다못해 분노도 치밀어 오르지 않았다. 참으로 이상했다. 그저 담담히 흘러가는 물처럼 고요하면서도 관조에 가까운 무덤덤함이 그녀의 가슴을 채웠다. 그러고 나서 단지 아쉬운 것은.

'더는 이렇게 연기할 수 있는 기회가 없을지도 몰라.'

아마 이번 드라마가 끝나고 다른 드라마를 찍을 수 있다는 보장이 있었다면 이렇게 연연하지 않았을지도 모르겠다. 이렇게 마지막까지 자신의 연기에 대해 아쉬움이 남고 미련이 남지 않았을지도.

'어떻게든 최선을 다해야 한다. 내 전부를 소진하듯 카메라에 다 내보여야 해. 찰나의 진심을.'

계속해서 이러한 강박관념에 사로잡힌 탓일까. 언젠가 본 영화가 떠올랐다.

퇴락한 레슬러인 남자 주인공은 하다못해 관객들이 침을 뱉고 조롱을 해도 보란 듯이 사각의 링에 오른다. 헤어스프레이를 상대의 눈에 뿌리고 쇠사슬을 몸에 감고 이미 한물간 과격한 경기를 한다. 그럼에도 그는 매 순간 자신의 몸과 영혼을 다해서 불사르듯 연기를 하기에, 영화를 보면서 세연은 그가 낙오자가 아니라 생각했다. 적어도 인생이라는 사각의 링에서 그는 매 순간 최선을 다해 경기를 했기에, 자신의 몸을 불살라 보란 듯이 관객들을 만났기에. 그래서 세연 또한 비록 서투르더라도 카메라 앞에서 자신의 모든 감정을 담아 연기를 하려고 했다.

'그래, 부족하지만 관객들에게 내 전부를 보여 주도록 노력하자.'

때문에 인위적으로 연출되는 게 아닌, 그녀의 몸 전체에서 의도한 게 아닌 자연스러운 감정이 카메라에 담겼을지도 모르겠다.

확실한 건 카메라가 돌아가는 가운데에서, 무표정하리만큼 텅 빈 눈으로 먼 곳을 쓸쓸히 응시하는 그녀의 모습이 마지막까지 클로즈업되었다는 것뿐.

그 순간의 진심이 통해서일까.

그녀의 쓸쓸해 보이는 등의 실루엣이 전달할 수 있는 최선의 진실.

그 1분 동안의 진심이 대중들에게 전해져서일까.

촬영분이 방송된 일요일 밤을 지나 월요일 아침이 오자 모든 것은 달라져 있었다.

날이 밝아 오면, 시험 성적표와도 같은 시청률을 통해 TV 드라마는 즉각적으로 반응이 나타난다. 오랜 촬영 기간을 지나 대중들에게 공개되는 영화와는 달랐다. 확실히 모든 반응이 즉각적이었다.

[정세연, 불쌍해요.]

전혀 생각지도 못한 반전의 신호탄이 된 것은 드라마 시청자 게시판의 반응이었다.

[〈리벤지〉, 잘 보고 있어요. 요새 빼놓지 않고 시청하는 드라마예요. (중략) 그런데 나는 왜 볼수록 정세연이 불쌍하고, 유지수가 악역 같죠? 이상해요. 분명히 유지수가 여주인공이고 선량하고 불쌍한 역인데 참 이상해요. 왜 난 반대로 느껴지죠? 정세연이 연기를 잘해서일까요? 왜인지 모르게 유지수와 엄마가 정세연을 보이지 않게 차별하고 구박하고, 그래서 점점 더 상처받고 삐뚤어지는 느낌이에요. 원래 그런 아이가 아닌데 부모의 사랑을 받지 못한 애들이 삐뚤어져 나가는 경우가 있잖아요? 정세연이 드라마에서 물건을 던지고 악다구니를 부릴수록, 사랑을 못 받아서 삐뚤어져 나가는 안타까운 느낌이 들고 불쌍해요. 외로워 보여요.

확실히 정세연이 연기를 잘하는 거겠죠. 눈빛 연기만 봐도 외로움이 느껴지니. 눈을 뗄 수 없어 요즘 푹 빠져들어서 봐요. 드라마가 계속될수록 유지수하고 점점 더 비교돼요. 유지수도 물론 연기는 못하진 않지만, 그냥 카메라 앞에서 예쁘게 보이려고 급급한 느낌……. 꼭 내가 얼마나 매력적이고 순진한지 못 표현해서

카메라 앞에서 안달하는 느낌이에요.]

시청 소감은 이렇게 끝을 맺고 있었다.

[이제 정세연이 주인공 같아요.]

그것이 신호탄이었다.

시청자 게시판에 올라오는 소감을 시작으로 순식간에 여론은 팔팔 들끓었다. 극의 갈등이 진행될수록 무섭게 시청률이 올라갔고, 순식간에 온갖 포털사이트를 비롯해 여기저기서 의견들이 도배되었다.

[유지수 연기 뭔가 진정성이 안 느껴짐.]

[예쁜 척만 해 대서 가증스러움. 거기에 비하면 정세연이 확실히 연기를 잘함. 발성도 정확해서 유지수 연기 보다가 정세연 보면 속이 뻥 뚫리는 느낌을 받음.]

[솔직히 정세연이 유지수보다 훨씬 예쁘지. 정세연 주인공 같음. 연기를 잘해서 출연 분량도 엄청 늘어났고 아예 극을 이끌어 가고 있던데, 명색이 여주인공으로 타이틀 롤도 먼저 뜨는데 유지수 어쩌면 좋냐. 그래도 드라마 여러 편에서 주연했는데, 가수 출신 데뷔작인 정세연한테도 밀리네.]

촬영을 마치고 집에 돌아와 혹시나 싶어 잠들기 전 마지막으로 컴퓨터를 켠 세연은 눈을 크게 뜨고 한참을 보았다. 아무리 봐도, 험담하던 그녀의 이름을 착각해서 유지수로 쓴 게 아닐까 싶을 정도로 믿기지 않는 반응이었다.

드라마가 방영될수록 여기저기 도배되는 원색적이기까지 한 시청 소감. 이어지는 비판과 공격. 한번 들끓기 시작한 여론은 용광로처럼 가라앉을 줄을 몰랐다.

그중에서도 세연이 우연찮게 '유지수'를 포털사이트에서 검색했을 때, 제일 원색적이기까지 한 의견들이 많이 달렸던 한 격투기 사이트의 반응이 가장 기억에 남았다.

[확실히 배우는 연기를 잘하고 가수는 노래를 잘하면 용서가 되나 봄. 처음 드라마 찍을 때 둘 다 일본에서 살다 왔고 그것도 모자라서 같은 일본 학교 동창이라고 얼마나 말이 많았음. 가수 출신으로 발연기일 게 뻔하다고 말들이 그렇게 많았는데 정세연이 호감이 되려는 걸 보면. 오히려 기대했던 유지수 발음이 안 들림. 확실히 배우는 연기를 잘해야 몰입이 된다.]

[왜 정세연이 욕을 먹어야 되는데? 가수 출신이라서? 발성도 좋고 데뷔작이라고 믿기지 않을 정도로 연기력도 안정되어 있는데, 가수 출신이라고 무작정 욕을 먹어야 되나? 〈리벤지〉 드라마 말이 많았지만 뚜껑 열고 보니 연기는 정세연이 더 잘하는데. 그리고 막말로 유지수도 여러 소문이 많았는데. 난 오히려 유지수가 의심이 감. 특히 가끔 짓는 표독스러운 표정 보다 보면 소름 끼칠 때가 있다. 자기 성질 완전히 감추지 못하고 카메라에 드러낼 때가 있음. 그러고 보니 업계에서 보통내기가 아니라는 소문이던데. 이니셜도 있었고.]

그랬다, 이니셜.

얼마 전에 올라와 시중에 떠도는 이니셜 기사엔 적나라한 유지수의 사생활이 담겨 있었다.

[청순한 이미지로 인기 절정인 A양은 사실 주입된 미녀라고 합니다. 뛰어난 미녀라고 하기엔 약간 부족한, 그러나 요즘 신세대가 좋아하는 도발적이기까지 한, 개성적인 미모로 스타덤에 올랐는데요.

요즘 A양의 사생활이 도마에 오르고 있습니다. 바로 앞에서는 웃고 뒤에서는 험악하게 뒷말을 하는, 전형적인 앞과 뒤가 다른 타입이기 때문인데요. 상냥하고 예의 바른 태도와 다르게 촬영장에서도 험악한 분위기를 자아내 악명이 높습니다. 수시로 매니저도 바뀐다고 하네요.

비록 요즘엔 잠잠하다고 하나 트러블 메이커의 명성 어디 안 가죠? 얼마 전에도 떠들썩하게 지면을 장식했습니다. 그런 그녀가 어떻게 줄줄이 굵직한 광고와 드라마, 영화를 따내는지 주변에선 고개를 갸웃하다가 A양의 뒤를 봐주는 인물을 떠올리면 납득이 간다는 모양새입니다. 제대로 거물을 잡아 조만간 이 바닥을 뜰 거라는 A양. 앞으로 A양의 행보를 주목할 필요가 있을 것 같습니다.]

지수의 이니셜 기사가 터졌다.

다른 사람도 아닌 지수의 이니셜 기사가 올라오다니 기분이 묘했다. 그것도 측근이 푼 것 같은데, 평소 주변 사람들 관리에 철저한 지수를 떠올리자 안쓰럽기까지 했다.

돈을 쥐여 줘서라도 항상 주변 입단속을 시키고 어떻게든 상대의 마음을 얻으려 열심이었는데, 그런 지수의 강박적인 노력이 이제는 한계에 봉착한 것일까. 아무리 잘해 주려 해도 24시간 같은 가면을 쓸 수는 없을 것이다. 완벽한 모습을 위장할 수는 없을 것이다. 어쩌면 드문드문 드러난 진짜 모습에 질린 이들이 하나둘씩 떠나는 것인지도 몰랐다.

징후는 여기저기서 포착되었다.

견고하기까지 한 둑이 미세한 균열로 결국 붕괴하는 것처럼, 그렇게 변화의 계기는 사소한 데서 시작되는 법이었다.

지수도 처음엔 도저히 인정할 수 없었는지 히스테릭해졌다. 게다가 마지막 발악을 부리는지, 한동안 작가가 집필하는 대본은 널뛰기를 반복했었다.

그러다 결국 체념했지만.

무엇보다 입봉작이었던 TCS방송국의 단막극장으로 데뷔한 드라마 작가 최진경은 지수가 이래라 저래라 좌지우지할 수 있는 타입의 유형이 아니었다.

데뷔작이었던 단편을 제외하고 장편 드라마 집필이 처음이라고 믿기지 않게 그녀는 웬만해서는 흔들리지 않는 뚝심을 가지고 있었다.

물론 지수가 가만있을 리 없었다.

대놓고 움직임이 포착되지 않았지만 지금껏 그래 왔듯 물밑에서 치열하게 움직였으리라.

처음, 미묘하게 여론이 밀리는 것을 인정할 수 없었던 지수가 내외부적으로 압력을 가해도 최진경 작가는 눈 하나 깜짝하지 않았다.

기억하고 있다.

〈리벤지〉 오디션을 봤을 때 마지막 순간 낭랑하게 최진경 작가가 덧붙인 말을.

일시에 세연을 환희와 기대로 몰아넣었던 음성. 그 의미심장한 말의 장본인인 〈리벤지〉의 작가가 지금 역시, 이곳 제작발표회에서 시선을 마주치며 환하게 웃으면서 말했다.

“반가워요. 대본 리딩 때 보고 처음이죠?”

“아, 네. 작가님.”

세연이 인사하자 그녀가 환한 웃음을 보이면서 말했다.

“편하게 대해요. 앞으로도 계속 볼 텐데. 작가님이라고 부르지 말고 괜찮으면 진경 작가라고 불러 줄래요? 난 그게 편해서. 내 주위 사람들이 그렇게 많이 부르기도 하고.”

여전히 터지는 카메라 플래시 사이, 최 작가가 주변을 둘러보면서 친숙하게도 들리는 허스키한 어조로 말했다.

“이야, 사람들 많이 오기도 했다. 방송국에서 제작발표회 하기로 일정이 잡혔지만 이렇게 세트장까지 기자들이 올 줄은 몰랐네. 그렇지 않아요?”

다음 순간 진경이 그녀의 동의를 구했다.

"네, 그러네요."

세연은 고개를 끄덕였다.

하지만 아무도 기대를 안 한 반전은 이루어졌다.

드라마 첫 회 시청률은 나쁘지 않았지만, 주변에서 아무런 언급이 없어서 정말 아무도 안 보는 게 아닐까 하는 우려가 있었다. 그런데 어느 순간 치고 나가, 동시간대 시청률 1위가 되었다. 같이 경쟁하는 쟁쟁한 드라마들을 제친 것이다.

정말 기대도, 전혀 예상도 못 한 땜빵 드라마의 약진이었다.

오로지 지수와의 맞닥뜨리기 위해 필사적으로 여기까지 왔는데 최종적으로 캐스팅이 되었고, 전혀 생각지도 않게 반전 시청률의 드라마의 여주인공이 되었다. 그리고 마침내 급조된 드라마 제작발표회가 열렸다. 그것도 드라마 세트장에서.

그래서일까. 감회가 남달랐다.

아직도 세연은 자신을 향한 시청 소감의 반전을 믿을 수가 없었다. 그러다 어느 순간, 촉촉하게 젖어 드는 애꿎은 눈가를 문질렀다. 스스로도 실감 나지 않는 변화와 믿기지 않는 현실에 절로 마음이 따스해졌다. 늘 애써 차갑게 억누르듯 얼어붙어 있던 가슴속 서늘한 감정이 일시에 녹듯 따뜻해진 감각에 익숙지가 않다. 꼭 내내 추운 데 있다가 급작스레 따뜻한 곳에 들어온 것처럼, 지르르 몸을 녹이는 것 같은 감각이 온몸에 퍼져 갔다.

그 믿기지 않는 감각을 부채질하듯 가열해 주는 건 드라마 세트장에서 그녀와 나란히 사진을 찍고 있는 지수였다.

대낮처럼 기자들이 카메라 플래시를 터트리는 가운데, 오늘 역시 완벽하게 성장한 지수가 세연의 옆에서 카메라 플래시가 터질 때마다 포즈를 취했다.

"유지수 씨!"

그런 그녀를 놓칠세라 드라마 제작발표회에 참석한 기자들이 요구했다.

"유지수 씨! 여기 봐 주세요."

꼭 레드 카펫에 선 여배우를 보는 것만 같았다. 오늘 드라마의 악역이라고 믿기지 않게 새하얀 원피스에, 소매와 목 가장자리에만 검은색 장식을 단 세연과는 다르게 지수는 목까지 올라온 시커먼 깃털 장식이 달린 원피스를 입고 있었다. 정말 검은 백조를 연상시키는, 오히려 지수가 드라마의 악역이 아닐까 싶게 보이도록 하는 화려한 모습이었다. 분명 얼마 전까지도 지수는 청순한 모습으로 시상식에 나타났던 것 같은데. 예의 시커먼 눈 화장을 하고 입술엔 붉은색 립스틱까지 칠했다. 그러고는 정말 영화제에 참석한 여배우처럼 웃으며 완벽하게 포즈를 취했다. 그런 지수를 놓칠세라 일제히 기자들이 카메라 플래시를 터뜨렸다.

"유지수 씨!"

"여기 봐 주세요."

일부러 보란 듯이 화려하게 성장하고 돋보이게 해 자신의 스타성과 화제성을 일제히 사람들의 시선에 과시하고 싶은 걸까?

여전히 대낮처럼 환하게 터지는 카메라 플래시 속 드라마 세트장에서, 시상식장의 여배우처럼 포즈를 취하는 지수를 말없이 보던 세연의 눈은 동요했다.

이상했다.

완벽하리만큼 포즈를 취하는 모습은 분명 그녀가 아는 지수고 예전과 다를 바 없었지만, 뭔가 모르게 절박한 느낌을 풍겼다.

꼭 수세에 몰린, 쥐구멍에 몰린 쥐가 사납게 달려드는 것 같은 믿기지 않는 느낌에 세연은 미간을 좁혔다.

잘못 본 걸까?

분명 촬영장에서 보란 듯이 그녀의 눈을 공격했을 때에도 지수는 득의양양했는데. 역시 전혀 생각지도 못하게 뒤바뀐 시청자의 반응에 타격을 조금이라도 받은 걸까?

이어지는 진경 작가의 말도 지수가 평소와 다르다는 느낌을 지울 수 없게 했다.

"대단하죠?"

이제는 친숙한 두꺼운 뿔테 안경 사이로 감탄하는 눈이 카메라 앞에서 능숙하게 포즈를 취하는 지수를 보고 있었다. 큼지막한 재킷을 걸친 진경이 팔짱을 낀 채로 세연과 마찬가지로 물끄러미 관찰하듯 눈앞의 지수를 보았다.

"배우는 타고난다는 말을 실감하네요. 나보고 배우 하라고 해도 저렇게 사람들 앞에서 포즈 못 취할 것 같은데. 정말 배우는 타고나는 거 같죠?"

비웃거나 비꼬는 어조가 아니었다.

순수하게 감탄하는 눈빛으로 〈리벤지〉의 타이틀 롤을 맡은 지수를 물끄러미 바라보고 있었다. 꼭 처음 만난 사람을 보는 것처럼 찬찬히 다시 지수에게로 눈길을 주었다.

사람들이 웅성거리는 가운데, 진경이 팔짱을 낀 채로 낮은 어조로 내뱉었다.

"아무래도 캐스팅을 잘못한 거 같은데. 차라리 다영 역할을 지수 씨가 맡는 게 좋았을라나."

가벼운 웃음기가 섞여 있었지만, 왠지 모르게 섬뜩하게 가슴에 와 닿는 기분이 들어 세연은 고개를 돌렸다. 그러자 진경이 진지한 눈빛으로 반문하듯 그녀를 보았다. 그냥 지나가는 말로 한 게 아니었다. 이윽고 팔짱을 낀 채로 진경이 털털한 목소리로 짐짓 아무렇지 않게 물었다.

"어떻게 생각해요?"

"네?"

세연이 되묻자 진경이 누가 봐도 오늘 제작발표회의 주인공으로 화려하게 성장하고 온 지수를 눈짓으로 가리켰다.

"〈리벤지〉 나은이 연기요."

"아……."

잠시 진경의 질문의 의도를 파악하듯 말없이 검은 눈을 깜빡이던 세연은 천천히 말했다.

"지수는 연기 잘하니까요. 카메라를 좀 의식하긴 하지만, 그래도 기본 실력이 있으니까. 발성이나 딕션도 그 정도면 잘 들리는 편이고, 카랑카랑한 목소리에 사람들 시선 끌어모으는 흡인력이 있는 편이죠."

"거짓말하는 게 아니네요."

그녀의 말에 유심히 시선을 고정하고 잠시 부담스러울 정도로 뚫어져라 보던 진경이 이윽고 천천히 말했다.

"정말 지수 씨 연기를 인정하는 거네요?"

"네, 잘하니까요."

"그래요, 잘하죠."

흔쾌히 고개를 끄덕이던 것도 잠시, 진경이 아주 작게 지나가듯 느릿한 목소리로 말했다. 꼭 구연동화를 읽듯 아주 천천히 느릿한 억양으로.

"그런데 나만 그런가? 계속 보다 보면 이 말이 떠올라요. 난 너무 예뻐. 하다못해 눈물 흘릴 때도 어여쁜 내 모습. 어때? 모두들 보고 있니? 그게 내가 받은 느낌인데, 어때요? 너무 CF 카피라이터가 쓴 문구 같아요?"

"……."

"이를테면 그쪽같이 날것의 느낌은 없죠."

세연은 헛기침을 했다. 침묵이 흐르고 딱히 뭐라 할 말이 없어진 세연이 자신도 모르게 붉어진 얼굴로 말끝을 흐렸을 때였다.

"아, 네……."

그러자 진경이 까르르 재미있어 못 견디겠다는 듯 외마디 웃음소릴 내더니 두꺼운 뿔테 안경을 추켜올렸다.

"난 연기만 잘하면 돼요. 배우가 연기만 잘하면 되지 더 뭘 바라겠어요. 응? 다른 사람은 어떨지 모르겠지만, 난 그냥 대본 잘 살리는 배우가 가장 예뻐요. 대본 마음에 안 든다고 바꾸라고 영향력 행사하는 배우는 재미없어요."

다음 순간 세연은 자신이 잘못 들은 게 아닌가 싶어 고갤 돌려서 진경을 보았지만, 진경은 똑바로 앞을 보고 있었다.

"마음대로 하라고 해. 난 내가 쓰고 싶은 것만 쓰는 거죠, 뭐."

그 말과 동시에 진경이 피식 웃더니 아무렇지 않게 툭툭 세연의 어깨를 두드렸다.

"잘하고 있어요. 지금처럼만 해요. 다음에 또 봐요, 우리."

그러고는 껑충껑충 걸어가는 듯싶더니 역시나 익숙한 뿔테 안경을 낀 고준우 감독과 뭐라뭐라 다정하게 대화를 나누기 시작했다.

남겨진 세연의 마음은 요동치듯 떨리고 있었다.

'지수가 수세에 몰렸다고? 그래서 다급해져 안팎으로 영향력을 행사해서 최진경 작가한테 대본을 고치라고 압력을 넣는다?'

그녀가 들은 게 맞는다면, 정말 최악의 시나리오가 아닐 수 없었다.

잊을 만하면 그녀를 줄줄이 공격해 오더니, 어이가 없었다. 그깟 시청자 게시판 반응이 뭐라고 흔들리는 건지. 차라리 줄기차게 자신을 괴롭히지, 이제는 방향을 바꿔 드라마 〈리벤지〉를 집필하는 최진경 작가를 괴롭힌다니 어이가 없었다.

이제는 상황이 좀 자기에게 불리해진 것 같으니 습격의 방향을 돌린 건가.

화사하게 포즈를 취하는 눈앞의 지수를 보는 세연의 머릿속은 싸늘하게 식어 갔다. 역시 자기가 불리해지는 상황은 계산에 없었겠지.

그러자 왠지 두려움 대신 안쓰러움만 남았다.

넌 어디까지 바닥으로 떨어질 수 있을까……?

세연은 생각했다.

'그건 내 전공이었는데.'

까마득한 밑바닥으로 떨어져서 아래로, 아래로. 얼마만큼 떨어져 내릴 수 있는지, 사람이 얼마만큼 비참해질 수 있는지. 추악하고 고통스럽고 아픈 건 다 내 전문이었는데. 하다못해 해옥 고모에게도 낙오자라고, 내 나이에 돈 한 푼 없다고 악담만 듣기 일쑤였는데.

넌 과연 어디까지 떨어져 내리는 걸 감당할 수 있을까?

이윽고 고개를 돌린 세연은 일순간 섬뜩할 정도로 차갑게 단련된 매서운 시선을 지수에게로 보냈다.

찰칵, 찰칵.

여전히 대낮처럼 환하게 터지는 카메라 플래시 세례 속에, 이 순간 명실상부한 드라마 〈리벤지〉의 화려한 여주인공이 보란 듯이 환하게 미소 짓고 있었다.

第 55 幕

하지만 그대로 당할 지수가 아니었다.

순순히 맥없이 항복할 거라 여기지 않았지만, 지수는 물밑에서 바쁘게 움직였다.

미꾸라지가 물을 흐려 순식간에 주변을 진흙탕처럼 만드는 것처럼, 미친 듯이 빨빨거리면서 이리저리 휘젓고 다니는 열정엔 탄복할 지경이었다.

제작발표회 이후에 바로 지수의 대반격은 본격적으로 시작되었다. 전에 없이 빠른 속도였다. 일방적인 세연의 독주는 눈 뜨고는 도저히 못 보겠다는 듯, 무서우리만큼 순식간에 물밑에서 움직인 것이다.

"컷."

감독의 오케이 사인과 함께 다음 회 촬영을 마친 세연은 몸을 돌렸다.

그러자 카메라 너머로 험악한 표정으로 탤런트 지성화와 윤민자가 쳐다보고 있었다.

눈이 마주친 그녀가 고개를 숙여 인사를 했는데도 받아 주지도 않을뿐더러, 자기들끼리 뭐라뭐라 말을 주고받았다. 한눈에 보기에도 그녀를 못마땅해하는 기색이 역력했다.

더욱 조짐이 좋지 않은 것은, 그런 윤민자와 지성화의 험악한 시선에 동조하듯 서서히 드라마의 다른 출연진도 촬영장에서 그녀를 대하는 태도가 냉랭해진다는 사실이었다.

그녀가 착각한 게 아니라는 것처럼, 자기들끼리 말을 주고받았고 외면하는 상황이 이어졌다.

물론 막상 촬영이 시작되면 그냥 연기에만 몰입하면 되지만, 실상 그녀 혼자서 촬영하는 게 아닌지라 대기하는 시간이 많았다. 그런데 출연자들이 그녀를 빼놓고 자기들끼리 말을 주고받는 상황이 계속되자, 세연도 살얼음판과 같은 촬영장 분위기를 견디기가 쉽지는 않았다. 중간에서 누가 이간질했는지는 안 봐도 뻔한 노릇이었다.

물론 예외도 있었다. 그녀의 어머니 역할로 출연하는 탤런트 윤애리는 연기자들의 암묵적인 동조에 휩쓸리지 않았다.

웅성웅성.

지금 역시 윤애리는 잠시 쉬는 시간에 연기자들의 심상치 않은 분위기를 감지하고 헛웃음을 지었다. 그러고는 정말 TV 속에서 쏙 빠져나온 것같이 특유의 우아한 목소리로 말했다.

"분위기가 왜 이래? 다들 왜 이러는 거지?"

선배 탤런트인 윤애리가 말했으나 대답할 이가 있을 리 만무했다. 지성화와 윤민자는 못마땅하다는 시선을 던질 뿐이고 주조연 연기자들은 그 주위에 모여 웅성댈 뿐. 그 옆에서 이 모든 사태를 주도했을 지수는 차게 웃고 있었다.

그러자 윤애리가 고개를 갸웃했다.

"정말 이상하네. 이런 적이 없는데."

시간이 흐를수록 그러한 분위기는 더욱 심해졌다. 악화되어 가는 상황에 안타까웠지만, 지금으로선 냉정하게 판단해 봐도 세연이 할 수 있는 일은 연기뿐이었다.

그저 촬영에 몰두하는 수밖에. 그녀가 지금껏 모든 걸 걸고 일으킨 반전이 그저 찻잔 속의 폭풍처럼 끝나지 않게 연기를 불사르는 수밖에. 지금껏 그래 왔던 것처럼 세연은 묵묵하게 잘할 수 있는 일을 했다.

현재 그녀가 가장 잘할 수 있는 일. 집중할 수 있고 유일하게 매달릴 수 있는 연기는, 지금의 그녀에게 구원이나 다름없었다. 다행이었다. 연기를 할 수 있어서. 고통을 느껴도 연기에 몰입하면 잠시라도 통증을 잊을 수 있으니까.

웅성웅성.

하지만 그녀의 생각이었을 뿐, 주변에서 수군대는 소리와 촬영장에서 그녀를 보는 따가운 시선은 달라지지 않았다. 그녀를 볼 때마다 노골적으로 지성화와 윤민자는 얼굴을 찌푸리고 뒷말을 수군거렸다.

외로웠다.

그녀 혼자서만 촬영하는 기분이 들 때도 있었다.

"신경 쓰지 마, 얘. 이거 내가 보온병에 담아서 온 꿀차인데 한번 마셔 볼래? 나랑 같이 연기 연습하자."

윤애리가 묘한 분위기에 합류하지 않고 오히려 그녀를 위로해 주었지만, 한번 들쑤신 분위기는 뒤바뀌지 않았다.

특히나 처음엔 윤민자와 지성화를 필두로 한 이간질에 별다른 반응을 보이지 않던 중견 남자 탤런트들도 넘어갔는지, 나중엔 그녀를 보면 대놓고 낄낄 기분 나쁘게 웃는 소리를 냈다. 그녀가 지나갈 때마다 대놓고 손가락질을 안 할 뿐이지, 묘하게 기분 나쁜 표정을 보내며 자기들끼리 킥킥대며 웃었다.

언젠가 자기들끼리 뭐라 말하는 소리를 그녀도 들은 적이 있었다. 대충 그녀가 일본에서 지수를 괴롭혔고, 한국에 와서도 불쌍한 지수를 끈질기게 괴롭히는 못된 년이라는 뉘앙스를 담고 있었다.

"그렇죠? 지성화 선배님, 제가 전에 일본 여행 갔다 왔을 때 말차 세트랑 선물 드렸잖아요. 기억나세요?"

"아, 그럼. 우리 지수가 준 선물인데 당연히 기억하지. 그 뭐더라, 초콜릿 세트랑 파스도 사 왔었지. 도쿄에서 사 온 바나나도 잘 먹었어."

"어머, 선배님. 다 기억하고 계시네요."

"바나나가 맛있었다니까, 호호. 그런데 얘, 그 선물해 준 스카프 너무 비싼 거 아니니? 잘 받았다만."

지금 역시 노골적인 웃음소리가 대기실에 울려 퍼졌다.

바나나가 맛있다고 말하며 지성화는 흐뭇하게 지수를 보며 웃었고 윤민자 역시 만족스러운 기색으로 대화에 합류했다.

특히 가장 나서서 분위기를 주도하는 것은 반짝반짝 기분 나쁜 눈을 빛내는 지수였다. 계속 일본 이야기를 의도적으로 해서 그녀의 신경을 거슬리게 해 혹시라도 연기할 때 실수하게 만들려는 걸까. 그 쥐처럼 반짝반짝 빛나는 검게 박힌 기분 지수의 두 눈을 보면, 어린아이라도 지수의 의도를 바로 알아차릴 것이다.

"제가 사 드린 수면 안대 있잖아요. 선배님이 불면증이라고 하셔서 사다 드린 건데. 열이 나와서 따뜻해서 잠이 잘 오실 거예요. 잘 때 따스한 우유도 한잔 드시구요. 아셨죠?"

여전히 사근사근 상대의 마음을 녹이는 것 같은 한없이 여성스러운 목소리, 상냥한 웃음. 누구라도 지수의 배려에 마음을 열 것이다. 그것이 철저하게 의도된 것임을 알아차리지 못한 채 지수를 한없이 친밀하게 생각하겠지. 그녀 역시 처음엔 그렇게 지수를 친구로 생각했지 않던가. 지금 역시 지수의 두 눈에 가득한 시커먼 악의는 그녀에게만 보이는 걸까?

"어우, 우리 지수. 정말 촬영장의 귀염둥이라니까."

"어쩜 이렇게 살뜰하고 마음 씀씀이가 남다를까."

지성화와 윤민자 역시 완전히 지수에게 마음을 빼앗긴 듯 보였다.

"지성화 선배님이랑 일본 온천 가기로 했는데. 윤 선배님도 저희랑 함께 가실래요? 제가 료칸 예약해 둘게요."

"호호호."

"지수는 참 사람이 됐어. 누구랑 다르게. 아무리 연기자라고 해도 일단 사람이 되어야지. 연기만 잘하면 뭐 해."

계속해서 지수는 노골적으로 직접적이지는 않되, 세연에게 절로 반감이 느껴지게 사람들을 유도했다. 이를테면 윤민자와 지성화에게 계속 선물 공세를 하고 촬영장에 밥차와 간식차를 불러서 자연스럽게 출연자들의 환심을 사, 그녀와 비교되게 하는 식이었다.

물론 세연도 함께 고생하는 연기자들과 촬영장 스태프들에게 밥을 샀다. 그래도 어렵게 드라마에 출연하게 되었는데, 감사하게도 주연을 맡게 되었는데 거창하지는 않아도 같이 출연하는 이들에게 먹을 것을 대접하고 잘 지내 보고 싶은 생각이 분명히 있었다. 꼭 그것이 출연자들과의 화합을 도모하는 거창한 명분이 아니라고 해도, 기본적으로 잘 지내고 싶은 마음이 있었다. 일단 불가능하게 여겼던 미니시리즈 〈리벤지〉에 최종 합류하게 된 후, 촬영장의 스태프들을 보면 왠지 모르게 가슴이 벅차오르듯 고마운 기분이 들었으니까.

그래서 감사한 마음에 딱히 줄 것도 없고 그녀가 마시라고 혁수가 가져온 자양강장제를 드린 적도 있었다. 같이 촬영하는 선배 연기자들에게도 식사를 대접하고 싶은 마음 역시 존재했다.

그래서 어렵게 소속사 김소현 팀장에게 부탁해 그녀도 난생처음 밥차를 방송국에 불렀지만, 출연자들의 반응은 뜨뜻미지근했다.

– 웬 밥차?

– 그럼 정세연이 쏘는 거야?

– 여튼 잘 먹을게. 고마워.

겉으로는 고맙다고 했으나 그녀를 보는 떨떠름한 표정. 왜 어울리지도 않게 착한 짓을 하냐고 말하는 듯했다.

– 제가 너무너무 존경하고 사랑하는 선배님. 이거 받아 주세요. 제가 선배님 목 혹사하시는 거 같아서 일단 목캔디랑 목에 좋은 도라지차 보온병에 담아서 왔어요. 효과가 있었으면 좋겠어요.

일단 지수가 비교되게 너무나도 살뜰하고 부지런했다. 끝없이 공세를 퍼부으니 당연히 비교가 되지 않을 수 없었다. 노린 것처럼 매일매일 공세를 퍼부으니, 어렵게 밥차를 한 번만 부른 그녀와 대비가 될 수밖에 없겠다.

시간이 흐를수록 분위기는 점점 더 험악해져 갔다. 출연자들이 자연스럽게 세연을 험담하는 분위기 속에서, 지수는 의기양양한 웃음을 짓고 있었다. 그렇게 될 줄 알았다는 것처럼 득의양양한 미소를 입가에 흘린 채.

꼭 눈으로 직접 확인하지 않아도 느껴지는 기운이, 오가는 출연자들의 표정과 눈빛에서 심상치 않은 분위기는 자연스레 감지되었다. 지수는 물론 그 상황을 즐겼다. 자기가 의도한 상황이었으니, 그저 점점 더 분위기가 고조되게 불쏘시개를 던져 주면 그만인 것이다. 그저 느긋하게 세연이 자연스럽게 고립되는 상황을 즐기고, 어느 순간 출연자들이 그녀를 험담하기 시작하면 중간중간 적당히 추임새를 넣어 주면 그만이었다.

"아니, 쟤는 왜 저러는데?"

"평소에도 입 꼭 다물고 아무 말 안 하는 거 봐."

역시 거만한 거라고 사람들이 떠들었다.

세연도 억울한 건 있었다. 이미 그녀에게 좋지 않은 선입견을 가지고 있는 이들에게 어떻게 살뜰하게 다가겠는가. 게다가 시간에 쫓기는 드라마 촬영의 특성상, 그녀가 아무리 작심하고 친근하게 다가가려고 해도 한계가 있었다. 그리고 출연자들에게 말을 건네려고 해도, 어울리지 않게 왜 아는 척이냐는 듯 뜨악한 눈길과 험악한 태도에 그것마저 쉽지가 않았다.

'괜찮겠지. 무엇보다 내게 중요한 건 이 드라마를 찍는 거야.'

예기치 않은 폭우에 사정없이 흔들리는 뱃전에 서 있는 기분이 들었으나, 세연은 애써 동요하는 자신을 억눌렀다.

처음 그 불길하기까지 한 심상치 않은 전조를 느낀 것은 바로 사건 발생 반나절 전이었다.

처음 그녀가 맞닥뜨린 전조는 바로 드라마 스태프들이 설치하던 세트장에 모여 뭐라뭐라 말을 주고받는 모습이었다. 그런 그들의 모습은 심각했고 우려도 묻어 나왔다.

"설마?"

"에이, 그럴 리가."

"진짜야! 분위기가 장난 아니라니까. 모두 모여서 속닥거리고 있어. 꼭 탤런트들 파업을 일으킬 태세라니까. 하하."

어느 순간 터져 나온 와하하 웃음소리.

팔짱을 낀 채로 일제히 웃음을 터트리던 이들은 문득 이상한 걸 느꼈는지 표정을 굳히며 돌아보았다. 그리고 소리도 없이 저만치 벽에 기대 서 있는 세연을 발견하자 표정이 변했다.

"아, 저. 그게……."

그녀와 눈이 마주친 이들이 난처한 표정을 짓더니 머리를 긁적였다. 그러더니 쭈뼛거리며 슬슬 빠져나가는 게 아닌가. 그것도 어쩔 줄 모르는 난감한 얼굴이 되어선.

그녀가 잘못 들은 게 아니라는, 그녀의 이야기를 하고 있었다는 반증이었다.

하지만 그럼에도 섣불리 확신을 내릴 수가 없었다. 정말 내 얘기를 하고 있었던 걸까. 거듭되는 촬영에 희뿌옇게 흐려진 것처럼 무겁고 아픈 머리를 들어 세연은 무심코 떠올렸다.

그때 처음 자각했던 묘한 느낌. 그때의 마음에 걸리는 기분은 결국 착각이 아니었던 걸까.

사실 일본에 있었을 때부터 그랬었다.

아직도 잊히지 않는 그때의 느낌. 그녀의 기억에, 같은 반 아이들이 뭔가 모여서 기분 나쁘게 자신을 흘낏흘낏 보면서 이야기하면 그 뒤에 항상 안 좋은 일이 일어났었다.

이 순간에도 즐거운 듯 호호 웃으면서 떠드는 소리가 흘러나오고 있었다. 예외 없이 그녀에게 들으란 것처럼.

정확히는 대기실에서 흘러나오는 말소리.

"호호, 그래. 그렇게만 된다면 나쁘지 않겠다, 지수야."

"아니, 그래도 위험하지 않겠어? 말이 그렇지 사실 무모한 계획이잖아. 과연 그게 될까?"

쩝쩝거리며 뭔가를 먹던 귀에 익은 목소리가 반문했다. 특유의 새된 쩌렁쩌렁 혼내는 듯한 목소리라 바로 알아들었다. 그녀의 할머니로 출연하는 중견 탤런트 윤민자였다. 너무도 즐거이 간식을 먹으면서 말을 받았지만, 묘하게 회의적이었다.

"아니, 그게 될까."

"어우, 참. 뭐가 문제예요. 우리 지수 말대로만 된다면야 참 좋은 건데. 나쁠 거 없잖아요?"

숨죽여서 말하던 소리는 오래가지 않았다.

태연하게 나쁠 게 없지 않냐고 반문하는 카랑카랑한 목소리도 단번에 알아들었다. 지성화였다. 특히나 세연이 마음에 들지 않는다는 걸 굳이 숨기지 않았는데, 지금 역시 왜 안 되냐고 따져 묻듯 언성을 높이고 있었다.

"왜 안 되냐구요? 그 이유 좀 듣고 싶네. 얘기해 주면 안 돼요? 그냥 궁금해서 그래."

"아, 그게 글쎄, 그렇게 눈 동그랗게 뜨고 물으면 내가 면전에 대고 말하기 그런데. 내 나이 되어 봐. 세상일이 그리 호락호락하지 않다니까."

여전히 쩝쩝거리며 간식을 먹는 듯하던 윤민자가 평소의 명랑하던 태도와 다르게 말끝을 흐렸다.

"나도 지수가 말한 대로 되면 좋겠지만, 이 나이쯤 되니 몸을 사리게 되네. 그러니 둘이서 잘해 봐. 난 빠질 테니까. 알았지?"

"아이참, 겁은 참 많으셔. 솔직히 나도 우리 양반이 사고 치는 마당에…… 음, 그러니까 사정이 급하고. 흠흠, 그러니까 내가 알아서 할게요. 그러니 지원 사격만 하라구요. 알겠죠?"

이 순간에도 거짓말처럼 도란도란 떠들며 흘러나오는 말소리에 세연은 딱 멈춰 섰다.

솔직히 자신이 들은 말들을 믿을 수가 없었다. 고개를 돌려 봐도 그저 대기실에서 지나가는 사람들이 들으려면 얼마든지 들을 수 있는 말을, 드라마 촬영하는 이들이라면 누구나 자신의 차례를 기다리면서 들어가 있을 수 있는 장소에서, 그것도 맛있는 간식을 먹어 가며 여유롭게 웃으며 떠든다는 것이 믿기지가 않았다.

물론 대선배인 지성화와 윤민자가 떡하니 버티고 있으니 드라마 출연진을 비롯해 스태프들도 몸을 사리는 분위기긴 하지만.

꼭 사우나에서 자기들끼리 소리 죽여 즐거이 떠들며 한가롭게 오수를 즐기는 듯한 모양새였다.

'일부러 이러는 걸까? 그러고 보니 생각이 났는데, 전쟁 때 중요한 물건이 있으면 차라리 사람들이 많이 지나다니고 대놓고 보이는 장소에 물건을 숨겨서 못 찾게 한다는 작전도 있으니까.'

정확히는 그녀가 관계되어 도저히 무시하고 초연할 수 없는, 찝찔한 뒷맛을 남기는 대화라는 게 정확하리라. 그렇다고 명확히 증거를 제시할 수도 없어 더욱 마음에 걸리는.

대놓고 지금 무슨 얘기를 하냐고 들어가 물으면 오히려 항의한 그녀를 이상하게 만들 수 있는 묘한 분위기였다. 그래서 신중하게 되었다. 선불리 항의하기도 마음에 걸렸다.

그리고 얼마 지나지 않아, 그녀가 마주한 건 차가운 현실이었다.

처음은 분명 사소한 것에서 시작되었다.

그건 확실하다.

큰 사건에서 시작되었다면 차라리 불씨를 끄는 데 용이했을지도 모른다. 하지만 그 시작도 미미한 불씨에 그렇게 신경을 기울이지 않았던 것이 문제라면 문제였다.

처음 시작은 경기도 세트장에서의 촬영이었다. 그녀와 한창 갈등을 빚고 있는 지수의 가족, 극 중 나은의 할머니로 나오는 윤민자와 역시 고모로 나오는 지성화와 함께 맞닥뜨리는 장면이었다.

오늘 세연은 그동안 오랫동안 억눌러 왔던 감정을 폭발하며 설움에 겨운 울음을 터트리는 장면을 찍어야 했다. 갈등이 정점에 이르는 상황이라 그녀도 신중에 신중을 기울여서 어떻게 하면 감정을 잘 드러낼 수 있을까 고심하던 신이었다. 무엇보다 혼자만 일방적으로 감정을 터트리는 게 아닌, 시청자들의 공감을 얻어야 하기 때문에 조심스러워졌다.

눈처럼 차곡차곡 쌓인 감정들로 밀도 높게 연기로 표현해야 했다. 공기처럼 머릿속에 떠올리고 구름처럼 가슴속을 멈추지 않고 떠도는 감정들을. 물론 말처럼 쉽지 않았고, 거듭된 연습과 땀방울을 필요로 했다. 몸에 익은 행동으로 나올 때까지 결코 쉽사리 얻을 수 있는 게 아니었다.

때문에 잔뜩 연기에 집중했던 세연은 촬영이 시작되자 자신도 모르게 잠시 넋을 놓았다. 얼마나 지났을까? 꼭 빨려 들어가듯 자신을 놓고, 낯설기까지 한 무언의 존재로 강렬하게 그리듯 자신을 표현하려 한다.

아니, 그래야만 했다. 사방에서 죄어 오는, 도망칠 수도 도망갈 수도 없는 막다른 벽. 갈 길이 없으니 부딪쳐서라도 길을 내지 않으면 도무지 앞으로 나아갈 수 없는 것이다. 아무리 둘러봐도 이것밖에 방법이 없었다.

찌푸린 표정과 한숨밖에 그녀에게 보여 주지 않았던 부모님과 해옥 고모. 무엇보다 그녀를 여기 이 자리까지 오게 한 기우와 팬텀 엔터테인먼트, 이제는 수없이 엮인 드라마의 출연진들과 스태프들을 떠올리자 더는 물러날 수가 없었다. 처음부터 그녀의 존재는 없는 것처럼, 원래 이렇게 태어난 인물인 양 온몸을 던져서 표현했다. 그녀의 모든 것을 뭉뚱그려 사정없이 자신의 모든 것을 쏟아부었다. 부족하면 부족한 대로 죽을 각오로 덤벼들었다.

말 그대로 여기까지 온 이상 더는 길이 없기에.

세연은 카메라 앞에서 말 그대로 극 중 인물인 '다영'이 되었다. 낯익은 방송국 촬영장에서 어느 순간 새된 고성이 터져 나왔다.

"너, 왜 이래?"

갑자기 터져 나온 앙칼진 목소리에 당황한 감독이 서둘러 외쳤다.

"컷! 컷."

당연히 돌발 상황에 촬영은 중단되었고 스태프들이 웅성대는 가운데, 잠시 자신이 아닌 극 중 인물 '다영'이 되어 있던 세연은 퍼뜩 정신을 차렸다. 갑자기 좌악, 소리와 함께 인정사정없이 찬물이 퍼부어진 느낌이었다.

고개를 돌렸을 때 이미 집중력은 깨졌다.

드물게 찾아오는 완벽한 몰입의 순간이 깨져 있었다. 아무리 거듭해서 대사를 외우고 연습한다지만, 카메라 앞에 서자마자 흡족하게 대사가 나오는 건 아니었다. 모든 신을 마음에 들게 찍을 수는 없었다.

너무 완벽해서 문제였나.

세연은 쓰게 웃었다. 어쩐지 기분이 너무 좋더라니.

이 순간 차갑고 날카로운 지성화의 눈이 그녀를 무섭게 노려보고 있었다. 곧이어 지성화가 보란 듯이 삿대질을 하면서 말했다.

"얘! 너 정말 웃긴다. 누가 촬영을 하라고 했지 진짜로 날 떠밀라고 했니? 아까 리허설 때는 안 그랬잖아! 보자보자 하니까 얘가 정말."

절로 눈물이 핑 돌 것만 같았다.

바로 좀 전까지도 온몸을 던져 몰입한 연기의 여운에 젖어 있었는데, 채 여운이 사라지기도 전에 함께 연기한 지성화가 무섭게 손가락질을 하면서 떠나가라 쩌렁쩌렁 목소리를 높이자 순간적으로 두려워졌다.

웅성웅성, 녹화장 안에 있던 스태프들이 일제히 고갤 돌려 쳐다보았다.

"……!"

카메라에 붉은 불이 들어오는 순간 모든 것을 내던지듯 몰입했는데, 눈을 뜨자 사건이 벌어져 있는 기분이었다. 꼭 그녀가 모르는 새 뭔가 크게 일이 벌어진 느낌.

순식간에 세연의 얼굴은 창백해졌다. 아랑곳하지 않고 지성화가 언성을 높여서 모두가 들으란 듯 떠들어 댔다.

"얘가 보란 듯이 날 밀쳤다고. 다들 봤어요? 일부러 그런 거야. 그 전에도 멍한 얼굴로 대사 들어갈 타이밍을 놓치는 거 내가 분명히 봤다고! 너, 일부러 날 밀친 거지?"

"지성화 선생님, 오해십니다. 그게……."

당황한 표정으로 현장에 있던 스태프들이 조심스럽게 말했으나, 지성화가 다시금 무섭게 굳어진 세연을 노려보면서 손가락질을 했다.

"그럼 내가 거짓말을 한다는 거야? 뭐야? 분명히 얘가 날 밀었다니까. 밀쳐서 벌러덩 넘어질 뻔했어! 어쩜 그래, 아까 리허설 때도 맞춰 봤잖아. 서로 동선도 맞춰 보고 대사도 맞춰 보고 카메라 리허설도 하는 건데, 그렇게 자기 멋대로 연기한답시고 기본적인 동선도 안 맞추면 어떡하겠다는 거야?"

모두가 지켜보는 가운데, 지성화가 그녀에게 삿대질을 했다.

"내 말은 이건 기본적인 문제 아냐? 기본적인 걸 지키지도 못하는 거 아니냐고."

"그만하시죠. 다들 보고 있는데."

보다 못한 감독이 인상을 찌푸리며 말했으나 지성화는 막무가내였다.

"다들 봤죠? 얘가 날 밀치는 거! 그러다 벌렁 넘어져서 다치면 어쩔 뻔했어?"

순식간에 지성화가 격양된 음성으로 촬영장이 쩌렁쩌렁 떠나가라 목소리를 높였다.

"그럼 내가 거짓말했다는 거야? 뭐야! 카메라 돌려 봐. 카메라 돌려 보면 알 거 아냐?"

눈에 띄는 고운 이목구비의 지성화는 젊은 시절 하이틴 스타로, 평소에도 소프라노 하이톤의 목소리와 괄괄한 성정을 가지고 있었다.

무엇보다 화끈한 다혈질이었는데 평소에도 좋아하는 사람, 싫어하는 사람 구별이 확실했다. 한번 봐서 맘에 들지 않은 사람은 끝까지 아니라는 태도였다. 그녀는 계속해서 공세를 해 오는 지수를 무척이나 귀여워했고, 처음부터 세연을 눈엣가시처럼 싫어하는 기색을 내비치곤 했었다.

그런 그녀가 히스테릭한 어조로 지금 촬영장을 아수라장으로 만들었다.

"카메라 돌려 보라고!"

작심한 듯 지성화의 짜증 섞인 목소리가 발칵 촬영장을 뒤집어 놓았다.

졸지에 촬영도 못 하고 오늘 엉망이 되었다는 표정으로 스태프들이 한숨을 내쉬며 난처한 표정을 지었다. 갑작스레 벌어진 일에 드라마 출연진들도 어안이 벙벙하단 표정을 짓고 있을 때, 감독이 세연에게 눈짓했다.

"세연 씨, 잠깐만."

감독이 침착한 어조로 세연에게 잠시 뒤로 가 있으라 눈짓했다. 그러고는 그때까지도 씩씩거리면서 붉어진 얼굴로 화를 삭이지 못하는 지성화와 마주 보았다.

"계속 이러시면 곤란합니다."

"뭐야? 그럼 지금 내가 잘못했다는 거예요?"

촬영 중에 일어난 돌발 상황에도 감독은 당황하지 않았다.

이런 통제할 수 없는 상황에도 감독이 동요 없이 평등하게 출연자들을 대한다는 그 한 가지 사실에 세연은 안도했다. 솔직히 말해서 안심이 되었다.

"촬영하다 보면 변수도 생기가 마련이고 연기에 집중하다 보면 동선이 흐트러지는 경우도 왕왕 있어요. 꼭 맞춰 본 대로 흘러가는 게 아니란 거, 잘 아시는 분이 왜 이러십니까?"

여전히 두꺼운 뿔테 안경을 추켜올리며 침착한 어조로 말을 잇는 감독의 목소리를 들으며 세연은 놀란 가슴을 달래고 있었다.

"뭐라구요? 지금 뭐라고 하는 건데? 감독님."

"아까 리허설도 맞춰 봤지 않습니까. 카메라 리허설도 하고 촬영 들어간 건데, 동선이나 자세 흐트러지는 경우 종종 있어요."

고 감독이 말을 잇자 지성화가 들은 척도 하지 않고 다시 싸우듯 언성을 높였다.

"듣기 싫다니까! 내가 지금 무슨 꼴을 당했는데 다 보고서도 그래요?"

아직도 가슴이 쿵쾅거렸다. 떨림이 멎지 않았다.

이상했다. 이보다 더한 모욕도 다 겪어 봤는데. 하다못해 촬영 중에 뺨을 맞아도 아무렇지 않았는데, 지성화가 무섭게 삿대질을 하면서 촬영장이 떠나가라 언성을 높이자 솔직히 두려운 마음이 들었다.

꼭 얼음처럼 차가운 냉수를 끼얹은 것 같았다. 절로 손이 덜덜 떨리고 가슴 역시 죄어들었다. 그리고 모두가 눈을 크게 뜨고 휘둥그레 보자 심장이 미친 듯이 쾅쾅 뛰면서 쉽사리 진정이 되지 않았다. 부끄럽고 두렵고 여전히 찬물을 온몸에 끼얹은 것처럼 몸이 덜덜 떨리기 시작했다.

"하아……."

세연은 창백해진 얼굴로 자신이 왜 이러는지 생각해 보았다. 이보다 더한 망신과 굴욕도 겪은 그녀였다. 여기까지 오면서 겪었던 수모를 생각하면 이만한 일은 아무렇지 않게 넘겨야 했다. 하지만 지금도 몸의 떨림이 멎지 않는 걸 보니 이번 일은 역시 충격이라 해야겠다. 세연은 생각했다.

'이럴 줄은……. 각오했지만 출연자가 드라마 촬영 중에 이렇게 폭발하고 언성을 높이고 모두가 보는 앞에서 날 망신 줄지는 몰랐어.'

아니, 이 순간 여전히 촬영장 안의 모든 이들이 그녀를 보며 수군수군 떠들자 깨달았다. 그녀는 연기에 모든 것을 걸었다. 연기는 그녀 삶에 남아 있는 유일한 것이었다. 그런데 이렇게 드라마에 같이 출연하는 연기자가 촬영을 중단시키고 모두가 보는 앞에서 그녀를 망신주는 초유의 사태에 당황한 것이었다. 여전히 가슴의 동요가 멎질 않았다.

웅성웅성.

그럼에도 쏠리는 시선과 수군거림에 동요하지 않듯 그녀의 얼굴은 너무나도 무표정했다. 겉으론 티 나지 않았지만, 보란 듯이 주먹을 꽉 움켜쥔 세연의 마음은 참담했다. 주먹을 움켜쥔 것은 이 상황이 분하고 치욕적이어서가 아니라 손의 떨림이 멎지 않아서였다. 무표정하게 버티고 있는 것은 그러지 않으면 당장이라도 쓰러질 것 같아서였다.

거기다가 지성화는 드라마를 연출하는 총책임자인 감독이 나섰는데도 화를 가라앉힐 기세가 없었다.

지성화가 여전히 붉어진 얼굴로 쩌렁쩌렁 언성을 높이자 감독이 난처하단 표정으로 고개를 저었다.

"이러시면 곤란합니다. 스태프들이 몇 명입니까. 다들 보고 있는데 문제없는 상황이라 판단해서 말씀드리는 겁니다. 선생님, 그래도 촬영은 해야 하지 않겠습니까?"

조심스럽게 그래도 오늘 촬영분은 찍어야 하지 않겠느냐며 감독이 깍듯하게 대우해 줬는데도 지성화는 화를 삭이지 않았다. 다혈질인 그녀는 여전히 물러설 기세가 아니었다. 분해서 견딜 수 없다는 듯 씩씩대면서 삿대질을 해 댔다.

"아니, 출연자가 불쾌하다는데, 아니라는데 감독이 수용해야 될 거 아니에요? 그리고 난 짜증 나고 기분 나빠서 저 애랑 촬영하기 싫어요! 봐. 지금도 아무 일 없었다는 것처럼 뻣뻣하게 버티고 서 있는 거, 안 보여요?"

지성화가 손가락질을 하자, 촬영장 안의 이들의 시선이 잠자코 서 있는 그녀에게로 향했다. 철렁 가슴이 내려앉았으나 세연은 여전히 미동 없이 있었다. 당장이라도 소리를 지르면서 뛰쳐나가고 싶은 굴욕적인 상황. 그럼에도 무표정하리만큼 동요하지 않고 버티고 서 있었다. 이건, 이를테면 무너지지 않기 위한 그녀 최후의 자존심이었다. 여기서 쓰러질 수는 없으니까.

그런 그녀를 못마땅하다는 듯 노려보면서 지성화가 상기된 얼굴로 말을 이었다.

“난 저 애랑 촬영 못 해요! 알아서 해요.”

제발 여기서 조용히 마무리되길 바라는 마음 한 가닥이 깊은 곳에 있었나 보다. 그런 세연의 헛된 희망을 비웃기라도 하듯 지성화가 최후통첩을 하자, 동시에 촬영장 안은 찬물을 끼얹은 것처럼 조용해졌다. 모두 얼어붙어 어쩔 줄 몰라 하며 난감해했다.

냉각된 분위기 속에 세연 역시 얼어붙은 것처럼 머릿속에 떠올렸다.

‘이럴 줄 알았어.’

역시나 예외는 없는 거였다. 적어도 그녀의 삶에서 신은 많은 기적을 보여 주지 않았으니까.

이어지는 최악의 상황.

“봐! 지금도 뻣뻣하게 버티고 있잖아. 난 저렇게 출연자에 대한 기본적인 예의도 갖추지 못하고 기분 나쁜 밉상인 애랑 같이 촬영 못 하겠어요. 그러니까 알아서 해요.”

세연은 여전히 무표정으로 버텼다. 걱정하고 우려하는 시선도 있었지만 흥미진진하게 지켜보는 시선들도 많았다. 그녀가 어떻게 나올까 흥미롭게 기대하는 눈빛들. 지성화의 말대로 여전히 뻣뻣하고 무표정한 그녀가 절대로 사과하지 않을 거라 생각하는 것이리라.

몇 초의 순간, 그녀는 빠르게 머릿속에 상황을 가늠했다.

생각해 보면 누구라도 억울한 상황이었다.

그녀는 지성화를 밀지 않았다.

지성화의 말대로 카메라를 돌려 보면 알겠지만, 그저 사전에 리허설한 대로 연기 동선에 맞춰 대사를 했을 뿐이다. 그리고 대본에 적혀 있는 대로 지성화와 윤민자 사이에 한바탕 난투극이 있었고, 그 와중에 지성화가 스스로 발을 헛디뎠을 뿐이었다. 잠시 몸을 비틀거린 걸 가지고 트집을 잡아 지금 촬영장이 떠나가라 언성을 높이는 것이다.

"못 들었어? 나, 애랑 더 이상 촬영 못 해요. 그러니 알아서 해요."

그런데도 더 이상 촬영을 못 한다고 생짜를 부리니, 억울하다면 억울한 상황이었다. 하지만 세연은 빠르게 결심을 굳혔다. 결정을 내린 그녀는 다음 순간 지성화를 향해 납작 엎드렸다.

정확히는 그녀의 온 마음을 담아 사과를 했다.

"죄송합니다, 선배님. 제가 생각이 짧았어요. 사과할게요. 아무래도 제가 처음 드라마를 촬영하다 보니까, 연기하는 데만 온통 정신이 쏠려서……."

쥐 죽은 듯 주변이 조용해진 가운데 세연은 한번 하아, 심호흡을 하고선 조용히 말을 이었다.

"아무래도 제가 부족한 부분이 있었던 것 같습니다. 진심 어린 마음으로 좀 더 친근하게 다가갔어야 하는데, 그런 부분에선 확실히 제가 서툴렀어요. 앞으로 주의하겠습니다. 다시 한번 사과할게요."

그런 세연의 머릿속엔 하나의 생각밖에 없었다.

어떻게 하면 상대에게 진심이 전해질 수 있을까?

지금 역시 노력한다지만, 상대에게 올곧이 그녀의 진심이 전해진다 확신할 수는 없었다. 거기다가 그녀에게 잔뜩 화가 난, 한참 연기 선배인 출연자라면 더더욱. 그럼에도 멈출 수 없었다. 왜냐하면 이것이 그녀의 진실된 마음이고 유일하게 가진 것이기에 전하려 노력할 수밖에 없었다. 서툴지만 그녀의 마음이 담긴 진심을.

침묵이 흘렀다.

그녀의 사과에 주변이 쥐 죽은 듯 조용해진 가운데, 지성화가 눈을 깜빡였다. 그러고는 재빨리 지수와 눈을 마주치더니 득의양양한 어조로 말소리를 높였다.

"다들 들었죠? 얘가 잘못했다잖아! 당장 출연자 바꿔 줘요. 난 촬영 못 하니까. 지금이라도 이렇게 제멋대로에 기본도 안 지키고 선배 알기를 우습게 아는 연기자는 바꿔야 돼. 그게 감독 기본 권한 아닌가요?"

"잠깐만요, 선생님."

세연의 사과에 천군만마를 얻은 듯 눈에 띄게 기세등등해진 지성화가 떠나가라 소리를 높였을 때, 보다 못한 감독이 앞으로 나섰다.

촬영을 멈춘 스태프들 역시 말도 안 되는 그녀의 난동에 황당하다는 표정이었다. 수군수군, 눈치만 보고 떠드는 연기자들 속에서 탤런트 윤애리도 언성을 높였다.

"지금 일방적으로 떠들 때가 아니잖아요? 그쪽 말고 다른 사람 얘기도 들어 봐야지. 안 그래요?"

아까부터 벌어진 초유의 사태에 심상치 않은 표정으로 팔짱을 낀 채로 보고 있던 윤애리가 더는 안 되겠다 싶었는지 나선 것이다. 그러자 지성화가 사납게 노려보았다.

"뭐야?"

그때 감독이 다시금 끼어들었다.

"잠시만요, 선생님. 이건 짚고 넘어가야겠습니다. 지금 드라마 한 편을 촬영하는 데 얼마나 많은 사람들이 고생하고 노력하는 줄 아십니까? 말씀드렸지만 여기 있는 제작진들만 몇 명인지 보세요. 그리고 시청자들과 약속이 있는데……."

지성화의 말도 안 되는 난동에 화가 났는지, 감독의 얼굴은 딱딱하게 굳어져 있었다. 감독이 몇 번이고 화를 억누르는 것처럼 헛기침을 하더니 말을 이어 갔다. 하지만 감정을 억누를 수 없는지 그의 음성은 격양되어 있었다.

"그래요, 정세연 씨가 실수했다고 칩시다. 그런데 연기자를 바꾸라뇨? 말도 안 될뿐더러 이게 기사화되면 사람들이 가만있을 것 같습니까? 우리끼리 말이지만 손가락질당하고 욕먹는 건 선생님 쪽일 겁니다. 그리고 주연 연기자도 사과했지 않습니까."

"뭐? 뭘? 누굴 욕하고 손가락질해? 그게 감독이 할 말이야! 정말 웃겨! 나 촬영 못 해요. 알았죠?"

그러자 지성화가 화가 나서 길길이 날뛰었다.

두꺼운 뿔테 안경을 낀 고준우 감독은 여전히 격양된 것처럼 감정을 추스르지 않았지만 곧 자신의 발언이 경솔했다 후회하는 것처럼 보였다. 분명 참다 참다 난동을 부리는 지성화에게 한마디한 것이겠지만, 불에 기름을 부은 꼴이었다. 다혈질인 지성화는 더욱 못 참아 했다.

'내가 참을 걸 그랬나.'

흘낏 난동을 부리다시피 하는 지성화를 보는 감독의 후회하는 듯한 시선에서 일순간 그러한 심정이 읽혔다.

웅성웅성.

여전히 생각지도 못한 돌발 상황에 스태프들이 난감해하는 표정을 지었고, 그 모습을 보던 세연의 마음 역시 착잡했다.

'정말 감독의 말대로 달래고 타일렀음 어땠을까? 지금보다 좋은 결과가 나왔을까? 그냥 입장을 철회하고 촬영에 합류했을까.'

아니.

대답은 바로 나왔다.

그녀와 지성화의 대립이었다면 그랬을 것이다. 적당히 세연의 사과를 받고 감독이 달래면 기분을 풀고 다시 촬영에 합류했으리라.

하지만 고갤 돌려서 위협적인 눈을 빛내면서 입가에 흐뭇한 미소를 지은 채 지켜보고 있는 지수를 보자, 절대로 그런 일은 없을 거란 사실을 깨달았다.

지성화는 절대로 입장을 철회하지 않을 것이다.

계속해서 그녀를 망신주면서 되도록 크게 기사화되고 사태가 장기화되는 걸 바라겠지. 그런 지성화가 노리는 것은 가수 출신의 신인 연기자로 계속해서 연기가 도마에 오르는 자신에게 치명타를 입히는 것이리라. 꼭 경력에 치명적인 흠집을 내지 않아도 이렇게 촬영장에서의 잡음과 소동으로 이름이 오르내리는 자체가 불명예스러운 일이었다. 계속해서 안 좋은 일로 이미지에 흠집을 내서 끌어내리는 것. 어쩌면 그것이 지수가 의도한 일이리라. 또 어쩌면 지성화와 지수 사이에 모종의 거래가 있었을지도 모른다.

이 순간에도 죽어도 물러서지 않겠다는 듯이 펄펄 날뛰는 지성화를 보며, 세연은 머릿속으로 조심스레 추측해 보았다.

다음 순간 기다렸다는 것처럼 지성화가 의기양양하게 잠자코 있는 세연을 손가락으로 가리키며 말하는 게 그 증거였다.

거듭되는 히스테릭한 어조의 지성화의 재촉이 이어졌다.

그러자 꼭 잘 짜인 코미디극처럼 윤민자를 비롯한 다른 중견 탤런트들이 목소리를 높이는 게 아닌가.

"그렇지!"

"잘못된 건 바로 잡아야지. 물론 방송국 사정도 복잡할 거고 출연을 번복하는 게 힘들기야 하겠지만, 뭐 드라마에 문제가 생기면 최종 하차도 불가능한 일은 아니고."

꼭 맞춘 것처럼 저렇게 말하니, 절로 실소가 나왔다. 하지만 분위기가 너무나 진지했고, 중견 연기자들 역시 망설이는 표정을 지으면서 하나둘씩 발언을 하자 스태프들 역시 긴장이 역력한 표정을 지었다.

분명 말도 안 되는 상황이고 강짜인데 여러 명이 우기니 집단행동이 되어 버리는 것이다. 출연자 한두 명이 그런 게 아니니 아예 무시할 수 없다는 것이 문제라면 문제였다.

모두가 침묵하는 가운데, 용감하게 앞으로 나선 윤애리가 주변을 둘러보며 언성을 높였다.

"아까부터 뭐 잘못 먹은 사람들 같아. 연기자들이란 사람들이 아까부터 꿀 먹은 벙어리처럼 입 다물고 아무 말 안 하는데 동조하는 거야? 이제 드라마 처음 촬영하는 햇병아리 후배야. 모범은 못 보일망정 연기 선배란 사람들이 정말. 지금 이게 말이 되는 상황이라고 생각해? 진짜 다들 왜 이래요?"

그러나 여전히 대다수의 연기자들은 침묵했다.

그와 동시에 이것 역시 지수가 의도한 상황이라는 것을 세연은 눈치챘다. 드라마 촬영 중에 그녀에게 위해를 가한다? 수십 명의 스태프들이 빙 둘러 에워싼 가운데 카메라도 돌아가고 있고 애초에 불가능한 상황이었다. 그럼에도 지수는 거듭해서 자잘한 공격을 퍼부어서 결국 쌓이고 쌓인 대미지로 치명타를 입힐 방법을 택했다.

지금 역시 지수의 착실한 설계자로, 모종의 거래가 있었을 지성화와 윤민자를 비롯해 극중에서 고용인들로 나오는 중견 탤런트 몇을 뒤에 업고 목소리를 높였다.

"사고가 있었죠? 사고가 났으면 뒷수습을 하고 복구를 해야지. 이참에 세트장도 철거하고 다시 짓고 지금이라도 새로 시작하자고! 감독님도 제 말 듣고 있죠? 지금이라도 드라마가 제대로 돌아가게 해야지. 문제가 생긴 연기자를 그대로 내버려 두면 현장 분위기만 험악해져요. 안 그래요?"

지성화가 상기된 얼굴로 씩씩거리면서 동의를 구하듯 빙 주변을 둘러보았다. 그러자 말도 안 되는 그녀의 억지에 스태프들이 어이없고 황당하다는 표정을 지었다.

'여기까지.'

모두가 보는 앞에서 사과를 하고 참담하리만큼 창백한 얼굴로 서 있던 세연은 생각했다.

선배 연기자로 존중하는 것은 여기까지였다.

지성화가 선을 넘었다고 생각한 세연은 결국 앞으로 나섰다.

"전 분명히 사과를 했어요."

그러자 갑작스러운 그녀의 말에 꼭 피라냐 떼처럼 탐욕스레 달려들던 지성화가 다시금 눈을 빛냈다. 이제야말로 제대로 기회를 노렸다 생각한 것 같았다. 하지만 천만에. 세연은 생각했다. 여기까지라고, 더는 선을 넘어 날뛰는 선배 탤런트에게 장단을 맞춰 줄 생각은 없었으니까.

지성화가 눈을 크게 치켜떴다.

"너? 지금 뭐라는 거야? 응, 뭐라고 했어?"

벼르고 별렀다는 것처럼 무섭게 노려보았지만 세연은 전혀 개의치 않았다.

촬영장에 있던 모든 이들이 숨을 죽인 가운데, 세연은 동요하지 않고 침착하게 자신의 의견을 밝혔다.

"먼저 밝혔지만 저는 선배님과 잘 지내지 못해 유감입니다. 변명 같지만 첫 드라마 촬영이기도 하고 제가 신경 쓸 게 많아서…… 좀 더 연기에 최선을 다하고 싶었어요. 그래서 연기 후배로서 좀 더 살뜰하게 잘 챙겨 드리지 못한 것 같아, 제 쪽에서 부족한 부분이 있어서 그 부분은 인정한다고 말씀드린 거구요."

"뭐? 얘, 진짜 웃긴다. 그래서 네가 아까 촬영할 때 잘못했다는 거잖아. 네 입으로 네가 잘못했다고 했잖아. 그런데 왜 말을 또 번복해? 안 그러니?"

혹시라도 그녀가 말을 바꾸면 꼭 잡아먹을 기세였다.

"이게 정말! 야! 너 어디서 선배 알기를 개뿔로 알아? 이걸 진짜 확!"

지성화가 때릴 것처럼 손을 높이 들자 보다 못한 감독이 만류했다.

그런 감독을 위태로운 시선으로 조연출과 촬영진들이 빙 둘러서서 쳐다보고 있었다.

지성화가 버럭 소리를 지르고 나서 촬영장엔 기묘한 침묵이 감돌았다. 누구도 쉽사리 이야기하려 하지 않았다. 하다못해 이 상황을 말리던 감독도 패대기치다시피 했는데 누가 나서기도 애매한 상황이었다. 게다가 그런 지성화를 에워싼 중견 탤런트들은 오히려 이 상황을 방관하고 즐기는 것처럼 비쳐졌다.

그 와중에 용감하게 혼자 나섰던 윤애리 역시 화가 나서 얼굴이 새빨개졌다.

"정말 미쳤나 보네! 아까부터 말도 안 되는 소릴 해 대는데 정말 상대도 하기 싫다. 보는 내 낯이 뜨겁다!"

윤애리가 차갑게 지성화를 노려보며 내뱉은 건 그때였다.

"참다 참다 진짜 한마디 하는데, 그렇게 살지 말아."

윤애리가 어이없다는 표정을 지으며 팔짱을 낀 채로 노려보았다. 지성화는 한 번 더 지껄이면 가만있지 않겠다는 듯 살쾡이처럼 사납게 주변을 둘러보았다.

금세 무슨 일이 벌어져도 전혀 놀랄 것 같지 않은, 일촉즉발의 긴장이 고조된 그때였다. 에취, 기침 소리가 흘러나왔다. 그리고 흘낏흘낏 쳐다보며 묘한 시선을 교환하던 스태프들 중의 한 명이 목청 높여 말한 것은.

"술 드셨어요?"

잠자코 보고 있던 스태프들에게서 꾹꾹, 참았던 웃음소리가 새어 나왔다. 헛웃음을 짓는 윤애리만큼이나 어이없고 황당하다는 표정으로 서 있는 이들이 눈에 들어왔다. 이 상황이 아까부터 웃겼던 모양인지 애써 웃음을 참는 기색이 역력했다.

"아……."

그리고 세연은 낮게 중얼거렸다.

지성화에게 술 마셨냐고 항의하는 스태프들의 얼굴이 왠지 모르게 낯이 익어서였다.

그러고 보니 기억나는 일이 있었다. 언제였던가. 〈리벤지〉의 촬영이 시작되고 얼마 지나지 않았을 때였다.

작은 생선 가시처럼 박혀 그녀의 마음을 들쑤시는 지성화를 비롯한 윤민자, 그리고 그들에게 동조해서 그녀를 묘하게 자극하는 출연진들에게 필요 이상으로 마음에 담아 두지 않으려 했던 시점이었다.

'내가 잘하는 걸까? 연기에만 집중하는 게 나쁘지는 않지만 그래도 주변을 둘러봐야 하는 게 아닐까. 너무 마음의 여유가 없이 빡빡하게 구는 것보다는 그게 낫겠지.'

그래도 왠지 마음에 걸려 자양강장제를 사 들고 촬영장에 갔었다. 소속사에 이야기하면 좀 더 나은 선물들을 살 수도 있었겠지만 부담스러웠고 이미 밥차로 한 번 신세를 진 지금, 또 말을 꺼내기도 미안했다. 현재, 그녀의 경제 상황에선 이것이 최선이었다. 아직 소속사의 정산을 받지 않은 이유도 있었다. 비록 아슬아슬하게 '윈터 문' 노래를 히트시키기는 했지만, 그래서 겨우 드라마에 안착하긴 했지만, 아직 출연료가 정산되지 않았다. 아무래도 그녀를 가수로 데뷔시키면서 투자비용이 많이 들었기 때문일 것이다. 보통 배우들은 회당 출연료가 선지급되지만 그녀는 가수 활동과 연기 활동을 병행하다 보니 적용되는 상황이 달랐고 약간 차이가 있었다.

꽤 고가의 홍삼 세트를 살까도 고민했지만 그러기엔 부담스러웠고, 무엇보다 그녀를 고깝게 보는 드라마 출연자들이 생각나서였다.

그녀의 예상은 크게 엇나가지 않았다.

– 저, 이거 드세요.

그녀가 망설이다 조심스레 사 온 자양강장제를 내밀자 예상한 대로 출연진들의 반응은 차가웠다.

'이게 뭐야?'란 표정으로 흘낏 쳐다보더니 꼭 잡상인을 대하듯 이렇게 말했으니까.

– 거기 놓고 가요.

아니면 떨떠름한 표정으로 '아, 그래? 잘 먹을게.' 이러고 굳이 불편한 기색을 숨기지 않았었지. 내심 예상했던 일이었기에 세연은 기분 나빠하지 않고 방송국 건물을 벗어나 다시금 그녀가 타고 온 밴이 세워져 있는 주차장 쪽으로 걸어갔다. 때마침 인근에서 야외 촬영이 있어서, 늘 주로 촬영이 이루어지는 방송국 세트장을 벗어났기에 용기가 났는지도 모르겠다. 어찌 됐든 이대로 남은 자양강장제들을 어떻게 해야 할까, 잠시 막막해졌지만 세연은 웃었다.

'그냥 내가 다 마시지 뭐.'

그때 때마침 막 소리를 높이면서 오후에 있을 야외 촬영 점검에 여념이 없는 이들이 눈에 들어왔다. 그러고 보니 대본과 연기에 몰두하느라 촬영장의 다른 이들을 신경 쓸 여유가 없었다. 무사히 촬영하고 드라마가 방영될 수 있게 도와주시는 분들인데. 거기까지 생각이 미친 세연은 드물게 머뭇거리다 조심스레 양손에 들고 있던 자양강장제 박스들을 내밀었다.

– 저, 이거 드세요.

아직도 기억나는 것이 드라마 B팀의 감독들과 카메라 감독이었다. 전에 혁수에게서 그녀가 곧 촬영하게 될 방송국의 생리와 촬영이 진행될 스튜디오, 그리고 방송국 팀 구성에 대해서 얼핏 전해 듣긴 했지만 일단 사람들이 너무 많고 어려웠다.

혁수가 알려 준 대로 소도구팀, 촬영할 때 쓰는 기다란 크레인을 비롯해서 방송 장비를 다루는 장비팀, 그리고 지금 방송국 인근의 카페에서 야외 촬영을 준비하는 조명팀과 미술팀, 마지막으로 유지수의 돌발 행동으로 큰소리가 났던 액션팀도 있었다. 세트장에 있던 스태프들은 처음엔 의아함과 약간의 경계를 담아 보던 것도 잠시, 이내 활짝 웃으며 받아 들었었다.

– 고마워요, 진짜. 잘 마실게요.

그러다 조연출과 카메라 감독과 함께 세트장을 점검하고 열심히 일하는 스태프들의 모습에 세연은 자신도 모르게 핫팩도 내밀었었다.

– 저, 괜찮으시면 이것도 받아 주실래요?

야외 촬영을 하면 붙이려고 준비해 뒀지만 실상 세트장에서 촬영 대부분이 이루어져 쓸 일이 많지 않았었다. 장갑을 끼고 손을 '호호' 불면서 일하는 데 여념이 없는 모습에 춥겠다는 생각이 들어 즉흥적으로 내민 것이었다.

– 아, 이런 걸 다 주시고. 저희들도 핫팩 있어서 괜찮긴 한데 주시니까 받을게요. 마음이 예뻐서.

그리고 다행히도 역시나 활짝 웃으며 기쁘게 받아 주어 고마웠었다.

– 그럼 수고하세요. 저 이만 가 볼게요.

– 네, 그럼 잘 가요.

돌아오는 길은 이상하게 발걸음이 가벼웠었다. 그런데 지금 목소리를 높이는 얼굴이 왠지 낯이 익었다. 드라마 〈리벤지〉는 빡빡한 방송 스케줄로 A팀과 B팀으로 나눠서 촬영이 진행되었는데, 바로 드라마 B팀의 감독인 김석우였다. 세심한 디렉팅을 하는 고준우 감독과 마찬가지로 카메라 워크와 동선까지 사전에 촬영 감독과 상의를 하고 결정해 일사천리로 촬영을 밀어붙여 인상적이었다.

– 고마워요, 잘 마실게요.

세연이 힘들 때 마시라고 머뭇거리다 내민 자양강장제를 활짝 웃으면서 받아 들었던 얼굴 그대로, 지금 역시 어이없다는 듯 난동을 부리는 지성화를 보고 있었다. 곱슬거리는 파마머리에 주근깨가 있는 소년 같은 느낌으로 지금 역시 웃음을 못 참겠다는 듯 이야기하면서도 눈빛은 단호했다.

“뭐, 뭐라구욧? 지금 뭐라는 거예요?”

“아니, 그렇잖습니까? 선생님, 계속 횡설수설 꼭 약주하신 것처럼. 다른 건 모르겠고 아까부터 세트장 철거하라고 하시는데 저흰 그렇게 못 합니다.”

“뭐요?”

분위기를 눈치 못 채고 지성화가 빽 목소릴 높였을 때였다.

갑자기 B팀의 감독을 위시하여 스태프들이 위협적으로 소리를 지르는 지성화를 빙 둘러싼 것은. 그리고 소년 같은 웃음이 인상적이었던 B팀의 감독이 단호한 어조로 딱 잘라 말했다.

“저흰 그렇게 못 합니다. 이유 같지 않은 이유로 세트장 철거 못 한다는 게 저희 의견입니다. 이건 아셔야 할 것 같아서요.”

“뭐요? 같잖은 이유라고?”

화가 난 지성화가 길길이 날뛰었으나, B팀의 감독이 각오했는지 딱 한마디만 말했다.

“선생님, 한마디만 말씀드리겠습니다. 방송은 애들 장난 아닙니다. 알 만한 분이 왜 그러세요?”

말없이 빙 에워싼 스태프들의 살벌한 눈빛이 느껴졌는지 지성화가 움찔했다. 그러더니 흘낏흘낏 지수의 눈치를 살폈다. 지수는 여전히 뜻을 알 수 없는 묘한 웃음을 지은 채 눈앞에 벌어지는 광경을 지켜보았다.

김석우 감독이 흘낏 말없는 세연을 보면서 헛기침을 하며 덧붙였다.

“연기자가 아니라고 하지 않습니까? 이미 아까 카메라 워크와 동선도 맞춰 봤구요. 그리고 혹시 탤런트 협회에 항의해서 문제 크게 만드실 거면 그렇게 하세요. 저희도 촬영 안 하겠습니다. 참고로 촬영장에 홍수나 지진 같은 자연재해가 벌어지지 않는 이상, 세트장 철거할 일은 없습니다."

그 말과 동시에 몸을 돌려 일제히 가 버리는 스태프들을 지성화는 두려운 눈으로 쳐다보았다. 스태프들이 우르르 빠져나가자 갑자기 촬영장 안은 조용해졌다. 어색해진 출연진들이 헛기침을 하는 가운데, 문득 세연은 생각이 미쳐 고개를 돌렸다. 내심 난감한 표정을 짓고 있을 거란 생각과 다르게 감독은 오히려 후련해 보였다. 뿐인가. 일순간 속이 시원하다는 웃음까지 살짝 입가에 머금은 것처럼 보여서 눈을 의심했다.

그녀가 잘못 본 걸까.

다시금 감독은 상황을 갈무리하듯, 화가 나서 어쩔 줄 몰라 하며 당황한 기색을 숨기지 않는 지성화를 달래기에 열심이었다.

"선생님, 선생님께서 다시 한번 생각해 주셔야 합니다. 마음을 바꿔서 한번 달리 생각해 보세요. 까마득하게 어린 후배가 공경을 하지 않아 기분이 상하신 건 알겠는데, 그래도 드라마 촬영 중이지 않습니까?"

노골적으로 찡그린 표정.

그러다가 도저히 안 될 것 같았는지 감독이 두꺼운 뿔테 안경을 한번 추켜올리더니 의미심장하게 말했다.

"선생님이 앞으로 계속 드라마 찍고 싶으시다면요."

그 말을 끝으로 감독은 아무 말도 하지 않았다.

특유의 고지식한 말투였지만 많은 뜻을 내포하고 있었다. 듣는 이에 따라서는 여러 가지 생각을 할 수 있는 말이었다. 그 말을 듣자 지성화의 표정이 변했다.

그린 듯한 활 같은 눈썹을 치켜세우더니 심상치 않은 표정으로 고준우 감독을 아래위로 쳐다보았다. 그러고는 팔짱을 낀 채로 역시 심상치 않은 전조가 드리운 것 같은 촬영장 안 어시들을 쫙 살피더니 인상을 썼다. 잠시 침묵이 흐르고, 이윽고 지성화가 천천히 말했다.

"한번 생각해 볼게요. 내가 잘못한 건 없지만 감독님 말대로 드라마가 무사히 끝나는 게 중요하니까. 마음 같아서는 확 때려치우고 싶지만 감독님이랑 스태프랑 우리 드라마 식구들 생각해서 내가 한번 생각해 본다는 거야."

짐짓 인상을 쓴 채로 여전히 맘에 안 든다는 표정으로 선심 쓴다는 듯 지성화가 말하자, 정작 스태프들은 어이없다는 듯 고개를 저었다.

드라마를 찍으면서 힘들지 않는다면 거짓말일 것이다.

언젠가 기우가 그런 말을 한 적이 있었다.

그와의 감정 대립이 극에 달한 그때, 날카롭게 감정의 날을 세운 그녀에게 기우가 말했었다. 넌 유지수에 대한 적개심과 증오를 원동력으로 살아가는 건지도 모른다고. 그의 말이 맞았다.

'이대로 조용히 살아도 되지 않을까. 이미 판이 너무 커졌지만, 그럼에도 이대로 나만 마음만 바꾸면.'

그렇게 마음먹었다가도 막상 촬영장에서 유지수를 보면, 그 모든 생각이 흔들렸다. 이미 자신은 유지수와 일본에서 있었던 잔인한 습격의 후유증으로 궤도를 벗어나 남들과 다른 행로를 걷기 시작했다. 그녀 또래의 이들은 학업 아니면 취업을 시작하고 남자 친구와 예쁘고 설레는 연애를 했다. 물론 자신도 마음만 먹으면 다시 그 궤도로 들어설 수 있겠지만, 남들보다 조금 느리고 다른 것이 잘못된 거는 아니라는 생각을 하지만, 그럼에도 잊을 만하면 지끈거리는 눈의 감각은, 누구에게도 선불리 이야기할 수 없고 누구도 이해해 주지 않을 고통이었다. 실상 그녀 자신만 느낄 수 있는 딱딱해진 망막의 예민한 느낌은 이루 말할 수 없는 것이었다.

담담하려 해도, 아무리 자신의 마음을 죽이듯 초연하려고 해도, 아무리 겉으로 감정을 내색하지 않으려 해도, 다시는 예전으로 돌아갈 수 없다는 사실에 절망했다.

때문에 아무리 초연하려고 해도 아침이 밝아 촬영장으로 가서 멀쩡한 유지수의 얼굴을 보면, 그것도 모자라서 꼭 선동하듯 중견 탤런트들과 뭐라뭐라 이야기를 주고받으며 낄낄 소리 내서 비웃는 소리를 계속해서 들으면, 어느 순간 서서히 불이 점화되듯 활활 그녀의 배 속에서부터 분노가 치솟았다. 그리고 지난 일들이 파노라마처럼 머릿속에 펼쳐지면서 용서할 수 없다는 생각이 드는 것은 어쩔 수 없는 일이었다. 특히 다친 눈의 감각은 불쏘시개처럼 그녀 안에서 꿈틀대는 유지수를 향한 미움과 적개심에 불을 붙였다. 그래서 지수를 볼 때마다 세연은 생각했다.

실상 자신은 유지수에 대한 증오와 복수심, 원망으로 하루를 버티는 것 같다고. 그래서 촬영장에서 버티고, 팽팽하게 긴장을 누그러뜨리지 않고 유지수와 맞설 힘이 생기니 다행인 일이었다.

촬영장의 수많은 이들 사이에서 유지수의 기에 눌리지 않아야 하고, 철저하게 대본을 숙지하고 토씨 하나 틀리지 않아야 함은 물론, 카메라 앞에서 매순간 그녀의 감정을 극점까지 끌어 올려야 했다. 그럼에도 완전히 흡족함을 느끼지 못해서 그녀의 영혼까지 내보이는 느낌이 들지 않으면, 시청자들의 반응이 그리 좋지 않을 거라 예상하는 것은 쉬운 일이었다.

그럼에도 눈 하나 깜빡이지 않고 그 모든 매서운 공격을 받아치는 괴물이 되어 가는 기분이었다. 심장 한가운데가 서서히 얼어붙어 보란 듯이 유지수에게 맞서는. 그래야 불가능해 보이는 확률의 승리를 조금이라도 점할 수 있을 테니 말이다.

그럼에도 쉬울 리가 없었다. 무엇보다 오늘 있었던 촬영장 사건은 그녀를 쉽사리 잠들지 못하게 했다.

어찌할 수 없이 한밤이 되면, 특히 새벽 시간이 오면뭔가 텅 빈 느낌에 괴로웠다.

마치 그녀 혼자만 세상에 남겨진 것 같고 꼭 가슴에 구멍이라도 뚫린 것 같은 헛헛함은, 대본을 아무리 봐도 채워지지 않았다. 실상 어렵게 잡은 기회이니 이러한 감정이 사치라고 생각하면서도 인간인 이상, 그녀 혼자만 고립된 것 같은 촬영장에서 어쩔 수 없이 외로운 느낌은 참기 힘들었다. 무엇보다 연기에 관한 이야기를 하고 싶은 생각이 문득 들었다. 아무리 억누르려고 해도 기우를 향했던 감정처럼, 그녀가 속한 업계에 관한 이야기를 누군가와 하고 싶단 생각이 꿈틀거렸다. 자연스레 세연은 기우를 떠올렸다.

'그렇다고 그에게 이야기할 수는 없어. 이건 나 혼자만의 싸움이니까. 그가 그래서 촬영에 전념하라며, 연락도 잘 하지 말라고 했는데.'

무엇보다 괜찮다고 말했지만, 중환자실에 있었던 후유증이 없을 수 없는 그였다. 확실히 기관 삽관을 한 이후에 쉬어 버린 목소리는 어쩔 수 없이 그녀의 마음을 아프게 했다. 자신 때문에 그렇게 되었단 생각이 들어서였다. 세연은 고개를 저었다.

'괜찮다고 말하지만 그에게 더는 부담을 줄 수 없어.'

무엇보다 끝까지 그녀를 먼저 생각하고 그녀의 입장에서 배려해 준 기우를 생각하면 누구보다 이 드라마를 성공시켜야 했다. 어쩌면 '윈터 문'의 발매보다 더 절박한 상황이었다.

이러한 상황에서 실상 그래도 대화라도 할 수 있다고 여겨지는 건, 어쩌면 유일한 아군일지도 모르는 윤애리였다. 그녀와 연기에 관해서 이야기할 수도 있었지만 대선배라서 조심스러운 부분이 있었다. 세연은 여의치 않은 상황에 작게 한숨을 내쉬었다.

[TCS 새 미니시리즈 〈리벤지〉 끊이지 않는 잡음. 이번에는 드라마 주조연의 갈등! 중견 탤런트 지성화와 '윈터 문'의 신예 여가수 정세연의 격돌. 드라마 스태프들도 들고 일어나…….]

[이대로는 24부작인 드라마를 과연 끝마칠 수 있을지 방송국 측에서도 의구심을 가져.]

이후의 행보는 세연이 예상했던 그대로였다.

그나마 진일보한 그녀의 연기에 호감을 드러냈던 이들도 거듭되는 드라마의 잡음에 우려를 나타냈다.

거세게 일렁이던 폭우가 간신히 기적적으로 멎었는데 예외 없이 지수가 다시금 폭풍우를 일으킨 격이었다.

예상대로 격한 반응을 드러내듯 끝없이 이어지는 기사들.

[또 정세연이야?]

[이 드라마는 처음부터 시끄럽더니 계속 시끄럽네. 그래서 누가 잘못한 거라는 거야?]

[중견 탤런트 지성화가 잘못한 거야? 아니면 가수 출신 정세연이 잘못한 거야? 기사 또 안 올라왔어?]

정세연, 그리고 지성화.

온종일 그녀와 지성화는 인터넷 포털사이트 검색어 상위에 올라와 있었고, 이 기회를 놓칠세라 매스컴은 자극적인 기사를 끝없이 쏟아냈다. 기사 하나가 올라오면 질세라 우르르 연달아 비슷한 기사가 수

십 개씩 올라오는 식이었다.

사건의 추이가 궁금해진 사람들이 5분에 한 번씩 새로운 소식이 올라온 게 없나 검색 사이트를 눌러 보는 것처럼, 그때마다 내색하지 않았지만 세연의 가슴은 새카맣게 타들어 갔다. 반나절 내내 꼭 가슴이 양잿물을 마신 것처럼 시커멓게 타들어 가는 기분이었다.

그렇게 안타까운 밤이 깊어 갔다.

분명히 누군가가 주도한 농간과 이간질에 휩쓸린 거겠지만, 예외는 없었다. 뭔가 정해져 있는 강한 힘을 거스를 때는 그만큼 더욱 세고 강한 힘이 필요한 법이었다. 세연은 마음속으로 담담히 인정했다.

아직 그녀는 힘이 모자랐다. 거기까지 가지 못한 것과 마찬가지였다.

이번 역시 그녀는 속수무책으로 지수가 주도한 음모에 휩쓸렸다.

연이은 시청자 게시판의 우려에, 세연은 일부러 보지 않았다.

물론 겉으로는 절대로 동요하지 않고 평정을 유지했지만, 밤에 잠을 자면 악몽을 꾸었다. 그녀를 손가락질하며 도마에 올린 배우들과 시청자들에게 시달리고, 내심 마음으로 의지했던 드라마 스태프들까지 그녀를 차갑게 외면하는 꿈이었다.

'설마, 다 등을 돌리고 떠나는 걸까? 예외는 없나?'

단 한 명도 남아 있지 않는 꿈을 꾸고 일어나면 온몸은 식은땀에 젖어 있었다. 사실과 다르다고, 실제로 전혀 예상치 못한 순간 〈리벤지〉의 스태프들은 그녀를 도와주지 않았던가?

– 지금은 힘들겠지만, 지나면 이것도 추억으로 남게 될 거야. 내가 장담할게. 그러니까 얘, 나랑 차 한잔 마시면서 진정하는 게 어떨까?

또한 모두가 아니라고 할 때에도 보란 듯이 그녀에게 말을 건네고 차를 마시자며 위로해 준 선배 탤런트 윤애리도 있지 않은가. 내심 괜찮다고 애써 추스르려고 했지만 차갑게 손발이 마비되는 기분이었다.

식은땀에 흠뻑 젖어 가쁘게 숨을 내쉬다가 서서히 심장까지 얼어붙는 기분이었다.

['드라마 〈리벤지〉 끊이지 않는 잡음'

TCS의 24부작 미니시리즈로 편성된 〈리벤지〉가 또다시 잡음에 휩싸였다. 이번엔 드라마 주조연의 갈등이다.

23일 오후, TCS의 경기도 세트장에서 심상치 않은 고성이 흘러나왔다. 노발대발해 세트장이 떠나가라 소리를 지른 것은 바로 중견 탤런트 지성화. 드라마보다 더 드라마 같은 이 모든 사태의 발단은 어디서부터 연유된 것일까? 사건의 흐름에 맞춰 기자는 이 모든 갈등의 사태를 거슬러 올라가 보았다.

드라마 스태프진이 밝힌 사건의 시작은 지성화가 햇병아리 신인 연기자인 정세연과 사전 리허설을 거쳐 호흡을 맞추다 막상 본 촬영에 들어가자 동선이 어긋난 것. (중략)

결국 우여곡절 끝에 지성화와 정세연이 서로 오해를 풀고 다시 드라마를 촬영하는 것으로 마무리되었지만 극적인 타결 이후에도 문제점이 남아 있다.

무엇보다 시청자들의 호의적이지 않은 반응이 그것이다.

'〈리벤지〉는 왜 이렇게 시작부터 잡음이 많나요?'

'가수 출신 연기자인 정세연이 생각보다 곧잘 연기를 잘해서 기대가 됐는데 계속 사건이 나서 좋게 보이지는 않네요.'

여러 말들이 있겠지만 드라마 〈리벤지〉는 이제 절반의 여정을 지났다. 지성화와 정세연의 일련의 해프닝처럼 극의 서막은 올랐고, 본격적인 중후반부 갈등까지는 아직 멀었다. 이제 극의 정점으로 치달아 가는 미니시리즈에 우려와 비난을 보내는 대신 관심을 가지고 지켜봐야 하는 이유다.

무엇보다 극의 절정 부분으로 향해 가는 만큼 드라마 타이틀 롤을 맡고 있는 사건의 당사자인 정세연의 어깨가 무겁다. 가수 출신 연기자로 첫 데뷔작으로 미니시리즈 주인공을 맡은 만큼, 막중한 책임감과 부담감을 딛고 드라마를 이끌어 가야 하기 때문일 것이다.]

사실 해결이라고 할 것도 없었다.

한바탕 거센 폭우가 몰아친 것처럼 시끄러워진 직후, 아무렇지 않게 천연덕스럽기까지 한 얼굴로 촬영장에 지성화가 복귀했다.

"그럼 나, 다음 신 들어갈게. 고 감독, 서둘러 줘요."

그녀가 아무렇지 않게 촬영장에 복귀하자 다들 잠시 술렁거렸으나, 촬영장의 분위기는 곧 평정을 되찾았다. 원래대로 다시 돌아가기까진 그리 오랜 시간이 걸리지 않았다.

빽빽한 촬영 분량으로 다들 신경이 날카로워 그저 일련의 해프닝으로 지나간 사건이었지만, 다른 이들도 아닌 촬영장의 스태프들이 들고 일어난 계기가 되었었다.

항상 자기가 옳고 자기가 중심이어야 하는 지성화의 성격상 발끈하고도 남았지만, 크게 언성을 높일 수 없었던 건 연출부 스태프들이 들고 일어나서였을 것이다. 고준우 감독과 드라마 B팀의 감독 김석우, 신찬영 조연출과 카메라 감독까지.

그뿐인가. 그것도 모자라서 카메라 감독 보조를 위시하여 조명팀까지 반감을 드러내자, 지성화가 한 풀 꺾을 수밖에 없었다. 사건이 커져 방송국 국장실까지 가기도 전에 마무리된 건 역시 현장의 스태프들이 반발해서였다.

결국 지성화는 언제 그랬냐는 것처럼 꼬리를 내리고 어쩔 수 없이 촬영장에 복귀했다. 이후로 방송국 복도나 대기실, 그리고 촬영 때마다 여전히 뾰로통한 얼굴로 불편한 심기를 드러내는 지성화를 볼 때마다 세연 역시 마음이 무거웠지만, 아무 말 하지 않았다. 여기서 더 무슨 말을 하겠는가? 그저 사건이 커지지 않고 이쯤에서 마무리된 게 다행이었다. 비록 부작용과 그 여파는 남아 있었지만 말이다. 그럼에도 결국 사건을 이렇게 만든 장본인은 그대로 둘 수 없다고 그녀는 다짐했다.

지수를 찾아가 만난 건 그 직후였다.

그 전까지는 묵과했지만 더 이상 이대로 내버려 둘 수 없다는 생각이 들어서였다. 문제의 장본인인 지수는 밴 승합차 안에 있었다. 그것도 아무 일 없었다는 듯 기분 좋은 표정을 하고 화장을 점검하는 중이었다.

"그래서 네가 하고 싶은 말이 뭔데?"

매섭게 찢어져 올라간 눈매의 지수가 생글거리며 세연을 보았다. 왜 자신을 찾아왔냐는 것처럼 의아해하면서도 보란 듯이 방글방글 웃어 댔다. 그런 지수를 보며 세연은 불쑥 내뱉었다.

"이젠 지쳐."

"뭐가?"

지수가 여전히 생글거리며 물었다.

"뭐가 지치는 건데?"

"이제 너랑 상대하는 거. 아니, 이렇게 얼굴을 보고 눈을 마주치는 자체가 내겐 피곤하고 곤혹이야. 그러니까 내가 하고 싶은 말만 할게."

세연의 심상치 않은 발언에도 지수는 눈 하나 깜짝하지 않았다. 오히려 지수는 유유히 콤팩트를 꺼내서 보란 듯이 얼굴을 두드리기 시작했다. 여유롭기 그지없는 태도로.

"마음대로 해. 말리지 않을 테니까. 네가 하고 싶은 말 해 봐."

그리고 그 태연한 태도는 세연을 자극했다.

"잘 들어. 지성화 선배님, 그리고 촬영장 배우들 구워삶아서 집단행동 하듯이 움직이게 만든 거 너라는 거 알고 있어."

세연이 조용히 힘주어 말했으나 지수는 눈 하나 깜짝하지 않았다.

오히려 그런 그녀가 깜찍하다는 듯 비웃는 미소를 머금고선 유유히 되물었다.

"그래서? 어쩔 건데? 이제 와서 네가 뭘 할 수 있는데, 응? 정세연."

그런 지수의 도발에 넘어가지 않고 세연은 차갑게 말을 이었다.

"잘 들어. 물론 넌 끝없이 음모를 꾸미겠지. 드라마가 끝나는 순간까지 끈질기게 포기하지 않고, 집요하게 머리를 굴려서 어떻게든 날 끌어내리려 하겠지."

"그래서? 뭐 어쩌라고."

끝까지 가 보자는 것일까. 의미심장한 침묵이 흐르고, 세연은 이윽고 고갤 들어 지수를 응시했다.

스스로도 주체할 수 없는 가학적인 재미를 멈출 수 없다는 걸까. 지수의 얼굴에 머금은 흐뭇한 미소가 사라지지 않는다.

어떻게 하면 저 미소를 깨 줄 수 있을까. 본능적으로 떠올린다. 이번 역시 탐욕스레 독을 품은 암술이 긴 꽃이 암술이 짧은 꽃을 삼켜 버리듯, 무기력하게 먹힐 수밖에 없나. 단 한 번의 반격도 할 수 없이 그저 억울함에 몸부림치다 사그라들 뿐일까.

이 순간 자신을 보며 희희낙락 웃는 지수의 얼굴을 보며 깨달은 건 스스로의 무기력함이었다. 즉 반격은 쉽지 않으며 여차하면 눈 깜짝할 새에 끝나 버릴 수 있겠다는 것.

"잘 들어. 넌 나한테 안 돼."

다음 순간 고개를 숙인 지수가 그녀만 들으란 듯 아주 낮게 말하자 세연은 움찔했다.

"응? 엿이나 먹어. 내가 앞으로 네가 가는 길에 커다란 엿을 투척해 줄 테니까. 알아들어?"

그 말과 동시에 지수가 입이 찢어져라 만족스레 웃자, 세연은 찬찬히 바라보았다. 그러고는 그 활짝 웃는 얼굴에 보란 듯이 오물을 투척하는 것처럼 차갑게 말했다.

"그래, 넌 내 뒤통수를 쳐서 결국 끌어내릴 수 있겠지. 내게 승리할 수 있겠지. 하지만 이건 알아 둬. 결국 넌 나한테 졌어."

세연은 지수의 눈과 시선을 마주치며 한 마디, 한 마디 힘주어 말했다.

"바로 드라마. 너와 네가 맞붙은 드라마에서 넌 내게 졌어. 시청자들이 널 외면했으니까."

세연은 냉엄하게 내뱉었다.

"네가 아무리 발악해도 그 사실은 뒤바뀌지 않아. 네가 착하고 예쁘게 보이려고 필사적인 와중에, 시청자들은 내 진심을 봐 주셨으니까. 그래서 감사해. 네게 이겨서."

"뭐, 뭐라고? 이 미친 게 어디서!"

"넌 강해. 결국 난 네가 휘두른 흉기에 죽을 수도 있겠지만 넌 드라마로 졌어. 전 국민이 다 알고, 그 사실은 뒤바뀌지 않아."

보기 흉하게 일그러진 지수의 얼굴을 뇌리에 새기듯, 얼굴을 바짝 들이대며 세연은 웃었다.

"그러니까 한번 마음껏 끌어내려 봐. 기꺼이 당해 줄 테니까. 날 여기까지 오게 해 줘서 고마워, 유지수."

第 56 幕

세상은 희뿌연 안개에 둘러싸인, 잔인한 약육강식의 세계나 다름없었다. 카앙. 눈을 뜨면 먹잇감을 탐욕스레 잡아먹는 동물의 세계처럼 그녀, 유지수가 사는 세상도 다를 바가 없었다.

아니, 오히려 더욱 치졸하고 더러웠으며 역겨운 것들로 가득 차 있었다.

– 너 같은 건 왜 태어났는지 모르겠다. 너만 아니었다면 더 잘 먹고 잘 살았을 텐데.

대놓고 그녀를 향한 반감과 원망으로 악에 바친 어미.

– 엄마를 닮아서 너도 예쁘구나. 아니 젊고 싱싱한 네가 더 나을지도 모르겠는걸?

그럼에도 세상에서 의지할 사람이 엄마 하나밖에 없어서 집요하리만큼 필사적으로 놓지 않던 손길은, 어떻게든 세상에 닻을 내려 보려는 그 어린 처절한 몸짓은 어미가 새 남편이랍시고 데려온 한량 때문에 사납게 몰려온 파도에 휩쓸리듯 인정사정없이 난파당하고 말았다.

– 넌 참 예쁘구나.

토할 것같이 지분거리던 손길. 구역질이 나던 그 인간 같지도 않던 짐승 같은 놈 때문에 집에도 들어갈 수 없었다. 결국 단돈 몇천 엔을 내면 새벽까지 있을 수 있는 피시방에서 시간을 때우며 벗어날 방법을 찾고 있었다.

그때 눈에 들어온 게 바로 그녀이었다.

'정세연.'

서늘한 새벽의 한기가 벌거벗은 몸에 파고들었다. 또각, 소리와 함께 킬힐을 신은 지수는 고개를 돌렸다. 그러고는 보란 듯이 고가의 친칠라 모피를 몸에 걸쳤다. 벌거벗어도 이걸 걸치면 춥지 않았다. 날이 밝아 오자, 꿈틀거리며 깨어나기 시작하는 도시를 내려다보며 펜트하우스에 버티고 서서 지수는 떠올렸다.

'너무 춥고 배가 고팠을 때, 때마침 옆에 있었을 뿐이야. 보기만 해도 끔찍한 어미보다는 그녀의 부모님이 더 그럴듯했고 날 딸처럼 아껴 주셨지. 때마침 일본에서 탤런트 데뷔를 하려 했고 환경도 꼭 나와 맞춘 꼴같이 닮아 있었지.'

가시지 않는 헐벗은 추위. 벌거벗은 채로 모피를 두른 지수는 한기가 느껴지는지 부르르 몸을 떨었다.

'그래, 나보고 가져가라는 것처럼. 날 딸보다 더 위해 주는데 내가 그녈 것 좀 가지면 안 돼? 그녈 자리 좀 차지하면 안 되겠냐고? 난 추웠는데. 피시방에서 날밤을 새고 냄새나는 거기서 잤는데. 나도 따스하고 안락한 집에서 자고 싶었다고!'

흘낏, 널따란 침대에서 공단 시트를 감싼 채로 잠이 든 남혁의 얼굴을 곁눈질하며 지수는 이를 악물었다.

'그게 어때서? 내가 필요해서 좀 쓰겠다는데 그게 왜 잘못이야? 그녈은 내가 없어도 도도하게 고개 들고 잘만 살아갈 것만 같은데. 필요

해서 내가 좀 쓴다고! 내가 좀 쓰겠다고. 그게 어때서? 왜?'

소리 내서 악다구니를 지르고 싶은 심정이었다. 항상 헛헛하고 추웠다. 언제부턴가 거대한 안개와도 같은 흐릿한 형상의 세상은 지수에게 역겨울 뿐이었다.

때마침 뒤집어쓸 수 있는 안성맞춤인 껍질이 있었을 뿐이다. 그런 지수의 생각엔 변함이 없었다. 어차피 놀릴 거, 필요한 사람이 쓰는 게 뭐가 잘못인가? 그년이 계속 지랄하면 사용료로 몇 푼 쥐여 주면 그만이다.

지금 역시 지수의 생각은 변하지 않아서, 다시금 보란 듯이 드라마를 시작한 순간부터 내내 눈에 거슬린 세연을 불러냈다. 드라마를 시작하면 보란 듯이 울면서 나가떨어질 거라 생각했는데 서서히 눈에 거슬리기 시작했으니까.

"얘기 좀 해."

쾅, 소리와 함께 밴 승합차의 문이 닫히자, 세연은 그러면 그렇지, 라는 표정으로 말없이 보았다.

촬영으로 서서히 무덥게 달아오른 밴 안이 특유의 묘한 긴장감을 내뿜는 가운데, 세연은 말없이 고개를 돌렸다.

이 순간 어둠 속에 잠긴 채로 무시무시하게 그녀를 바라보는 지수의 모습이 데자뷔를 불러 일으켰다. 후각에 배어 가시지 않는 잔향처럼, 혹은 머리를 얻어맞아 가시지 않는 얼얼한 감각처럼 자연스레 뇌리에 새겨진, 바로 그녀의 기억 속에 새겨져 있는 이전의 기억들처럼.

세연은 서서히 충혈된 눈을 들어 말없이 지수를 노려보았다. 뇌리에 새겨진 예전의 스산한 기억 속 풍경 그대로 여전히 버티고 서 있는 지수를 보자 어쩔 수 없이 분노가 치밀었다. 그녀도 사람인지라 자연스레 들끓듯 치밀어 오르는 증오와 적대감을 억누를 수가 없었다.

이루 말할 수 없는 욕지기가 치밀었다. 그녀에게 스산한 기억만 남겨 준 장본인인 지수가 이렇게 기어이 밴 안까지 그녀를 불러냈다는 것에 이루 견딜 수 없이 화가 치밀었다.

기어이 여기까지 불러내는 건가. 네 뜻대로? 유지수. 무엇보다 어린 시절부터 지금까지 줄기차게 그녀의 삶에 영향력을 행사한다는 사실에 견딜 수 없이 분노가 솟아올랐다.

세연은 이 순간에도 씩씩대며 거친 숨을 몰아쉬며 자신의 성질을 이기지 못하는 지수를 차가운 눈으로 응시했다.

"그래, 여기까지 불러낸 이유가 뭐야?"

"야, 너 웃긴다!"

침묵거리며 씩씩대던 지수의 입에서 다짜고짜 고성이 흘러나왔다. 그럼에도 세연은 놀라지 않았다. 그저 올 것이 왔다, 라는 생각이 들었을 뿐이다.

"그래서 네가 원하는 게 뭔데?"

"네가 뭔데 작가한테 달라붙어? 내가 모르는 사이, 언제 만났니? 또 도도한 척 상대를 홀리면서 동정표를 얻었니? 그게 내 특기잖아, 정세연!"

지수가 떠나가라 언성을 높이자 세연은 아무 말 없이 피식 웃기만 했다. 왜일까. 변함없이 카랑카랑한 그 음성을 듣자 반가울 정도였다. 고교 때부터 방심한 그녀를 일관되게 함정에 몰아넣고, 꼭 스토커처럼 끈덕지게 그녀의 삶 전체를 따라다니더니.

나이 들어 바라보니 그것이 철없는 유치함과 시기와 질투라는 걸 새삼 깨닫게 된 어른의 심정이랄까.

"응? 그게 네 특기잖아. 처음엔 도도한 척, 자존심 세워서 우아하게 여왕처럼 굴다가 어느 순간 불쌍하게 연민을 자극해서 점수 얻어 내는 거? 어떻게 너는 변한 게 하나도 없니?"

지수가 쯧쯧, 혀를 찬다.

여전히 도발하는 듯한 음성.

오히려 지수가 쭉 일관되게 앙칼진 모습 그대로 나와 줘서 고마울 지경이었다. 최소한 이제 그녀는 예전의 정체된 자리에 머무르지는 않았으니까.

그것을 깨닫게 해 줘 다행이었다.

때문에 세연은 보다 차분한 음성으로 지수의 공격에 응수할 수 있었다.

"너야말로 어쩜 이렇게 변함이 없니? 정말 신기할 정도야. 진짜 순수하게 경의를 표하고 싶을 정도야."

"뭐?"

발끈한 지수가 본능적으로 손을 올렸다. 꼭 그녀의 뺨을 때릴 것처럼. 그러나 세연의 말이 더욱 빨랐다.

"그럼 언제까지 함정을 파 놓을 건데? 드라마 생방송 중에 또 일본에서 벌어진 사건을 생중계할 거야?"

"뭐? 너 지금 뭐라고 했어?"

지수가 손을 내린 채 험악한 목소리로 말했으나 세연은 눈 하나 깜짝하지 않았다.

"전 국민이 보는 앞에서 또 누명을 씌울 거냐고 물었어."

조용한 세연의 음성에 침묵이 흘렀다.

지수가 무섭게 눈을 크게 뜨고 그녀를 노려보고 있었다.

1초, 2초, 3초.

"너, 많이 컸다."

지수가 세연에게 들으란 듯이 불쑥 내뱉었다.

"인정해 줄게. 확실히 예전처럼은 아니네?"

"뭘 말하는 건데?"

다음 순간 상대를 약 올리듯 말하는 지수의 특유의 어조에 세연 마음속에 잠재되어 있던 분노가 폭발했다.

스쳐 지나가듯 반짝이는 분노가 번뜩이고, 세연은 차갑게 가라앉은 목소리로 명확하게 받아쳤다.

"정확히 말해. 어떤 건데? 예전처럼 만만한 호구?"

동시에 싸늘한 정적이 감돌았다. 그녀의 말에 지수가 눈썹을 추켜세웠다.

"얘가 진짜. 많이 변했네."

그 말과 동시에 지수가 철컥, 소리와 함께 담배에 불을 붙였다. 그러고는 느긋하게 담배 연기를 후, 한 모금 내뱉었다. 그런 지수의 동작은 자연스러웠고 초조한 기색이라고는 전혀 찾아볼 수 없었다.

"얘가 진짜. 매일 촬영을 해 대더니 정말 정신이 이상해지는 것 아냐?"

지수가 긴 손가락으로 툭툭 담뱃재를 재떨이에 털더니 특유의 비웃는 소리를 냈다. 앙칼지면서도 상대의 폐부를 예리하게 긁듯이 자극적인 음성. 변함이 없었다. 세연은 서서히 붉게 핏발이 선 눈으로 그런 지수를 노려보았다.

"참, 너 한국에서 얼마나 버틸 거야? 설마 앞으로도 계속 연예인 할 거 아니지?"

여유 있게 그녀를 대하는 듯싶다가도 은근한 견제를 가해 오는 것을 잊지 않는다.

"대체 언제까지 네가 한국에서 연예인을 할 수 있을 거라고 생각하는 거야? 응?"

"그만둬야 할 때가 되면 어련히 그만두지 않겠어? 네가 관심 가져 주지 않아도 돼."

"관심 꺼 달라는 말이네."

그녀의 차분한 응수에 지수가 후, 웃었다. 그런 지수의 약 올리는 듯한 모습에 세연은 온몸의 피가 거꾸로 솟는 것만 같았다. 웃는다. 보란 듯이 눈앞의 유지수가 웃는다. 유유히 미소 지으면서 끈덕지게 달라붙어 그녀의 삶을 아작 낸다. 기생충처럼 그녀의 삶을 파먹는다. 분했다. 솔직히 억울하다는 생각이 들지 않는다면 거짓말이었다. 나는 왜 유지수의 눈에 뜨인 것일까. 처음으로 남의 이목을 끄는 외모가, 그럴 듯한 외양이 원망스러워지는 순간이다. 모두의 눈을 사로잡는 그럴 듯한 외양에 혹해서 자신에게 접근했던 것은 아니었을까.

처음엔 그녀를 흉내 내고, 그럴듯해지니 자연스레 나중엔 그녀의 모든 것을 차지하고 싶다는 생각이 들었으리라. 부모님이 생존해 계셨고 그러다 보니 그녀의 모든 것을 빼앗고 싶어졌으리라. 그녀의 연기도, 그녀의 인기도. 그것도 모자라서 모두가 보는 앞에서, 대중들 앞에서 보란 듯이 그녀를 파괴하고 싶은 욕심. 별 볼 일 없는 그녀를 따라잡았다는 열등감이 폭발하는 순간이자, 모두가 보는 앞에서 그녀를 끌어내려 파멸시켰다는 최후의 욕망이 충족되는 순간이리라.

"관심 꺼 주면 고맙지. 그간 세월이 흘렀고 오랜만에 만나는 건데 뭐, 또 촬영장의 사람들을 교묘하게 이간질해서 습격하거나, 그것도 아니면……."

숨겨 두었던 발톱을 드러내듯 지수가 무섭게 그녀를 노려보는 가운데, 세연은 서서히 여유롭게 언성을 높였다.

"아니면 촬영장에 또 함정을 파두고 여론으로 날 매장할 음모를 꾸미고 있는지 누가 알겠어? 뭐, 하긴 이제는 DNA 감식 조사도 있고 섣불리 뒤통수를 쳐서 누굴 바보로 만드는 시대는 아니지만. 뭐, 적어도 5년 전엔 그랬었지."

어느새 밴 안에 연기처럼 서서히 들이차는 살기 어린 분위기. 오싹,

등줄기에 소름이 돋을 지경이었다.

지수가 심상치 않은 표정으로 험악하게 날을 세워 노려보는 가운데, 세연은 들으란 듯 서서히 목소리를 높였다.

"5년 전엔 그런 일이 있었지만, 이제는 아니길 바란다고. 그 정도는 말할 수 있잖아. 그렇다고 생각하는데 아니야?"

박력 있게도 들리는 그녀의 음성.

예고된 것과도 같은 침묵이 감돌았다.

침묵이 흐르고, 세연은 어이없어하며 그녀를 바라보는 지수를 볼 수 있었다.

"얘가 진짜 많이 컸네. 너, 까불지 마. 그러다가 골로 가는 수가 있어."

침묵이 깨지고 들려오는 것은 키득거림.

지수가 담배를 재떨이에 사납게 짓이기며 말 그대로 야생의 눈빛을 보냈다. 윽박지르고 겁을 주는 어린아이의 으름장이 아닌, 정말로 마음 깊은 곳에서부터 널 잡아 족치고 말겠다는 사나운 협박.

그래서 더욱 소름이 끼치는 것이다.

꼭 그녀를 끌어내리겠다는, 차라리 내가 망가져도 너만은 망하게 만들겠다는 음험하게 꼬인 심사. 그 태생에서부터 삐뚤어진 악의에 순간적으로 숨이 막혔다.

"넌 정말 두려운 게 뭔지 모르는 것 같아. 아직도."

지수가 다시금 담배를 꺼내 보란 듯이 입에 물며 야릇한 미소를 지었다.

"무엇보다 아직도 끝난 게 아닌데. 응?"

동시에 느껴지는 불길한 기운. 무엇보다 지수의 말은 의미심장했다. 신경 쓰지 않으려 해도 스멀스멀, 불안한 기운이 절로 등줄기를 타고 흐른다. 식은땀이 나려고 한다. 오랫동안 기민하게 단련된 본능에 가까운 직감이 위험을 경고한다.

그럼에도 세연은 검은 구름이 뭉게뭉게 드리워지듯 보이지 않는 불안을 애써 무시했다. 이미 싸움은 시작되었고, 이 모든 징후를 예민하게 받아들이기엔 시간이 없기에.

그런 그녀의 흔들리는 빈틈을 읽은 것일까. 지수가 비스듬히 고개를 숙이고는 나른하게 즐기듯이 느릿느릿 협박한다.

"응? 넌 지금 세상이 네 거 같지? 일본에서의 일은 다 잊어버렸지? 어쩌지? 난 다 기억나는데. 그러니까 너무 자신만만해하지 말라고."

절로 등줄기에 식은땀이 맺힐 정도로 위협적인 협박이었다. 네 정신을 흔들리게 해서 끝장내고야 말겠다는. 더는 네 꼴을 두고 보지 않겠다는, 위험스러운 앞날을 저당 잡은 선전 포고.

그럼에도 세연은 그 노려보는 눈길을 피하지 않았다. 이미 도망치면 상황은 더욱 악화된다는 것을 느낀 그녀였다.

"응? 뭐라고 대답 좀 해 봐."

"……말이 많네."

유지수의 주특기. 이제 다 된 밥이라고 생각하는 걸까.

그녀를 막다른 구석에 몰아넣은 지수가 득의양양 음험한 미소를 입가에 흘렸을 때, 세연은 한 방 날렸다.

"말이 많아. 평소 때와 다르게. 확실히 달라."

"뭐?"

"말이 많다는 건 그만큼 네가 불안하다는 뜻이지. 왜? 한번 생각을 해 봤어. 네가 왜 두려워할까?"

"뭐? 쓸데없는 말 지껄이지 마."

지수가 경고했으나 서서히 세연이 던진 말에 동요하듯 얼굴을 찌푸렸다. 그 미세한 틈을 세연 역시 놓치지 않았다. 이런 면에선 점점 더 지수를 닮아 간다. 아주 잠깐의 틈을 놓칠세라 파고들듯 끈질기게 질문을 던지는 것이. 그 질문이 상대를 파먹기를 바라면서. 어떻게든 상대의 약한 면에 사정없이 파고들기를.

"한번 생각해 봤어. 네가 왜 말이 많을까? 그전의 너는 그저 네가 쳐 둔 덫에 걸린 나를 처리하면 그만이었을 텐데? 그렇지?"

이윽고 세연은 보란 듯이 입가에 서늘한 미소를 담고서는 말했다.

"그래서 결론을 얻었어. 넌 불안한 거야. 왜냐면 예전처럼 네 손에 다 쥐고 통제할 수가 없어서. 드라마 비중이 자꾸 줄어드는 것도 그렇고, 내가 사실상 주연이 된 것도 그렇고. 모든 게 거슬리고 불안한 거야. 그래서 내게 말도 안 되는 협박을 해 대는 거겠지. 한 번도 이렇게 통제 밖의 상황을 겪어 본 적이 없을 테니까."

이 순간에도 밴 안을 소리 없이 감싸듯 번져 나가는 미묘한 공기.

지수가 흔들린다.

찰나의 순간이지만, 분명 분해하며 깨무는 입술 사이로 스쳐 가듯 바르르 떨리는 게 보였다. 그 아주 약간의 틈을 놓칠세라 세연은 집요하게 파고들었다.

"넌 흔들렸어. 항상 네 손에 쥐고선 좌지우지해 왔으니까. 그렇지 않아? 넌 일본에서부터 사소한 함정으로 결국 날 옭아맸지. 계속 날 신경 쓰게 해서 무너지게 하고 결국 내 자리를 네가 차지했지. 세월이 흘러도 넌 득의양양했어. 하지만 넌 철저히 간과했어. 사람들에겐 진심이 통한다는 걸."

그러고 나서 세연은 조용하게 말했다.

"그땐 너무 어렸고 속수무책으로 당했지. 그저 네 함정에 빠져서 무너져 내리기 급급했어. 하지만 카메라를 보면서 내가 진심으로 연기할 때, 사람들이 내 진심을 느낄 거라 믿어. 단 한 순간이라도. 사실 그게 통하기도 했고."

그녀가 나직하게 덧붙이자 말없이 무시무시한 눈길을 쏘아 보내던 지수가 코웃음 치더니 그녀의 뺨을 후려갈겼다. 더없이 자연스럽고도 나른한 동작으로.

짝!

“아직도 정신 못 차렸네, 얘가. 말했지, 아직 안 끝났다고. 세 번을 얘기하게 만드네, 얘가. 여기서 당장 꺼져.”

곧이어 일방적으로 쾅, 소리와 함께 밴의 문이 닫히고 지수는 그다음 공격도 예고했다.

세연은 말없이 나왔다.

그런 그녀의 심정은 이상하리만큼 담담했다. 화도 나지 않았다. 그저 메마른 것처럼 담담한 평정 상태.

이윽고 밖으로 나온 세연은 말없이 고갤 들어 조용한 밤하늘을 올려다보았다. 아무 일도 일어나지 않은 것처럼 조용한 주위.

적어도 이번은 그녀가 이겼다.

이번 판은 그녀의 승리였다.

하지만 끝난 게 아니었다.

내심 마음속에선 방심하고 있었는지도 모른다.

실질적인 지수의 공격은 이제부터 시작일 터였다.

생각지도 않은 시청자 게시판의 우호적인 반응과 자신에게 유리해진 여론에 어쩌면 마음을 놓았는지도.

언제부터였을까. 어쩌면 일본에서 습격당한 직후 부상당한 패잔병처럼 한국에 돌아온 이후 쭉 내리막을 걸어서, 다혈질인 아버지도 그녀만 보면 울화를 터뜨릴 정도로 부진하기만 해서, 스무 살이 돼서 마주한 세상이 너무나도 냉혹하고 칼바람처럼 매서워서 지쳤는지도 모르겠다.

겉으로는 멀쩡해 보이고 싶고 남들에게 약한 모습을 보이고 싶지 않아, 실상 지독하리만큼 빈틈없이 평정을 유지했지만, 속으로는 곪아 가고 있었는지도 모르겠다.

그래서 자신도 모르게 인생에서 처음으로 불어온 훈풍에 마음을 놓았는지도. 순간적으로 방심하고 앞으로도 문제없이 잘될 거라고, 막연하게 떠올렸는지도 모른다.

第 57 幕

[드라마 〈리벤지〉, 드디어 시청률 20퍼센트 돌파! 승승장구 잘나가는 일명 명품 막장 드라마라 불리는 이 드라마의 쫄깃한 매력은 무엇일까?

무엇보다 눈길을 사로잡는 정세연의 연기, 회가 거듭할수록 온몸을 불살라 드라마 속 인물이 되어 간다. 혼신의 연기로 투혼 중인 정세연을 보면 감탄사가 절로 나오는 이유다. 자연스럽게 시청자들의 마음 역시 사로잡고 있다.

정세연이 처음 등장한 장면을 기억한다. 강렬하게 집채만 한 도자기를 때려 부수며 등장한 그녀는 처음엔 분명 단순한 악녀였다. 물건을 부수고, 떠나가라 소리 지르고, 경쟁자이자 연적인 피가 섞이지 않은 여동생을 협박하고 윽박지르기까지 한다. 뿐인가. 어머니가 경영주로 있는 회사의 기밀을 빼돌리고 끝없는 음모를 꾸미는 인물이다. 시청자들은 계속되는 극중 인물인 다영, 정세연의 악행 연기에 극 초반부에는 피로감을 호소할 정도였다.

하지만 그럼에도 단순한 악녀에서 사연 있는 악역이 되기란 분명 쉬운 일이 아니다.

그것도 이번이 드라마 첫 데뷔작인 신인이 시청자들에게 확실한 눈도장을 찍었다. 단순한 악녀가 될 수도 있는 캐릭터가 정세연의 리얼한 날것 같은 연기에 힘입어, 극이 진행될수록 시청자들의 공감을 얻고 눈길을 사로잡고 있다.

타이틀 롤을 맡은 유지수 역시 뒤지지 않는 연기를 보여 주며 시청률을 끌어올리는 데 견인차 역할을 하고 있지만, 유지수의 연기는 시청자들의 호불호가 갈린다.

'연기를 못 하지는 않는데, 마지막까지 예뻐 보이려는 여배우의 자존심을 끝까지 못 놓는 거 같아요. 그게 잘못된 게 아닌데, 여배우가 예뻐 보이고 싶어 하는 건 당연하지 않나요? 정세연만 아니면 꽤 호평을 받았을지도 모르죠. 머리는 산발을 하고 손톱은 다 깨지고…… 뿐인가요. 극중에서 어머니로 나오는 윤애리가 얼굴에 침도 뱉었고, 음식도 얼굴에 뒤집어쓰고, 몸을 던져 망가지는 걸 두려워하지 않는 정세연 연기랑 비교돼요.'

'유지수가 연기도 못 하지 않고 선한 캐릭터라 응원하고 마음이 가야 되는데, 이상하게 정세연만 나오면 더 집중하게 되네요.'

분명 사연 있는 악역을 연기해 시청자들의 마음을 사로잡는 건 쉬운 일이 아닐 것이다. 처음 정세연이 드라마에 캐스팅되었다고 했을 때 우호적인 반응은 아니었다. 비록 히트곡 '윈터 문'이 있다지만 드라마는 이번이 처음이다. 검증받지 않은 신인인 그녀의 연기를 기대하는 사람은 없었다.

그럼에도 정세연은 차곡차곡 계단을 밟듯 자신이 맡은 악역을 묵묵히 해내며 드라마의 시청률을 견인했다.

대사가 쏙쏙 들어오는 완벽한 발성과, 극 후반으로 갈수록 신인이라고는 믿기지 않는 강렬한 카리스마를 뿜어내는 연기.

–중략]

드라마 〈리벤지〉는 인기에 힘입어 결국 2회 연장을 결정했다.

아직도 실감 나지 않았다. 그동안 너무 실패에 익숙해져서인지, 이런 우호적인 반응이 현실로 느껴지지 않는지도 모르겠다.

전혀 기대하지 않던 순간, 업계말로 소위 '터졌다'는 반응을 이끌어

낸 '윈터 문'의 히트 때에도 느꼈던 것이지만, 그 믿기지 않는 따스한 기운에 취해 정신이 멍하기까지 했다. 꼭 매일 밤늦게까지 노동을 하는 사람이 된 기분이었다. 밤샘을 하고 피곤함 속에, 어느 날 갑자기 아침 가득한 햇볕 속을 천천히, 느리게 산보하는 느낌. 나른하고 졸리고, 무엇보다 늘 캄캄한 밤을 마주하고 있다가, 광합성하듯 빛을 받으니 적응이 안 될 지경이었다. 발 없는 새처럼 붕 떠올라 공중을 부유하는 느낌. 그렇게 평소와 다른, 낯설기까지 한 느낌을 받다가 허우적거리듯 어느 순간 집 밖으로 나섰다. 평소 같지 않게 마음을 놓고 있다가 문득 집에 먹을 것이 다 떨어졌다는 것에 생각이 미쳤다.

새하얀 붙박이 옷장 문을 열었다. 아무렇게나 손에 잡히는 모자를 푹 눌러쓰고는 세연은 터벅터벅 햇볕이 내리쬐는 밖으로 나왔다. 항상 세트장과 야외 촬영장만 오가다가 대낮에 나오니 낯설기까지 했다.

'이번 드라마만 찍으면.'

항상 머릿속에는 온통 이 생각뿐이었다. 벗어나지 못하는 터널 속에 갇혀 버린 것처럼 언제나 늘 나갈 수 있는 그 순간을 꿈꿨다. 결코 벗어날 수 없는 지수와의 일전에만 갇혀서 영원히 그 안에만 떠도는 것처럼, 그다음 미래를 생각해 본 적이 없었다. 본능적으로 미래를 떠올리지 않아서인지도 모른다.

'일단 드라마를 마친 뒤에 생각하자.'

〈리벤지〉의 세트장에 갇혀 버린 것처럼 하루하루를 보내다가 어느 순간 깨달았다. 그녀가 치열하게 대치하는 상황 속에서도 시간은 흐른다는 사실을. 고개를 돌려 바라보면 어느새 눈부신 신록의 계절이 찾아와 있었다.

그리고 세연은 결심했다.

'이번에 〈리벤지〉가 끝나면 나는 다시 일상으로 돌아가 살아갈 거야. 사람들 속에 뒤섞여서 열심히 하루하루를 살아 내야지.'

이제 혼자만의 방에서의 은둔은 영원히 작별이다. 마음속 결심을 굳힌 세연은 눌러쓴 검은 모자챙을 위로 접어 올리고는 성큼성큼 세상 속으로 걸어갔다.

"닭가슴살, 참치, 연어. 상추랑 양배추, 그리고 시저 소스랑…… 아, 바나나 꼭 사야지."

요즈음 유행하는 가요가 흘러나오는 마트 안에서 세연은 커트를 밀면서 하나하나 필요한 물품들을 골랐다. 아무래도 촬영이 이어지다 보니 칼로리에 신경 안 쓰려야 안 쓸 수가 없었다. 되도록 샐러드 종류와 단백질 식단을 이어 가고 있지만 머릿속에서는 온갖 맛있는 음식들이 떠올랐다. 벌써 꽤 오랫동안 드라마 촬영만 마치면 날 잡아서 마음껏 먹겠다고 벼르고 있지만, 일단은 드라마 2회 연장도 되었으니 마지막까지 긴장을 놓을 수 없었다.

고행과도 같은 대본 연습, 그리고 거듭되는 촬영. 그럼에도 달라진 것이 있다면 마음 한편에 항상 설레는 감정을 느낀다는 것이다. 본능적인 행복감을 느끼며 세연은 고개를 돌렸다. 난 혼자다. 아무도 대신해 주지 않을뿐더러, 나 혼자서 유지수와 싸워야 한다. 결국 나 혼자 마지막 결승점까지 다다라야 끝나는 승부다.

세연은 적어도 촬영장에서만큼은 막막할 정도로 혼자서 싸운다는 느낌을 간직했다. 귀가 멍멍해지리만큼 시끌벅적한 촬영장의 소음 속에 휩쓸리다 보면 어느 순간 정신이 아득해질 정도로 먹먹함과 공허감이 찾아드는데, 그건 꼭 세상 끝에 다다른 느낌을 연상시켰다.

결코 벗어날 수 없는 그곳에서 손가락질하고 진흙탕 속에서 싸우듯 대놓고 지수와 핏대를 올리지 않을 뿐이지, 결국 어느 순간 무아지경으로 빠져들어 상대를 끌어내리며 본능적으로 승부를 펼치고 있었다.

확실히 촬영장에서는 마음으로 의지할 곳이 있고 금세라도 핸드폰 통화 버튼을 누르면 통화할 상대가 있는 게 어울리지 않았다.

그 외딴 낯선 행성에 동떨어져 있는 것 같은 본질적인 고독이 어울렸다. 그 세상 끝까지 가는 듯한 초월한 느낌이 결국 마지막까지 그녀가 지수와 연기로 대결을 벌일 수 있는 원천이 되어 주기 때문일 것이다.

하지만 촬영장을 벗어나면, 그녀는 행복했다.

아이러니하게도 어떻게 보면 인생에서 가장 외롭고 힘든 싸움을 벌이는 이때, 세연은 태어나서 가장 강렬하고 원초적인 만족스러움과 환희를 느꼈다. 그저 아침에 눈을 뜨면 앞이 보이고, 하다못해 물을 마셔도 맛있게 느껴지고, 아침에 짹짹거리는 새들의 지저귀는 소리와 서서히 환하게 밝아지는 주변을 깨닫다 보면 이루 말할 수 없는 만족감이 찾아왔다. 그건 새삼 살아 있다는 기쁨과 감사였다.

그리고 기우와의 약속 때문에 애써 촬영장에서 떠올리지 않으려 하지만, 본능적으로 그녀에게 위안이 되고 기댈 수 있는, 이제는 좀 더 마음 편하게 떠올릴 수 있는 그의 존재를 느끼자, 서서히 입가에 미소가 번졌다. 그의 존재를 떠올리기만 해도 왈칵 마음이 뜨거워지는 변화를 믿지 못할 정도였다.

언제였던가. 자신도 모르게 손가락이 움직여, 이제는 눈을 감고도 떠올릴 수 있는 그의 핸드폰 번호를 눌렀을 때 기우는 희미하게 웃으면서 전화를 받았다.

– 병원이야. 그렇게 네가 가고 난 다음에 보란 듯이 다시 쓰러졌지. 멀쩡하다고 장담했는데. 어쨌든 지금 퇴원 수속 밟는 중이야.

언제나처럼 그가 간단하게 설명했다.

그리고 세연은 놀라지 않았다. 아니, 가슴이 철렁했지만 애써 그를 의식해 놀란 반응을 겉으로 드러내지 않았다는 게 맞겠다. 그저 잘근잘근 입술만 깨물었다.

한때 위독했던 그는, 당장 퇴원은 어려웠고 병원에서 링거를 맞으며 회복하는 단계를 거쳐야 했지만, 억지로 퇴원을 강행해 보란 듯이 그녀를 안았었다. 그 탓에 다시 병원 신세를 져야 했지만. 그것도 그녀가 기습적으로 찾아갔을 땐 멀쩡한 척하더니. 아무렇지 않게 그녀를 면박 주기까지 하더니 다시 쓰러진 것이다.

아무리 태연하려고 해도 그 사실을 떠올리면 세연은 다시금 어이가 없었다. 세연은 계속 그의 건강을 우려했지만, 기우는 정말 몸이 많이 나아졌는지 평소의 그답지 않게 농담까지 했다.

– 물론 보란 듯이 널 안고선 볼썽사납게 다시 쓰러지긴 했지만, 이번엔 완전히 나았다고 의료진이 사랑의 힘이라고 생각하는 눈치던데? 정말 진료 차트에 그렇게 적지 않았으니 다행인 건가.

세연이 어이없어 잠시 침묵하자 기우가 나직한 웃음을 터뜨렸다. 그러고는 수화기 너머로 그녀가 들은 게 정말 맞을까 의심스러울 정도로 명랑한 목소리로 되물었다.

– 할 말이 없어서 아무 말 안 하는 거야? 아니면 어이없어 침묵하는 거야? 어느 쪽이지.

– ……어이없어서요, 굳이 고르자면. 음, prescription, 그러니까 처방전엔 'love'라고 안 써서 다행이라는 거죠?

자신도 모르게 새어 나가는 유쾌한 어조. 전혀 생각지도 않았던 그가 쓰러지고 죽음 문턱까지 갔던 악몽에서 이제야 벗어났다는 안도감 때문일까. 절로 명랑하게 목소리 톤이 올라갔다. 다음 순간 세연이 밝고 환하게 웃으면서 되묻자 침묵이 흘렀다. 기우가 어이없다는 듯 낮게 혀를 차더니 장난스럽게 덧붙였다.

– 어쩌지. 나보다 더 심한데. 아무래도 넌 연기 연습을 더 열심히 해야겠다. 상태가 안 좋은 것 같은데, 대본 연습을 더 열심히 해야 빨리 드라마를 끝내고 날 보러 올 수 있지 않겠어.

농담한 것도 잠시, 정색한 어조로 기우가 그녀를 재촉했다.

– 드라마 끝날 때까지 되도록 연락하지 말라고 했지? 드라마 끝난

다음에 질리도록 함께 있을 수 있으니까, 지금 현재에 집중해. 나한테 전화할 시간에 계속 대본을 들여다봐. 그럼 끊는다.

여전히 상대를 얼어붙게 만드는 차가움은 쌩쌩하다. 그럼에도 세연의 입가엔 미소가 번져 있었다. 아무리 참으려고 해도 웃음을 숨길 수 없었다. 그가 중환자실에서 생과 사를 오가며 마음을 졸인 이후로, 그녀는 너무나도 빨리 봉인 해제가 된 것 같다.

지금 역시 평소와 다르게 바보가 된 것 같다는 생각을 하면서 세연은 가늘게 눈을 치켜떴다. 여전히 행복한 웃음이 입가에서 사라지지 않는다. 실상 그래서 시한폭탄 같은 촬영장에서의 팽팽한 긴장감을 견뎌 낼 수 있는 거라 여기며 세연은 움직이지 않았다.

케첩과 마요네즈, 눈에 익은 색색의 양념통들. 그녀의 눈에 마트 매대에 일상적으로 진열된 물품들이 보였다. 무심히 지나쳤던 일상의 풍경까지도 평소와는 다른 느낌으로 그녀에게 다가왔다. 어서 드라마를 끝내고 그와 요리를 해서 뭔가 맛있는 음식을 먹고 싶다는 생각을 세연은 처음으로 했다. 지금 그녀가 느끼는 믿지 못할 마음의 훈기를 음식을 함께 먹으며 그와 나누고 싶다. 그러고 보면 항상 펜트하우스에서 치열하게 싸운 기억밖에 없었다. 세연은 새삼스럽게 행복에 젖었다.

"밖에만 나오면 그 사람한테 전화를 걸고 싶어지니 나도 참 못 말려. 그동안 언제 그렇게 치열하게 싸웠냐는 것처럼."

낮게 중얼거리며 세연은 천천히 시선을 상품 진열대 위로 고정했다. 거짓말처럼 선반 위에 그녀가 찾았던 샐러드 소스가 있었다.

"아, 샐러드에 넣을 소스가 여기 있네."

반가운 표정으로 시저 소스를 카트에 넣던 세연은 멈칫했다. 위잉, 진동으로 해 놓은 핸드폰이 바지 주머니 안에서 묵직하게 울렸다.

"여보세요?"

무심코 발신인을 확인한 세연은 왠지 눈에 익은 번호가 방송국 번호가 아닐까 싶었다. 그녀에게 전화할 사람들이 많지 않기도 했고. 짧은 순간 가늠하듯 떠올렸는데, 예상이 맞았다. 들려오는 목소리는 전혀 예상치 못한 뜻밖의 인물이었지만.

– 저기, 그러니까…… 정세연 씨 핸드폰?

헛기침하는 소리와 함께 잠시 뜸을 들이더니, 어딘가 귀에 익은 목소리가 들려와 세연은 멈칫했다.

"네, 맞는데 누구시죠?"

– 정세연 씨 핸드폰 맞는 거죠?

그 말과 동시에 전혀 예상치 못한 인물의 소리가 들렸다.

– 사실 나, 〈리벤지〉 집필하는 작가예요. 최진경.

"아, 작가님이세요?"

쨍쨍, 그치지 않고 마트에 울리는 음악 소리 속에 세연은 정말 깜짝 놀라서 말했다. 〈리벤지〉를 집필하는 작가가 그녀에게 전화를 하다니, 정말로 생각지도 못한 일이었다.

물론 그녀는 드라마 타이틀 롤로 주연을 맡고 있지만, 데뷔를 하지 못하고 번번이 오디션에도 떨어지다 보니 아직도 스스로가 연예계 지망생으로 종종 생각될 때가 있었다. 몸에 익은 오랜 습관 탓이리라.

어쨌든 무심코 지수가 아니라 자신에게 전화를 걸었다는 사실이 신기하게 생각되었다. 다른 사람도 아닌 드라마의 작가가.

숨을 고르듯 세연이 신중하게 말을 고르자, 수화기 너머로 진경이 웃으면서 되물었다.

– 아, 내가 전화를 건 게 이렇게 놀랄 일인가요? 그래도 제작발표회 때 우리 한두 마디는 나누지 않았나요? 그때 난 세연 씨와 친해졌다고 생각했는데. 역시 내가 오버한 건가? 한번 생각나서 전화 걸어본 건데.

이제는 그녀에게도 익숙해진 목소리. 최진경 작가가 약간 당황한 것 같은 목소리에 가벼운 웃음을 담고선 말했다.

– 아, 내가 괜히 전화했나. 세연 씨가 많이 놀란 것 같은데.

"아, 아뇨. 아니에요."

세연은 서둘러서 말했다.

"솔직히 갑자기 전화가 와서 놀라긴 했지만…… 정말 기뻐요. 생각지도 않게 전화를 걸어 주셔서."

수화기 너머로 잠시 침묵이 흐르는 가운데, 세연은 천천히 덧붙였다.

"대본을 보면서 한 번쯤 직접 이야기하고 싶다, 만나 뵙고 싶다 생각은 했지만 이렇게 전화 걸어 주실 줄 몰랐거든요. 감사합니다."

잠시 당황하던 세연은 왠지 쑥스러운 마음에 헛기침을 하며 허스키한 어조로 말했다. 잠시 침묵이 흘렀다. 진경이 작게 웃으면서 말했다.

– 아뇨, 나도 만나서 반가워요, 세연 씨. 나도 한 번쯤 세연 씨와 대화를 나누고 싶었거든요. 언제 한번 자리를 마련해 보죠. 지금은 아무래도 상황이 그렇고 한창 바쁠 때니까. 세연 씨도 촬영하느라 정신이 없을 거고. 그렇죠?

"네, 아무래도…… 촬영하느라 바쁠 때니까요. 사실 말이 나와서 그러는데, 요새 머릿속이 대본으로 가득 차서 잊어버릴까 봐 계속 머릿속에 되풀이하면서 어서 촬영장에 가서 촬영했으면 하거든요."

그러고 나서 세연은 짧게 헛기침을 했다.

잠시 말할까 말까 망설였지만, 사실 기우 말고는 깊게 대화하는 이들이 없었다. 물론 팬텀의 소속사 식구들이 있지만 드라마에 대해 이야기할 이들은 드물었다. 〈리벤지〉의 감독과 자세히 이야기하고 싶은 마음도 있었지만 일단 촬영장의 바쁘고 정신없는 분위기에 말할 엄두도 안 났다.

그래서 드물게 드라마 작가와 통화하는 기회가 찾아오자, 드디어 드라마에 대해 깊이 이야기할 대상이 있다는 반가움에 주절주절 이야기하게 됐다.

조용한 그녀의 말에 진경이 희미한 웃음소릴 내더니 수화기 너머로 여전히 진지하게 들리는 어조로 말했다.

– 세연 씨, 세연 씨는 오디션 때 잘했어요. 그래서 사실 많은 기대를 가지고 있고. 나도 엄살 좀 부릴게요. 정말 힘들게 쓰고 있거든요. 아직 쪽 대본은 나가고 있지 않지만 정말 뭐랄까, 정신을 갉아먹듯이 내 영혼을 깎아서 넣는 게 아닐까 매 순간순간 이런 생각이 끊이지 않고 들어요.

“아, 네…… 이해해요. 아무한테도 이야기할 수도 없고. 아무래도 같은 업계 사람들이 아니면 이해하는 데 한계가 있으니까요. 이야기해도 잘 이해 못 하고 깊은 대화까지는 어려우니까요.”

그러고 나서 세연은 다시금 자꾸 잠기려는 목을 헛기침하면서 천천히 덧붙였다.

“매 순간 정말 힘들게 연기하고 있거든요. 꼭 끝나지 않는 터널 속을 걷는 기분으로요.”

– 그래요……. 많이 힘든가요? 세연 씨.

침묵이 흐르고 진경이 연민 섞인 어조로 물었다.

수화기를 꽉 움켜쥐며 세연은 고개를 저었다.

“아뇨, 힘들지 않다면 거짓말이겠지만 매 순간 열심히 몰입하고 있어요. 뭐랄까, 내 안의 기운을 일시에 끌어모아서 터트리듯 그 순간순간에 몰입하고 있어요. 부족하지만 최선을 다해서.”

그런 세연의 말을 끝으로 정적이 감돌았다. 꼭 통화를 끊을 것같이 아무 말 하지 않던 진경이 다음 순간 조용히 물었다.

– 그럼 말 나온 김에 하나만 물어볼게요, 세연 씨.

“네, 말씀하세요.”

다음 순간 들려온 것은 생각지도 않은 날카로운 질문이었다.

– 그럼 세연 씨가 지금 표현하고 있는 〈리벤지〉의 캐릭터가 어떻다고 생각돼요? 오디션 때도 어떤 인물인지 세연 씨가 표현했잖아요. 지금 촬영이 중반부를 향해 가는 시점에서, 세연 씨가 생각하는 다영은 어떤 인물인지 궁금해요.

그 질문에 세연이 긴장한 것 같자 진경이 웃으면서 다정하게 들리는 어조로 말했다.

– 그냥 편하게 세연 씨가 생각하는 걸 말해 주면 돼요. 그냥 편하게. 그럼 〈리벤지〉를 집필하는 사람으로서 아주 기쁠 것 같아요. 내 대본을 연기하는 사람으로서 세연 씨가 솔직한 의견을 말해 주면 도움이 될 것 같거든요.

어떻게 대답해야 할까?

세연은 순간적으로 고민했다. 이것 역시 어쩌면 〈리벤지〉를 집필하는 이의 또 다른 시험이 아닐까 하는 생각이 들었던 것이다. 비록 진경은 편하게 말하라 했지만 여러 모로 생각이 많아지고 복잡해질 수밖에 없는 상황.

세연은 수화기를 들고선 그나마 소음이 덜한 냉동 창고 쪽으로 살짝 발걸음을 옮겼다.

"그럼 편하게 제가 느끼는 걸 이야기할게요."

– 그래요, 세연 씨.

침묵이 흐르고, 이윽고 세연은 수화기를 움켜쥔 채 나직하지만 분명한 어조로 그녀가 느끼는 바를 명확하게 이야기했다.

"지금 촬영이 중후반부를 향해서 가고 있는데, 여러 생각이 들 수밖에 없지만 확실히 촬영 초반부엔 정신없고 꼭 휘몰아치듯 이끌려 가는 기분이 들었다면, 지금은 좀 더 자리가 잡히고 안정된 느낌이 들어요. 조금은요. 아직 부족하지만."

여전히 수화기에 왠지 신경 쓰이게 하는 적막이 감도는 가운데, 세연은 조용하게 말했다.

"제가 느끼는 다영은 참고 억누르려는 사람이에요. 먼저 사랑하는 가족이 있고, 비록 굴절되고 왜곡될 수밖에 없는 상황이지만 그래도 사랑하는 가족이 있다는 현실은 변하지 않아요."

– 네, 세연 씨. 계속 말해 줄래요?

진경의 차분하고 부드러운 음성에 왠지 모르게 진정이 된 세연은 한번 심호흡하고 이야기했다.

"그래서 참고 참다가 곪아서 터트리는 느낌? 이를테면 마음의 오래된 물집이 터져서 억누를 수가 없는 거죠. 비유하자면 오래된 화산은 언젠가는 폭발할 수밖에 없는데, 꼭 다영이 지금 그런 느낌이에요. 스스로도 억눌러야 하고 참아야 한다는 걸 아는데, 더 이상은 스스로 자제할 수 없을 정도로 오래된 마음의 응어리가 터져서 걷잡을 수 없는 느낌? 제가 느낀 건 그래요."

– 좋아요. 계속해서 말해 줄 수 있어요? 세연 씨.

"자신도 모르게 쌓였던 마음의 응어리를 터트렸지만, 뭐랄까, 〈리벤지〉의 다영은 여전히 불행하다는 느낌이 들었어요. 모르겠어요, 왜 이런 느낌이 드는 건지."

어느새 놓칠세라 수화기를 꽉 움켜쥐고선 세연은 소리를 낮춰 그녀가 느꼈던 바를 서둘러서 말했다.

"그냥 아무리 화를 내고 복수를 해도 다영이 마음 깊숙이 후련해지지도, 속이 시원해지지도 않을 것 같은 기분이 들어요. 무엇보다 행복해 보이지 않아요. 왜 그럴까? 채워지지 않는 갈증을 느끼는 것 같달지, 그렇게 생각하고 있던 참이었어요."

침묵이 흐르고 진경이 부드럽게 들리는 어조로 말했다.

– 고마워요, 세연 씨. 덕분에 많은 도움이 됐어요. 그럼 괜찮다면 마지막으로 앞으로 다영이 어떻게 되었으면 좋겠다고 개인적으로 생각

하는 게 있어요? 음, 너무 어렵게 생각하지 말고 세연 씨가 생각하는 걸 그대로 들려주면 역시 앞으로의 집필 방향에 도움이 될 것 같은데.

"솔직히 다영의 입장에 대입되는 게 많고 만약 내가 다영의 입장이라면 복수하지 않을 거라 확실히 잘라 말할 수 없지만, 아직은 다영의 입장에 동화가 됐는지 저 역시 계속 복수할 거란 생각이 들어요. 그런데 촬영이 중후반부로 향해 가면서 갑자기 이런 생각이 들기 시작했어요."

떨리는 손에 서서히 뜨거운 피가 역류하는 것만 같다. 얼굴 역시 붉게 화끈거린다.

마음의 떨림이 멎지 않은 가운데, 세연은 조용하게 말했다.

"아직은 복수하겠단 다영의 입장이 더 이해가 가지만, 어느 순간 다영이 허탈해질 것 같아요. 아직은 불가능해 보이지만 다영이 조금이라도 포용하고 용서할 수 있다면, 만약 그럴 수 있다면 정말 복수가 끝난 게 아닐까, 그런 생각이 들어요."

그게 진정한 복수가 아닐까?

〈리벤지〉의 작가에게 출연 배우로서 뭔가 생각할 거리를 준 걸까.

세연의 말을 끝으로 잠시 침묵이 흐르고, 좀 더 드라마 내용에 관해 자세히 이야기할 거라 생각했지만 진경이 서둘러 통화를 끝맺었다.

– 그래요. 고마워요, 세연 씨. 말했지만 덕분에 많은 도움이 됐어요.

진경 작가가 낭랑한 목소리로 그녀에게 감사를 표하고는 생각났다는 것처럼 세연을 격려했다.

– 사람들이 〈리벤지〉의 세연 씨 연기에 많은 기대 걸고 있는 거 알죠? 세연 씨가 생각보다 더 잘해 줘서. 그러니까 앞으로도 힘내서 마무리 잘해 줘요. 세연 씨는 정말 잘하고 있어요. 이 말을 하고 싶었어. 그럼 다음에 또 통화해요.

"아, 네. 집필하느라 바쁘실 테니까요. 저도 반가웠어요. 잘 지내세요."

– 그래요, 반가웠어요. 그럼 끊을게요, 세연 씨.

진경 작가가 상냥한 목소리로 말했다.

그 말을 끝으로 통화가 끊기자, 세연은 마치 사람들로 가득한 회의실 단상에 올라, 마음껏 그녀가 하고 싶은 말을 다 한 것 같은 후련함과 허전함을 느꼈다. 오랜 가뭄이 해갈되듯 드라마에 관해 더 많은 이야기를 나눌 수 있었는데, 갑작스레 마무리되어서일까.

진경 작가는 정작 뭔가 용건을 남겨 두고 끊는 인상을 주었다.

도대체 이유가 뭘까? 왜.

〈리벤지〉의 촬영은 어느덧 막바지로 치달아 갔다.

이제는 눈을 감고도 떠올려 낼 수 있는 세트장과 야외 촬영장의 모습. 마치 바닷속 해초처럼 유혹하듯 구불거리는 것 같은 기다란 크레인과 해파리처럼 금색 빛을 내뿜는 조명 장비들.

영원히 그곳에 갇힌 느낌을 주는 시커먼 촬영장비의 각종 케이블과 선들.

무엇보다 그녀의 꿈속에서도 사라지지 않고 빛을 뿜어낼 것만 같은, 세연을 비추는 반사판. 그리고 꿈속에서도 사라지지 않을 것 같은 그녀 주변을 맴도는 목소리. 이제는 자다가도 누가 쿡 찌르면 바로 줄줄이 대사를 읊어 댈 것만 같은 기분이 든다.

"세연 씨, 그럼 다시 갈게요."

잊을세라 들려오는 고준우 감독의 부드러운 목소리 역시 그러한 기분을 부채질했다.

"네, 가요."

감독이 결코 잊을 수 없는 다음 신 넘버를 불렀을 때, 세연은 마지막 남은 기운까지도 남김없이 촬영에 불태우듯 결연히 고개를 돌렸다.

第 58 幕

그것은 결코 끝나지 않는 고독한 레이스에 가까웠다.

아니 환하게 불을 밝힌 촬영장에서, 열심히 밤샘하며 일하는 모두가 지켜보는 가운데 마지막 힘을 쥐어짜듯 몰입해서 드라마를 찍고 있으니 끝나지 않는 질주라고 해야겠다.

무엇보다 날이 밝자마자 승전보처럼 들려오는 실시간 시청률 통계가 성적표처럼 바로바로 나와서, 그녀가 몰입하는 일의 결과를 바로 알게 했다.

어느덧 종방을 향해 가는 드라마 〈리벤지〉는 순항 중이었다. 중간에 배가 좌초할 것만 같은 숱한 위기들도 있었지만, 무사히 지나서 이제 종영을 향해서 가고 있었다.

그 안에서 지수는 몇 번이고 판을 뒤집으려 시도했지만, 번번이 성과를 거두지 못했다.

그 과정을 지나면서 지수의 연기는 독하고 표독스러워졌다. 〈리벤지〉의 캐스팅 단계서부터 꾸준히 추구해 왔던, 청순한 미모를 강조하는 연기가 세연을 앞지르지 못한다고 생각한 것일까.

어느 순간 지수가 치는 대사는 점점 더 극단적이 되어 갔고, 눈빛 역시 살쾡이처럼 금세라도 덤벼들듯 사나운 느낌을 주었다.

물론 성과가 없지는 않았다.

[유지수 연기 잘하네요. 진작에 이렇게 했으면 좋았을지도요. 그간 물론 예쁘기는 하지만, 뭔가 대사할 때도 그렇고 인공적으로 꾸며 내려는 느낌이 든다고 해야 하나요. 가식적이고 작위적인 느낌이 들어서 유지수 연기는 잘 안 봤는데 말이죠.]

시청자 게시판을 필두로 드라마 회원들 사이트라든지 반응이 나쁘지는 않았지만, 뭔가 뜨뜻미지근한 분위기였다. 그중에는 갑자기 분위기가 달라졌다며, 너무 극적이고 과장되게 연기하는 게 아니냐는 반감도 나왔다.

무엇보다 드라마 종영을 앞두지 않은 4회가량 남은 시점에서, 마치 독을 뿜는 듯한 지수의 연기는 시청자들의 거부감을 자아내는 결과를 낳았다.

"죽어! 너 같은 건 죽어 버려. 왜 나랑 엄마를 괴롭히는 거야! 없어져 버려."

잔뜩 독이 올라 결국엔 마구 핸드백을 휘두르는 지수에게 세연 역시 심하게 얻어맞았다. 퍽퍽, 촬영을 빙자해서 기다렸다는 듯이 자신을 권투 샌드백처럼 때리는 지수의 기세에, 세연은 물론 아팠지만 오히려 헛웃음이 나왔다.

'넌 정말 변함없구나'라는 생각이 들어서.

리허설 때도 핸드백을 휘두르기는 했지만, 감독이 쉽사리 오케인 사인을 보내지 않자 아예 날을 잡은 것처럼 마구 핸드백을 휘둘러 대던 지수였다. 나중엔 진짜 심하게 얻어맞은 것처럼 머리까지 아팠다. 욱신거리는 통증에 순간적으로 욕지기가 날 정도였다.

"아무리 촬영이지만, 너무 심한 거 아냐?"

그런 지수에게 촬영장의 스태프들은 우려의 눈길을 보냈다.

"가끔 보면 정말 정세연한테 감정이 있는 것처럼 보여."

"그럴 수도 있지. 여배우들 신경전이 하루 이틀이 아니잖아. 심각할 땐 장난 아니지. 아예 촬영장 분위기를 썰렁하게 만들잖아."

"그렇지. 하다못해 드라마 시작할 때 누구 먼저 이름이 올라가나, 이것도 촉각을 곤두세우고 그러잖아."

실제로 세연도 지나가다 스태프들이 모여서 말하는 소리를 들은 적이 있었다. 특히나 드라마 액션팀은 이제는 지수의 급작스러운 돌발 행동에 포기했다는 것처럼 고개를 절레절레 저었다.

수군수군 소리 죽여 낮게 말하는 목소리와 조심스레 오가는 시선들. 정말 지수가 세연에게 안 좋은 감정이 있나 의심하면서도 지금껏 그랬듯이 명백한 증거나 정황이 없으니 그냥 넘어갈 분위기였다. 실제로 종영까지는 드라마가 몇 회 안 남았으니까.

하지만 역시 시청자들은 예리했다.

카메라 앞에서 혹여나 자신의 심리 상태와 의도, 처한 상황을 그대로 시청자들이 간파할까 싶어 세연이 긴장을 풀 수 없었던 것처럼, 실제로 시청자들은 어느 순간 카메라에 드러난 지수의 진심을 그대로 알아차렸다.

[유지수 연기 보기 부담스럽네요.]

[정말 표독스럽네요. 특히 종종 연기할 때 보면 정세연을 정말 싫어하는 게 아닐까 싶을 정도로 너무 감정이 실려 있어요. 이번 주 방영된, 정세연이 유지수한테 핸드백으로 얻어맞는 장면 보셨나요? 아무리 연기라지만 너무 과하게 감정을 실

어서 때리는 것 같아서 보기 거북하더라구요. 이건 감독이 적정선에서 컷해야 되는 거 아닌가요? 드라마 〈리벤지〉는 정말 시작부터 끝날 때까지 시끄럽네요. 이렇게 말 많은 드라마는 처음이에요. 정말 유지수가 정세연 안 좋아하는지 모르지만. 현장에서 여배우들 신경전 장난 아니라면서요. 가끔 신문 기사로 실리고도 하고.]

[저번부터 느꼈는데요, 정말 정세연을 유지수가 싫어하는 것 같아요. 대본 리딩 때부터 쭉 그런 말이 흘러나왔고 둘이 사이가 좋고 안 좋고 알 바 아니지만, 그래도 연기자가 감정을 조절하면서 카메라 앞에 서야 하는 거 아닌가요? 이것도 사심이 있지 않나요? 정세연이 유지수한테 정말 잘못했을지 모르지만, 그거야 시청자들이 알 바 아니죠. 연기자는 대본에만 충실했으면 좋겠어요. 유지수가 정세연을 못마땅하게 생각할지 모르지만, 드라마를 보다 보면 정말 지구 끝까지 쫓아가서 응징하겠다는 악의가 느껴져서 별로예요. 신기하게 그런 게 카메라에 잡히는지, 드라마 보다 보면 문득 느껴지더라구요.]

그랬다. 느껴지는 악의, 문득문득 세연이 지수의 표독스런 눈빛에 섬뜩함을 맛볼 때가 있었는데, 어느 순간 그게 카메라에 드러난 모양이었다. 순간순간 카메라에 드러난 배우들의 진심을 캐치하듯, 영민한 시청자들이 그걸 느끼지 못할 리가 없었다.

드라마 방영과 맞물려서 계속해서 올라오는 드라마 시청 소감은 어느새 방송사의 홈페이지 시청자 게시판의 설전으로 이어졌다.

캄캄한 밤. 촬영을 마치고 집으로 돌아온 세연은 습관처럼 노트북 컴퓨터의 전원을 켰다. 한때는 칠흑같이 어두운 밤처럼 희망의 빛이라고는 보이지 않고 막막하던 때도 있었지만, 이제는 〈리벤지〉의 시청 소감이 올라오는 홈페이지의 메인 화면을 보면서 서서히 환희가 벅차올랐다. 아무리 봐도 자신에 대한 이야기가 아닌 느낌까지 들 정도였다. 세연은 고개를 저었다.

'절대로 안 울었었는데. 나 스스로 눈물 흘리는 걸 경멸했는데.'

절대로 남들 앞에서 눈물을 보이지 않았는데 이런 날이 오다니 스스로 신기하기까지 했다.

한없이 바닥으로 내려앉는 게 익숙했는데, 어느 순간 따스하게 가슴을 채우는 아릿한 감정. 익숙해지지 않아 멍하니 노트북의 화면을 쳐다보고 있으면, 어느새 촉촉한 물기로 눈가가 젖어 있었다. 너무도 오랫동안 메말라 있었는데. 자신도 모르게 감사하고 또 감사하다는 느낌이 차올랐다. 어느덧 뜨뜻미지근하게 뺨을 적시는 물기가 스스로도 실감 나지 않았다.

그렇게 사라지지 않는 기적처럼 계속해서 거듭 올라오는 시청자 소감을 보다가 어느 순간 까무룩 잠이 들었나 보다. 그러다가 스스로도 자각 못 하고 꿈을 꾸었다.

'해골? 저거 해골 맞지?'

바람이 불어왔다.

꼭 끊이지 않고 이어지는 벌판 속에 갇힌 것 같은 느낌. 거대한 벌판을 헤매던 그녀는 시커먼 해골을 보았다. 그러고는 잠에 취한 가운데, '또 무슨 일이 일어나려나? 아직 끝난 게 아닌가.' 본능적으로 이런 생각을 떠올렸던 것 같다. 그러다 어느 순간 동면에서 깨어나듯 스르륵 눈을 뜨고 잠에서 깨어났다.

새벽녘에 전혀 생각지도 못한 전화가 걸려 온 건 그때였다.

언젠가 보았던 영화 〈비긴 어게인〉의 노래가 좋아서. 테마곡을 조용히 틀어 놓았다.

희미한 여명이 어두운 주변을 감싼 가운데, 은은한 푸른빛의 별이 반짝인 것 같은 착각에 사로잡힌다. 핸드폰 액정 화면에 뜬 건 모르는 번호였다. 전에 본 것처럼 낯익기는 한데, 딱히 떠오르지는 않았다.

이 시각에 누구지?

잠시 감상적인 기분에 사로잡혀 핸드폰의 통화 버튼을 누르자, 정적이 흘렀다.

“여보세요? 누구시죠?”

혹시나 방송국에서 걸려 온 전화가 아닐까 싶어 세연이 평소와 다르게 조심스럽게 말하자, 침묵이 감돌았다. 그리고 헛기침 소리와 함께 낯이 익은 허스키한 목소리가 흘러나왔다.

– 아, 난데요. 진경 작가.

“아, 작가님이세요? 저는 누군가 했네요.”

그녀가 촬영하는 드라마 〈리벤지〉의 진경 작가였다. 반가운 마음에 목소리를 높인 것도 잠시, 세연은 새벽에 걸려 온 전화에 갑자기 걱정이 되었다.

내색은 하지 않고 그다음 말을 기다리고 있는데, 진경이 나지막하게 한숨을 내쉬더니 지친 목소리로 말했다.

– 시간이 늦었죠. 이 시간에 사실 전화하기 망설여졌는데…….

“아니에요, 괜찮아요. 사실 촬영이 거의 다 끝나 가서 드물게 여유부리고 있었거든요. 사실 그간 팽팽하게 긴장한 상태로 지냈다고 해도 과언이 아닌데. 꼭 머리끝이 빳빳하게 곤두선 상태로요.”

이어지는 침묵.

그럼에도 세연은 무슨 일이냐고, 어서 용건을 말하라고 재촉하지 않고 진경 작가의 다음 말을 기다렸다.

“그래서 이러면 안 되는 걸 알면서도 잠시 마음 놓고 있었어요. 꼭 햇볕을 받아 한가롭게 늘어져 있는 고양이같이, 일광욕하는 것처럼 오랜만에 햇볕도 쬐고 마음의 여유를 찾고 있었어요.”

그녀의 솔직한 말이 닫힌 마음을 연 것일까?

잠시 수화기 너머로 침묵이 흘렀다. 세연은 다음 말을 기다렸지만 진경에게선 더 이상 말이 없었다.

그럼에도 세연은 애써 묻지 않았다. 그저 통화가 끊기지 않았나 의례적으로 확인했을 뿐이다.

“아, 저 작가님, 통화가 끊겼나 해서요.”

– 아니에요. 나 계속 통화하고 있어요.

그러자 예의 나직한 진경 작가의 목소리가 들려왔다.

– 나 전화 안 끊었는데.

“네, 그럼 다행이구요.”

그러자 호호, 소리 내서 웃는 웃음소리가 수화기 너머에서 들려왔다.

– 세연 씨, 이상하지 않아요? 내가 왜 이 새벽 시간에 세연 씨한테 전화를 걸어서 이러고 있을까. 나, 꼭 넋 나간 여자 같지 않아요. 갑자기 횡설수설하고 먼저 전화를 걸고선 갑자기 말을 안 하고.

“아니에요. 저도 새벽에 힘들 때 누군가랑 통화했으면 좋겠다고 생각한 적 있어서요……. 그냥 힘들다고 얘기만 하면 한결 나아질 것 같은데, 새벽 늦은 시간이라 누군가한테 전화하기도 애매한 시간이라서 그냥 말았지만요.”

그녀가 진심을 담아서 이야기하자 다시금 침묵이 흘렀다.

이번엔 정적이 길지 않았다. ‘아, 정말 이럴 수가 있나.’ 뭔가 낮게 중얼거리는 듯한 진경 작가의 목소리가 들려오더니 그녀가 푹 한숨을 내쉬었다. 그러고는 결심한 것처럼 입을 열었다.

– 세연 씨, 잘 들어요.

“네, 말씀하세요.”

그러나 정작 어렵게 운을 뗀 진경은 그 뒤로도 한참을 망설였다.

– 아, 이걸 말해야 되나, 말아야 되나. 그렇다고 섣불리 말할 수 없는 것이…… 사실 이게 큰 문제거든요. 나뿐만 아니라 드라마 제작진, 방송국, 다 걸려 있는 복잡하고 민감한 사안이어서.

진경이 조심스럽게 말을 이어 갔다.

절로 수화기 너머로 불안한 공기가 전해져 왔다. 세연은 잠시 가만히 있었다. 그러지 않으면 이 초조하리만큼 불안한 분위기에 잠식당할 것 같았으니까. 혹시 무슨 일이 있었던 걸까? 아니면 안 좋은 일이 일어난 걸까? 그녀 자신도 전염되는 것 같은 불길하고도 불온한 공기. 불길함이 금세 수화기를 타고 주변으로 번져 가는 기분이다. 세연은 천천히 심호흡했다. 금세라도 뭔가가 터질 것 같은 심상치 않은 분위기 속에 침묵이 흘렀다.

이윽고 잠시 망설이던 세연은 말했다.

"네, 이해해요. 어떻게 들릴지 모르겠지만 사실 저도…… 드라마 촬영하면서 누군가와 이야기하고 싶을 때가 있었어요. 솔직히 통화할 사람이 없는 건 아니지만, 아무래도 이게 드라마 촬영과 관련된 일이다 보니."

여전히 수화기 너머로 적막한 고요가 흐르는 가운데, 세연은 굴하지 않고 조심스레 자신의 의견을 밝혔다. 잠시 망설였지만 흔들림 없이 솔직하게 진심을 담아서 이야기를 이어 갔다.

"솔직히 통화할 사람이 없는 건 아니지만 제 직업이 배우니까요. 업계와 관련된, 그러니까 뭔가 업계 사정을 잘 알고 통할 수 있는 사람이 있었으면 좋겠다 생각하지 않았다면 거짓말이에요. 같은 배우 친구가 있으면 좋겠지만, 사실 첫 미니시리즈 촬영이고 아직 동료들하고 친해지지 못했거든요."

수화기 너머로 침묵이 흘렀다.

솔직하게 그녀의 생각을 이야기하긴 했지만, 갑작스레 많은 말을 한다고 생각하는 건 아닐까? 갑자기 의견을 밝혀 부담스러워하는 게 아닐까 내심 신경이 쓰였다. 그때 말없이 듣고 있던 진경 작가가 말했다.

– 아직 친한 동료 탤런트가 없다구요? 그러니까…… 아, 이번이 첫

촬영이라서? 아, 이번이 미니시리즈 처음 들어가는 건가요?

"네, 그렇죠. 물론 그 전에 영화에 잠깐 출연하기는 했지만 카메오였고 실상 본격적인 촬영은 이번 드라마가 처음이에요. 과분하게 주인공 역할을 맡아 데뷔하긴 했지만."

– 아, 그렇죠? 내가 세연 씨 오디션을 보고 추천했었는데 깜빡 잊고 있었네요. 워낙에…… 경황이 없어서, 생각지도 않은 일이 생겨서요.

여전히 묘하게 신경을 긁는 것 같은 정적이 마음에 걸릴 때쯤, 헛기침 소리가 들려왔다. 생각에 잠겨 있는 것 같던 진경이 입을 열었다.

– 내 전화가 위로가 됐다니 고맙지만 세연 씨, 그냥 의례적으로 걸었던 것일 수도 있어요. 막말로 드라마 출연자들에게 한 번씩 전화 걸 수도 있는 거니까, 너무 마음 두지는 마요. 알았죠?

그녀를 시험하는 것일까?

그렇게 생각될 무렵, 세연은 조심스럽게 입을 열었다.

"저, 진경 작가님. 괜찮으시면 나중에 전화해도 저, 정말 괜찮아요. 그러니 애써 말하지 않으셔도 돼요."

그때였다. 부지불식간에 튀어나오듯, 어쩔 수 없이 결심했다는 것처럼 진경이 말을 이었다.

– 먼저 약속해 줘요. 내가 앞으로 얘기하는 건 아무한테도 말하면 안 돼요. 혹시나 싶어 노파심에 미리 말해 두는데, 이거 통화 녹음하거나 그러면 안 돼요. 중요한 일이니까……. 음, 그러니까 드라마 내용이나 집필에 관련된 내용은 아니고, 아니다, 엄밀히 따지자면 상관이 있구나. 내가 없어지면 드라마 〈리벤지〉가 대본이 안 나오니까.

다음 순간 조용한 새벽 공기 속에 진경이 분명한 어조로 내뱉자, 세연은 순간적으로 소름이 돋았다. 순식간에 등줄기가 촉촉해지면서 식은땀이 흘러내리는 게 느껴졌다.

"저, 작가님, 혹시?"

– 아직 아무한테도 얘기 안 했는데, 나 좀 전에 납치당할 뻔했어요.

순간적으로 머릿속에 혹시나 떠올렸던 가정이 현실로 들어맞자 세연은 눈앞이 새하얘졌다. 개의치 않듯 진경이 침착하게 말을 이어 갔다.

– 사실 내가 좀 외지고 조용한 데 살거든. 그러니까 CCTV 없는 그런 외진 데. 원래는 서울 번화가에 오피스텔이 있는데 집필할 때는 여기 와서 써요.

"아, 네……. 어떻게 된 건가요? 그러니까 작가님을 납치하려 누가 시도한 건가요?"

목소리가 쉬어서 갈라져 나왔다. 절로 한기가 돋았다. 순간적으로 얼어붙듯 머릿속이 새하얘지면서 공포가 등줄기를 타고 흘렀다. 인간인 이상 본능적으로 두려워할 수밖에 없다. 안 좋은 사건을 당했다 가정했을 때, 가장 끔찍한 결과로 흘러간다는 섬뜩함 때문이었다.

정확히는 '지수가 납치한 건가요?' 하는 말이 목 끝까지 올라왔으나, 세연은 다음 말을 기다렸다.

그러자 그녀의 반응을 살피듯 잠시 말을 멈췄던 진경이 어느 순간 거짓말처럼 매끄러운 어조로 말을 이어 가기 시작했다.

– 정말 한적하게 떨어진 곳이에요. 산자락에 걸쳐 있는. 이럴 줄 알았으면 그냥 살던 데 살 걸 그랬나. 하다못해 서울 번화가 사람 많은 곳에 살면 이런 대담한 짓도 시도 안 할 텐데.

"저, 작가님."

진경이 털어놓은 사건의 정황은 이러했다.

언제나처럼 집필을 마치고 방송국으로 가기 위해 새벽 시간대에 집을 나섰을 때, 마스크를 하고 깊이 모자를 눌러쓴 남자가 그녀를 협박했다고 했다.

순식간에 기다렸다는 것처럼 다가와 반짝이는 흉기를 들고선 딱 한마디만 하고 눈 깜짝할 새에 사라졌다고 덧붙였다.

– 당신, 대본 똑바로 써.

"네?"

– 딱 그 말 한마디만 하고 사라졌어요. 정말 눈 깜짝할 새에 가 버렸고 정신이 하나도 없었는데, 무사하게 되니까 뭔가 이상한 거 있죠.

처음의 충격이 서서히 진정되어서일까.

어이없다는 것처럼 연거푸 너털웃음을 터뜨리던 진경이 다음 순간 의아하다는 듯이 세연에게 오히려 되물었다.

– 너무 황당하고 어이없었는데, 세연 씨, 정말 실제로 당하고 나니까 다리의 힘이 턱 풀리더라구요. 처음엔 정말 영화 찍는 줄 알았어요. 드라마 촬영 때 내가 하도 카메라를 자주 보고 모니터 화면을 많이 봐서 그런가 싶기도 했구요. 그런데 나중에 생각해 보니 이상한 거예요.

"작가님, 괜찮으세요? 어디 다친 데는 없으신 거죠?"

– 없어요. 그런데 당신, 대본 똑바로 쓰라니 정말 이상하지 않아요? 내게 왜 그런 말을 했을까요? 나이대는 많지 않았던 거 같고…… 지금 생각해 보니 한국 사람이 아닌 것처럼 억양이 좀 이상하기도 했던 것 같아요. 특히 마스크를 끝까지 계속 썼구요. 어차피 CCTV도 설치되어 있지 않았지만, 경찰 수사에 들어갔어도 마스크를 계속 쓰고 있어서 크게 수확은 없었을 테지만.

"정말 괜찮으세요? 병원에는 안 가 보셨어요? 그것보다 먼저 경찰에 신고해야 하지 않을까요?"

세연이 먼저 경찰의 수사를 받아야 하지 않나 말했지만, 그녀의 우려에도 진경의 태도는 완강했다.

– 아뇨, 경찰은 안 돼요. 아직 드라마가 끝나지 않았으니까. 어렵게 편성되었고 아직 종영도 안 했는데 드라마를 망쳐선 안 되죠. 가뜩이나 시끄러웠는데 더는 안 돼요.

단호한 어조로 잘라 말한 진경이 다시금 그녀에게 되물었다.

— 드라마 끝나면 모를까. 한번 생각해 볼게요. 어차피 증거가 남아 있을 것 같지도 않지만. 그런데 정말 이상하지 않아요, 세연 씨? 대본을 똑바로 쓰라니. 어차피 난 내가 쓰고 싶은 대로 쓰겠지만. 처음부터 결말은 정해져 있었어요. 작품의 주제도 그렇고. 다 정해져 있는데 지금 와서 바꾸기는 좀 그렇고, 내가 말하고 싶은 건…… 음.

"저, 작가님. 괜찮으면 내일 만나서 얘기할 수 있을까요? 전화로 통화하기엔 위급한 사안이기도 하고, 저, 그러니까……."

세연은 심호흡하고 나서 천천히 말을 덧붙였다.

"아무한테도 말하지 않을게요. 드라마 관련된 작품 얘기를 잠깐 하고 싶다고 제가 스케줄 전담하는 팀장님한테 먼저 양해를 구하면 잠깐 자리 비켜 줄 거예요. 그때 차 안에서 얘기하실래요?"

수화기에 흐르는 정적 속에 세연은 헛기침을 하고 나서 말했다.

"괜찮으시다면요."

— 그러니까 세연 씨 타고 다니는 차? 스케줄 이동할 때 타고 다니는 밴 승합차 말이죠?

"네, 아무래도 방송국에서 얘기하면 들을 사람이 있을 것 같고, 차 안에서는 편하게 이야기할 수 있을 것 같거든요. 내일 뵐 수 있을까요?"

거절할 거라 생각했지만 진경은 흔쾌히 승낙을 했다.

— 좋아요. 그럼 내일 만나서 얘기해요. 내가 내일 시간이 어떻게 되더라. 오후 3시쯤 어때요? 드라마 야외 촬영 전에 잠깐 보는 게 어때요?

"네, 괜찮아요. 그럼 내일 뵐게요."

— 아니에요. 내가 갑자기 전화해서 놀랐죠? 그럼 쉬어요. 촬영하느라 피곤할 텐데. 내가 가뜩이나 신경 쓸 게 많은 배우 붙잡고 괜한 얘기를 한 건지 모르겠네.

푸념과도 같은 말을 내뱉고 진경이 전화를 끊었지만, 세연은 잠이 올 것 같지 않았다.

그녀가 순간적으로 머릿속에 떠올리고 예상한 그대로 흘러가서, 어쩌면 최악의 미래가 다가올 것 같은 불길한 예감이 들었다. 그 소름 끼칠 정도의 공포감이 여전히 사라지지 않는다. 최악의 결과를 예상해서일까.

그럼에도 오늘 자고 일어나면 다시 예외 없이 날은 밝아 올 테고, 아무 일 없는 이상 하루가 시작되니 끝까지 맞설 수밖에. 진경의 말대로 이 드라마에서 하차하지 않는 한, 더 이상은 망칠 수 없다. 세연은 최후의 일전을 앞두고 숨을 고르듯 서서히 마음을 다잡았다.

"유지수예요."

어제 통화한 대로, 날이 밝자마자 야외 세트장에서 촬영이 시작되기 전에 그녀의 밴 안으로 찾아온 드라마 작가 진경의 목소리는 침착했다. 그럼에도 그 어느 때보다 그녀는 직접적으로 용건을 말했고, 에둘러 조심스럽게 말하지 않았다.

"내 생각에는 유지수가 날 겁주려 한 것 같아요."

그러곤 침착하게 불이 붙은 담배를 깊숙이 빨아들인 진경이 담뱃재를 툭툭 손가락으로 쳐서 떨어뜨렸다.

둘만 있는 밴 승합차에서, 진경은 비밀스레 퍼지는 하얀 담배 연기처럼 거침없이 얘기를 계속해서 쏟아 냈다. 각오는 했지만 세연에게는 놀라운 순간의 연속이었다.

"유지수라면 충분히 그럴 거라고 언제부턴가 우리 둘이서 그렇게 생각했던 거 아닌가. 기억 안 나요? 제작발표회 때도 내가 에둘러 말했잖아요. 시상식장 여배우처럼 드레스 입은 것도 그렇고 아무래도…… 잘못 캐스팅한 거 같다고. 유지수가 다영 역할을 맡아야 했어요. 사실 이제야 말이지만, 본인이 죽어도 나은 역할을 해야겠다는데 어떡해요. 톱 배우가 원한다는데."

시니컬한 어조로 툭 말을 내뱉었던 진경이 똑바로 세연을 쳐다보았다. 세연도 그 시선을 피하지 않았다. 그러자 구부정하게 긴 팔다리를 늘어뜨렸던 진경이 어느 순간 싸늘한 눈매가 되었다. 세연은 낯설기까지 한 그 모습을 보며 말없이 고개를 끄덕였다. 실상 그녀도 극심한 충격을 받으면 불안정하고 흔들리는 모습이 된 적 있었기에 그리 낯설지는 않았다.

"이상하지. 어느 순간, 드라마 대본을 쓰면서 난 유지수의 이미지가 점점 나은과 겹쳐지는 느낌이 들었어요. 드라마 속의 한 세계를 창조하는 작가로서 이런 생각을 하면 안 된다는 걸 알지만. 너무 표현이 거창한가? 내가 지금 충격에 평소와 다르게 말이 두서없고 횡설수설해도 이해해 줘요. 나도 사람인지라 어떡해요. 배우 유지수에게서 받은 느낌이 내가 집필하는 드라마 속 캐릭터에 투영되는 것을, 나로서도 어쩔 수가 없었다구요."

그 말과 동시에 진경이 툭툭 담뱃재를 털며 말없이 뚫어져라 세연을 응시했다. 이대로는 서로 암묵적인 동의를 하는 것 같아 세연은 쓰게 웃었다. 이상했다. 순간적으로 입꼬리를 치켜올려 웃는 그 말없는 미소에 동조하는 느낌이 드니.

"이런 말 하면 안 되는 걸 알지만…… 확실히 미스 캐스팅이에요. 이 자리에 없는데, 씹어 대서 미안합니다."

여전히 흥분이 가라앉지 않았는지 과장스런 말투로 진경이 조용히 말을 이어 갔다.

"그리고 캐스팅한 배우에게 이런 말 해서는 안 된다는 걸 알지만, 내가 그쪽에 미리 전화를 해서 양해를 구했고. 그래요, 우리 둘이서 하는 얘기니까 강물에 흘려보내는 것처럼 생각하자구요."

"네, 진경 작가님. 그러려고 저 찾아온 거 아니세요? 아무에게도 말 안 할 테니 이제 절 믿어 주셨으면 좋겠어요."

세연 역시 조용히, 그러나 힘주어 말하자 빤히 보던 진경이 다음 순간 흔들림 없이 말을 이었다.

"솔직히 말해서 난 유지수를 볼 때마다 소름이 돋았어요. 사실 몇 번 보지도 않았는데 사람을 선입견을 갖고 판단하기란 꺼려지지만, 본능적으로 받는 느낌이 있잖아요? 꼭 향수의 다양한 향처럼, 사람마다 느껴지는 고유한 느낌. 딱 꼬집어서 말할 수 없지만."

툭툭 다시금 담뱃재를 종이컵에 털던 진경이 고개를 갸웃했다.

"아직 나이도 어린데 뭔가…… 기분이 나쁘다는 말이죠. 음습하고 꼬여 있고, 꼭 기분 나쁜 이상야릇한 열대 식물을 보는 느낌? 여하튼 뒷맛이 안 좋았어요."

그 말을 마치고 흘낏 여전히 말없는 세연의 눈치를 살피던 진경이 곧이어 뜸들이지 않고 덧붙였다.

"내가 어제 얘기했죠? 근데 그 기분 나쁜 음습함을 모자에 마스크를 눌러쓰고 '당신 앞으로 대본 똑바로 써' 딱 한마디만 하고 간 남자에게서 느꼈단 말이죠."

그 의미심장한 말에 세연과 진경은 말없이 시선을 교환했다. 곧이어 진경이 피우던 담배를 손에 들고 있던 자판기 커피 컵에 툭, 아무렇게나 넣어 끄더니 다시금 의미심장하게 덧붙였다.

"여기, 도청 장치 없죠? 아니면 핸드폰 녹취하는 건 아니겠죠?"

"……없어요, 말씀드렸잖아요."

눈을 마주치고 세연이 짧게 대답했다.

고개를 젓는 그녀를 보며 진경이 천천히 팔짱을 꼈다. 그러고는 생각났다는 것처럼 느리게 덧붙였다.

"차라리 내 자백을 녹음해서 유지수, 경찰에 신고하고 싶지 않아요? 정식으로 수사 요청하려고. 아닌가? 왜 내가 그런 느낌을 받았지? 왠지 그럴 생각이 들 것 같은데."

침묵이 흘렀다. 이 순간에도 진경은 말없는 그녀의 눈을 빤히 보고 있었다. 세연은 여전히 한 치의 동요도 없이 담담하게, 조용히 말을 맞받았다.

"왜요? 내가 유지수와 대본 리딩 현장에서부터 시끄러워서요? 역시 사건이 끊이지 않고 쭉 시끄러워서인가요?"

"그럴지도 모르죠."

진경이 보란 듯이 긴 입꼬리를 늘어뜨리며 처음으로 히죽 웃음을 머금었다. 묘한 긍정만큼이나 여러 의미를 머금은 웃음이었다.

"그럴 생각이 없다면 뭐, 알아서 해 봐요. 하지만 되도록 드라마가 끝날 때까지는, 무사히 촬영 마칠 때까지는 아무 일 없으면 좋겠는데. 이거 고사라도 다시 지내야 할 참이네요. 우환이 끊이지를 않으니 정말 정성이 부족했나 싶기도 하고."

진경이 히죽 웃으면서 처음으로 농담하듯 덧붙였다.

"그저 무사히 끝나기만 바라는 것. 이건 드라마 작가의 욕심인가."

"그렇게 되도록 할게요. 아니, 저도 그랬으면 좋겠어요."

그러고 나서 세연은 진지하게 대답했다.

"이제 겨우 맞닥뜨렸는데 끝까지 가 보고 싶거든요. 어디선가 본 말인데, 그 끝이 비록 창대한 파멸이라고 해도."

그녀의 진심이었다.

생각지도 않은 그녀의 진지한 말에 진경이 나직이 웃음을 터뜨렸다. 그러고는 자리에서 일어났다.

"꼭 성경의 한 구절처럼 들리네요. 그 끝이 창대한 파멸이라고 해도. 하하."

"너무 거창한가요? 하지만 정말 그랬으면 좋겠다고 생각해요. 내심 머릿속에 그렇게 떠올리고 있거든요."

"그럼 이 말도 알겠네. 울어라, 너 혼자 울게 될 것이다. 웃어라, 세상이 널 위해 웃을 것이다. 한번 생각해 봐요. 어쨌든 난 드라마가 무사히 끝나기를 바라니까 어제 일은 우리만 알고 있어요. 세연 씨 믿을게요. 그럼 나, 가요."

의미심장한 말을 남긴 채 진경이 세연에게 손을 흔들고는 가 버렸다.

"아, 참. 이 말도 있다. 괴물을 잡으려면 괴물이 되어야 한다. 그럼 건투를 빌게요! 세연 씨."

여전히 처음 만났을 때처럼 〈리벤지〉의 작가는 좀처럼 종잡을 수가 없었다. 진경은 뜻을 알 수 없는 아리송한 말만 남긴 채 가 버렸다.

코를 자극하면서도 묘하게 알싸한 박하 담배의 잔향 속에서 세연은 다시금 혼자 남겨졌다.

이제 드라마의 막이 내려질 때까지, 예외 없이 그녀 홀로 싸워야 할 시간이 다시금 닥쳐 왔다.

第 59 幕

지수와의 대립.

피할 수 없는 격돌이자 세연과 지수 둘 중에 하나가 없어져야 끝나는 게임이라고 해도 맞겠다.

여하튼 아무리 생각해 봐도 피할 수 없는 수순이었다.

생각지도 않게 드라마 〈리벤지〉에 캐스팅되었을 때의 전율과 감동이 되살아났다. 정말 환희가 밀물처럼 밀려들고 잠시나마 세상을 얻은 기분이었었지. 매일 패배만 지속하던 나날들이 떠오른다. 세상에 버려진 듯한 아득한 기분. 남들은 착착 연애도 잘하고 학교를 졸업한 후 취업도 하고 무난한 일상을 영위해 갔다. 그런 평범하고 따스한 삶이 세연에겐 멀고 요원한 것으로 비쳐지기도 했었다. 절대로 남 앞에서 내색하지 않았지만 잠시나마 세상에서 동떨어진 것 같은 아득한 기분도 맛보았다.

언제였던가.

아르바이트가 끝나고 서서히 어두워지는 길을 걸어가다가, 아무렇지 않게 즐거워하며 바짝 밀착한 또래의 연인들을 보자 마음속이 슬픔으로 차올랐다. 어울리지 않게 눈시울이 뜨거워지는 기분까지 들었다. 남들은 다 누리는 행복이 저 너머에 있고, 평생 불행의 언저리를 헤맬 것만 같은 우습지도 않은 감정. 그래서 검은 잠바로 감싸다시피 하고 얼굴을 숨긴 채 서둘러 걸었다. 보폭을 크게 해서 속도를 내 평범한 행복을 누리는 그들을 지나치는데, 가슴이 꽉 막힌 기분이 들었었다. 꼭 돌멩이가 마음에 걸린 것처럼. 그때가 언제였더라. 어울리지 않게 눈시울이 젖어들었던 어느 겨울날의 오후.

끝도 보이지 않는 심연을 맛보는 것에 익숙했는데.

그리고 드디어 그렇게나 원하던 지수와 드라마를 찍고 있다. 처음으로 제대로 맞부딪쳐 승부를 내고 있다. 그렇게나 소원하고 바랐던 일을.

'그 불가능할 거라 여기던 일이 정말 이루어졌지.'

잠시 잊고 있었는데, 다시금 환희의 순간을 떠올리자 상처투성이의 격렬한 경주에 기꺼이 뛰어들 힘이 났다. 얼마든지 뛰어들어 힘차게 싸울 수 있을 것 같았다. 비록 이리저리 뜯겨 시뻘건 피가 사방에 흩어져도. 고통을 인지하지 못하고 씰룩 얼굴을 일그러뜨리듯 바보 같은 미소를 지을지라도. 그렇게나 그녀를 감싸던 어두운 구름이 걷히고, 기적처럼 햇살이 모습을 드러냈으니까. 잠시나마 햇볕을 보여 줬으니까.

그랬다. 기꺼이.

드라마의 마지막을 촬영하게 될 세연의 얼굴이 환하게 밝아졌다. 지난 5년간 찌푸리거나 자신도 모르게 인상을 쓸 때가 많았다면, 그녀는 입가에 웃음을 머금고 있었다. 자신도 실감할 수 없는 가벼운 미소.

하다못해 드라마 작가를 납치하려는 시도를 한 지수였지만, 세연은 이제 지지 않을 자신이 있었다.

[정세연에게도 한 가지 과제가 남았다. 바로 극 후반부에서도 정작 왜 드라마 속 인물인 다영이 악녀가 되어야 했는지, 희대의 악행을 거듭하는지 그 이유가 밝혀지지 않아서다. 극이 진행될수록 시청자들의 피로감도 쌓이고 있다.

물론 마지막 회에는 모든 것이 밝혀지겠지만, 다영의 숨겨진 사연과 세 모녀의 과거사, 비밀이 드러나도 시청자들을 수긍하게 만드는 것은 정세연의 몫이다. 극이 진행될수록 미니시리즈 〈리벤지〉의 중심으로 급부상한 신인 연기자 정세연의 두 어깨에 올려진 짐이 무거울 수밖에 없는 이유다.]

두 어깨에 올려진 짐이 무겁다고.

어느새 내가 극의 중심축을 견인하고 있다고?

드라마 종영이 가까워지자, 다시 실린 기사를 보긴 했지만 실감이 나지 않았다. 부담감을 느끼지 않았다면 거짓말이겠지만, 그건 어느 순간 극에 녹아들듯 강렬한 몰입감을 느끼고 있다는 것이 정확한 이유일 것이다.

정말로 어느 순간 대본 속 인물인 다영이 되어 가는 느낌이었다. 그리고 점점 더 명료해지는 감각이 처음으로 손에 잡히는 것처럼 느껴졌다. 드라마 종방이 가까워질수록 한계를 뛰어넘는 느낌이 들지만, 꼭 자신이 아닌 것 같고 몸과 정신이 아득하게 녹아드는 것 같지만, 그녀에게 다가온 매 순간순간을 강렬하게 느끼고 있었다.

이상하게도 가장 중요한 장면을 촬영하던 순간, 마치 필름이 끊긴 것처럼 딱히 떠오르는 게 없었다. 오로지 쿵쿵, 터질 듯 가팔라지는 심장 박동 소리와 시계 초침처럼 매 분 매 초가 느리게 점이 찍히듯 일순간 정지된 것처럼 느껴진다는 것 외엔.

"다영아, 정말 우리한테 왜 이래? 네가 정말 회사 정보를 경쟁사 측에 빼돌렸니? 회사에 악질적인 소문을 퍼뜨리고, 정말 우리가 망하면 좋겠어? 너희 아버지 돌아가시고 나랑 네 동생이 이어 가는 회사야. 여기까지 오기 얼마나 힘들었는데 다영이 넌 정말 우리가 망했으면 좋겠어? 그것도 모자라서 왜 나은이 약혼자까지 유혹한 거야? 오늘 정말 끝을 내자. 내가 이러는 이유를 엄마한테 대 봐."

"왜! 나은 언니, 왜 나한테 이래. 왜 남보다 못한 짓을 하는 건데? 우리는 자매잖아!!"

흐르는 긴박한 음악.

반복되어 끊어지듯 단조로운 선율이 방영되는 주말 내내 브라운관을 채우듯 가득 흐른다. 대한민국 국민이라면 누구라도 TV 채널을 틀면 그 끊이지 않고 울리는 긴박한 선율을 계속해서 들을 수 있었다. 극중 인물인 다영을 연기하는 세연의 귀도 드라마에서 반복적으로 흘러나오는 선율이 떠나지 않았다.

긴박한 음악이 흐르고 극의 긴장이 최고조에 이르렀을 때 엔딩 타이틀이 흘러나오는 것처럼 세상이 정지된 느낌이었다. 꼭 눈부신 빛의 프리즘이 흩어지듯, 어느 순간 브라운관이 네 개의 화면으로 분할된 느낌이었다. 그 정도로 반복해서 외운 대본이 온통 머릿속을 잠식해 버렸다. 절로 숨이 목 끝까지 차올랐고, 현실 감각 역시 서서히 사라져 가는 기분이 들었다. 머리는 뜨겁고 멍했다.

'내가 아니어야 돼. 나를 놓아야 돼.'

강박관념처럼 사라지지 않는 상념.

어느 순간 서서히 존재가 옮어져 가듯, 자신이 아닌 극중 인물인 다영이 되어 가는 기분이 들었다. 자신을 내려놓고, 한 번이라도 완전히 다영이 되어 달라고 누군가에게 부탁하는 듯한 간절하고도 경건한 기분이 들었다. 그렇게 순간적으로 정신이 오락가락하듯 현실과 비현실의 경계에 서 있는 기분이었다. 덥고 숨 막히고 어지럽기까지 한 혼미함. 어느 순간 감각이 둔해지면서 13회, 19회, 그리고 연장된 26부까지, 본능적으로 탈출하고 싶은 생각이 찾아왔다.

"도대체 우릴 이렇게 괴롭히는 이유가 뭔데? 엄마랑 나는 항상 언니를 위해 줬잖아. 항상 언니 위주였는데, 지금껏 늘 그랬는데 도대체 뭐가 부족한 거야? 대체 왜 그러는 건데?"

지수가 두 눈 가득 눈물을 담고 세연에게 간절하게 호소했다.

"우리한테 이러는 이유가 뭔데? 엄마랑 나를 괴롭히는 이유가 뭐야?"

계속해서 그녀에게 대답을 요구했다.

드라마 상영 시간 내내 극중 인물들은 그녀만 아니라면 조용히, 평화롭게 잘 사는 모녀를 왜 끈덕지게 괴롭히는 건지 계속해서 집요하리만큼 대답을 요구했다. 아마도 〈리벤지〉를 보는 이들도 계속 그걸 궁금해할 것이다.

화면 가득 넘치는 원망과 분노, 해묵은 원한의 감정까지. 절로 지끈 머리가 아파 왔다. 얼얼한 통증이 온몸을 강타해 드릴로 쪼개는 기분이었다. 드라마가 끝날 때까지 이 질식할 듯 답답한 기분에서 벗어날 수 없을 것이다.

그녀가 통증을 느끼는 것과 마찬가지로 시청자들 역시 답답함을 느꼈는지, 울화 섞인 시청 소감을 드라마 〈리벤지〉 시청자 게시판에 남기곤 했다.

[도대체 정세연이 악행을 저지르는 이유가 뭔가요?]

[거듭해서 악행을 저지르니까 보는 시청자들은 피로함을 느끼네요. 물론 배우들이 연기를 잘하고 대본도 흡입력 있는 편이고, 명품 드라마라는 수식어는 그렇다고 칩시다. 하지만 드라마가 초반부를 벗어나서 이제 중후반부로 가는데도 정세연이 계속 패악을 떠는 이유가 나오지 않으니까 찜찜하고 보기 불편해요.]

[언제까지 정세연이 저러는지 밝혀지지 않으니까 답답해요. 계속 시청하게 만

들려고 일부러 저러는 건가요? 이제는 이런 생각까지 드네요.]

꼭 벗어날 수 없는 터널 속에 갇힌 기분이었다.

시청자들의 뜨뜻미지근한 반응도 그러했고, 가뜩이나 지성화와의 촬영장에서의 해프닝 이후로 그녀에게 우호적인 여론들도 크게 목소리를 내지 못하는 상황이었다.

처음엔 정확한 발성과 생각보다 연기를 잘해서 호감이라는 반응도, 지성화와의 일련의 해프닝 이후로 잠잠해진 상태였다. 정확히는 지수가 의도한 대로 된 것이다.

그제야 불이 조금 붙어서 활활 타오르나 했더니, 곧장 그러한 그녀의 희망을 비웃기라도 하듯 '최악' 물세례를 퍼부은 격이었다.

– 나한테 왜 이러는 건데? 내가 도대체 뭘 잘못했는데. 엄마랑 나는 널 사랑한 잘못밖에는 없는데.

무엇보다 지수가 두 눈 가득 눈물을 담고는 정말로 억울하다는 것처럼 그녀에게 하소연하고 있었다.

– 도대체 내가 뭘 잘못한 건데? 세연아.

촬영장에서도 모자라 그녀의 꿈속에서까지 지수가 나타나 두 눈 가득 피눈물을 흘리며 억울함을 호소하는 악몽을 꾸어서, 새벽에 세연은 식은땀에 흠뻑 젖어 깨어났었다. 조용한 새벽, 악몽에서 깨어난 세연은 잠시 가쁜 숨을 골랐다. 어느 날 갑자기 멈추지 않는 폭주 기관차처럼 달려가는 드라마 촬영에, 그녀의 삶 역시 잠식된 기분이었다. 정신 역시 짓눌려, 드라마 촬영의 무게에서 벗어나기가 힘이 들었다.

나중에는 이게 드라마인지 현실인지 그녀 역시 헷갈렸다.

감독의 익숙한 컷 사인. 붉은 불빛이 켜진 카메라.

시청자들만큼이나 그녀 역시 다영의 악행이 거듭되자 심적으로 지쳐가고 그 이유를 소리 내서 외치고 싶은 심정이었다.

그리고 마침내 그 기회가 왔다. 처음이자 마지막 기회.

"신 73, 레디 액션!"

감독의 신호가 떨어지자, 촬영이 시작되었다.

세연은 일단 무작정 먼저 내질렀다.

"아아악!!"

소리를 내지르며 날뛰었다. 붉게 충혈된 눈, 흐트러져 산발한 머리카락. 시청자들은 드라마 방영 내내 다영이 왜 저렇게 극중에서 이성을 잃은 것처럼 날뛰는지 불편해하고 반감을 드러내면서도, 한편으로는 왜 그러는지 궁금해했다. 세연은 멈출 수 없는 분노와 원한을 실어 멈추지 않고 난동을 부려 댔다. 비록 사전 리허설을 했다지만, 어디서 저런 괴력이 나왔나 싶게 물건들을 집어 던지며 광기를 발산하는 그녀의 모습에선 도무지 평소의 모습은 찾아볼 수 없었다.

와장창.

세연은 그대로 촬영장의 소품으로 쓰는 화병을 내던졌다.

순식간에 사전에 리허설한 유리창이 깨지고 세트장의 물건들 역시 부서졌다. 세연 자신도 이해가 가지 않는 광기의 발현이었다. 스스로도 믿을 수 없는, 멈출 수 없는 괴력이 그녀의 안에서 솟아나는 것 같았다. 아니, 정확히는 그녀가 지난 시간 겪었던 그 모든 사건들, 불행했던 어린 시절에서 비롯되는 것 같았다.

– 더 이상 네 일에는 신경 안 쓸게. 네가 우리를 너무 실망시켜서 그러니까, 지수가 주는 돈만 받고 우리 생활 영위할 테니 너도 네 맘대로 살아. 각자 알아서 살자.

드라마의 한 장면도 아니고 정말 그렇게 막말을 했던 그녀의 부모님. 결국 부모님이 내린 결론은 저러했다.

'괜찮아, 괜찮아.'

그때 당시엔 그냥 담담하게 넘겼다. 본능적으로 여기서 무너지면 아무것도 될 수 없다고 여겼던 것일지도 몰랐다. 그래서 애써 스스로를 추스르며 담담히 살아왔지만, 마음속에 쌓이는 건 어쩔 수 없는 분노였다. 꼭 장마철 퍼붓는 폭우에 쓸려나갈 것처럼, 위태롭게 흔들리는 제방처럼. 그렇게 어느 순간 숨 막힐 듯한 분노가 찾아왔다. 마음속에 무섭게 추락해 가는 도르래를 매단 것처럼. 사라지지 않는 분노와 노여움, 그리고 열이 나듯 붉게 화끈거리고 아픈 마음. 본질적인 인간에 대한 염증. 결코 없어지지 않는 그 모든 것들.

"아아악!"

그 모든 것들에 대한 울화를 담아 세연은 소리를 내질렀다. 스스로도 믿기지 않을 정도로 괴력을 담아 쇠꼬챙이를 집어 들었다. 그러고는 세트장에 설치된 거대한 베란다 유리창을 깨뜨렸다.

와장창, 유리가 깨지고 그녀가 내던진 그릇들과 화병들도 산산조각이 났다.

"아악!"

산발한 머리카락, 새빨갛게 충혈된 눈.

여전히 한 손에는 쇠꼬챙이를 든 채 헉헉 가쁘게 숨을 들이마시는 세연의 모습은 흡사 미친 여자와도 같았다. 스스로 만들어 걸어 들어간 거대한 불구덩이 속에서 겨우 빠져나와, 가쁘게 숨을 들이켜는 화마와도 같은 그 모습에 세트장에 있던 이들 역시 숨을 죽였다.

"나한테 왜 그러는 건데? 왜! 충분히 괴롭혔잖아. 충분히 짓밟았는데도 아직 모자라? 내키는 대로 뼈를 발라 먹고 수틀리는 대로 마음껏 손에 쥐고 뒤흔들더니…… 너희 모녀, 아직도 부족한 거야? 그런 거야?"

지난 시간 숨죽이고 살아온 세월의 항변.

뚫어져라 카메라에 시선을 고정하며 대사를 치는 세연에게선 광기를 넘어서 해묵은 핏빛 원한과 격노까지 묻어났다.

시시각각 변하는 눈빛. 어떻게든 안정을 찾고 침착하려 애쓰지만 스스로도 억누를 수 없는 원망스런 감정에, 진득한 핏물이 끈적거리며 순식간에 바닥에 달라붙는다. 카메라가 놓칠세라 그녀를 잡는 가운데, 결국 세연은 울부짖었다.

"나한테 왜 그랬냐고! 그러면 안 되는 거잖아. 안 그럴 수 있었잖아? 그래, 처음엔 이해할 수 있다고 치자. 물론 화가 나지만 백번 양보해서 그럴 수 있다 쳐. 한 번도 아니고 왜 두 번이나 나한테 요구하는 건데? 전에 그렇게 날 이렇게 만든 것도 모자라서 왜 그러는 건데, 왜?"

다음 순간 턱 소리와 함께 세연은 자신이 부서뜨린 베란다의 유리를 힘껏 내리쳤다. 그러자 촬영하던 카메라맨도 움찔 놀랐다. 세트장의 이들이 숨죽인 가운데, 부스스한 머리칼, 마구 흐트러진 윗옷. 한 번쯤 옷매무새를 매만질 법도 하건만, 카메라에 비친 자신의 흐트러진 모습은 전혀 신경 쓰지 않는 것처럼 세연은 계속해서 언성을 높였다.

"안 그럴 수 있었잖아? 처음은 이해해. 하지만 두 번째는…… 두 번째는 그러지 말았어야지. 거듭해서 나를 건드리지 말았어야지. 내가 그렇게나 만만해? 아니, 아예 나은이의 건강을 책임지는 용도로 날 데려온 거야? 참으려고 했어. 그래, 엄마랑 나은이를 생각해서. 하지만 아무리 꽉 누르고 또 억누르려고 해도 안 돼. 아파. 여기가 아프다고. 어쩔 수 없이 화가 나! 알아듣겠어? 참을 수 없이 화가 난다고!"

온몸에 흘러넘치는 미친 듯한 광기, 결코 누를 수 없는 감정. 꼭 연기가 아니라도, 그동안 쌓이고 쌓인 그녀의 진득하고 오래된 감정을 토해 내듯 폭발적으로 터뜨리자 촬영장의 이들이 깜짝 놀란 표정을 지었다.

눈으로 보고도 믿을 수가 없는 장면.

과장스럽고 뭔가 보기 불편한, 억지로 꾸민 연기가 아니라 말 그대로 그 인물이 된 것처럼 보였다. 순간적으로 발현되듯 터지는 감정. 번쩍, 번개가 치듯 폭발적으로 발산되는 응축된 감정에, 깜짝깜짝 놀라게 되는 순간의 울림이 분명히 있었다.

“말했잖아! 날 내버려 두라고. 왜 그런 건데? 왜 끝까지 괴롭혀야 하는 건데. 처음만 그러는 거면 좋았잖아. 그냥 내가 만만한 실험용 쥐였던 거야? 그런 거지? 용서가 안 돼! 못 들었어? 용서가 안 된다고!”

순간적으로 미쳐서 날뛰었다. 스스로도 억누를 수 없는 원망의 불씨. 광기의 화마에 인정사정없이 휩쓸리듯 소릴 높였다. 스스로도 제어할 수 없어 머리를 쥐어뜯었다.

“나쁜 것들! 그렇게나 날 괴롭혔으면 그냥 내버려 뒀으면 좋잖아. 난 참으려고 했다고! 어떻게든 억누르고 또 억누르고…… 모두를 위해서. 나만 참으면 되니까.”

그 말과 동시에 딱딱한 하얀 시멘트 바닥을 나뒹굴며 아무렇게나 산발한 머리칼을 쥐어뜯었다. 정말로 억울하고 분해서 혀를 깨물듯이, 핏빛 원한을 입 안에 삼키듯이 흐느끼고 오열했다.

“용서 못 해. 절대로. 다들 죽어! 죽어, 죽어 버려.”

붉은 피가 번지는 입술을 짓이기며 정말로 분하고 또 원통해서 참을 수 없다는 듯이 마구 바닥을 두들겼다. 쾅쾅 주먹으로 두들기며 그동안 십여 년 가까이 쌓인 응어리를 분출하다, 어느 순간 끅끅 소리 내어 흐느끼기 시작했다. 오래된 원망과 미움, 그리고 어찌할 수 없는 그리움을 담아 흐느끼다가 서서히 울음을 그쳤다.

어느 순간 흐느낌이 완전히 멎고, 촬영장은 무서우리만큼 정적에 휩싸였다.

마지막 장면은 병실이었다.

링거를 맞으며 죽은 것처럼 꼼짝 안 하는 세연을 지수가 어이없다는 듯 노려보았다. 그리고 정말 죽일 것처럼 표독스럽게 그녀에게 달려들었다.

"언니가 왜 이러고 있는 건데? 우릴 이렇게 다 망가뜨리고. 다시는 복구할 수 없게 엉망진창으로 만들고 왜 이러고 있는 건데? 왜!"

모골이 송연할 정도의 외침이었다.

"죽어! 차라리 죽어. 도대체 왜 엄마랑 나를 왜 이렇게 괴롭히는 건데? 왜 평화롭던 우리 집안을 사람들이 다 손가락질하며 비웃게 엉망진창으로 만들어? 도대체 이러는 이유가 뭐야?"

그동안 참아 왔던 게 무색하듯 지수가 원한을 드러냈다.

정말 이대로 카메라 앞에서 폭발하는 게 아닌가 싶게 엄청나게 힘이 들어가 있었다. 그녀에 대한 모든 증오와 원한, 살기를 담아 연기하는 게 맞으리라. 실제로 지수가 숨겨 왔던 발톱을 드러내자, 지켜보던 세트장의 스태프들이 입을 딱 벌리는 게 보였다. 살쾡이 같은 그 모습에 눈을 의심하는 것이리라. 오히려 드라마의 마지막에서라도 카메라에 아름답게 나오고 싶은 욕망을 내려놓고 원초적인 연기를 선보이니 다행인가?

의식이 가물거리며 멀어져 간다.

[다영, 그간의 기억이 주마등처럼 스쳐 가는 가운데 회한과 슬픔, 분노에 몸부림친다.]

진경 작가의 건조한 성격 그대로 이렇게 한 문장으로만 깔끔하게 적혀 있는 대본을, 실상 진경 작가는 이렇게 저렇게 하라고 구체적으로 지문에 지시하지도 않았다.

'제발 한 번만. 단 한 순간이라도 완벽하게 다영에 동화되어 표현할 수 있기를.'

오로지 그녀가 마음을 비우고 자신의 모든 것을 내려놓고 '다영'이라는 인물을 받아들여, 마지막 순간 온전히 그 인물이 된 것처럼 발화하고 유감없이 표현했을 뿐이었다.

이 순간 촬영장에 떠도는, 건조하면서도 숨 막힐 듯 긴장감 넘치는 분위기. 그 절박한 기운에, 결국 세연을 파괴하는 데만 몰입하던 지수도 동화된 걸까.

결국 지수가 원한을 터뜨리듯 달려들었지만 그녀는 끝내 입을 열지 않고 버텼다. 거듭되는 고문에도 자신이 드라마 속에서 왜 이런 악행을 이어 가는지 밝히지 않고 끝내 함구했다.

"제발! 말해, 왜 엄마랑 나를 괴롭히는 건데."

이제는 현실이었다. 거듭되는 촬영, 드라마가 아니라 정말 그녀의 삶 그 자체인 기분이 들었다. 매일 빗 독촉에 시달리는 것처럼 주변의 모든 사람들이 왜 드라마 속 착한 모녀를 괴롭히는지 이유를 말하라고 재촉해 댔고, 자신은 꼭 대답해야만 될 것 같은 느낌이 들었으니까.

이제는 눈에 붉게 핏줄이 선 지수가 두 손으로 머리를 감싼 채 외쳐 댔다.

주변의 모든 이들이 세연의 어깨를 뒤흔들며 왜 이런 미친 짓을 하냐고 소리를 높였을 때, 전혀 예기치 않은 순간, 그녀는 입을 열기 시작했다.

그건 믿을 수 없으리만큼 사소한 계기였다.

"엄마가 잘못했다, 다영아. 제발 용서해 줘. 미안해."

딸이 병들자 마지막 순간, 남아 있는 한 가닥의 양심에 참회하듯 다영의 어머니로 분한 윤애리가 넙죽 차가운 병실에 몸을 엎드렸다. 그러고는 주르륵 뜨거운 눈물을 흘리면서 보온병에 가지고 온 음식을 꺼냈다. 뜨거운 김을 내뿜고 있는 그것은 바로 손수 만든 육개장이었다.

확실히 정성 들여 만든 음식엔 사람의 마음을 움직이는 힘이 있었다.

결국 다영의 어머니가 손수 딸을 위해 만들어 온 음식은 꽁꽁 얼어 붙어 있던 다영의 마음을 열었다. 드라마 시작부터 뭔가에 잔뜩 화나서 날뛰다시피 하던 다영의 마음을 열고 마지막 순간 참회하듯 숨겨져 있던 진심을 꺼내게 했다. 그건 오랫동안 봉인되어 있던 일가족의 비밀이었다.

"기억해, 엄마. 보육원에 엄마가 날 처음 데리러 왔던 날. 그때 눈이 많이 내렸는데……."

병실에서 보랏빛으로 변해 버린 입술로 극중 다영인 세연은 천천히 입을 열었다.

"너무 춥고 외로웠는데 가족이 생겼어. 그날 맹세했어. 무슨 일이 있어도 어렵게 생긴 가족을 잃지 않겠다고, 그러지 않기 위해선 무슨 일이라도 하겠다고. 그렇게 마음속으로 맹세했던 것 같아. 보육원 앞에 예배당이 있었거든. 원장 선생님이 주말만 되면 애들을 데리고 가서 미사를 봤어. 그리고 가끔은 예배당 안에 들어가 애들을 회초리로 때리기도 했어. 그때 어린 나이였는데도 이상하지. 그런 생각을 한 것이? 그때부터 조숙했나 봐."

카메라가 클로즈업하는 가운데, 그녀는 아무렇지 않게 담담하게 말을 이어 갔다. 그리고 이어지는 대사는 안방극장을 예기치 않게 눈물바다로 몰고 갔다.

담담한 그녀의 대사가 화면을 가득 채우는 가운데 흐르는 음악. 잔잔하게 깔리는 피아노곡과 어우러져, 듣는 이들의 심금을 울렸다.

"하나님, 가족이 꼭 생기게 해 주세요. 만약 가족이 생긴다면, 제가 지키기 위해서 뭐든지 할게요."

어둑한 예배당 안 소녀의 기도.

소원이 이루어져 어느 비 오는 날, 정말 가족이 생기게 되었다. 선물받은 곰 인형을 들고 활짝 웃는 소녀.

"그땐 정말 내 소원이 이루어져 너무 행복했어. 집에 와서 얼마나 행복했는지 몰라. 기억나? 하얀 레이스 커튼에 곰 인형에 커다란 침대에, 정말 밤에 잠이 안 올 정도였지."

"흑흑, 다영아."

그러자 다영의 어머니가 소리 내 흐느꼈다. 다영으로 분장한 세연은 정말 극중 속 인물이 된 것처럼 무표정하게 소리 내 우는 탤런트 윤애리를 감흥 없이 바라보았다.

– 이거. 이번에 내가 산 시집인데 한번 읽어 봐.

– 촬영장의 사람들이 모두 네게 적대적인 걸로 생각되겠지. 마음이 편치 않겠지만, 살면서 의도한 대로 되는 게 아니야.

그 말과 동시에 차분하게 차를 권하고 위로해 주었던 그녀의 연기 선배가 눈에 들어왔다. 연기 초짜로 감히 한 사람에게 선배님이란 호칭을 붙일 수 있다면 망설임 없이 윤애리를 택할 터였다.

그리고 물어보고 싶어졌다.

'선배님은 촬영장의 모두가 절 적대시하는데 왜 제 편에 서세요?'

그러면 윤애리는 아무 말 없이 그저 잔잔하게 웃으리라. 그런 윤애리가 굳건한 바위처럼 그 자리에 조용히 버티고 서서 그녀가 무슨 연기를 해도 잘 받아 주니, 오히려 연기에 집중하게 되었다. 실제로 윤애리는 이렇게 이야기한 적이 있었다.

– 내가 그동안 유심히 봤는데, 지수가 연기 잘하더라.

윤애리가 정색하며 강조하듯 말했다.

– 지수가 연기 못하지 않아. 그런데 카메라 앞에서 어떻게 하면 내가 더 잘할까, 내가 더 돋보일까 생각만 하지. 막상 투 샷으로 촬영할 때도 어떻게 하면 상대 배우와 어우러질지 그 애는 아예 생각조차 안 하는 것 같아. 사실 드라마 현장이라는 게 워낙에 바쁘고 정신없어서 마음처럼 상대 배우를 배려할 여유가 없는 게 사실이긴 한데. 아무리

그렇다고 해도 지수는 전혀 호흡 맞출 생각도 안 하는 것 같아. 이런 말 꼰대처럼 들릴지도 모르겠지만, 사실 그러면 안 돼. 상대 배우가 어떻게 나오든 다 받아 줄 수 있다는 것처럼, 그 어떤 상황에서도 리액션이 나와서 상대 배우가 안심하고 촬영할 수 있게 해 줘야 되는데.

그러고 나서 윤애리는 생각났다는 것처럼 진지하게 경청하는 세연을 보며 웃었었다.

– 사실 세연이 너도 완벽하게 잘한다는 건 아니야. 그 애보다는 낫다는 거지. 조금이라도 다른 연기자의 말을 들으려는 오픈된 자세가 마음에 든다는 거지. 너도 아직 갈 길이 멀어.

– 네. 감사합니다, 선배님.

그때 세연은 정말 마음에서 우러나오는 진심 어린 감사를 담아 담담하게 윤애리에게 인사를 했었다. 그리고 대선배와 연기하는 지금, 제대로 한 수 배운다는 생각엔 변함없었다.

"다영아, 엄마가 미안해. 정말 잘못했어."

윤애리의 눈이 지금 반짝이는 물기로 흥건했다.

순간적으로 그녀를 정말 사랑하는 어머니가 아닐까 착각이 들 정도로. 그럼에도 감정 과잉이 되지 않고 차분하게 억누르는 효과가 있어서, 정확하게 감정을 조절할 수 있었다. 카메라가 그녀를 잡는 가운데, 세연은 천천히 대사를 쳤다.

"엄마, 저 괜찮아요."

바짝 메마른 보랏빛이 된 입술로 아무렇지 않게 중얼거렸다. 그 담담하기까지 한 음성은 오히려 극중 캐릭터인 다영의 슬픔을 배가시켰다.

어떻게 보면 감정 과잉이 될 수도 있고 답답한 최루성 내용일 수도 있는데, 극중 다영으로 분한 세연의 건조한 눈동자는 이상하게 시청자들을 몰입시키는 힘을 발휘했다. 무엇보다 극단적이리만큼 거리를 두고 냉정하게 촬영한 익스트림 롱 숏. 고준우 감독은 일부러 세연을 클로즈업해서 잡지 않았다.

오로지 소독약 냄새가 나는 새하얀 병원의 벽, 그곳에서 외롭게 하얀 벽을 보며 죽어 가는 그녀의 모습을 극단적으로 떨어져 실루엣으로만 잡았다. 그랬다. 이곳이 병원인지, 아니면 거대한 설원인지 순간적으로 헷갈리게 만드는 숏.

왜 그녀가 태어나 치열하게 살며 여기까지 오게 됐는지. 꼭 초월한 듯 세상과 떨어져 더 이상의 불필요한 감정과 동정, 그리고 드라마 속 극 중 인물인 다영이 왜 이렇게 해야만 했는지 구구절절 설명하는 것을 경계하듯이 극단적으로 떨어져, 그녀의 얼굴의 표정 변화와 동요를 클로즈업하지 않았다. 그러한 익스트림 롱 숏은 오히려 인간 자체에 대한 본질적인 성찰까지 하게 만들었다.

음악도 흐르지 않았다. 잠시 멈춘 듯한 정적 속에 꼭 기우가 그랬던 것처럼 한 발자국 물러나 냉정하게 자신이 처한 상황과 현실을 이야기하듯, 세연 역시 이제야 마음을 열고 조용히 다영의 이야기를 시작했다.

"부잣집에 입양돼서 공주가 된 기분이었어요. 정말 그랬어."

극 중 어머니를 바라보는 그녀의 눈은 마음에서 우러나오는 진심을 담고 있었다. 오래가지는 않았지만 그때의 행복한 기억으로 살 수 있었다고. 카메라는 그런 그녀를 놓칠세라 클로즈업하며 재빠르게 지난 찬란했던 시간들을 반추했다.

"고맙습니다, 엄마."

곰 인형을 끌어안고 가득한 장난감들 속에서 행복했던 시간들. 그리고 태어난 여동생 나은. 그러자 상대적으로 쌀쌀해진 부모의 냉대. 그러다 나은이 아프자, 교복을 입은 딸아이를 향해서 괴로워하고 울부짖던 어머니가 처음으로 부탁했다.

"네 동생이 많이 아파. 우리 나은이를 위해서 해 줄 수 있지? 우리

가족을 위해서. 넌 뭐든 할 수 있다고 말했잖니. 엄마를 위해 해 줄 수 있다고 약속할 수 있지?"

그리고 다음 장면은 환자복 차림에 산소 호흡기를 한 채로 잔잔히 미소 짓는 그녀의 모습이었다.

"난 행복해. 가족을 지킬 수 있었으니까."

시간이 흘러 또 나은이 아프자 그녀를 데려온 어머니는 염치 불구하고 다시 부탁을 했다.

"이번이 마지막이야. 우리 나은이를 살려 줘. 넌 우리를 위해서 뭐든 할 수 있다고 말했잖니. 다행히 네가 나은이랑 혈액형도 맞고 병원 말로는 거부 반응도 일으키지 않는다니까. 엄마가 이렇게 무릎 꿇을게. 마지막으로 제발 한 번만 부탁할게."

넌 우리 가족이야.

그 말에 결국 다시 수술대에 누웠다.

아프지도 않았는데 동생을 위해 내린 결단으로 몸은 엉망진창이 되었고, 설상가상으로 성장한 그녀에게 마지막 시련이 닥쳐왔다.

그녀를 데려온 어머니의 남편이, 그녀를 키워 준 아버지가 쓰러진 것이다. 한참을 망설이다 또 부탁을 하려고 하자, 고조되는 긴장되는 음악. 이제는 포기한 담담함이 그녀의 얼굴 위로 스쳐 갔다. 결국 또 수술대에 누우려던 찰나, 그녀를 데려온 아버지가 버럭 고함을 지른다.

"당신이 사람이야? 인간이면 어떻게 이런 짓을 할 수 있어. 차라리 내가 죽고 말지, 이런 안면 몰수한 짓 절대로 못 해. 당신 벌받을 거야! 저 애는 자식도 아니지? 사람들이 뭐라고 그러겠어? 낳은 딸만 살리려고 별짓 다 한다고 하겠지. 그래, 당신이 낳은 나은이만 사는 게 중요해? 그렇게 데려와 키운 저 애는 놔두고 당신이 낳은 친딸, 나은이만 살리고 싶냐고."

병실이 떠나가라 격노한 그녀의 아버지가 고함치며 종국에는 가슴을 움켜쥔 채로 쓰러진다.

"처음에는 골수이식, 두 번째는 신장 한쪽 떼어서 주고. 이번에는 뭐야! 이번에는 뭔데. 이 소름 끼치는 여자야, 당신 볼 때마다 괴물 같아서 소름이 끼쳐!"

결국 그녀를 데려온 아버지는 세상을 떠나고 드라마에 조용히 흐르는 피아노곡처럼 고요하게, 아무 일 없는 것처럼 담담하게 살아간다.

그렇게 아무 일도 없는 것처럼 살다가도 문득문득 비가 오는 날은 쑤시고 아프고, 가슴이 쓰라리듯 화끈거렸다. 그러다 문득 그녀를 데려온 어머니와 여동생이 한 짓이 생각났다. 그래서 견딜 수 없어졌다.

화끈거리는 가슴의 견딜 수 없는 쓰라림에, 가시지 않은 마음의 상처와 아픔에, 여기까지 오고 말았다.

중간에 멈출 수가 없었다.

그렇게 악인은 최후를 맞이한다.

第 60 幕

어떻게 사람을 용서할 수 있을까.

마지막 촬영에 임하던 세연은 생각했다.

어떻게 딸이라는 이유로 여동생에게 장기 기증을 바라는 엄마와 나은을 용서할 수 있을까. 정확히는 데려온 딸이 여동생이 너무 아프자 도와줄 수 없을까 생각한 것이지만, 억지로 강요하거나 강제적으로 그 행동을 취하게 한 건 아니었지만, 그래도 함께 사는 이상 신경 쓰이고 내내 같이 있는 동안 가시방석에 앉은 것처럼 불편하고 마음이 갈 텐데.

아무리 드라마상이라지만 자신은 이런 이들을 용서할 수 있을까. 그치지 않는 상념처럼 머릿속의 생각은 하나로 달려갔다. 과연 내가 지수와 부모님을 용서할 수 있을까. 아직도 가시지 않는 통증, 사라지지 않는 공포. 아직도 그녀의 고통은 욱신거리듯 생생해서, 그녀의 끝나지 않은 천형이 현재 진행형임을 일깨운다.

이 기다란 끊어질 듯 결코 끝나지 않는 터널 속에서 벗어날 수 없음을 일깨운다. 눈앞에 결코 벗어날 수 없는 거대한 장벽처럼 펼쳐진 이 드라마를 끝내기 전에는, 그녀의 몸으로 맞부딪쳐 끝내기 전에는 결코 끝나지 않음을 말이다.

어떻게 용서할 수 있을까?

멈추지 않는 한기처럼 마지막 촬영을 하는 세연의 몸이 덜덜 떨렸다. 할 수 있을까? 아니, 꼭 그래야만 하나. 내가 왜 용서를 해야 해? 이렇게 욱신거리는 통증이 아직도 생생히 느껴지는데, 이렇게 뚜렷한데. 손을 뻗치면 분명히 바로 잡히는데 애써 아니라고 부인하는 건 꼭 내가 겪은 일이 아니라고 말하는 것 같잖아. 그래서 왠지 모르게 슬퍼졌다.

마지막 순간, 본능적인 떨림이 멎질 않았다.

세연은 덜덜 몸을 떨었다. 멎지 않는 한기에 이까지 덜덜 떨려 부딪쳤다. 그렇게 정말 대본 속에 빨려 들어간 것처럼, 드라마 속의 캐릭터가 그녀에게 예외를 허락하듯 마지막 순간에야 다영이 된 기분이 들었다. 거부할 수 없이 그 안에 빨려 들어가듯 완전히 일치된 느낌. 세연은 이 믿지 못할 기분을 만끽하려 애썼다. 사라지기 전에 서둘러 뛰어들듯 카메라 앞에서 유감없이 끄집어냈다. 그것이 세상에서 오로지 그녀가 할 수 있는 일임을 본능적으로 알았다.

"이상하지. 참으로 이상해."

세연은 낮게 중얼거렸다.

설명할 수 없는 정말 기괴하고 이상야릇한 기분. 뭔가에 사로잡힌 것 같은 오싹한 기분이 사라지지 않았다. 이 순간에도 놓지 않고 그녀를 에워싸고 있었다.

그녀도 막상 이렇게 겪기 전까지는 이런 정의 내릴 수 없는 감정을 느끼리라곤 생각지 못했다.

그건 참 이상한 기분이었다.

분명히 다영은 복수를 했는데, 당한 만큼 호되게 되갚아 주었다고 생각했는데 그게 아니었나 보다. 그러지 않고선 내내 이런 찝찝하고도 불편한 기분을 느낄 리가 없지 않은가.

그랬다.

분명히 복수를 했는데 하나도 시원하고 후련하지가 않았다. 오히려 뭔가가 날카롭게 신경을 긁는 것처럼 불편하고 찝찝하기만 했다.

끊어지지 않고 이어지는 의문.

왜 복수를 해도 시원하지 않을까.

왜 하나도 후련하지 않고 찝찝하기만 한 건지.

그럴 수밖에 없는 것이, 이 순간에도 그녀를 놔주지 않고 감싸는 거대한 감각. 그 보이지 않는, 이루 형용할 수 없는 느낌은 바로 후회였다. 그리고 규정 내릴 수 없는 허탈함이었다.

그건 참으로 이상한 일이었다.

온몸의 힘이 빠지고 눈앞의 시야 역시 흐려진다. 스스로도 어찌할 수 없는 두려움과 공포가 엄습해 온다.

그러다 정말로 드라마 〈리벤지〉 속의 인물 다영이 된 것처럼 몸부림쳤다. 어느 순간 서서히 죽음이 목전에 다가오는 것처럼, 이제 피할 수 없는 죽음이 오는 것처럼 절로 몸서리를 쳤다.

“아직은 죽기 싫어! 죽기 싫어.”

가늠할 수 없는 본능적인 공포에 허우적대듯 사정없이 헉헉 소리를 냈다. 다급한 숨을 내뱉으며 계속해서 주변을 둘러보았다.

죽음의 사자가 그녀를 잡으러 오는 것을 아직은 받아들일 수 없다는 듯이.

“오지 마! 오지 말라고.”

순식간에 방심하면 시커먼 망각의 강으로 빨려 들어가 영원한 심연 속에서 헤어 나오지 못할까 봐, 본능적이리만큼 필사적으로 몸부림쳤다.

"난 가기 싫어! 아직은 죽기 싫다고."
물에 빠진 사람처럼 손을 휘저으며 공허하기까지 한 몸놀림을 지속했다. 산발한 머리칼을 늘어뜨린 채 초점 없는 눈으로 일순간 무서우리만큼 미친 듯이 날뛰며 손을 내저었다.
"가기 싫어! 몸이 썩어도 가기 싫어. 죽어 가는 썩은 냄새, 악취가 나는 몸으로도 계속 살고 싶다고. 시커먼 암흑 속으로 들어가고 싶지 않아. 그러니까 제발, 아직 아니야. 가기 싫어. 아직 때가 되지 않았어."
끌려가기 싫어 몸부림치는 마지막 발악이었다.
그러다 벼락을 맞은 듯 몸이 뻣뻣해지고 어느 순간 머리를 관통하듯 느껴지는 일련의 충격에 움직일 수 없었다. 이 기분을 어떻게 말로 형용할 수 있을까.
뒤늦은 후회였다.
모든 게 헛되고 헛되다는. 왜 뒤늦게 이런 생각이 들었을까? 그것도 다 모든 게 엉망이 된 이 마당에.
왜 이제 와서 복수 역시 허무하고 헛되기 그지없다는 생각이 번개처럼 머릿속을 관통하는 걸까. 이미 늦었다. 그녀를 데려갈 시커먼 옷을 입은 저승사자를 기다리는 것 외에는. 망자로 몸부림칠 시간밖에 남아 있지 않은 것이다.
"헉헉……."
이 순간 세연은 가쁜 숨을 몰아쉬었다.
스스로도 이해할 수 없는, 돌이킬 수 없는 회환과 슬픔, 그리고 후회에 가득 차서 주변을 둘러보았다.
이상도 하지. 이 순간 주마등처럼 재빠르게 뇌리를 스치고 지나가는 것은 바로 사랑하는 그의 얼굴이었다. 사람이 죽을 때가 되면 제일 먼저 지금껏 살아왔던 순간들이 주마등처럼 스쳐 지나간다고 했는데, 목 끝까지 가득 차서 질식할 듯 숨이 막혀 오는 건 바로 그에 대한 후회였다.

그가 제일 먼저 목에 걸렸다.

머리카락을 한 움큼 삼킨 것처럼 괴로움에 몸부림치다가, 그에 대한 감정의 정체를 알았다. 다급한 이 순간, 사라지지 않는 이 헛헛한 감정의 본질을 파악했다.

왜일까. 이 순간 사로잡힌 것처럼 그의 말이 뇌리를 맴돌았다.

– 너는 언제나 그 자체로 빛이 나. 이제는 사람들이 잘 쓰지 않는 말이지만. 웬만해서는 이 말을 이제는 안 하지만.

향기가 난다. 그녀를 보며 미소 지으며 가늘어진 눈. 기다란 손가락으로 너무도 소중하게 그녀를 어루만진다. 정확히는 소리 없이 눈물을 흘리는 그녀의 창백한 얼굴을. 그가 언제 이런 말을 했더라. 언제인지는 기억나지 않는다. 그 앞에서 웃는 모습을 보인 적이 언제였던가. 몇 번이나 있었지. 그러고 보면 눈물 흘리거나 절망하는 모습을 그에게 보여 주는 일이 훨씬 많았었다. 꿈결처럼 행복했던 것도 잠시, 상황이 그렇다 보니 항상 얼굴 가득 눈물을 담고 있었다. 그래서 일부러 좋은 모습을 보이지 못해 헤어진 것도 있었다. 그에게 우는 모습을 보여 주고 싶지 않았으니까. 그녀 자신도 넌덜머리가 났고 지긋지긋했으니까.

– 날 포기해요! 나도 이런 내가 싫어. 이제 날 포기해. 당신, 알아듣겠어?

하지만 그럼에도 기우는 그녀에게 실망하지 않고 향기로운 기다란 손가락으로 그녀의 젖은 두 뺨을 쓰다듬어 주었었다. 결코 포기하지 않고 애정을 담은 어조로 감미롭게 그녀의 귀에 대고 속삭였었다.

– 넌 아름다워. 내게 앞으로도 절대 하지 않을 이 말을 하게 했으니까. 잊지 마. 넌 그 자체로 빛이 나는 존재야. 이 말을 하고 싶었다.

그러고는 그답지 않게 장난스럽게 눈을 찡긋하더니 순식간에 두 눈

가득 물기가 흘러넘쳐 젖은 그녀의 얼굴을 두 손으로 감쌌다. 큼직한 손 안에 가두듯 세연의 얼굴을 감싸더니 그대로 입 맞췄다. 마치 그녀의 물기를 빨아들이듯, 단 한 방울의 눈물도 용납하지 않겠다는 듯 그대로 고개 숙여 키스했다. 그러고는 절대로 잊지 못하게 감미롭게 속삭였다.

– 알았지? 그러니까 절대로 절망하지 마.

그녀조차도 믿지 못할 따스한 속삭임.

– 넌 그 자체로 아름답고 빛이 나는 존재니까. 내가 보증할게.

타이르듯 말하고는 커다란 손으로 그녀의 눈을 덮어 버렸다. 더는 절망을 보지 못하게, 심연 속에서 몸부림치지 않게. 그가 막아 주었다, 그치지 않고 밀려오는 절망과 낙담을, 그리고 온통 회색뿐이라 믿었던 미래를. 그가 앞에 서서 막아 냈다.

그리고 다시 눈을 떴을 때 세상은 암흑이 아니었다. 그녀가 예상했던 무저갱처럼 캄캄한 심연도, 까무룩 빛이라고는 찾아볼 수 없는 막막한 절망도 아니었다. 왜 그럴까. 눈을 떴을 때 의문은 풀렸다. 그가 놓칠세라 그녀를 꼭 안고 있었으니까. 느껴지는 따스한 체온, 부서져라 끌어안고 그녀를 보호해 주었으니까. 물론 쉬운 길은 아니었다.

– 그래, 네 마음대로 해. 이 문을 열고 나가면 네 삶은 지옥이야. 네가 살아온 지난 세월이 그걸 증명하니까. 하지만 나와 있으면, 네가 방문을 열고 나가지 않으면…….

이제야 알겠다. 중간에 주저앉으려는 그녀를 채찍질하고 다시 일어서게 한 건, 절망에 지려는 자신을 일으켜 세워 다시금 보이지 않는 사각의 링에서 싸우게 한 건 그였다.

– 적어도 5년 전과 달라질 거야. 똑같지는 않을 테니까.

뒤늦게 그 사실을 깨달았다. 차라리 달콤한 말을 속삭이고 끊이지 않는 밀어를 지속했더라면 그녀의 마음을 얻는 데 더 수월했을 텐데.

좀 더 쉽게 그녀의 꽁꽁 얼어 굳게 닫힌 마음의 문을 열었을 텐데. 어떻게 보면 미련할 정도로 그녀에게 모진 말을 하고 지독하리만큼 냉정한 말을 내뱉어서 원망스러웠지만, 지나고 보니 그 덕분에 똑바로 현실을 볼 수 있었고, 다시 일어날 수 있었다. 그녀가 처한 상태를 지독하리만큼 객관적으로 보게 했다. 덕분에 다시 일어나 싸울 수 있었다.

미련한 사람.

차라리 귀에 듣기 좋은 말만 했으면 좀 더 빨리 내가 마음을 열고 맺어질 수도 있었는데.

세연은 혀를 찼다.

어쩜 그렇게 내게 미움을 사고 내내 원망하고 증오하게 만드는지. 비록 기우는 눈 하나 깜짝하지 않았지만 여기까지 돌고 돌아, 결국 그의 손을 잡기까지 너무 힘들었었다.

그리고 다행히 기우는 그녀가 용기를 내서 먼저 내민 손을 잡아 주었다.

그랬다. 그에 대한 사랑이 결국 그녀를 살게 했다. 끊이지 않는 절망의 심연 속에서 그녀를 일으켜 세웠고, 끝내 유지수와 보이지 않는 사각의 링에서 치열한 싸움을 이어 가게 했으며, 결국 여기까지 버티게 한 원동력이 되어 주었다.

때문에 그녀는 여기서 패배해도 상관없었다.

져도 괜찮았다. 이상하게 그렇게 낙담할 것 같지 않겠다는 생각이 들기 시작했다.

그렇게 유지수와의 승부에 목숨을 걸었는데, 아무리 억누르려고 해도 마음 깊은 곳에서 차오르는 감정을 억누를 수 없었는데, 분하고 참을 수가 없었는데, 결국 멈추지 않고 여기까지 왔는데도 괜찮다는 생각이 들기 시작했다.

스스로도 알 수 없는 감정이었다.

아마도 그녀의 전부를 다해 카메라 앞에서 유감없이 발산하듯 그동안 쌓아 왔던 연기 실력을 발휘했을 때, 기우의 말대로 단 한 순간이라도 그녀의 모든 것을 유감없이 불태웠다는 느낌이 들자 그 모든 게 소강된 건 아닐까 싶다. 차곡차곡 오래 쌓인 것 같은 그 미움과 원망의 감정들이 어느 순간 눈 녹듯 사라졌다.

'그냥 여기까지 올 수 있어 감사해.'

알 수 없는 일이지만 이 순간 세연은 여기까지 올 수 있어 고맙다는 마음이 생겨났다. 무사히 마칠 수 있어 다행이었다.

그리고 뒤늦게 깨달았지만 그의 변치 않는 마음이 그녀를 감싸고 지켜 주었다.

더 이상 무섭거나 두렵지 않았다. 세상은 그녀에게 유독 혹독하고 차가운 세상이 아니었다. 눈을 떴을 때 절망과도 같은 캄캄한 암흑이 쏟살같이 밀려들 거라 여겼는데, 살짝 눈을 뜨고 바라본 세상은 더 이상 춥지 않았다.

침묵이 흐르고, 다음 순간 세연은 그간 팽팽하게 날이 선 긴장을 누그러뜨리듯 처음으로 잔잔히 미소 지었다. 그간의 날카롭게 곤두선 슬픈 감정들을 일시에 터뜨리고 실컷 울고 난 것처럼, 개운함과 왠지 모르게 쑥스러운 감정이 들었다. 그리고 남은 건 사랑이었다. 그녀 곁에 남은 건 기우를 향한 사랑이었다.

마지막 순간, 카메라에 잡힌 그녀의 입가에 수줍은 듯 걸린 어색한 미소. 그건 평생 불행하던 사람이 처음으로 행복하다고 느낀 기적이었다.

그렇게 비몽사몽간에, 긴긴 백야처럼 영원히 끝나지 않을 것 같던 촬영을 끝마쳤다.

"컷! 여기까지."

마지막 감독의 오케이 사인과 함께 드라마 〈리벤지〉의 모든 촬영이 끝났다.

감독의 '컷!' 소리는 마침내 결코 끝이 날 것 같지 않던 긴긴 항해의 끝을 선언하는 소리이기도 했다.

웅성웅성.

이제는 낯익은 드라마의 스태프들이 일제히 세트장을 정리하고 연기자들이 하나둘씩 작별 인사를 나누는 가운데, 세연은 제일 먼저 선배 윤애리에게 다가갔다.

그리고 모두가 세연을 감정적으로 몰아갈 때 가감 없이 앞으로 나서서 아닌 건 아니라고 목소리를 낼 줄 알았던, 그녀가 선배로서 존경하는 윤애리에게 감사를 표했다.

"선배님, 그동안 감사했습니다……. 덕분에 마음 한편 위안이 됐고 많은 가르침을 얻었어요."

"그래, 자기도 고생 많았어."

윤애리가 평소의 온화한 성정 그대로 입가에 잔잔한 웃음을 띠었다. 그리고 처음으로 쾌활한 어조로 말했다.

"우리, 촬영 끝낸 기념으로 악수할까?"

선배 윤애리가 처음으로 환하게 미소 지으며 격의 없이 악수를 청하자, 세연은 잠시 의아한 듯 눈을 깜빡였다. 그것도 잠시, 그녀도 편하게 미소 지었다.

"애, 그렇잖아? 그동안 우리가 좀 고생했어야지. 안 그래? 나 참, 내 연기 경력이 30년인데 이렇게 촬영장에서 습격당할 것 같은 위협을 느낀 건 살다 처음이네."

이제 무사히 촬영을 마쳤다는 안도감 때문일까.

윤애리의 농담 섞인 말에 웃음이 나왔다. 정말로 막다른 벼랑 끝에 몰려 지수의 습격을 받았던 그녀로서는 씁쓸한 기분이었지만, 세연은 처음으로 활짝 웃으며 말했다.

"네, 정말 죽을 뻔했어요. 이제 와 말이지만."

"그래, 위험했어."

윤애리가 그녀의 귀에 대고 속닥거렸다.

"지금도 봐라, 얘. 지성화랑 윤민자가 널 죽일 듯이 쳐다본다."

살짝 고개를 돌리자 예의 못마땅한 눈길을 던지면서 뭐라 이야기를 나누는 윤민자와 지성화의 모습이 눈에 들어왔다. 지수 역시 연기자들 속에 섞여 박제된 듯한 상냥한 웃음을 짓고 있었다. 그 모습을 보던 윤애리가 소리 낮춰 말했다.

"그냥 그러려니 해. 진짜 펑크 안 내고 무사히 촬영 마친 게 어디니. 다른 사람은 몰라도 난 대단하다고 생각한다니까. 어쩜 나이 든 선배들이 후배는 예쁘게 봐 주려고 하지도 않고. 꼭 누구한테 사주받은 것처럼. 그래, 난 그렇게 생각한다니까."

세연은 아무 말 하지 않고 침묵을 지켰다.

그러자 윤애리가 웃으면서 그녀와 맞잡은 손을 꽉 잡았다.

"너만 알고 있어. 나, 아무래도 드라마 종방연엔 못 갈 거 같아. 고준우 감독한테는 미리 귀띔했지만."

"아, 종방연 못 오세요? 선배님."

그녀가 아쉬워하자, 윤애리가 찬찬히 다정한 눈길을 던졌다.

"첫 드라마부터 열심히 하려고 하고 연기도 잘하고 아주 예뻐. 나도 너만 한 나이 때 그렇게 열심히 했나 다시 돌아보게 된다니까."

"아, 고맙습니다."

"그래, 그동안 정말 고생했고 앞으로도 좋은 연기 기대해 볼게. 연기 선배로서 앞으로가 기대되는 후배는 또 오랜만이니까. 그리고 언제 시간 되면 우리 집으로 한번 놀러와."

생각지도 않은 연기 대선배의 초대에 세연은 눈을 크게 떴다. 그러자 처음으로 드러난 그녀의 방심한 표정에 윤애리가 다정한 눈길을 던지면서 팔짱을 꼈다.

"얘, 이제야 좀 제 나이로 보인다? 아직 앳된 얼굴인데? 그러고 보면 우리 딸이랑 비슷한 또래구나."

윤애리가 정말 귀엽다는 것처럼 그녀를 보면서 웃었다.

"이제 대학생인데 이번에 딸이랑 드라마 끝나고 유럽 배낭여행 가기로 했거든. 약속 지키려고. 어쩌다 보니 비행기 발권 날짜가 종방연이랑 겹쳐서 아쉽지만 못 가게 됐네. 그럼 잘하고, 진짜 다음에 우리 집에 한번 놀러 와. 넌 지금 어디 사니?"

"아, 지금 사는 곳이요? 독립하면서 얻은 원룸에 살고 있어요."

그녀가 지금 사는 동네와 지난 사정을 말하자 윤애리가 고개를 갸웃했다.

"원룸이 많이 좁아?"

"전에 얻은 곳이라서요. 비좁기는 해도 있을 곳이 있어서 좋아요. 안심된다고 할까요."

그녀의 말에 까르르 웃으며 윤애리가 세연의 머리를 쓰다듬었다.

"그래, 열심히 해. 아, 네 소속사가 팬텀이랬지? 우리 집 거기서 멀지 않아. 삼성동에 팬텀 건물 있잖니? 그럼 넌 밴 승합차 타면 매니저가 팬텀 건물에서 방송국까지 데려다주겠구나."

"아, 네. 선배님."

그러자 윤애리가 온화한 미소를 지으면서 다시 한번 강조하듯 말했다.

"그럼 정말 한번 놀러 와. 우리 딸도 보고. 내가 전골 요리도 만들어 줄게. 정말 맛있다니까. 내가 다른 건 몰라도 전골 요리 하나는 잘해."

그렇게 윤애리와 인사를 나눈 후, 집으로 돌아온 세연은 깊은 적막감에 휩싸였다.

이제 정말 모든 게 끝난 건가? 자신은, 그리고 유지수는 앞으로 어떻게 되는 걸까.

마침내 거짓말처럼 드라마 〈리벤지〉가 끝나고 모든 촬영이 종료된 지금, 세연은 홀가분한 기분과 동시에 묘한 허탈함에 젖어 지난 시간들을 떠올렸다.

정말 드라마는 실패해도 괜찮다.

끊이지 않는 적진에 뛰어든 것처럼 끝없이 화살이 날아오듯 악플만 달려도, 결국엔 욕만 먹고 끝나도, 그래도 단 한 순간이라도 그녀가 진심을 다해 연기한 순간이 있어서 괜찮다고, 다행이라고 생각했다. 정말 괜찮았다. 멈추지 않고 여기까지 올 수 있게 되어서 다행이라고.

단 한 순간이라도 그녀의 모든 것을 내려놓고 전부를 다해 카메라 앞에서 〈리벤지〉의 다영이 되어서, 그 한순간이라도 될 수 있었기에, 괜찮았다. 비록 시청자들에게 그녀의 진심이 닿은 것 같지는 않았지만.

'결국 이렇게 끝인가.'

꼭 한없이 빨려드는 검은 늪처럼 고요한 심연 속에 놓인 것 같았다.

아니, 깊은 우물 속에 빠지면 기분이 이러할까.

급작스러운 소강상태.

다사다난했던 지난 시간들과 끝없이 이어지던 지수의 공격이 급작스레 끝나자, 허무하기까지 했다.

끝나지 않는 긴 터널에 갇힌 것처럼 오로지 벗어날 수 있기만을 꿈꿔 왔는데. 본능적으로 종방을 바라며 멈추지 않고 달려왔는데. 드라마를 마친 지금, 허탈하기까지 한 느낌과 맞물려서 공허함까지 몰려온다. 그때, 거짓말처럼 어디서 많이 본 낯익은 번호로 전화가 걸려왔다.

통화 버튼을 누르자, 이제는 친숙해진 목소리가 그녀의 귓가에 울렸다.

– 세연 씨, 혹시 지금 통화할 수 있어요? 아, 이걸 급하다고 해야 하나. 여하튼 빼놓을 수 없는 중요한 사안이고 꼭 알아야 할 거 같아서, 세연 씨한테 급하게 전화했어요.

"아, 김소현 팀장님이시네요. 어디서 많이 본 번호라고 생각은 했는데 제가 스케줄이 바쁘다 보니 한 번에 떠올리지 못했어요."

이제는 친숙해진 김 팀장의 전화에 반가움이 앞서 성큼 목소리를 높였던 세연은 고개를 갸웃했다. 왠지 모르게 의미심장한 김 팀장의 침묵이 길어지고 있었다.

"아, 무슨 일 있으신 거예요?"

그녀 특유의 가라앉은 목소리. 편하게 상대를 대하는, 털털함까지 묻어나는 음성에도 김소현 팀장은 잠시 침묵했다. 무슨 일일까 싶어 고개를 갸웃하던 세연은 다음 순간 들려오는 말에 흠칫 굳어졌다.

– 세연 씨. 아무래도 세연 씨가 확인해야 할 게 있어서요. 그래서 전화했어요.

왠지 모르게 초조하게 들리는 음성에, 세연은 의아해하며 고개를 갸웃했다.

"무슨 일이신가요? 혹시 〈리벤지〉와 관련돼서 또 무슨 사건이 생긴 건가요?"

– 사건이라? 사건이라면 큰 사건이죠. 혹시 집이면 지금 컴퓨터 켤 수 있어요? 웬만하면 인터넷을 보라고 안 하는데 아무래도 직접 세연 씨가 확인하는 게 좋을 것 같아서요.

혹시나 세연이 놀랄까 싶어 한 템포 쉬고 김 팀장이 밝힌 사건의 전모는 이러했다.

– 실은 세연 씨, 이런 얘기까지 안 하려고 했는데 정말 난리가 났어요. 혹시 하라 유키라고 알아요?

다음 순간 김소현 팀장의 확인하듯 묻는 음성에 세연은 잠시 멈칫했다. 처음엔 잘못 들은 줄 알았다. 분명히 그녀가 아는 사람이었지만 갑자기, 그것도 김소현 팀장의 입에서 그 이름이 나오자 순간적으로 잘못 들었나 귀를 의심했다. 그녀가 아는 사람이 아닌, 완전히 다른 사람이 아닐까 하는 의구심이 일었다.

유키, 어떻게 잊을까.

그녀가 일본에서 학교를 다닐 때, 그림을 그려서 일본 단어를 설명해 준 그 애.

– 세연아, 조심해!

그리고 그녀가 5년 전에 습격당했을 때, 분명 현장을 목격하고 그 자리에 있었음에도 끝까지 침묵을 택했던 그 애. 그런데 재차 그녀에게 유키의 이름을 말하며 아는 사람이 맞는지 확인한 김소현 팀장이 털어놓은 사건의 전모는 너무나도 놀라웠다.

– 그럼 세연 씨가 아는 사람 맞죠? 아무래도 세연 씨와 일본에서 같이 학교를 다닌 친구 같은데, 그 사람이 자기 홈페이지에 글을 올리고 일본 기자까지 만나서 인터뷰까지 했어요.

"네, 뭐라구요? 아, 내가 일본에서 학교 다닐 때 그 애가? 유키가?"

실감 나지 않아 확인하듯 입을 열었다.

너무 놀라고 믿기지 않아서 바짝 쉰 목소리로 멍하니 되물은 것도 잠시, 곧바로 잠시 잊고 있던 유키의 얼굴이 떠올라 세연은 고개를 저었다. 믿을 수 없었다.

김소현 팀장의 심상치 않은 음성에 또 안 좋은 일이 생겼나 싶어 내심 마음으로 각오했는데, 한 치의 오차 없이 밀려드는 역시나란 생각에 쓴웃음이 절로 나왔다. 정말 생각지도 않게 일어난 사건에 머리가 멍하다. 그것도 안 좋은 쪽이 아니라 전혀 생각지 않게 벌어진 극적인 상황에 머리까지 흔들리는 기분이 들었다.

"네, 정말이요? 어떻게 유키가…… 연락도 안 한 지 오래됐는데 왜 그런 일을 했지. 정말 듣고도 믿을 수가 없네요."

침묵이 흐른 뒤 세연이 저도 모르게 흥분한 감정을 억누르지 못하고 살짝 언성을 높이자, 김소현 팀장도 목소리를 높였다.

– 맞아요. 그 세연 씨랑 일본에서 같이 학교를 다닌 하라 유키가 인터뷰까지 했어요. 사실 알고 있을지 모르지만, 일본 웹상에서 '지수 VS 세영'이라는 게시물도 올라오고 네티즌들의 관심이 있었던 걸로 알아요.

김소현 팀장이 상황을 정리하듯 예외 없이 차분하게 말을 이어 갔다.

– 말했지만 정말로 기자와 인터뷰를 했어요. 일본 유수 매체의 기자인데 직접 만나서 음, 기사 제목은 뒤늦은 양심 선언, 오랜 마음의 짐을 덜고 싶다, 이렇게 일어로 적혀 있는 게 맞나? 하여튼 그래요. 이제 얘기해도 되겠죠? 인터뷰 내용은 세연 씨가 학교 다닐 때 습격을 당했다고. 그래서 눈까지 다친 걸로 아는데, 엄연히 다친 쪽인데 왜 그런지 모르겠다고 이렇게 인터뷰했네요.

"그런 인터뷰까지 했다구요? 그렇게 나설 애가 아닌데."

이해할 수 없는 급작스러운 일에 세연은 고개를 갸웃했다. 도무지 믿기지가 않았다. 그때도 침묵을 택했던 유키가 왜 이제 와서? 너무 급작스럽기까지 했다.

그럼에도 흔들림 없이 상황을 일목요연하게 정리하고 앞으로를 전망하듯, 김소현 팀장이 냉철한 어조로 덧붙였다.

– 사실 지금 중요한 건 따로 있어요. 그 하라 유키가 실상 세연 씨가 눈도 다쳤고 음, 그래서 결국 학교도 그만두게 됐는데, 그 배후에 유지수가 있는 것 같다는 뉘앙스로 인터뷰를 했다는 거죠.

"정말인가요? 아무리 생각해도 제가 아는 유키는 그런 인터뷰를 할 것 같지가 않아서요."

– 사실이에요, 세연 씨. 내가 여기까지 얘기 안 하려고 했는데 지금

이라도 기사를 보는 게 좋겠어요. 아무래도 제삼자에게 듣느니 직접 세연 씨 눈으로 확인하는 게 낫지 않을까 싶은데. 사실 인터넷에 올라온 기사에 댓글도 많이 달렸어요. 왜냐하면 어제 새벽에 〈리벤지〉 스태프라고 누가 게시글을 올렸거든요.

이어지는 김소현 팀장이 전하는 사실은 놀랍기만 했다.

– 뭐랄까, 그 게시물과 맞물려서 더 상승 효과가 가중된 모양새예요. 그동안 의문만 있었는데 세연 씨의 친구 인터뷰도 있고, 게다가 현장 스태프의 게시물은 사람들이 사칭한 거 아니냐고 하니까 본격적으로 공론화되었어요. 정말 타이밍이 절묘하다밖에는. 이렇게 맞춰서 올라오기도 힘든데 사실 사람들이 의구심을 가지니까 게시물을 올린 스태프가 현장에서 장비 들고 있는 뒷모습까지 올렸어요. 지금은 글이 지워졌지만.

김소현 팀장이 처음으로 깜짝 놀랐다는 반응을 보였다.

– 생각해 보면 신기해요. 어떻게 그렇게 딱 글이 올라올 수 있는지. 사실 그래서 사람들 반응이 더 뜨거운지도 모르겠어요. 자극적인 댓글들도 많이 달렸어요. 세연 씨가 직접 확인해야겠지만, 유독 많은 의견이 음, 그러니까 함께 촬영을 한 탤런트 유지수가…… 세연 씨를 다치게 했고 음, 이런 의견도 달렸어요. 이건 사실 유무를 확인해 봐야겠지만, 아무래도 〈리벤지〉 드라마 촬영장에서도 선동해서 일본에서 그랬던 것처럼 세연 씨를 이지메시킨 거 같다고…….

민감한 사안인 듯 조심스레 말을 이어 가던 김소현 팀장이 말끝을 흐렸다. 그러고는 자신이 해야 할 역할을 다했다는 것처럼 직접 확인해 보라고 덧붙이며 통화를 마쳤다.

– 그럼 시간이 되면 기사 확인해 보길 바라요, 세연 씨. 사람들이 댓글도 많이 달았으니까요. 아무래도 상황을 알리고, 세연 씨가 직접 보는 게 낫겠다 판단했어요. 그럼 난 팀장급 이상 회의가 있어서 이만

끊을게요.

전화가 끊긴 뒤 세연은 곧바로 집에 있는 컴퓨터를 켜고 인터넷에 접속해서 그녀의 눈으로 직접 기사를 확인했다.

정말 그녀에 관한 기사가 났고, 조회 수도 높았다. 덕분에 바로 포털사이트 메인 상단에 기사가 위치해 있어서 바로 찾을 수 있었다.

[〈리벤지〉 촬영장의 끝없는 사고의 시작!

드라마가 방영되는 내내 잡음이 끊이지 않았던 미니시리즈 〈리벤지〉가 다시금 뜨거운 화두로 떠올랐다.

'지수 VS 세영'.

사건의 발단은 지금으로부터 5년 전으로 거슬러 올라간다. 실제로 탤런트 유지수와, 얼마 전 발매한 디지털 싱글곡 '윈터 문'의 히트로 스타로 떠오른 가수 출신 연기자 정세연은 일본에서 학창 시절을 보낸 것으로 알려져 있다. 우연의 일치인지 두 사람 다 일본의 유명한 연예인 소속사에 있었고 연습생 생활을 했다는 것.

이후 유지수는 한국으로 돌아와 연달아 히트한 드라마 두 편에 출연하여 가장 주목받는 이십 대 신인 여배우로 떠올랐고, 정세연도 한국으로 돌아와 쭉 아르바이트를 하며 검정고시로 고교 졸업장을 딴 것으로 알려져 있다. 실제로 한국 대학교 영문학과에도 합격했으나 개인적인 사정으로 입학을 포기한 것으로 알려졌다.

-뒤늦게 밝혀진 동창설

놀랍게도 이 두 사람은 일본 도쿄 인근의 신설된 지 얼마 안 된 학교를 같이 다닌 걸로 뒤늦게 밝혀졌으며, 더욱 놀라운 사실은 같은 학급이었을 뿐만 아니라 친구 사이였다고 한다. 어떤 연유에선지 두 사람은 최근까지 그 사실을 쉬쉬했고, 실제로 유지수는 꽤 다수의 매체에서 일본에서 학교를 다녔다는 것과 별로 떠올리고 싶지 않은 안 좋은 기억이 있다고 언급했다.

'다신 그 시절로 돌아가고 싶지 않아요. 지금이 너무 좋고 연기에만 몰두하고 싶어요.'

(3년 전 본지 인터뷰에서 발췌)

도대체 안방극장을 뜨겁게 수놓은 미니시리즈 〈리벤지〉의 두 여주인공 사이에 무슨 일이 있었던 걸까? 정말 드라마보다 흥미진진한 일이 아닐 수 없다.

본지가 취재한 사실로는 두 사람은 실제로 도쿄 인근의 고교를 다녔으며 5년 전 교내에서 발생한 불미스러운 폭력 사건에 연루되어 정세연이 심한 부상을 당했으며 결국 자퇴했다는 것. 잠시였지만 일본에서 꽤 시선을 끌었던 광고에 정세연이 출연했고 유지수 역시 십 대들이 많이 보는 잡지의 모델로 촬영을 했다 보니 '지수 VS 세영'으로 일컬어지는 그 사건이 일본 검색 사이트에도 게시물로 올라와 꽤 회자되었다는 것이다.

때문에 기자는 실제로 문제의 일본 고교를 찾아가 취재를 했으며 그때 담임을 맡았던 담당 교사와도 인터뷰를 시도했다.

(기자가 취재한 두 사람이 다녔다는 일본 고교의 사진, 때마침 하교 시간이라 수업을 마친 교복을 입은 학생들이 정문에서 나오고 있다.)

(문제의 교내 폭력 사건이 있었던 한적한 교정. 운동장 구석의 수돗가가 보이고 실제로 울창한 나무들이 주변에 드리워져 있어, 음침한 느낌마저 들었다.)

(중략)

실제로 있었던 교내 폭력 사건에 그것도 현재 인기리에 방영 중인 미니시리즈의 타이틀 롤을 맡은 여배우 두 명이 연루되어 있어 충격적이다. 그런데 더욱 충격적인 것은 오히려 부상과 피해를 입었던 정세연이 시간이 흐를수록 내용이 부풀려지고 곡해되어 심각한 상황에 처해 있다는 점.

그러나 며칠 전 뒤늦게 용기를 내서 인터뷰했다고 알려진, 그 모든 사건을 목격했다는 급우의 고백으로 뒤늦게 사실이 알려지면서 정세연 역시 마음의 짐을 덜은 모양새이다.

그럼에도 네티즌들은 습격의 배후에 모 탤런트가 있었던 게 아니냐, 이미 드라마 대본 리딩때부터 숱한 논란이 있지 않았느냐 등등, 술렁대고 있다.

실명을 거론하지는 않았지만 모 탤런트에 대한 꽤 자세한 추측과 목격담, 이니

셜 등, 점차 분위기는 뜨겁게 가열되고 있다.]

[일명 '지수 VS 세영'으로 일컬어지며 일본 포털사이트에서도 화제인 사건의 불똥이 정작 엉뚱한 곳으로 튀는 모양새다.

얼마 전 '드라마 〈리벤지〉의 스태프입니다'라는 글과 함께 올라온 촬영장에서의 뒷모습을 인증했던 익명의 목격담과 더불어 꽤 자세한 사건 정황이 다시금 드라마 제작 사이트에 올라왔다. 이번 목격담은 더욱 자세하며 사건 당시 드라마 주조연들의 반응과 촬영 현장의 분위기를 꽤 구체적으로 담고 있다는 평이다.

바로 드라마 〈리벤지〉 종방 얼마 전에 있었던 중견 탤런트 지성화와 드라마의 타이틀 롤인 정세연의 촬영 중 갈등으로, 목격담에 의하면 촬영 동선을 맞춰 보던 중 지성화의 일방적인 불만과 시비로 촉발되었다고.

(중략)

시간이 흐를수록 점점 가열되는 이번 사태는 온라인을 뜨겁게 달구고 있다.

'이쯤 되면 정세연과 관련된 모든 사건엔 모 탤런트가 꼭 끼어 있다.'

그러자 네티즌들은 이번 사태 역시 모 탤런트의 입김이 들어간 게 아니냐며 한창 설왕설래 중이다.]

믿기지 않는 일련의 해프닝 속, 세연은 유키를 떠올렸다.

– 미안해, 세연아.

마지막으로 보았을 때 유키는 미안하다는 말만 되풀이했다. 내성적이고 조용한 유키는 가무잡잡한 얼굴에 미안한 감정을 담고선, 다친 세연의 시선을 피해 고개를 떨구면서 어쩔 줄 모르며 말을 이어 갔었다.

마지막 친구의 말을 떠올리며 세연은 잠시 먹먹한 기분에 유키의 홈페이지를 보고 있었다. 반짝이는 컴퓨터 커서. 여전히 그녀의 시야에는 새하얗게 눈이 흩날리는 유키의 홈페이지 메인 화면이 펼쳐져 있었다. 그리고 역시 새하얀 백색의 공간. 눈에 띄는 검은 폰트의 글자만 아니면 온통 새하얘서 텅 비어 있는 느낌까지 주는 공간에서.

[퇴근하고 맥주 한 캔 마시면서 조용히 요즘 보는 TV 드라마 시청 중. 이 조용한 침묵의 시간이 좋다……. 숫제 이 하얀 침묵의 공간은 나를 통째로 집어삼킬 것만 같다. 그럼에도 내가 선택한 죄책감의 인생, 얼마든지 대가를 받을 수 있다 생각하면서도 만성적인 우울함과 두통에 시달리고 있다.]

유키가 가장 최근에 블로그에 올린 일기. 그 전에도 직장 생활의 스트레스와 부담감을 자주 토로했던 유키였지만 가장 최근에 적은 글은 실상 암울의 극치였다.

[분명 오이치 제지에 입사한 건 부모님도 기뻐하셨고 나 역시 자랑스러웠다. 그런데도 나는 만성적인 우울함과 두통에 시달리고 있고 매일같이 사표를 쓰고 싶은 충동에 시달리고 있다. 마음 같아서는 늘 품고 다니는 사표를 내고 더 늦기 전에 전 세계로 배낭여행을 다니고 싶다……. 이렇게 모두에게 폐만 끼치는 인생, 민폐가 되느니 차라리 먼지처럼 사라져 버렸으면.]

마지막으로 올라온 몇 달 전 유키의 심경을 담은 글을 보던 세연은, 문득 생각이 미쳐 쭉 마우스를 움직여 아래로 내려갔다. 그리고 '한국'이란 단어가 들어간 유키의 일기 글을 검색했다. 유키가 적은 한국이 들어간 게시글은 하나뿐이었다. 그것도 3년 전에 적은 글로, 한국 화장품 사진과 함께 유키가 네일 아트를 받은 손과 함께 일기 글을 올렸다. 유키가 적은 심경은 너무나도 간단했다.

[절대…… 사라지지 않는 죄책감. 여기가 지옥일까?]

비겁함을 선택했으니 더 이상 울면 안 돼.

유키가 적은 마지막 문구가 오랫동안 그녀의 뇌리에서 떠나지 않았다.

그래서일까. 한참 동안 복잡한 심경에 쉽사리 잠을 이루지 못하다가 세연은 다시금 컴퓨터 화면을 마주 보고 앉았다. 그러고는 처음으로 유키에게 그녀의 신분을 밝히고 블로그 게스트 공간에 안부 글을 적기 시작했다.

[안녕? 유키, 나야. 정세연. 사실 너도 알고 있겠지만 종종 네가 생각나면 여길 들르곤 했어. 우리가 졸업하고 시간이 많이 흘렀지? 네가 잘 지내냐고 묻지는 않을게. 그리고…… 오늘 정말 깜짝 놀랄 소식을 전해 들었어. 솔직히 네가 왜 갑자기 그런 행동을, 그것도 세월이 이렇게나 흘렀는데 뒤늦게 했는지 묻고 싶지만, 꼭 대답하지 않아도 돼.]

왜 이제 와서? 단 한마디만 아니라고 말해 주기를.

그녀가 원했던 것은 아니라는 단 한마디였다. 솔직히 그녀가 가장 필요로 할 때 침묵을 택했던 유키가 원망스러웠던 게 사실이었다. 정작 5년 전, 그녀가 그리도 간절하게 도움을 바랐을 때는 원망스러우리만큼 굳게 입을 다물고 있던 유키가 왜 이제 와서 입을 열었는지. 그것도 평소 내성적이고 겁이 많은 유키의 성격에 직접 언론사 기자를 찾아가 인터뷰를 했다는 사실이 세연은 자신의 눈으로 보고도 믿기지 않았다.

마음속에 드는 의구심과 멎지 않는 의아함. 그리고 그저 살아가듯 담담히 체념한 이 순간에 믿기지 않는 선물처럼 찾아 든 유키의 소식에 여러 가지 복잡한 감정이 들었지만, 세연은 단 한마디만 적었다.

[네가 충분히 힘들었던 걸 알겠어. 그간 쌓인 얘기가 많지만 이 말 한마디만 할게. 고마워.]

지금 당장은 만날 수 없겠지만, 나중에라도 다시 마음을 열고 이야기했으면 좋겠다고 세연은 담담히 마음속으로 바랐다.

사실상 그녀가 가장 오래 머물렀던 외국. 일본에 대해 좋은 기억이 있을 리 만무했다. 갑자기 전학을 가서 글자도 읽지 못하는 일본어를 배우고 적응하느라 나름대로 혹독한 학창 생활을 보냈고, 종국에는 아이들에게 습격당했기 때문이었다.

그래서 좋으려야 좋은 느낌을 가질 수 없었고, 마음 깊은 곳엔 원망하는 마음도 있을지 몰랐다. 하지만 오히려 모든 것을 감수할 수 있다 담담히 체념한 순간, 이렇게 생각지도 않게 한때 친구라고 여겼던 이가 나서 주었다. 다행이었다. 그래도 그녀의 마음속에 지수와 같은 살의와 적의를 심어 주지 않아서. 누구를 미워하지 않게 되어 다행이었고, 확실히 기쁘고 감사한 일이었다.

결국 새벽에 악몽으로 깨어나 잠을 설치던 세연은 잠자는 것을 포기하고 침대에서 일어났다. 그러고는 스탠드를 켰다. 주방에 가서 마실 차가운 물도 한 잔 가져왔다.

드라마는 끝났지만, 왠지 그리움에 다시 대본을 들여다보려고 협탁 옆 의자에 앉았는데. 이상한 소리가 울렸다.

지이이잉-.

핸드폰의 진동 소리였다. 그 묘하게 익숙한 소리가 이상하게 신경을 긴장시켰다. 자신도 모르게 바짝 귀를 세우며 세연은 어깨를 움츠렸다. 그런 그녀를 은은히 비추는 스탠드의 불빛. 어두운 집 안 내부가 눈에 들어왔다. 밤은 모든 걸 삼키는 조용한 침묵의 시간이다.

세연은 고개를 갸웃했다. 전화 올 시간이 아닌데. 기우는 아니었다. 그는 웬만해선 이런 새벽 시간에 전화를 걸지 않는다. 정말 급한 용건이 아니라면. 이 시간에 자신한테 전화할 이들은 없다고 생각하며, 세연은 그때까지도 미약하게 울리는 핸드폰을 집어 들었다. 그러고는 유심히 핸드폰 액정에 찍힌 번호를 확인하며 통화 버튼을 눌렀다.

"……여보세요?"

긴장한 것도 잠시, 그녀가 드라마 촬영을 끝난 것을 확인하듯 들려오는 나직한 목소리.

– 나야. 잘 지냈냐고는 묻지 않을게. 물론 살아 있겠지? 지금 내 전화를 받고 있으니까.

그러고는 들려오는 믿기지 않는 그의 목소리에 그 모든 긴장감과 불안, 두려움이 싹 가셨다. 세연은 활짝 웃음 지었다. 마침내 내내 드리워졌던 시커먼 먹구름이 가시고 어느 순간 믿기지 않게 드러난 한 줄기 환한 햇살이 드리워지듯, 그녀의 마음속 원망과 미움, 두려움, 복합적인 감정이 일시에 해소되었다. 오로지 그에 대한 사랑 때문에. 아마도 잔인했던 5년 전의 첫사랑의 실패 때문일까. 지금껏 사랑에 그리도 냉소적이고 믿지 않았었는데. 믿기지 않게도 사랑이 그녀를 구원한 것이다. 세연은 심호흡하고 나서 오랫동안 기다린, 드디어 걸려 온 그의 전화에 낮게 말했다.

"아직 살아 있죠. 그러니 당신 전화를 받고 있겠죠. 사실 전화받기 전에는 난 죽을 수 없어요."

그녀의 농담 섞인 말에 다음 순간 들려오는 매혹적인 저음의 목소리. 수화기 너머로 속삭이듯 말하는 그의 목소리에, 그 모든 불안이 소멸되듯 세연은 환하게 웃음 지었다.

– 그래, 좋아. 나도 네가 드라마 끝나는 이 순간만 기다렸으니까. 숨도 못 쉬고 가슴도 타들어 갔다면 넌 역시 믿지 않겠지? 제발 날 비웃어 줬음 좋겠군. 나도 내가 제정신 같지 않으니까.

"얼마든지, 앞으로 얼마든지요. 권기우 씨, 마음껏 비웃어 줄게요, 원한다면. 그러니까 앞으로 떠나지 않고 내 곁에 있어 줬으면 좋겠어요."

– 명령인가? 뭐, 그래도 상관없지만. 그래도 드라마 종방연은 마치고 봐야지. 내일 드라마 종방연이지? 잘 갔다 와. 내일 이후론 정말 질리게 옆에 있을 테니까.

그 믿지 못할 달콤한 음성이 마법을 일으키듯, 힘겹게 드라마를 끝내고 공허한 그녀의 마음에 파장을 불러일으킨다. 기적처럼 입가에 떠오른 환한 미소 속, 세연은 환희를 불러일으키는 달콤한 목소리를 음미하며 눈을 감았다.

– 앞으로 늘 함께 있을 수 있어. 그러니까…….

“그 말뜻은 앞으로 질리게 같이 있을 수 있으니까, 유종의 미는 잘 거두고 오라는 뜻이죠? 드라마 마무리 잘 안 하고 망치고 오면 용서 안 하겠다는 뜻이겠죠?”

자신도 모르게 드높아지고 활기차지는 음성. 세연은 이 순간을 놓칠세라 음미하듯 눈을 감았다 떴다.

드문 그녀의 농담에 침묵이 흘렀다. 그러고는 기우가 나직하게 웃더니 속삭이듯 말했다.

– 빨리 끝마치고 와. 기다리고 있을 테니까.

물론 그녀 역시 그럴 것이다.

서둘러 그에게 갈 것이다. 드라마 종방연만 마치면, 이제 더는 그와 자신을 방해할 사람은 없을 테니까.

第 61 幕

드라마 종방연.

편하게 늘어지는 하얀 티셔츠에 타이트한 청바지, 그리고 아이보리 빛의 코트를 걸치고 세연은 종방연에 참석했다.

한층 편안해진 차림에 그제야 드라마가 무사히 끝나고 마무리되었다는 실감이 들었다. 기우와의 오랜만의 통화가 그녀의 기분을 한결 편하게 만들어 준 것은 물론이다.

– 드라마 〈리벤지〉에 다영 역으로 출연하게 된 정세연입니다.

일제히 터지던 카메라 플래시 세례.

꼭 예리하게 해부하는 사람들 앞에 선 기분이었다. 혹여 실수할까 봐 자꾸 놓으려는 신경을 팽팽하게 곤두세웠었다. 그 상태에서 드라마의 주인공으로 쏟아지는 카메라 플래시 세례와 주목을 감당하기란 쉬운 일이 아니었다.

아직도 잔뜩 긴장한 채로 숨도 제대로 못 쉬던 제작발표회 때의 기억이 생생한데. 이제는 무사히 촬영을 끝내고 이렇게 드라마 종방연에 오게 되다니.

절로 가슴이 뿌듯하게 차오르고 스쳐 가는 주변의 모든 것들이 평소와 다르게 느껴졌다. 하다못해 차를 타도 뭔가 느낌이 달랐다. 휙휙 스쳐 가는 일상적인 풍경들까지 뭔가 새롭게 다가오다니, 정말 새로 태어난 것 같지 않은가. 세연은 피식 웃었다.

게다가 종방연이 열리는 장소는 조용한 음식점이어서 편하게 마음 놓고 식사를 할 수 있었다.

"안녕하세요."

한결 마음이 편해진 세연은 이제는 눈에 익은, 친숙하기까지 한 드라마 제작진과 출연자들과 인사를 나누었다.

우여곡절이 많았지만 무사히 마무리했다는 안도감 때문일까. 한결 여유 있게 사람들을 대할 수 있었다. 하다못해 시끄러운 소동으로 껄끄러웠던 지성화와 윤민자에게도 먼저 인사할 수 있는 여유가 생겼다. 물론 둘의 표정은 여전히 부드럽지 않았지만 그래도 힘들었던 긴긴 터널을 빠져나온 것에 의의를 두기로 했다.

"모두들 그동안 고생 많았습니다. 자, 드라마 〈리벤지〉가 무사히 끝난 것을 자축하면서!"

건배 선창이 있자, 세연은 한결 가벼워진 마음으로 맥주를 원샷했다. 시원한 맥주 특유의 맛이 가슴속을 자극하며 내려가자, 문득 눈앞에 있는 지수의 모습이 눈에 들어오기 시작했다.

"……."

기분이 묘했다. 지수는 여전히 낯익은, 치켜 올라간 특유의 매서운 눈매를 완화해 주는 검은 눈 화장에 짙은 색의 립스틱을 칠했다. 오늘 역시 새하얀 진주가 박힌 검은 블라우스와 타이트한 공단 소재의 검은 스커트로 한껏 늘씬한 몸매를 강조한 모양새였다.

그런 지수는 대놓고 멸시의 시선을 보내지 않았지만, 그간의 긴장을 내려놓고 한결 편안하게 입은 세연을 경멸하는 모양새였다. 흘낏흘낏, 심기가 못마땅한 것처럼 꾹 다문 입과 왠지 모르게 팽팽한 느낌이 묻어나는 차가운 시선으로 그녀를 바라보았다.

그 와중에도 감독의 종방 기념 인사가 이어졌다.

"그동안 어떻게 보면 사건 사고가 끊이지 않았는데, 그래도 이렇게 무사히 촬영을 끝마쳐서 다행이고 마음으로 안도하는 게 있습니다. 감개무량한 심경입니다. 정말 다들 수고하셨습니다. 다른 건 몰라도 이 얘기는 꼭 하고 싶었습니다."

이제는 매일 보는 가족들처럼 정말 친숙하게 느껴지는 감독의 드물게 흥분한 표정을 보며, 세연은 잔잔히 웃었다. 감독의 들뜬 어조에 큰 산을 넘어 무사히 막을 내린 드라마 종방연에 모인 제작진들과 출연진들의 흥분과 설렘이 담겨 있는 것 같았기 때문이다. 무엇보다 모두를 향한 진심이 느껴졌다.

"사실 영화 쪽 일만 하다가 드라마를 촬영한 건 처음인데, 〈리벤지〉를 만들면서 인생에서 쉽사리 겪을 수 없는 귀중한 경험을 했습니다. 이제 와 말이지만 다 내려놓고 싶을 때도 솔직히 있었는데, 다행히 멈추지 않고 여기까지 달려온 원동력은……."

그 말과 동시에 잠시 뜸을 들이던 감독이 마이크를 들고 그답지 않게 과장스럽게 손짓을 했다. 그러고는 평소의 진중한 태도와 다르게 농담조로 크게 외쳤다.

"바로 여러분입니다!"

그러자 일제히 웃음소리가 터져 나왔다.

"하하."

"감독님, 왜 그래?"

출연진들과 스태프들의 애정 어린 핀잔에도 감독은 진심이라며 말을 이었다.

"농담 아닙니다. 여기까지 올 수 있었던 것은 여러분 덕분입니다. 여러분 한 명 한 명이 촬영을 무사히 끝마칠 수 있었던 원동력이 되었습니다. 사실 파도가 세차게 치고 배가 흔들리면 위험할 수도 있는데, 자칫 잘못하면 큰 사고로 이어질 수도 있는데, 이렇게 멈추지 않고 마지막까지 올 수 있어서 감개무량한 마음입니다."

고준우 감독은 촬영장에서의 진중했던 성격 그대로 마지막까지 진지하게 말을 이어 갔다.

"여러분 한 명, 한 명이 주었던 존재감과 원동력으로 무사히 촬영을 끝마칠 수 있었던 순간순간을 잊지 않고 앞으로의 귀감으로 삼으려 합니다. 아, 너무 진지한 교장 선생님 연설이 되어 버렸나요?"

감독이 머리를 긁적이며 말하자, 종방연에 모인 이들이 일제히 웃음을 터뜨렸다. 화기애애한 분위기 속 그가 웃으며 인사를 마무리했다.

"그럼 빨리 끝내겠습니다. 이쯤으로 해 두고 건배! 그리고 다음 마이크는……."

다음 순간 의미심장한 시선이 교환되고, 마이크를 든 고준우 감독이 의외의 내용을 덧붙였다. 그러자 종방연에 모인 사람들은 깜짝 놀랐다.

"오늘 종방연에 참석한 최진경 작가에게 넘기겠습니다. 제 안사람으로 지금껏 함께 풍랑을 헤쳐 와 덕분에 무사히 촬영을 마칠 수 있었습니다."

술렁술렁, 동시에 사람들은 동요했다.

"뭐야? 부부였어?"

아무도 몰랐던 모양인지 스태프들도 당황한 기색이 역력했다. 그러자 뿔테 안경을 만지작거리며 고준우 감독이 특유의 고지식하지만 뚝심이 묻어나는 어조로 말했다.

"얼마 전에 혼인신고를 마쳤습니다. 둘 다 번거로운 걸 선호하지 않기도 하구요. 사실 드라마 끝나고 이야기하기로 서로 합의를 봤거든요. 하하. 그 전에 영화 시나리오 작가와 감독으로 만나서 참 많이도 싸웠는데, 서로 시끄럽고 번거로운 걸 싫어하고 오로지 실력으로만 승부를 보는 걸 좋아해서……."

우연의 일치였을까.

그 말을 하던 고준우 감독이 고개를 돌려 똑바로 유지수를 쳐다본 것은. 마치 쏘아보는 것처럼 의미심장한 시선을 던지더니, 다시금 아무 말 않고 있는 진경 작가와 다정히 눈을 마주쳤다. 그러고는 웃으며 마이크를 넘겨주었다.

"이런 성향이 맞아서 참 다행입니다. 덕분에 부부가 되었고, 덜 싸울 수 있었거든요. 그럼 할 말 하시죠."

고준우 감독이 다시금 농담을 하며 마이크를 넘겼지만, 드라마 종방연에 참석한 진경 작가는 진지하게 말을 이어 갔다.

"사실 제가 하고 싶은 말은 저 사람이 다 한 것 같네요. 그럼 짤막하게 막간을 이용해서 홍보를 하겠습니다. 드라마가 끝나자마자 새 드라마에 들어가게 될 것 같아서요. 음, 법정 수사물이고 아직 캐스팅은 되지 않았지만 확실한 스토리 라인이 있으니까……. 그래서 쑥스럽지만 감히 말해 봅니다. 우여곡절이 많았지만 우리 〈리벤지〉 팀이 너무 좋았거든요. 호흡도 잘 맞았고."

그 말과 동시에 진경 작가가 처음으로 잔잔한 미소를 지으며 세연을 바라보았다.

"그래서 말인데 다음 작품도 함께할 수 있을까요? 이렇게 먼저 〈리벤지〉 팀에 프러포즈해 봅니다. 참고로 고준우 감독님께 프러포즈도 제가 먼저 했습니다."

동시에 우와아, 커다란 함성 소리가 터져 나왔다.

"멋지다! 최고다."

"어쩜 우린 까맣게 몰랐지. 정말 둘이 닮았다니까."

이미 술을 거나하게 마신 이들이 흥이 올라 웃으며 환호하자, 진경 작가는 쑥스럽게 웃으며 마이크를 제작진에 돌렸다.

그러자 기다렸다는 것처럼 조연출이 벌떡 자리에서 일어나더니 다시금 건배 선창을 했다.

"감사합니다. 드라마 〈리벤지〉 우리 팀, 정말 수고가 많았습니다. 그럼 오늘은 제대로 한번 마셔 볼까요?"

와아. 다시금 환호성 소리가 터져 나왔고 드라마 종방연은 무르익은 화기애애한 분위기 속에서 마무리되었다.

"세연아, 수고했어."

"그간 수고하셨습니다!"

이어지는 인사를 들으며 주차장에 세워 둔 차로 향해 가며 세연은 살짝 손목을 꼬집었다. 그러자 얼얼한 느낌이 오면서 정말 드라마 촬영이 끝났다는 실감이 왔다.

영원히 끝날 것 같지 않던 〈리벤지〉가 드디어 정말로, 끝난 것이다. 마침내 빠져나올 수 없던 것 같던 터널을 어느새 실감하기도 전에 빠져나온 것이다.

대체 언제 벗어날 수 있을까 싶었는데, 어느 순간 실감도 못 하는 사이에 눈부신 빛의 입구에 도달했다.

'이제야 나왔다. 드디어 기나긴 터널에서 벗어났어.'

막상 기나긴 고통의 세월에서 벗어나자, 마침내 끝이 나자, 찾아온 건 고요함이었다.

꼭 세상이 끝날 것처럼 한없이 극렬하게 연주하던 오케스트라의 선율이 갑자기 잦아드는 것처럼. 극점에 달했던, 팽팽하게 클라이맥스를 향해 치달았던 기우와의 관계가 그랬듯이, 이루 말할 수 없이 주변은 조용해지고 언제 그랬냐는 것처럼 잔잔하게 흘러가는 것 같았다. 그리고 서서히 그녀의 마음에 기적처럼 따사로운 봄볕이 드리워지는 기분이었다. 세연은 마음속으로 생각했다.

그랬다. 언젠가 그가 들려주었던 장중하기까지 한 선율의 쇼스타코비치의 선율을 기억하고 있다. 이 순간에도 가시지 않는 우울한 적막을 드리우고 있더라도 서로의 상처를 씻어 줄 수 있다면, 아니 있는 그 자체로 서로를 받아들이고 느리게 서로의 위안이 되고 치유할 수 있다면 더는 바랄 게 없을 것 같았다.

정말 어디까지 엉킬 수 있을까 싶게 엉망이 되었던 매듭이 겨우 풀리고, 이제야 물의 흐름대로 느릿느릿 흘러간다. 그래서 지루하지만, 제대로 물길을 탔다 여겨지는 순간에 이르렀다.

세연은 뭔가 확 풀린 마음에, 기분 좋게 취기를 느끼며 스스럼없이 자신을 데리러 온 소속사 차량에 올라탔다.

"세연 씨 데려다주라고 혁수 실장이 그러던데, 연락 못 받으셨어요?"

그녀가 낯익은 차량이지만 왠지 모르게 다른 느낌을 주는, 그러고 보니 어둠 속에서 잿빛을 띤 것도 같은 밴 승합차에 올라타자, 모자를 푹 눌러쓴 젊은 남자가 그렇게 말했다.

"아, 핸드폰 전원이 다 돼서요."

설상가상으로 〈리벤지〉를 종영하고 긴장이 풀려서일까.

드라마 종방연이 열리는 음식점으로 향할 때, 핸드폰의 충전이 충분하지 않아 왠지 마음에 걸렸는데, 전원이 꺼져 버렸다.

그래도 오랜만에 긴장도 풀고, 마신 맥주의 가벼운 취기가 기분 좋아 별다른 의심은 하지 않았다.

"아, 길을 잘못 들어왔네요. 제가 하도 팬텀 사옥으로 자주 왔다 갔다 하니까 나도 모르게 핸들을 그쪽으로 꺾었네. 미안해요. 이러다 꼼짝없이 팬텀 사옥으로 가게 생겼네."

운전대를 잡은 남자가 미안해하며 머리를 긁적였다.

별다른 경계 없이 조수석에 앉아 있던 세연은 무심코 시선을 고정했다. 깊숙이 모자를 눌러쓴 남자는 낯이 익은 것 같기도 했고 아닌 것 같기도 했다. 게다가 억양이 뭔가 독특했다. 묘하게 끝을 올리는 것이, 외국어 같기도 하고.

무심코 고개를 돌려 보니 정말 남자의 말대로 낯익은 팬텀 사옥 쪽으로 향하는 도로가 보였다. 가벼운 취기 때문일까. 꼭 그녀를 유혹하듯 길게 구불구불 늘어진 노란 가로등 불빛 아래 어두운 도로가 뱀처럼 똬리를 틀고 있는 것처럼 보였다.

"빨리 갈게요. 미안합니다."

그 말과 동시에 남자가 차를 빠르게 몰았다.

'그는 잠들었을까? 회사 일이 바쁠 텐데.'

실제로 명순이 그에게 회사 주식을 증여했다고 기사가 났으니 더욱 정신없겠지. 게다가 기우가 전화를 했을지도 모른다. 방전되어 핸드폰 전원이 꺼져 있으니 왜 통화가 안 되냐며 의아해할지도 모르겠다. 그 특유의 나지막한 목소리를 들으면 왠지 모르게 〈리벤지〉가 드디어 종영한 것이 실감날 것만 같았다.

"그럼 팬텀 사옥으로 가는 지름길로 갈게요."

어느새 차는 불빛이 하나 없는 외진, 캄캄한 골목으로 접어들었다. 세연은 빨리 집에 들어가서 기우와 통화를 하고 싶다고 생각을 하다가, 무심코 고개를 돌려 물었다.

"그런데 팬텀 직원분이세요? 전에 못 본 것 같은데."

그녀가 물었을 때였다.

남자가 갑자기 기다렸다는 것처럼 하얀 손수건을 그녀의 코에 갖다 댔다.

"죄송. 나도 돈 받고 하는 거라서. 한숨 푹 자 둬요. 졸릴 텐데."

처음부터 묘하게 들렸던 남자의 억양이 외국인이라서 그렇다는 걸 뒤늦게 깨달았지만, 세연은 의식을 잃고 말았다.

덜컹거리며 외진 골목을 지난 밴 승합차가 기다렸다는 것처럼 빠르게 어딘가로 달려갔다.

第 62 幕

세연은 천천히 눈을 떴다.

그러자 서서히 통증이 느껴지기 시작했다. 미약하게 두들기는 듯한 불쾌한 느낌이 머리를 세차게 때리는 것 같았고 어느 순간 지끈, 둔통이 머리에 울렸다. 하아, 가쁜 숨을 몰아쉬며 세연은 생각했다.

'나, 아직 안 죽었구나. 살아 있구나.'

본능적으로 그러한 생각이 들었다.

세연은 잠시 눈을 감았다가 떴다. 그러자 낯익은 어둠이 시야를 가득 채웠다. 공포스러울 정도의 어둠. 한때 예기치 않은 사고로 그녀의 삶을 무자비하게 집어삼키고 진득하리만큼 놓아주지 않았던……. 갑자기 눈이 보이지 않고 앞으로 내내 이 어둠에 갇혀 살아가야 하지 않을까 생각했던 적이 있었다.

"하아……."

하지만 나직하게 숨을 들이마시고 눈을 깜빡인 세연은 이제 알고 있었다.

아직 살아 있다.

이 순간에도 숨 쉬며 꿈틀거리듯 고통을 느꼈다. 이 생생한 고통의 감각은 바로 그녀가 살아 있다는 반증이었다. 다음 순간 세연은 비릿하게 웃었다.

"……!"

그녀는 주위를 둘러보았다. 그녀의 두 손은 밧줄로 묶여 있었다.

보란 듯이 유지수에게 납치당한 것이다.

인생에서 처음 경험해 본 두 줄로 묶인 기묘한 감각은 쿵쿵, 절로 심장을 빠르게 뛰게 만드는 공포감까지 선사했다. 아무리 해도 두 손이 묶인 불쾌한 감각은 이루 설명할 길이 없었다. 절로 심장까지 불편하게 죄어드는 느낌.

내심 이제 끝났다고 생각했는데. 이제야 그녀 인생의 가장 치열했던 승부에서 완결을 찍었다고, 이제야 마음의 무거운 짐을 내려놓을 수 있다 여겼다.

한숨 돌리고 드라마 종방연을 끝낸 뒤 좀 쉴 수 있다 생각했는데, 역시 지수는 호락호락하지 않았다.

남들이 드라마는 종영되고 종방연까지 치른 지금 모든 게 끝났다고 생각할 때, 방심한 이들의 뒤통수를 치듯 순식간에 인정사정없이 공격해 왔다.

'이게 유지수였지? 잠시 잊고 있었다. 너무 방심한 거야.'

세연은 피식, 입꼬리를 비틀어 올렸다.

너무 진한 커피를 마셔, 오히려 머리가 둔해지고 눈앞이 흐릿한 것처럼 멍했다. 믿기지가 않았고 이러한 상황을 받아들이기가 쉽지가 않아 자꾸 비릿한 웃음이 입가에 걸렸다.

"하아……."

절로 숨이 가빠졌다.

믿기지 않는 현실, 그럼에도 어디 이런 적이 처음이던가. 밧줄에 묶인 채로 세연은 모든 것을 털어 내듯 고개를 저었다. 그럼에도 눈앞에 펼쳐지는 거부하고 싶은 현실은 사라지지 않았다. 그리고 명료한 잔영으로 이 순간 그녀의 눈앞에 펼쳐졌다.

하얗게 눈이 내리는 날.

그녀는 보란 듯이 경기도의 한 외곽 창고에 끌려와 있었다.

"하하."

이상하게 자꾸 웃음이 났다. 너무 허탈해서 그런가? 자신도 모르게 힘이 빠진다.

그랬다. 그저 우스웠다. 이 믿을 수 없는, 실감 나지 않는 상황이. 현실을 거부하고 싶지만 그 어느 때보다 뚜렷한 눈앞의 광경이 이 순간 눈을 떼지 못하게 했다.

이윽고 밧줄에 묶인 채로 세연은 고개를 돌려 주위를 살폈다. 전혀 현실로 믿기지가 않았다.

정말로 영화 촬영을 하는 게 아닌가 의심이 될 정도로.

〈리벤지〉의 최진경 작가에게 협박이 먹히지 않자, 드라마 종방연이 끝나고 잠자코 있던 지수가 결국 행동을 개시한 것이다.

조용한 창고.

지금도 기분 나쁜 정적이 흐르는 창고 안을 곁눈질하며 세연은 눈을 감았다 떴다. 쿵쿵, 절로 심장 박동이 빨라졌다. 다음 순간 그녀는 이대로 굴하고 싶지 않아 밧줄에 묶인 손을 풀려고 시도했다.

"쿡쿡."

동시에 작게, 기분 나쁜 울림처럼 그녀를 비웃는 소리가 들리고, 뒤이어 정체를 알 수 없는 인영이 그녀의 시야를 스쳐 지나갔다. 누군가 창고에 서서 그녀를 노려보는 것 같은 느낌이 들더니 역시나였다.

다시금 포기하지 않고 세연이 밧줄에 묶인 손을 뒤틀었을 때, 아까부터 그녀를 쳐다보고 있던 기분 나쁜 시선이 빠르게 그녀를 지나갔다.

그러고는 눈 깜짝할 새에 얻어맞았다.

퍽!

갑자기 믿기지 않는 둔탁한 소리가 났고 엄청난 고통이 밀려왔다. 곧이어 세연의 입가에 피가 번졌다. 미세하게 흘러나왔지만 분명 그 시뻘건 색깔은 피였다. 갑자기 피를 보자 쿵쿵, 심장이 세차게 뛰면서 머리에 얼음물을 끼얹은 것처럼 번쩍 정신이 들었다.

순식간에 벌어진 일이었다.

갑자기 가해진 폭력에, 일순간 숨이 턱 막혀 오고 할 말을 잃어버렸다. 실상 이러한 상황에서 떠나가라 목소리를 높여 항거한다는 것은 불가능했다.

그런 그녀를 덩치 좋은 중년 남자가 픽 웃으며 쳐다보고 있었다.

“그러게 적당히 좀 설쳐 대지 그랬어? 그러면 서로 시끄러워질 일 없고 좋았잖아? 이렇게 성가신 일도 없었을 테고.”

비난하는 듯한 말투였다.

정말로 못마땅하다는 것처럼 그녀를 보며 험악하게 인상을 썼다.

그러고는 잠시 뜸들이듯 꼼짝 못 하는 그녀를 쳐다보던 중년 남자가 딱, 소리와 함께 라이터를 켜고 담배에 불을 붙였다. 곧이어 모락모락 하얀 연기가 뿜어져 나오고 특유의 코를 찌르는 듯한 역한 담배 냄새가 났다. 세연은 스멀스멀 코를 찌르는 자극적인 냄새에 구역질이 나서 말없이 입술을 깨물었다.

담배를 피우던 중년 남자가 불량스레 눈짓하면서 물었다.

“이봐! 너도 그렇게 생각 안 해?”

세연은 침묵했다. 딱히 그녀의 대답을 기다리는 것 같지도 않았다.

그저 흘낏 기분 나쁜 시선을 던지는 정도. 절로 심장 박동이 빨라지는 상황 속에서 세연은 떠올렸다.

'참아야 돼. 감정을 드러내선 안 된다. 그럼 날 끌고 온 이 사람들이 원하는 대로 되어 주는 것밖에 안 돼…….'

무엇보다 유지수를 생각하면 참아야만 했다.

여기까지 끌고 온 유지수의 장단에 끌려가지 말자고 스스로 다짐하며, 세연은 굳게 입을 다물었다. 이를 악물고 어떻게든 감정을 억누른 것도 잠시, 제멋대로 그녀를 끌고 와 자기들의 목적대로 꼭 무생물을 대하는 듯한 시선에 어느 순간 울컥하며 목울대가 뜨거워졌다.

"……."

절로 가슴이 저릿해진다.

순식간에 싸해진 감각. 손발까지 냉각되듯 얼어붙는 감각이 사라지지 않는다. 그녀답지 않게 폭주하듯 흘러넘치는 감정. 이건 자신 때문에 이러한 납치 사건에 연관되어 혹시나 기우가 위험해질까, 하는 본능적인 공포일까. 무엇보다 지수가 그녀와 기우의 사이를 알고 그까지 끌어들이지 않을까 노파심까지 들었다.

그러다 어느 순간 환청처럼 낮게 귓가에 속삭이듯 들려오는 소리가 있었다. 소리는 낮은 속삭임처럼 서서히 그녀의 마음속에 경고를 불어넣었다.

그가 위험해, 라고.

그래서 위험한 걸 알면서도 멈출 수 없다. 눈앞의 공포스럽기까지 한 광포한 중년 남자를 자극하는 위험천만한 행동을 멈출 수가 없는 것이다. 사선을 오가는 상황에서 오로지 본능적인 감각만이 남아 솜털이 쭈뼛 곤두선다. 다른 건 중요하지 않았다.

그가 위험하니까.

기우를 구하기 위해서라면 모든지 할 수 있었다.

"……!"

다음 순간 다시금 보란 듯이 밧줄을 풀려고 겁도 없이 시도한 세연은 또다시 얻어맞았다.
그리고 그녀가 맞닥뜨린 피 비린내.
퍽 소리와 함께 다시금 피가 튀었다. 섬뜩할 정도로 자명한 메스꺼운 폭력의 냄새에 잠시 암전되듯 그녀는 의식을 잃었다.

그치지 않는 꿈속을 헤매듯 순식간에 창고로 끌려와 기절한 그녀의 무의식은 현실과 비현실 속을 넘나들었다.
정말 자신을 납치할 줄은 몰랐다. 그것도 마지막 촬영을 마치고 종방연까지 무사히 치른 다음에 이렇게 보란 듯이 납치할 줄이야.
꼭 마지막이라 방심한 그녀를 지수가 비웃는 것처럼 느껴졌다.
지금껏 촬영장에서 보이지 않는 신경전을 벌이긴 했지만, 그건 언제까지나 타이틀 롤을 다투는 여배우로서의 미묘한 신경전이었고, 둘 사이의 깊은 감정의 골은 겉으로는 드러나진 않았었다.
사실 지수는 그녀와 대기실이나 방송국 복도에서 마주치면 아무런 일도 없었다는 듯 입꼬리를 살짝 올리면서 생긋 눈웃음을 지으며 잘도 인사를 건넸다. 그러고는 보란 듯이 고개를 돌려 버렸다. 마치 자기 할 일은 했다는 듯이. 그리고 한 가지 더 메시지를 보내는 느낌.
'널 지켜보고 있다.'
이런 느낌이 든다면 착각인 걸까?
아니, 착각이 아니었다.
입꼬리를 살짝 올리면서 묘하게 미소 짓는 그 이상하게 기분 나쁜 웃음. 일본에 있을 때에도 앞에서는 더할 나위 없이 사근사근하고 상냥한 아이였다가, 뒤에서 사람들을 이간질하고 선동해 결국엔 세연에게 그 끔찍한 린치를 겪게 하고는 여전히 웃고 있었지.
그래서 더 끔찍하게 느껴졌는지도 모르겠다. 엄마는 지수를 처음 보고 부터 나고 세련되어 보이는 애라고 했었지. 그런 지수의 겉모습에 호감을 가졌기에 그 뒤에 지수가 다가오는 것에도 엄마는 거부감이 없었다. 아버지 역시 마찬가지였지만.

그 뒤에 숨겨져 있는 치명적인 독을, 스멀스멀 상대의 틈으로 파고들어 결국 썩게 만드는 독을, 세연이 알 수 있을 리가 없었다. 그때 정말 어렸으니까. 제대로 세상을 눈 뜨고 바라보기도 어려운 상태였으니까.

그랬다. 돌이켜 생각해 보면 무지하기까지 한 순수한 순백의 색, 그것이 그녀였다. 세연에게 세상은 서서히 열리는 미지의 세상이나 다름없었다. 물론 부모님과 타지를 떠돌며 고생하기는 했지만, 100권의 문학전집에서 마주한 세상은 신비로웠고, 다양한 사건이 기다렸으며, 그녀가 나이 들어가면서 깨우칠 미지의 세계였다. 그만큼 호기심과 흥미가 가득 차 있었다. 그런데 그 순수한 감정을 지수가 앗아 갔다.

몰랐던 거다.

그녀처럼 세상에 본능적인 호기심과 흥미를 가진 이들이 있는 반면에, 어떠한 계기로 뒤틀려 있다가 어느 순간 자신을 자극하면 무자비할 정도로 상대에 대한 악의와 해코지에 목숨을 거는 이들이 있다는 것을.

이를테면 지수 같은 인간 유형이었다.

그것은 타고난 것일까? 아니면 환경에서 연유된 걸까?

확실한 건 그러한 유형은 누군가를 파멸시키고 죽이는 것에 거리낌이 없다는 것이다. 오로지 눈에 거슬리면 자신의 앞길을 막는다는 이유로, 살의와 광기 어린 충동에 상대가 피투성이가 되어 결국 숨이 멎을 때까지 무자비한 주먹을 휘두르는 것이다. 그래야 직성이 풀린다는 것처럼.

지금 역시 방심한 그녀를 납치해 끌고 온 창고에 나타나 말없이 그녀를 바라보는 지수의 모습이 그러했다.

꼭 스멀스멀 독을 품은 타란튤라 거미가 같은 무리들 속을 유유히 기어 다니는 것을 보는 것만 같다. 겉으로는 우아하리만큼 여유로운 모습이지만, 그 속엔 상대를 파괴하는 치명적인 맹독이 있기에. 거리낌 없이 상대를 가지고 놀며 종국에는 먹어 치우는 독거미. 이렇게 묶여 있으니 오히려 머릿속에서 상념이 끝없이 이어진다. 비록 사지는 묶여 있으되 마음만은 자유롭게 사고를 한다는 걸까. 그치지 않고 상념을 떠올리던 세연은 자신도 모르게 쿡, 웃음을 머금었다.

웃음소리가 새어 나가자 무리들 속에서 말없이 그녀를 노려보던 지수가 일순간 깜짝 놀랐다는 표정을 지었다. 몇 초의 순간, 스쳐 가듯 아주 잠시였지만 그 놀란 표정은 숨길 수 없었다. 자신이 지수를 비웃은 거라 생각한 걸까?

그 생각을 하자 세연은 불현듯 자신의 일거수일투족에 촉각을 곤두세우는 지수가 가엾어졌다. 이런 생각이 든 건 처음이었다. 어쩌면 제일 안된 건 지수였는데.

타인을 괴롭힌 것도 모자라, 이간질을 한 것도 모자라, 결국엔 음모를 꾸미다 못해 그녀를 죽이려고 하는 지수가 가장 위태로운 영혼이라는 걸 이제야 깨닫다니. 어리석게도 인간은 막상 마지막 순간이 닥쳐야 진실을 깨닫는 걸까. 일순간 머릿속을 때리듯 지나간 명료한 깨달음에 세연은 훅, 숨을 들이마셨다. 적어도 이렇게 눈앞에서 시시각각 그녀의 표정 변화와 태도를 살피고 촉각을 곤두세우는 지수의 모습을 보자 처음으로 가엾다는 생각이 들었다.

왜 미처 이러한 생각을 못 한 걸까?

그런 그녀를 비웃기라도 하듯, 쏜살같이 잔인한 운명은 몰려오고 사건은 닥쳐 온다.

“긴 말 하지 않을게.”

그녀 앞에 보란 듯이 모습을 드러낸 지수가 우아한 자세로 걸치고 있던 회색의 퍼 조끼를 끌어 올렸다. 그러면서도 그녀를 말없이 노려보는 특유의 눈매는 매서운 빛을 띠었다.

"내가 분명히 말했을 텐데? 드라마 시작하기 전에 더 이상 내 눈앞에서 거슬리게 굴지 말라고. 까불지 말라고! 도대체 너란 애는 참. 어차피 '지수 VS 세영'이라면서 예전 일을 캐낼 텐데. 기자들이 냄새 맡고 기웃거릴 텐데 너란 애는 참. 생각해 보면 무슨 자신감으로 드라마를 찍겠다고 얼굴을 들이민 거야? 응?"

지수는 매섭게 그녀를 후려갈기듯 일방적으로 입을 열었다.

지수가 사정없이 지난 일을 끄집어내더니, 그녀를 손가락질하며 비난하듯 강조해서 말했다.

"그것도 한국에?"

창고 안에 드리워진 어둠.

여전히 이질적으로 느껴질 정도로 남자들이 무서우리만큼 무표정한 얼굴로 지수를 둘러싼 가운데, 그 한가운데서 자연스레 팔짱을 낀 지수가 무섭게 언성을 높였다.

"더는 내 눈앞에 뜨이지 말라고 했잖아. 내 말 못 알아들었어? 난 분명히 말했어! 내 경고를 무시한 건 너야!"

마침내 유감없이 드러난 민낯을 보는 느낌이 들었다.

지수는 더는 사람들의 시선과 수군거림에 신경 쓰지 않아도 된다는 해방감 때문인지, 창고에 끌려와 묶인 그녀에게 거리낌 없이 속내를 드러냈다. 꼭 속옷만 걸친 것처럼 거침없는 솔직함이었다. 그 원초적이기까지 한 민낯은 지수가 얼마나 그녀에게 적대감과 무섭게 꿈틀거리는 증오를 가졌는지 거리낌 없이 느끼게 해 주었다.

거슬러 올라가면, 이유는 하나였다.

일본에서 지수보다 좋은 소속사에 캐스팅되어 자신의 자존심을 상하게 했다는 것. 그 사소한 일에서 이 모든 게 시작되었으리라. 자존심이 상해서 견딜 수 없었는지 지수는 결국 그녀를 짓밟은 것으로 모자라, 섬뜩한 살의까지 드러냈다. 이 순간 어쩔 수 없이 세연은 공포를 느꼈다.

"왜 계속 한국에 와서도 얼쩡대는 거야? 왜 그렇게 내 눈을 거슬리지 못해 안달을 낸 거야?"

지금 역시 꼭 표독스러운 암표범처럼 사납게 닦달하는 지수의 기세에 세연은 어이가 없어 쓴웃음을 지었다.

"말은 정확히 하자. 한국에 와서도 내 주변을 어슬렁거린 건 너야. 하다못해 네가 딸인 것처럼 내 부모님한테 접근하고 계속해서 날 자극했잖아. 결국 세상에서 유일하게, 편히 쉴 수 있는 집에서 살 수 없게 한 건 너야. 넌 우리 부모님 딸인 것처럼 살고 싶어 했잖아. 왜? 그냥 정세연으로 개명하지 그랬니?"

그러자 무리들이 창고에 끌려온 상황에서도 동요하지 않듯, 담담하기까지 한 음성으로 말을 잇는 세연을 고개 돌려 일제히 쳐다보았다. 어둠 속에서도 한번 보면 오금이 저릴 것 같은 섬뜩한 시선으로.

그럼에도 흔들림 없이 말을 잇는 세연의 음성은 시린 달처럼 차디찼고 명확했다.

"아예 날 짓밟고 벌레처럼 꿈틀대는 모습을 눈으로 확인하고 싶었겠지. 보란 듯이 내 부모님까지 차지하고 진짜 네가 딸인 것처럼 굴면서 내 비참한 모습을 영원히 보고 싶었겠지. 그런데 감히 내가 기어오른 거야. 계속 영원히 패배자로 살아야 되는데, 네 눈에 거슬린 거야. 아니야?"

그러자 정곡을 찔린 것처럼 지수가 부르르 몸을 떨었다. 어이없다는 듯 쳐다보며, 순간적이지만 무섭게 그녀를 노려보았다.

"그래, 말 잘했어. 그래서 넌 오늘 죽을 거야. 시끄럽게 떠드는 그 입을 오늘에야말로 닫게 만들고 말겠어."

지수가 득의양양 웃으면서 말했다.

생각만 해도 정말 기분이 좋아진 것처럼 보였다.

"이거 저거 생각해 봤는데 내가 왜 그랬나 몰라. 머리 아프고 복잡하게 생각할 필요 없이 깔끔하게 끝낼 방법이 있는데."

세연은 천천히 눈앞의 악귀나 다름없는 지수에게로 시선을 고정했다. 아직 드라마 촬영에서 완전히 빠져나오지 못한 것처럼 과장스러운 음성.

다음 순간 의미심장하게 들려오는 지수의 말에 세연은 귀를 의심했다. 무슨 말을 들었는지 미처 실감할 새도 없이 그대로 굳어졌다.

"그냥 깨끗하게 창고에 불을 지르고 끝낼 거야. 활활 잘 타려나. 아, 그 전에 꼭 해야 할 일이 있어. 내 눈으로 확인해야지. 그 잘난 권기우가 널 구하러 진짜 오는지 내 눈으로 보고 끝내야겠어."

마지막엔 으드득, 이를 가는 것처럼 들렸다.

두고 보자는, 여기까지 왔는데 네가 어쩔 수 있겠냐는 듯이 득의양양해하는 웃음이 떠올라 있었다. 일그러진 것 같은 웃음을 입가에 머금은 채로 지수가 팔짱을 끼며 화사하게 말했다.

"어디 한번 두고 보자고. 일본에서도 그랬고 과연 그 잘난 척하는 권기우가 과연 널 구해 줄까? 어디까지 갈 수 있을까. 응? 거듭된 내 시험에도, 여기까지 와서도 그 거만한 척하는 면상을 유지할 수 있을까? 아니, 여기 나타나기는 할까? 뭐 안 나타나도 상관없어. 오늘 넌 불에 타 죽을 테니까. 뭘 해도 그 사실은 변하지 않아."

다시금 강조하듯 힘주어 말한 지수가 이윽고 빙그레 웃었다.

이제야 하고 싶은 말을 거침없이 말해서 속이 시원하다는 듯이.

"와하하!"

나직하게 터트린 실소. 일제히 남자들이 재밌다는 것처럼 키득거렸다.

유지수의 끔찍한 말보다 옆에서 아무렇지도 않은 듯이 웃음을 터뜨리는 남자들의 모습을 보자, 갑자기 소름이 끼치면서 두려워졌다. 동시에 차가운 냉수를 머리에 끼얹은 것처럼 명료하게 현실이 자각되었다.

이상했다. 고개를 돌려 바라보면 칙칙한 창고 안이 보이고, 역시 낯선 얼굴의 남자들이 줄지어 보이는 것 이외엔 평소와 크게 달라진 게 없었다. 어떻게 보면 영화 촬영 세트장을 연상시키는 장소 아닌가? 촬영기사와 카메라의 필름만 돌아가고 있으면 그대로 영화 촬영을 한다고 해도 이상할 게 없는 분위기였다.

다시금 소름이 끼쳤다. 스멀스멀 몸을 타고 흘러내리는 섬뜩함. 영화 촬영이 아니었다. 너무도 뚜렷해서 결코 뿌리칠 수도, 벗어날 수 없는 현실.

여전히 신난 지수가 들으란 듯 지껄여 댔다.

"이미 최후통첩을 보냈어. 오고 안 오고는 그 잘난 서원그룹의 후계자 권기우한테 달렸지? 안 그래?"

"넌 영화를 너무 많이 봤구나. 지금이라도 정신 차려."

여전히 냉정하리만큼 싸늘한 세연의 어조에 지수가 눈을 크게 떴다. 못 믿겠다는 듯 쳐다보는 것도 잠시, 곧 길길이 날뛰었다.

"정신 차리면 뭐? 뭐가 달라지는데? 그래도 어차피 네가 죽을 텐데."

이성을 잃어버린, 통제 불가능한 지수의 폭주는 멎을 줄을 몰랐다. 꼭 머릿속엔 그녀를 해치운다, 내지는 최종 승자가 되기 위해 짓밟아 준다, 이 두 가지 간단한 시뮬레이션 외엔 없는 것만 같았다.

정말 지수는 현실 감각이 없어진 것일까. 게임처럼 자신을 간단하게 해치울 수 있다고 생각하는 걸까. 아니면 당연히 자기가 이길 거라 생각한 드라마의 판세가 뒤집히자, 분하고 약이 올라 눈에 보이는 게 없는지도 몰랐다.

이제 지수의 폭주는 시작되었고, 아무도 멈출 수 없었다.

그가 오는 것 외에는.

지수가 이 무모한 납치극의 남자 주인공으로 기우를 지목했고, 그가 세연의 구원자가 되어야 했다.

아니면 그녀는 죽을 테니까.

第 63 幕

정말 그가 올까? 설마.

마음속으로 끝없이 외쳐 댔다.

'오지 마. 제발 오지 마. 제발…….'

물론 겉으로는 평정을 유지했다. 지수가 보는 앞에서 무너지는 모습을 보이고 싶지 않아, 이를 악물고 마지막 남은 이성으로 버텨 냈다.

평소엔 온화하고 부드럽지만, 강철과도 같은 기우의 냉철함을 닮고 싶다고 생각했다. 단단한 그의 심지를 닮고 싶다. 얼핏 보면 부드러워 보이지만 절대로 그 어떠한 외압에도 굽히지 않는 그처럼, 그녀 역시 평정을 잃지 않을 수 있다면. 무엇보다 여기까지 힘들게 왔는데 지수가 보는 앞에서 비참한 모습을 보이고 싶지 않았다. 그랬다. 이 순간 지수가 보는 앞에서 무너지지 않을 수만 있다면 뭐든지 할 수 있었다.

다른 사람은 몰라도 지수가 보는 앞에서는 싫었다.

이것만큼은 그녀의 마지막 자존심이었다. 그래서 지수가 너의 기우가 오지 않냐며 노골적으로 조롱해도 꼿꼿이 허리를 펴고 보란 듯이 턱을 치켜들고는 침묵을 지켰다. 기꺼이 최후를 맞이하듯 입가에 한 줄기 미소까지 띠우고는 말없이 눈빛을 쏘아 보냈다.

'난 차라리 그가 안 와서 기뻐. 행복해.'

세연은 보란 듯이 턱을 치켜들고는 도전적으로 지수와 눈을 마주쳤다.

"네 마음대로 해. 어차피 날 없앨 생각으로 데려온 거잖아?"

동요했던 것도 잠시, 믿기지 않을 정도로 차분한 목소리로 세연은 들으란 듯 차갑게 내뱉었다.

"죽이려면 마음대로 해. 대신에 확실하게 하는 게 좋을 거야. 일본에서 그랬던 것처럼 뒤에서 애들 선동해서 지저분하게 일 만들지 말고. 되풀이하지 말란 뜻이야. 그리고 그 사람은 끌어들이지 마. 여기서 확실하게 깨끗하게 끝내. 알아들어?"

단 한 치의 동요나 흔들림이 없는 음성. 이 순간만큼은 마음속에서 불러낸 그가 도와주는 것처럼 기우와 함께 있는 기분이었다. 꼭 소리 없이 그가 바라보는 것처럼, 마지막 힘을 쥐어짤 수 있었다.

차라리 이게 나을지도 모른다.

이런 식으로라도 끝을 보는 것이.

"이게 아직도 정신 못 차렸네!"

악밖에 안 남은 것처럼 시커멓게 타들어 가는 살의를 담은 지수의 음성이 터져 나왔다.

"이게 어디서 마지막까지 고고한 척이야. 넌 항상 그렇지. 항상 이게 문제야. 주변을 둘러봐. 세상 천지에 널 도와줄 사람 있나. 비참하게 묶여 있는 네 현실을 깨달아. 네 비참한 현실을 인정하고 벌레처럼 꿈틀거리면서 기어가 봐. 그럼 살려 주고 싶은 생각이 들지도 모르니까!"

지수가 길길이 날뛰었다.

"잘난 네 권기우가 돈 갖고 와서 구해 주지 않는 이상 넌 오늘 죽어! 황천행이라고. 못 알아들어? 그것도 아주 거액을 가지고 와야지 내

애인이 널 풀어 줄 거야. 풀어 줄 생각이 조금이라도 들게 하지 않으면 넌 오늘 여기서 끝이라고! 알아? 지금쯤 연락 받고 권기우가 돈 가방 챙기지 않으면, 불에 활활 타서 뒈질 년이 어디서 감히. 마지막까지 정신 못 차리지?"

이 순간에도 결코 끝나지 않는 악몽처럼 들려오는 카랑카랑한 음성. 지수는 정말 미쳤다. 어느 순간 이성을 잃고, 더는 눈에 보이는 게 없다는 걸까.

끝나지 않는 긴 밤 속에 두려움과 공포로 새하얗게 머리칼이 세어 죽음을 기다리는 것보다, 눈앞에서 독이 올라 길길이 날뛰는 지수의 살의가 그녀를 송두리째 삼켜 버리는 게 나을지도 모른다.

차라리 그가 오기 전에 끝나기를 바랐다. 그것이 이 순간에도 화끈거리며 아프게 죄어드는 밧줄에 두 팔을 묶인 채로 최후를 기다리는 그녀의 심경이었다.

눈을 감았다 떠도 잔혹한 현실은 뒤바뀌지 않았다. 째깍째깍, 보이지 않는 시계 초침이 이 순간에도 쉴 새 없이 움직이는 착각이 들었다. 여전히 꼼짝할 수 없게 두 팔이 결박된 채로 세연은 고개를 들었다. 흐릿해진 시야만큼이나 무겁고 둔탁한 머릿속이 어지럽게 흔들리고 있었다.

– 잘난 네 권기우가 돈 갖고 와서 구해 주지 않는 이상 넌 오늘 죽어!

이 순간에도 잔뜩 독이 오른 지수의 협박이 머릿속에서 떠나지 않았다. 자신을 무사히 풀어 주는 대가로 거액을 요구한 걸까. 그에게 거액을 가지고 오지 않으면 자신을 해치겠다고 협박했으리라.

째깍째깍, 계속해서 보이지 않는 시계 초침이 쉴 새 없이 움직였다. 더는 견딜 수 없는 기분이었다.

"하아……."

여전히 꼼짝할 수 없는 채로, 숨 막히게 머릿속을 눌러 대는 묵직한 둔통 속에 세연은 가빠진 숨을 내쉬었다. 벗어날 수 없는 통증 속에 갇힌 기분이었다. 차라리 그녀 혼자서 아픈 건 나았다. 그녀 혼자서 고통스러운 건 견딜 수 있었다. 하지만 기우까지 끌어들이다니. 이 순간 악귀처럼 버티고 선 지수를 노려보며 세연은 떠올렸다.

'넌 내 정신까지는 짓밟을 수 없어.'

설령 죽인다 해도 그녀의 정신까지 짓밟고 지배할 수는 없을 것이다. 종국엔 이길 수 없어 싸늘하게 식은 시체를 발로 짓이기면서 분해서 펄펄 날뛰겠지. 실상 그것이 지수를 보는 그녀의 유일한 위안이었다. 그것까지는 좋았다. 괜찮았다.

짜악! 그것도 잠시, 지수가 눈짓하자 무지막지한 덩치의 사람이 세연의 뺨을 세차게 후려갈겼다.

그녀에게 보란 듯이 지수가 응징을 가한 것이다.

꼭 오늘은 제대로 밟아 주겠다는 듯이.

그것은 세연이 가진 마음속에 품은 막연한 희망과, 현실을 도피하듯 떠올린 마지막까지 영혼만은 짓밟을 수 없다는 자기 위안을 철저하게 비웃는 것처럼 느껴졌다.

"죽어! 넌 뭘 해도 나한테 안 돼. 결국 지게 되어 있어."

이 순간에도 얼얼하게 느껴지는 생생한 아픔.

지수가 주룩 입가에서 피를 흘리는 그녀를 보며 사악하게 웃었다.

동시에 깨달았다.

결코 도피할 수도, 막연한 희망을 품을 수도 없는 현실.

지수는 그녀도 모자라 기우까지 그 꿈틀대는 새카만 악의로 친 덫에 걸리게 한 것이다.

"결국 네가 그렇게 믿고 의지하던 잘나고 대단하신 권기우는 오지를 않네. 그렇게 잘난 척을 하더니. 꼴좋다."

시간이 얼마나 흘렀을까.

모르겠다.

여전히 꼼짝할 수 없게 두 손이 묶인 채로 느리게, 느리게 짐승의 시간에 송두리째 먹혀 갈 뿐. 아이러니하게도 사람은 죽어 갈 때 다량의 아드레날린이 분비된다고 했던가. 쿵쿵, 비례하듯 심장 박동이 빠르게 뛴다. 언제였지. 이러한 기묘하리만큼 황홀하게 붕 떠 있는 기분은 '윈터 문'의 음원 발표를 앞둔 기자간담회에서도 받았었다. 왜인지 모르겠다. 정말 지수의 말대로 죽음을 앞둬서일까. 계속 가해지는 고통 때문일까.

모르겠다. 정신이 가물거리며 희미해져 간다는 것밖에는. 그리고 기우가 오지 않아서 기뻤다. 그가 오지 않고 자신만 여기서 최후를 맞이할 수 있다면 그것도 꽤 괜찮은 결말이 될 것 같다. 그런 그녀의 마음은 진심이었다. 가물거리는 의식 속, 세연은 희미하게 떠올렸다.

'이것밖에는 그에게 해 줄 수 있는 게 없어.'

떠올리면 서로에게 상처 주고 상처받기 급급한 시간들이었다. 날카롭게 날을 세우며 대립하고 서로의 상처를 긁고 으르렁거리기 바빴던.

결국 마지막에 기우는 쓰러지고 말았다. 중환자실에서 본 그의 축 늘어진 다친 손. 싸늘한 손가락 하나하나에 입을 맞추면서 절실하게 그의 쾌유를 기원했었다.

기우가 세상에 없다. 죽는다.

가정만으로도 심장이 싸늘하게 식는 느낌이 들어, 간절히 온기가 돌아오기를, 그가 다시 눈을 뜨길 빌었다.

다시 그녀 곁에 돌아온다면 그 어떤 대가도 치를 수 있었다.

'세연 …… 세연아.'

그리고 기억한다.

결국 기적처럼 눈을 뜬 그는 그녀 곁으로 돌아왔다. 차갑게 얼어붙은 냉정한 세상 속, 유일한 기적이 그라는 듯이.

"킬킬!"

"죽어."

지금 역시 노골적으로 그녀를 비웃고 조롱하기 바쁜 일방적인 폭력 속에서 그녀가 숨도 못 쉬고 있을 즈음, 기적이 나타났다.

"세연……."

세상 어디에서 불러도 알아들을 수 있을 것 같은 나직한 목소리가 들려왔다. 낮고 나지막한 그 목소리.

어느 순간 끼익, 창고의 문이 스산한 소리를 내며 열리고 거짓말처럼 기우가 모습을 드러냈다.

기적처럼 눈을 뜨고 다시 살아서 그녀 곁에 돌아왔던 것처럼, 모든 것을 포기하고 체념한 순간에 보란 듯이 기우가 다시 그녀에게 돌아온 것이다.

휘잉, 바람이 불어왔다.

가시지 않는 멍과 얻어맞아 입 안에 고인 핏물. 비릿한 피 맛이 입 안에서 가시지 않은 가운데, 순식간에 엉망이 된 얼굴로 고개를 든 세연은 믿을 수 없어 바라보았다.

정말 기우였다.

"……."

세연은 믿을 수 없어 눈을 크게 떴다.

내심 유일하게 걸고 있던 희망이 송두리째 무너졌다.

눈앞에 나타난 믿지 못할 그의 모습에 절로 그녀의 숨은 가빠졌다.

'차라리 나 혼자면 괜찮아. 나 혼자 조용히 스러질 수 있으니까……. 아무도 끌어들이지 않고, 아무에게도 피해 끼치지 않고 나와 지수의 끔찍한 악연을 조용히 마무리할 수 있다면 오히려 다행 아닐

까. 그렇게 생각했는데 왜 그가?'

기우를 보는 세연의 눈은 격렬하게 흔들렸다.

지금이라도 도망가라고, 제발 오지 말라고 소리를 지르고 싶었지만 그러다가 무슨 일이 있을까 봐, 혹여 그가 피해를 입을까 싶어 아무 말도 못 했다. 혹시나 소리가 새어 나갈까 봐 입을 꾹 다물었다.

단지 말없이 뚫어져라 보기만 했다. 말없이 시선에 담고 혹여 놓칠세라 샅샅이 훑어 내렸다.

정말로 그였다.

특유의 윤기가 흐르는 짙은 검은 머리칼, 일견 보기엔 무표정한 눈, 여전히 흐트러짐 없는 자세와 감정을 읽을 수 없는 표정은 너무나도 침착해서, 얼핏 보면 영화 촬영을 하러 그가 들어온 게 아닐까 싶게 현실감이 없었다.

그가, 기우가 여기에 왔다.

그 사실을 떠올리자 날카로운 바늘에 찔린 것처럼 지르르 심장에 동요가 일었다. 세연은 다시금 눈을 깜빡였다.

그럼에도 모두의 고개를 돌려 주목하게 만드는 특유의 존재감은 변함이 없었다.

그는 잿빛 슈트로 몸을 감싸고 검은 폴라넥의 스웨터를 걸치고 있었다. 입가에 드리워진, 꼭 웃는 것처럼 보이기도 하고 슬프게도 보이는 특유의 웃음. 그 웃음이 묘하게 시선을 잡아끌었다. 예나 지금이나 세연은 본능적으로 그에게 이끌린 시선을 고정하며 허겁지겁 바라볼 수밖에 없었다.

침묵이 흐르고, 이윽고 모두의 시선을 끈 기우가 묘한 미소를 지었다. 그러고는 재미있다는 듯 기우를 비웃으며 그의 얼굴을 뚫어져라 쳐다보고 있는 지수에게 고개를 돌려 물었다.

"전화 잘 받았어. 네가 불러낸 거 맞지?"

여전히 독특한, 한번 들으면 결코 잊을 수 없는 여유로우면서도 오싹하게 들리는 어조.

기우가 입을 열자, 창고에 있는 무리들은 기분 나쁜 표정을 지었다.

"이놈이지?"

확인하듯 지수에게 되묻더니, 지수가 말없이 고개를 끄덕이자 확신을 갖고 떠들어 댔다.

"그래, 서원그룹 유통 분야 후계자라고 하던가. 서원그룹 회장이 나이 든 여자인데 외손자라고 했어."

"팬텀의 부사장이군."

"대표는 따로 있어, 쿡쿡. 앞에 계신 이 분이 팬텀에 막대한 투자를 해 왔다는구만."

검은 옷을 입은 무리들이 기묘한 미소를 지으며 말을 주고받았다. 그중 세연을 창고로 끌고 왔을 때부터 시종일관 리드하다시피 한 검은 양복을 입은 남자가 입을 열었다. 남자는 중키에 운동을 한 것처럼 다부진 체격을 하고 있었고, 그녀를 끌고 온 무리 중 드물게 정중한 말투를 썼다.

"오셨네? 기왕 여기까지 오셨으니 잠깐 얘기 좀 하지요. 어떠신지?"

"글쎄, 그게 과연 의미가 있을까?"

기우가 창고에 모습을 드러낸 순간부터 창고 안엔 보이지 않는 팽팽한 긴장감이 흘렀다. 검은 옷을 입은 무리들이 흘낏 그를 위아래로 훑어보며 자기들끼리 수군거리며 아무 말도 하지 않았다.

숨 막히는 정적이 흐르는 가운데, 여전히 기우가 빙그레 기묘한 웃음을 입가에 띠었다.

그러고는 똑바로 말을 건네 오는 남자를 쳐다보며 부드럽게 내뱉었다.

"이미 결론은 난 것 같은데. 아닌가?"

이게 무슨 의미가 있을지? 반문하는 듯한 음성이었다.

"그게 무슨 소용이 있을지 궁금한데. 당장 지킬 수 있는 확실한 약속을 하지 않는 이상에 말이지."

"우린 허언은 하지 않아. 받은 대로 확실하고 깨끗하게 일을 처리하는 주의라서. 그리고……."

눈앞의 믿지 못할 대화가 이어지자, 그 광경을 바라보던 세연의 눈은 점점 더 커졌다.

말이 이어지자, 이윽고 남자가 무리들에게 손짓해 뭔가를 가져오게 했다. 그러고는 기우에게 검은 가죽 소파에 앉으라고 손짓했다.

"그럼 얘기를 해 볼까?"

뭔가 심상치 않은 기세로 떠드는 무리들에 비해 남자가 진지하게 말하자, 기우가 짧게 대답했다.

"얘기할 준비가 되었다면 얼마든지."

그 말과 동시에 거침없이 검은 가죽 소파에 앉은 기우가 기다렸다는 것처럼 빙그레 웃으며 잿빛의 슈트를 걷어 올렸다. 그럼에도 창고에 들어온 순간부터 밧줄에 묶인 세연을 보는 그의 눈빛엔 고통이 스쳐 갔다.

"이제야 준비가 된 것 같으니, 그럼 한번 이야기해 볼까?"

그가 나타난 순간부터 절로 머리끝이 쭈뼛, 곤두섰다.

세연은 긴장한 채로 귀를 기울였으나 무슨 말인지 당최 알아들을 수가 없었다.

무엇보다 이곳에 끌려온 후로 팽팽한 긴장 상태가 이어져서, 참을 수 없을 정도의 피로가 몰려와 어느 순간 무너지듯 견딜 수가 없어졌다.

하아, 세연은 가쁜 숨을 내쉬며 흐릿해지는 그에게로 시선을 고정했다. 이상하게도 그가 모습을 드러내자, 여기 끌려온 순간부터 팽팽하게 곤두섰던 신경이 툭 끊어지는 기분이다.

그가 안 올 거라고 믿고 안심했는데도 내심 그가 오기를 바랐던 건가? 아무렇지 않게 평정 어린 얼굴로 창고에 모습을 드러낸 기우를 보자 긴장이 풀리면서 이 모양이었다. 탁, 맥을 놓듯 흐릿해지는 시야 속에 가물가물 나른한 졸음. 그 속에서 환영처럼 끊기듯이 들려오는 기우와 남자의 목소리가 꿈결처럼 느껴질 뿐이었다.

“그럼 결국 방법이 없다는 거군.”

이윽고 혀를 차며 기우가 재미있다는 듯 말했다.

“뭐, 내 예상대로군.”

“우리야 합의가 잘 이뤄지면 좋겠지만 고용주가 원하는 대로 하는 거라서. 그리고 여기까지 와서 얼굴을 본 이상 문제가 더 커질 것이고.”

그제야 심각한 분위기로 진행되던 이야기가 끝난 것일까. 이윽고 검은 가죽 소파에 기댄 남자가 느물거리는 웃음을 지었다. 그러고는 기우에게 말했다.

“뭐, 우리야 보수를 많이 주는 쪽에 가는 게 좋기야 하겠지만, 이건 신의로 하는 일이라서. 이건 그쪽에서 이해해 줘야 할 것 같은데.”

남자가 말없는 기우를 흘낏 곁눈질하고선 어색한 미소를 지으며 말을 마무리했다.

“잘 해결되면 좋겠지만, 뭐 우리야 하는 일을 하는 것이고.”

즉 그녀를 놔줄 생각은 없다는 뜻이었다.

더불어 기우 역시 무사히 보낼 생각이 없다는 것도 남자는 암시했다.

그럼에도 남자를 보는 기우의 고요한 눈빛에는 동요가 드러나지 않았다. 오히려 이러한 것쯤은 예상했다는 듯이 팔짱을 낀 채로 조용히 말을 이어 갔다.

이러한 상황을 한두 번 겪은 게 아니라는 것처럼 남자가 겸연쩍게 어깨를 으쓱했으나, 입맛을 다셨다. 내심 기우의 제안에 흔들리는 게 느껴졌다. 그는 도대체 어떠한 제안을 한 것일까? 어떤 유혹적인 제안을 했길래 저 남자가 아쉬워하는 걸까.

남자가 흔들리는 눈빛을 내비치자, 창고 안에 있던 무리들도 웅성거리며 동요하는 빛을 나타냈다.

그때였다. 인형처럼 꼼짝도 하지 않고 소파에 앉아 있던 유지수가 몸을 일으켰다. 그러고는 남자에게 고개를 돌리면서 의미심장하게 말했다.

"이거 왜 이래요? 약속은 지키셔야죠."

나긋나긋하기까지 한 유혹적인 목소리였다.

누구라도 시선을 줄 만한, 쉽사리 떨쳐 낼 수 없을 만큼 은밀히 끌어당기는 목소리. 갑자기 몸을 일으킨 지수의 늘씬하고 세련된 외모가 시너지 효과를 준 탓이리라.

그럼에도 어두운 창고의 조명 아래, 이제는 몸에 익은 것처럼 익숙하게 우아한 웃음을 짓고 있는 지수의 쫙 찢어진 눈매는 섬뜩하기까지 했다.

기우가 나타난 상황에 위기감을 느낄 법도 한데, 무리들이 보는 앞에서 망신을 당할 수 없다고 여긴 것일까. 지수는 오히려 밧줄에 묶여 있는 세연에게 면박을 주듯, 새된 목소리로 언성을 높였다.

"네 뜻대로 된다고 생각하면 오산이야. 어디 한번 지켜봐. 오늘 네 애인이 어떻게 끝나는지."

그 의미심장한 덧붙임에 절로 쭈뼛 소름이 돋았다. 본능적으로 떠올린 건 그가 위험하다는 것이었다. 그가, 기우가 위험하다! 결국 그까지 덫으로 끌어들여서 오늘 끝장을 보겠다는 건가. 그 사실을 다시 한번 실감하자, 절로 숨이 가빠졌다.

가쁘게 숨을 쉬며 고개를 돌리자, 유지수의 의기양양 쏘아보는 눈이 형형하게 그녀를 보고 있었다. 아니, 달라진 게 있었다.

독기 어린 눈. 그 눈이 꼭 휘듯이 기묘하게 웃음을 머금은 채 기우를 뚫어져라 보고 있었다.

"내가 오늘 너의 그 잘난 기우를 끝장내 줄게."

그러고 나서 일부러 지수는 '케이' 하고 기우를 불렀다. 보란 듯이 세연에게 들으라는 것처럼.

지수의 의도가 제대로 적중했다. 다시금 익숙한 그 이름을 듣자 서걱거리는 것처럼 불안감이 세연의 폐부를 가득 채웠다.

그러고 나서 지수는 일부러 의도한 것처럼 우아한 자세로 또각또각 양복을 입은 남자에게로 걸어가 입가를 끌어 올리며 웃음 띤 어조로 다시금 말했다.

"약속을 지키셔야죠."

지수가 생글생글 웃으며 말을 이었다.

"물론 권기우, 저 인간은 보통 인간이 아니죠. 일본에 있을 때부터 알았고 저 인간이 범상치 않다는 건 잘 알고 있어요. 하지만 아무리 좋은 조건을 제시해도, 돈을 많이 줘도 약속은 약속."

곧이어 시선을 마주친 지수가 과장스럽게 한 옥타브 올라간 음성으로 말했다.

"그러니 약속대로 하셔야죠. 아무리 많은 돈과 조건에도 굴하지 않을 의리, 신념. 그거 아닌가요?"

지수가 웃으면서 들으란 듯 덧붙였다.

"나랑 먼저 약속하셨어요."

정적이 감돌았다.

지수의 의미심장한 말을 끝으로 창고 안엔 잠시 기묘한 정적이 떠돌았다.

지수가 확신에 차 말하자, 무리들이 고개를 갸웃하더니 자기들끼리 키득거리며 심상치 않은 분위기로 고갤 돌려 쳐다보았다.

심상치 않은 분위기가 감돌고, 세연은 눈앞에 벌어지는 급작스러운 광경에 믿을 수 없어 눈을 깜빡이며 말없이 바라보았다. '하!' 소리를 내며 잠시 어이없다는 표정을 짓던 남자가 다음 순간 놀랍게도 지수에게 깍듯이 고개를 숙이는 게 아닌가.

그러고는 가볍게 웃으면서 이렇게 말했다.

"뭐, 틀린 말은 아니지. 약속을 지켜서 나쁠 건 없겠지."

기우와 대화하며 설핏 흔들렸던 남자가 믿지 못하게도 지수의 약속을 지키란 한마디에 결국 최종적으로 결정을 내렸다. 바로 지수의 닦달에 넘어간 것이었다.

이상하게도 지수의 말은 상대를 움직이게 하는 효력을 발휘했다. 지수의 말에 넘어가, 목적대로 세연을 해치우고 기우 역시 해결을 보려 들겠지.

"이유는 간단해. 분해! 저 애 때문에 내 모든 행적이 들통났잖아. 저 애를 없애고 모든 걸 뒤집어씌우면 돼."

소리 내 요란하게 외치던 유지수의 형형하게 빛나는 눈. 적어도 그 눈에 깃든 살의와 변함없는 악의는 진짜였다.

꼭 하얀 눈에 남은 발자국을 지워 버리듯, 증거를 깨끗하게 없애려 하겠지.

사실 매스컴이 일제히 보도할 텐데, 이렇게 드라마 종방연이 끝난 배우를 납치해 사람의 인적이 드문 경기도의 외진 창고로 끌고 와 없애려 한다는 게 상식적으로 말이 되는가. 그것도 일반인이 아닌 공인, 말 그대로 사람들의 관심을 먹고 사는 연예인이 말이다.

그런데도 유지수는 해냈다.

이렇게 된 이상 될 대로 되라, 자포자기해서 눈에 보이는 게 없는 것처럼 미쳐 날뛰는지도 몰랐다. 말 그대로 최후의 발악인 것이다. 그래도 얼굴이 알려진 연예인이면 몸을 사릴 텐데.

그럼에도 불구하고 자신이 원하는 것은 끝까지 해낸다는 건가. 자신이 원하는 대로 눈에 거슬리는 것은 해치운다. 눈앞의 걷잡을 수 없이 벌어지는 사태에 그 어떤 난관과 고난에도 굴하지 않고, 끝끝내 자신이 원하는 건 손에 넣고야 마는 그 근성과 승부욕만큼은 정말 인정해 줘야 하는 게 아닐까, 세연은 멍하니 그런 생각을 했다.

지수는 여전히 득의양양한 미소를 입가에 띠고선 통화에 열중하고 있었다.

"저예요. 아뇨, 어려운 거 없어요. 제가 말을 잘 했으니까 잘 풀릴 거예요."

낭랑한 목소리.

지수가 들으라는 듯 언성을 높였다.

"다 오빠가 봐준 덕분이에요. 네, 잘되어 가고 있어요. 문제는 없을 것 같은데요? 아, 권기우 씨도 왔어요."

반짝반짝 눈을 빛내면서 통화를 하면서도 주변을 불안하게 두리번거리며 날이 선 탐색의 시선을 던진다. 그런 모습을 보면 넌 도대체 왜 그렇게 사는 것일까, 본질적인 생각을 떠올릴 수밖에 없게 한다.

"네, 지금 온다구요? 그럼 기다리고 있을게요. 일이 착착 진행될 것 같으니까요. 내 예상보다 더욱."

생글거리며 보란 듯이 통화하던 유지수가 생각났다는 것처럼 목소리를 높였다.

"아! 재미있는 구경거리가 있을 것 같으니까요 빨리 좀 와 주시겠어요? 실망시키지 않을 거라 보장해요. 제가 언제 실망시킨 적 있던가요? 그럼 좀 있다가 봐요."

능숙하게 전화를 끊은 유지수가 곧장 성큼성큼 세연 쪽으로 걸어왔다.

"뭐 해요? 저는 지금 시작했으면 좋겠는데. 더 이상 시간을 지체할 이유가 없으니까요."

창고 안이 얼어붙은 것처럼 춥기 때문일까.

묘한 정적이 흐르는 가운데, 지수가 손에 끼고 있던 검은 장갑을 벗어서 보란 듯이 바닥으로 내던지자, 남자가 천천히 고개를 끄덕였다. 그러고는 여전히 뜻을 알 수 없는 기묘한 웃음을 입가에 머금은 채 고개를 까닥했다.

"그럼 시작해. 약속은 지켜야지. 먼저 한 약속이니까."

그 말을 시작으로 기다렸다는 것처럼 남자들이 우르르 몰려와 기우를 에워쌌다.

새까만 남자들이 일제히 그를 에워싸는 위협적인 광경에 세연은 절로 악 소리가 새어 나와 이를 악다물었다.

그럼에도 기우는 눈 하나 깜짝하지 않았다. 조금도 동요하지 않았다. 오히려 예상했다는 것처럼 옅은 웃음을 입가에 머금을 뿐.

"역시나인가? 뭐 예상대로군. 잘 풀렸다면 좋았겠지만."

이것 역시 그가 예상한 범주 내에 있었던 걸까. 창고 안에 숨 막힐 듯 팽팽한 분위기가 흐르는 가운데, 기우가 팔짱을 낀 채로 나른하게 내뱉었다.

"뭐, 그렇지 않아도 상관없어."

"뭐라고 지껄이는 거야? 오늘 제대로 손 좀 봐 주라고."

그 말과 동시에 남자들의 주먹이 날아들었다. 순식간에 벌어진 일이었다.

급작스레 주먹이 날아들었지만 그는 침착했다. 물론 가만히 앉아서 당하고 있지만은 않았다. 무엇보다 반격 하나 해 보지 못하고 일방적으로 당하는 것은 그가 지금껏 살아온 삶에 위배되었다.

퍽.

무서우리만큼 위협적인 남자들의 주먹이 날아오자 그대로 맞는가 싶던 기우는 어느 순간 자연스레 몸을 돌려 피했다. 그러자 그 광경을 지켜보던 남자가 비릿한 웃음을 지으면서 말했다.

"나도 얘기가 잘 마무리됐으면 좋았겠지만, 결국 이렇게 되네."

안타깝다는 표정을 짓던 남자가 과장스럽게 손을 들어 올렸다.

"내 상황을 이해해 줬으면 좋겠어. 어쨌든 잘 가길. 정세연? 같이 길동무하면 되니 가는 길이 외롭지는 않겠구만."

남자가 지극히 일상적인 톤으로 말해서 더욱 위력적이고 무서웠다. 쭈뼛, 일순간 머리끝이 곤두서면서 손끝까지 저릿했다. 결국 이렇게 될 수밖에 없었을까? 이 순간 밀물처럼 후회가 밀려들었다. 그에 대한 책임감과 사라지지 않는 죄책감, 그간 엇갈리고 상처밖에 준 게 없는 미안함까지 뒤엉켜, 이루 말할 수 없는 심정이었다.

이렇게 그를 잃어버리는 건가? 영원히 잃어버리게 되는 게 아닐까? 어느 순간 참을 수 없으리만큼 겁이 났고, 가슴에 통증마저 느껴졌다.

어두운 창고 안에 날카롭게 메아리치듯 세연의 처절한 외침이 울려 퍼졌다. 남자가 눈짓을 하자 다시금 검은 무리들이 위협적으로 기우에게 달려들었다. 그 모든 건 찰나였다.

"안 돼!"

세연은 믿을 수 없어 멍하니 바라보았다. 섬광처럼 스쳐 가는 찰나의 연속. 빨려 들듯 그녀의 시선은 그에게로 향했다. 그녀의 처절한 비명 속에, 순식간에 남자들의 위협적인 주먹이 꽂히듯 날아들어 기우의 얼굴에 붉고 푸른 멍이 피어올랐다. 그러다 어느 순간 기우가 말없이 손을 들었다.

"……!"

믿지 못할 광경이었다. 그가 그저 무표정하게 바라보는가 싶더니, 곧이어 눈 깜짝할 새에 빠르게 손을 높이 들어 내리찍었다. 아니, 내리찍지도 않았다. 꼭 가볍게 스쳐 가듯 빠르게 공격해 오는 남자들의 어깨와 팔, 다리를 손을 들어 눌렀다. 꼭 급소를 누르듯이. 그렇게 눈 깜짝할 새에 상대를 가격하는가 싶더니, 놀라운 일이 벌어졌다.

"이놈!"

"뭐 하는 거야?"

험악한 괴성을 내던 남자들이 다음 순간 갑자기 기우뚱, 크게 몸이 흔들리더니 꼭 느리게 짚단처럼 쓰러졌다. 느린 동작으로 쓰러지는 태엽인형을 보는 것만 같았다. 그 믿기지 않는 광경에 세연의 눈이 커졌다. 눈 깜짝할 새에 벌어진 창고 안의 난투극, 그리고 신들린 듯한 그의 공격. 순식간에 벌어진 일이라 더욱 현실감이 없이 느껴졌다.

우당탕탕.

다음 순간 남자들이 느리게 바닥에 쓰러지자 주변은 아수라장이 되었다.

"안 되겠어."

"저놈! 없애, 당장 해치워!"

잇새로 새어 나가는 험악한 노성. 남자들이 일제히 웅성거렸다.

죽이라는 말보다 더욱 위협적이었다. 오늘 땅에 묻고야 말겠다는 핏빛 어린 외침. 꼭 영화의 한 장면을 보는 줄 알았다. 쿵, 남자들이 소리도 없이 하나둘씩 느리게 창고 바닥으로 쓰러지자 공포는 극에 달했다.

세연은 믿을 수 없어 고개를 치켜들어 바라보았다. 창고의 어둠 속에 기우가 말없이 버티고 서 있었다.

어두운 가운데, 오로지 말없이 버티고 선 그의 눈만 보였다. 그의 눈빛은 소리 없이 활활 불타오르는 듯했다. 소리 없는 조용한 분노의 그림자를 본 듯했다.

눈 깜짝할 새에 벌어진 그 광경에 정신을 차릴 새도 없었지만, 눈을 크게 뜨고 보던 세연은 이번에는 알 수 있었다. 공격해 오는 남자들의 머리와 어깨, 복부를 스치듯이 가격해 가며 치명적인 방어를 한 것이다. 빠른 시간 급소를 공격해 몸의 중심을 무너뜨린 뒤 말 그대로 아작을 내 버렸다.

급소를 정확히 공격하는 그 민첩하리만큼 빠른 공격은, 눈으로 보고도 믿지 못할 지경이었다.

남자들이 다시금 바닥에 쓰러지자 어이없다는 듯 쳐다보던 남자가 곧 이를 갈았다.

"아니, 이럴수록 시간만 뺏기고 서로 안 좋을 건데?"

이윽고 양복을 입은 남자가 피곤하게 됐다는 표정으로 설레설레 고개를 저으면서 말하자, 기우는 피가 묻어나는 입가를 아무렇게나 닦으며 무감각하게 대답했다.

"별로. 유감이지만 쉽게 끝내 줄 생각은 전혀 없어서."

"뭐 그렇다면야 어쩔 수 없지만."

남자가 난감하다는 표정으로 어깨를 으쓱하더니 남아 있는 무리들을 불렀다.

"이것 참, 오늘 힘 좀 빼게 생겼네. 차질 안 생기게 빨리 처리해. 생각보다 시간이 너무 걸리네."

남자가 재촉하자 남은 무리들이 이를 갈면서 일제히 각목을 들고 기우 앞으로 향해 갔다. 세연은 비명을 억누르며 입술을 깨물었다. 그녀가 소리를 질러 봤자 변할 것은 아무것도 없다. 그에게 도움이 되기는커녕 피곤함만 가중시킬 뿐이다. 상황이 이렇게 된 이상, 그를 믿고 가만있을 수밖에 없다.

무엇보다 겉으로는 태연해 보였지만 기우의 가공할 만한 위력에 남자들이 당황해하는 게 느껴졌다. 그랬다. 분명히 흔들리고 있었다.

그 동요를 기우 역시 못 알아차릴 리가 없었다. 그가 잠시 말없이 보고 있는가 싶더니, 어느 순간 빤히 시선을 던지며 의미심장한 어조로 말해 왔다.

"이렇게 해선 얼마나 시간이 걸릴지 알 수 없을 텐데. 빨리 처리하려면 서둘러야 하지 않겠어?"

"닥쳐! 시, 시끄러워."

아까의 위력적인 공격 탓일까. 질세라 남자들이 버럭 소리를 질렀지만 분명히 흔들리고 있었다. 남자들이 주춤하는 새에 끼익, 육중하게 잠겨 있던 창고 문이 돌아가는 소리가 들리고, 곧이어 저벅저벅 걸어 들어오는 발자국 소리가 울려 퍼졌다.

"뭐 하는 거야? 그럼 내가 상대해 드려야겠네? 팬텀의 그 유명한 권기우 씨."

쩌렁쩌렁 울리는 목소리.

눈을 맞으며 보란 듯이 창고 안으로 들어선 남자가 분명한 목소리로 말했다.

갑자기 들려오는 목소리에 움찔해서 고개를 돌린 세연은 심상치 않은 젊은 남자를 발견했다.

第 64 幕

"그동안 한번 보고 싶었는데 오늘 드디어 만나게 되는 건가?"

뚜렷한 어조.

안경을 낀 남자는 재미있다는 듯 노골적으로 이죽거리는 웃음을 머금고 있었다. 세연은 급작스레 무리를 데리고 창고 안으로 들어서는 남자에게서 시선을 뗄 수 없었다.

"사장님, 오셨습니까?"

안경을 낀 남자는 창고에 들어서자 남자들의 정중한 인사를 받으면서 노골적으로 지수를 향해 웃었다. 그러자 놀라운 일이 벌어졌다. 남자가 들어서자 지수가 기다렸다는 것처럼 그에게 다가갔다. 그러고는 무리들이 지켜보는 가운데 보란 듯이 껴안고는 키스를 하는 게 아닌가.

"이야~."

"휘익! 휘이익."

한두 번 보는 게 아닌지 무리들이 흘낏 보거나 노골적인 야유를 보내는 가운데, 세연은 믿을 수 없어 잠시 눈을 깜빡였다. 그러고는 뚫어져라 보았다. 그녀가 잘못 본 게 아니었다. 지수가 노골적으로 창고 안에 들어선 남자를 끌어안은 채 진한 키스를 해 댔다. 혀와 혀가 얽혀서 어지럽게 그녀의 눈앞에 보이는 게 아닌가.

"유지수, 너……."

창고에 끌려온 이 와중에도 세연은 어이가 없어 낮게 중얼거렸다.

이런 상황에서 저렇게 보란 듯이 짙은 키스를 해 대다니. 이제는 더 이상 거리낄 게 없다는, 민낯을 다 내보여도 상관없다는 노골적인 선전 포고인 걸까.

"오빠, 왜 이제 왔어?"

"우리 지수 보러 바로 왔는데. 처리할 일은 처리하고. 그런데 아직 못 끝낸 일이 있나 봐?"

걸치고 있던 색이 바랜 누런 빛깔의 코트를 벗으며 안경을 낀 남자가 주변을 둘러보자, 중간 보스로 보이던 남자가 앞으로 나섰다.

"저, 그게……."

"박 실장, 아직 처리가 안 됐나 봐요? 난 빠른 일 처리 좋아하는데."

지수와 키스를 한 남자가 히죽 웃으면서 말하자, 상대가 귓속말을 했다.

말없이 피를 흘리며 서 있는 기우를 흘낏 보며 여차저차해서 이렇게 됐다고 사정 얘기를 하자, 안경 낀 남자가 고개를 끄덕이면서 말했다.

"하긴, 권기우 씨가 보통 인물은 아니지. 해치우려면 애 좀 먹으셨겠어?"

그 말과 동시에 안경을 벗은 남자가 히죽 웃으며 기우에게 다가갔다. 그 광경을 눈을 떼지 않고 바라보던 기우가 담담하게 말했다.

"이남혁. 웨스트 엔터테인먼트 사장이로군."

"이젠 사장 아닙니다. 저 등기 이사 빼서 상장시키고 거기서 일합니다. 들어는 보셨나 모르겠네? 서원그룹 식자재팀. 이번에 공격적으로 마트 확장 사업을 하셔서 내가 거기에 줄을 댔는데. 아, 물론 잘 아시겠네? 서원그룹 김효중 본부장님과는 서로 사촌간일 테니……. 맞나?"

웨스트 엔터테인먼트의 사장이라는 남자가 표정을 살피며 노골적으로 이죽거렸으나, 기우는 별 반응을 보이지 않았다.

꼭 이런 공격을 예상이라도 한 것처럼 담담했다.

"이제 와서 그런 얘기가 무슨 소용이 있을까 싶은데."

나른한 음성.

여전히 얼굴에서 피를 흘리고 있다고는 믿기지 않으리만큼 침착한 어조였다. 기우가 팔짱을 낀 채로 평정 어린 어조로 되묻자, 남혁이 피식 웃었다.

"뭐, 이렇게 돼서 유감이네요. 그럼 정식으로 소개하지요. 이남혁, 말했다시피 웨스트 엔터테인먼트 대표 자리도 꿰찬 적 있었지. 잠시였지만. 주식 정리해서 이제는 아니에요. 그리고 보다시피……."

자신을 소개한 남혁이 비열하게 웃었다. 그가 보란 듯이 딱 소리를 내며 손가락을 튕기자 기다렸다는 것처럼 하이힐을 신은 지수가 또각또각, 걸어서 그에게로 왔다.

"키스!"

남혁이 특유의 교활한 눈으로 지수를 쳐다보며 노골적으로 요구하자, 창고 안에 있던 이들은 흥미롭게 시선을 고정했다.

놀랍게도 지수는 단 1초도 망설이지 않았다. 다시금 까치발을 들어, 집요하게 남혁의 입술을 빨아 댔다. 다시금 혀와 혀가 얽히는 그 뻔뻔하기까지 한 노골적인 키스는 절로 고개를 돌리게 만들 만큼 색정적인 것이었다.

정말 눈 뜨고는 못 볼 정도로 한 몸인 것처럼 착 달라붙어 있는데, 둘이 얼마나 끈끈한 사이인지 절로 느끼게 해 주었다.

그랬다. 이남혁은 유지수에게 말 그대로 미쳐 있었다. 정확히는 유지수가 선사해 준 밤의 쾌락에 정신을 못 차리고 빠져 있다고 해야 할 것이다. 그때 지수가 특유의 눈매를 가늘게 뜨며 유혹하는 듯한 웃음을 흘리면서 말했다. 속삭였지만 창고가 조용한지라 너무 잘 들렸다.

"할 일은 하고 빨리 우리끼리 시간을 가져요. 나, 너무 기다려지는데."

"그렇기야 하지만 저 팬텀의 권기우는 너무 거물인데. 서원그룹에서도 가만있을 리가 없고, 아주 시끄러워질 것 같은데. 참새들이 일제히 지저귀면 얼마나 시끄러울까. 응?"

여전히 이죽거리는 웃음과 안경 너머 비열해 보이는 눈빛. 남혁이 우려를 표했으나 지수는 아랑곳하지 않았다.

"처리할 건 처리해야죠. 어차피 이 애가 없어졌으면 저 잘난 권기우가 가만있지는 않았을 거예요. 뭐, 솔직히 지금 와서 말하지만 일본에서도 저 인간 심상치 않은 건 알아봤다니까."

창고의 이들이 숨죽인 가운데, 번들거리는 회색 모피 조끼를 걸친 지수가 사악하게 웃으며 말하자 세연은 순간적으로 귀를 의심했다.

"어쩔 수 없죠. 이렇게 된 이상 둘 다 없애야죠. 어차피 사람들의 시선을 끌 테고, 피하기란 어려웠을 거야."

또각, 소리와 함께 하이힐을 신은 지수가 몸을 돌려 남혁에게 부추기듯 새된 소리로 말했다.

"그냥 다 해치우는 거야. 알았죠? 창고에 불을 지르고. 물론 불을 질러도 탄 흔적이 남아 있고 요즘 경찰은 과학 수사다, DNA 수사다 해서 시끄럽지만……."

지수가 말꼬리를 늘어뜨리며 눈짓을 하자 남혁이 고개를 끄덕였다. 그러자 보란 듯이 담배를 꺼내 찰칵 불을 붙인 지수가 후 길게 담배 연기를 내뿜었다. 그러한 지수는 꼭 느와르 영화 속에 나오는 섹시한 여배우와도 같은 자신의 자태에 한껏 도취된 듯 보여 우스울 지경이었다. 창고 안의 무리들 역시 숨을 죽이고 자못 흥미롭다는 듯 지수를 쳐다보고 있었다. 지수가 피우던 담배를 짓이기며 차갑게 잘라 말했다.

"이왕 이렇게 된 거 깨끗이 증거를 없애야 하지 않겠어요? 어차피 창고는 불을 지를 거고, 굳이 그렇게 걱정된다면……."

짙은 스모키 눈 화장, 한껏 악녀처럼 아이라인까지 짙게 그린 지수가 정말 악녀처럼 '호호' 웃으면서 이야기했다.

"그렇게 걱정된다면 저 둘이 서로 죽인 걸로 하면 되잖아요? 사랑에 빠진 둘이 서로 죽이고 죽는 치정으로 마무리된다? 어때요? 정말 드라마 같고 한껏 시선을 붙들어 맬 것 같지 않아요?"

지수는 웃으면서 말했다.

"매스컴의 시선이 다 저기로 향할 것 같은데. DNA 채취해서 조사해도 문제없잖아요? 안 그래요? 건장한 성인 남성이 이십 대 여자애 하나 목을 졸라 죽인다면? 문제도 아니죠. 약에 취해 정신을 잃은 권기우가 정세연을 죽인다. 물론 제정신에는 안 하겠지만……."

지수가 흥미를 드러내는 남혁에게 들으란 듯 신이 나서 한껏 드높은 음성으로 의기양양하게 말했다.

"주사로 약을 놓으면 권기우는 의식을 잃어 가면서 한껏 저 애랑 나뒹굴겠죠. 물론 옆에는 발화 물질을 놓고 촛불을 켜 두려고요. 잘난 권기우 씨가 촛불을 몸으로 건드려서 불을 내겠죠. 그럼 창고에 불이 나서 나중에 경찰이 조사해도 나뒹굴던 둘의 시체에서 증거가 나올 테니 거기로 시선을 돌릴 수 있죠. 그리고 나는……."

회색의 모피 조끼를 걸친 지수가 들으란 듯 유유히 두 팔을 벌렸다.

"설령 증거가 나와 체포되더라도 내가 이기는 거죠. 최소한 저년한테는 이기는 거니까, 그걸로 의미가 있어. 저거한테 지면 분해서 밤에 잠도 안 올 테니까 살아갈 의미가 있을까."

지수가 몇 년 전 세연이 보았던 어느 영화에서도 나왔던 대사를 그대로 읊으며, 덧붙였다.

"인간은 어차피 죽어. 하지만 분한 채로 벽에 똥을 내갈길 때까지 오래 살 필요가 있을까. 그럴 필요 없어. 난 그렇지 않아."

지수가 득의양양해서 힘주어 말했다.

"내가 이긴다면, 내일 죽는다고 해도 상관없어."

그게 중요하다, 라고.

지수는 다른 사람은 몰라도 세연만 당장 이 순간에 이길 수 있다면 내일 죽는다고 해도 상관없다고 말했다.

세연이 지수에게 되갚아 주길 원했다면, 지수는 절대로 그녀에게 지고 싶어 하지 않았다. 1분, 1초도 그녀에게 지고서는 못 견뎌했다. 지수의 말 그대로였다. 단 한 순간이라도 그녀에게 지고서 분해하며 사느니 차라리 죽는 것을 택할 위인이었다. 그래서 이런 무모한 짓도 벌이는 것이리라. 정적 속에 세연은 그제야 유지수라는 인간을 완전히 이해하고 그 추악하리만큼 토악질이 나는 내면에 한층 더 가깝게 다가간 기분이었다.

유지수가 왜 이런 무모한 짓을 벌이는지 알 것 같았다.

그런 그녀의 생각에 방점을 찍어 주듯 지수가 야릇한 미소를 지으면서 다시금 팔을 뻗쳐 능숙하게 남혁을 감싸 안았다. 그러자 담배를 피우던 남혁 역시 피식 웃으면서 지수를 끌어당겼다.

어두운 창고 안, 남혁에게 바짝 밀착해 두 팔로 감싼 지수의 분위기가 야릇했다. 물론 저 둘은 한껏 그러한 분위기를 즐기는 것 같았지만, 그 모든 광경을 지켜보는 세연은 말없이 혀를 찼다. 조용히 호흡을 가다듬던 그녀는 머릿속으로 떠올렸다.

'너는 지금 영화를 찍는다고 생각하는 거야? 드라마 종방연이 끝나고 진짜로 날 납치했다고 분위기에 한껏 도취되어 날뛰기는. 유지수, 아쉽게도 현실은 영화가 아니야.'

말없이 신이 나서 의기양양해 날뛰는 유지수와 이남혁, 불량 커플을 보는 세연의 눈은 이 순간 얼음처럼 차디찼다. 그녀는 말없이 싸늘한 시선을 그들에게로 던졌다.

기우만 아니었다면 그대로 소리 내어 저 신나서 날뛰는 얼굴에 쏘아붙이는 것도 모자라 보란 듯이 침을 뱉어 줬을 텐데, 그러지 못해 유감이었다.

그런 세연의 차가운 경멸을 알아차리지 못할 지수가 아니었다.

"쿡쿡."

지금 역시 분노한 그녀의 시선을 알아차린 듯, 입가에 기분 나쁜 웃음을 머금고는 보란 듯이 남혁에게 바짝 밀착해선 뭐라뭐라 속삭였다. 그러자 남혁이 역시 기분 나쁜 웃음을 머금고는 고개를 들어 그녀를 보며 말했다.

"정세연? 네가 건방지다고 우리 지수가 그러는군."

쫙.

그 말과 동시에 가차 없이 그녀의 얼굴이 돌아갔다. 매섭게 귓가를 가르는 소리와 무시무시한 악력이 느껴졌다. 세연의 뺨이 무서우리만큼 붉게 물들었다. 그럼에도 그녀는 신음 소리 하나 내지 않았다. 단지 이가 부러지지 않았을까 싶어 혀를 굴려 확인해 본 게 다였다. 그러자 남혁이 쿡쿡, 야비한 웃음소리를 내며 말했다.

"저런, 어쩌지. 난 여자도 잘 때려서 말이야."

기선 제압용일까?

남혁이 우두둑, 소리를 내서 손가락을 하나하나 꺾으며 자랑스레 말했다.

"아주 차지게 고개 돌아가는 소리가 나던데, 잘 확인해 봐. 부러진 데 없나. 내 주먹이 웬만하면 전치 8주 이상은 나오거든. 엄살이 아니야."

그럼에도 세연은 차디찬 눈으로 말없이 볼 뿐이었다. 그녀 혼자만 있었다면 길길이 날뛰었겠지. 받은 그대로 돌려주지 못해 분해서 어쩔 줄 몰라 했으리라. 오로지 기우에게 피해가 갈까 봐 참고 있는 세연을 자못 흥미롭게 보던 남혁이 이윽고 고갤 돌려서 물었다.

“자아, 어쩐다. 나는 아직 아쉬운 마음이 있어. 물론 우리 지수가 말한 대로 처리해야겠지만, 이 마당에 뺄 게 뭐 있겠어. 까놓고 얘기해서 돈을 많이, 아주 많이 준다면 한번 생각해 볼 용의도 있어. 물론 우리 잘나고 멋진 권기우 씨가 이 잘나가는 정세연 씨를 위해서 이렇게 떡하니 돈 가방도 가지고 와 주셨지만, 내가 욕심이 좀 많아.”

말을 빙빙 돌리던 남혁이 이윽고 노골적인 어조로 비아냥거렸으나 기우는 들은 척도 하지 않았다.

오로지 보기만 해도 얼어붙을 것만 같은, 무서우리만큼 침잠한 시선을 쏘아 보내고 있을 뿐. 분노, 증오, 그리고 살기까지 그대로 담긴, 특유의 깊은 우물과도 같은 시선. 그 말없는 시선이 이윽고 남혁까지 자극했는지, 보란 듯이 희희낙락하며 지수를 끌어안고 있던 그가 고개를 돌렸다. 그러더니 재미있다는 듯 기우에게 물었다.

“넌 뭐가 그리 잘났는데? 그래 봐야 지금 얻어맞은 네 여자도 감싸주지 못하는 입장 아니야? 응?”

곧이어 다시금 칼날처럼 매서운 감각이 그녀의 뺨을 강타했다. 세연은 검은 장갑을 낀 남혁의 주먹이 인정사정없이 얼굴을 강타하자 비명을 지르지 않기 위해 이를 악물었다. 꼭 불쏘시개로 쑤시는 것 같은 화끈거리는 통증이 무자비하게 그녀의 입 안을 헤집었다. 남혁은 여전히 노골적으로 그녀를 비웃고 조롱하며 기우의 반응을 즐겼다.

“응? 이렇게 소중한 네 여자가 얻어맞고 있는데, 이렇게 보란 듯이 난타당하고 있는데 잘난 그쪽은 뭐 할 수 있는 게 없네? 어디 한번 와서 말려 봐. 그렇게 사랑하는 여자라면서?”

남혁은 여전히 야비하게 낄낄거렸고 보란 듯이 그들을 조롱했다.

세연은 이를 악물고 신음 소리 하나 내지 않았다. 이유는 단 하나였다. 물론 기우에게 피해를 끼치고 싶지 않은 마음도 있었지만, 유지수가 보는 앞에서 아파서 떠나가라 소리를 지르며 팔짝팔짝 뛰고 싶지 않아서였다.

그러고 보니 비슷한 건 있었다. 유지수도 자신한테 지느니 차라리 납치해서 없애고 죄를 뒤집어씌울 심산이니, 서로 끔찍해하고 지기 싫어하는 건 마찬가지인 건가. 세연은 비릿하게 웃었다. 그러자 그녀의 광기까지 엿보이는 서늘한 웃음에 남혁이 처음으로 동요한 기색을 보였다. 부르르 떨며 분해하며 이를 악무는가 싶더니, 다시금 짝 소리와 함께 그녀의 뺨을 후려갈기고는 목청껏 기우에게 들으란 듯 외쳤다.

"이래도? 엉? 이래도 아무 말 안 할 거야? 정말 괜찮은 거지?"

그러고 보니 유지수와 참으로 잘 어울리는 한 쌍이 아닌가. 세연은 입꼬리를 비틀어 쓰게 웃으려 했지만, 뜻대로 되지 않았다.

"이남혁, 한때는 웨스트 엔터테인먼트의 대표였고 주먹 좀 쓰는 건달인 줄 알았는데 형편없군."

가차 없이 냉정한 목소리가 울려 퍼졌다. 기우가 보기만 해도 얼어붙는 것만 같은 서늘한 눈동자로 차갑게 비웃으며 말했다.

"여자를 때리는 게 자랑스러운 일은 못 돼. 나라면 좀 더 생산적인 일을 할 것 같은데."

"뭐? 이 새끼가! 난 너같이 잘난 척하는 놈들을 보면 절로 배알이 꼴려. 난 너희 같은 족속들을 잘 알지. 뼛속까지 우월하다고 생각하면서 위에서 사람들을 내려다보잖아."

분노한 남혁의 주먹이 사정없이 기우에게 내리꽂혔으나, 그는 비명 한번 지르지 않았다. 그 역시 그녀처럼 신음 소리 하나 내지 않은 채, 역시 이남혁이 몸서리치는 형형하리만큼 차가운 눈빛으로 말없이 응시할 뿐이었다. 마치 말없이 단죄하듯 냉혹한 법복을 입은 심판관처럼 뚫어져라 남혁을 바라보니, 그 침묵의 시선에 견디지 못하고 유지수와 한패인 남혁이 미쳐 날뛰었다.

"재수 없는 새끼! 너같이 잘난 척하는 부류들은 다 없어져야 돼."

씩씩거리면서 주먹을 휘두르며 어쩔 줄 모르던 남혁은 여전히 싸늘한 시선을 보내는 기우를 마주하곤 처음으로 두려운 표정을 지었다.

"뭐? 뭐 어쩔 건데?"

"정식으로 제안하지. 정말 웨스트 엔터테인먼트의 대표라면, 내가 들었던 스트리트 파이터 출신 이남혁이 맞는다면 정면 승부를 할 거야. 아닌가?"

어느새 그의 아름답기까지 한 단정한 얼굴이 남혁의 무자비한 주먹에 손상되어 상처가 나고 피가 흘렀다. 그럼에도 오금이 저리는 것 같은 서늘한 어조로 기우가 말하자 남혁이 동요했다.

"뭐? 뭐라고? 이 새끼가!"

화가 나서 무자비하게 그를 짓이길 거란 예상은 빗나갔다. 흥분한 것처럼 기우를 무섭게 노려보던 것도 잠시, 남혁이 피식 웃더니 다시금 담배에 불을 붙였다. 그러고는 보란 듯이 활짝 두 팔을 벌렸다.

"지수아, 너도 들었지? 정면 승부란다. 오빠가 피할 이유가 없지 않을까."

자못 흥미롭게 웃던 남혁이 이윽고 안경 너머로 살벌하게 눈빛을 빛냈다.

"좋아. 난 웨스트 엔터테인먼트의 대표 자리까지 꿰찬 몸이니까. 말 그대로 바닥에서부터 올라와 이룩한 영광의 자리야. 너 같은 금수저들하고는 태생이 다르지. 그러니까 한번 링에서 제대로 붙어 보자고. 아작을 내 줄 테니."

소리 내 요란하게 비웃던 것도 잠시, 이죽거리던 남혁이 살벌한 어조로 말했다.

"어차피 죽을 건데 마지막 유흥은 맛보게 해 드리지. 나도 재미 보고 나쁘지는 않네."

그 말과 동시에 남혁이 걸치고 있던 누런 코트를 아무렇게나 내던졌다.

"소원대로 링 위로 올라와라, 권기우. 끝까지 잘난 척하는 새끼! 마지막까지 웃을 수 있는지 한번 보자고."

그 말과 동시에 거침없이 씹어 먹을 기세로 창고 안에 설치된 루프가 걸린 링으로 남혁이 올라서자, 무리들이 '어어' 소리를 지르며 고개를 내저었다.

"형님, 이러실 필요 없습니다."

"이럴 시간에 빨리 처리해야 하지 않겠습니까?"

무리들이 만류했으나 남혁은 들은 척도 하지 않았다. 독사처럼 잔뜩 독이 올라 도발해 온 기우를 무섭게 노려볼 뿐. 말 그대로 오늘 끝장낼 기세였다.

"가만있어 봐. 오늘 저 새끼를 아작 낼 테니까. 저런 입만 살아 잘난 척하는 부류들, 재수 없어."

약이 잔뜩 오른 남혁이 어서 링으로 올라오라 손짓하자, 무리들이 한숨을 내쉬더니 어쩔 수 없다는 표정을 지었다.

그러자 남혁이 기우를 보며 이죽거리며 약을 올렸다.

"지금이라도 도망쳐! 입만 산 새끼야, 그럼 내가 그냥 보내 줄게. 네 여자를 여기 남겨 둔 채 얼른 꽁지 빠지게 도망가라고!"

쉴 새 없이 번들거리는 눈, 꼭 무자비한 괴물처럼 버티고 서서 남혁이 약을 올리며 쩌렁쩌렁 소리를 질러 댔다.

"권기우!"

남혁이 떠나가라 이름을 부르자 이윽고 기우가 아무렇게나 피가 배어 나오는 입술을 손으로 닦으며 차갑게 말했다.

"결투에 기꺼이 응해 주지."

수락한다, 가볍게 한마디만 던지고선 그는 머뭇거림 없이 링 위로 올라섰다.

그러자 기다리고 있던 남혁이 전광석화처럼 공격을 인정사정없이 퍼부었다.

"잘난 척하긴! 난 너 같은 놈들이 제일 거슬려!"

여전히 떠나가라 외치며 남혁이 무자비하게 주먹을 휘둘렀다.

"……!"

쾅쾅, 그대로 링에 인정사정없이 내리꽂히는 주먹에 기우가 산산조각이 날 것만 같았는데, 다음 순간 세연의 비명 소리가 울려 퍼짐과 동시에 놀라운 일이 벌어졌다.

피를 흘리며 서 있던 기우가 놀랍게도 몸을 피하더니 머뭇거림 없이 날카로운 주먹을 남혁에게 내리꽂은 것이다.

말 그대로 날카로운 스트레이트.

명중만 했다면 치명적일 주먹이었다.

"호오?"

그러자 남혁의 표정이 야릇하게 변했다. 그가 곧 팔을 흔들어 털며 과장스럽게 킥킥거렸다.

"시스테마! 아마 그거겠지? 러시아에서 KGB 요원들이 썼다는 무술? 오늘 한번 제대로 붙어 볼 수 있겠어."

그 말과 동시에 가공할 공격이 다시 시작되었다. 내리꽂히기만 하면 아작 날 정도의 무자비한 주먹질 세례가 연거푸 이어졌다. 무서울 정도로 위력적인 남혁의 공격에 눈을 믿지 못할 정도로 빠르게 피하던 기우가 어느 순간 덫에 걸렸다. 남혁의 목 조르기에 걸려든 것이다.

"이놈!"

기우가 발에 걸리자 남혁은 쾌재를 부르며 곧바로 링에 누워 레슬링처럼 목을 조르는 현란한 시범을 보였다.

이번에는 세연도 그 동작을 알아차렸다.

바로 기우가 이전에도 말했던 격투기 주짓수였다.

– 저건 뭐죠?

– 격투기. 일명 UFC라고 부르지.

– 너무 잔인해요. 저 사람 이름이 뭐죠? 끔찍해요. 피가 튀고 짓이기고…….

– 얼음 괴물 브록 레스너.

보란 듯이 TV 채널을 고정하고 보던 그가 감미롭게 그녀의 귀에 대고 속삭였었다.

– 그래, 잔인하지. 하지만 가끔은 인간의 본질에 가장 가깝게 닮아 있지 않나, 그렇게 생각해.

아직도 귓가에 남아 있는 그 특유의 차분하고 매력적인 음성. 그의 말대로 가장 원초적이고 잔인한 경기가 지금 창고 안에 설치된 링 위에 펼쳐졌다.

퍽퍽. 얼음 괴물이라 불리는 UFC의 격투기 챔피언처럼, 남혁의 무자비한 아웃파이팅이 그것이었다. 처음, 링에 올라선 남혁이 스트리트 파이터라는 별명답게 밑바닥에서부터 올라온 건달의 위력적인 펀치를 명중시키자, 기우 역시 스트레이트로 응수했다. 얼마 안 있어 그들의 얼굴은 피투성이가 되었고, 곧이어 정말로 본격적인 승부가 펼쳐졌다.

바로 본격적인 주짓수 경기였다. 이어지는 해머펀치와 파운딩. 남혁이 무서우리만큼 살기 어린 기세로, 정말 격투기 선수처럼 자신의 사정권에 들어온 기우의 목을 무시무시하게 졸라 댔다.

“여기서 뒈지는 것도 나쁘지는 않을 거야.”

정말 괴물처럼 보이는 남혁이 빙글빙글 웃으며 기우에게 말했다.

“아주 깨끗하게 처리해 줄 테니까.”

"글쎄…… 그건 내가 할 말이 아닐까."

테이크다운 위기.

계속해서 퍼부어지는 남혁의 맹공.

그럼에도 기우는 절대 흔들리지 않고 얼음을 깨듯 위력적인 파운딩을 계속해서 날렸다. 하다못해 그의 목이 졸려서 정말 숨이 멎는 게 아닐까 싶은 절체절명의 위기에서도, 절대로 그 차가운 얼음 주먹을 상대에게 퍼붓는 것을 멈추지 않았다. 그는 절대 포기하지 않았다. 그리고 그의 멈추지 않는 의지는 결국 상대를 함락했다.

제발. 이대로 무사히 풀려날 수 있길 바라진 않는다. 그라도 무사하기를. 기우라도 이 악몽 같은 곳에서 벗어날 수 있기를 마음으로 바랐다. 그때였다. 멎지 않는 반짝이는 희망의 빛이 살짝 그녀의 마음에 드리워졌다.

그리고 꼭 깨지 않는 악몽 속을 헤매는 것처럼 울리는 '퍽! 퍽!' 소리.

언젠가 본, 비행기가 급작스런 사고로 추락해 야생 동물들 속에 내팽개쳐져 혼자 고통스런 사투를 벌이던 주인공이 들었던 끔찍한 야수들의 소리처럼 들리기도 했다. 날이 어두워지면 주인공을 잡아먹으려 사방에서 덤비는 맹수들의 시퍼런 눈을 보며 주인공이 근원적인 공포에 떨듯, 그녀 역시 마찬가지였다. 가슴이 죄어들고 마음은 시퍼렇게 타들어 갔다.

퍽! 퍽!

그렇게 얼마나 남혁이 일방적으로 얻어맞고 있었을까.

물론 기우의 얼굴도 피투성이가 되었다.

창고 안을 질식할 듯한 공포와 긴장 속으로 몰아넣으며 기우가 마치 얼음 괴물처럼 파운딩을 거듭 날렸을 때, 갑자기 퍽 소리가 났다.

비겁하게도 보스인 남혁이 수세에 몰리자, 놓칠세라 남혁의 수하들이 뒤에서 쇠파이프를 휘둘러 기우를 덮친 것이다.

"아, 짜증 나. 이 새끼 빨리 잡아."

"놓치지 말고 잡으라니까."

믿기지 않게도 우당탕탕 소리가 났다.

정말 영화의 한 장면처럼 기우를 이리저리 여러 명이 달려들어 못 움직이게 잡고는 사냥을 하듯 각목을 휘두르고 있었다.

"처음부터 이랬어야 됐는데."

"도대체 뭘 배운 거야? 괴물 같은 놈! 아무리 해도 안 쓰러져."

"꼭 온몸이 강철로 만들어진 거 같네. 젠장. 왜 주먹이 안 들어가!"

남혁의 수하들이 혀를 내둘렀다.

그만큼이나 기우는 만만한 상대가 아니었고 그를 제압하기 위해선 상당한 인내를 필요로 했다. 일단 남혁의 수하들이 모두 달려들어 각목을 휘두른 다음에야 겨우 그를 사로잡을 수 있었다. 하지만 기우는 마지막까지 끈질기게 저항했다. 무엇보다 온몸에서 발산되는 싸늘하기까지 한 노기. 그건 남혁의 수하들을 일순간 본능적으로 뻣뻣하게 굳어지게 만들 정도로 자연스럽게 발현되는 살기였다.

우두둑.

결국 남혁의 수하들은 수로 밀어붙였다. 그들은 모두 덤벼들어 무지막지하리만큼 혼자 싸우는 기우를 제압한 뒤, 일제히 에워쌌다.

꼼짝 못 하게 힘으로 억누른 뒤 아예 움직일 수 없게 손발을 묶어 버리는 것이다.

"그만해! 그 사람은 아무 잘못도 없어. 그러지 마!"

그만하라고.

두둑, 순식간에 눈이 붉게 충혈됐다. 그녀의 마음처럼 후드득 붉은 눈의 실핏줄이 터졌다. 일순간 모든 게 터져 버렸다. 세연은 창고가 떠나가라 목이 쉴 정도로 비명을 질러 댔다. 그러나 그녀가 괴롭게 소리를 질러도 눈앞의 기우를 제압하는 남자들은 눈 하나 깜짝하지 않았다.

그것도 모자라서 그들은 일제히 뭔가를 꾸미는 것처럼 보였다. 바로 보기만 해도 섬뜩할 정도로 기우의 팔다리를 꼼짝 못 하게 묶은 뒤, 반짝이는 뭔가를 꺼낸 것이다.

"……!"

믿기지 않는 눈앞의 광경에 서서히 세연의 눈이 커졌다.

하지만 기우는 예의 침잠한 것 같은 검은 눈동자로 말없이 상대를 바라볼 뿐, 오히려 기다렸다는 것처럼 담담한 반응을 보여 상대를 질리게 했다. 그뿐만이 아니라, 이렇게 반문하기까지 했다.

"왜 이거밖에 하지 못하지?"

듣는 이의 귀를 의심하게 만드는 말이었다.

기우가 오히려 약물을 주사하는 이들을 충동질하듯 차갑게 내뱉었다.

"좀 더 찔러. 깊이 들어가게. 그래야 빨리 끝날 테니까."

꼭 스스로를 깊게 찌르듯이.

한 치의 망설임도 없이 단죄하듯 기꺼이 자신을 스스로 베어 내는 것 같은 그 음성에 무리들도 주춤했다. 세연은 보았다. 태연을 가장했지만 기우를 처리하려는 이들이 한순간 동요를 드러낸 것을.

"뭐 해! 빨리 처리해. 뭐 하는 거야?"

일행들이 주춤하자 답답해하는 목소리로 남자가 재촉을 했다. 그럼에도 기우가 암흑 같은 시선을 던지면서 말없이 빤히 바라보자, 남자들은 질렸는지 주춤했고 좀처럼 움직일 생각을 하지 못했다.

그러자 그 광경을 지켜보고 있던 남자가 쯧, 혀를 찼다.

"시간이 너무 오래 걸리는구만."

그 말과 동시에 남자가 오래되어 보이는 핸드폰을 꺼내 단축 버튼을 눌렀다. 그러고는 낮은 소리로 통화를 했다.

"이제 내려오셔야겠습니다."

그러고는 얼마나 지났을까.

뭐가 그리 즐거운지 의미심장한 시선을 교환하며 이남혁과 지수가 낮게 말을 주고받는 가운데, 어둠 속에 잠겨 있던 창고의 문이 열렸다.

그리고 한 중년 남자가 모습을 드러냈다.

중년 남자가 비릿한 웃음을 입가에 흘렸다.

"드디어 손에 들어오셨군. 꽤 애를 먹이더니."

순간 묶여 있던 세연은 등줄기로 흐르는 차가운 땀방울을 느꼈다. 다르다. 뭔가가 달랐다. 그녀의 등줄기에 흐르는 서늘한 식은땀이 그 기분 나쁜 예감을 실감하게 했다. 덫에 몰아넣고 신이 나서 유지수와 이남혁이 득의양양하게 주먹을 휘둘렀다면, 눈앞의 중년 남자는 처음부터 예감이 나빴다.

다음 순간 중년 남자가 처음으로 천천히 걸치고 있던 재킷을 벗고 셔츠를 걷어 올렸다. 그러자 멜빵을 한 바지 위 접은 셔츠 소매 아래로 드러난 팔에 온통 시커먼 문신이 선연했다.

"……!"

팔에 구불구불 기어가는 듯한 거무죽죽한 시커먼 문신을 보자 머릿속이 새하얘졌다. 피할 수 없는 공포를 마주한 기분.

"이제야 제대로 인사드리네. 나야 뭐 대표님 밑에서 가끔 일을 거들어 주는 사람인데."

중년의 남자가 사람 좋게 웃으면서 말했다.

"워낙 거물이시라 안 올 수도 있다고 대충은 판을 짜고 있었는데. 이렇게 오시면야 우리야 고맙고."

그 말과 동시에 씩 새하얀 이를 드러내며 웃던 남자가 다음 순간 퍽, 소리와 함께 주먹을 날렸다.

무서우리만큼 빠른 펀치였다.

보는 사람이 얼어붙을 만큼 무시무시한 펀치. 그대로 기우에게 날아가 꽂혔다.
동시에 세연은 비명을 질렀다.
"안 돼!"
위력적인 주먹이 그대로 기우의 복부에 내리꽂혔다.
엄청난 고통이 느껴졌을 텐데도 그는 눈 하나 깜짝하지 않았다. 그러자 중년 남자가 씩 웃더니 보란 듯이 기우의 턱에 주먹을 한 방 내리갈겼다.
"역시 거물이군. 신음 한번 안 내지르다니. 이건 환영 인사라고 해 두지."
문신을 한 남자가 씩 웃으면서 말했다.
그런 그의 눈은 기이한 열기를 내뿜고 있었고 손발 역시 흐느적거리듯 움직였다. 그럼에도 이상하리만큼 차분했다. 꼭 어둠 속에서 흐물거리는 거미를 보는 듯한 느낌을 주었다. 말 그대로 육식동물들의 맨 위에서 조종하는 듯한 끔찍한 분위기를 자아냈다.
세연의 공포에 잠긴 눈이 움직였다.
해결사.
확실하게 기우를 처리하러 온 것인가.
그런 그녀의 불안한 예감은 엇나가지 않았다.
퍽퍽.
다음 순간 거미처럼 흐느적거리던 남자의 발이 정확한 타격을 날렸다. 기다렸다는 것처럼 신음 소리 한번 내지 않는 기우의 복부에 내리꽂혔다. 기우는 병원에서 퇴원하고 회복된 지 얼마 되지도 않았는데.
"……!"
창백해진 기우의 얼굴에 일순간 고통이 스쳐 지나가자 세연은 몸부림쳤다.
그러나 그녀가 더 이상 비명을 지르지 못하게 남자들이 입을 틀어 막아서 세연은 더 이상 소리도 낼 수 없었다.

거미줄에 걸린 벌레가 된 기분이다.

그가 왔는데…… 너무도 그리워하고 보고 싶던 그가 왔는데 소리도 낼 수 없다. 손가락 하나 움직일 수 없었다. 그저 눈으로 미친 듯이 그를 좇는 수밖에 할 수 있는 일이 없다니. 세연은 절망했다.

그럼에도 바라보는 수밖에 없다.

지금껏 그랬듯이.

붉게 충혈된 눈이 아팠다. 날카로운 것에 찔린 듯이 쉴 새 없이 물기가 흘러내렸다. 세연의 핏발 선 눈에 슬로 화면처럼 기우가 문신을 한 남자에게 걷어차이는 것도, 기이하리만큼 똑바른 자세로 버티고 서 있는 모습도 느리게 스쳐 지나갔다. 그런 기우의 모습을 지수와 남혁은 즐거운 듯 바라보고 있었다. 지켜보던 남자가 입을 열었다.

"사실 여기 안 올 수도 있었을 텐데. 뭐 안 와도 판을 짠 대로 불러냈겠지만 드디어 나타나서 감개가 무량하네. 워낙에 거물이라 이렇게 잡기도 힘들단 말씀이야."

남자의 말에 신음 소리 한번 내지 않던 기우가 입을 열었다.

"말이 많군. 어차피 지켜보는 사람은 따로 있을 텐데."

콜록, 하는 기침 소리와 함께 기우가 빙그레 웃었다.

얼핏 일그러진 듯한 표정이었지만 눈빛만은 선연했다. 살의를 품고 있되 그걸 밖으로 표출하지도, 분노를 발산하지도 않았다. 소리를 지르지도 않는다. 오로지 초연히 시선을 마주치며 보란 듯이 입꼬리를 끌어 올려 미소 지었다. 기꺼이 네가 하는 짓을 받아 주되, 꼬리를 내리지 않겠다는 선언이나 다름없었다.

기우의 의미심장한 말에 보기만 해도 위력적인 발길질을 가하던 남자의 눈이 가늘어졌다.

"호오?"

남자가 눈썹을 추켜세웠다.

안 돼!

세연은 무시무시한 일이 벌어질 것 같은 예감에 세차게 고개를 가로저었다. 어떻게든 그에게 달려가고 싶었지만, 꼼짝할 수 없게 세차게 가로막은 이들이, 그녀를 에워싼 견고한 장벽이 그렇게 원망스러울 수 없었다.

하지만 보란 듯이 기우가 쓰러질 때까지 무자비한 폭력을 퍼부을 거란 예상은 엇나갔다.

조용하면서도 힘 있는 기우의 어조에 못마땅한 듯 쳐다보던 남자가 이윽고 몸을 돌렸다. 쩝쩝, 입맛을 다시던 그가 문신이 두드러지는 팔을 들더니 놀랍게도 호명했다.

"아무래도 나오셔야겠습니다. 들으셨겠지만 잘나신 분께서 상당히 거만하시네요?"

남자가 쩝쩝거리면서 말하자 갑작스레 어디선가 말소리가 들렸다.

"뭐 놀랄 것도 없어. 저 애의 특성이지. 새삼스러울 것도 없고 항상 저래 왔거든."

꼭 속삭이는 것 같은 말소리였다.

약을 올리기라도 하듯 비밀스레 말하는 특유의 윙윙대는 말소리가 창고 안에 흩어졌다. 그리고 들려오는 말소리에 세연이 힘겹게 고개를 돌리자, 마침내 모습을 드러내는 남자가 보였다.

第 65 幕

세연은 눈을 의심했다.

남자는 왜소했다. 말랐고 안경을 끼고 있었지만 눈빛 역시 상대가 자신을 얕볼 것이라는 것을 안다는 듯 기분 나쁘고 음습한 빛을 띠고 있었다.

김효중. 아마도 기우의 사촌 형일 것이다. TV 뉴스에 나온 걸 본 적 있었다.

이 순간 세연의 시선은 못 박힌 듯 고정되었다.

가끔 TV 화면에서 본 적은 있지만 이렇게 실물로 보는 건 처음이었다. 얼핏 보면 금테 안경을 낀 선량하고 점잖은 사람으로 보일지 모르지만, 남자의 눈에선 기분 나쁜 살기가 읽혔다.

무슨 일이 있어도 날 무시하는 것들은 짓밟아 주고야 말겠다는 삐뚤어진 심성이 아무리 표정을 착하게 해도 얼굴에 묻어나는 것 같았다.

경호원들을 앞장세워 계단을 내려오던 그는 미리 와 있던 지수와 남혁을 보자 표정이 변했다. 순간적이지만 낯익은 이들을 보자 안심하듯 반가운 빛이 꼭 잠자리의 눈처럼 기분 나쁜 눈동자에 떠올랐다 사라졌다.

그다음 순간이었다. 남혁과 함께 있던 지수의 얼굴이 몇 초의 짧은 순간, 감정을 드러냈다. 세연은 보았다. 효중이 나타나자 지수가 순간적으로 반가운 표정을 짓는 것을.

그리고 세연은 지수가 남혁과 더불어 효중과도 심상치 않은 사이임을 눈치챘다. 남혁이 그녀가 톱 자리까지 올라올 수 있게 반석이 되어 줬다면, 효중은 이 자리를 지키게 해 주고 자신이 원하는 것을 얼마든지 할 수 있게 견고한 틀을 유지시켜 주는 존재였던 셈이다. 세연을 납치해서 최악의 경우 살해해도, 그 모든 걸 덮어 주고 무마해 줄 수 있는 그런 든든한 뒷배를 원한 것이리라.

지금 역시 쫙 찢어진 것처럼 유난히 올라간 눈, 빙글빙글 웃음을 머금은 입술로 지수가 만족스레 말했다.

"정말 그간 쌓인 스트레스가 다 날아가지 뭐예요."

지수가 홀가분하다는 듯이 말을 이었다.

"그동안 내가 얼마나 스트레스를 받고 저년 때문에 짜증이 났던지. 촬영장에서야 드라마가 제때 방영되어야 하니까 오냐오냐 해 주는 걸 모르고, 저게 기고만장 입만 살아선. 내가 말했죠? 완전히 지 세상 만난 것처럼 들떠서 얼마나 열받던지. 야!"

그 말과 동시에 짝, 소리가 울렸다. 말없이 무표정하게 보고 있던 세연의 얼굴이 흔들렸다. 지수가 기다렸다는 것처럼 세차게 그녀의 뺨을 올려붙인 것이다. 얼굴이 붉어지면서 엄청난 아픔이 느껴졌다. 손에 힘을 줘서 보란 듯이 그녀를 후려갈긴 지수는 너무도 속 시원하다는 모양새였다.

"아, 정말 그간 얼마나 이것 때문에 이가 갈리고 열받았는지 이제야 스트레스가 풀리네. 드라마 반응이 좀 좋다고 세상이 다 네 것처럼 보였겠지? 그걸로 들떠서 온갖 난리를 치다가 이렇게 끌려온 네 꼴이 어때?"

딱히 대답을 기다리는 것 같지는 않았다.

그저 판이 다 깔려서 신나서 날뛰는 어린아이를 보는 것 같다면 과장일까. 눈앞에서 말없이 날뛰는 지수를 묵묵히 바라보던 세연이 입을 열었다.

"날 때려서라도 네 속이 시원하다면 그렇게 해. 얼마든지 받아 줄 테니까. 그런데 난 네가 불쌍하다."

"뭐? 내가 불쌍해? 지금 이게 뭐라고 하는 거야!"

지수가 기가 막힌다는 듯 눈을 크게 뜨고 무섭게 노려보았다. 지수가 끝장내겠다는 듯 무시무시한 기세로 다가왔지만 세연은 개의치 않았다.

"불쌍하고 안됐어. 그게 솔직한 심정이야. 그래, 솔직히 나도 너한테 복수하고 싶었어……. 네가 나한테 한 짓이 있으니까. 사람인데 그런 생각이 들지 않을 리가 없잖아? 하지만 그런다고 뭐가 달라질까? 이제 와서 늦었지만 그런 생각이 들어."

"뭐?"

지수가 어이없다는 듯 노려보았으나 세연은 흔들림 없이 말을 이었다.

"이게 뭐라고 지금껏 난 목숨을 걸면서 여기까지 온 건지."

"뭐, 뭐라고?"

조용하지만 강한 힘이 실린 세연의 말에 지수가 눈을 크게 떴다.

"갑자기 이게 왜 이래?"

말은 그러면서도, 얼굴이 하얗게 되고 동요한 게 여실히 눈에 보였다. 지수는 도저히 못 들을 걸 들은 것처럼 무섭게 노려보았다.

그러자 세연은 놓칠세라 강조하듯 힘주어 말했다.

"네가 그러고 싶다면 그렇게 해. 얼마든지 네 마음대로 해. 이제야 알았어. 네가 일본에서 날 이렇게 다치게 하고, 아무 일도 없었던 것처럼 수시로 내 집에 들락거리고 부모님도 앗아 가고 벌레처럼 날 짓밟아도, 이건 말하고 싶었어. 내 정신만은 짓밟을 수 없다고. 그 어떤 짓을 해도 넌 내 영혼까지 밟을 수는 없다고. 그래, 넌 제정신이 아닌 미쳐 버린 불쌍한 여자애일 뿐이니까."

묶여 있다는 게 믿기지 않게 세연은 똑바로 쏘아보듯 형형한 눈길로 말했다.

찰싹!

그 말과 동시에 다시금 지수의 높이 든 손이 허공을 갈랐다. 세연의 말에 정곡을 찔린 듯 지수는 사정없이 그녀의 뺨을 후려갈겼다. 그런 지수의 눈은 동요를 숨기지 못하듯 불안하게 흔들리고 있었다.

"이게 눈에 보이는 게 없나! 아니, 원래 제정신이 아닌 년이었지. 새삼스럽긴. 그렇지?"

지수가 부들부들 떨며 독기 어린 눈으로 세연을 쏘아보았다.

"뭐라고 지껄이는 거야? 뭐? 내가 불쌍해? 이런 보잘것없는 게."

이젠 악만 남은 듯 지수가 독 오른 뱀처럼 그녀에게 덤벼들었다.

"어따 대고 지금 헛소리를 지껄여 대는 거야? 뭐? 내가 불쌍해? 야! 그 말 취소해. 취소 못 해?"

약이 오를 대로 오른 지수가 이제는 꼼짝 않는 세연에게 달려들어 보란 듯이 마구 그녀의 몸을 흔들어 대며 악을 써 대기 시작했다. 그러거나 말거나 세연은 침착했다.

"야! 이 미친 것아, 당장 그 말 취소하지 못해? 취소해! 알았어?"

지수가 떠나가라 악을 썼다.

핏발 선 눈에 산발한 머리칼로 악을 쓰는 게 꼭 미친 여자 같았다. 그럼에도 세연은 아무 말 하지 않았다. 반쯤 이성을 잃고 달려든 지수가 마구 때리고 난타전을 벌여도 묵묵히 당해 주는가 싶게 가만히 있었다. 아무런 항변도, 아무 말도 하지 않았다. 꼭 더는 상대할 가치가 없다는 것처럼. 이제 그녀도 참을 만큼 참은 것이다.

그러한 느낌을 지수 역시 받았는지 악다구니를 쓰다가 갑자기 고개를 돌렸다. 그러더니 그 광경을 계속해서 보고 있던 기우에게로 화살을 돌리는 게 아닌가.

"……권기우."

독이 오른 지수가 완전히 이성을 잃어버린 것처럼 막말을 내뱉었지만, 정작 기우는 관심도 주지 않았다.

지수는 그런 그를 놓칠세라 집요하게 노려보고 있었다.

그럼에도 기우는 태연했다.

얼마나 혹독하게 지수가 고용한 남자가 손을 보았는지 기우의 얼굴은 상처 투성이였다. 무리들 십여 명을 써서 힘으로 굴복시켰어도 기우는 조금의 동요도 없었다. 여전히 제왕처럼 군림하듯 말없이, 그를 폭행한 이들을 내려다보는 것만 같았다.

그것도 모자라서 그저 얼어붙은 것 같은 눈은 고요히 지수를 바라보았다. 노려보지도 않았다. 그저 관심 없다는 듯 지수를 무심히 바라볼 뿐. 그 검은 눈동자가 한없이 어둡게 가라앉았다 느껴질 즈음, 기우가 입을 열었다.

"……너."

다음 순간 기우가 입꼬리를 끌어 올리며 빙그레 웃으면서 말했다.

"너무 날뛰는 것 같아."

기우가 여전히 미소 띤 채로 경고하듯이 느리게 말했다.

"우리 사촌 형이 버릇을 잘못 들였나. 애완동물이 주인의 얼굴까지 할퀴면 곤란해. 그다음 날 버려질지도 모르니까. 아니, 내장까지 파헤쳐져서 길거리에 버려질지도 모르지. 그게 바로 김효중의 취향이니까."

상냥한 어조였다.

믿기 어려울 정도로 부드럽고도 타이르는 듯한 음성.

얼핏 들으면 지수에게 몸소 충고를 해 주는 듯 다정함까지 묻어났다. 그러나 그 눈은.

의아해져 말없이 바라보던 세연은 절로 온몸이 얼어붙는 기분이었다. 이 순간 지수를 말없이 보는 기우의 눈은 너무도 싸늘했다. 그저 바라보는 시선에서 느껴지는 경멸과 차가움에 절로 얼어붙는 느낌이 들었다.

그런데 당사자인 지수는 어떻겠는가.

말없이 보고 있어도 느껴지는 냉기 어린 시선에, 그 경멸과 차가운 분노에 눈이 커지고 서서히 동요하는 게 보였다.

아무리 천하의 지수라고 해도 초연할 수 없었으리라.

다른 사람도 아닌 권기우가, 특히나 창고 안의 분위기를 마치 좌지우지하기라도 하듯 특유의 존재감을 발산하는 그가 던지는 말없는 시선은 너무도 위력적이었기에.

무엇보다 그 건조한 검은 눈이 말없이 비난하듯 지수를 바라보고 있었다. 평소엔 은테 안경 속에 가려져 있지만, 상징적인 것처럼 말없이 바라보는 그 눈. 아무런 감정도 느껴지지 않고 보는 이에게 모멸감과 모욕감을 느껴지게 만든다. 인간이 아니라 무생물을 보듯 감흥 없는 시선. 꼭 단죄하듯 말없이 못 박힌 기우의 눈. 그러자 지수가 부르르 몸을 떨었다.

"……아니야!"

지수가 부르르 떨더니 악을 썼다.

떠나가라 소리를 지르자 역시 말없이 있던 효중이 인상을 썼다. 처음으로 잔뜩 찡그린 얼굴. 마음에 들지 않는다는 눈치다. 그럼에도 지수는 소리를 멈추지 않았다. 그 광경을 보던 세연은 효중을 보는 지수의 표정에 공포가 스쳐 지나가는 것을 눈치챘다.

그런 것이리라. 저 남자에게서 느껴지는 음습함, 삐뚤어진 광기. 자신을 누르기 위해 지수는 효중을 상대하며 효중의 힘을 빌리되, 내심 그 음습한 삐뚤어짐은 감당하기 싫었으리라. 지독히도 이기적이고 자기 편리할 대로 생각하는 지수의 성격에 그러지 않을 리가 없다. 오로지 자신의 안위만 위하니까. 남을 짓밟아서라도 안온하고 편안한 생활만 원하니까.

"당신, 기분 나빠! 무슨 말을 하는 거야? 들었죠? 이 사람이 무슨 말을 하는지. 이 인간 밟아 버려요! 다 죽여 버려. 더는 뜸들일 필요 없잖아. 이렇게 신경을 긁는데, 더는 참을 필요 없잖아요? 숨길 필요도 없어. 다 말해요! 이왕 지사 이렇게 된 거, 오늘 여기서 다 끝내!"

지수가 완전히 이성을 잃어버린 것처럼 날뛰었다.

새빨갛게 충혈된 악귀와도 같은 눈동자, 살기까지 담은 시커멓고 음험한 악의가 느껴져 세연은 움찔했다. 이 순간 거짓말처럼 지수의 울음소리가 순식간에 튀어나와 사방으로 퍼져 간다. 그러자 효중이 못마땅하다는 듯 얼굴을 찡그렸다.

그는 안경을 추켜올리며 다음 순간 지수에게 단호하게 명령했다.

"가만히 있는 게 좋아, 지수야."

그러자 몸부림치던 지수가 움찔했다.

마치 보이지 않는 미세한 바늘로 예민한 그녀의 어느 부분을 찌른 것처럼. 동시에 그 광경을 보던 세연은 알아차렸다. 약점, 상대의 약점을 손에 쥐고 남자는 공격한다. 아마도 지금껏 그래 왔을 것이다.

그렇게 살아남았겠지.

세연의 시선은 남자의 왜소해 보이는 마른 다리에 머물러 있었다.

얼핏 보기엔 남들과 똑같이 걷는 것처럼 보였다. 부단한 노력으로 마침내 느리게 앞으로 걸어 나온 남자가 천천히 안경을 벗었다.

그러자 마치 박제된 것 같은 유리알처럼 무표정한 동공이 드러났다. 꼭 감정이라곤 없는 유리 눈동자를 보는 것만 같았다. 안경을 벗자 더욱 잠자리를 연상시키는 눈이 매섭게 기우를 쏘아보고 있었다.

"여전하네, 네 녀석은."

이읏고 기우와 더불어 서원그룹의 차기 후계자로 거론 중인 김효중이 빙그레 웃음 지어 보였다.

"항상 효과적인 공격을 가하네. 이번에도 봐, 지수가 도무지 정신을 차리지 못하네."

"아, 잠깐만. 다시 한번 말해 줄래? 난 지금껏 그게 형이 즐겨 쓰는 방법이라고 생각했었는데. 동남아 리조트에서 효명이를 해치운 것처럼."

第 66 幕

기우 역시 아무렇지 않게 말을 받으며 보란 듯이 느리게 미소 지었다.

회상에 잠긴 것처럼 촉촉이 젖은 눈은 기이하리만큼 매혹적인 열기를 발하고 있었다. 흐트러진 머리칼, 긴 다리는 포개지듯 조금은 구부정하게 있되 눈만은 맑았다. 그 모든 것을 가늠하고 꿰뚫어 보듯 예리한 안광을 발하는 눈만은. 이리저리 걷어차이고 얻어맞은 기색이 선연해도 그런 그에게선 언제든 일어나 상대에게 반격할 것만 같은 고고한 기품이 흘러넘쳤다. 창고 안에 있는 이들이 숨죽여 눈을 떼지 못할 정도로.

"늘 묻고 싶었는데 공적인 자리에선 형이 대답할 일이 없을 것 같아서 묻어 두었어. 이제 와서 묻지만 어떻게 된 거야? 아, 물론 짐작은 가지만 자세한 과정이 궁금해서 말이야. 항상 덫을 쳐 놓고 결정적인 순간에 방심하게 해, 바지 뒷주머니에서 예리하게 깎인 칼을 꺼내 들었겠지."

기우가 묘하게 미소 지었다.

"그러니 대답하기 싫으면 안 해도 돼."

묘한 웃음이었다.

얼핏 보면 따스하고 정중하면서도, 듣는 이를 예리하게 찢어발기는 것 같은 가장 깊은 곳까지 파고드는 어조.

무엇보다 그의 태도는, 그의 눈빛은 차갑고 냉혹했다.

네가 한 짓을 잘 알고 있고, 네가 어디를 간다 해도 피할 수 없을 거라는 듯이 가차 없이 내리꽂히는 시선. 그저 바라보기만 할 뿐인데 깊고 검은 눈동자는 상대를 봐주지 않고 따라다녔다. 가차 없는 심판자의 눈빛. 단죄하는 그 눈빛은 결국 성공했다.

"……!"

박제된 눈같이 기분 나쁘고 음습한 빛을 띠던 효중의 눈빛이 움찔 동요하는 것이 보였다. 효중이 창고 안의 남자들의 시선을 의식하듯 헛기침을 하며 입을 열었다.

"항상 넌 그랬었지. 기분 나쁠 정도로 똑바로 쳐다보면서 신경 쓰이게 하는 말을 했지. 조모님 앞에서도 전혀 위축되거나 눈치를 보는 게 없었어. 오히려 조심스럽게 대하려는 날 눈치나 보고 이상한 놈으로 만들었으니까. 그런 거슬리는 구석이 너한테는 있었어."

"그랬겠지. 항상 조모님의 눈치를 보고 어떻게 하면 점수를 얻을 수 있을까 궁리하고 골몰하면서, 어떻게 하면 날 뒤에서 쓰러뜨릴 수 있을까 몰두하느라 바빴던 건 형이었으니까. 형은 항상 바빴잖아? 지금까지 날 견제하느라. 행여나 내 성과가 조모님 귀에 들어갈까, 형 라인에서 철저하게 막았던 걸로 아는데."

기우가 담담히 말을 받았다.

공격을 받아치는 것도 아닌 고요하고도 차분한 어조. 그저 형식적으로 담담히 사실을 고하는. 그런 그의 음성엔 한 치의 머뭇거림도, 거짓도 없었다.

무엇보다 자세한 의미를 알 수 없는 그들의 대화에 창고 안의 남자들의 시선이 보일 듯 말 듯 머물렀다.

왜소한 체격에 안경을 벗은 효중의 눈이 부르르 분노로 떨리고 있었다. 의도적으로 훈련된 것 같은 이지적이고 깔끔한 느낌은 사라졌다. 그런 그에게서 묻어나는 것은 기분 나쁜 음습함이었다.

그에 반해 기우의 모습은 어떤가.

여전히 한 치의 흔들림 없는 태도로 굽어보듯 시선을 향하면서도 자세를 흐트러뜨리지 않는다. 비록 여기저기 얻어맞고 다쳐 엉망인 몰골을 하고 있어도, 그런 그에게서 느껴지는 것은 자기 자신의 존재에 대한 존엄이다.

내색하지 않아도 효중 역시 그런 기우의 오라에 동요된 듯 부르르 몸을 떨었다. 연민까지 섞인 음성에 효중의 동공이 미세하게 흔들리는 게 보였다.

곧이어 효중이 이를 악물며 말했다.

"닥쳐!"

안경을 벗은 효중이 깔깔하게 갈라진 목소리로 언성을 높였다.

밧줄에 묶인 채로 세연은 시선을 주었다.

그간 매스컴에서 보았던 익히 가면을 쓴 것 같은 선량한 사업가의 모습이 서서히 무너지고 있었다. 신경질적인 사촌 형의 어조에도 아랑곳하지 않고 기우가 말을 이어 갔다.

"물론 부정은 못 할 거야. 지난 시간 동안 형은 부단히 날 끌어내리려 애써 왔어. 그리고 결국 성공했지. 조금은 우스운 상황이지만 말이야. 뭐 일대일로 맞선 게 아니라서 아쉽긴 하지만 이것도 썩 나쁘지는 않아."

그 말과 동시에 기우가 가차 없이 발톱을 드러냈다.

세연의 눈으로 보고도 믿기지 않을 정도로 무시무시한 시선으로 동요하는 효중을 노려보았다. 평소 완벽하게 제어된 팬텀 엔터테인먼트의 냉혹한 투자자이자 서원그룹의 전략마케팅팀 실장이 아니었다. 이 순간 그를 감싼 껍질을 벗어던지듯 가혹하고도 냉정한 음성으로 효중을 벼랑까지 몰아붙였다.

"마지막 기회를 줄게. 여자애들은 돌려보내. 이 애들끼리 할 이야기가 남아 있으니까. 일대일로 형과 나, 둘이서만 끝내. 더는 미룰 필요가 없을 텐데. 아닌가?"

"뭐? 무슨 소리를 하려는 거야. 건방진 놈! 말도 안 되는 수작은 집어치워. 그리고 지금 네 녀석이 처한 상황을 까맣게 잊었나 본데……."

그러자 기우가 빙그레 웃으며 다시금 되물었다.

"다시 한번 묻겠어. 자, 이번이 진짜 마지막 기회야. 형, 정말 여자애들 안 내보낼 거야?"

"미친 놈! 아직도 정신 못 차리고 어디 수작이야. 정세연한테 푹 빠져서 정신도 못 차리나 본데."

다음 순간 효중이 야비한 미소를 지으며 말하자, 그 광경을 하얗게 질린 얼굴로 모두 지켜보고 있던 세연은 귀를 의심했다.

"뭐 그렇게 저 여자애가 좋다면 풀어 줄게. 먼저 네 녀석 다신 걷지도 못하게 손봐 주고 나서 그때 정세연을 선물로 줘야지. 여기 있는 녀석들한테 감사 인사로. 돌아가면서 재미 보고 그 뒤에 풀어 줄게. 그건 염려하지 마."

그러자 힘이 빠진 것처럼 축 늘어져 있던 지수가 다시금 득의양양한 표정으로 용수철처럼 튀어 오르듯 기운을 되찾았다.

정적이 흘렀다.

세연의 얼굴이 납처럼 굳어지자 한시도 그녀에게서 눈을 떼지 않던 기우가 천천히 입을 열었다.

"뭐 좋아, 난 분명히 마지막 기회를 줬어. 저버린 건 형이야. 예전에도 그랬듯이."
그런 그의 입가엔 그린 듯한 미소가 떠올라 있었다.
"굳이 기억이 안 난다면 친절히 알려 주지. 입에 올리기도 싫지만 뭐, 그 정도 수고는 해 주겠어. 친히 여기까지 불러서 남자들 시켜서 몽둥이로 두들겨 패 줬으니 그만한 답례는 해야지."
갑자기 고개를 돌려 얼굴이 붉으락푸르락한 효중을 뚫어져라 본 기우가 소름 끼칠 정도의 냉혹한 어조로 말했다. 약물에 당했다고는 믿기지 않게, 초인적인 힘을 발휘해 효중을 쏘아보는 그의 눈길은 심판관처럼 냉혹했다.
"고스란히 뒤집어씌웠잖아. 형이 날 VIP 클럽으로 불렀을 때 기억나. 이미 효명이 녀석은 술이 떡이 되어 있었지. 알고 있었어. 형이 일부러 엄청 술을 먹였다는 것도. 그러고는 녀석의 잔에다 엄청난 양의 약물을 수면제랑 섞어서 친히 넣어 주었지. 효명이는 언론의 집중 포화를 맞았고, 몇 년 후에 동남아에서 죽었지. 그 사실을 들킬까 전전긍긍하던 형이 이참에 날 제거하려 청부 살인을 사주한 거야."
"닥쳐!"
"때마침 외조모님이 내게 주식을 증여하기로 하셨지. 이사회에서도 내 쪽으로 임원들의 마음이 기우니까 형은 초조해진 거야. 아닌가?"
들려오는 믿기지 못할 내용이 이어질수록 세연의 얼굴은 창백하게 질렸다. 자신이 듣는 말이 진짜인지 아닌지 헷갈릴 지경이었다. 어느 것이 진실이고 거짓인지, 한 치의 흑백 명암도 가려낼 수 없는 혼돈이었다.
무엇보다 믿을 수 없으리만큼 고요하고 평정 어린 그의 어조. 모르는 사람이 들으면 꼭 남의 이야기를 하는 것처럼 태연하고 여상한 투였다.
기우의 침착한 목소리에 미세한 균열을 일으키듯 서서히 효중의 표정이 변했고, 어느 순간 완전히 무너졌다.

다음 순간 세연은 멈칫했다.

효중은 악마가 아닐까 싶게 기괴하게 일그러진 얼굴을 하고 있었다. 완전히 가면을 벗어 던진 것 같은 추악한 살기를 담고 무시무시하게 기우를 노려보았다.

"아……!"

세연은 외마디 비명 섞인 소리를 냈지만, 예상했던 일이었다는 걸까. 기우는 침착했다. 한 치의 흐트러짐도 없이 그저 말없이 효중을 마주 보고 있었다. 침묵으로 그를 단죄하듯.

그 냉혹한 심판관의 시선엔 도망갈 길이 없다. 벗어날 출구란 없는 것이다. 마주한 것이라곤 모든 것을 꿰뚫어 보는 듯한 오로지 심연과도 같은 냉엄한 시선이다. 흔들림 없는 검은 눈이 뚫어져라 쳐다볼수록 효중은 움찔했고 마침내 폭발했다.

효중의 눈이 사납게 번득였다.

이윽고 효중이 이를 갈며 명령했다.

"끌고 가."

第 67 幕

휘잉, 바람이 불어왔다.

창고 안에는 몇 개의 방이 있었다.

놀랍게도 겹겹의 칸막이를 친 것처럼 구별된 개별적인 방에 효중은 기다렸다는 것처럼 남자들을 시켜 그들을 끌고 왔다.

조용한 방 안엔 정적이 감돌았다.

세연은 아직도 이 상황이 실감 나지가 않아 눈을 깜빡이며 효중을 보았다.

그래도 명색이 서원그룹의 차기 후계자로 거론되는 인물인데, 기우의 사촌 형인데 그가 이런 일을 자행하다니 믿기지가 않았다. 그만큼 기우를 향한 원한이 뿌리 깊다는 걸까. 너무 깊어 모든 것을 직접 부숴 버려야 직성이 풀린다는 걸까.

가습기 소리만 규칙적으로 나는 어두운 방 안, 탁 불이 켜지는 소리가 들리고 남자들은 끌고 온 기우를 그대로 방바닥에 내팽개쳤다.

그러자 효중이 기다렸다는 듯이 다가섰다.

그의 눈은 교활한 이리처럼 사납게 번득이고 있었다.

"설마 내가 이 정도 준비도 안 하고 널 끌고 올 거라 생각한 건 아니겠지?"

잔뜩 독이 오른 효중이 물었다.

그러나 기우는 대답하지 않았다.

그러자 바짝 약이 오를 대로 오른 효중의 득의양양한 음성이 방 안에 메아리쳤다.

"원래대로라면 네놈이 이런 데 올 리가 없었겠지. 절대로 잡힐 일이 없는 놈이라는 것도 알아. 넌 세상에서 네가 제일 잘난 줄 알지? 네가 보통 놈이 아니라는 건 인정해 주지. 하지만 잘 들어. 너만 머리가 있는 게 아니야. 결국 넌 잡혔고 그건 저 계집애 때문이야. 킥킥, 재미있어. 그 잘난 권기우께서 잡힌 게 웃기게도 사랑 때문이라니. 그렇지?"

그럼에도 그는 침묵했다.

완전히 흥미를 잃어버린 것처럼 그의 눈빛은 꼭 어두운 흑요석처럼 빛났다.

여전히 상대를 불편하게 하는 시선. 네가 한 모든 짓을 알고 있고 널 꿰뚫어 보고 있다는. 그 불길하게 빛나는 눈빛에 이성을 잃은 효중이 결국 고함쳤다.

"이제 다 끝났어! 보다시피 이사회도 그렇고 모든 게 엉망진창이 됐어! 조모님도 주식을 증여했고 다 끝났지! 이게 다 네 녀석 때문이야. 이제 끝을 보고야 말겠어."

악귀의 외침이 이러할까.

눈이 시커멓게 뻥 뚫려 버린 악귀처럼 발악하며 고함친다. 어린 시절부터 조부의 눈치를 살피며 자라 삐뚤어진 성정이 친친 뿌리를 내리는 것처럼, 그렇게 원한을 품은 고목처럼 위협적으로 고함쳤다. 그 광경을 보고 있던 세연은 절로 소름이 끼쳤다.

"끌고 가! 저 녀석을. 곧바로 시작할 거야."

그럼에도 기우는 여전히 눈 하나 깜짝하지 않았다.

중요한 건 그게 아니라는 것처럼.

그러지 않고서는 그의 저 초연한 태도가 설명되지 않았다. 어떻게 저 미치다시피 날뛰는 사촌 형의 삐뚤어진 광기에도, 기분 나쁘게 음모를 꾸며 대는 음습함에도 초연할 수 있을까. 무엇보다 악의, 그랬다. 호시탐탐 기회를 엿보며 지금껏 그를 송두리째 삼켜 버리려는 시커먼 악의에도 어떻게 눈 하나 깜짝하지 않을 수 있을까.

이 순간 세연은 깨달았다.

저 굳건히 버티고 서서, 웬만해선 동요하지 않는 태도가 그를 돋보이게 만들어 준다는 것을. 그래서 지금껏 살아남은 것이리라. 어린 시절 목도한 어머니의 죽음에서, 냉정하고 잔인했던 공포 그 자체인 세상에서. 하지만 그만큼 꿈틀거리는 날것과도 같은 세상에서 숨을 쉬었겠지.

동시에 다시금 실감한다. 그와는 닮은꼴이라는 것을. 하지만 그녀는 어땠나. 오로지 지수와 단 한 번이라도 맞닥뜨리기 위해 그녀 역시 안달이었다. 죽기 전에 단 한 번이라도 지수에게 되갚아 주고 싶었는데. 일방적으로 얻어맞는 게 아닌. 겉으로는 자신의 잃어버린 세월, 예전 같지 않은 눈과 이름, 부모님이 있는 원래의 자리로 되돌아가기 위해서라는 명분을 내세웠지만.

결국 허무한 싸움이었던 거다.

"……."

세연은 어느 순간 툭, 이성의 끈이 끊어져 버린 것처럼 넋이 나가 있는 지수를 흘낏 쳐다보았다. 산발한 머리칼에 하도 악을 쓰고 깨물어 터져 피가 나는 입술. 얼핏 보면 제정신이 아닌 것 같다. 난 왜 저 애를 죽이지 못해 안달이었나? 왜 여기까지 왔나. 결국 부질없는 것을.

그만 있으면 되는데, 어리석었다.

그랬다. 기우만 있으면 되는 것을.

저게 뭐라고.

여전히 난 정세연이고 저 애는 유지수이고. 달라지는 것은 아무것도 없는데. 어쩌면 그녀를 습격한 지수가 미안하다고 사과하는 그 한마디를 듣고 싶어서 여기까지 달려온 것 같아, 세연은 지그시 입술을 깨물었다. 죽기 전에 절대로 지수가 그럴 일은 없는데도, 불가능한 일을 바라고 꿈꿨다.

그러니 그를 구하자. 어떻게든. 비록 묶여 있어도 지금이라도 어떻게든 그를 구해야 한다. 나 때문에 다치게 해선 안 돼!

"……기우!"

그 절박한 바람을 담아 세연이 외쳤을 때였다.

아니, 외치려 했을 때 갑작스레 섬뜩한 감촉이 그녀의 팔에 느껴졌다. 스르륵, 팔뚝에 느껴지는 급작스런 싸늘한 감각에 본능적으로 위험을 감지한 세연이 고개를 돌렸다. 하지만 이미 반짝이는 주사 바늘이 그녀의 팔을 찌른 후였다.

"……안 돼! 아……."

따끔, 하는 느낌이 나더니 순식간에 기이한 느낌이 전신으로 퍼져갔다.

내게 무슨 짓을 한 거지?

채 깨닫기도 전에 후후, 기분 나쁘게 웃는 효중의 웃음소리가 들려왔다.

"원래는 내가 직접 나설 일이 없었는데. 그렇게 주변에서 잘났다 칭송하는 놈이니까. 이건 알아 두셔야지, 이게 다 네놈 때문이란 걸. 덕분에 결국 네놈을 끌어냈으니 확실하게 종지부를 찍어 줘야겠지. 끌고 가서 처치해."

아…….

세연이 당한 짓을 자각하자마자 거짓말처럼 몽롱해졌다. 온몸이 물에 젖은 솜처럼 무겁다. 순식간에 퍼져 가는 약 기운 속에서 노골적인 악의가 담긴 기분 나쁜 웃음소리만 끝까지 들려왔다.

"직접 네 눈으로 보는 기분이 어때? 피도 눈물도 없는 네놈이 세상에서 유일하게 사랑하는 여자가 눈앞에서 죽어 가는 걸 보는 기분이? 킥킥, 네놈 잘난 말투로 말해 줄까?"

그러고 나서 효중이 들으란 듯 억양을 바꿔 말했다.

"정세연은 치사량이 넘는 약을 놓았으니 곧 죽겠지. 그리고 잘난 너 역시 최후를 맞이하는 거야. 물론 네 여자가 돌아가면서 범해지는 걸 보면서. 최고의 카타르시스지."

모든 게 아차, 할 사이였다. 비명 소리도 나오지 않았다.

"언론엔 다 손을 써 두었어. 너희 둘은 스스로 약을 투여하고 창고에서 시체로 발견된 걸로 처리되겠지. 경찰 조사를 한다고 시간 끌다가 결국 사인은 약물 중독으로. 유지수에게 앙심을 품은 정세연이 납치극을 벌이다가 유지수는 가까스로 탈출했고. 네 어린 시끄러운 계집애 때문에 온갖 자극적인 헤드라인의 신문들과 인터넷 기사들이 판을 치겠어. 한바탕 시끄럽다 조용해질 때쯤, 그땐 그리워질까? 끝까지 무서운 것 없이 내게 기어오르던 네놈이."

보이는 것이라곤 오로지 암흑이었다.

서서히 세연의 몸은 축 늘어졌다. 진실과 거짓이 뒤엉켜 혼돈이 뒤고 뒤범벅된 어지러운 실타래 같은 순간. 그럼에도 들려오는 것은 흔들림 없이 단호한 그의 목소리였다.

기우가 차갑게 말했다.

"마지막으로 이건 알아 둬. 형이 그렇게 몸부림칠수록 조모님은 인정 안 하고 멀어져 갈 테니까."

섬뜩할 정도로 냉엄한 어조였다.

"끝내 형은 원하는 걸 손에 넣을 수 없어. 평생 인정받지 못하고 괴물로 죽는 거야."

"뭐! 뭐라고……? 네가 뭔데, 네 녀석이 뭔데! 네까짓 게 뭐라고 이러는 건데. 이 망할 개자식아! 사사건건 내 앞길 그만 막아서라고."

그리고 폭발해 버린 시커먼 악의. 사정없이 그를 집어삼킨다.

"네놈만 세상에서 없으면 돼. 나는…… 그럼 아무 문제 없어. 저거, 끌고 가서 처리해."

안 돼! 안 돼…… 아!

세연은 몸부림쳤으나 그럴수록 몸은 더 축 늘어졌다. 그러고는 비명 소리도 흘러나오지 않고 거짓말처럼 그녀의 입 안에서만 맴돌다 사라졌다.

효중이 손을 들자 음산한 얼굴로 기우를 질질 끌고 가는 남자들이 보였다. 보란 듯이 넓은 방 한가운데에 그를 놓고선 무차별로 걷어차기 시작했다.

"……!"

날카로운 침이 수십 개 꽂히는 것만 같았다.

흐느적거리며 흩어지는 믿기지 못할 광경에 숨이 멎을 것만 같아 세연은 흐느꼈다. 하지만 남의 손발처럼 축 늘어져 힘이 들어가지도 않는 그녀의 몸은 하다못해 그 가냘픈 흐느낌 소리조차도 거부했다.

오로지 산산조각 난 파편처럼 드문드문 흩어지듯 눈앞에서 희미하게 그의 모습만이 보일 뿐이었다.

퍽! 퍽!

남자들이 보란 듯이 기우의 다리를 걷어찼다. 그의 얼굴을 짓이겼다.

그러고는 다시금 일으켜 세웠다.

놓칠세라 그 모습을 지켜보던 효중이 즐거워하는 말투로 말했다.

"이제 하이라이트군. 확실하게 처리해."

섬뜩하도록 환희에 찬 어조였다.

오로지 이 순간을 염원해 왔다는 듯 기쁨과 희열로 떨리기까지 하는 음성. 그 음성을 듣자 절로 몸이 떨려 왔다.

저 넘실거리는 새카만 악의로 지금껏 보이지 않는 곳에서 기우의 사업체를 망치려 얼마나 애를 썼을까? 그의 인생을 파괴하고 끝장내려고.

그때였다. 남자들이 주사기를 손에 들고 다가가자 급작스레 고개를 든 기우가 물었다.

"후회는 없어?"

그러자 들려오는 급작스러운 어조에 남자들이 일순간 당황한 표정을 드러냈다.

엉망으로 흐트러진 머리칼, 상처 난 얼굴엔 피까지 흐르고 있었다. 아무렇게나 입술의 피를 닦으며 기우가 미소 지으면서 물었다.

"확신 없는 짓은 안 하는 게 좋아. 나도 슬슬 언제까지 참을 수 있을지 한계가 와서 말이야."

의미심장한 어조.

그 안엔 나직하지만 위력적인 경고가 담겨 있었다.

"후회하지 않을 자신은 있나?"

기우의 말에 주춤하던 이들이 곧 크게 웃음을 터뜨렸다. 잠시 동요했다는 것을 숨기기라도 하듯 일부러 큰 웃음을 터뜨리며 과장스럽게 그에게 다가섰다.

"어디서 말도 안 되는 소리를 지껄여."

그 말과 동시에 남자들이 우악스레 미동 없는 그를 잡아서 팔을 들어 올렸다. 그리고 순식간에 주사를 놓았다. 그 모습을, 모든 명령을 내린 효중이 만족스레 바라보고 있었다.

"하긴, 약 기운이 퍼져 가는 가운데 네가 사랑하는 여자 앞에서 죽는 것도 괜찮겠지. 뭐, 낭만적이야. 어디 한번 가 볼 수 있으면 가 봐."

효중이 득의양양 만족스레 고개를 끄덕이며 손을 들어 가리켰다.

"어서 가 봐. 저기 죽어 가는 여자애 안 보여? 지금껏 넌 대단한 인간처럼 살아왔을 텐데? 그 잘난 권기우께서 왜 아무것도 하지를 못하지? 왜?"

흡족한 어조였다.

무리들에게 붙잡혀 축 늘어진 기우를 보는 얼굴엔 진한 승자의 만족감이 묻어져 나왔다.

"자, 어서 헤엄쳐서 가 봐. 네 눈앞에서 저 여자애가 죽기 전에."

마지막 관용을 베풀듯이 효중이 눈짓하자 남자들이 보란 듯이 기우를 잡은 손을 놓았다.

털썩.

그러자 그는 비틀거리면서도 정말로 그녀가 있는 쪽으로 향해 오기 시작하는 게 아닌가. 와하하. 무리들이 웃음을 터뜨렸다. 요란한 웃음소리에도 기우는 개의치 않았다. 세연은 혼란스러워졌다. 손가락 하나 움직일 수 없었다. 쿵쿵, 쿵쿵. 심장이 빠르게 뛴다. 터져 버릴 것만 같다.

보이는 것이라곤 오로지 파열하듯 일그러진 흐릿한 시야와 뜨겁게 살아 용솟음치는 그를 향한 감정, 한데 뭉텅 몰려오듯 진득하게 느껴지는 통증.

그리고 지금 그가 세연을 향해 다가오고 있었다.

휘청거리면서도, 힘겹게 기어 오다시피 그녀에게로 향하는 시도를 멈추지 않았다. 얼마나 고통스럽고 아플지. 그 눈물 겨운 절실한 시도에 서서히 시야가 흐려진다. 목이 메어 왔다. 붉게 충혈된 눈이 아프다.

물에 젖은 솜뭉치처럼 형편없이 축 늘어진 몸으로 입술을 달싹인

다. 메말라 버린 것 같은 부르튼 입술을 열어 부르고 또 부른다.

"……기우, 하아…… 기우, 기우."

신열 같은 그 이름.

자각도 하기 전에 사랑해 버린 내 반신.

태어나 얼마 안 되어서 카메라를 보며 재롱을 부렸을 때부터, 반비례하듯 마음은 조금씩 메말라 갔다. 어느 순간 어린아이 같지 않게 조숙한 눈동자 속에 마음을 품고 있었다. 열사의 사막처럼 메말라 버린 마음을.

그리고 그 마음속에 태어나 처음으로 그를 품었다.

– 그냥 지나가다 네가 보여서 도와줬을 뿐이야.

꼭 눈부신 신기루처럼 그녀의 마음을 단번에 사로잡아 버리고, 실제로 만났을 땐 더했었지. 이 순간 붉게 충혈된 세연의 눈엔 눈물이 맺혔다. 그를 만난 걸 한 번도 후회해 본 적 없다.

"……세연."

이 순간 그가 불렀다.

기우가 피 묻은 입가에 어떻게든 미소를 지어 보이려 했다. 밤하늘에 떠오른 일그러진 초승달처럼 묘하게 슬퍼 보이는 웃음. 그러고는 필사적으로 그녀를 향해 손을 뻗쳤다. 퍼져 가는 약 기운에 손가락 하나 움직일 수 없어 축 늘어진 세연은 끊겨 가는 의식 속에서도 기가 막혔다.

이 사람은.

이러한 상황에도 어떻게 미소를 보일 수 있는 것일까. 그녀를 향한 미소. 하다못해 그것이 최후의 순간이라 해도 변함없다. 냉엄함까지 느껴지는 일관된 태도로 기꺼이 자신의 최후를 향해서 걸어간다. 세연의 눈에서 소리 없는 핏물과도 같은 눈물이 후드득 떨어졌다.

"아, 하아…… 나, 나 때문에…… 미, 미안해……."

접착제로 붙인 것처럼 떨어지지 않는 입을 수없이 달싹여 힘겹게 말한다. 이 모든 게 그녀 때문에 벌어진 일이니까. 그 미안하단 감정을 힘겹게 읊조리자, 아아…… 잊을 수 없다. 기우가 그녀를 향해 가만히 미소 지은 것이다.

항상 건조하리만큼 표정 없던 검은 눈이 일순간이지만 마음을 채우듯 따스한 빛을 내뿜었다.

"미안해하지 않아도 돼…… 세연아……. 너 때문에 세상이 잠시 아름다워 보였으니까. 살 만한 곳으로 보였지. 그 잠깐의 기적……."

그 말과 동시에 그녀에게 기어 오다시피 한 기우가 힘겹게 손을 뻗었다. 그러고는 떨리는 그녀의 손 위에 자신의 손을 포갰다. 두 사람은 절실히 서로를 갈구하듯 이마를 맞댔다. 마지막으로 본능적으로 서로의 체온을 찾았다.

"와하하!"

그리고 남자들의 커다란 웃음소리가 울려 퍼졌다.

"놀고 있네!"

"얼마나 애틋한지 눈꼴시어서 못 봐 주겠네. 누가 탤런트 아니랄까 봐 영화 찍나? 우리끼리 보기 안타깝네."

노골적인 비웃음 소리.

남자들이 휘파람을 불어 대고, 이윽고 그 광경을 모조리 지켜보던 효중이 다시금 손을 쳐들었다. 그러자 검은 양복을 입은 남자들이 기다렸다는 것처럼 다시금 바닥에 널브러진 그들을 향해 걸어오기 시작했다.

"……기우."

그 광경을 보던 세연의 눈에 다시금 눈물이 맺혔다.

이 모든 게 자신 때문이라는 자괴감을 참을 수가 없었다.

자신만 아니면 다칠 일이 없을 사람인데.

"도, 도망쳐…… 요, 제발…… 제발, 하아……."

머릿속이 빠르게 요동치듯 빙글빙글 돈다.

마치 회전목마가 쉴 새 없이 빠르게 움직이듯, 사방으로 온통 빛의 파편이 흩어지며 반짝였다. 이대로 숨이 끊어지지 않을까 싶게. 어지럽고 구역질이 났다. 두렵다.

나, 이대로 죽는 건가?

"우욱."

세연은 결국 토했다.

그 순간에도 그녀는 충혈된 눈 사이로 쉴 새 없이 흘러내리는 물기 속에 쥐어짜듯 마지막 메시지를 전했다.

필사적인 부탁을.

"제발 도망쳐……. 나 버려……."

그때 다가오는 사내들을 차가운 눈으로 보고 있던 기우가 말했다.

"걱정하지 마."

그가 미소 지으며 그녀의 흔들리는 손가락을 쓰다듬었다.

"잊지 마……. 네 곁엔 내가 있어. 혼자가 아니란 걸."

힘겹게 속삭이듯 그 말을 내뱉은 기우가 말없이 그 광경을 지켜보고 있는 효중을 노려보면서 소리 내어 말했다.

"이상하다고 생각하지 않았나? 평소의 날 안다면 카드패가 없다면 여기 들어오지도 않았을 텐데."

그 말과 동시에 기우가 바닥을 두들겼다.

탁탁.

꼭 신호처럼.

잘 구부러지지도 않는 우아한 손마디를 힘겹게 움직여 바닥을 두들겼다. 세연은 가쁜 숨을 내쉬었다.

아…… 이대로 끝나는 건가.

사방이 빙글빙글 빠르게 돌았다. 이대로 삼켜지지 않을까 싶게 빙빙 돈다. 반짝이는 눈부신 강렬한 빛이 띄엄띄엄 끊기는 시야를 채운 가운데, 세연은 몸을 뒤틀었다.

아, 안 돼! 그, 기우…… 제발.

그때였다.

갑자기 웅성거리는 소리가 들리더니 쾅쾅, 떠나갈 듯 요란한 소음이 들려오기 시작했다.

누군가가 창고의 문을 부수고 들어오려 하고 있었다.

그러자 당황한 듯 효중이 외쳤다.

"어떻게 알고 온 거지? 빨리 막아!"

효중의 지시에도, 갑자기 들이닥친 이들을 막지 못하는지, 무리들이 우왕좌왕하는 기색이었다.

쾅! 쾅!

창고를 때려 부술 듯이 난폭한 기세로 남자들이 들이닥쳤고 와장창, 마침내 창고의 문이 무너졌다.

"……!"

그러고는 일대 혈전이 벌어졌다.

믿지 못할 말소리. 떠나갈 듯한 남자들의 외침과 고함. 무리들이 한데 얽혀 한바탕 시끄럽게 소음이 이는 가운데, 눈앞에서 벌어지는 믿기지 않는 광경에 세연은 혼란스러워졌다. 가열된 눈앞의 광경.

어떻게든 일어서고 싶었지만 여전히 주변이 무너질 듯 빠르게 돌아갔다. 어지럽게 빙빙 돌았고 구역질이 나서 손가락 하나 움직일 수 없었다. 아까 주사로 맞은 약 기운이 온몸에 퍼져 가는 것 같은데…… 이리도 꼼짝할 수 없다니. 세연은 스스로를 원망했다. 그리고 그런 그녀를 감싸기라도 하듯 믿지 못할 말소리가 들려왔다.

"그래…… 의사, 나는 괜찮으니 빨리 진정제를 놔 줘. 난 저 애 없으면 안 되니까 말이야…….”

믿지 못할 나지막한 목소리가 속삭이듯 말한다.

그리고 나서 세연은 귀를 의심했다.

“아니, 난 신경 쓰지 마. 신경 쓸 필요 없으니까 우선 저 아이를…… 부탁하지.”

문이 닫힌 것처럼 멀리서 웡웡대듯 들려오는 말소리. 그럼에도 그 나직한 목소리는 너무도 선연했다. 기우가 갑자기 창문을 부수고 들어온 남자들 중 한 명에게 지시하고 있었다.

“다른 건 필요 없어. 어서 저 애를.”

얼마 지나지 않아, 누군가가 뭔가를 가지고 와서 조심스레 그녀 곁에 놓았다. 세연은 마지막으로 힘을 주듯 눈을 억지로 크게 떴다. 그러자 어지럽게 흔들리는 시야 속, 뭔가를 열고 있는 남자의 모습이 눈에 들어왔다. 이건 뭐지? 혹시 구급 가방인가.

“…….”

그녀가 생각한 게 맞는지 따끔, 다시금 바늘에 찔리는 듯한 느낌이 나고 급하게 응급처치를 하는, 아마도 기우의 수하로 보이는 남자들의 모습이 보였다.

그리고 그다음부터는 띄엄띄엄 생각났다.

평상시에 사고하듯 자연스런 흐름으로 생각과 판단되지 않고, 눈앞이 한꺼번에 뭉뚱그리듯 띄엄띄엄 보였다.

“아니, 부축할 필요 없다. 이대로 서 있어도 돼.”

“하지만 무리하시면…… 위험합니다. 아무리 응급처치를 했다지만 이미 약 기운이 몸에 퍼졌기도 했고, 이러한 상황에서 움직이는 건 확실히 무리…….”

웅성거리듯 희미하게 말소리가 들려오고, 지시를 내리는 그의 목소리를 들은 것도 같다.

"그럼 상황 종료인 건가. 다 처리한 건가?"

"네, 지시하신 대로 처리했습니다. 창고의 문을 열고 진입하기가 어려웠지 그 뒤는 어렵지 않았습니다. 저항은 있었지만 상황은 종결되었습니다. 지금은 다 붙잡아 두었습니다."

기우에게 보고하며 남자가 창고가 장악되었음을 알리자 잠시 침묵이 흘렀다.

그것도 잠시, 기우가 차갑게 잘라 말했다.

"그럼 무리를 지휘했던 장본인은 어디에 있지?"

얼마 안 있어 기우를 다치게 한 남자들 중 한 명이 끌려왔다.

"……."

정적이 감돌았다.

기우는 말없이 버티고 서서 자신을 다치게 한, 가장 많이 폭력을 휘두른 남자를 보기만 했다.

아슬아슬한 정적.

그를 이렇게 만든 이도, 보는 이도 불편하게 만드는 침묵이었다. 무슨 일이 일어날지 예측할 수 없는, 위험천만한 다이너마이트를 보는 기분이 이러할까.

그런 그를 우려의 눈빛으로 보던 이가 입을 열었다.

"괜찮으시다면 그럼 제가 처리……."

그때였다.

말없이 보고 있던 기우가 비스듬하게 몸을 기울이더니, 나른한 어조로 말했다.

"물론 기분 좋았겠지?"

끌려온 상대가 의아해하며 쳐다보자 기우가 웃으면서 말했다.

"아니, 김효중의 개가 된 기분 말이야. 아주 만족해하는 것 같아서."

그 말과 동시에 갑자기 기우가 팔을 뻗쳐 아무렇지 않게 팔꿈치로 상대를 찍어 눌렀다. 그것도 남자가 다친 어깨와 팔, 상처 부위를 정확히 가격했다.

"헛! 으악! 으아악."

무서울 만큼의 악력.

급작스러운 공격에 남자의 비명 소리가 터져 나왔다. 섬뜩할 정도로 무표정하게 응시하면서 기우는 비명을 지르며 몸을 뒤트는 남자를 손으로 꾹 눌렀다. 그대로 뼈를 부러뜨릴 듯이.

"김효중의 시종 노릇은 즐겁게 했으면서 이 정도도 감수 안 하면 안 될 텐데."

차갑게 비웃듯이 말하면서 기우가 느릿하게 묶여 있는 상대와 시선을 마주했다.

"주인이 보는 앞에서 어디 한번 짖어 봐. 아무도 오지 않을 테니. 처절하게 꼬리를 흔들어 봐. 아, 저기서 보고 있는 건가. 다 보고 있어도 네 주인은 도와주러 오지 않는군."

그 말과 동시에 기우는 보란 듯이 손을 들어 가리켰다.

"봐. 저기서 네가 짖는 걸 보고 있군."

그의 말대로였다.

창고 저편에서, 급작스레 쳐들어온 기우의 무리들에 의해 생각지도 못하게 수세에 몰려 이를 갈고 있는 효중의 모습이 보였다.

"형의 졸개는 이렇게 헌신적인데, 막상 주인은 나타나지 않고 시시하잖아. 너무 일방적이라고 생각하지 않아?"

기우가 빙그레 웃으면서 물었다.

그럼에도 그의 눈은 너무나 차가워서, 깊은 우물물처럼 한없이 시려서, 보는 이가 섬뜩할 정도였다. 그 말없는 차가운 멸시에 모멸감을 느꼈는지 곧이어 효중이 이를 갈며 소리를 질렀다.

"권기우! 이 미친 새끼."

"글쎄, 누가 미쳤나 오늘에야말로 제대로 알 수 있겠지."

기우가 나른하게 조소했다.

"난 항상 궁금했거든. 형에게 물어보고 싶었어. 왜 그런 짓을 했는지, 왜 날 끌어내렸는지. 사실 꿈속에서도 형과 싸우는 꿈을 꾸었지. 이렇게 보란 듯이 형의 개들이 지켜보고 왈왈 짖는 가운데 제대로 싸워 보면 어떨까. 처음이자 마지막으로. 그때에도 형은 도망을 갈까?"

기우가 의도적으로 느릿하게 말했다.

"아니면 도망갈 곳이 없으니 결국 선택은 하나인가."

"너, 대체 어떻게 한 거야? 너도 클럽 상무를 시켜서 사람을 쓴 거야?"

순식간에 판이 뒤집혀 분해하던 효중이 길길이 날뛰자, 기우는 말없이 물끄러미 응시했다. 그러고는 보란 듯이 매끄럽게 웃었다. 그가 깍지를 끼고선 의미심장하게 덧붙였다.

"글쎄, 어떻게 했을까? 한번 알아맞혀 봐. 한 가지 힌트를 주자면, 형과 난 차이점이 하나 있었지. 형은 돈을 주고 사냥개들을 키우고 난 친구들을 만들었으니까. 이를테면 형이 클럽에서 상무를 시켜 졸개들을 거느릴 때, 나는 격투기 도장에서 친구들과 운동을 했지."

그 말과 동시에 기우가 남자들에게 눈짓을 하자, 남자들은 기다렸다는 것처럼 효중을 어디론가 끌고 갔다. 정확히는 창고 안에 설치되어 있는 이질적인 링 위에 세웠다.

효중이 당황한 듯 소릴 높였다.

"이거 놔! 뭐 하는 짓이야. 이거 안 놔?"

효중이 떠나가라 소릴 질렀으나 남자들은 막무가내로 그를 링 위에 세웠다.

그러자 기우가 꼭 먼 곳을 보는 듯한 나른한 눈빛으로 보면서 물었다.

"왜 평생을 날 파멸시키지 못해서 안달했던 거야? 내 기억에 형과 난 형제처럼 자랐는데."

대답을 기다리는 것 같지는 않았다.

이를 악물며 분해서 어쩔 줄 몰라 씩씩대는 효중이 아니라 저 먼 곳을 보고 있었으므로.

“난 항상 형을 이해하려고 노력했어. 그래서 전면전도 피했었지. 하지만 형은 수시로 이사회 임원들을 포섭해 날 몰아내려 시도했어. 그것도 모자라서, 내 사업도 막았지. 그런데도 왜 내가 항상 정면 승부를 피했는지 알아? 조모님 때문이야. 아아, 제기랄. 형만 불러서 형 얼굴만 때릴 수 있다면 좋았을 텐데. 보란 듯이 펀치를 날렸으면 나도 속이 시원했을 텐데. 적어도 외할머니가 시킨 정략결혼에서 실패하고 불행하게 죽은 어머니의 얼굴에 내가 침을 뱉고 싶지 않아서였어. 하지만 형은 그걸 착각했던 거지.”

기우가 빙그레 웃으면서 서늘한 눈빛으로 말했다.

“지금껏 조모님이 살아 계셔서 참았다는 걸. 이젠 아니야. 형 때문에 참은 게 아니라고!”

착각하지 말라는 냉엄한 선고.

그 말과 동시에 기우가 보란 듯이 주먹을 날렸다.

꼭 영화의 한 장면처럼 느리게 효중이 쓴 안경이 벗겨지고, 마른 체구의 그가 비틀거리면서 바닥에 철퍼덕, 꿇은 건 기억나는데.

“하아, 하아…….”

절로 숨이 가빠지고 눈앞이 새하얗게 흐려졌다. 꼭 주변이 하얗게 탈색되듯이 눈앞을 번쩍번쩍 찌르는 듯한 빛이 시야를 흐리게 했다. 계속 토할 것처럼 어지럽고 혼미한 가운데, 서서히 핸드폰의 배터리가 꺼져 가듯 의식을 잃어 갔다.

그리고 마지막으로 본 것은.

마치 도열하듯 기우 앞에 버티고 선 이들과 그런 그들을 굽어보듯 침묵하는 기우. 그는 침착한 얼굴로, 엉망진창으로 얼굴이 긁혀 쓰러진 사촌 형을 무심히 바라보았다.

어두운 창고 안, 지수가 의도했을 유독 물질이 넘쳐나는 가운데 그 가득한 남자들 속 아른거리는 암흑의 실루엣은 꼭 지옥도의 한 장면을 보는 듯했다.

아마도 죽어서 지옥에 간다면 저 광경을 보는 게 아닐까 싶은.

날카로운 이를 여태껏 숨겨 온 한 남자와, 남자의 사촌 형. 남자는 치열하게 설계하듯 죽음의 덫으로 자기를 끌어들인 마지막까지 모습을 숨겼던 배후를 마침내 찾아냈다. 그럼에도 기우는 늪처럼 침잠한 검은 눈으로 여전히 무심하게 상대를 보았다.

"한번 도망쳐 봐."

다음 순간 기우가 팔짱을 낀 채로 처음으로 웃으면서 말했다. 비웃는 것도, 조롱하는 것도 아닌 순수한 웃음. 기꺼이 호의를 베풀어 주겠다는 듯이 상대에게 보란 듯이 웃었다.

이미 그가 부른 경찰차의 사이렌 소리가 아득하게 들려오는 가운데, 그 침잠한 검은 눈은 말없이 상대를 보고 있었다.

"한번 가 봐. 보내 줄 테니. 경찰의 추적을 피해서 얼마나 멀리 갈 수 있나 지켜볼 테니까."

마지막에는 하하, 소리와 함께 경쾌하게 웃었다.

여전히 자장가 소리처럼 사이렌 소리가 들려오는 가운데, 의식을 잃어 가며 세연이 마지막으로 본 것은 남자들이 일제히 우르르 도망치는 모습이었다. 어둠이 에워싼 가운데, 사방이 어지럽게 흐트러져 있고 일제히 도망치는 남자들 속에서 남혁과 지수가 시야에 들어왔다.

남혁이 두 팔로 허리를 감싼 가운데, 서둘러 발걸음을 옮기던 지수가 무섭게 세연을 노려보았다.

왜일까.

화염에 둘러싸인 지옥도처럼 그녀를 죽일 듯이 노려보는 지수의 매서운 표정이 뇌리에 새겨진 것은.

곧이어 요란한 사이렌 소리와 함께 경찰이 들이닥쳤고, 남혁이 거느린 수하들은 모두 뿔뿔이 도망쳤다. 남혁 역시 지수를 데리고 어디론가 서둘러 도망쳤다.

第 68 幕

[드라마와도 같던 한밤의 믿을 수 없는 습격!

탤런트 유지수(25)가 배후 주모자였다.

놀랍게도 간밤, 화염에 휩싸인 경기도 인근 창고의 습격 사건 배후로 웨스트 엔터테인먼트 이사 이남혁(37)과 유지수가 지목되었다.

경찰은 유지수가 원한관계로 폭력조직에 사주해 며칠 전 종영한 드라마 〈리벤지〉에 함께 출연한 정세연(25)을 납치했다 최종 결론냈다.

사건을 수사중인 경찰은 계속해서 불이 난 화재 원인과 자세한 사건 경위를 파악중이다. 더불어 정세연과 함께 동행했다 알려진 팬텀 엔터테인먼트의 투자자이자 서원그룹 실장인 권기우(32)씨 역시 부상으로 인해 치료를 받는 것으로 전해졌다.

서원 그룹측은 그룹 비서실을 통해 수사에 긴밀하게 협조하겠다고 강조했다.

한편 경찰은 화재가 난 경기도 인근 창고에서 도피해 밀항하려 한 이남혁과 유지수를 도주와 증거인멸의 우려가 있다며 항구에서 긴급체포했다.

유지수는 살인 교사 혐의가 적용될 것으로 보이며 이남혁 일당에게는 청부 살

인을 시도하다 미수에 그친 혐의(살인미수)가 적용될 것으로 보인다.]

이후로도 한참 동안 벌집을 쑤신 것처럼 주변이 시끄러웠다.

– 탤런트 유지수 씨의 공판이 오늘 있었습니다.

– 정말 영화와도 같은 사건이 벌어졌습니다. 유지수는 왜 정세연을 습격했을까요? 그것도 얼굴이 알려진 공인이, 영화처럼 청부 살인을 사주했다는 것은 도대체 이 둘 사이에 어떤 사연이 있었는지, 보는 이들을 궁금하게 하는 대목입니다.

– 한편 검찰은 이번에 입건된 웨스트 엔터테인먼트 이남혁 씨와 관련된 폭력 조직을 수사할 예정이며, 마약과 밀수 규모도 그 윤곽을 드러낼 것으로 보입니다. 더불어 서원그룹의 후계자인 김효중 본부장과 관련된 수사 역시 물꼬를 트게 될 것으로 보입니다.

과장 안 하고 TV를 켜면 그녀와 유지수에 대한 뉴스가 나왔다. 어느 채널을 돌려도 마찬가지였다. 인터넷 역시 맹렬하게 소식을 쏟아냈고 네티즌들 역시 한창 달아올라 수없이 의견을 교환했다.

'지수 VS 세영'.

데자뷔처럼 익숙한 광경이었다. 일본 인터넷 검색 사이트 한쪽에 자리 잡았던 네티즌들이 거론했던 그 익숙한 단어가 사람들의 입에 오르내리고 세연의 눈에 들어오기까진 그리 오랜 시간이 걸리지 않았다.

[정세연이 유지수와 일본에서 같은 학교 다녔다면서.]

[유지수가 먼저 한국에 들어와서 탤런트 데뷔를 한 거고 정세연이 아르바이트를 전전하다가 뒤늦게 오디션을 봤다던데. 가수로 먼저 데뷔한 거고 드라마 출연 기회를 잡은 거래. 유지수가 일본에서 학교 다닐 때 정세연 눈을 다치게 한 것도 모자라서, 그 꼴을 못 보고 호시탐탐 기회를 노리다가 죽이려고 한 거지.]

하도 많이 듣고 또 들어서 늘어진 녹음테이프처럼, 그녀의 귀에도 익숙하고 친숙한 얘기들이 인터넷과 TV에서 떠다녔다. 하지만 자신의 이야기를 사람들이 자세히 떠들어 대서 꼭 일기장이 까발려진 기분이었다. 꼭 벌거벗고 사람들 앞에 나선 것처럼 절로 얼굴이 화끈거렸지만, 그것도 잠시였다. 다시 연기를 시작했을 때 그 정도는 각오했으니까.

그리고 이제 세연은 자신의 자리를 되찾았다. 이름만 있고 자신이 원래 있던 자리가 어느 순간 사라져 버렸다면, 그래서 유명무실하고 공허한 이름이 되었다면, 이제 원래 있던 자리로 돌아간 것이다.

더불어 불시에 습격하듯 초대받지 않은 손님이 그녀의 일상을 흐트러뜨리는 일은 더 이상 일어나지 않았다. 그녀가 용납하지 않았으니까. 다시금 익숙한 집에 돌아와 편안한 잠옷으로 갈아입고 잠을 청할 수 있게 된 것과 마찬가지였다. 더는 부서질 것처럼 한밤에 초인종을 울릴 거라는 공포와 두려움에 시달리지 않아도 되었다.

[검찰은 2심 공판에서 폭력 조직에 동료 탤런트의 살해를 의뢰한 유 모 씨에게 징역 5년, 집행유예 2년을 선고했습니다.

드라마를 함께 촬영한 동료 탤런트에게 원한을 품고 해칠 것을 사주하는 등 죄질이 불량하다고 판단, 1심에서는 높은 형량이 나왔습니다. 때문에 경종을 울리기 위해 항소심에서도 높은 형량이 나오지 않을까 예상되었으나, 피고인이 초범인 점, 심신이 미약하여 정신과 치료가 필요하다는 피고인 측 변호사의 변론이 받아들여졌습니다.

한편 탤런트 유 모 씨가 폭력을 사주한 W 엔터테인트먼트의 이 모 씨 역시 청부 살인 지시, 살인 미수죄로 입건되어 폭력 가중처벌법에 따라 처벌받을 예정입니다.]

[전문가들은 아직 어린 학생들에게 안 좋은 영향을 미칠 수도 있다며 범람하는

자극적인 기사에 대한 우려를 드러낸 바 있다. 심리 상담가는 유시수가 이선부터 정세연에 대한 미움과 악의를 지니고 있었으며 그것이 삐뚤어진 납치 심리로 드러낸 게 아닌가 하는 견해를 보였다.]

이후로도 한참 동안 시끄러웠지만, 이상하게도 세연에게는 아무리 격렬한 소리도 시간이 흐르면 잦아드는 자장가 소리처럼 들려올 뿐이었다. 오히려 사라지지 않는 잔영처럼 미세하게 그녀의 신경을 긁듯, 뇌리에서 사라지지 않는 기억이 있었다. 그녀를 잡아먹을 듯 무섭게 노려보는 눈, 노골적으로 살기를 드러내 종국에는 연민까지 불러일으켰던 눈. 꼭 어린아이가 증오를 숨기지 못하고 표출한 듯한 그 눈.

그녀가 기억하는 지수의 마지막 모습이었다. 이남혁의 손에 이끌려 서둘러 도망치면서도 마지막으로 독을 내뿜듯 그녀를 노려보던 지수의 모습. 세련되게 갈무리하지도 못하고 배설하듯 너무나도 노골적으로 드러낸 그 악의가 종국에는 연민과 안쓰러움까지 불러일으켰다. 이상하게도 그 모습이 뇌리에서 사라지지 않았다.

너와 나는 분명히 예전에 만났었지
분명히 마음의 유대를 나누었어
하지만 남은 건 공허하게 울리는 바람 소리뿐.

귓가를 떠나지 않는 에어의 노래 가사처럼, 그녀와 지수가 처음 만났던 그날이 떠올랐다. 일본의 묘하게 황량하리만큼 불어오는 바닷바람 속, 기다랗게 늘어뜨린 교복을 입은 아이들. 그리고 아이들 속에서 지수와 그녀가 스쳐 지나간다. 분명히 그냥 지나칠 수도 있었다. 그냥 모르는 사이로 스쳐 지나갈 수 있었다. 하지만 어느 순간 고개를 돌려 서로를 바라보고 간발의 차이로 대화를 시작한다. 그리고 그 모든 게 시작이었다.

– 안녕, 세연아.

이상하게도 그때 웃음을 터뜨리던 지수의 활달한 목소리가 귀에서 떠나지 않는다. 돌이켜 생각해 보면 그 모든 게 그들의 비극적인 세월의 시발점이었다. 그들의 세월의 시작을 알리는 서문은 그리 거창하지도, 요란하지도 않았다. 아주 사소한 계기로 시작되고, 종국에는 폭탄처럼 폭발해 버렸다.

결국 '펑' 요란한 소리와 함께 폭탄이 터지고 다시는 돌이킬 수 없게 어그러진 인생의 시간이 되고 말았지만, 아직 지수를 완전히 용서할 수는 없다 여겼지만, 이상하게 너무 처절하게 몰락했기 때문일까. 정말 어떻게 저럴 수 있나 싶게 살기 어린 악의를 보여 줘서일까. 한계를 넘어 폭주하는 광기에, 마음 한편으론 묘한 연민이 느껴지는 것도 사실이었다.

앞으로도 지수를 오랫동안 볼 수 없겠지만, 사실 다시는 그녀의 인생에 나타나지 않고 다시 볼 일이 없기를 바라지만, 세연은 마음속으로 지수가 이제 조금이라도 마음의 평화를 찾기를 바랐다.

'일본에서 대형 소속사에 캐스팅되는 게 아니었어. 그냥 안 한다고 말하고 나오는 건데. 그러면 이렇게 끔찍하게 어그러질 일도 없지 않았을까.'

태어나 처음으로 이런 생각도 들었다.

그러자 지수를 원망하고 몸서리칠 정도로 끔찍하게 증오했던 지난 시간들도 처음으로 다른 의미와 각도에서 돌아보게 되었고, 그녀의 마음에도 역시 서서히 평화가 찾아들었다.

무엇보다 누군가를 끔찍하게 미워하고 증오하는 것은 세연에게도 힘든 일이었다. 끊임없이 부정적인 에너지를 분출해야 할뿐더러, 가뜩이나 신경 쓸 일이 많은데 거기까지 신경을 곤두세울 수가 없었다.

무엇보다 어렵게 찾은 마음의 평화를 지키는 게 중요했다. 이를테면 지금 그녀의 곁에 있는 소중한 존재와 같은

다시금 돌아온 집.

이제 그녀와 영원히 함께할 소중한 사람에게로 돌아왔다.

사락거리는 소리와 함께 뒤척이는 소리가 나고, 세연은 스탠드의 불을 켰다. 그러자 하얗게 눈이 내리는 창문 앞에서 책을 읽으며 그녀를 기다리다 잠이 든 인영이 천천히 눈을 떴다. 그녀를 보고는 희미하게 미소 지으며 기다렸다는 듯이 두 팔을 벌려 세연을 자신의 품으로 끌어당겼다. 그러고는 이제는 당연하다는 듯 그녀의 향기로운 입술을 찾았다. 그 스스럼없는 애정 표현에 창고에 납치된 충격을 다스리던 세연의 입가에 서서히 미소가 떠올랐다.

"내가 오는 걸 기다렸어요?"

"당연한 걸 왜 묻지."

아직 나른하게 취한 졸음이 가시지 않았는지 가느다래진 눈이 잠시 그녀에게 머물렀다가, 곧바로 놓칠세라 그녀에게 입맞춤했다.

"혹시나 해서 말하는데…… 내가 이렇게 볼 때마다 애정 표현을 한다고 너무 당연하게 도취되지는 마. 이러다 회복돼서 다시 출근하면, 일하느라 바빠서 그 나날들이 그리워질지도 몰라."

"그럴 리가요. 나도 이제 다시 드라마 찍을 건데."

이제는 그녀와 눈이 마주치면 파블로프의 개처럼 반응하듯 세연의 향기로운 입술과 실크처럼 부드러운 뺨을 터치하는 걸로 시작해, 점점 키스로 짙어졌다. 종국에는 폭신한 하얀 시트에 그녀를 눕히고 정신없이 사로잡힌 듯 탐한다. 심한 독감과 폐렴으로 쓰러져 병원에 실

려 가고, 그것도 모자라 창고에서의 결전으로 다시 병원 신세를 진 사람이라고는 믿기지 않을 정도였다. 난폭하리만큼 욕망을 뿜어내는 그를 향해 세연이 눈을 흘기면서 말하자, 기우가 옅게 웃음 띤 어조로 말했다.

"다시 말하지. 후회하지 말라고. 계속 야근하고 시장 답사 차원에서 외국 출장도 많이 가니까 많이 적적할걸?"

"말했잖아요, 다시 드라마 찍을 거라고. 이제야 몸에 익었는데, 겨우 익힌 연기의 감각이 사라지기 전에 다시 계속 활발히 활동할 거예요. 창고까지 끌려갈 만큼 치열하게 깨우친 연기라구요."

세연이 여전히 미소 지으면서 그에게 보란 듯이 꼿꼿하게 허리를 세우며 여왕처럼 우아하고 오만한 음성으로 말하자, 기우가 고개를 젖히며 나직한 웃음을 터뜨렸다. 그러고는 회복 중인 환자라고는 믿기지 않게 환한 미소를 입가에 드리우면서 말을 받았다.

"아아, 그건 인정해야겠지. 그럼 열심히 해 봐. 너무 잘나가서 얼굴도 보기 힘들어질 정도로 연기에 매진해 봐. 버림받기 전에 외조 열심히 할게. 진심이야."

그의 너스레에 살짝 눈을 흘긴 것도 잠시, 왠지 모르게 가슴이 벅차올라 처음으로 행복하다는 느낌이 들어서 세연은 꼼짝도 할 수 없었다.

혹여나 이 무지개처럼 눈부시고 아름다운 평화로운 순간이 깨어질세라, 그녀는 기우를 마주 본 채로 환하게 웃음 지었다.

"원한다면 얼마든지요. 그렇게 사랑을 주고 싶다면 굳이 거절은 안 할게요."

"고마워. 이제 네 마음에 들어갈 수 있게 해 줘서."

"와, 이제는 낯 간지러운 말도 잘하네요. 다시 말해 줄래요? 내가 잘못 들었나 순간적으로 헷갈려서요."

그녀의 너스레에도 기우는 피식 웃기만 할 뿐 다시 말해 주진 않았다. 그녀의 향기로운 머리칼을 섬세한 긴 손가락으로 쓸어내리고는 세연의 입술을 찾았다. 그러고는 간곡하게 이렇게 덧붙였을 뿐이다.

"하나만 부탁하지. 앞으로 잘나가는 여배우님 촬영이 대체 언제 끝날까 초조하게 기다리는 남편이 되게 만들지는 말아 달라고."

"남들이 들으면 집에서 노는 줄 알겠어요. 매일 회사에 출근해 바쁘게 일하면서. 퇴근 시간이 나보다 늦을 때가 더 많을 텐데. 우리, 내기할래요?"

"아니, 앞으로 정세연이 배우로 너무 잘나가서 조만간 그렇게 될 것 같은데? 내 감을 무시하지 마."

그 말과 동시에, 도저히 뿌리칠 수 없는 달콤한 향수처럼 다가오는 그의 입술을 세연은 기꺼이 웃으며 받아들였다.

"배우의 인터뷰에서 대답은 노코멘트."

♣

–윈터 문 완결–

윈터 문 2

초판 인쇄 2020년 12월 23일
초판 발행 2020년 12월 30일

지은이 은지윤
펴낸이 신현호
편집부장 예숙영
편집 이세련
편집디자인 한방울
영업 · 관리 김민원 조인희
물류 이순우 박찬수

펴낸곳 ㈜디앤씨미디어
출판등록 2002년 5월 1일 제117-90-51792호
주소 서울시 구로구 디지털로 26길 111 JnK디지털타워 503호
대표전화 (02)333-2513 팩스 (02)333-2514
전자우편 dncbooks@naver.com
디앤씨북스 블로그 http://blog.naver.com/dncbooks

ISBN 979-11-264-5429-7 (04810)
ISBN 979-11-264-5427-3 (SET)